KB010689

코마

코마
COMA

로빈 쿡 지음 홍영의 옮김

오늘

아버지와 어머니에 대한 깊은 사랑과 존경,

그리고 샤론에게 감사하며……

인간은 천사도 아니거니와 짐승도 아니다. 그러나 불행한 것은
인간은 천사처럼 행동하려고 하면서 짐승처럼 행동한다는 것이다.

_B. 파스칼 「팡세」

차례

2월 14일, 프롤로그

 낸시 그린리는 제8수술실의 수술대에 누워서 큰 케틀드럼(반구형의 큰 북) 형의 전구를 바라보며 애써 마음을 가라앉혔다. 지금까지 수술 전에 주사를 여러 번 맞고 '이제 졸음이 오고 마음이 편해집니다'라는 말을 들었지만 전혀 그렇지가 않았다. 오히려 주사를 맞기 전보다 더 초조하고 걱정이 되었다. 무엇보다 좋지 않은 것은 어찌할 줄 모르는 기분이었다. 23년을 살아오는 동안 오늘처럼 이렇게 자신의 허약함을 느낀 것은 처음이었다.

 몸을 덮고 있는 것은 하얀 리넨 시트였다. 가장자리는 닳아 해졌고 한 귀퉁이에는 약간 찢어진 곳이 있었다. 낸시는 그 이유를 잘 알 수는 없었지만 그것이 자꾸 신경을 거슬리게 했다.

 침대보를 덮긴 했지만 그녀의 환자용 가운은 목 뒤에서 묶여져서 그 끝이 허벅지 중간까지 내려져 있을 뿐 등은 맨몸이었다. 그밖에 생리용 냅킨을 착용하고 있었는데 벌써 자신의 피로 흠뻑 젖어 있다는 것을 알고 있었다. 그녀는 그 순간 병원이 두렵고 증오스러워서 소리치면서 방을 뛰쳐나가 복도를 달려가고 싶었다. 그러나 그렇게 할 수는 없었다. 병원이라는 잔혹하고 고립된 환경도 그렇지만, 그 이상으로 그녀는 지금까지 경험해온 출혈을 두려워하고 있었다. 병원도 출혈도 모두 죽음을 연상시켰다. 그래서 그녀는 그러한 마음을 자제시켰다.

1976년 2월 14일 아침 7시 11분, 보스턴의 동쪽 하늘은 회백색이었고, 차의 행렬은 헤드라이트를 켠 채 한꺼번에 시내로 밀려들어오고 있었다. 기온은 섭씨 3도, 거리를 걷는 사람들은 빠른 걸음으로 제각기 다른 방향으로 걷고 있었다. 사람들의 말소리도 거의 들리지 않을 정도로 조용했고 오직 엔진과 바람소리뿐이었다.

보스턴 메모리얼 병원에서는 그와는 사정이 달랐다. 강렬한 형광등 불빛이 수술실을 구석구석 밝히고 있었다. 활기 넘치는 사람들의 움직임과 흥분된 목소리가 정각 7시 30분이면 수술의 시작임을 알리고 있었다. 그것은 실제로 메스에 의한 피부 절개를 7시 30분 정각에 시작한다는 의미이며 환자 이송, 준비, 소독, 마취 준비 등 모든 것이 7시 30분까지 완료되어 있어야 한다는 것이기도 했다.

따라서 7시 11분에는 제8수술실뿐만 아니라 수술동 전체의 활기가 최고조에 달했다. 제8수술실은 다른 수술실과 특별하게 다른 점은 없었다. 그곳은 메모리얼 병원의 전형적인 수술실이었다. 중간색 타일의 벽과 작은 무늬의 비닐이 깔려 있는 바닥이 그것을 증명해주었다.

1976년 2월 14일 7시 30분부터 제8수술실에서는 D&C(자궁 경관 확장과 자궁 내막 소파, 산부인과에 흔히 있는 수술)가 있을 예정이었다. 환자는 낸시 그린리, 마취 담당은 마취과 레지던트 2년생인 로버트 빌링, 세척담당 간호사로는 루스 젠킨즈, 순회 간호사는 글로리아 드마테오, 집도의는 조지 메이저—기존의 쟁쟁한 산부인과 의사 중에서도 나이 젊은 신진 의사의 한 사람—였다. 그는 다른 사람들이 열심히 일하고 있는 동안 탈의실에서 수술복을 입고 있었다.

낸시 그린리는 11일 동안 출혈이 멈추지 않고 있었다. 생리가 몇 주일 빨리 시작되었지만 그녀는 처음에는 그러려니 하고 별로 신경을 쓰지 않았다. 생리가 시작되기 전, 별로 불쾌감은 없었고 출혈이 시작된 날 막연한 복통만 있었을 뿐이었다. 그러나 그 후 통증이 없는 출혈이 불규칙하게 계속되었다. 매일 밤 이것이 마지막이었으면 하고 바랐으나 이튿날 눈을 떠보면 탐폰이 늘 흠뻑 젖어 있었다. 점점 빈번해지는 출혈이 걱정되어 처음에는 닥터 메이저의 간호사에게 얘기해서 의사와 전화로 상담한 후 걱정이 덜해지기도 했다.

그녀는 지금 행복한 시간을 맞을 준비를 하고 있어야 할 때였다. 봄방학을 맞아 듀크 법과대학에 다니는 남자친구 킴 데버로우가 자기를 만나러 보스턴으로 오기로 되어 있었다. 게다가 우연하게도 그녀의 룸메이트가 그 주에 킬링턴으로 스키를 타러 갈 계획을 세우고 있었다. 출혈만 아니라면 멋지고 로맨틱한 나날을 보낼 수 있는 기회였다. 그녀는 용모가 귀족적이며 날씬하고 연약한 몸매에 매력이 넘치는 여자였다. 성격도 결벽해서 머리가 조금이라도 더러워지거나 하면 그것만으로도 안절부절 못하는 타입이었다. 때문에 계속되는 출혈은 그녀를 당황하게 했고 또 비참하고 불결하게 느끼게 했다. 마침내 그녀는 두려워지기 시작했다.

낸시는 며칠 전 일을 회상하고 있었다. 킴이 부엌에서 마실 것을 만들고 있는 동안 자기는 간이 소파에 누워서 팔걸이의자에 다리를 올리고 〈글로브〉지의 사설란을 읽고 있었다. 그때 질 안에 이상한 느낌이 있었다. 그것은 지금까지 한 번도 경험하지 못한 것이었다. 통증도 불쾌감도 전혀 없이 마치 자신의 몸이 따뜻하고 부드러운 것으로 부풀어지고 있는 것 같았다.

갑자기 왜 그런지 어리둥절해 하고 있는데 허벅지 안쪽이 따뜻해지며 액체가 둔부 깊숙이 간질이듯이 흘러드는 것 같았다. 별로 걱정은 하지 않았지만 그것이 출혈이라는 것을 알 수 있었다. 게다가 너무 많은 양이어서 몸을 움직이지 못한 채 부엌 쪽으로 고개만 돌리고는 소리쳤다.

"킴, 미안하지만 구급차 좀 불러줄래?"

"무슨 일이야."

킴이 급히 달려와서 물었다.

"출혈이 심해. 그렇게 소란 피울 건 없어. 생리가 좀 심해졌을 뿐이야. 빨리 병원에 가는 게 좋을 것 같아. 구급차 좀 불러줘."

구급차는 사이렌도 울리지 않고 생각보다 요란스럽지 않게 병원으로 향했다. 차 안에서도 그렇게 고통스럽지는 않았다. 낸시는 응급실의 대합실에서 생각보다 오랫동안 기다려야 했다. 닥터 메이저의 모습이 보이자 그녀는 비로소 마음이 안정되는 것 같았다.

그녀는 평소에 종종 받던 부인과 검진을 제일 싫어했다. 검진이라고 하면 닥터 메이저의 얼굴이나 태도, 냄새까지도 연상될 정도였다. 그러나 지금 그의 모습이 보이자 그녀는 눈물이 나올 정도로 기뻤다.

응급실에서의 질 검진은 그야말로 지금까지 경험한 적이 없는 지독한 것이었다. 끊임없이 앞뒤로 흔들리는 얄팍한 커튼은 응급실 안에 있는 다른 환자들과 그녀의 상처 입은 자존심 사이의 칸막이였다.

몇 분 간격으로 혈압을 재고 피를 뽑았다. 옷도 환자용 가운으로 갈아입어야 했다. 가끔 커튼이 열릴 때마다 낸시는 흰 옷을 입은 사람들과 칼자국이 있는 아이들 그리고 피로해진 노인들과 얼굴을 마주쳤다. 거기에는 변기도 있었는데 누구나 들여다볼 수 있도록 열려 있었다. 그 안에는 응고되어 가는 크고 검붉은 핏덩어리가 들어 있었다.

한편 닥터 메이저는 그녀의 두 다리 사이에 앉아 그녀의 몸에 손을 대면서 다른 환자의 경우에 관한 얘기를 간호사에게 들려주고 있었다. 낸시는 있는 힘을 다해서 눈을 꼭 감고 소리를 죽이며 울었다.

그러나 진찰은 곧 끝날 것이고 닥터 메이저도 그렇게 약속했다. 그는 낸시에게 자궁 내막에 관한 얘기와 생리 주기의 변화, 또는 변화하지 않는 경우는 어떻게 되는가에 관해 상세하게 들려주었다. 또 혈관에 대해서, 그리고 배란의 필요성에 관해서도 말했다. 그는 결정적인 치료는 소파수술이라고 말했다. 낸시는 질문도 하지 않고 동의하며 그저 부모에게는 알리지 말아달라고 부탁했다. 자신의 어머니는 임신 중절이라고 생각할 것이 분명했기 때문이었다.

머리 위에 있는 수술실의 등을 뚫어지게 바라보면서 낸시는 이 끔찍한 악몽도 한 시간이면 끝나고 다시 본래의 생활로 돌아갈 수 있다는 사실에 약간의 안심을 했다. 수술실 안의 움직임은 그녀에게 전혀 이질적인 것이었기 때문에 그녀는 사람이고 물건이고 무엇 하나 보지 않으려고 그저 머리 위의 등만 뚫어지게 바라보고 있었다.

"기분은 어때요?"

낸시는 오른쪽을 흘끗 보았다. 합성섬유로 된 수술용 모자 사이에 짙은 갈색 눈이 그녀를 주시하고 있었다. 글로리아 드마테오는 낸시의 오른팔에 시트를 감아서 옆구리에 고정시켜 그 이상은 움직일 수 없게 했다.

"네."

낸시는 아무렇지도 않은 듯 대답했다. 그러나 사실은 기분이 매우 언짢았다. 수술대가 집에 있는 싸구려 포마이카를 입힌 조리대처럼 딱딱했기 때문이었다. 그러나 지금까지 맞은 페너간과 데메롤 주사액이 그녀의 대뇌 깊숙한 곳 어디에선가 효력을 나타내기 시작하고 있었다. 낸시는 정신이 멀쩡해지는 것 같았지만 그러나 동시에 주위에 대해서 무관심해지고 의식이 흐릿해지기 시작했다. 아트로핀(경련 완화제) 주사도 마찬가지로 효력을 나타내서 목구멍과 입안이 마르고 혀가 꼬부라지고 있었다.

닥터 로버트 빌링은 장비를 열심히 다루고 있었다. 이것은 스테인리스로 이리저리 얽히게 해서 복잡하게 만들어진 것으로 수직으로 된 압력계와 압축가스의 봄베(고압 기체 등을 수송, 저장하는 데 쓰는 원통형의 내압 쇠통)가 2, 3개 다채롭게 붙어 있었다. 기계의 상부에는 할로세인(흡입 마취약)의 갈색 병이 붙어 있고 거기에는 ‘2-브롬-2-염소-1,1,1-3-불소 에탄($C_2HBrClF_3$)’이라고 쓰여 있었다. 거의 완전무결한 마취약이다. ‘거의’라는 것은 이것이 가끔 환자의 간장에 장해를 일으키기 때문이었다. 그러나 그런 일은 거의 없을 뿐만 아니라 그 간장 장해의 가능성은 문제가 되지 않을 정도로 뛰어난 약효를 가지고 있었다.

닥터 빌링은 이 마취제에 심취해 있었다. 그의 머리 한구석에서는 언젠가는 할로세인을 개량하여 ‘뉴잉글랜드 의학 잡지’의 서두 논문으로 의학계에 발표한 뒤 결혼식 때 입었던 턱시도를 다시 한 번 입고 노벨상을 받으며 등단하는 것을 꿈꾸고 있었다.

닥터 빌링은 대단히 우수한 마취 레지던트였으며 또 그것을 자인하고 있었다. 사실 그는 거의 모든 사람들이 그렇게 알고 있다고 생각했다. 대부분의 유능한 의사와 아니 그보다도 훌륭한 의사들과 어깨를 겨룰 수 있을 정도로 자신은 마취학에 정통하고 있다고 확신하고 있었다. 게다가 그는 아주 세심하고 신중했다. 레지던트로서 지금까지 심각한 합병증을 일으킨 적이 없을 정도로 뛰어난 솜씨를 갖고 있었다.

마치 747기의 조종사처럼 그는 체크리스트를 작성하고 각 단계를 세심하게 점검했다. 말하자면 사전에 많은 양의 체크리스트를 복사해 두고 수술에 들어갈 때마다 이용하는 방법이었다.

7시 15분, 마취는 제12단계에 들어가고 있었다. 즉 스쿠버와 비슷한 고무관을 기계에 연결하는 작업을 예정대로 착수했다.

그 한쪽 끝은 환기 백에 연결돼 있었는데 그것은 수술하는 동안 항상 환자의 폐에 4~5리터 용량의 기체를 강제적으로 보낼 수 있는 백이었다. 다른 한 끝은 환자가 뿜어낸 탄산가스를 흡수하는 소다 석회 용기에 연결되어 있었다. 제13단계는 호흡선에 붙어 있는 흡입기의 밸브가 역류를 방지하도록 잘 부착돼 있는가를 확인하는 것이었다. 그리고 제14단계는 마취기를 수술실 벽에 붙어 있는 압착가스, 아산화질소, 그리고 산소통에 연결하는 것이었다. 마취기 옆에는 응급용 산소 봄베가 붙어 있었는데 닥터 빌링은 양쪽 봄베의 압력계를 보고 표준 압력을 확인했다. 양쪽 모두 꽉 차 있었다. 닥터 빌링은 이것으로 완벽하다고 생각했다.

"심장 상태를 알기 위해서 가슴에 전극을 몇 개 붙일 거예요."

글로리아 드마테오는 그렇게 말하면서 시트를 들춘 다음 가운을 끌어올려서 낸시의 몸통을 무균 공기에 쐬었다. 가운은 겨우 낸시의 젖가슴을 덮고 있었다.

"좀 차가울 겁니다."

글로리아 드마테오는 낸시의 흉부 아래 세 군데에 무색 젤리를 조금씩 문질러 바르면서 말했다.

낸시는 뭔가 말하고 싶었지만 자신이 지금 음미하고 있는 2개의 상반된 기분을 갑자기 어떻게 표명해야 할지 몰랐다. 한편으로 수술을 통해 낫게 될 거라는 생각에 고맙게 생각하기로 했다. 그러나 다른 한편으로는 심신이 이렇게 여러 사람들 앞에서 발가벗겨져 있으니 그것이 견딜 수 없이 화가 났다.

"약간 따끔할 겁니다."

닥터 빌링은 그렇게 말하고 정맥이 튀어나오도록 낸시의 손등을 찰싹찰싹 두드렸다. 그리고 짧은 고무관으로 손목을 꼭 졸라맸다. 그러자 낸시는 갑자기 심장의 고동을 느꼈다. 무엇을 해도 템포가 너무 빨라서 그녀는 도저히 뭐가 뭔지 알 수가 없었다.

"굿모닝, 미스 그린리."

닥터 메이저가 수술실 안으로 들어오면서 인사를 건넸다.

"잠은 잘 잤겠죠. 우리는 이 일을 빨리 끝내고 당신이 푹 잘 수 있도록 침대로 옮겨다줄 겁니다."

낸시가 대답하기도 전에 손등에서 따끔하면서 통증이 느껴졌다. 최초의 바늘 충격 후 통증은 어느 한계까지 증가하다가 이윽고 사라졌다. 고무 지혈대를 풀자 낸시의 손 안으로 혈액이 흘러 들어갔다. 머릿속에서 눈물이 솟아나는 기분이었다.

"정맥."

닥터 빌링은 혼잣말을 하면서 자기 리스트의 제16단계를 철저하게 점검하기 시작했다.

"이제 곧 졸음이 올 겁니다, 낸시. 닥터 빌링 그렇지 않습니까? 낸시, 당신은 오늘 운이 좋은 아가씹니다. 닥터 빌링은 넘버원이니까."

닥터 메이저는 나이가 몇 살이 되었든 여자 환자에게는 아가씨라고 불렀다. 그것은 선배에게서 배운 지나치게 공손한 버릇 중 하나이기도 했다.

"맞습니다. 8번 튜브를 부탁해, 글로리아. 그리고 닥터 메이저, 소독하셔도 됩니다. 이쪽은 7시 반 정각에 시작할 수 있습니다."

닥터 빌링이 고무 마스크를 마취 튜브에 연결하면서 말했다.

"오케이."

닥터 메이저는 문 쪽으로 걸어가면서 대답했다. 그리고 걸음을 멈추고는 메이오 스탠드 위의 기구를 정돈하고 있는 루스 젠킨즈 쪽을 향했다.

"확장기와 큐렛은 내 것으로 사용하고 싶군. 루스, 전에 루스가 내게 준 건 이 병원에서도 아주 구식의 폐품 같은 것이었어."

그는 그렇게 말하고 간호사가 대답하기도 전에 나가 버렸다.

낸시는 뒤쪽 어디에선가 전파 탐지기와 같은 심장 감시 장치의 발신음을 들을 수 있었다. 그것은 방안에 울려 퍼지는 그녀 자신의 심장의 고동이었다.

글로리아가 말했다.

"자, 낸시. 수술대를 약간 밑으로 내렸다가 두 다리를 스탠드까지 들어올리겠어요."

글로리아는 낸시의 무릎 밑을 한 쪽씩 잡고 다리를 들어 스테인리스로 된 스탠드까지 들어올렸다. 시트가 낸시의 두 다리 사이에서 미끄러져 내려 허벅다리 중간쯤까지 드러났다. 수술대를 조정하는 바람에 시트가 바닥으로 떨어졌다. 낸시는 눈을 감고 수술대 위에 큰 대자로 누워 있는 자신의 모습을 될 수 있는 한 생각하지 않으려고 애썼다.

글로리아는 시트를 들어 올려서 낸시의 배 위에 아무렇게나 올려놓았다. 그래서 시트는 낸시의 두 다리 사이에 살짝 걸쳐져서 최근에 깎은 피투성이가 된 회음부를 덮었다.

낸시는 마음을 진정하려고 했으나 오히려 불안감은 더해질 뿐이었다. 감사해야지 하고 생각도 해보았지만 분풀이 할 데 없는 분노와 흥분이 더 한층 가슴속으로부터 끓어올랐다.

"저, 끝까지 버틸 수 있을지 모르겠어요."

닥터 빌링 쪽을 보면서 낸시가 말했다.

"모든 것이 완벽합니다."

닥터 빌링은 제18단계 리스트를 점검하면서 진정시키려고 애썼다.

"눈 깜짝 하는 사이에 잠들어 버릴 테니까요."

다시 그는 주사기를 들어서 주사기 속의 기포를 공중에다 전부 뿜어내면서 말했다.

"이제, 펜토탈(최면, 진정제) 주사를 약간 놓겠습니다. 아직도 잠이 오지 않습니까?"

"네, 아직."

낸시는 말했다.

"음, 무슨 말이든 해봐요."

"내가 어떻게 느끼고 있어야 할지 모르겠어요."

"이제 괜찮을 겁니다."

닥터 빌링은 그렇게 말하면서 마취기를 낸시의 머리 쪽으로 가까이 밀고 갔다. 그리고 익숙한 솜씨로 정맥의 세 줄기가 모이는 곳에 펜토탈 주사기를 꽂았다.

"자, 낸시. 이제부터 50까지 세어 보세요."

결코 15 이상은 셀 수 없을 것이라고 그는 생각했다. 사실 환자가 잠드는 것을 지켜보고 있는 것은 닥터 빌링에게 어떤 만족감을 주었다. 그것은 과학적인 방법의 확실성을 그때마다 그에게 제시해주었고, 게다가 마치 환자의 뇌를 자유로 지배할 수 있을 만큼의 강대한 힘을 느끼게 해주었다.

그러나 낸시도 강한 의지를 가진 한 인간이었다. 그래서 잠들려고 해도 그녀의 뇌는 무의식중에 약물과 싸우고 있었다. 닥터 빌링이 다시 펜토탈을 추가로 주사했을 때 그녀는 아직 들을 수 있게 수를 세고 있었다. 27까지 세었을 때 추가로 주입한 약 2g이 비로소 그녀를 잠들게 했다. 1976년 2월 14일 7시 24분, 낸시 그린리는 결국 깊은 잠에 빠져들었다.

닥터 빌링은 이 건강한 젊은 여자가 중대한 의료사고의 주인공이 되리라고는 꿈에도 생각지 못했다. 그것도 자신에게 있어 최초로…… 그는 모든 것이 자신의 뜻대로 잘 진행된다고 믿고 있었다. 리스트도 거의 완벽했다. 그는 낸시에게 마스크를 통해서 할로세인, 아산화질소, 산소의 혼합 가스를 마시게 했다. 그런 다음 전 골격 근육을 마비시키기 위해 0.2퍼센트의 염화 석시닐콜린 용액 2cc를 정맥에 주입했다. 이것은 호흡기관에 튜브 끼우는 것을 쉽게 하기 위해서였고, 또한 닥터 메이저가 두 손으로 질의 검사를 쉽게 할 수 있도록 하기 위해서였다.

석시닐콜린의 효력은 거의 즉석에서 나타났다. 우선 얼굴 근육에 미세한 연축이 일어나고 이어서 복부에도 일어났다. 혈액을 통해서 약이 체내 구석구석까지 급속히 퍼지자 근육이 무감각해지면서 골격 근육이 완전히 마비 상태가 되었다. 그러나 심장과 같은 평활근은 영향을 받지 않기 때문에 모니터에서 나오는 발신음은 이상 없이 계속되고 있었다.

낸시의 혀도 마비되어 안쪽으로 침하하며 기도를 덮고 있었다. 그러나 그것이 문제가 아니었다. 흉부와 복부의 근육도 동시에 마비되어서 호흡이 완전히 멈추었다.

비록 아마존의 야만족이 사용하는 큐라레(남미 인디언이 살촉에 칠하는 독약. 근육이완제로 전신마취의 보조 약으로 사용됨)와는 화학적으로 다르지만 이 약은 같은 효력을 나타내고 있었다. 이 상태로 있으면 낸시는 5분 이내로 죽게 되는 것이다. 그러나 이 시점까지는 아무런 하자도 없었다.

닥터 빌링은 모든 것을 통제하고 있었다. 그 효과도 예기했었고 바라는 대로였다. 겉으로 보기에는 침착했지만 속으로는 몹시 긴장하면서 그는 마스크를 벗기고 제22단계인 후두경에 손을 뻗었다.

그는 블레이드 끝으로 혀를 앞으로 끌어내어 기관지 입구를 들여다보았다. 숨구멍은 약간 벌어진 채 다른 골격근과 마찬가지로 마비되어 있었다. 닥터 빌링은 재빠르게 기관지 속으로 국소 마취제를 넣고 튜브를 삽입했다. 후두경의 블레이드를 손잡이 속에 접어 넣었을 때 특유의 짤깍 하는 금속성 소리가 났다. 작은 주입기를 사용해서 그는 기관 내 튜브가 열려있는 한쪽 끝에 마스크를 벗긴 고무로 된 호스를 재빨리 연결했다. 그런 다음 환기 백을 누르자 낸시의 가슴이 규칙적으로 올라갔다 내려갔다 했다.

닥터 빌링은 낸시의 가슴에 청진기를 대고 들었다. 기대한 대로 자연스러워 보이자 만족한 표정을 지었다. 그때부터 그는 환자의 호흡 상태를 조절했고, 액량계에서 필요한 할로세인, 아산화질소, 산소의 양을 알맞게 결합했다. 그리고 손가락으로 정맥에 꽂은 주사의 속도를 고정시켰다. 그제야 닥터 빌링 자신의 심장도 겨우 진정되기 시작했다.

그는 겉으로 드러내지는 않았지만 언제나 환자가 호흡을 제대로 할 때까지는 매우 긴장했다. 환자가 마비된 상태이기 때문에 재빨리, 게다가 하자 없이 하지 않으면 안 되었기 때문이다.

닥터 빌링은 글로리아 드마테오에게 고개를 끄덕여 보이고 낸시의 깎은 회음부에 수술 전 소독을 해도 좋다는 지시를 했다. 그러는 동안 닥터 빌링은 자신도 편한 자세를 취했다. 이제부터는 환자의 심장 박동과 맥박 수, 혈압, 체온 등을 체크하면 된다. 다만 환자가 마비상태인 동안 환기 백을 눌러주어야 했다.

석시닐콜린은 8분에서 10분이면 효력이 없어진다. 그러면 환자는 혼자서 호흡을 할 수 있게 되고 마취의도 거기서 긴장을 풀 수 있게 된다. 낸시의 혈압은 105/70, 맥박 수도 마취 전의 불안한 상태에서 훨씬 줄어 1분에 72로 안정되었다. 닥터 빌링은 마음이 편안해졌고 40여분만 지나면 커피 타임이구나 하고 생각했다.

수술은 순조롭게 진행되었다. 닥터 메이저는 두 손으로 촉진을 하고 나서 좀 더 근육을 이완시켜 주기를 원했다. 이것은 낸시의 혈액이 이전에 주입한 석시닐콜린의 독성을 제거해버렸다는 것을 의미했다.

닥터 빌링은 2cc를 추가했다. 그는 규정대로 그것을 마취기록부에 기록했다. 효력은 즉시로 나타났다. 그래서 닥터 메이저는 닥터 빌링에게 감사했다. 그리고 난소는 보통 크기의 약간 매끄러운 플럼(서양자두)과 같다고 말했다.

그는 난소가 정상일 때는 언제나 그런 표현을 했다. 자궁경관의 확장은 순조로웠다. 낸시의 자궁은 정상의 전굴 모양으로 되어 있었고 확장근의 곡선은 완벽했다. 질 안에서 소량의 응혈을 흡입기로 빨아냈다. 닥터 메이저는 자궁 내부를 신중하게 큐렛으로 긁어내고 내막의 조직을 살폈다.

닥터 메이저가 두 번째로 큐렛을 넣었을 때 닥터 빌링은 심장 감시장치의 리듬에 약간의 변화를 확인했다. 그는 오실로스코프(역전류 검출관) 스크린에 비친 전자 영상의 선을 세밀히 관찰했다. 맥박이 60으로 떨어지고 있었다. 직감적으로 혈압계의 커프(팔에 감는 띠)를 부풀리고 압박된 동맥 속을 흐르는 혈액 소리에 귀를 기울였다. 동맥을 통해 혈액이 몰려오는 소리가 귀에 익숙하게 들렸다.

다시 커프의 표준치를 낮추자 확장기 혈압을 나타내는 반동 음이 들렸다. 혈압은 90/60이었다. 별로 낮은 수치도 아니었다. 그러나 그것은 그의 세심한 두뇌를 당황하게 만들었다. 자궁에서 무슨 일이라도 일어난 것일까? 그는 그럴지도 모른다고 생각했지만 아무튼 그는 귀에서 청진기를 뗐다.

"닥터 메이저, 잠깐만 기다려주시오. 혈압이 약간 떨어졌습니다. 하혈량이 대략 어느 정도였습니까?"

"500cc 이상은 아닐 거요."

닥터 메이저는 낸시의 다리 사이에서 얼굴을 들고 말했다.

"이상한데."

닥터 빌링은 다시 청진기를 귀에 대고 커프를 부풀게 했다. 혈압은 90/58. 모니터를 보니 맥박은 60이었다.

"혈압은 어떤가?"

닥터 메이저가 물었다.

"90에 58, 맥박은 60이오."

닥터 빌링은 그렇게 말하고 청진기를 귀에서 떼고 다시 한 번 마취장치의 액량계를 점검했다.

"제기랄, 기계가 뭐 잘못됐나?"

닥터 메이저는 급하게 짜증을 내면서 말했다.

"그러게 말입니다. 하지만 이상합니다. 환자는 지금까지 별 이상이 없었으니까요."

"음, 안색이 이상하고, 이 아래도 체리처럼 새빨갛고 말이야."

닥터 메이저는 자기가 한 농담에 웃었지만 누구 하나 웃지 않았다.

닥터 빌링은 시계를 보았다. 7시 48분이었다.

"오케이, 계속하십시오. 만일 더 이상의 변화가 있으면 말씀 드리겠습니다."

그렇게 말하고 그는 낸시의 폐가 꽉 차도록 환기 백을 힘껏 눌렀다. 그러나 뭔가가 그의 육감을 초조하게 하고, 아드레날린이 증가하고 맥박을 빠르게 하고 있었다. 환기 백이 오므라들어서 그대로 움직이지 않는 것을 그는 주시했다. 다시 한 번 쥐어보았다. 낸시의 기관과 폐에 어느 정도의 저항력이 남아 있는지를 확인하기 위해서였다. 공기는 아주 쉽게 들어갔다. 다시 한 번 백을 보았다. 움직이지 않았다. 두 번째 석시닐콜린도 신진대사에 의해 소실되었음에도 불구하고 전혀 호흡의 반응이 없었다.

혈압은 약간 올라갔다가 다시 떨어졌다. 80/58이었다. 모니터의 단조로웠던 발신음이 한번 꿈틀 하고 뛰었다. 닥터 빌링의 눈은 오실로스코프의 스크린으로 향했다. 눈금이 다시 올라가고 있었다.

"5분 내로 마칠 테니까."

닥터 메이저는 닥터 빌링의 입장을 생각해서 말했다. 닥터 빌링은 구세주를 만났다는 듯이 손을 뻗어서 아산화질소와 할로세인의 흐름을 약하게 하고 산소를 증가시켰다. 낸시의 마취 레벨을 가볍게 하기 위해서였다.

혈압은 90/60으로 올라갔고 닥터 빌링은 휴우 하고 약간 안도의 숨을 쉬었다. 얼마나 걱정을 했는지 이제 이마의 땀방울을 손등으로 훔칠 여유도 생겼다. 그는 탄산가스의 흡수기를 흘끗 바라보았다. 이상은 없는 것 같았다.

7시 56분, 오른손으로 낸시의 눈꺼풀을 위로 올려보았다. 눈꺼풀에 저항이 없고 동공은 크게 확대되어 있었다. 닥터 빌링은 등골이 오싹해왔다. 뭔가 이상하다…… 뭔가 확실히 잘못된 것 같았다.

2월 23일 월요일 오전 7시 15분

1976년 2월 23일, 어슴푸레한 롱우드 가에 작은 눈송이가 흩날리고 있었다. 기온은 영하 8도로 조금씩 연달아 내린 눈이 보도에 쌓이면서 녹을 낌새가 보이지 않았다.

이른 아침, 도시 위에 낮게 드리운 두터운 회색 구름 때문에 태양은 그 빛을 잃고 있었고, 바닷바람을 타고 구름은 점점 짙게 몰려들어 높은 빌딩의 정상을 삼키고 있었다. 새벽이 밝아올수록 오히려 거리는 어둠을 더해갔다. 눈이 온다는 기상 예보는 없었지만 코하셋 지역에서 생성된 눈송이가 멀리 이곳 보스턴까지 날아왔다. 그리고 그것은 롱우드 가와 루이스 파스처 가로 밀려갔고 갑자기 하강하여 대학 기숙사인 3층 건물의 유리창을 세차게 몰아쳤다.

유리 위를 미끄러져 내려야 할 눈송이는 창유리를 덮고 있는 기름 섞인 보스턴의 먼지 때문에 움직이지 않고 있다가 실내의 열을 받아서 서서히 유리 표면으로 먼지와 함께 녹아 내렸다.

수잔 윌러는 창유리에서 그런 드라마가 펼쳐지고 있다는 것을 전혀 알지 못했다. 그녀는 꾸벅꾸벅 졸면서 지난 밤의 종잡을 수 없는 악몽에서 도망치려고 애쓰고 있었다.

2월 23일은 잘하면 좋은 날이 되겠지만 어쩌면 최악의 날이 될 수도 있었다. 의과대학 생활은 갖가지 크고 작은 일의 연속이었으며 그 사이에 가끔 터무니없이 큰 산이 가로막았다.

2월 23일은 수잔 윌러로서는 그 큰 변화를 맞는 날이었다. 5일 전, 그녀는 강의실과 실험실에서 책을 비롯한 다른 교재를 가지고 배우는 기초과학 부분 과정인 의대 2학년 과정을 끝마쳤다. 수잔은 교실 강의와 실험, 논문까지 좋은 성적을 거두었다. 그래서 그녀의 노트는 인기리에 누구나 빌리고 싶어 했다. 처음에는 누구에게나 분별없이 빌려주었지만 나중에는 래드클리프의 교양학부에서 끝났다고 생각했던 경쟁이 여기에도 존재한다는 것을 깨닫게 되자 생각을 바꿨다. 그래서 그녀는 적어도 자기가 결강했을 때 노트를 빌려줄 수 있는 상대에게, 즉 극히 한정된 그룹에게만 빌려주기로 했다. 그렇지만 그녀는 거의 강의에 빠지는 일이 없었다.

그들의 대부분은 수잔의 모범적인 출석률에 대해서 빗대 수군거리기도 했다. 그러나 그녀는 언제나 얻을 수 있는 모든 도움은 얻어야 한다는 말로써 응수했다. 물론 그것이 본심은 아니었다. 남자들이 압도적으로 지배하는 직업의 세계, 교수도 강사도 남자들뿐이니 수잔 월러로서는 공부를 열심히 하지 않으면 안된다고 생각했다. 수잔은 교수를 직업상의 선배로서 전혀 남자로 느껴본 적이 없지만 교수들은 결코 그녀를 같은 눈으로 봐주지 않았다. 말하자면 그녀를 23살의 매력이 넘치는 아가씨로 보는 것 같았다.

그녀의 머리카락은 겨울밀과 같은 색깔로 아주 가늘었다. 길고 섬세해서 머리를 한 묶음으로 하기 위해 핀으로 고정시키지 않으면 바람이 불 때 마구 헝클어졌다. 그러나 묶어두면 머리가 어깨까지 아름답게 드리워졌다. 광대뼈가 솟은 동그스름한 얼굴에 알맞게 들어가 있는 눈은 파랑과 다갈색이 도는 녹색이어서 어떤 상황에서 보느냐에 따라 색조의 변화를 일으켰다. 거기다 타고나기도 했지만, 치과 교정 덕분에 희고 고른 치아를 갖고 있었다.

수잔 월러는 모든 점에서 펩시콜라 광고에 어울릴 만한 외모를 하고 있었다. 23살의 젊고 건강하고 미국적이고 캘리포니아적이며 섹시하게 생겨서 무의식중에 사람을 뒤돌아보게 만들었다. 게다가 그녀는 총명해서 고등학교 시절 아이큐는 언제나 140을 오르내렸다. 그것이 체면을 중시하는 부모를 한없이 기쁘게 했다.

학교 성적도 모든 과목에서 계속 A학점을 받았다. 수잔은 새로운 것을 익히고 머리 쓰는 것을 좋아해서 책을 닥치는 대로 읽었다. 래드클리프 학교는 그녀에게는 최적격이었다. 우수한 성적은 모두가 그녀의 노력에 의한 것이었다. 화학을 전공했지만 될 수 있는 한 문학 쪽 공부도 열심히 했다. 그녀는 아무런 장해 없이 의과대학에 진학했다.

그녀의 매력이 때론 불리할 때도 있었다. 수업시간에 빠지거나 출석하거나 어느 쪽이든 모두가 얼른 알게 되었다. 수업시간에 어려운 질문이 있게 되면 그녀는 빠지지 않고 지명되었기 때문이다. 다른 한 가지는 아무런 근거도 없이 그녀를 이러쿵저러쿵 평가하는 것이었다. 마치 상업광고에 나오는 예쁜 모델처럼 생겼기 때문에 때로는 머리 나쁜 아가씨들과 혼돈해버리는 것이었다.

영리하고 아름다운 것이 유리한 것은 틀림없었다. 그래서 수잔도 뒤늦게나마 그런 장점을 어느 정도 이용하는 것이 좋다는 것을 알게 되었다. 그녀는 약간 복잡하게 얽힌 문제에 설명이 필요할 때마다 곧잘 질문을 했고, 강사나 교수들은 내분비학이든 해부학이든 어떤 과목이든 그녀에게 친절하게 잘 설명해주었다.

수잔은 사람들이 생각하고 있는 것처럼 빈번한 데이트는 하지 않았다. 그녀는 따분한 데이트보다 방안에서 책 읽는 것을 좋아했다. 그동안 몇몇 남자를 만나보았지만 그녀로서는 따분하고 시시할 뿐이었다. 미인인 데다 지성을 갖춘 그녀에게 다가간다는 것이 그리 쉬운 일도 아니었다. 데이트를 신청하는 남자가 별로 없는 그녀는 대부분의 주말을 소설이나 문학서적 혹은 다른 일에 열중하며 지냈다.

2월 23일을 시작하면서 수잔은 안락한 자신만의 세계가 사라지는 것은 아닌가 하는 생각에 두려워졌다.

익숙했던 강의실의 강의가 끝이 나고, 수잔 윌러와 122명의 클래스 메이트들은 강의실을 떠나 임상 무대에 나서게 되었다. 기초의학을 배우고 있는 동안 키운 재능이 실제 환자의 진료에 얼마나 도움이 될지가 궁금했다.

수잔 윌러는 지금 의사 역할을 하고 있는 것과 환자를 다루는 데 있어서 무엇 하나 제대로 하는 것이 없다는 사실을 알았다. 아니 내심 그녀 자신이 의사라는 것도 의심하고 있었다. 이것은 책을 읽고 머리를 굴려서 바로 알 수 있는 것이 아니었다.

2월 23일, 수잔은 아무튼 어떤 방법으로든 환자를 다루어야만 했다. 지난밤에는 편한 잠을 자지 못하고 무서운 출구를 찾아서 낯선 미로를 방황하는 기괴한 악몽에 시달렸다. 앞으로 2, 3일 동안 그녀가 부딪혀야 할 시간들이 지난밤의 악몽과 비슷한 것이 되리라고는 전혀 예상치 못하고 있었다.

7시 15분, 디지털시계가 찰칵 하는 기계적인 소리에 그녀는 꿈에서 깨어났다. 그녀는 트랜지스터에서 귀에 거슬리는 포크 뮤직이 울려나와 방안을 진동시키기 전에 스위치를 껐다. 평소에는 잠을 깨워주는 음악을 믿고 있었지만 이날 아침만은 그런 도움이 필요 없었다. 몹시 긴장하고 있었기 때문이었다.

수잔은 침대 가장자리에 걸터앉았다. 바닥은 차가웠다. 머리카락이 마구 흐트러져서 그 틈새로 방안이 조금밖에 보이지 않았다. 방은 고작 4평 정도였는데 방 끝에 창살이 많은 유리창이 2개가 달려 있었다. 벽돌 건물과 주차장을 향해 있는 창을 그녀는 거의 내다보지 않았다.

벽은 2년 전에 그녀가 직접 페인트칠을 했기 때문에 비교적 깨끗했으며 기분 좋은 담황색으로 그녀가 커튼으로 잘 사용하는 마리메코

핀텍스 천을 아주 돋보이게 하고 있었다. 커튼은 색조가 다른 짙은 녹색에 감색 무늬가 들어 있어서 완벽한 조화를 이루고 있었다. 벽에는 지나간 문화 이벤트의 광고 포스터가 스테인리스 액자에 산뜻하게 걸려 있었다.

가구는 의과대학 기숙사다웠다. 싱글 베드는 편한 잠을 방해하는 구식의 낡은 것이었고, 그밖에 닳아서 해진 안락의자가 있었는데, 이 것은 수잔이 더러워진 세탁물을 놓아두는 용도로만 사용하고 있었다. 책은 침대에 누워서 읽고, 공부는 책상에 앉아서 하기 때문에 안락의 자는 그녀의 말을 빌려보면 전혀 중요한 것이 아니었다.

떡갈나무로 된 책상은 표면에 전에 사용하던 학생의 이름 머리글자를 새긴 듯한 자국과 긁힌 자국이 있었다. 오른쪽 귀퉁이에 생화학이라는 글자와 나란히 외설적인 말도 새겨져 있었다. 그리고 그 책상 위에는 진단학 책이 펼쳐진 채로 놓여 있었다. 요 3일간 그녀는 그것을 여러 번 되풀이해서 읽고 있었지만 그것도 지금의 자신에게 크게 도움이 되지 못하고 있었다.

"빌어먹을!"

수잔은 억양도 넣지 않고 큰 소리로 말했다. 그 말은 특정한 사람이나 물체에 대해 내뱉은 것이 아닌, 2월 23일이 결국 닥쳐왔다는 것에 대한 마음속에서의 반응이었다. 수잔은 그 말을 좋아해서 자주 내뱉곤 했지만 그것은 거의 자신에 대해서만 사용할 뿐이었다. 스트레스를 풀기에는 그 효과도 정말 놀랄 만한 말이었다. 그래서 그녀는 그것을 유용하고 유쾌한 도구라고 생각했다.

따뜻한 시트에서 벌떡 몸을 일으킨 수잔은 오늘도 '아직 15분의 여유가 있구나.' 하고 엉뚱한 생각을 했다. 그것은 그녀가 매일 아침 의식처럼 행하는 시간이었다. 즉 일정한 간격을 두고 계속적으로 울리는 디지털시계의 벨을 멈추게 하고 욕실에 갈 때까지 그저 멍하니 앉아서 어디 법과대학이나 문학전공 대학원 과정이나…… 아무튼 의과대학 이외의 학교로 갔었더라면 하고 생각하면서 보내는 시간이라고 할 수 있었다.

아무것도 깔지 않은 마루의 냉기가 그녀의 발바닥으로 스며들었다. 그 위에 앉자 온몸에 차가운 기운이 퍼져나가 예쁜 유방 끝이 뾰족하게 솟아오르고, 맨살의 허벅지 안쪽으로 소름이 돋았다. 그녀는 얇고 낡은 플란넬 잠옷을 입고 있었는데 그 옷은 5학년 크리스마스 때 받은 것이었다. 거의 매일 밤 적어도 혼자 잘 때 그것을 입고 침대에 들어갔었다. 아무튼 그녀는 그 잠옷을 좋아했다. 복잡하고 빠른 속도로 변하는 생활 속에서 그것은 그런대로 변함없이 평온함을 주는 것인 데다 아버지가 좋아했던 것이기 때문이기도 했다.

수잔은 아주 어렸을 때부터 아버지를 즐겁게 하는 것을 좋아했다. 아버지에 대한 첫 번째 추억은 아버지의 체취였다. 그것은 전원에서 느낄 수 있는 향기와 비누 향을 혼합한 냄새로 그 향은 훗날 그녀가 알게 된 남성특유의 냄새와 유사한 점이 있다고 느꼈다.

아버지는 언제나 그녀에게 상냥했고 그녀는 아버지가 자기를 사랑한다는 것을 알고 있었다. 그것을 하나의 비밀로 여기고 아무에게도, 특히 두 남동생에게도 결코 밝히지 않았다. 그것이 어린 시절과 사춘기에 흔히 있는 난관에 부딪혔을 때 항상 그녀가 갖는 자신감의 원천이 되었다.

수잔의 아버지는 의지가 강하고 가부장적인 남자였다. 사업체로 보험회사를 운영하고 있었는데 관대하고 온화하면서도 카리스마가 넘쳤다. 아이들은 매력이 넘치는 아버지를 최고의 권위자로 인정하고 있었다. 그렇다고 해서 그녀의 어머니가 의지가 약하거나 매력이 없는 것은 아니었다. 단지 아버지의 주장이 훨씬 강력했다. 지금까지 수 잔은 그 상황을 변함없이 인정해왔다. 그러나 어느 때부터 마음속에 혼란이 일기 시작했다.

수잔은 아버지와 닮은 구석이 많았다. 그래서 아버지는 늘 그녀가 자신처럼 살았으면 하고 용기와 격려를 아끼지 않았다. 그런데 그녀 는 자신이 결코 아버지처럼 될 수 없으며 어느 날인가는 자기가 자라 온 가정 같은 가정을 꾸며야 한다는 것을 어렴풋이 깨닫기 시작했다. 한때 그녀는 자신의 어머니처럼 되기를 필사적으로 원했다. 그래서 의식적으로 노력했으나 소용이 없었다. 그녀의 성격은 점점 아버지의 특성을 닮게 되었고 고등학교 때는 매사에 앞장서지 않을 수 없게 되 었다. 그녀는 특별하게 앞장서고 싶지 않았지만 졸업반 때 어쩌다 처 음으로 반장에 선출되었다.

수잔의 아버지는 유별나지도 않았고 강압적이지도 않았다. 수잔이 여자라는 데 신경 쓰지 않고 자신이 하고 싶어 하는 일을 할 수 있도록 용기와 격려를 아끼지 않았다. 수잔이 의과대학에 입학하고 몇몇 클 래스메이트와 친하게 지낼 수 있게 되었을 때 그녀들의 아버지도 자 신의 아버지와 비슷하다는 것을 알게 되었다. 실제로 그녀들의 아버 지를 몇 사람 만났을 때 마치 옛날부터 알아온 느낌이 들 정도로 친밀 감을 느꼈다.

창밑 라디에이터에 열이 전도되는 소리가 들리고 배수구 밸브에서 는 조금씩 증기를 뿜어내기 시작했다. 라디에이터의 시동이 수잔에게 새삼스럽게 방안이 춥다는 생각이 들게 했다. 그녀는 일어나서 기지 개를 켜고 창을 닫았다. 1cm 정도가 열려 있었기 때문이었다.

그녀는 잠옷을 머리 위로 걷어붙이고 욕실 앞의 거울에 자신의 나 체를 비추어보았다. 거울은 그녀를 끌어당기는 기묘한 매력이 있어서 거울에 자신을 비춰보지 않고 그대로 그 앞을 지나치는 것은 거의 불가능했다.

"수잔 윌러, 너는 무용수가 됐으면 좋을 뻔했다."

발끝으로 서서 양 팔을 똑바로 동그랗게 올리고 그녀는 말했다.

"빌어먹을, 의사가 되겠다는 생각은 그만두고 말이야."

그녀는 풍선이 오그라지듯 발바닥이 바닥에 닿을 때까지 서서히 어깨를 떨어뜨리며 몸을 내렸다. 그러고는 거울에 비치는 자기 모습에 넋을 잃고 바라보았다.

"그렇게 될 수 있다면 정말 좋겠어."

수잔은 나직하게 중얼거렸다. 그녀는 자신의 몸매를 자랑스럽게 생각했다. 부드럽고 나긋나긋하며 게다가 강하기도 해서 조화가 잘 잡혀 있었다.

그녀는 댄서가 되려고 했으면 될 수도 있었을 것이다. 균형도 잘 잡혔고 리듬이나 움직임의 감각도 타고난 듯했다. 그녀는 래드클리프를 졸업하고 뉴욕의 무용계에서 활동하고 있는 친구인 칼라 커티스가 부러웠다. 그러나 수잔은 이런 공상에도 불구하고 자신이 현실적으로 무용계에 들어갈 수가 없다는 것을 잘 알고 있었다. 자신에게는 끊임없이 두뇌를 활동시키는 천직이 필요했다.

수잔은 거울 속의 아가씨를 향해서 얼굴을 찡그리고 혀를 내밀어 보이고는 욕실로 들어갔다.

욕실로 들어가자마자 그녀는 샤워 손잡이를 돌렸다. 뜨거운 물이 나올 때까지 4, 5분은 걸렸다. 눈앞의 머리를 젖히고 욕실의 거울에 자신의 얼굴을 비추어 보았다. 콧날이 조금만 가늘었다면 아주 매력적일 텐데 하고 생각하면서 그녀는 '오소-노이엄'이라는 향수 비누로 몸을 씻기 시작했다.

다른 개성도 있었지만 그녀의 특징은 모든 면에서 현질적이라는 점이었다. 강한 의지와 실질적인 성품의 소유자였다.

2월 23일 월요일 오전 7시 30분

보스턴 메모리얼 병원은 보스턴 지역에 잘 알려진 건축가가 제법 있었음에도 불구하고 그렇게 잘 지어진 건물은 아니었다. 그래도 중앙 건물은 100여 년 전에 그런대로 스마트하게 지어진 것이었다.

최신 기술과 감각을 잘 살려 갈색 돌로 멋을 부렸지만 불편할 정도로 규모가 작고 높이도 2층밖에 안되었다. 게다가 일반 병실은 구식으로 시대에 뒤떨어졌고 현대적인 실용성도 결여되어 있었다. 다만 홀 구석구석에 스며있는 의학계의 역사가 건물 해체를 못하게 하고 있었다.

중앙 건물보다 큰 여러 동의 건물이 연구실로 쓰였다. 둔각으로 수없이 많은 벽돌을 높게 겹쳐 쌓아 지은 건물이 이젠 더러운 먼지가 잔뜩 쌓인 창과 평탄하고 단조로운 지붕을 이고 서 있을 뿐이었다.

건물은 침상이 필요하다든가 기금을 이용할 수 있다든가 그때그때의 이유로 생각나는 대로 증축했다. 때문에 두세 동의 조그만 연구실 건물을 제외하고는 다 볼품이 없었다. 이 연구실 건물은 지원금이 많이 들어온 덕에 유능한 건축가를 얼마든지 초빙할 수 있었다. 그러나 건물 모양 따위에 관심을 기울이는 사람은 거의 없었다.

이 병원은 이곳에 널려 있는 많은 건물의 숫자보다 훨씬 다른 큰 의미를 가지고 있었다. 사람들은 이 병원의 이름만 들어도 감상적으로 변했다. 다시 말하면 이 보스턴 메모리얼 병원은 건물이 크고 많다는 것보다는 현대 의학의 신비와 마술을 가득 담고 있는 것에 더 의미를 두었다.

사람들은 이 병원에 들어서면 공포와 흥분이 뒤섞인 이야기를 하게 되었다. 그리고 의학에 종사하는 인간으로서는 이곳이 메카이며 학문으로서도 최고봉에 가까이 가게 된다고 생각했다.

병원 주위의 경치는 볼만한 것이 없었다. 한쪽은 북쪽에 위치한 역으로 통하는 미로와 같은 철도 선로가 이어졌고, 철도 위로 거대한 규모의 강철 구조물로 놓인 하이웨이가 지나가고 있었다.

반대쪽은 저소득층 가족을 위한 개발 단지로 만들어져 있었는데 빈민층을 위한다는 원래 취지는 사라지고 그곳에는 부자나 특권층 무리들만 살고 있었다. 그 이유는 아무래도 악명 높은 보스턴 시 정부의 부패와 관계가 있었던 것 같았다.

그 아파트들은 겉으로는 별다른 모양을 갖추고 있지 않아서 저소득층이 살고 있는 것처럼 보이지만 사실은 집세가 터무니없이 비싼 바람에 부자나 특권 계급의 무리들만 살고 있었다.

병원 바로 앞에는 보스턴 항구가 블랙커피 같은 색깔의 썩은 물을 끌어안고 얄궂은 냄새를 풍기고 있었다. 또 병원과 항구 사이를 연결하는 시멘트 운동장에는 버려진 신문지로 쓰레기장을 이루고 있었다.

이 월요일 아침 7시 반, 벌써 메모리얼 병원의 수술실은 어디나 모두 활기에 넘치고 있었다. 예정된 수술이 시작되면 5분 내에 21개의 메스가 저항 없는 인간의 피부를 가른다. 타일이 깔린 21개의 방 가운데서 상당수의 인간의 운명이 수술의 진행과 그 병변 여하에 달라지게 된다.

수술실은 오후 2시나 3시까지는 어느 정도 끝나지만 분주하고 빠르게 지나갔다. 밤 8시, 9시에도 아직 두어 군데 수술실이 수술을 계속하고 있기도 하는데, 이튿날 아침 7시 반의 러시아워까지 계속되는 날도 있었다.

수술동의 부산한 움직임과는 정반대로 외과 사무실은 아주 조용했다. 9시가 지나야 커피 타임이 시작되기 때문에 거기에는 사람이 둘밖에 없었다. 세면대 옆에 환자 같은 남자가 있었는데, 그는 그의 나이인 62살보다 훨씬 더 늙어보였다. 그는 바삐 세면대를 닦고 있었는데 물속에 반쯤 채워진 20개 남짓한 커피 잔은 움직이려고도 하지 않았다.

그의 이름은 월터스라고 했지만 그것이 성인지 이름인지 아는 사람은 거의 없었다. 그의 이름은 사실 체스트 P. 월터스였는데 그 사이에 있는 P.가 무엇의 약자인지 타인은 물론이거니와 월터스 자신도 알지 못했다. 그는 16살 때부터 이 메모리얼 병원의 수술실에 고용되어 있었는데 사실 일 같은 것도 거의 하지 않고 있음에도 불구하고 아무도 그를 감히 해고하려고 하지 않았다. 몸의 컨디션이 좋지 않다고 그 자신도 말하고 있듯이 얼굴빛이 좋지 않았다.

피부는 창백하고 언제나 기침을 했다. 기관지 깊숙이 있는 담이 그르렁거리고 있었는데도 결코 그는 그것을 큰 기침을 해서 뱉어내려고 하지 않았다. 그는 마치 항상 입 오른쪽 끝에 물고 있는 담배를 피우지 못할 정도로 기관지에 가래가 차오르지 않는 것이 다행스런 모양이었다. 그는 한 번씩 머리를 왼쪽으로 돌리곤 했는데, 그렇게 하지 않으면 연기가 눈을 가리기 때문이었다.

외과 사무실에 있는 다른 한 사람은 외과의 중간 레지던트인 마크 H. 벨로우즈였다. H는 어머니가 결혼하기 전 이름인 햄펀의 약자였다. 마크 벨로우즈는 노란 공용 서식 용지에 뭔가 부지런히 기록하고 있었다. 월터스의 담배와 기침은 벨로우즈를 몹시 괴롭혔다. 벨로우즈가 얼굴을 들 때마다 월터스는 기침을 시작했다. 그가 왜 그리도 자신의 몸에 피해를 입히고 게다가 고치려고도 하지 않는지 벨로우즈로서는 이해할 수 없었다.

벨로우즈는 담배를 한 번도 피운 적이 없었다. 월터스가 왜 이런 모습으로 게다가 일도 하지 않는데도 수술실을 지킬 수 있는지 이것도 벨로우즈로서는 이해할 수 없었다. 적어도 메모리얼 병원의 외과는 현대 외과 기술의 극치를 이루는 곳이었다. 그래서 자신이 이 병원에 근무한다는 것이 해탈의 경지에 이르는 길로까지 여겨졌다.

그는 레지던트로 임명되기 위해 오랜 세월 동안 무던히 애를 쓰고 있었다. 그러나 벨로우즈가 이러한 자부심을 가지고 있는 이곳에 어떻게 이런 노인이 버티고 있을 수 있는지 너무나 어이없다는 생각을 했다.

평소 같으면 마크 벨로우즈는 21개의 수술실 중 어느 한 곳에서 수술을 하고 있거나 지시를 받고 있을 터였다. 그런데 2월 23일 이날은 본래의 임무에다 5명의 실습 의대생을 지도하는 책임을 추가로 맡게 되었다. 이날 벨로우즈는 베어드 5병동에 배치되었다. 이곳은 일반 외과의 근무 장소로서는 좋았고 최고라 해도 좋을 정도였다. 또 베어드 5병동의 중간 레지던트로서 벨로우즈는 수술동 부근에 있는 외과의 중환자실까지도 맡고 있었다.

벨로우즈는 의자 가까이 있는 테이블에 손을 뻗어 얼굴도 들지 않고 커피 잔을 잡았다. 그리고 뜨거운 커피를 홀짝거리며 마시다가 갑자기 잔을 딸깍하고 놓았다. 학생들을 강의하는 데 필요한 조수 한 사람을 생각하는 중이었기 때문에 그는 종이 위에 재빨리 생각나는 이름을 썼다. 눈앞의 낮은 책상 위에 외과 전용 용지가 놓여 있었다. 그는 그것을 집어서 다섯 학생의 이름을 읽었다. 조지 나일즈, 하비 골드버그, 수잔 월러, 제프리 페어웨더 III세, 폴 카핀. 그중에서 두 이름만 인상에 남았다. 페어웨더라는 이름에서는 옛 잉글랜드 가문 출신의, 안경을 걸치고 브룩스 브라더스의 셔츠를 입은 연약한 도련님의 이미지가 떠올라서 그는 슬그머니 웃음이 나왔다.

그리고 수잔 월러가 눈에 띄었다. 그는 여자들을 좋아하는 편이었기 때문에 반대로 여자 역시 자기를 좋아할 것이라고 생각했다. 벨로우즈는 운동선수 분위기를 지닌 데다가 의사였기 때문에 나름대로 자신감을 가지고 있었다. 그러나 사실은 사교적이지 못한 데다가 그다지 세심하지도 않았다. 오히려 동료 의사들과 마찬가지로 순진할 뿐이었다.

수잔 월러라는 이름을 보자 그는 여학생이 한 사람 정도 있으면 일의 번거로움도 약간은 적어질 것이라고 생각했다. 그 이름에서 결코 어떤 이미지를 생각하려고 하지 않았다. 왠지 그의 두뇌에는 무언가 여대생에 대한 고정관념이 있어서 그런 것은 의미가 없다고 생각했다.

마크 벨로우즈는 이 메모리얼 병원에 2년 반 동안 있었다. 지금까지 아무 일 없이 예정된 과정을 확실히 마칠 수 있었고, 앞으로 만사가 순조롭게 되면 노력 여하에 따라서 주임 레지던트가 될 전망도 보였다. 중간 레지던트로 있는 동안에 자신이 뽑혀서 실습생 그룹을 가지게 된 것은 비록 귀찮은 일이긴 했지만 그것은 상당히 운 좋은 일이었다. 어쩌면 뜻밖의 일로 휴 케이시가 간염으로 쓰러지는 통에 이루어진 일이었다.

휴 케이시는 고참 레지던트 중 사람으로 올 1년 동안 두 조의 의학생을 지도하는 일을 맡고 있었다. 그런데 간염이 불과 3주 전에 발병한 것이다. 그 직후 벨로우즈는 닥터 하워드 스타크의 방으로 오라는 메시지를 받았다. 사실 외과부장의 방으로 출두하라는 명령을 받으면 누구나가 그런 경향이 있듯이 편집병적인 기분을 맛보았다. 그래서 뭔가 질책 받을 것을 예상하고 그에 대비해서 최근에 혹시 어떤 실책이 있었는지 생각해보았다.

그러나 스타크는 평소의 성격과는 정반대로 매우 유쾌한 기분으로 벨로우즈가 최근에 시도한 휘플 수술의 성과를 칭찬했다. 뜻밖의 상냥한 말을 한 스타크는 벨로우즈에게 케이시를 위해 계획된 의학생 교육을 맡을 마음이 있는지 물었다. 사실 벨로우즈는 베어드 5병동에 배치돼 있는 동안에는 그 제안을 거절하고 싶었다. 물론 제안하는 형식을 취하긴 했지만 사실은 지시하는 것이나 마찬가지였다. 지금까지 스타크의 명령을 거절한 사람은 아무도 없었다. 그런 짓을 한다는 것은 의사로서 자살 행위와 다를 바 없음을 그는 잘 알고 있었다. 이 스타크가 모욕을 당했을 때 어떤 복수를 할까를 생각하자 벨로우즈는 재빨리 그것을 받아들였다.

벨로우즈는 직선 자를 사용해서 노란 공용 서식에 1인치 정도 되는 작은 사각형을 그려넣었다. 그리고 앞으로 학생들을 지도할 예정인 30여 일간의 날짜를 그 속에 써 나갔다. 그리고 그 사각 속에다 오전 오후로 나누어 하루 일과를 기록할 수 있도록 했다. 매일 아침 강의를 하도록 계획을 세웠기 때문에 바쁜 틈을 이용해서 오후에는 스케줄에 맞게 청강할 학생들을 선정하기로 했다. 강의할 내용도 중복되지 않도록 정해두었다.

벨로우즈는 지난주에 29살이 되는 생일 축하를 받았다. 그러나 그의 나이를 짐작하기는 쉽지 않았다. 피부는 남자치고는 매끄러웠고 멋진 육체를 가지고 있었다. 또 매일 어김없이 5킬로 가까이 조깅을 했다. 다만 30을 바라본다는 사실을 단 한 가지 증명하는 것은 정수리 부분의 머리카락이 숭숭하다는 것과 약간 대머리가 벗겨진 이마에 머리털이 난 선이었다. 양쪽 귀 위쪽에 거의 눈에 띄지 않을 정도의 흰 머리가 나 있었고, 표정은 상냥했으며 푸른 눈매에 남에게 평온함을 주는 부드러운 성격이어서 대부분의 사람들이 마크 벨로우즈를 좋아했다.

베어드 5병동에는 2명의 인턴이 로테이션으로 근무하고 있었다. 새로운 직제 개편에 따라 그들을 레지던트 1년생이라고 불러야 했지만 벨로우즈나 다른 레지던트들도 아직 그들을 인턴이라고 부르고 있었다. 한 사람은 존스 홉킨스대학에서 온 다니엘 카트라이트, 다른 하나는 예일대학에서 온 로버트 레이드였다. 그들은 지난 해 7월부터 인턴으로 근무하면서 어려운 고비를 많이 넘겼다. 그런데다 2월에 흔히 겪는 인턴 우울증도 경험했다.

1년의 태반이 지나자 그들은 일의 특이함이나 무시무시한 책임감에도 둔감해져 있었다. 게다가 1년이 끝나려면 아직 멀었지만 하룻밤 건너 당직하는 부담에서 이제 슬슬 해방되어도 좋을 때였다. 그래서 벨로우즈는 그들을 위해 신경을 써야만 했다.

카트라이트는 응급실로, 레이드는 베어드 5병동에 배치했다. 벨로우즈는 이 두 사람을 학생 지도에도 동원하려고 했다. 카트라이트는 약간 외향적인 데다 활달해서 도움이 될 것 같았다. 레이드는 흑인인데 밤에 자기를 깨워서 고생시키는 것은 인턴이어서가 아니라 자신의 피부색 탓이라고 생각했다. 그것도 2월의 우울증 증상의 하나겠지만 벨로우즈는 카트라이트 쪽이 도움이 될 것이라고 생각했다.

"고약한 날씨군."

월터스는 무뚝뚝하게 벨로우즈에게 말한 모양이었지만 혼잣말로 아무에게나 말하는 것처럼 들렸다. 그것이 월터스의 상투적인 말투였다. 그로서는 항상 고약한 날씨였다. 약간 기분이 좋다고 그가 느끼는 것은 기온 24도, 습도 30퍼센트인 날 뿐이었다. 그 기온과 습도가 아무래도 월터스의 폐 깊숙이 병들어 있는 기관지와 잘 맞는 모양이었다. 보스턴의 기후가 이처럼 까다로운 조건에 꼭 맞기는 드물기 때문에 월터스로서는 항상 고약한 날씨였다.

"네."

벨로우즈는 창밖을 내다보면서 건성으로 대답했다. 월터스의 그 말에 동의할 만한 날씨였다. 하늘은 회색구름이 짙게 깔려 어두웠다. 그러나 벨로우즈의 관심은 다른 곳에 있었다. 배당받은 다섯 학생을 생각하자 갑자기 즐거워졌다. 그가 병원생활을 돋보이게 하도록 그들이 도와줄지도 모른다는 생각이 들었다. 만일 그렇다면 이러한 시간 투자는 큰 가치가 있는 것이 된다.

아무튼 메모리얼 병원에서 장래 지위를 확보하기 위해서는 냉정하리만큼 생각을 잘 해야만 경쟁에서 이길 수 있었다. 벨로우즈는 뛰어난 상황분석 능력을 가지고 있었다.

"사실은 제가 좋아하는 날씨입니다, 월터스."

벨로우즈는 의자에서 일어나면서 기침하고 있는 월터스에게 빈정거리는 투로 말했다. 월터스가 벨로우즈를 올려다보았을 때 담배가 입 꼬리에서 썰룩하고 움직였다. 그러나 그가 무슨 말을 하기 전에 벨로우즈는 다섯 학생들을 만나기 위해 문을 열고 나가버렸다. 그에게는 이번 힘든 일이 전화위복이 될 것이라고 여기면서.

2월 23일 월요일 오전 9시

수잔 윌러는 제프리 페어웨더의 재규어 승용차 편으로 기숙사에서 병원으로 갔다. 차는 구 모델인 X150으로 아무리 끼어 타려고 해도 세 사람밖에 탈 수가 없었다. 폴 카핀은 페어웨더의 친구여서 나머지 한 자리의 행운이 그에게 떨어졌다. 조지 나일즈와 하비 골드버그는 9시에 메모리얼 병원에서 마크 벨로우즈와 만나기 위해서 보스턴 지하철 러시아워의 물결에 정면으로 부딪혀야 했다.

재규어는 대부분 영국 차들이 그렇듯이 불편함은 약간 있었지만 일단 출발하자 6킬로 남짓 쾌속으로 달렸다. 윌러, 페어웨더, 카핀 세 사람은 8시 45분에 메모리얼 병원 중앙 출입구로 걸어 들어갔다. 다른 두 사람은 지하철이 같은 거리를 30분에 달려주도록 기대했지만 도착한 것은 8시 55분이었다. 1시간 정도 걸린 셈이었다. 벨로우즈와의 미팅은 베어드 5병동 라운지에서 하도록 되어 있었는데 그곳을 어떻게 가야 하는지 아무도 아는 사람이 없었다.

그들은 일단 병원 안을 걷고 있기만 하면 어딘가 적당한 장소에 닿게 되겠지 하고 생각했다. 의과대학생들은 일반적으로 수동적인 경향이 있었다. 처음 2년간 9시부터 오후 5시까지 계속 강당에 앉아서 강의를 듣다 보면 어쩔 수 없이 그런 경향이 생겼다.

두 그룹은 어쩌다 중앙 엘리베이터가 있는 곳에서 만났다. 윌러, 페어웨더, 카핀 세 사람은 중앙출입구 바로 건너편에 있는 톰슨 빌딩의 엘리베이터를 타고 가보기로 했다. 워낙 계획 없이 지어졌기 때문에 메모리얼 병원은 마치 미로 같았다.

"내가 이곳을 좋아하게 될지 모르겠군."

러시아워라 혼잡한 엘리베이터의 사람들 틈에 끼어 시달리면서 조지 나일즈는 수잔 윌러에게 낮은 목소리로 말했다. 수잔은 나일즈의 짧은 한마디가 무슨 뜻인지를 잘 알 수 있었다. 어디든 가고 싶지 않은 곳에 가서 그곳을 찾지 못해 곤란을 겪을 때 그 곤혹스런 기분에 새삼스레 욕을 하고 싶어지는 것이 인간인 것이다. 다섯 학생들 모두 갑자기 자신감이 상실되고 있었다.

물론 메모리얼 병원은 의학계에서는 가장 명성이 높은 병원이었기 때문에 누구나 이곳에 오기를 원했다. 그러나 동시에 그들이 의사가 된다는 의미와 실제로 의술을 잘 실행할 수 있다는 문제에 있어서는 괴리감을 느꼈다. 그들의 백의의 가운은 겉으로는 의사와 같게 보이게 하지만 사실은 아직 제일 가벼운 환자조차 다룰 능력이 없었다. 왼쪽 주머니에 삐쭉 드러나 있는 청진기도 서로의 가슴과 몇몇 환자의 가슴에 대보았을 뿐이었다. 세포 속의 포도당 분해에 대한 복잡한 생화학적 단계를 기억해봤자 실제로 환자를 진료하는 데는 아무런 도움이 되지 않았다.

그러나 다섯 사람 모두 미국 최고의 의과대학에서 온 학생들이었다. 그래서인지 그들은 주눅들지 않고 베어드 5병동을 향해 한 층 한 층 가까이 다가가고 있었다.

문이 열리고 수술복을 입은 의사 한 사람이 2층에서 내렸다. 그들은 한창 진행 중인 수술실 주변을 힐끗 쳐다보았다.

5층에서 내린 학생들은 어디로 가야할지 몰라서 우왕좌왕했다. 수잔은 먼저 복도를 따라서 간호사실 쪽으로 걸어갔다. 아래 층의 수술실과 마찬가지로 베어드 5병동의 간호사실도 벌집을 쑤신 듯이 떠들썩했다. 병동 직원들은 오른쪽 귀에 수화기를 대고 오전의 채혈 검사 결과를 보고하고 있었다. 수간호사 테리 린퀴비스트는 수술 예정표를 체크하며 1, 2시간 후에 수술할 환자에게 수술 전 투약이 틀림없이 행해졌는지 확인하고 있었다. 그밖에 간호사 6명과 간호보조사 3명이 각각 할당된 수술실로 환자를 옮기거나 수술이 끝난 환자의 간호에 열심이었다.

수잔 윌러는 애써 불안한 마음을 감추면서 침착하게 복잡하게 움직이는 그곳으로 가까이 갔다. 기록 담당 직원에게 물어봐야겠다고 생각했다.

"죄송합니다. 말씀 좀 묻겠는데요……."

수잔이 말을 꺼내자 기록 담당 직원은 수잔을 향해 왼손을 들었다.

"한 번 더 말씀해주세요. 여긴 아주 시끄러워서요."

그는 치켜 올린 어깨와 머리 사이에 수화기를 낀 채 외치면서 앞에 있는 용지에 뭔가를 적고 있었다.

"그 환자에게 BUN(혈중요소질소)도 처방됐겠군요!"

그는 전화 상대에게 어처구니없다는 듯이 머리를 흔들고는 수잔을 올려다보았다. 그러나 그녀가 무슨 말을 하기도 전에 그의 눈은 꺼내놓은 차트 쪽으로 돌아갔다.

"물론, 틀림없이 BUN의 지시가 나와 있단 말이야."

그는 지시 전표를 찾느라 미친 사람처럼 차트를 여기저기 뒤적거리고 있었다.

"지시 전표는 내가 썼단 말이야."

그는 전표를 체크했다.

"이봐, BUN이 없으면 닥터 니뎀이 화낼 거다…… 뭐?…… 좋아, 혈청이 부족하면 다시 가지러 와. 검사 결과는 나왔겠지? 물론 필요하지!"

그는 여전히 수화기를 귀와 어깨 사이에 낀 채 수잔을 올려다보았다. 그리고 재빨리 물었다.

"무슨 일로?"

"우린 학생인데 말씀 좀……."

"미스 린퀴비스트한테 물어보는 게 좋을 것 같은데요."

직원은 서둘러 말하고 서류에 눈을 떨어뜨리며 미친 듯이 받아쓰기 시작했다. 그리고 잠깐 손을 쉬었다가 수잔을 보면서 테리 린퀴비스트 쪽을 펜으로 가리켰다.

수잔은 눈을 들어 테리 린퀴비스트를 보았다. 그녀는 자신보다 4, 5살 쯤 위로 보였다. 건강미가 넘치는 매력적인 여성으로 보였지만 수잔의 기준으로 본다면 살이 좀 쪄 보였다. 그녀도 그 직원과 마찬가지로 바쁜 것 같았지만 수잔은 그런 곳에 여유를 부릴 수가 없었다. 다른 간호사들을 봐도 말을 들어줄 만한 사람은 없었기 때문에 수잔은 린퀴비스트 쪽으로 다가갔다.

"미안하지만, 우린 의대생들인데요……."

"아니, 뭐라고?"

테리 린퀴비스트는 말을 가로막고 얼굴을 들어 마치 편두통이 심하게 발작한 것처럼 이마에 손등을 갖다 댔다.

"때 맞춰 잘도 왔군. 1년 중에서 제일 바쁜 때 하필이면 학생들까지 왔다니……."

그녀는 화가 난 표정으로 수잔을 노려보았다.

"제발 날 힘들게 하지 말아요."

"그런 게 아녜요. 베어드 5병동의 사무실이 어딘지 가르쳐줬으면 해서요."

수잔은 엉거주춤한 자세로 말했다.

"저 큰 책상 맞은편 문으로 들어가요."

테리 린퀴비스트는 약간 말을 부드럽게 했다.

수잔이 돌아서 동료들 쪽으로 걸어가기 시작했을 때 테리 린퀴비스트는 간호사 한 사람에게 큰소리로 말했다.

"낸스, 믿을 수 없겠지만 이런 날이 가끔 있는 거야. 뭐가 난데없이 나타난지 알아?······ 햇병아리 의대생 신참님들이시란다."

날카로워졌던 수잔의 귀에 베어드 5병동 팀의 한숨과 신음소리가 들렸다. 그녀가 장식이 없는 2개의 흰색 문을 향해 걸어가자 다른 학생들도 그에 보조를 맞췄다.

"아주 멋진 대접이군."

카핀이 투덜대며 말했다.

"응, 대단한 환영식이야."

페어웨더가 거들었다. 어떻게 적응해야 하는지 자신감이 없으면서도 그들은 아직 자신들이 대단한 인물이라고 생각하고 있는 듯했다.

"아······ 2, 3일만 지나면 간호사들도 다 요리할 수 있게 될 거야."

골드버그는 한 발 더 나갔다. 수잔은 뒤돌아서 골드버그를 한심하다는 듯한 눈으로 보았으나 그는 전혀 눈치 채지 못했다.

수잔은 회전문을 열고 들어갔다. 실내에는 헌책, 그것도 태반이 상당히 오래된 의사용 지침서들과 처방전, 더러워진 커피 잔, 쓰다 버린 주사바늘이 어지럽게 흩어져 있었다. 왼쪽 벽을 따라서 맞은편 벽까지 책상 높이의 카운터가 있었고, 그 중간쯤에 상업용으로 보이는 대형 커피 메이커가 놓여 있었다.

커튼도 없는 창은 바깥쪽으로 보스턴의 먼지를 몽땅 뒤집어쓰고 있었는데, 겨우 유리를 통해서 비치는 2월 아침의 희미한 햇빛이 낡은 리놀륨 바닥 위에 어렴풋이 그림자를 지게 하고 있었다. 방안의 조명은 천장 가득히 줄 지어 있는 형광등에 전적으로 의존을 하고 있었다.

오른쪽 벽에는 분필가루 투성이의 흑판이 매달려 있었고 방 한가운데에는 오른쪽에 받침이 있는 사무실용 책상이 몇 개 놓여 있었다. 그 중의 한 개가 벨로우즈용으로 흑판 앞 가까이에 있었고, 그는 책상 위에 노란색 공용 서식을 놓고 앉아 있었다. 학생들이 우르르 몰려들어왔을 때 벨로우즈는 왼팔을 들어 시계를 보았다. 이 동작은 의도적으로 한 것이었는데 학생들은 그 제스처를 곧 알아차렸다. 특히 성적 평점을 따는 데 민감한 골드버그도 벨로우즈의 행동의 의미를 금방 알아차렸다.

몇 분 동안 입을 여는 사람은 아무도 없었다. 벨로우즈는 그런 효과를 노리고 잠자코 있었다. 학생들과 함께 지낸 경험은 없었지만 자기의 과거를 뒤돌아보고 그는 여기서 권위를 보여야 한다고 생각했다. 학생들은 벌써 불안해했고 주눅이 들어서 조용했다.

"20분이군."

벨로우즈는 한 사람 한 사람 학생들의 얼굴을 보면서 말했다.

"이 미팅은 9시에 하기로 되어 있었는데……. 9시 20분이 아니고 말이야."

자신이 특별히 눈에 띄지 않도록 하기 위해 아무도 얼굴의 근육 하나 움직이는 사람이 없었다.

"첫날부터 이런 식으로 나오면 곤란해."

그는 위엄 있게 말하고 천천히 일어나서 분필 하나를 집었다.

"외과에는, 특히 이 메모리얼 병원의 외과에는 중요한 규칙이 하나 있다. 모든 것이 시간대로 행해진다는 것이다. 여러분은 이것을 명심해두는 것이 좋을 것이다. 그렇지 않으면 여러분은 여기서……."

벨로우즈는 흑판을 분필로 두드리면서 적당한 말을 찾았다. 문득 수잔 윌러를 보자 그녀의 용모가 한순간 그의 마음을 크게 동요시켰다. 그는 창밖을 바라보면서 말했다.

"……길고 추운 겨울을 경험하게 될 것이다."

벨로우즈는 학생들 쪽을 돌아보고 어느 정도 준비했던 서론을 얘기하기 시작했다. 그리고 얘기하면서 학생들의 얼굴을 하나하나 보았다. 그는 확실히 페어웨더를 알아볼 수 있었다. 네모진 호박색 뿔테 안경을 쓴 모습이 벨로우즈가 상상하고 있던 그대로였다. 그리고 골드버그도 알아볼 수 있었다. 남은 두 남학생은 분간하기가 어려웠다.

다시 한 번 일부러 수잔을 보았는데 그는 다시 아까와 마찬가지로 순간적으로 일어나는 혼란을 느꼈다. 그는 이처럼 매력 있는 여학생에 대한 대비가 돼 있지 않았다. 그녀는 짙은 감색 슬랙스를 입고 있었는데 그것이 그녀의 허벅지를 꽉 끼고 있었다. 위에는 엷은 담청색 옥스퍼드지 셔츠를 입고, 짙은 감색과 빨간색이 어우러진 실크 스카프를 목에 감아서 악센트를 주고 있었다.

의대생용 가운은 앞이 벌어져 있어서 그녀의 불룩한 가슴이 두드러져 보였다. 학생을 지도하기 위해 짜놓은 벨로우즈의 계획에는 이런 점이 전혀 고려돼 있지 않았다. 그는 당분간 될 수 있으면 수잔을 쳐다보지 않기로 했다.

"여러분은 이 메모리얼 병원의 외과에 배치되는 3개월 기간 중 1개월 동안만 이 베어드 5병동을 돌게 된다."

벨로우즈는 평소의 단조로운 화법에 의학 교수법을 가미해서 얘기를 계속했다.

"여러 가지 점에서 이런 방법에는 편리한 점도 있고 또 불편한 점도 있다. 세상에는 이런 것들로 꽉 찼지만……."

이 약간 철학적인 표현에 카핀은 킥킥거리고 웃었지만 아무도 웃는 사람이 없다는 것을 알고는 곧바로 입을 다물었다.

벨로우즈는 카핀을 주시한 채 말을 계속했다.

"베어드 5병동의 실습에는 외과 응급실의 일도 포함된다. 앞으로 여러분은 글자 그대로 응급실 체험에 부딪히게 되는데, 큰 장점이라고 하겠다. 단점이라면 응급실 체험을 너무 빨리하게 된다는 것이다.

여기는 여러분의 첫 임상 배속이라고 생각하는데, 그렇지 않은가?"

카핀은 양 옆을 보고 마지막 질문이 자기에게 묻고 있다는 것을 확인했다.

"우린……."

그는 약간 머뭇거리다가 헛기침을 했다. 그러고는 다시 말했다.

"그렇습니다."

"응급실은,"

벨로우즈는 말을 계속했다.

"응급실은 배울 것이 많은 곳이긴 하지만 환자를 처치하는 데 있어서 가장 힘든 곳이기도 하다. 여러분이 어떤 환자를 위해 처방전을 쓸 때는 언제나 나나 그때 곁에 있는 당직 인턴 중 한 사람의 공동 서명이 있어야 한다. 응급실에서의 처방전은 하루에 몇 번이든 공동 서명이 있어야 한다. 알겠나?"

벨로우즈는 수잔을 포함해서 전 학생들의 얼굴을 한 사람 한 사람 보았지만 수잔은 표정을 바꾸지도 않았고 그의 시선을 피하지도 않았다. 수잔이 받은 벨로우즈의 첫 인상은 별로 호의적인 것이 아니었다. 그의 태도는 인위적인 것으로 보였고 시간을 지키라는 잔소리도 너무 성급했던 것 같아서 약간 불필요한 게 아닌가 하는 느낌이 들었다.

말의 단조로움에 가미해서 철학적인 의미를 내포한 쓸데없는 이야기, 그것은 수잔이 전에 들은 이야기와 읽은 책에서 알게 된 외과의의 성격을 그대로 드러내는 것이었다…… 말하자면 변덕이 심하고 이기적이며 남의 흉을 보는 데는 과민한, 무엇보다 매력이 없는 것 같았다. 수잔은 마크 벨로우즈가 남성이라는 사실은 염두에 두지 않았다. 그런 생각조차 들지 않았다.

벨로우즈는 인위적이고 단조로운 목소리로 다시 말하기 시작했다.

"여러분이 베어드 5병동에 배속되고 있는 동안 매일 무엇을 할 것인가 하는 대략적인 예정표를 복사해두었다. 병동과 응급실 환자들을 여러분에게 배당하게 되는데 인턴과 함께 직접 환자를 진료해야 한다. 근무 스케줄은 서로 의논해서 공평하게 짜도록 한다. 그날 배당된 근무자가 그날의 모든 처치를 다 맡아서 해야 한다. 야간 근무를 위해 적어도 한 사람씩 밤을 새워야 할 것이다. 다시 말해서 한 사람이 5일에 한 번씩 당직이 돌아오게 되는 것이니, 그렇게 부담되지는 않겠지. 사실 그것은 평균수준을 밑도는 것이라고 하겠다. 아무튼 여러분 중에 적어도 한 사람은 이곳에 묵도록 해야 한다. 모두 오늘 중에 의논해서 당직 예정표를 내게 제출해주도록. 응급실의 회진은 매일 아침 6시 반에 시작된다. 회진할 때 제출할 필요한 자료를 위해 그 전에 환자를 진찰해두기 바란다. 알겠나?"

페어웨더는 당황한 듯이 카핀의 얼굴을 보았다. 그리고 상반신을 구부리고 그의 귀에 속삭였다.

"제기랄, 잠들기도 전에 일어나게 생겼네!"

"무슨 질문 있나? 미스터 페어웨더?"

벨로우즈가 물었다.

"없습니다."

페어웨더는 민첩하게 대답했다. 그는 벨로우즈가 자기의 이름을 알고 있다는 사실에 섬뜩했다.

벨로우즈는 다시 한 번 시계를 보고 나서 말했다.

"우선 여러분을 병동으로 데리고 가서 간호사들을 소개해주겠다. 모두 여러분을 만나게 되어 매우 기뻐할 것이다."

벨로우즈는 야릇한 웃음을 지었다.

"우린 이미 경험했는데요. 정말 대단히 기뻐하더군요."

수잔이 처음으로 입을 열었다. 그 목소리를 듣고 벨로우즈는 뒤돌아서 그녀를 응시했다.

"브라스 밴드로 환영 받는 것은 기대하지 않았지만, 그렇다고 그렇게 차갑게 대접 받으리라고는 생각하지 못했어요."

수잔을 처음 보았을 때부터 벨로우즈는 약간 의기가 꺾이는 듯했는데 그 활발한 말투에 맥박이 약간 빨라졌다. 그는 뭔가 몸속에서 울컥 끓어오르는 것을 느끼고 옛날 고등학교 시절, 응원하는 치어걸들이 옷을 벗었으면 좋겠다는 생각을 했던 때를 떠올렸다.

"미스 윌러, 이곳 간호사들의 첫 번째 관심사는 단 한 가지라는 것을 이해해야 할 것이야."

나일즈는 골드버그에게 한쪽 눈으로 윙크했지만 그는 나일즈가 무슨 의미로 그러는지 이해하지 못했다.

"그것은 환자를 돌보는 일이다. 게다가 빈틈이 없어야 한다는 거다. 그런데 새로 학생들이나 인턴이 오게 되면 그렇게 할 수가 없게 되거든. 실제 경험으로 볼 때 그들은 세균과 바이러스를 합쳐놓은 것보다도 더욱 위험한 경우가 있다는 것을 그녀들은 모두 알고 있지. 때문에 적어도 간호사들은 환영해주지는 않을 거다."

벨로우즈는 말을 멈췄으나 수잔은 대꾸하지 않았다. 그녀는 벨로우즈에 대해서 생각하는 중이었다. 적어도 그는 현실적으로 보였는데 그런 점이 아니었다면 수잔의 마음에 거의 어떤 인상도 남기지 않을 뻔했다.

"아무튼 여러분에게 병동을 보여준 다음 외과로 가도록 하겠다. 10시 반에 담낭 제거 수술이 있는데 여러분도 수술복을 입고 수술실에 들어가 볼 수 있는 기회가 주어질 것이다."

"수술실에 들어가면 견인기(상처를 비집는 기구)를 다뤄볼 수 있을까요?"

페어웨더가 말하는 바람에 비로소 분위기가 밝아지고 일동은 웃음을 터뜨렸다.

수술실에서는 닥터 데이빗 카울리가 몹시 화가 나서 분통을 터뜨리고 있었다. 순회 간호사는 수술이 끝나기 전에 울음을 떠뜨리고 뛰쳐나가서 다른 간호사와 교대를 해야 했다. 마취과의 레지던트는 욕설을 마구 퍼부어대는 속에서도 참고 견뎌야 했으며 처음으로 조수를 맡게 된 외과 레지던트는 닥터 카울리의 메스에 오른쪽 집게손가락을 약간 베기도 했다.

닥터 카울리는 메모리얼 병원의 일반 외과에서는 가장 촉망받는 의사 가운데 한 사람으로 베어드 10병동에 넓은 진료실을 가지고 있었다. 그는 이 메모리얼 병원에서 태어나고 훈련되고 크게 촉망받는 의사였다. 일이 순조로울 때는 정말 쾌활한 남자로 농담이나 외설스런 말도 잘했고, 여러 가지 그럴듯한 의견도 잘 내놓는가 하면 게임을 잘하기도 했다. 하지만 일단 일이 뜻대로 안될 때는 무섭게 욕설을 쏟아내기도 하고 미친 듯이 날뛰었다. 그는 소위 어른 옷을 입은 어린아이와 같았다.

그날 단 한 번 있는 그의 수술이 뜻대로 되지 않았다. 우선 처음에 순회 간호사가 실수해서 레지던트들이 사용하는 담낭용 기구를 메이요 스탠드(수술 준비대)에 올려놓은 것이 잘못이었다. 닥터 카울리는 기구가 놓여 있는 트레이를 몽땅 집어서 바닥에 내동댕이쳤다. 그 때문에 그 다음 수술하는 환자가 약간 몸을 떨었다. 카울리가 상처를 벌리려던 메스를 마취과 레지던트에게 내던지는 것만으로 끝났는데 그나마 닥터 카울리가 자신을 많이도 억제한 탓이었다. 대단한 자제심이었다.

그 다음은 X-ray 사진이었다. X-ray 기사가 새까맣게 찍힌 사진을 들고 왔기 때문이었다. 웬일인지 닥터 카울리는 수술이 뜻대로 되지 않은 진짜 이유를 잊어버렸다. 그는 자신이 담낭과 이어져 있는 동맥 상부의 결찰을 풀어버리는 바람에 절개한 부분을 당장에 피바다로 만들고 말았다.

다시 한 번 결사적으로 혈관을 찾아내어 간 동맥의 흐름에 지장이 없도록 결찰했는데 지혈된 후에도 간으로 통하는 혈류가 제대로 되고 있는지 어떤지 카울리로서는 전혀 자신이 없었다.

아무도 없는 의무과 사무실로 돌아온 카울리는 여전히 미친 듯이 화가 나 있었다. 무슨 말인지 알 수 없는 소리를 중얼거리면서 그는 자기의 로커가 있는 곳까지 걸어가서 수술모와 마스크를 힘껏 바닥에 내던졌다. 그리고 로커의 문을 힘껏 발로 찼다.

"제기랄, 무능한 녀석들 때문에 이 병원은 망해버릴 거야."

화가 나서 로커의 문을 발로 차고 주먹으로 치는 바람에 로커 위에 5년 동안 쌓였던 먼지가 일제히 날아올랐다. 그리고 수술 구두 한쪽이 떨어져 내려서 하마터면 자신의 머리에 맞을 뻔했다. 또 옆의 로커 문이 열리면서 안에 있던 것들이 바닥에 쏟아졌다.

카울리는 구두를 집어 들어 벽을 향해 힘껏 내던졌다. 그리고 옆의 로커를 발로 차는 바람에 안에 있던 것들이 떨어져 내렸다. 다시 주워 넣으려다가 로커 안을 들여다본 그는 문득 손을 멈췄다.

그곳으로 가까이 가본 카울리는 놀랐다. 로커 안에는 엄청나게 많은 약품이 들어차 있었다. 뚜껑을 뜯은 것도 많았고 절반쯤 사용한 용기와 물 약병도 있었지만 사용하지 않은 것도 있었다. 어이가 없을 정도로 각종 다양한 앰플, 병, 환약이 있었는데 그중에는 데메롤, 석시닐콜린, 인노바, 바로카C, 큐라레도 있었다. 또 로커 속에는 사용하지 않은 모르핀 병이 가득 찬 상자, 주사기, 플라스틱 관, 테이프 등도 있었다.

카울리는 재빨리 바닥에 떨어진 약품을 주워 로커에 넣고 다시 한 번 문을 닫았다. 그리고 자기의 캘린더 수첩에 338호라고 로커 번호를 기록한 뒤 대장과 대조하여 그것이 누구에게 할당돼 있는가를 조사하기로 했다. 아직 화가 풀리지는 않았으나 이처럼 은닉한 물자는 중대한 사태로 발전할 수 있는 것이며 병원 자체로서도 중요한 문제일 수 있다고 생각했다. 그래서 순간, 그는 약간의 여유를 갖고 현명하게 판단하고자 했다.

2월 23일 월요일 오전 10시 15분

수잔 윌러는 수술복으로 갈아입기 위해 의사 휴게실 안으로 들어갈수가 없었다. 의사 휴게실이란 남자들의 방을 의미하기 때문이었다. 그래서 수잔은 간호사실로 들어가야 했다. 그녀는 매일 이렇게 해야한다는 생각을 하니 화가 치밀었다. 그녀에게 있어서 그것은 남성 우월주의의 전형적인 예이며 그러한 부당한 성별의 벽 따위는 하루빨리 허물어버려야 한다고 생각했다. 그러자 그녀는 그 순간 가슴이 고동쳐오는 것을 느꼈다.

로커실은 아무런 인기척이 없었다. 때마침 비어 있는 로커를 발견하자 수잔은 가운을 벗고 수술복으로 갈아입으려고 했다.

샤워실 입구 가까이에 수술복이 있는 것을 발견했다. 그것은 면으로 된 담청색 원피스로 간호사용 수술복이었다. 수잔은 그것을 집어들어 몸에 대고는 거울을 들여다보았다. 그녀는 넋을 잃고 보고 있다가 현재 여러 가지로 겹나는 상황에 처해 있음을 알고 있었지만 갑자기 반항적인 기분이 되었다.

"이게 뭐야. 망측하게 간호사용을 입어야 하다니."

수잔은 거울을 향해 말하고 수술복을 캔버스 바구니에 던져 넣고는 홀 쪽으로 되돌아왔다. 의사 휴게실 앞에 서서 약간 망설였지만 충동적으로 문을 밀었다.

문을 막 열었을 때 벨로우즈가 문 옆에 있었다. 수술복을 꺼내기 위해서 입구에 있는 캐비닛에 손을 넣고 있는 참이었다. 그는 제임스 본드 스타일의 하의에 검은 양말을 신은 차림으로 3류 포르노 영화의 첫 장면에 나오는 배우처럼 보였다.

수잔의 모습에 그는 흠칫하고 안전한 탈의실로 급히 뛰어 들어갔다. 간호사 휴게실과 마찬가지로 문이 있는 곳에서 탈의실 안은 보이지 않았다. 반감에 싸여 있던 수잔은 캐비닛이 있는 곳으로 가서 작은 수술복 상의와 바지를 고르고는 들어왔을 때와 마찬가지로 재빨리 휴게실에서 나갔다. 휴게실 안에서 뭔가 어수선하게 흥분된 목소리가 들려왔다.

다시 간호사 로커실로 돌아온 수잔은 재빨리 옷을 갈아입었다. 담녹색 상의는 너무 컸고 바지도 마찬가지였다. 허리가 가늘어서 끈을 묶기 전에 바싹 걷어 올려야 했다. 수잔은 휴게실에서 벌어진 일로 벨로우즈로부터 뭔가 한마디 듣겠거니 생각하면서 어떻게 대처할까를 생각했다. 아까 병동에서 잠깐 소개 받았을 때 간호사들에 대해서 벨로우즈가 호의적이라는 것을 눈치 채고 있었다.

이런 태도는 간호사들이 새로 온 의대생들에 대해 열의가 부족한 점을 변호한 뒤라 야릇한 느낌이 들었다. 다른 점에서도 벨로우즈는 남성우월주의자라고 생각했다. 그래서 벨로우즈의 성격을 잘 파악하여 그가 어떻게 나오든 잘 대처하리라 마음속으로 다짐했다. 그렇게 하면 메모리얼 병원의 외과로 실습을 나와 있는 동안 조금은 마음이 편해질지도 모른다.

물론 수잔은 화장실에서 벨로우즈의 팬티 입은 모습을 엿볼 생각은 추호도 없었다. 그러나 그 모습을 상상하니 수술실 문을 열고 들어가려는데 웃음이 터지고 말았다.

"미스 월러……."

수잔이 들어갔을 때 벨로우즈가 말했다. 그는 입구 왼쪽 벽에 아까의 그런 상황을 말끔히 잊은 듯이 기대고 있었지만 분명히 그녀가 나타나기를 기다리고 있었던 것 같았다. 오른쪽 팔꿈치를 벽에 걸치고 그 손으로 턱을 받치고 있었다. 수잔은 설마 그가 기다리고 있으리라고는 생각하지 않았기 때문에 그의 목소리에 깜짝 놀랐다.

벨로우즈는 말을 계속했다.

"내가 바지를 벗고 있는 걸 자네가 봤다는 것을 인정해야겠지?"

얼굴 가득히 미소를 띠고 있어서 수잔의 눈에 그가 갑자기 인간적으로 보였다.

"최근 나한테 일어난 일 중에서 가장 재미있는 일이었어요."

수잔도 웃음으로 답했지만 그것은 거의 미소에 가까웠다. 이제 곧 장황한 잔소리가 시작될 것으로 생각하고 있었기 때문이다.

"문득 생각을 고쳐보니 미스 월러의 행동을 잘 알 것 같아."

벨로우즈는 말을 계속했다.

"자네가 왜 거기에 왔는지 그 이유를 알고 나니 내가 급히 탈의실로 뛰어들어간 것이 참 바보 같았다는 생각이 들었어. 그 이유를 빨리 알았다면 굳이 옷이…… 아니 옷을 벗고 있어도 그대로 맞서 있었으면 되는 것이었는데. 아무튼 나는 오늘 아침 그저 속옷 차림으로 숙녀 앞에 있었다는 생각만 하고 있었던 것 같아. 나도 뭐 레지던트 2년차에 불과할 뿐인데. 미스 윌러와 동료들은 나로선 첫 학생들이야. 내가 정말 하고 싶은 건 학생들이 이곳에 있는 시간을 될 수 있는 한 유익하게 지내주었으면 하는 거야. 그렇게 하는 것이 나를 위하는 것이기도 하고. 적어도 그동안 우리는 즐겁게 지내야 하니까."

다시 한 번 미소를 짓고 머리를 약간 끄덕인 뒤 벨로우즈는 그곳에 놀란 표정을 하고 서 있는 수잔의 앞을 지나쳐 담낭 수술이 어느 방에서 이루어지는지를 알아보기 위해 나갔다. 그의 뒷모습을 바라보고 있으려니 수잔은 좀 당황스러웠다. 벨로우즈가 갑자기 속마음을 털어놓는 바람에 반감과 분노 같은 것들이 차츰 바보스럽고 그 자리에 어울리지 않는 것 같았다.

벨로우즈가 자신의 태도에 대해 스스로 깨달았다는 바람에 그에 대한 인상이 어느 정도 호전된 것은 확실했다. 수잔은 벨로우즈가 수술실의 큰 책상 맞은편 쪽으로 걸어가는 것을 뚫어지게 바라보았다. 그는 분명히 이 이국과도 같은 환경에 완전히 익숙해져 있었다. 수잔은 처음으로 마음이 약간 동요되었다. 그리고 그가 형편없는 사람은 아닐 거라는 생각을 하게 되었다.

다른 동료들은 벌써 수술실로 들어갈 준비를 하고 있었다. 조지 나일즈는 수잔에게 위생 종이 장화를 구두 위로 신고 그것을 끈으로 감싸는 방법을 가르쳐주었다. 그리고 모자를 쓰고 마지막으로 마스크를 썼다. 모두 준비가 끝나자 큰 책상 앞을 지나서 회전문을 연 다음 수술실인 '무균' 지대로 들어갔다.

수잔은 지금까지 수술실에 들어간 적이 없었다. 복도의 창 너머로 두세 번 수술하는 것을 들여다본 적은 있었으나 그런 것은 텔레비전에서 보는 것과 별로 다를 바가 없었다. 유리 칸막이는 그 속의 드라마를 효과적으로 격려했기 때문에 그 중요한 부분을 직접 느끼지는 못했다. 긴 복도를 걸으면서 수잔은 사람의 죽음에 대한 공포와 함께 어떤 흥분으로 뒤섞인 기분이 되었다.

수술실을 차례로 지나칠 때 상당수의 사람들이 몸을 구부리고 있는 모습이 보였는데 사실은 수술대 위에 잠든 채 누워있는 환자를 수술하는 장면이었다. 그때 환자 운반차를 수술실 간호사가 끌고 마취의가 밀면서 그들에게 접근해왔다. 환자가 심하게 구역질을 하고 있어서 마취의가 환자의 턱을 뒤로 받치고 있었다.

"워터빌 계곡에 눈이 1미터 정도 쌓였다고 하던데."

마취의가 수술실 간호사에게 말했다.

"금요일에 일이 끝나면 바로 가봐야겠어요."

수술실 간호사는 회복실을 향해 수잔과 스치듯 지나가면서 대답했다. 수술이 갓 끝난 환자가 괴로워하는 표정이 감수성이 예민한 수잔의 뇌리에 그대로 박히면서 그녀는 엉겁결에 몸을 떨었다.

일행은 18수술실 앞에서 멈춰 섰다.

"될 수 있는 한 잡담은 삼가도록."

벨로우즈는 문에 붙은 작은 창으로 안을 들여다보면서 말했다.

"환자는 벌써 잠들었어. 안됐군. 마취하는 장면을 보여주고 싶었는데. 아무튼 됐어. 절개부터 전 과정이 진행되는 동안 이런 저런 것을 하느라 사람들의 움직임이 있을 테니 수술대에서 물러나 잠시 오른쪽 벽에 붙어 있도록. 수술이 시작되면 그 옆으로 가까이 가서 들여다보기로 하고, 질문 있으면 나중에 들을 테니 기다리길 바란다. 알겠지?"

벨로우즈는 학생들의 얼굴을 한 사람씩 차례로 보았다. 수잔과 시선이 마주치자 그는 가볍게 미소를 짓고는 수술실 문을 열었다.

"아, 벨로우즈 교수, 어서 오게."

수술복에 장갑을 낀 몸집 큰 사내가 X-ray 사진을 붙여 놓은 주변을 서성이면서 큰 목소리로 야무지게 말했다.

"벨로우즈 교수께서 일부러 동부에서 으뜸가는 수술 명장의 솜씨를 견학시키려고 학생들을 데리고 오셨군."

그는 두 손을 쭉 뻗는 제스처를 하면서 웃으며 허풍을 떨었다.

"이들이 보게 될 수술 장면이 가장 멋진 대접이 될 것이라는 것을 젊은 친구들에게 잘 설명해주게나."

"저 덩치 큰 사내는……."

벨로우즈는 X-ray 사진 곁에서 웃고 있는 인물을 향해 손을 흔들면서도 수술실에 있는 모든 사람들에게 들릴 정도로 큰 소리로 학생들에게 말했다.

"이 일을 너무 오래 하다 보니 저렇게 돼버렸어. 레지던트 3년차로 이름은 스튜어트 존슨인데 앞으로 4개월 동안 인내하며 그와 함께 지내야 한다. 예의 바르게 하겠다고 약속했지만 어떨지 모르겠군."

"벨로우즈, 이 수술을 나한테 빼앗기다니 참 안됐어……."

존슨은 여전히 웃으면서 말했다. 그리고 나서 그는 두 조수를 향해 이번에는 웃지 않고 말했다.

"자, 절개 준비를 하자고. 뭘 그렇게 꾸물거리고 있나, 이런 걸 평생 걸려서 할 셈이야?"

절개 준비가 재빨리 진행되었다. 환자의 머리 위쪽으로 활처럼 굽은 금속제 관이 걸리면서 마취의가 서 있는 곳과 수술을 직접 진행하는 부분이 나뉘어졌다.

수술보가 완전히 씌워졌을 때 환자의 오른쪽 상복부만 약간 드러났다. 존슨은 환자의 오른쪽으로 갔고 조수 한 사람이 왼쪽으로 갔다. 간호사는 수술 기구를 완전히 갖추어 놓고 긴장하면서 메이오 스탠드

앞에 섰다. 지혈 겸자가 트레이 뒤쪽으로 가지런히 놓이고, 메스는 집게 부분에 신식 면도형의 날이 붙은 채 놓였다.

"메스."

존슨이 말했다. 메스가 장갑을 낀 그의 오른손에 넘겨졌고, 왼손으로 그는 절개할 부위를 벌리기 위해 복부의 살을 바깥쪽으로 잡아 당겼다. 학생들은 모두 조용히 나가서 불안한 마음에다 호기심이 가득 찬 얼굴로 열심히 들여다보았다. 마치 사형 집행 장면을 구경하는 것 같았다. 또 그 장면들을 자기들 머릿속에 각인시키는 것 같았다.

존슨은 하얀 피부에서 5cm 정도 위에 메스를 쥔 자세로 마취의 쪽에 있는 스크린을 바라보았다. 마취의는 혈압계의 커프에서 공기를 서서히 빼면서 눈금을 보았다. 120/80, 그는 존슨 쪽을 보면서 시작해도 된다는 뜻으로 약간 고개를 끄덕여 보였다.

메스는 조직 깊숙이 푹 찔러져서 피부를 갈라놓기 시작했다. 쩬 부위의 동맥혈에서 조그맣게 피가 튀면서 새빨갛게 물들였으나 이윽고 출혈은 줄어들고 멎었다.

한편 조지 나일즈의 뇌 속에 기묘한 현상이 일어났다. 이런 수술 상황에 대한 놀라움으로 정신을 잃고 완전히 실신 상태가 되더니 뒤로 쓰러지면서 둔탁한 소리와 함께 비닐 바닥에 머리를 부딪혔다.

조지의 머리가 바닥에 부딪히는 소리를 듣고 존슨은 갑자기 몸을 틀었다. 그의 놀라움은 곧 외과 특유의 신경질로 변했다.

"이게 뭐야, 도대체! 벨로우즈, 피를 보고도 태연하게 있을 수 있을 때까지 이 어린애 같은 것들을 안으로 들이지 말게."

고개를 가로저으면서 그는 다시 환자를 지혈하기 시작했다.

외근 간호사가 조지의 코밑에서 캡슐을 열어 암모니아의 강렬한 냄새를 맡게 하자 그의 의식이 회복되었다.

벨로우즈는 몸을 굽히고 목과 후두부를 만져보았다. 조지는 의식을 완전히 회복하고는 자기가 어디에 있는지 어리둥절한 채 일어나 앉더니 사정을 깨닫고 당황스러워했다.

존슨은 가만히 내버려두지 않으려고 했다.

"빌어먹을, 왜 이 학생들이 그런 풋내기란 걸 미리 말해주지 않았나. 이봐, 만약 저 어린애 같은 게 이 환자 쪽으로 쓰러졌더라면 어떻게 됐을 것 같나?"

벨로우즈는 한마디도 하지 않고 조지가 정말 괜찮다고 생각될 때까지 계속 그의 곁에 머물러 있었다. 그리고 모두에게 수술실에서 나가도록 눈짓을 했다.

수술실 문이 닫히기 직전에 후배 레지던트에게 호통 치는 존슨의 목소리가 들려왔다.

"여기서 나를 거들고 있다고 생각하나, 아니면 방해하고 있다고 생각하나!"

2월 23일 월요일 오전 11시 15분

조지 나일즈는 무엇보다도 자존심에 상처를 입었다. 후두부에 상당히 큰 혹이 생겼지만 이상은 없었다. 동공의 크기는 좌우가 같았고 기억도 손상되지 않았다. 그러나 이 사건은 모두의 사기를 꺾이게 했다. 벨로우즈도 학생들을 첫날부터 수술실에 넣은 자신의 판단에 오점을 남길 것이라는 생각에 괴로워했다. 한편 조지 나일즈는 앞으로 수술을 보려고 할 때마다 같은 일이 일어나는 게 아닌가 하는 걱정이 앞섰다. 또 다른 동료들도 동료 한 사람이 저지른 일이 전체의 일로 여겨지기 쉽다고 다소간 고민하고 있었다. 그러나 수잔만은 다른 사람들과 달리 그런 것은 상관없다고 생각했다. 그보다도 수잔의 고민은 존슨의 태도가 그렇게도 갑작스럽게 반응했다는 것, 그리고 정도의 차이는 있다지만 벨로우즈도 같았다는 점에 있었다.

두 사람 모두 쾌활하고 침착했는데 뜻밖의 일이 일어나자 손바닥 뒤집듯이 화내고 미쳐 날뛰지 않았던가. 외과의의 성격에 대한 수잔의 선입관이 여기서 새삼스레 되살아났다. 아마도 그것은 일반적인 설명과 맞아떨어지는 것 같았다.

그들 모두는 다시 평상복으로 갈아입고 외과 휴게실로 가서 커피를 한 잔씩 마셨다. 마치 로스앤젤레스의 안개처럼 천장에서 바닥까지 1미터 반 정도 되는 공간에 자욱이 낀 담배 연기를 어떻게 해서든지 견뎌보려고 애쓰면서 수잔은 정말 놀라울 정도로 맛있는 커피라고 생각했다.

세면대 옆의 한 모퉁이에서 어정거리고 있는 창백한 남자와 시선이 마주칠 때까지 수잔은 방안에 있는 사람들은 전혀 마음에 두지도 않았다. 수잔은 그가 자기를 주시하고 있는 건 아니겠지, 하고 눈을 떼었다가 다시 한 번 보았다. 그러나 상대는 역시 자신을 주시하고 있었다.

월터스의 담배는 언제나 입 한쪽 끝에 마른 침의 도움으로 매달려 있고 연기는 재가 있는 곳에서 구불구불 오르고 있었다. 왠지 모르지만 그 남자를 보고 있으면 노트르담의 꼽추를 생각나게 했다. 물론 등에 혹은 없었지만 왠지 그 자리에 어울리지 않는 악귀와 같은 모습은 그러나 그 메모리얼 병원 외과 병동에 어울리지 않는 것도 아니었다.

수잔은 눈을 피하려고 했으나 불쾌한 월터스가 뚫어지게 보는 시선에 자기도 모르게 시선이 끌렸다. 때문에 벨로우즈가 나가자고 하는 눈짓을 보내자 매우 기뻤다. 그들은 남은 커피를 마저 마셨다.

출구가 세면대 곁에 있어서 모두 방을 나올 때 수잔은 월터스의 시선이 스쳐가는 느낌을 받았다. 월터스는 기침을 하고 담이 목에 담긴 소리를 내면서 수잔이 지나갈 때 말했다.

"고약한 날씨로군요, 아가씨."

수잔은 대답하지 않았다. 단지 그 시선에서 도망칠 수 있어서 기뻤다. 이것으로 또 한 가지 그 메모리얼 병원 외과의 분위기가 싫어지는 이유가 늘어난 셈이 된다.

그들은 벨로우즈를 따라서 중환자실 쪽으로 걸어갔다. 대단히 큰 그 방의 문이 닫히자 외부세계와는 완전히 차단되는 느낌이었다. 학생들이 어두운 조명에 눈이 익혀졌을 때 그 희미한 불빛 속에서 이상한 초현실적인 세계가 나타났다.

사람 소리라든가 발소리와 같은 보통의 소리는 천장에 붙여 놓은 방음장치에 의해 흡수되고 기계나 전자 음향, 특히 심장 감시 장치의 리드미컬한 반향이나 보조호흡기에서 나는 소리가 방안에 그득하게 차 있었다.

환자들은 분리된 작은 칸의 양옆으로 손잡이가 달린 높은 침대에 누워 있었는데 각 측면을 높은 펜스로 둘러싸고 있었다. 환자의 머리 위쪽에는 대부분 링거병이 매달려 있었고 주사바늘에 의해 혈관에 연결되어 있었다.

환자들 중에는 마치 미라처럼 붕대로 여러 겹 칭칭 감겨 있는 사람도 있고 또 눈을 뜨고 있는 사람 중에는 공포감을 느끼는 사람도 있었다. 거의가 제정신을 갖고 있는 사람들로 보이지 않았다.

수잔은 방안을 둘러보았다. 우선 오실로스코프 스크린을 달리는 형광색 레이더 영상이 눈에 띄었다. 수잔은 자신이 무지해서 눈앞의 기계를 봐도 아무것도 모른다는 것을 깨달았다. 그리고 내용액의 이온

량을 표시하는 복잡한 라벨을 붙인 링거병도 마찬가지였다. 수잔이나 다른 학생들도 자신들의 무능함에 놀라고 있었다. 의과대학 2년간의 공부가 아무 의미가 없었던 것이 아닌가.

다섯 명이 모여 있다는 데 안정감을 느끼면서 가까이 붙어서 벨로우즈의 뒤를 따라 중환자실 가운데 있는 데스크로 가는 모습은 마치 엄마 승냥이를 따라가는 승냥이 떼처럼 보였다.

"마크."

중환자실의 간호사가 벨로우즈를 불렀다. 그녀의 이름은 준 서굿이었다. 풍성하고 짙은 블론드와 도수 높은 안경 탓인지 지적인 눈을 가진 여자로 보였다. 정말 매력적이었는데, 벨로우즈의 태도가 약간 변하는 것을 수잔의 예리한 눈은 놓치지 않았다.

"윌슨에게 심실성 조기 수축(PVC)이 약간 나타나고 있어서 말예요. 리도카인 주입이 필요하지 않겠느냐고 다니엘에게 말했는데, 다니엘은 아무래도 결심이 서지 않는 모양이에요. 아니면 뭔가⋯⋯."

그녀는 책상이 있는 곳으로 가서 심전도 기록지를 벨로우즈 앞에 펼쳐놓고 말했다.

"이 심실성 조기 수축을 좀 봐요."

벨로우즈는 심전도를 보았다.

"아녜요, 거기가 아녜요. 거긴 평소의 심방성 조기 수축이에요. 여기, 바로 여기예요."

서굿은 벨로우즈에게 손가락으로 가리키고 대답을 기다리는 듯이 그의 얼굴을 올려다보았다.

"리도카인을 주입해야 할 것 같군."

벨로우즈는 미소를 띠면서 말했다.

"물론이죠. 그래서 난 옥신각신한 끝에 500 D5W에 분당 2mg을 넣도록 준비해놓았어요. 이제 내가 가서 확인하고 연결하기만 하면 되니까요. 처방을 내리실 때 처음에 내가 심실성 조기 수축을 발견하고 50mg 넣었다는 것도 함께 기록해줘요. 그리고 카트라이트에게도 한마디 해두는 게 좋을 거예요. 그 사람은 이런 간단한 지시서를 쓰는 데에도 결심이 서지 않는 거예요, 이것이 네 번쨀 걸요. 우리가 어떤 빠져나갈 길을 위해서가 아니란 말예요. 안 그래요?"

벨로우즈가 그 말에 대답도 하기 전에 서굿은 얼른 환자 쪽으로 뛰어갔다. 그리고 자신만만한 듯 재치 있게 링거 줄을 가려내어 어느 병에서 어느 줄이 나와 있는지를 확인하고 병 밑에 붙어있는 플라스틱 통에 떨어지는 물방울 량을 조절한 후에 리도카인을 주입하기 시작했다.

간호사가 벨로우즈와 재빠르게 주고받는 얘기를 듣자 이미 자신감을 잃어버린 학생들은 완전히 희망을 잃은 표정들이었다. 간호사의 뛰어난 능력을 보고 무기력해진 것이다. 그것은 놀라움이기도 했다. 간호사의 솔직함과 공격적으로도 보이는 적극성은 학생들이 지금까지 이해하고 있던 간호사와 의사와의 관계에 대한 전통적인 사고방식을 바꾸게 했다.

벨로우즈는 선반에서 차트를 꺼내서 책상 위에 놓고 그 앞에 앉았다. 수잔은 차트 위의 이름을 읽었다. N. 그린리, 학생들은 벨로우즈 주위에 모여들었다.

"수술을 하고, 가장 필요한 것 중 하나는 말하자면 환자의 간호인데 그것은 분비액의 조절이다. 그리고 이 환자는 그것을 증명하는 좋은 케이스다."

중환자실 입구의 문이 열리고 광선과 병원의 소음이 잠시 실내에 흘러 들어왔다. 그와 더불어 다니엘 카트라이트가 함께 들어왔다. 그는 베어드 5병동 인턴 중 한 사람으로 168cm 정도의 키에 몸집이 작은 남자였다. 가운은 마구 구겨졌고 여기저기 피가 튀어서 묻어 있었다. 그는 콧수염을 기르고 있었지만 별로 숱이 없었고 머리카락은 머리 꼭대기에서 갑자기 숱이 엷어져가고 있었다. 카트라이트는 비교적 친절한 성격이었는데 그가 똑바로 학생들 쪽으로 다가와서 말했다.

"이봐, 마크."

카트라이트는 왼손을 들어 인사하는 제스처를 했다.

"벌써 위 절제는 끝났어. 혹시 내가 자네와 함께 있어야 할지 모른다는 생각이 들어서……."

벨로우즈는 카트라이트에게 학생들을 소개한 다음, 낸시 그린리의 얘기를 간단히 들려달라고 부탁했다.

카트라이트는 기계적인 말투로 설명을 시작했다.

"낸시 그린리는 23살의 여성으로 약 1주일 전 소파 수술을 받으러 이 메모리얼 병원에 입원했어요. 과거 병력에는 전혀 악성적인 것은 없었고 수술 받을 요인이 될 만한 것도 없었습니다. 수술 전에 필요한 검사를 다 했지만 이상은 없었고 임신 테스트도 음성이었습니다. 수술 중에 환자는 마취에 의한 병발증을 일으켜 코마(혼수상태)가 되었는데 그 후 반응을 하지 않고 있습니다. 이틀 전에 검사한 뇌파는 거의 반응을 보이지 않았어요. 현재 상태는 매우 안정돼 있습니다. 체중 감소는 없고 요량 양호, 혈압, 맥박, 전해질 등 모두 정상입니다. 어제 오후, 다소 체온 상승이 있었으나 흉부에 이상은 없어요. 이런 것들을 종합해볼 때 환자의 상태는 양호한 것으로 보입니다."

"이렇게 버티는 것은 대부분 우리가 잘 해왔기 때문이지."

벨로우즈가 정정했다.

"23살이라고요?"

수잔은 작은 방 쪽을 둘러보면서 느닷없이 물었다. 그녀의 얼굴에 불안한 빛이 떠올랐으나 중환자실의 엷은 빛으로 인해 잘 보이지 않았다. 그녀도 23살이었던 것이다.

"23살이든 24살이든 별 차이가 없어."

벨로우즈가 말했다. 지금 체액 평형의 문제를 얘기하는데 있어 가장 좋은 방법을 생각하고 있는 중이었다. 그러나 수잔에게 있어서 나이는 중요한 문제였다.

"그 사람 지금 어디 있어요?"

수잔이 물었다. 그렇지만 그녀가 정말 그 대답을 듣고 싶었던 것인지 자신으로서도 알 수 없었다.

"왼쪽 구석이야."

벨로우즈는 차트에서 눈을 떼지 않은 채 말했다.

"우리가 체크할 필요가 있는 것은 환자가 배설한 수분과 투여한 수분의 정확한 양이다. 물론 이것은 변하지 않은 데이터이고 우리에게 흥미가 있는 것은 변화가 많은 데에 있다. 여기서 우리는 좋은 아이디어를 얻을 수 있다. 자, 보란 말이다. 환자는 1650cc의 소변을 배설하고……."

수잔은 여기서부터 얘기를 듣고 있지 않았다. 그녀의 눈은 그 코너의 침대에 누워 있는 움직이지 않는 사람의 모습을 열심히 확인하고 있었다. 그녀가 서 있는 곳에서는 그저 검은 머리카락과 창백한 얼굴, 입 언저리에서 나와 있는 튜브가 보일 뿐이었다. 그 튜브는 환자를 호흡시키기 위해 김빠지는 소리를 내면서 침대 곁의 네모로 된 큰 기계에 연결돼 있었다.

환자의 몸은 하얀 시트로 씌워져 있었으나 양팔은 시트 밖으로 나와서 몸통과 45도 각도로 드러나 있었다. 링거 줄이 왼쪽 손에 꽂혀 있었고 다른 하나는 목 오른쪽 정맥에 끼워져 있었다. 그 음울한 장면의 효과를 높여주듯이 환자의 머리 위 천장에서 작은 스포트라이트 집광이 그녀의 머리와 상반신을 내리쬐고 있었다. 그 외에는 어둠에 가려서 보이지 않았다. 리드미컬하게 소리를 내고 있는 호흡기 소리 외에는 움직임도 없거니와 살아있는 기색도 없었다.

플라스틱 호스가 환자의 아래쪽에서부터 눈금이 붙어 있는 소변 병으로 구불구불 연결돼 있었다.

"체중도 매일 정확히 체크해야 한다."

벨로우즈는 계속해서 말했다. 그러나 그의 목소리는 수잔의 의식 속으로 들어왔다 나갔다를 반복했다.

"23살의 여자……."

이 말이 수잔의 가슴을 자꾸만 뒤흔들었다. 풍부한 임상 경험이 없음에도 불구하고 그녀는 순간적으로 그 환자의 인간적인 면에 포로가 되고 말았다. 나이와 성이 같다는 것이 너무도 강하게 압박해 와서 도저히 남이라는 생각이 들지 않았다. 그리고 무섭도록 냉엄한 의술과 아무런 의심 없이 그것을 믿는 순진한 사람들을 결부시켜 보았다.

"코마가 된 지 얼마나 된 거죠?"

수잔은 환자에게 눈도 깜빡이지 않은 채 응시하면서 물었다.

곁에서 참견하는 바람에 말허리를 꺾인 벨로우즈가 머리를 들어 수잔을 바라보았다. 그로서는 수잔의 속마음을 읽을 수가 없었다.

"8일 됐어."

체액 균형에 대해 열변하던 것을 중단하게 된 벨로우즈는 약간 부루퉁한 표정으로 대답했다.

"하지만 그건 오늘의 나트륨치 얘기와는 별로 관계가 없는 것 같은데, 미스 윌러. 지금 얘기하고 있는 주제에 좀 더 신경을 써줬으면 좋겠어."

벨로우즈는 다른 학생들에게 주의를 돌렸다.

"이번 주말부터는 여러분이 정기적으로 체액 처방을 내릴 수 있게 되기를 바란다. 가만 있자, 어디까지 했지?"

벨로우즈는 다시 섭취, 배설량 대조표의 계산을 시작했고 수잔을 제외한 전원은 거기에 전개되는 숫자를 보려고 몸을 앞으로 내밀었다.

수잔은 전에 소파 수술을 받은 친구들의 이름을 일일이 떠올리고 그 친구들과 낸시 그린리와의 사이에 어떤 공통점이 있었을까 생각하면서 여전히 방 한 모퉁이에 움직이지 않고 누워 있는 그녀를 뚫어지게 바라보았다. 깊은 생각에 빠질 때면 항상 버릇처럼 하는 아랫입술을 꼭 깨문 채…….

"어떻게 해서 이렇게 됐을까요?"

수잔이 다시 느닷없이 물었다.

벨로우즈는 다시 머리를 들었으나 이번에는 마치 무슨 큰 재앙이 떨어질 것처럼 좀 전보다는 더 빠른 말투로 대꾸했다.

"뭐가 이렇게 됐을 까야?"

벨로우즈는 도대체 이해가 안 간다는 듯이 방안을 둘러보면서 되물었다.

"어쩌다가 이 환자가 코마가 됐냐고요."

벨로우즈는 자세를 고쳐 앉고는 눈을 감고 연필을 가만히 놓았다. 그리고 마치 열까지 수를 세고 있는 것처럼 가만히 사이를 두었다. 그러고는 천천히 겸손한 어투로 말했다.

"미스 윌러, 자네는 내게 협력해주지 않으면 안 돼. 항상 우리와 행동을 같이 하지 않으면 곤란하다고. 이 환자는 운명의 장난이라고밖에 할 수 없는 케이스란 말이야. 알겠어? 지금까지 아주 건강했고 소파 수술을 받은 후 마취로 뇌사, 그것을 마지막으로 그녀는 깨어나지 않았어. 일종의 뇌의 저산소혈증이지. 다시 말해서 필요한 산소를 섭취할 수 없었던 거야. 이제 됐나? 그럼 다시 업무로 돌아가자. 앞으로는 계속 여기서 처방을 내리게 될 거고, 정오에는 대회진이 있으니까 말이야."

"이런 병발증이 자주 일어나나요?"

수잔은 여전히 끈질기게 물고 늘어졌다.

"아니, 별로 없어. 글쎄 10만에 한 명 정도겠지."

"하지만 그녀에게는 100퍼센트였던 셈이죠."

수잔은 말을 조금 비틀었다.

벨로우즈는 수잔이 도대체 무슨 속셈으로 묻고 있는지 전혀 알지 못한 채 그녀의 얼굴을 올려다보았다. 그는 낸시 그린리라는 인간에 대해서는 관심이 없고 그저 소변 양을 유지시키면서 이온의 레벨을 정상적으로 유지하고 세균의 침입을 막는 데에만 몰두하고 있을 뿐이었다.

그는 자기가 담당하고 있는 동안 낸시 그린리가 죽는 것을 원치 않았다. 만일 죽는다면 자기가 담당하고 있는 같은 환자의 치료에 나쁜 영향을 미치게 될 것이고 스타크로부터 입바른 소리가 쏟아져 나올 것이 뻔하기 때문이었다. 존슨이 담당하고 있던 환자가 죽었을 때 스타크가 존슨에게 한 말을 그는 너무나 잘 기억하고 있었다.

이것은 벨로우즈가 환자의 인간적인 일면을 고려하고 있지 않다는 의미는 아니었다. 그저 그럴 여유가 없다는 것뿐이었다. 게다가 지금까지 수많은 환자를 취급하면서 그런 일쯤은 반복적인 일상일 뿐이었다. 그러다 보니 둔감해진 탓이기도 했다.

그는 수잔과 낸시 그린리의 나이를 결부시켜 보지 않았고 또 병원이라는 환경에서 학생이 처음 임상 경험을 할 때 얼마나 감수성이 예민하게 작용하는지 그것을 염두에 두고 있지 않았다.

"자, 몇 번씩이나 말했지만 그만 업무로 돌아가자고."

벨로우즈는 학생들을 향해 환기하는 한마디를 내뱉고는 책상 가까이에 의자를 끌어당기고 짜증이 난 듯이 초조하게 머리를 긁었다. 그리고 계산에 들어가기 전에 시계를 보았다.

"좋아, 여기서 4분의 1의 식염수를 사용한다면 2500cc에서는 몇 mg등량을 얻을 수 있는지 계산해보자."

수잔은 완전히 대화에서 빠져나와 거의 몽롱한 상태가 되어 있었다. 가슴속의 호기심이 시키는 대로 그녀는 책상을 돌아서 낸시 그린리에게 다가갔다. 마치 위험한 것에 접근하는 것처럼 천천히, 그리고 그 주변에 있는 것은 하나도 빼놓지 않겠다는 듯이 걸어갔다.

낸시 그린리는 두 눈을 반쯤 감고 있었는데 파란 홍채의 아랫부분이 조금 보였다. 얼굴은 순백색으로 흑갈색의 머리카락과 좋은 대조를 이루고 있었다. 입술은 말라서 갈라졌고 입에는 플라스틱의 마우스피스가 물려져서 기관 내 튜브를 깨물지 못하도록 되어 있었다. 앞니 쪽에 갈색으로 보이는 것이 단단히 달라붙어 있었는데 그것은 오래된 핏덩이였다.

가벼운 현기증을 느낀 수잔은 잠시 눈을 피했다가 다시 시선을 돌렸다. 바로 전날까지 건강했던 젊은 여자의 참상을 보고 그녀는 몸을 부르르 떨었다. 이것은 처음부터 슬픔이 아니었다. 마음속 깊은 곳에서 느껴지는 또 하나의 고통이었다. 죽을지도 모른다는 것, 사람의 목숨이 맥없이 부서질 수 있다는 것. 절망감, 무력감, 이런 느낌들이 그녀의 마음속에 스며들면서 손바닥에 땀이 고였다.

마치 깨지기 쉬운 도자기라도 들어 올리듯하며 수잔은 낸시 그린리의 손을 잡았다. 그런데 손이 깜짝 놀랄 정도로 차가웠다. 게다가 전혀 힘이 없었다. 이 사람이 살아 있는 건가? 아니면 죽었는가? 하는 생각이 수잔의 가슴을 스쳐갔다. 그러나 머리 위에 심장 감시 장치가 있어서 심장이 움직이고 있다는 것을 알 수 있었다.

"미스 윌러, 자네는 체액 균형의 전문가 같군!"

수잔의 옆으로 온 벨로우즈가 말했다. 힐난조로 말하는 그의 목소리에 삶과 죽음에 대한 생각에서 놓여나듯 수잔은 낸시 그린리의 손을 조용히 본래 자리로 되돌려 놓았다. 놀랍게도 동료들이 모두 침대 곁으로 몰려와 있었다.

"이것이 CVP, 즉 중심 정맥압을 측정하는 것이다."

벨로우즈는 낸시 그린리의 목으로 구불구불 들어가 있는 플라스틱 튜브를 가리키며 말했다.

"지금은 튜브를 열어놓았다. 링거로 25mg 등량의 칼륨을 포함한 1/4의 식염수를 한 시간에 125cc씩 주입하는 것이다."

"그런데,"

벨로우즈는 잠시 입을 다물었다가 다시 얘기를 시작했다. 그는 분명히 낸시 그린리 쪽을 바라보고 뭔가를 생각하는 것 같았다.

"카트라이트, 오늘 환자의 소변에서 전해질을 측정해주게. 잊지 마. 다만 혈청의 전해질은 매일 연속적으로 측정되고 있으니까 내버려두고. 아참, 마그네슘 량도 함께, 알겠지?"

카트라이트는 낸시 그린리의 카드에 처방을 기록하느라 정신이 없었다. 벨로우즈는 타진기를 쥐고 낸시 그린리의 무릎 뼈 아래를 두드렸다. 아무런 반응이 없었다.

"왜 기관 절개를 하지 않는 겁니까?"

페어웨더가 물었다.

벨로우즈는 그의 얼굴을 들여다보더니 잠시 사이를 두고 말했다.

"그거 참 좋은 질문이다, 미스터 페어웨더."

그는 카트라이트 쪽을 돌아보며 말했다.

"왜 지금까지 기관 절개를 하지 않았나, 다니엘?"

카트라이트는 환자한테서 벨로우즈에게로 눈을 돌렸다가 다시 한 번 환자를 보았다. 그는 분명히 당황해하며 그린리 카드에는 아무것도 없는 줄 알면서도 들여다보고는 어쩔 줄을 몰라했다.

벨로우즈는 페어웨더에게 다시 한 번 말했다.

"정말 좋은 질문을 했다, 미스터 페어웨더. 내 기억이 틀림없다면 이비인후과 친구들을 불러서 기관 절개를 하라고 말했을 텐데, 그렇지 않나, 닥터 카트라이트?"

"네, 그렇습니다. 그래서 전화를 했는데 그쪽에서 다시 전화를 주지 않았습니다."

"그래서 자네는 확인도 하지 않고 그대로 내버려뒀다는 건가?"

벨로우즈는 짜증 섞인 소리로 말했다.

"아닙니다. 그저 여러 가지로……."

카트라이트가 말하려고 하자 벨로우즈는 상대의 말을 가로막았다.

"시시한 소린 하지 말게, 닥터 카트라이트. 당장에 이비인후과 팀들한테 와달라고 하게. 지금 즉시 말이다. 이 환자는 눈을 뜰 것 같지도 않고 장시간의 호흡 관리에는 기관 절개가 필요하다. 알겠나. 미스터 페어웨더, 기관 내 튜브를 커프로 막아놓은 채로 두면, 기관 벽에 회사(조직의 국부적인 죽음)를 일으키고 만다. 좋은 점을 지적해주었네."

하비 골드버그는 페어웨더의 질문을 자기가 했으면 좋았을걸 하고 안절부절못하며 애석해했다.

수잔은 벨로우즈와 카트라이트가 서로 주거니 받거니 하는 바람에 깊은 백일몽에서 깨어났다.

"이 환자에게 왜 이렇게 무서운 일이 일어났는지 혹시 아는 사람 있나요?"

수잔이 물었다.

"무서운 일이라니?"

벨로우즈는 링거주사와 인공호흡 마스크, 그리고 모니터를 살피면서 신경질적으로 말했다.

"아, 환자가 깨어나지 않는다는 사실 말인가. 음……."

잠시 말을 끊었다가 그는 다시 말했다.

"아, 그 말을 하니 생각나는군. 카트라이트, 신경외과 팀도 불러서 이 환자의 뇌파를 다시 한 번 검사해보도록 하지. 여전히 아무런 반응이 없으면 신장을 떼어낼 수도 있으니까."

"신장이라고요?"

수잔은 겁에 질린 듯이 물었다. 그 얘기가 낸시 그린리에게 있어서 어떤 의미를 갖는 것인지 그런 것은 생각해보지도 않았다.

"이봐, 뇌에 반응이 없으면 다시 말해서 죽었을 때를 말하는 건데 그 신장을 누군가 다른 사람에게 제공해주는 게 좋지 않은가 하는 거야. 물론 가족과 의논하고 난 다음의 얘기지만."

"하지만 의식을 회복할지도 모르잖아요."

눈을 붉히면서 수잔이 말했다.

"의식을 회복하는 사람도 있지."

벨로우즈는 어깨를 으쓱했다.

"하지만 뇌파가 반응이 없으면 틀린 거야. 그 점을 직시할 수밖에 없다고. 요컨대 뇌가 경색을 일으켜 죽었다는 것이고 그것을 본래대로 돌려놓는 방법은 없어. 뇌 이식은 불가능하니까 말이야. 그것이 될 수 있다면 얼마나 좋겠나."

"수술하는 동안 필요했던 산소를 왜 이 환자의 뇌에 공급할 수 없었는지 아무도 모르는 겁니까?"

수잔은 그린리에게서 신장을 떼어낸다는 생각을 지워버리려고 필사적으로 애쓰면서 좀 전에 물었던 질문을 다시 했다.

"몰라."

벨로우즈는 솔직하게 간단히 대답하고 수잔을 똑바로 주시했다.

"수술 결과는 좋았어. 마취과정도 철저하게 점검되었고, 마취 담당 레지던트 역시 최고의 실력자였다. 그녀가 쇼크를 일으킬 만한 과민한 체질이었는지, 아무튼 알 수 없어. 지금 알 수 있는 것은 뇌가 상당히 오랫동안 산소 결핍상태로 되어 있었다는 거야. 그래서 뇌세포가 너무 많이 죽은 것은 확실해. 대뇌 세포는 산소 부족에 매우 약하니까 말이야. 그래서 산소가 위험한 수준으로 떨어지면 우선 대뇌 세포가 죽고 그 결과는 우리가 보고 있는 바와 같다."

벨로우즈는 낸시 그린리를 손으로 가리키면서 말했다.

"식물인간이 된 거지. 심장은 뇌와는 관계가 없으니까 멋대로 고동하고 있는 것이고. 하지만 우리가 할 수 있는 모든 것을 환자에게 해줘야만 한다. 저기 있는 호흡기로 호흡을 시켜주고 있는 것도 그런 것의 일환이지."

벨로우즈는 낸시의 머리 오른쪽에서 소리를 내고 있는 기계를 가리켰다.

"우리가 하고 있던 대로 체액과 전해질의 균형을 최대한 유지해 나가야만 하고 영양과 체온을 조절해줄 필요도 있다……."

체온이라고 해놓고 벨로우즈는 말을 중단했다. 그 말에서 한 가지가 떠오른 것이 있었다.

"카트라이트, 운반용 가슴 X-ray를 부탁해. 아까 자네가 말한 발열에 관해서 하마터면 잊을 뻔했다."

벨로우즈는 수잔 쪽을 보고 말을 이었다.

"식물인간 환자가 자주 세상을 떠나는 이유가 있지. 그게 바로 폐렴이거든. 그들의 유일한 친구지……. 난 폐렴을 치료하면서 가끔 생각하는 게 있다. 도대체 내가 뭘 하고 있는 걸까 하고 말이야. 하지만 의학에 종사하면서 그런 의문을 제기해서는 안 되는 거다. 우리는 항생물질이 있는 이상 당연히 식물인간의 폐렴 치료도 해야 하는 것이다."

그때 스피커에서 호출하는 소리가 들려왔다.

"닥터 윌러, 닥터 수잔 윌러, 938 전화 받으세요."

폴 카핀이 수잔을 팔꿈치로 쿡쿡 찔러서 호출을 알렸다. 수잔은 깜짝 놀라서 벨로우즈의 얼굴을 쳐다보았다.

"저를 부르는 거예요? 닥터 윌러라고 부르던데."

수잔은 믿을 수 없다는 표정이었다.

"여러분에게 환자를 할당하기 위해 환자들의 병력표 위에 써넣을 여러분의 이름을 각 층의 간호사한테 넘겨주었으니 이제부터는 호출을 자주 할 거야. 채혈이니 뭐니 하는 매력적인 일에 말이야."

"닥터라고 불리는 게 익숙하지 않아서 기분이 이상해."

수잔은 그렇게 말하고 가까이 있는 전화를 찾으러 갔다.

"빨리 익숙해지는 게 좋아. 이런 식으로 호출하니까. 이건 자네들을 추켜세우려는 게 아니야. 그저 그렇게 하는 것이 환자를 편하게 해주기 때문이다. 여러분은 자신이 학생이라는 것을 숨겨서도 안 되고 또 그렇다고 일부러 광고할 필요도 없다. 환자에 따라서는 학생이라는 걸 알면 몸에 손대는 것을 꺼림칙하게 생각하는 사람도 있으니 말이야. 자신을 실험용 돼지로 사용하는 게 아닌가 하고 소란을 피울 수도 있어. 아무튼 호출했으니 대답하고 가 봐야지, 닥터 윌러. 나중에 다시 만나도록 하자. 우린 여기서 끝나면 10층 회의실에 가 있을 테니까."

수잔은 큰 책상 쪽으로 걸어가서 수화기를 들고 938번을 돌렸다. 벨로우즈는 그녀가 걸어가는 모습을 가만히 응시했다. 가운 아래로 아련하게 보이는 관능적인 자태가 저절로 눈에 띄었다. 벨로우즈는 그녀에게 왠지 부쩍 끌려드는 것 같았다.

2월 23일 월요일 오전 11시 40분

'닥터 윌러'라는 호출에 수잔은 어쩐지 비현실적인 느낌이 들었다. 마치 의사 역을 하고 있는 여배우같이 속이 빤히 들여다보이는 모조품 같았다. 가운을 입고 있는 것이 멜로드라마에서 어떤 역을 맡고 있는 느낌이었고, 그 역할이 마음에 들지 않았다. 곧 돌팔이 의사라는 것이 알려지리라.

전화를 받은 간호사는 간단명료하게 필요사항을 전달했다.

"수술 전에 링거주사를 놓아야 하는데 못하고 있어요. 마취과 선생님이 링거주사를 빨리 놓으라고 합니다."

"언제 시작하면 되죠?"

수잔은 전화선을 비틀면서 말했다.

"지금 바로!"

간호사는 그렇게 말하고 전화를 끊었다.

수잔의 동료들은 다른 환자 쪽으로 이동했다가 다시 책상이 있는 곳으로 모여서 벨로우즈가 선반에서 꺼내 눈앞에 펼쳐 놓은 차트를 열심히 들여다보고 있었다.

수잔이 침침한 중환자실을 가로질러 갔을 때 아무도 얼굴을 드는 사람은 없었다. 그녀는 문 쪽으로 가서 스테인리스 손잡이를 왼손으로 잡았다. 그러고는 머리를 천천히 오른쪽으로 돌려서 움직이지 않는 죽은 사람과도 같은 낸시 그린리를 다시 한 번 보았다. 도저히 남의 일 같지 않은 애처로움이 다시 수잔의 마음을 흔들었다. 중환자실을 떠나기가 어려웠지만 한편으로는 안도감이 들었다. 그러나 그 안도감도 오래 지속되지 않았다.

북적거리는 복도를 급한 걸음으로 걸으면서 수잔은 다음에 부딪힐 장애물에 대한 각오를 했다. 수잔은 지금까지 링거주사를 놓은 적이 없었다. 채혈은 몇몇 환자나 동료 학생을 상대로 해본 적이 있지만 링거주사를 놓아본 적은 한 번도 없었다. 머리에서는 어떻게 하면 된다는 것을 알고 있었고 또 할 수 있다는 것도 알고 있었다.

결국 날카로운 바늘을 엷은 피부에 집어넣어 정맥 속으로 잘 찔러 넣는 것이 요령이었다. 어려운 것은 가는 스파게티 같은 혈관을 찾는 일인데 때로는 혈관이 피부 표면으로 보이지 않아서 겨우 촉감만으로 장님처럼 찔러볼 수밖에 없는 경우도 있었다. 이런 어려움들이 마음에 걸렸지만 충분히 부딪혀볼 만한 일이라고 수잔은 생각했다.

그것보다 제일 마음에 걸리는 것은 자신이 올챙이 의사인 줄 알고 진짜 의사를 불러오라고 하면 어쩌나 하는 것이었다. 게다가 간호사들이 업신여길 수도 있었다. 그 모든 것을 꾹 참고 견뎌야 하는 것이다.

수잔이 베어드 5병동에 도착했을 때 주위의 분위기는 여전했고 활기 있게 움직이고 있었다. 수간호사 테리 린퀴비스트는 처치실로 들어가면서 수잔을 흘끗 보았다. 그때 모자에 밝은 오렌지색 줄을 두르고 '사라 스턴스'라는 명찰을 달고 있는 또 다른 간호사가 트레이와 링거병을 건네주면서 말했다.

"버만이라는 환자예요. 503호실입니다. 속도는 걱정 안하서도 됩니다. 2, 3분 정도 내가 붙어 있으면서 조절할 테니까요."

수잔은 고개를 끄덕이고 503호실로 향했다. 걸어가면서 그녀는 트레이를 점검해보았다. 속에는 두피 침, 길이가 긴 카테터, CVP, 평상시에 쓰는 1회용 침 등 여러 가지 주사바늘, 알코올 스펀지 꾸러미, 지혈에 사용하는 납작한 고무관, 플래시 등이 들어 있었다. 그 플래시를 보면서 그녀는 한밤중에 링거주사를 놓으러 가는 일이 몇 번이나 될까 생각해보았다.

수잔은 507호실을 지나고 505호실도 지났다. 503호실이 침침한 어둠속에서 보이기 시작했을 때 그녀는 트레이 속에서 황색 꾸러미에 싼 바늘 중 가늘고 긴 21번 바늘을 찾아냈다. 이것은 전에 링거주사 놓는 것을 견학했을 때 본 바늘이었다. 수잔은 큰맘 먹고 그 21번 바늘을 사용해볼까도 생각했지만 역시 처음 시도하는 것인지라 위험부담을 최대한 줄여야한다고 생각했다.

문에는 '503호실'이라고 페인트로 써 있었고, 약간 열려 있었다. 수잔은 노크를 해야 할지, 그냥 열고 들어가야 할지 망설이다가 살며시 어깨 너머로 돌아다보고 아무도 보고 있지 않다는 것을 확인하고는 노크를 했다.

"네, 들어오세요."

안에서 소리가 들려왔다.

수잔은 트레이를 오른손에, D5W 링거병을 왼손에 꽉 쥐고 발로 문을 밀었다. 그리고 상당히 나이가 많은 환자를 상상하면서 방안으로 들어갔다. 메모리얼 병원의 전형적인 독실로 좁고, 낡아보였으며 바닥에는 사각 모자이크 무늬로 된 비닐이 깔려 있었다. 창에는 커튼이 없었는데 창틀을 보니 먼지가 가득했다. 여러 번 겹쳐 도장한 듯한 난

방기구가 방의 한 모퉁이에 서 있었다.

뜻밖에도 환자는 노인도 아니고 쇠약해 보이는 사람도 아니었다. 침대에 누워 있는 사람은 언뜻 보기에 아주 건강하게 보이는 청년으로 나이는 30 정도로 보였다. 그는 평범한 환자복을 입고 시트를 허리까지 끌어 올리고 있었다. 짙고 풍성한 검은색 머리가 양쪽 귀를 덥수룩하게 덮고 있었다.

얼굴은 갸름하고 지적으로 보였고 겨울철인데도 햇볕에 잘 그을려 있었다. 뾰족한 코에 콧방울이 벌어져 있어서 계속 숨을 들이마시고 있는 것처럼 보였는데, 훌륭한 몸매에 몸의 상태도 더할 나위 없이 좋아보였다. 구부린 무릎을 근육질 팔이 껴안고 있으면서 추워서인지 두 손을 문지르고 있었는데 몹시 초조해보였다.

"그렇게 서 있지 말고 들어와요. 여기는 그랜드 센트럴 역 같은 곳이니까요."

버만은 미소를 지으며 말했다. 그러나 그 미소는 오히려 불안해보였다. 그는 수술을 받기 위해 이제나 저제나 호출할 것을 기다리고 있던 참에 이런 분위기를 수잔이 깨뜨려준 것을 오히려 기뻐하고 있는 것 같았다.

수잔은 방으로 들어가서 마주 웃으며 버만을 흘끗 보았다. 그리고 문을 본래 위치까지 밀어 넣고 트레이를 침대 발치에 놓고는 링거병을 침대 머리맡에 있는 걸개에 걸었다. 일부러 버만의 시선을 피하고 있었지만 대체 이렇게 젊고 건강하며 여러 가지 능력이 있을 것 같은 남자가 왜 병상에 있는 걸까 의아스러웠다. 수잔에게는 오히려 연약한 100살 노인 쪽이 좋았는지 모른다.

"이제 주사는 질색이야!"

버만은 약간 과장해서 말했다.

"유감스러운데요."

수잔은 말하면서 링거 튜브 꾸러미를 열어서 걸개에다 D5W병을 걸고 튜브를 연결하고는 주사액을 조금씩 통하게 한 다음 멈추게 했다. 준비를 끝내고 버만 쪽을 보니 그가 자기를 줄곧 응시하고 있었음을 알 수 있었다.

"당신은 닥터입니까?"

버만은 믿을 수 없다는 투로 물었다.

수잔은 대답을 하지 않고 버만의 짙은 갈색 눈을 주시했다. 마음속으로 그녀는 어떤 대답을 해야 할까를 생각했다.

'나는 의사가 아니다. 그것은 분명하다. 그럼 뭐라고 말하고 싶었을까?'

실은 의사라고 말하고 싶었다. 그러나 수잔은 솔직했다. 그래서 과연 그렇게 말할 수 있을지 없을지, 그리고 자기 자신이 그것을 믿을 수 있는지 몹시 불안했다.

"아니에요."

결국 수잔은 그렇게 대답하고 21번 두피 침에 시선을 돌렸다. 솔직히 말해서 그녀는 스스로 실망스러웠고 버만을 더 불안하게 한 것은 아닐까 하고 생각했다.

"전 그저 의대생입니다."

초조하게 움직이고 있던 버만의 두 손이 갑자기 멎었다.

"그렇게 긴장하지 않아도 됩니다."

그는 거짓 없는 마음으로 말했다.

"그저 당신이 의사나 미래의 의사로도 보이지 않았을 뿐입니다."

솔직한 버만의 말이 수잔의 아픈 곳을 찔렀다. 유치한 직업의식에 대한 편집상태가 되어 있던 그녀는 버만의 얘기를 빈정대는 인사치레로 받아들이고 있었다.

"이름은?"

지금까지의 말이 상대에게 어떻게 전달되었는지 전혀 깨닫지 못하고 버만은 계속해서 말했다. 그리고 머리 위의 형광등 불빛을 손으로 가리면서 수잔의 가운에 붙어있는 명찰이 보이도록 약간 왼쪽으로 돌아보라는 듯한 몸짓을 했다.

"수잔 윌러…… 닥터 수잔 윌러라. 아주 잘 어울리는 이름이군요."

수잔은 자기가 의사냐 아니냐에 대해 버만이 결코 생트집을 잡으려는 것은 아니라는 것을 알았지만 그래도 잠자코 있었다. 아직 거리는 멀지만 편해질 수 있는 무엇인가가 버만 속에 있다고 생각했으나 그것을 어떤 형태로 표현해야 할까 잘 생각이 나지 않았다. 어쨌든 그는 매력적이면서도 권위주의적인 매너를 가지고 있는 것 같았다.

한편으로는 자기의 생각을 집중시키기 위해, 또 한편으로는 될 수 있는 한 얘기를 하지 않으려고 수잔은 주사 준비에 몰두했다.

사무적으로 버만의 왼쪽 손목에 지혈대를 감고 단단히 조였다. 그리고 두피 침과 알코올, 스펀지가 든 꾸러미를 찢어서 열었다. 버만은 흥미로운 표정으로 그녀의 손놀림을 쫓고 있었다.

"처음부터 주사를 맞기 싫어했던 건 아니었어요."

될 수 있는 한 침착한 체하면서 버만은 그렇게 말하고 자기의 손과 수잔을 번갈아 보았다. 수잔은 그가 몹시 불안해하고 있다는 것을 깨닫고 링거주사를 놓는 게 처음이라고 말하면 당장 노발대발할 게 틀림없을 것 같았다. 다시 말해서 입장을 바꾸어 본다면 자기는 어떻게 할까 생각해보았다.

버만의 손목을 꽉 조인 지혈대는 손등의 정맥을 마치 정원의 호스처럼 떠오르게 했다. 수잔은 숨을 크게 들이마시고 멈췄다. 버만도 똑같이 했다. 알코올 스펀지로 닦고 버만의 손등에 바늘을 찌르려 했으나 피부가 움직이는 바람에 좀처럼 들어가지 않았다.

"아얏!"

버만은 소리 지르면서 다른 손으로 시트를 쥐었다. 이것은 자위수단으로써 일부러 아픔을 과장한 소리일 뿐인데도 수잔은 의기가 꺾여서 바늘을 찌르려는 것을 멈췄다.

"이 말이 위로가 될지 모르지만, 어쨌든 당신은 의사처럼 잘할 수 있을 겁니다."

자기의 손등을 바라보면서 버만은 말했다.

지혈대는 아직 그대로 묶인 채 손 전체가 푸르스름하게 변하고 있었다.

"버만 씨, 좀 더 협조해주셔야겠어요."

수잔은 다시 한 번 시도하기 위해서 정신을 집중하면서 혹시라도 실패할지 모르는 데 따른 책임감을 그와 나누어 가지려고 했다.

"협조라……."

버만은 눈을 두리번거리면서 앵무새처럼 말을 받았다.

"나는 산제물인 새끼 양처럼 얌전히 있는데."

수잔은 버만의 왼쪽 팔을 다시 한 번 침대 위에 펴서 올려놓고 자신의 왼손으로 버만의 피부의 긴장을 확인했다. 그리고 같은 노력을 반복해서 엷은 피하 조직을 바늘로 찔렀다.

"두 손 들었소, 나는."

버만은 약간 익살맞은 투로 말했다.

수잔은 피하에 들어간 바늘 끝에 정신을 집중하여 우선 정맥을 찔러보고는 앞으로 끌어보았다. 이번에는 큰 맘 먹고 바늘을 밀어 넣는 동시에 빼는 동작을 해보았다. 바늘 끝이 정맥에 들어갔을 때 툭 하고 들어가는 느낌이 오고 혈액이 바늘로 역류하여 플라스틱 튜브에 가득 찼다. 그녀는 재빨리 링거병에 연결된 줄을 당겨 속도 조절기를 열고 지혈대를 풀었다. 액은 순조롭게 잘 들어갔다.

두 사람 모두 안도감을 느꼈다.

뭔가를 해냈다. 환자에 대한 의술의 뭔가를 해낸 수잔은 약간의 행복감을 맛보았다. 아주 사소한, 단지 링거주사를 놓았다는 것뿐이지만 확실히 의료행위임에는 틀림없었다. 그녀는 미래를 열어가는 첫 관문을 통과하는 것 같아서 그 행복감이 가슴을 부풀게 했다. 그녀는 병원이라는 환경임에도 불구하고 버만에 대해 더욱더 상냥하게 대해 주고 싶은 마음이 들었다.

"아까 왜 제가 의사로 보이지 않는다고 말씀하셨죠?"

수잔은 버만의 손등에 링거 줄을 고정시키기 위해 반창고를 붙이면서 말했다.

"의사로 보이는 건 어떤 거죠?"

그 대답뿐만 아니라 버만의 얘기를 좀 더 듣고 싶다는 듯이 수잔의 목소리는 약간 놀려대는 투였다.

"이건 시시한 말일지 모르지만……."

링거 줄을 반창고로 고정시키는 수잔의 동작을 주시하면서 버만이 말했다.

"어쩌면 우습게 들릴지 모르지만 동창 중에 의과대학을 간 여자아이가 몇 사람 있어서 알고 있죠. 개중에는 제법 괜찮은 여자들이 있었는데 모두 머리가 좋았어요. 그 점은 틀림없지만 모두가 여성스럽지가 않았단 말입니다."

"여자답지 않아서 의과대학으로 간 것이 아니라 의과대학에 갔기 때문에 당신에겐 여자답게 보이지 않게 된 게 아니에요?"

속도를 늦추면서 수잔은 말했다.

"그래요…… 그런지도 모르죠……."

버만은 잠시 골똘히 생각했다. 수잔의 해석이 새로운 견해를 갖게 해준 것 같았다.

"하지만 난 그렇게 생각하지 않는데. 그중에 두 사람은 내가 잘 아는 아이로 대학에 있을 때는 거의 함께였지. 그게 최종 학년이 될 때까지 의과대학에 간다는 걸 정하지도 않았죠. 두 사람 모두 그렇게 정하기 전부터 여자답지가 않았습니다. 그런데 말입니다. 미래의 닥터 윌러는 확실히 여성적인 분위기를 가지고 있어요. 그것이 마치 구름처럼 당신을 감싸고 있다고요."

버만의 친구가 여자답지 않다는 말에 이의를 제기하려고 벼르고 있었는데 자신의 여성다움에 대해 이야기하자 수잔은 완전히 경계심을 잃고 말았다. 한편으로는 '그게 진심이에요?' 하고 말하고 싶기도 했다. 어쩌면 버만이 진지하게 그렇게 말하고 자기에게 경의를 나타냈는지도 모른다는 생각도 들었다. 그 어느 쪽을 택할 것인가를 결정하는 것은 버만 쪽이었다.

"만약 당신의 직업을 나한테 정해달라고 하면…… 나는 당신에게 발레리나가 되라고 할 거요."

그렇지 않아도 자신도 발레리나가 되었으면 했었는데 버만이 그렇게 말하자 수잔은 긴장이 풀리고 닫힌 마음이 스르르 녹아내리는 듯했다. 그녀로서는 발레리나처럼 보인다는 것이 더 없는 찬사였고 거기다 여자답다는 말을 들은 것은 더할 나위 없이 그녀를 즐겁게 했다.

"고마워요, 버만 씨."

수잔은 진심으로 말했다.

"숀이라고 부르세요."

"고마워요, 손."

수잔은 반복했다. 그리고 링거 줄이 들어 있던 비닐봉지를 챙기던 손을 멈추고 먼지가 묻은 창 너머로 밖을 내다보았다. 그러나 창의 더러움이나 벽돌, 검은 구름, 생기 없는 나무 같은 것들은 눈에 들어오지 않았다. 그녀는 들뜬 마음으로 뒤돌아서서 다시 버만을 바라보았다.

"당신이 칭찬을 해주셔서 얼마나 기쁜지 모릅니다. 이렇게 말하면 이상하게 들릴지 모르지만 솔직히 말해서 나는 지난 1년 동안 줄곧 스스로 여자다움을 느끼지 못하고 있었어요. 그래서 당신 같은 분한테 그런 말을 들으면 아주 용기가 나요. 그런 것에 집착했던 것이 아니라 이제야 내 자신에 대해서……."

수잔은 잠깐 멈추고 적당한 말을 찾았다.

"중성적인가 생각하게 되었다고나 할까요. 그래요, 맞는 말이에요. 점차 그렇게 생각하게 되었어요. 이전에 대학의 클래스메이트 특히 룸메이트와 함께 지내던 때와 비교하니 확실히 그 변화를 깨닫게 되는데요."

수잔은 갑자기 말을 중단하고 자세를 고쳐 앉았다. 뜻밖에도 거리낌 없이 말하는 자신에게 약간은 당황스러웠다.

"제가 무슨 말을 하고 있죠? 정말 주책없이. 가끔 자신도 모르게 이럴 때가 있다니까요."

그녀는 생긋 웃고는 겸연쩍어했다.

"난 의사처럼 행동할 수가 없는 거예요. 그러니 의사로 보일 리가 없죠. 아무튼 당신이 듣고 싶은 건 내 직업이 나와 어울리지 않는다는 거겠죠!"

버만은 환한 표정으로 수잔을 바라보았다. 그녀는 분명히 이치에도 맞지 않는 소리를 즐기고 있는 것 같았다.

"말을 하는 건 당연히 의사보다는 환자 쪽이어야 하는데, 왜 당신은 당신 얘기를 하지 않는 거죠? 그럼 내가 입을 다물어버릴 텐데."

"나는 건축가로 케임브리지 주변을 헤매고 있는 많은 패거리 중 하나입니다. 아무튼 그건 그렇다 치고 역시 당신의 얘기로 돌아가는 게 훨씬 좋겠는데요. 이런 데서는 한 인간으로서 상대방이 얘기하는 것을 듣고 있는 것만큼 내게 원기를 북돋아 주는 건 없죠. 이건 당신으로선 모를 거요."

버만은 방안을 둘러보며 말했다.

"조그만 수술을 받는 것쯤은 아무렇지도 않아요. 하지만 이렇게 기다리게 하는 건 정말 미칠 것 같다니까요. 게다가 찾아오는 사람이란 게 한결같이 무미건조해서 말이오."

수잔 쪽을 돌아보고 그는 다시 말했다.

"아까 당신이 얘기하던 옛날의 룸메이트 얘기를 좀 더 들려줄 수 없겠습니까. 꼭 듣고 싶은데요."

"내 과거사를 다 털 작정이군요."

수잔은 미소 지으며 말했다.

"그럴 리 없습니다."

"아무튼 좋아요. 조금도 상관없는 얘기니까. 당연한 것이지만 그 친구는 머리가 좋았어요. 법과대학에 가서도 여자다움을 잃지 않고 게다가 지금도 지적으로 경쟁하며 자신의 열정을 마음껏 발휘하고 있어요."

"당신같이 지성적인 사람이 어째서 자신이 여자답다는 점을 알지 못하고 있는지 이해가 안 되는데요. 중성이라는 말은 어울리지 않습니다."

수잔은 우선 외관만으로 여자라고 믿어버리는 것에 대해서 버만과 논쟁하려고 생각했다. 그런 것은 일부분의 문제가 아닌가. 그러나 그녀는 그런 충동을 억누르고 자신을 자제했다. 아무튼 버만은 앞으로 수술을 받으러 가야 할 사람이고, 지금 여기서 그런 논쟁을 할 일이 아니었다.

"내가 그렇게 생각하는 것이니 어쩔 수 없겠죠. '중성적'이란 말이 잘 어울린다고 생각해요. 처음에 저는 의학이 여러 가지 이유로 좋아 보였어요. 예를 들면 제가 필요하다고 생각한 사회적인 보장이 된다는 사실을 좋게 보았죠. 결혼생활에 다소 장해가 있다는 건 생각하고 싶지도 않았고 걱정도 안했어요. 그래요."

수잔은 한숨을 쉬고는 말을 이었다.

"확실히 사회적인 보장을 받기는 하겠죠. 그 이상의 것도 있을 수 있고요. 하지만 실은 난 정상적인 사회에서 추방당한 것 같은 느낌이 들어요."

"그런 고민이라면 기꺼이 의논 상대가 돼주고 싶은데요. 물론 건축가를 정상적인 사회라고 당신이 생각하고 있다면 말이지만, 그렇게 생각하지 않는 인간도 있거든요. 아무튼⋯⋯."

버만은 뒤통수를 긁으면서 적당한 말을 찾으려고 했다.

"이런 창피한 잠옷을 입고 이런 개성이 없는 장소에서 사리에 맞는 얘기를 한다는 건 애당초 무립니다. 이 얘기는 부디 다른 기회에 계속하고 싶군요. 당신도 이제부터 다른 환자한테 계속적으로 불려다닐 것이고 나도 당신에게 더 이상 부담을 주고 싶지 않아요. 하지만 울화통이 터지는 이 무릎 수술을 하고 나면 그 다음엔 얼마든지 만나서 커피든 술이든 함께 할 수 있겠죠."

버만은 무릎을 들어올렸다.

"전에 축구를 하다가 이게 거덜나는 바람에⋯⋯. 그 뒤로 아킬레스

건이 말썽을 부리는 겁니다."

"그래서 오늘 수술을 할 건가요?"

수잔은 버만의 제의에 어떻게 대답을 해야 할지 생각하면서 물었다. 이런 이야기는 아무리 생각해봐도 의사와 환자 사이에 나눌 수 있는 것이 아니었다. 그와 동시에 그녀는 버만에게 어느 면에서 끌리기도 했다.

"그렇습니다. 극소 절제수술인가 뭐라고 하더군요."

그때 문을 노크하는 소리가 들리고 사라 스턴스가 획 들어왔다. 수잔은 깜짝 놀라서 안절부절 못하고 링거 꽂는 도구를 챙기기 시작했다. 그와 동시에 이런 행동이 얼마나 유치한가 하고 생각했다. 그리고 병원의 체계가 그녀의 행동에 많은 영향을 미칠 수 있다는 생각에 몹시 화가 났다.

"주사를 또 맞는 건 정말 싫은데!"

버만은 몸을 움츠리면서 소리쳤다.

"한 번 더 맞아야 해요. 이것이 수술 전의 조치니까요. 자, 엎드려 주세요."

미스 스턴스는 주사 트레이를 나이트 테이블 쪽으로 옮기기 위해 수잔을 약간 밀고 지나갔다.

버만은 의식적으로 수잔 쪽을 흘끗 보면서 오른쪽으로 몸을 돌렸다. 미스 스턴스는 버만의 왼쪽 엉덩이 살을 찰싹 치더니 근육 속으로 바늘을 찔렀다. 눈 깜짝할 사이에 주사는 끝났다.

"링거액이 떨어지는 속도는 걱정하지 않아도 됩니다. 곧 내가 와서 조절할 테니까요."

미스 스턴스는 문 쪽으로 급히 가면서 말하고는 나가버렸다.

"자, 저도 가봐야겠어요."

수잔은 재빨리 말했다.

"데이트 하는 거죠?"

버만은 왼쪽 엉덩이에 체중이 실리지 않도록 하면서 말했다.

"숀, 모르겠어요. 그걸 어떻게 생각해야 할지, 이건 직업윤리상의 일이라서 말예요."

"직업윤리상이라고요?"

버만은 몹시 놀라면서 말했다.

"당신은 벌써 세뇌되어 가고 있군요."

"그럴지도 몰라요."

수잔은 시계를 들여다보고 문 쪽을 보고는 다시 한 번 버만에게 시선을 돌려서 결국 "좋아요."라고 말했다.

"다시 만나요. 하지만 빨리 회복해야 돼요. 계속 직업상이란 걸로 따지지 않겠지만 어쨌든 장애인을 이용한다는 비난은 듣고 싶지 않은 걸요. 숀이 퇴원할 때까지는 내가 병원에 있겠지만, 얼마나 입원하고 있게 될지 알고 있나요?"

"의사 말로는 3일이라던데."

"퇴원하기 전에 다시 들를게요."

수잔은 벌써 문 쪽으로 걸어가면서 말했다.

문 앞에서 수잔은 버만을 제8수술실로 옮겨서 관절간 연골 절제 수술을 받게 하려고 온 환자 운반차에게 길을 양보했다. 수잔은 복도를 걸어가기 전에 버만 쪽을 돌아보고 엄지손가락을 펴서 그에게 사인을 보냈고 버만도 미소로 답했다.

그녀는 간호사 대기실로 걸어가면서 혼란해졌던 자신의 마음을 생각해봤다. 갑자기 매력이 느껴진 상대와 만나고 있다는 생각에 어렴풋한 즐거움이 느껴졌다. 동시에 그것은 직업의식을 망각하고 있다는 것을 일깨워주었다. 그리고 의사의 길을 걷는 자신에게 여러 가지 어려움이 도사리고 있을 거라는 생각도 하게 되었다.

2월 23일 월요일 오전 12시 10분

수잔은 회전 경기하는 스키어처럼 점심 운반차들을 비켜 다녀야 했다. 거기에는 특색이 없는 여러 가지 음식이 가득 실려 있었고, 나란히 놓여 있는 쟁반에서 풍기는 맛있는 냄새를 맡으며 수잔은 오늘 아무것도 먹지 않고 있었다는 것을 알았다. 식사라고 할 수 없는 두 조각의 토스트가 전부였다.

점심 운반차가 도착하자 베어드 5병동의 간호사실은 한층 더 야단법석이었다. 이래도 환자들에게 착오 없이 약이 투여되고 치료가 될 수 있고 식사가 전달되는 것이 수잔에게는 불가사의하게 느껴졌다. 빈 링거병을 들고 있는 수잔을 보고 사라 스턴스가 생긋 웃으며 재빨리 '고마워요.' 하면서 놓을 자리를 손짓으로 가르쳐주었다. 다른 사람들은 모두 그녀가 있는 것을 알아차리지 못했다.

수잔은 그곳을 나갔다. 혼잡한 엘리베이터를 기다리고 있기보다 차라리 계단으로 내려가자고 생각했다. 중환자실까지는 고작해야 3층만 내려가면 될 게 아닌가.

계단 모서리 부분은 금속제로 덧씌워 있었고 원래는 오렌지색이었으나 지금은 황갈색으로 변해 있었다. 중앙 부분은 많은 사람들이 밟고 다녀서 반짝이기는 했지만 마멸되어 있었다. 계단의 벽은 짙은 쥐색으로 도장돼 있었고 낡아서 벗겨져 있었다. 전에 계단에서 무슨 일이 있었는지 얼룩 자국이 벽을 따라 오른쪽으로 나 있었다. 수잔이 층계참을 돌아서 다음 계단을 내려갈 때마다 그 자국은 계속되었다. 계단을 비치는 불빛은 각 층 복도에 붙어 있는 갓 없는 전구뿐이었다. 게다가 4층의 전구는 끊어져 있어서 수잔은 침침하게 어두운 속을 조심해서 걸어 내려가야 했고 3층으로 내려가는 다음 계단의 첫 층계는 발을 더듬어야만 했다. 다음 층계까지의 거리가 수잔으로서는 상당히 멀게 느껴졌다.

난간의 기둥에 몸을 기대면 지하 2층까지 내려다보이는데 거기서 올라오는 나선 계단의 앞쪽은 보이지 않았다. 수잔은 이 계단의 공간 속에서 약간의 불안한 기분이 들었다. 낡은 벽이 어둠 속에서 자기 쪽으로 쓰러져 덮치는 게 아닌가 하는 생각이 들어서 옛날의 공포가 여기서 되살아나는 것 같았다.

아마 그것은 어릴 때 밤마다 되풀이 꾸던 꿈을 생각나게 했기 때문인 모양이었다. 오랫동안 그런 꿈을 꾸고 있지는 않았지만 잘 기억하고 있었다. 특별하게 계단이 꿈속에 나타난 것은 아니었지만 전체적인 효과는 같은 것이었다. 구불구불 구부러진 모양의 터널을 빠져 나갈 때 그것이 점점 가는 길을 방해하는 그런 꿈으로, 터널 맞은쪽의 종점이 대단히 중요한 것인데 꿈속에서는 결코 그곳까지 다다르지 못하는 것이었다.

계단의 분위기는 어쩐지 불안했지만 수잔은 한 걸음 한 걸음 천천히 내려갔다. 한 걸음씩 내디딜 때마다 금속음이 울렸다. 사람의 그림자는 전혀 없었고 그만큼 방해 받지 않고 생각할 시간이 조금은 생겼다. 아주 잠깐이기는 하지만 수잔의 의식 속에서 병원에 속해 있다는 생각이 사라져버렸다.

버만과의 만남은 그녀의 마음속에 복잡한 그림자를 따라다니게 하고 있었다. 사실상 버만은 수잔의 환자가 아니었기 때문에 직업윤리를 지키지 않는 것은 별로 문제가 되지 않았다. 그녀는 그저 남의 일을 대신 해준 데 불과했기 때문이다. 버만이 환자였기 때문에 만날 수 있었다는 것은 숨길 수 없는 사실이었다. 수잔으로서는 사적인 만남을 가져도 문제가 없겠다는 점을 합리적으로 설명할 수 있을지 자신으로서도 알 수 없었다. 3층 복도를 돌아서 다음 계단을 내려가는 출구 앞에서 그녀는 걸음을 멈췄다.

그녀는 여자로서 버만을 대했다. 이유는 일일이 설명할 수 없지만 버만은 인간의 본성 속에서 자연스럽게 이성적으로 그녀의 마음속에 다가왔다. 그래서 용기가 생겨났다. 수잔은 의과대학의 처음 2년 동안은 자신이 여성도 남성도 아닌 무성(無性)의 사람이라고 생각했다.

그녀가 버만과의 대화 중에서 '중성'이란 말을 사용했지만 그것은 적당한 말을 그 순간에 골라야 했던 데 불과했다. 확실히 그녀는 여자였다. 자신에게 여자를 느끼고 있었으며 매달 거르지 않는 생리가 그것을 강하게 증명하고 있었다. 하지만 정말 그럴 때 자신이 여자임을 느꼈을까?

수잔은 다음 계단을 내려가기 시작했다. 그녀는 비로소 요 수년간 어떻게 살아왔는지 머리를 굴러보았다. 그녀는 생각했다. 만약 카핀이 그녀 대신에 불려갔고 만약 버만이 매력적인 여성이었다면 카핀이 과연 남성으로서 그를 대했을까? 수잔은 이 가정을 생각하고 다시 한 번 멈춰 섰다. 그리고 자기의 경험에서 카핀도 마찬가지 행동을 했을 가능성이 많다는 결론을 내렸다.

수잔은 될 수 있는 한 천천히 계단을 내려가기로 했다. 그러나 만약 남자가 그 경우 정말 자기와 똑같은 반응을 나타냈다고 하면 내 경우는 어떻게 달랐을까? 괜히 마음 불편해할 필요가 없는 것이 아닐까?

이것은 의사의 윤리의식 문제를 논하는 것 이상의 문제일 수 있었다. 버만은 수잔으로 하여금 여자라는 것을 느끼게 했다. 그것은 지체 없이 수잔에게 전해졌다. 그녀 자신과 카핀의 가장 큰 차이점은 수잔이 특별히 방해물을 짊어지고 있었다는 것이다.

의사가 되고 싶고 의사처럼 행동하고 의사처럼 생각하고 의사로서 인정받고 싶다고 생각하는 그 점은 누구나 마찬가지라는 것을 알고 있었다. 그러나 수잔으로서는 부가적인 것이 하나 더 있었다. 그녀는 또한 여자가 되고 싶었고 여자처럼 느끼고 여자로 여겨지고 여자로서 존중 받기를 원했다.

그녀가 의과대학에 들어갔을 때 그것이 남자가 지배하는 직업이라는 것을 알고 있었다. 그것은 일종의 도전이었다. 의학이 여자인 그녀에게 사회적인 의미에서 목적 달성을 허용하지 않는다는 생각은 해본 적이 없었다. 학문적으로 완성할 수 있다고 그녀는 믿고 있었다. 다음 단계는 더욱더 어려운 길에 들어설지도 모른다. 그리고 카핀은? 그렇다, 그에게 있어서 사회적인 면에서는 구애받을 것이 없었다. 그는 사회에서 인정한 남자 역할을 하는 남성이며 의학세계에 있는 것만으로도 남자로서의 그의 이미지는 굳건한 것이다. 카핀이라면 그저 자기가 의사로서 자신을 갖는 것에만 고심하면 된다. 그런데 수잔은 의사인 동시에 여자라는 것에 자신을 가져야 한다.

2층으로 내려간 수잔은 '수술실 구역—관계자 외 출입금지'라고 큰 글씨로 쓰인 간판을 볼 수 있었다. 그러나 문이 굳게 잠겨 있어서 그 간판은 없어도 됐을 거라는 생각이 들었다. 그녀는 순간적으로 모든 비상구가 잠겼을지도 모른다는 생각을 했다. 그래서 수직의 감옥에 갇힌 것 같은 기분이 들었다. 그런 생각이 들자 숨이 막혀서 미쳐버릴 것만 같았다.

"윌러, 너는 이 정도에 결코 겁먹을 아이가 아니다!"

그녀는 자신을 격려하기 위해 큰소리로 그렇게 말했다. 그리고 1층으로 내려가 보았다. 문은 간단히 열렸고 그녀는 북적거리는 인파 속으로 들어갔다.

수잔은 엘리베이터를 타고 다시 중환자실 입구에 도착했으나 그 문을 여는 데는 상당한 용기가 필요했다.

수잔은 그 중환자실의 지옥 같은 세계에 다시 한 번 발을 들여놓았다. 한 간호사가 책상에 앉은 채 얼굴을 들었으나 다시 눈앞에 놓인 심전도 모니터로 시선을 돌렸다. 수잔은 병실 안을 둘러보다가 사람의 소리는 들리지 않고 여러 가지 기계음만 들리는 분위기에 질려버렸다.

그리고 거기엔 조각상처럼 움직이지 않는 낸시 그린리가 있었다. 의학이 낳은 의술에 희생이 된 사람, 수잔은 그녀가 어떤 삶을 살았으며 어떤 사랑을 했는지 궁금했다. 단순히 생리불순으로 인한 소파 수술을 받음으로써 그녀의 모든 것이 사라져버리고 만 것이다.

수잔은 낸시 그린리에게서 겨우 눈을 떼고 동료들이 중환자실에서 사라졌음을 확인했다. 아마 대회진 중이라고 생각했다. 그때 수잔은 갑자기 그 방에 있는 것이 견딜 수 없이 꺼림칙해졌다. 심리적인 것과 기술적인 것이 복잡하게 얽히는 그곳의 분위기가 버만에게 링거주사를 놓았던 그때의 행복한 기분을 날려버렸다. 그리고 지금 이렇게 이곳에 있는 동안에도 만약 어떤 환자의 용태가 급변했다면 어떻게 될 것인가를 상상해보았다. 이 가운과 주머니 속의 무기력한 청진기로 어떤 사람이 누군가의 생사 결정을 확인해달라고 그녀에게 물어왔다면 어떻게 될까?

당황하기 시작한 자신의 기분을 애써 억제하면서 수잔은 문을 열고 복도로 도망쳐 나갔다. 그리고 다시 엘리베이터 쪽으로 걸음을 옮기면서 사실과 공상 차이, 현실과 신화 차이, 진짜 자신이 생각하는 의대

생다움과 남이 보는 시선의 차이를 골똘히 생각했다.

10시에 대회진을 시작한다던 벨로우즈의 말이 생각나서 수잔은 10층의 버튼을 누르고 복잡한 엘리베이터 안에 몸을 밀어 넣었다. 그것은 지독한 여행이었다. 엘리베이터 안은 빈틈없이 꽉 들어차 있는 데다가 각 층마다 멎어서 견딜 수가 없었다. 타고 있는 사람들은 서로의 얼굴을 보지 않고 층을 가리키는 숫자판이 차례로 움직이고 있는 것만 바라보고 있을 뿐이었다. 수잔도 그들과 마찬가지로 서서 문이 빨리 열리고 닫혀주기만을 마음속으로 바랐다.

9층에 이르렀을 때 그녀는 있는 힘을 다해서 앞쪽으로 헤쳐 나갔다가 10층에서 엘리베이터 밖으로 튀어나와 안도의 숨을 몰아쉬었다.

분위기는 그 순간 일변했다. 10층에는 양탄자가 깔려 있었고 벽은 반광택 페인트로 새로 도장하여 빛이 나고 있었다. 그리고 벽에는 훌륭한 업적을 남긴 메모리얼 병원의 역대 유명 의학자들의 초상화가 금빛 액자 속에 들어 있었다. 치펜데일 풍의 테이블이 복도를 따라 안락한 의자 사이사이에 놓여 있었고, 〈뉴욕타임스〉도 알맞은 두께로 철해져 적당한 간격으로 여기 저기 보기 좋게 놓여 있었다.

엘리베이터 맞은편에 붙어 있는 큰 표지판을 보고 수잔은 회의실로 가는 길을 알아냈다. 복도를 걸어가자 도중에 있는 사무실들이 들여다보였다. 그것은 그 병원에서 명망 있는 의사들의 개인 사무실이었다. 복도를 따라 환자 2, 3명이 흩어져서 책을 읽거나 무심코 앉아 있다가 지나가는 수잔 쪽을 쳐다보았다. 그 얼굴들은 모두 무표정했다.

복도가 막다른 곳에서 수잔은 외과부장 닥터 H. 스타크의 사무실 앞을 지나쳐 갔다. 문이 약간 열려 있었는데 두 비서가 분주하게 타이프를 치고 있는 것이 언뜻 보였다. 스타크의 방 비스듬히 마주 보이는 곳에 '회의중'이라는 마호가니 표지판이 붙어 있었다.

수잔은 회의실로 들어갔다. 문은 저절로 닫혔다. 방안의 불이 꺼져 있었기 때문에 어둠에 눈이 익혀지는 데 잠시 시간이 걸렸다.

방 한 모퉁이에 비치고 있는 것은 코다크롬의 인간 폐의 슬라이드 였다. 사진의 세부를 설명하고 있는 사람의 윤곽을 수잔은 간신히 알아볼 수 있었다. 앞 쪽의 어둠 속에 나란히 있는 좌석과 거기에 앉아 있는 사람들이 겨우 보이게 되었다.

방의 넓이는 가로 세로가 10미터와 9미터 정도였고 앞쪽의 연단을 향해 바닥이 완만하게 기울어져 내려가 있었으며 연단은 바닥에서 다시 2단 높여져 있었다. 영사기는 잘 숨겨져 있으나 그 투사광은 담배와 파이프 연기로 스크린까지 쭉 이어져서 확실하게 보였다. 수잔은 어둠 속에서도 그 회의실이 새롭고 멋진 설계로 돈을 많이 들였겠다는 생각이 들었다.

이어지는 슬라이드는 현미경으로 찍었기 때문에 방안이 약간 밝아졌다. 수잔은 후두부가 툭 튀어나온 나일즈를 쉽게 발견했다. 그는 통로 쪽 좌석에 앉아 있었다. 수잔은 적당히 앞으로 내려가서 나일즈의 어깨를 툭 쳤다. 동료들은 그녀를 위해서 자리를 비워두고 있었으나 그곳에 앉으려면 나일즈와 페어웨더 앞을 스쳐지나가야 했다. 그 자리는 벨로우즈의 옆이었다.

"개복 수술이라도 하고 왔나, 아니면 링거를 꽂은 건가? 30분 이상이나 지났잖아."

벨로우즈는 몸을 앞으로 굽히고 빈정대는 투로 말했다.

"재미있는 환자였어요."

수잔은 강의 쪽으로 열심히 주의를 집중시키면서 말했다.

"둘러대려면 더 그럴듯하게 할 수 있을 텐데."

"실은 말이죠, 로버트 레드포드가 포경수술한 자리를 드레싱하는 일이었어요."

수잔은 잠시 비치고 있는 슬라이드에 열중하고 있는 체했다. 그러고 나서 벨로우즈 쪽을 보았다. 그는 킥킥 웃고는 고개를 저었다.

"어쩔 수 없는 사람이군. 나는……."

벨로우즈는 갑자기 입을 다물었다. 연단 위의 사람이 자기에게 질문을 하고 있다는 것을 알았기 때문이다.

"……자네라면 이 점을 확실하게 해줄 수 있을 것 같은데 어떤가, 닥터 벨로우즈?"

그에게 들려온 말이었다.

"죄송합니다, 닥터 스타크. 질문이 잘 들리지 않아서."

벨로우즈는 약간 당황한 기색으로 말했다.

"환자에게 폐렴의 징조가 보이냐고 물었어."

스타크는 반복해서 말했다. 커다란 X-ray 사진 오른쪽으로 닥터 스타크의 모습이 희미하게 비쳤으나 얼굴은 전혀 보이지 않았다. 벨로우즈 바로 뒤에 앉아 있던 동료 레지던트가 몸을 앞으로 굽히고 벨로우즈의 귀에 속삭였다.

"그린리 얘기야, 이 친구야."

"저……."

벨로우즈는 헛기침을 하면서 일어섰다.

"그녀는 어제 미열이 약간 있었습니다. 아무튼 청진으로는 가슴에 이상이 없습니다. 이틀 전의 흉부 사진도 정상이었습니다. 하지만 오늘 다시 한 번 촬영하려고 합니다. 소변에서 세균이 다소 발견되었는데 폐렴이라기보다 방광염이 원인이 아닌가 하고 우리는 생각하고 있습니다."

"'우리'라고 했는데 우리라는 말을 함부로 사용해도 되는 건가?"

닥터 스타크는 강의대 쪽으로 걸어가서 말했다. 수잔은 그 사람을 보려고 필사적이 되었다. 바로 악명이 높으면서 명성이 높기도 한 외과부장이 아닌가. 그러나 그의 얼굴은 여전히 어둠에 가려서 보이지 않았다.

"우리라는 말 말입니까?"

벨로우즈는 당황한 태도로 말했다.

"우리, 그래 바로 우리지. 자네는 대명사를 알고 있겠지? 닥터 벨로우즈?"

여기저기서 웃음소리가 나왔다.

"네, 알고 있습니다."

"그거 괜찮군."

"뭐가 괜찮습니까?"

벨로우즈도 끈덕지게 물고 늘어졌다. 그렇게 말하고 나서 그는 말하지 않았으면 좋았을 텐데 하고 후회했다. 다시 웃음소리가 났다.

"닥터 벨로우즈, 우리라는 애매한 말을 들으면 이젠 넌더리가 난다네. 외과의로서 훈련과정에는 정보를 다루고, 흡수하고, 그리고 결정을 내리는 그런 능력을 갖추는 것도 포함된다. 내가 자네들 레지던트 중 한 사람에게 질문하면 그 사람의 의견을 듣고 싶은 거다. 동료들의 의견이 아니고……."

스타크는 강의대에서 두세 걸음 떨어져서 강의를 시작했다.

"그럼 코마 상태가 계속되는 환자의 얘기로 돌아간다. 나는 그 환자들에게 세심한 주의를 기울여달라고 거듭 강조하고 싶다. 여러분, 장기간에 걸쳐 치료를 해야 하지만 마침내는 좋은 결과를 얻지 못하기 때문에 헛수고한다는 느낌을 피할 수 없었다. 하지만 그 보수는 헤아릴 수 없는 뭔가가 있을 것이다. 단순히 교육면에서만 보더라도 대단히 귀중한 것이다. 뇌가 치유할 수 없는 손상을 입었을 때 생체 내의 균형을 유지하기는 대단히 어려운 일인지라……."

그때 벽 한쪽에 붙어 있는 빨간 등에 불이 들어오더니 미친 듯이 반짝거리기 시작했다. 회의실에 있던 모든 사람들의 눈이 그쪽으로 향했다. 빨간 등 밑의 텔레비전 스크린에 소리도 없이 메시지가 떴다.

'심장 정지, 베어드 2병동 중환자실'

"빌어먹을."

벨로우즈는 벌떡 일어나서 중얼거렸다. 카트라이트와 레이드가 그 뒤를 따랐고, 그 세 사람은 통로 쪽으로 달려갔다. 나머지 4명의 학생들은 그 순간 주저하면서 서로의 얼굴을 바라보다가 이윽고 함께 우르르 뒤를 따랐다.

"지금도 말한 것처럼 뇌가 장해를 받아서 회복이 불가능하게 되면, 몸 전체를 정상적인 상태로 유지시키기가 어려워진다. 그럼 다음 슬라이드……."

스타크는 강의대의 메모를 보면서 퇴장하는 그룹에게는 거의 눈도 주지 않고 말했다.

2월 23일 월요일 오전 12시 16분

숀 버만에게는 입원하고 있으면서, 게다가 수술을 앞두고 있어서 몹시 신경이 날카로워진 것이 어쩌면 당연한 일이었다. 그는 의학에 대해서는 거의 지식이 없었다. 얘기를 충분히 듣고 싶은 생각은 있었으나 자신의 병에 대한 것이나 치료에 대해 일부러 꼬치꼬치 캐묻고 싶지가 않았다.

그는 의술이나 질병을 무서워하고 있었다. 요컨대 이 둘을 정반대의 것으로 생각하기보다 오히려 같은 것이라고 생각하는 경향이 있었다. 그래서 수술을 받는다는 생각 자체가 신경이 곤두서는 것 같은 느낌이어서 누군가가 메스로 피부를 짼다는 말만 들어도 그 얘기에 이성적일 수가 없었고 그 생각만 해도 소화가 안 되고 이마에 땀이 배어 나왔다. 그래서 그런 것은 일체 생각하지 않기로 했다. 심리학 용어로 이것을 '거부'라고 했다.

그는 예정된 수술 전날 오후, 입원하기까지 그런대로 생각을 피하면서 버틸 수 있었다.

"이름은 버만, 숀 버만."

버만은 입원 수속을 하던 일을 뚜렷이 기억하고 있었다. 병원의 행정체계에서 문제가 생기지 않았다면 일이 얼마나 순조롭게 풀렸을까.

"버만? 오늘 이 병원에 오기로 돼 있다는 게 맞아요?"

마음씨 좋은 접수 담당이 물었다. 그녀의 화장은 짙었고 검은 매니큐어를 칠하고 있었다.

"네, 그렇습니다."

검은 매니큐어를 신기하게 여기면서 버만은 대답했다. 병원이란 건 일종의 독점기업 같은 곳이로구나 하는 생각이 들었다. 경쟁이 격심한 업계였다면 업주가 접수계 여직원에게 검은색 매니큐어를 칠하고 앉아 있게 하지는 않았을 텐데…….

"당신의 서류가 여기 없습니다. 죄송하지만 다른 환자를 접수하는 동안 잠깐 거기 앉아서 기다려 주세요. 입원계에 전화를 걸어서 알아보겠습니다."

숀 버만의 입원을 특색 지을 만한 우여곡절의 이야기는 이렇게 시작되었다. 그는 앉아서 기다렸다. 시계의 긴 바늘이 입원할 때까지 완전히 한 바퀴 돌았다.

"X-ray 촬영 신청을 하세요."

젊고 몹시 여윈 X-ray 기사가 말했다. 버만은 X-ray과에서 부를 때까지 45분 이상 기다려야 했다.

"X-ray 신청서 같은 것은 갖고 있지 않은데요."

버만은 건네 준 종이쪽지를 휙 보면서 말했다.

"갖고 계실 겁니다, 분명히. 입원환자들은 다 가지고 있어요."

"하지만 난 그런 것 못 받았어요."

"받으셨을 겁니다. 찾아보세요."

"없다니까요."

뜻대로 안 되는 일이 많았음에도 불구하고 이 어리석은 입원 수속이 하나만은 좋은 효과를 가져다주었다. 그것이 버만의 마음을 완전히 사로잡아서 내일로 박두한 수술에 대해 더 이상 생각을 하지 않아도 되었다. 그러나 한번 병실로 들어가서 반쯤 열린 병원 문 너머로 온갖 신음소리를 듣자 숀 버만은 싫어도 임박한 새로운 경험에 직면하지 않을 수 없었다.

또 잊기 어려운 것은 붕대를 감은 사람과 여기저기 튜브가 꽂혀 있는 사람의 모습이었다. 병원이라는 환경에 들어가고 나면 '거부'도 이미 심리학적인 방어의 유효한 수단이 되지 못하고 만다.

버만은 다른 전술을 시도하기 시작했다. 그것은 정신과의가 말하는 '반응형성'이라는 것으로 바꾸는 것이다. 다시 말해서 마침내 맞이하게 될 수술을 대단한 것이 아니라고 자신에게 주입하는 것이다.

"저는 영양사입니다. 식단을 의논하고 싶어서 왔어요."

노크 소리가 나자마자 살찐 여자가 버만의 방에 클립보드를 손에 든 채 들어오더니 그렇게 말했다.

"당신은 분명히 외과 환자죠?"

"외과?"

버만은 싱긋 웃으며 말했다.

"네, 1년에 한 번 수술을 받고 있죠. 이게 취미니까요."

영양사, 실험실 기사, 그리고 누구든 들어오는 사람들은 모두 예정된 수술에 대한 버만의 농담거리가 되었다.

적어도 수술하는 날 아침이 실제로 올 때까지 이 방법은 어느 정도는 효력이 있었다.

버만은 6시 반에 복도의 운반차 소음에 눈을 떴다. 다시 한 번 자려고 했으나 잠이 오지 않았고 책도 읽을 수가 없었다. 수술 예정인 11시까지 시간은 위협하듯이 서서히 다가왔다. 빈속에서 꼬르륵 소리가 났다.

11시 5분에 병실 문이 느닷없이 열렸다. 버만의 맥이 빨라졌다. 꺼림칙하게 생긴 한 간호사가 들어왔다.

"버만 씨 좀 늦어지겠어요."

"늦어져요? 얼마나?"

버만은 될 수 있는 한 정중한 태도로 물었다. 앞을 예측하는 고통이 약간 줄어든 것 같았다.

"그건 잘 몰라요. 30분인지, 1시간인지."

간호사는 어깨를 으쓱했다.

"이유가 뭐죠? 지금 배가 고픈데."

사실은 그다지 배는 고프지 않았다. 신경과민이 돼 있었던 것뿐이었다.

"수술실이 지금 스톱 상태예요. 나중에 수술 전 조치를 하러 올게요. 편히 하고 계세요."

간호사는 가버렸다. 버만은 좀 더 질문을 하려고 막 입을 열려는 참이었다.

'질문이 많은데 편히 있으라니? 당치도 않아.'

분명히 버만은 수잔이 나타날 때까지 시간 가는 것이 두려워서 오전 내내 식은땀을 흘리고 있었으나 한편으로는 또 빨리 시간이 가 주었으면 하는 바람도 있었다.

너무 걱정이 되어서 가끔 힘에 겨워지면 그 기분이 앞으로 받게 될 수술의 중대성과 관련되는 것일까 하는 생각도 했다. 만일 그렇다면 진짜 중대한 수술 같은 것은 받을 수 없게 된다.

버만은 고통을 맛보게 되는 것도 걱정이었고 의사가 보증한 98퍼센트 낫는다는 다리도 낫지 않는 게 아닐까 하는 것과 수술 후 몇 주 동안은 깁스를 할지도 모른다는 것 등이 걱정되었다. 그러나 마취에 대해서는 걱정하지 않았다. 그저 잠들지 못하면 곤란할 텐데 하고 생각하는 정도였다. 다만 국소 마취는 원하지 않았다. 전신 마취로 잠잘 수 있게 해주기를 바랐다.

버만은 병발증을 일으킨다거나 죽는 것은 걱정하지 않았다. 그는 젊고 건강해서 그 점에서는 자신이 있었다. 만약 걱정을 했다면 수술하는 것을 고려했을 것이다. 그것이 항상 나무를 보고 숲을 보지 않는 버만의 결점이었다. 그가 한번은 빌딩 설계 현상에 응모해서 상을 받은 적이 있었다. 그런데 주위의 풍경과 조화가 되지 않는다는 이유로 지방 시의회가 그 설계 도면의 사용을 거절한 적이 있었다.

버만은 의식 불명으로 중환자실에 입원해 있는 낸시 그린리에게 일어난 일은 다행히 전혀 모르고 있었다.

버만에게 있어서 수잔 윌러는 어두운 밤의 별이었다. 신경이 날카로워져 불안에 떨고 있을 때 그녀는 때를 맞춰 기분을 온화하게 해준

요정과도 같은 존재였다. 아니, 그녀는 그 이상의 것을 해주었다. 당분간 버만은 자신의 아픈 곳이나 메스 이외의 것을 생각할 수 있게 되었다. 그리고 짧은 시간이었지만 그녀에게 매료되어 한없는 평온함을 맛보았다.

그는 지금 미스 스턴스가 주사한 약효가 나타났는지도 모른다는 생각이 들었다. 머리가 이상해지고 의식도 약간 깜빡깜빡 하고 있었기 때문이었다.

"당신은 수술 받으러 가는 사람들을 많이 보았겠군."

2층에 가까이 다다랐을 때 버만은 침대를 끄는 보조원에게 말했다. 버만은 머리를 양손으로 받치고 누워 있었다.

"네."

보조원은 손톱 사이에 낀 때를 빼내면서 마음에 내키지 않는 대답을 했다.

"당신은 여기서 수술 받은 일은 없소?"

버만은 마음이 좀 가라앉자 팔 다리에 긴장감이 풀리는 것을 느끼면서 물었다.

"이 병원에서 수술을 받은 적은 한번도 없어요."

엘리베이터가 2층에 멈추었을 때 층계를 가리키는 표시판을 바라보면서 보조원은 대답했다.

"왜요?"

"수술하는 걸 너무 많이 봤으니까요."

보조원은 그렇게 말하고 버만이 누워 있는 환자용 침대를 복도 쪽으로 밀어냈다.

환자 운반차가 대기실에 도착할 무렵, 버만은 기분좋게 약에 취해 있었다. 마취 담당인 닥터 노먼 굿맨의 지시로 맞은 주사는 최근에 개

발된 매우 강력한 합제인 인노바 1cc였다. 버만은 대기실에서 옆 침대에 누워 있는 여자에게 말하려고 했으나 혀가 움직이지 않는 것 같아서 웃어 보았지만 이것도 소용없는 노력이었다. 또 지나쳐 가는 간호사를 잡으려고 했으나 그것도 안 되어 웃음이 나왔다. 시간도 이젠 걱정하지 않게 되었고 버만의 뇌는 주위에서 일어나는 일에 반응이 없어지고 말았다.

수술실에서는 모든 것이 순조롭게 진행되고 있었다. 페니 오릴레이는 벌써 손 소독을 마치고 수술복을 입고 나서 멸균한 기구 접시를 메이요 스탠드에 옮기고 있었다. 순회 간호사 메리 아브루치가 공기압 지혈대를 찾아서 수술실로 가지고 들어왔다.

"이것으로 마지막입니다. 닥터 굿맨."

메리 아브루치가 수술대를 운반차 높이로 올리기 위해 페달을 밟으며 말했다.

"알았어."

닥터 굿맨은 기분 좋게 말하고 링거 줄을 바닥으로 향하게 해서 안에 든 거품을 빼냈다.

"이 수술은 빨리 끝날 것 같군. 닥터 스펄렉은 수술이 빠르기로 넘버원이고 환자도 튼튼한 청년이고, 틀림없이 1시에는 여기서 나갈 수 있을 거야."

닥터 노먼 굿맨은 8년간 메모리얼 병원에서 중요한 지위에 있었고 의대의 교직도 겸하는 한편, 힐만 빌딩 4층에 원숭이들을 사육하는 연구실을 가지고 있었다. 그는 뇌의 각 부분을 선택적으로 컨트롤하는 새로운 마취약의 개발에 열중하고 있었다. 그는 약은 언젠가는 극히 좁은 범위에 특효를 나타내게 되고 따라서 망양체(網樣體) 자체도 변화하고 더구나 마취를 컨트롤하는 약품의 양도 줄일 수 있을 것이라고 생각하고 있었다. 사실 2, 3주일 전에 그와 연구실 조수인 닥터 클라크 넬슨이 원숭이 망양체의 전기적 기능만을 떨어뜨리는 브티로페논 유도체를 우연히 발견했다. 결과가 아직 한 마리에서만 나온 상태라 너무 빨리 자신을 갖지 않도록 그는 될 수 있는 한 자제하고 있었으나 결과를 재현할 수 있게 되었는데, 지금까지 8마리의 원숭이에게 테스트하여 같은 반응을 나타냈다는 것을 알았다.

닥터 노먼 굿맨은 모든 일을 중지하고 그 새로운 발견에 하루 24시간 몰두하려고 자기의 약으로 좀 더 골똘히 실험을 하여 특히 이것을 인간에게 사용하고 싶어했다. 닥터 넬슨은 오히려 더욱 열심이고 낙관적이었다. 그래서 굿맨은 그가 마취약을 소량 사용하도록 설득하는 데 애를 써야 할 정도였다.

그러나 진정한 과학은 피나는 노력을 거듭함으로써 그 기초가 굳어진다는 것을 닥터 굿맨은 잘 알고 있었다. 한 걸음 서서히 객관적으로 추진해나가야 하는 것이며 조급한 실험, 단정, 발표는 당사자 모두에게 있어서 큰 불행만 초래하게 된다. 그러므로 닥터 굿맨은 자기의 발표를 공표할 때까지는 애써 흥분을 억제하고 평상시의 계획과 책무를 계속해 나갈 필요가 있었다. 다시 말해서 그 단계에서는 아직 공표하고 싶지 않았다. 그래서 그는 월요일 아침, 그들의 은어로 '가스 주입' 즉 임상적인 마취 일에만 힘써야 했다.

"제기랄. 메리, 기관 내 튜브를 가지고 오는 것을 잊어버리고 왔다. 미안하지만 마취실에 빨리 달려가서 8번 갖다 주겠어?"

닥터 굿맨은 일어서며 말했다.

"가져올게요."

말을 내뱉은 메리 아브루치의 모습은 수술실 문에서 사라졌다. 닥터 굿맨은 가스 튜브의 한쪽 끝을 찾아서 벽에 있는 중앙배관의 아산화질소와 산소의 연결기에 끼워 넣었다.

숀 버만은 이날, 닥터 굿맨이 담당하는 네 번째이자 마지막 환자였다. 이미 3명의 환자에게 순조롭게 마취를 마치고 있었다. 만약 문제가 일어난다면 담석과 고창으로 고생하고 있는 120킬로의 여자 환자였을 것이다. 거대한 지방조직 덩어리가 대량의 마취약을 흡수해야 하기 때문에 어디서 마취를 중지해야 할지 결정이 매우 어려웠기 때문이다. 그러나 이것은 문제가 아니었다는 것을 증명했다. 수술은 오래 끌긴 했지만 빨리 의식을 회복했고 기관 내 튜브도 마지막 봉합이 끝난 직후에 관을 뺄 수 있었다.

다른 두 증례는 극히 흔한 것으로써 정맥 추출과 치질 수술이었다. 닥터 굿맨으로서 마지막 환자인 버만은 오른쪽 무릎 관절의 반월 연골 절제 수술자로 그는 늦어도 오후 1시 15분까지는 끝내고 자기 연구실로 돌아갈 예정이었다.

매주 월요일 아침에 닥터 굿맨은 자신의 연구가 선견지명이 있는, 좋은 결과를 가져올 수 있다는 행운에 감사하고 있었다. 그에게 있어서 임상의 마취술은 따분했다. 그것은 늘 똑같은 일일뿐만 아니라 너무 평범하고 단조로웠다.

그가 주위 사람들에게 자주 말하곤 하는 월요일 아침에 기분을 말끔하게 할 수 있는 단 한 가지 방법은 그저 가만히 앉아서 백일몽을 꾸는 것보다는 마취 방법을 바꾸어서 머리를 쓰고 생각하라는 것이었다. 약제의 금기만 없으면 그는 마취약의 균형을 유지시키는 것을 좋아했다. 즉 환자에게 한 가지 약을 대량 투여하지 않고 몇 가지 약을 필요한 만큼 균형을 맞추면서 투여하는 방식이다. 신경 차단제는 어떤 점에서는 그가 찾고 있는 마취약의 원형이기 때문에 특히 좋아하는 약이었다.

메리 아브루치가 기관 내 튜브를 가지고 돌아왔다.

"메리, 당신이 최고군."

굿맨은 기구를 점검하면서 말했다.

"준비는 다 됐다. 이제 슬슬 환자를 들여오지."

"알겠습니다. 수술이 끝날 때까지 점심은 보류예요."

메리 아브루치는 그렇게 말하고 나갔다.

버만에게는 금기가 될 만한 것이 없었다. 그래서 굿맨은 신경 차단제 마취를 하기로 했다. 그는 스펄렉이 그런 일에 무관심하다는 것을 알고 있었다. 정형외과의는 대체로 무관심했다. 어떤 마취약을 쓰면 좋겠느냐고 물으면 으레 '이 지혈대를 댈 때까지 충분히 재워놓아 주게. 그 다음엔 상관없어.' 하고 대답했다.

신경 차단제에 의한 마취 기술은 균형을 조절해나가야 한다. 환자에게 강력한 신경 차단제나 트랜퀼라이저(정신안정제)와 강력한 진정제를 투약해야 하는데 양쪽 모두 쉽게 잠들게 한다.

닥터 굿맨은 드로페리돌과 펜타닐을 가장 많이 애용하고 있었다. 환자에게 약을 투여한 후 펜타닐로 잠을 재우고 아산화질소로 잠을 지속시킨다. 삽관과 수술을 위한 평활근을 마비시키기 위해서는 큐라레를 사용하기도 한다. 수술하는 동안 신경 차단제와 진정제를 적당한 비율로 혼합해서 일정한 깊이의 마취를 유지시키기 위해 투여하게 된다. 그 사이에는 환자의 엄중한 감시가 필요한데 닥터 굿맨은 그 일을 대단히 좋아했고 바쁠수록 시간은 아주 빨리 지나갔다.

수술실의 문이 열리고 보조원이 미는 버만의 운반차가 메리 아브루치의 도움을 받으며 제8수술실로 들어왔다.

"닥터 굿맨, 환자 데려왔어요. 아주 잘 자고 있어요."

메리 아브루치가 말했다.

그들은 운반차의 옆 난간을 내렸다.

"됐어요, 버만 씨. 수술대로 갈아탈 시간이에요."

메리 아브루치는 조용히 버만의 어깨를 흔들었다. 그는 눈을 반쯤 떴다.

"도와줘야 해요, 버만 씨."

가까스로 버만을 수술대에 옮겨놓았다. 혀로 입술을 빨면서 몸을 뒤척이는 버만의 모습은 마치 자신의 집 침대인 양 편안해 보였다.

"됐어요, 립 밴 링클(미국 작가 워싱턴 어빈의 'The sketch Book' 속에 있는 단편소설로 그 주인공이 산중에서 20년간이나 나이를 먹지 않고 잠을 자다 마을로 들어와 보니 세상이 완전히 변해 있더라는 이야기 속의 인물), 똑바로 누우세요."

메리 아브루치는 버만을 얼러서 똑바로 눕게 하고 오른팔을 옆구리에 꼭 붙게 했다. 버만은 자기 몸의 움직임도 모르고 자고 있었다. 수술 팀은 토니켓(혈관을 압박하는 기구)을 그의 오른쪽 대퇴부에 부착하고 테스트했다. 오른발 뒤꿈치는 붕대로 고정시키고 수술대에 부착된 스테인리스 막대기에 매달려 오른쪽 다리 전체가 위로 들리는 모양이 되었다. 조수 역인 레지던트 테드 콜버트가 오른쪽 무릎을 약제로 소독하기 시작했다.

닥터 굿맨은 집도하기 위해 버만의 오른쪽으로 갔다. 시간은 12시 20분, 혈압은 110/75, 맥박수 72로 정상. 그는 굵은 바늘로 정맥을 찔러 빠르게 링거주사를 놓기 시작했다. 바늘을 찌르고부터 반창고로 고정시키는 것까지는 다해야 60초밖에 걸리지 않았다.

메리 아브루치가 심장 감시 장치의 도선을 연결하자 감도 높은, 그러나 진폭이 적은 소리가 삐 하고 울렸다.

마취기계에 대한 만반의 준비를 하고 닥터 굿맨은 링거병에 주사기로 약을 넣었다.

"됐어요, 버만 씨. 아무쪼록 마음 편히 계시기를 바랍니다."

닥터 굿맨은 반 조롱 하듯이 말하고 아브루치를 향해 히쭉 웃어 보였다.

"더 긴장을 풀면 아마 수술대에서 굴러 떨어지게 될걸요."

메리도 웃었다.

닥터 굿맨은 인노바 6cc를 정맥에 넣었다. 이것은 수술 전에 사용하는 드로페리돌과 펜타닐의 합제였다. 그러고 나서 동공의 반응을 검사하고 버만이 이미 깊은 잠에 빠져 있다는 것을 확인했다. 그래서 펜토탈은 필요 없다고 생각하고 그 대신 버만의 얼굴에 검은 고무 마스크를 대고 아산화질소와 산소의 혼합 가스를 들이마시게 했다. 혈압은 105/75, 맥박은 62로 정상이었다. 닥터 굿맨은 현대 사회가 아마존의 야만인에게 은혜를 입고 있는 약품인 튜보크라린 0.4mg을 주사했다. 버만의 몸에 약간의 근육 경련이 일어났으나 마침내 다시 이완했다. 그때 호흡이 빨라지자 닥터 굿맨은 환기 백으로 버만의 폐를 부풀리는 한편, 청진기를 양쪽 가슴에 대고 호흡 소리를 들었다. 양쪽모두 호흡이 편안해지면서 정상으로 돌아왔다.

일단 마취제가 약효를 발휘하자 닥터 스펄렉이 모습을 나타냈고 즉시 수술이 시작되었다. 닥터 스펄렉은 날렵한 솜씨로 환자의 관절을 절개했다.

"자, 봐."

그는 메스를 허공에 올리고 자기의 작품에 매료된 듯이 고개를 갸웃하며 말했다.

"자, 이번에는 미켈란젤로의 솜씨로 갈까."

페니 오릴레이는 닥터 스펄렉의 연극과 같은 동작에 탄복한 듯이 눈을 동그랗게 뜨고 입가에 엷은 웃음을 지으면서 반월 절제용 메스를 그의 손에 넘겨주었다.

"내 칼날에 성유를 부어라."

닥터 스펄렉은 그렇게 말하면서 메스를 들고 레지던트에게 세정액을 메스 끝에 끼얹게 했다. 그리고 메스를 관절 속으로 끼워 넣고 천장을 쳐다보며 잠시 손으로 더듬어서 속을 휘저었다. 느낌으로만 자르고 있었던 것이다. 희미하게 무슨 소리가 나고 딸각하는 소리가 났다.

"됐다."

닥터 스펄렉은 입을 꽉 다물고는 말했다.

"범인이 납신다."

손상된 연골이 얼굴을 내밀었다.

"자, 모두들 이것을 보게. 안쪽 끝에 있는 이 작은 상처를 봐. 이놈이 환자가 괴로워하던 고통의 원인이었던 걸세."

닥터 콜버트는 연골을 보다가 페니 오릴레이에게로 시선을 옮겼다. 두 사람은 과연 하고 고개를 끄덕였으나 한편으로는 이 작은 상처가 아까 장님 더듬듯 손으로 더듬어 자른 것이 맞는가 하는 생각을 했다.

닥터 스펄렉은 만족한 듯이 수술대에서 물러나더니 손에서 장갑을 뽑아냈다.

"닥터 콜버트, 이제 봉합하도록 하지. 4호 크롬, 5호 플레인 그리고 피부에는 6호 견사로. 난 휴게실에 가 있겠네."

닥터 스펄렉은 제 할 말만 해버리고 나갔다.

닥터 콜버트는 잠시 상처를 무심히 툭툭 건드렸다.

"앞으로 얼마나 걸리지?"

닥터 굿맨이 에테르 스크린 너머로 묻자, 닥터 콜버트가 얼굴을 들고 말했다.

"15분이나 20분 정도 걸릴 것 같습니다."

그는 이가 있는 핀셋을 2개 양손에 잡고 페니 올릴레이에게서 첫 번째 봉합사를 받았다. 한 바늘 꿰매자 버만은 몸을 움직였다. 그와 동시에 닥터 굿맨이 버만에게 호흡을 시키려고 환기 백을 눌렀을 때 그에게서 저항이 느껴졌는데 버만이 스스로 호흡을 하려고 했구나 하고 생각했다. 그와 동시에 혈압은 110/80으로 올라갔다.

"마취가 약간 깨기 시작한 건가."

닥터 콜버트가 층진 상처의 조직을 찾아내면서 말했다.

"이 약을 좀 더 넣어줘야겠는데."

닥터 굿맨은 말하면서 링거관에 부착시켜 놓은 주사기에 인노바를 주입했다. 나중에 그는 이것이 잘못이었다고 인정했다. 진통제인 펜타닐만을 사용하면 좋았을 것이다. 버만의 마취 상태가 다시 깊어짐과 동시에 혈압은 급속히 반응하여 90/60으로 내려갔다. 맥박은 분당 80으로 올라갔다가 이어서 70으로 떨어져 안정되었다.

"이제 됐다."

닥터 굿맨이 말했다.

"좋아, 됐어. 페니, 크로믹을 줘. 내가 관절을 봉합할 테니까."

닥터 콜버트가 말했다.

이 레지던트는 솜씨 있게 봉합하여 관절낭을 덮고 피하 조직을 덮었다. 그동안엔 말이 없었다. 메리 아브루치는 수술실 한 모퉁이에 앉아서 작은 라디오를 켰다. 록 음악이 희미하게 방안에 흘렀다. 닥터 굿맨은 마취 기록부에 마지막 기록을 했다.

"피부 봉합사를 줘."

닥터 콜버트는 말하면서 앞으로 구부렸던 자세를 똑바로 폈다. 그가 펼친 손에 봉합바늘이 얹히면서 귀에 익은 찰싹 소리가 났다. 메리 아브루치는 마스크를 아래로 내리고 씹던 껌을 새것으로 바꾸어 입에 넣었다.

처음에 나타난 것은 수축되어 있던 심실이 정상으로 돌아가기 위해서 잠시 심장이 멈춘 것 같았다. 닥터 굿맨은 심장 감시 장치를 들여다보았다. 그리고 다시 봉합사를 달라고 요구했다. 이상하게 심장이 2번 정도 박동하더니 맥박도 매분 90으로 증가했다. 이 리듬의 변화는 소리로도 알 수 있어서 수술실 간호사도 알아채고는 닥터 굿맨의 얼굴을 보았다. 그도 그것을 알고 있는 모양이라고 안심하고 그녀는 레지던트가 손을 펼칠 때마다 바늘 집게를 건네주고 피부 봉합하는 것을 계속 거들었다.

닥터 굿맨은 산소 공급을 멈추었다. 필시 심근이 혈중이 높은 산소 농도에 민감하게 반응했기 때문이겠지 하고 생각해서였다. 나중에 그는 이것도 실수였다고 인정했다. 그는 버만의 폐에 공기를 넣기 위해 압착공기를 사용하기 시작했다. 버만은 아직 스스로 호흡을 시작하지 않고 있었다.

기묘한 조기 수축형의 심장 박동이 계속해서 몇 번 일어나는 바람에 닥터 굿맨 자신의 심장도 공포에 두근거렸다. 이런 심실성 조기 수축은 심장이 멈추기 직전의 조짐인 경우가 많다는 것을 그는 너무도 잘 알고 있었다. 혈압계의 커프를 부풀리고 있는 닥터 굿맨의 손은 눈에 보이게 떨리고 있었다.

혈압은 80/55, 이유를 알 수 없는 저하 현상이었다. 모니터를 보니 조기 수축은 점차 수가 증가하고 있었고, 박동소리는 점점 빨라지고 닥터 굿맨의 뇌에 긴급 사태를 전달하고 있었다. 그는 마취기를 둘러보고 이산화탄소 여과장치를 주시했다. 그의 마음은 해답을 찾느라 허덕이고 있었다. 그래서 용변을 보고 싶은 것도 필사적으로 참고 있어야 했다. 공포가 그를 엄습했다. 뭔가 이상했다. 조기 수축의 심장 박동이 계속 늘어나서 정상적인 움직임이 되지 않고 감시 장치의 효과음이 비정상적으로 이어졌다.

"도대체 어떻게 된 겁니까?"

닥터 콜버트는 봉합 작업을 하다가 얼굴을 들고 물었다.

닥터 굿맨은 그 말에는 대답하지 않고 떨리는 손으로 주사기를 만지작거리면서 순회 간호사에게 외쳤다.

"리도카인!"

그러고 나서 주사침 끝에서 플라스틱 캡을 벗기려고 했다. 그러나 좀처럼 벗겨지지 않았다.

"빌어먹을!"

그가 외치고는 벽을 향해 힘껏 내던졌다. 다른 주사기의 셀로판지 포장을 찢고 바늘 캡을 벗겼다. 메리 아브루치는 리도카인 병을 가져다주려고 했으나 그의 손이 떨고 있어서 그렇게 할 수 없었다. 그는 병을 그녀에게서 잡아채어 바늘을 꽂았다.

"아니, 어떻게 된 거야, 환자의 심장이 멎을 것 같은데."

닥터 콜버트는 믿을 수 없다는 표정으로 말하고 모니터를 주시했다. 여전히 바늘 집게를 오른손에, 가는 이가 난 핀셋을 왼손에 잡은 채였다.

닥터 굿맨은 주사기에 리도카인을 가득 채우고 병을 떨어뜨렸다. 병은 타일 바닥에 떨어져 박살이 났다. 그는 떨리는 손으로 바늘을 링거관에 꽂으려 했으나 자기의 집게손가락을 찌르고 피만 흘리고 말았다. 뒤의 작은 라디오에서는 글렌 챔블이 흐느껴 울듯이 노래하고 있었다.

닥터 굿맨이 링거관에 리도카인을 주입하기도 전에 모니터는 갑자기 혼란되기 전의 정확한 리듬으로 돌아왔다. 도저히 믿을 수 없다는 표정으로 닥터 굿맨은 평상시의 정상적인 형상을 그리고 있는 블립을 주시했다. 그러고는 환기 백을 쥐고 버만의 폐를 부풀게 했다. 혈압은 110/60, 맥박은 매분 70으로 떨어져 있었다. 닥터 굿맨의 이마의 땀이 한 곳으로 모여 콧등을 타고 흘러내려서 마치 기록부 위에 방울져 떨어졌다. 그 자신의 맥박은 100을 넘었다. 그는 임상 마취가 항상 따분한 것만은 아니라는 것을 통감했다.

"도대체 어떻게 된 겁니까?"

닥터 콜버트가 물었다.

"나도 전혀 이유를 모르겠네. 하지만 이제 끝났어. 이 환자를 마취에서 깨워주려고 하네."

닥터 굿맨은 대답했다.

"모니터에 뭔가 잘못이 있었나 봐요."

메리 아브루치가 될 수 있는 한 낙관적인 투로 말했다.

닥터 콜버트는 피부 봉합을 마쳤다. 닥터 굿맨은 잠시 환기 백을 부풀리지 않은 채로 두고 보았다. 그러자 맥박수가 약간 늘어나서 다시 본래대로 돌아왔다.

닥터 콜버트가 버만의 다리를 내리기 시작했다. 닥터 굿맨은 환자에게 공기를 보내면서 모니터에도 주목했다. 박동은 정상이었다. 닥터 굿맨은 환기 백을 누르면서 그 사이에 마취 기록부에 자초지종을 기록하려고 했다.

환자의 다리를 내렸다. 닥터 굿맨은 버만이 스스로 호흡을 하는지 확인하려고 손을 멈추었다. 호흡하려는 기미가 전혀 없었다. 닥터 굿맨은 다시 손을 움직이기 시작했다. 시계를 보니 12시 45분이었다. 생각해보니 펜타닐에는 호흡을 억제하는 효과가 있었고 그것이 작용한

게 틀림없었다. 그렇다면 그것을 바꾸어놓을 약제를 투여하는 것이 좋지 않을까.

그렇게 생각하는 동시에 버만에게 투여하는 약은 최소한도로 한정하고 싶은 생각도 들었다. 차고 끈적끈적한 버만의 피부를 보고 보통 증례와는 다르다는 것을 느꼈다.

아직 호흡은 시작하고 있지 않지만 마취가 서서히 깨고 있지 않을까 하는 생각이 들었다. 그래서 눈꺼풀 반사 테스트를 해보았다. 반응은 전혀 없었다. 눈꺼풀을 밀어 올리지 않고 완전히 뒤집어 보았는데 뭔가 아주 이상하다는 느낌을 받았다.

펜타닐은 다른 강력한 마약도 그렇지만 항상 동공을 축소시키기 마련이었다. 버만의 동공은 컸고 검은 부분은 거의 각막 전체를 차지하고 있었다. 닥터 굿맨은 펜라이트를 들고 버만의 눈에 빛을 비춰보았다. 루비빛의 반사는 있었으나 동공은 움직이지 않았다.

그럴 리가 없다고 닥터 굿맨은 몇 번이고 되풀이해 생각했다. 그러나 마지막으로 비춰보고는 그는 눈꺼풀을 들고 큰 소리로 외쳤다.

"큰일 났다!"

2월 23일 월요일 오후 12시 34분

수잔 윌러와 네 학생들이 복도를 따라 엘리베이터로 향해 급하게 걸어가는 것은 임상 의학의 흥분을 예상하기에 충분한 행동이었다. 몹시 급하게 가는 것 자체가 뭔가 상당히 극적인 것을 느낄 수 있었다. 때마침 해진 〈뉴욕타임스〉의 페이지를 넘기면서 의사를 기다리고 있던 환자들은 그 기세에 놀라 자기도 모르게 다리를 끌어들이고 제각기 펜이나 펜라이트, 청진기 등이 주머니에서 떨어지지 않도록 꽉 쥐고는 빠른 걸음으로 걸어가는 그들을 바라보았다.

떼를 지어 가까이 다가왔다가 복도로 사라질 때까지 환자들의 고개는 일제히 그들을 향해 움직였다. 이 의사들은 긴급사태에 호출을 받은 모양인데 이 정도로 열심히 움직이는 것을 보니 그야말로 마음이 든든하고 이 메모리얼 병원은 정말 대병원이라고 환자들은 생각했다.

엘리베이터에 도착했을 때 그들은 순간적으로 당황스러웠다. 엘리베이터가 저 아래층에서 올라오고 있는 중이었다. 벨로우즈는 '내림' 단추를 자꾸만 눌렀다. 마치 이 플라스틱 단추를 자꾸 누르면 엘리베이터가 빨리 작동될 것 같았다.

문 입구 위에 붙어 있는 층계 표시판을 보니 엘리베이터가 마치 각 층마다 천천히 올라가서 평상시처럼 느릿느릿하게 사람을 태우고 내리고 있는 것 같았다. 이와 같은 긴급시를 위해 엘리베이터 옆에 전화가 있었다. 벨로우즈는 수화기를 들고 교환을 돌렸다. 그러나 교환수는 나오지 않았다. 밖에서 전화를 하면 이 메모리얼 병원의 교환수가 나오는데 보통 5분은 걸렸다.

"이 빌어먹을 놈의 엘리베이터."

벨로우즈는 투덜거리면서 열 번도 더 단추를 눌렀다. 그는 계단 위의 비상구 표시를 보고 다시 한 번 엘리베이터의 층계 표시를 보았다.

"계단이다."

벨로우즈는 결심을 굳힌 듯 말했다.

일동은 일제히 계단으로 뛰어서 10층에서 2층까지 우르르 달려 내려가기 시작했다. 이 달음질은 언제 끝날지도 몰랐다. 계속 왼쪽으로 돌면서 한번에 2, 3계단씩 뛰어내렸기 때문에 각자의 간격이 조금씩 벌어졌다.

6층을 지나고 5층을 넘어 4층에서는 전구가 끊어져서 모두가 늦어졌지만 그로부터 다시 본래의 속도로 돌아갔다.

페어웨더가 늦어지고 수잔이 뒤쪽에서 그를 앞질러 갔다.

"왜 뛰기 시작하는지 모르겠군."

수잔이 앞질렀을 때 그는 헐떡이며 말했다.

수잔은 얼굴에 내려온 머리카락을 끌어올려서 오른쪽 귀 뒤에 고정시켰다.

"닥터 벨로우즈를 따르는 사람들이 먼저 가 준다면 내가 뛰는 건 상관없어. 무슨 일이 일어나고 있는지 보고 싶지만 제일 먼저 보고 싶진 않아."

페어웨더는 천천히 걷기 시작하여 순식간에 뒤떨어지고 말았다.

수잔이 3층 복도에 도착하려고 할 때 벨로우즈가 2층에서 자물쇠가 잠긴 문을 쾅쾅 두드리는 소리가 들렸다. 그리고 문을 열라고 누군가에게 있는 힘을 다해 외쳐댔다. 그 소리는 계단을 타고 올라와 묘한 반향을 일으켰다.

수잔이 마지막 층계참에 도착했을 때 2층의 문이 열렸고 나일즈가 문을 밀어주어서 그녀는 홀로 들어갔다. 계단을 계속 왼쪽으로 돌아서 수잔은 가벼운 현기증이 나는 듯했으나 발걸음을 멈추지 않고 모두의 뒤를 이어 곧 중환자실로 달려 들어갔다.

어두운 비상계단과는 반대로 중환자실은 강한 형광등으로 밝게 빛나고 있어서 실내를 밝게 부각시키고 있었다. 하얀 비닐을 깔아놓은 바닥이 그 효과를 한층 더 강하게 하고 있었다. 그 한 모퉁이에서 간호사 세 사람이 낸시 그린리에게 심장 압박 마사지를 해주고 있었다. 벨로우즈, 카트라이트, 레이드 그리고 학생들이 침대를 둘러쌌다.

"그만둬."

벨로우즈가 심장 모니터를 보면서 말했다. 가슴 마사지를 하고 있던 간호사가 손을 멈추고 몸을 일으켰다. 모니터는 아주 난조한 선을 그리고 있었다.

"약 4분간 심장이 미동(섬유성 연축)을 일으키고 있었습니다. 그로부터 10초도 지나지 않아서 마사지를 시작했고요."

간호사 셔굿도 모니터를 보면서 말했다.

벨로우즈는 모니터를 주시한 채 낸시 그린리의 오른쪽으로 돌아가서 환자의 흉골을 주먹으로 때렸다. 쿵 하는 둔탁한 소리에 수잔은 얼굴을 찡그렸다. 모니터의 패턴은 변함이 없었다. 벨로우즈는 흉부의 압박 마사지를 시작했다.

"카트라이트, 서혜부의 맥을 짚어봐."

벨로우즈는 여전히 모니터에서 눈을 떼지 않았다.

"제세동기(심장에 고압전류를 극히 단시간에 통하게 함으로써 정상적인 맥박으로 회복시키는 기기)를 400줄(에너지의 절대단위)로 작동해."

누구를 지칭하지 않고 지시를 내렸지만 중환자실 간호사 중 한 사람이 얼른 그 지시에 따랐다.

수잔과 그 동료들은 벽에 기댄 채 자기들은 그저 방관자로 뭔가 하고 싶어도 눈앞의 그 정신없는 조치에 아무런 도움도 될 수 없다는 것을 통감하고 있었다.

"그런대로 맥은 좋습니다."

카트라이트는 낸시 그린리의 사타구니를 손으로 누르면서 말했다.

"뭔가 나쁜 조짐이 있었나, 아니면 갑자기 일어난 일인가?"

환자를 마사지하느라 숨을 헐떡이면서 벨로우즈는 모니터 쪽으로 고개를 돌렸다.

"나쁜 조짐은 거의 없습니다. 오히려 심장의 흥분성이 높아지고 있는 모양인지 심실성 조기 수축이 약간 있고 그리고 방실 사이의 전도에 다소 문제가 있었습니다."

셔굿은 그렇게 말하고 벨로우즈에게 보여주기 위해 심전도가 찍힌 종이를 들어 올려 보였다.

"그리고 나서 갑자기 심장 수축을 일으켰고 그리고 느닷없이……미동입니다."

"지금까지 그런 일이 있었나?"

"한 번도 없었습니다."

"됐어. 중조(중탄산소다) 앰플 주사, 그리고 심장용 바늘을 낀 주사기에 1천 배 에피네프린(호르몬제) 10cc를 넣어줘."

간호사 한 사람이 중조를 주사하고 다른 한 사람이 에피네프린을 준비했다.

"누구 한 사람 혈액을 채취해서 지급으로 전해질과 칼슘량을 측정하도록 해."

벨로우즈는 레이드에게 마사지를 교대시키면서 말했다. 그리고 카트라이트의 손 밑으로 손을 넣고 대퇴동맥의 박동을 짚어보고는 만족해했다.

"병발중 검토회에서 빌링이 이 환자에 대해서 얘기하고 있었는데 처음 수술실에서 일어났던 것과 똑같은 현상이 여기서 다시 일어나고 있어."

벨로우즈는 뭔가 깊은 생각을 하는 듯한 표정으로 말하고 에피네프린 10cc를 넣은 주사기를 간호사에게 받아들고는 위를 향해 기포를 뺐다.

"아니, 그렇지 않습니다. 수술실에서는 미동이 없었을 겁니다."

레이드가 마사지하면서 말했다.

"미동은 없었지만 심실성 조기 수축을 일으켰다. 이 환자의 심장은 이토록 민감하단 말이야. 됐어. 그만해!"

벨로우즈는 심장용 바늘이 달린 주사기를 들고 그린리의 왼쪽으로 옮겨갔다. 레이드는 인공호흡을 중지하고 일어났다. 그리고 벨로우즈는 환자 흉골의 루이스 앵글이라고 불리는 목표를 더듬어서 제4늑간(늑골 사이)을 찾아냈다.

벨로우즈가 가지고 있는 주사바늘은 약 9cm 정도 길이의 스테인리스제로 빛을 반사하여 반짝반짝 빛났다. 벨로우즈는 힘껏 환자의 가슴에 꽂아서 바늘 밑동까지 푹 찔러 넣었다. 바늘을 약간 빼자 검붉은 피가 투명한 에피네프린 용액 속으로 쏟아져 들어왔다.

"바로 들어갔군."

벨로우즈는 중얼거리면서 재빨리 에피네프린을 심장 속으로 직접 주입했다.

수잔은 긴 바늘이 낸시 그린리의 가슴을 뚫고 떨리는 심근에 푹 꽂아지는 것을 보고 자기도 모르게 살이 근질근질해졌다. 마치 자기 심장에 그 바늘의 차가움이 느껴지는 것 같았다.

"자, 시작하지."

벨로우즈는 침대에서 물러나면서 레이드에게 말했다. 레이드는 즉시 다시 심장 마사지를 시작했고, 카트라이트는 대퇴 동맥의 강한 박동이 느껴진다는 뜻으로 고개를 끄덕였다.

"스타크가 이걸 들으면 틀림없이 노발대발할 거야."

벨로우즈는 모니터를 노려보면서 말을 계속했다.

"더구나 이런 환자에게는 주의 깊게 살피라고 강의를 막 끝낸 후니까 말이야. 제기랄, 이건 내 탓도 아닌데. 차라리 환자가 죽으면 속이 편안해질 텐데……."

수잔은 지금 벨로우즈가 자기 자신에 대해서 지껄인 얘기를 좀처럼 이해하지 못하고 있었다. 그녀는 벨로우즈와 그 동료들이 낸시 그린리를 인간으로 보고 있지 않다는 사실을 알게 되었다. 환자는 복잡한 게임의 일부와 같은 것으로써 예를 들면 축구공과 플레이하는 선수 사이의 관계와 비슷했다. 공은 단순히 목표 지점으로 나아가는 도구로써, 또 선수 개인의 이익을 위해 중요한 것에 불과했다.

낸시 그린리는 기술적인 도전을 위한 물체 그 이상도 이하도 아니었다. 전개되는 게임 그리고 매일의 플레이와 움직임 그리고 어느 시점에서 진퇴를 해야 하는지를 아는 것이 중요할 뿐 궁극적인 결과 그 자체는 사실상 그들에게는 어떻게 되든 상관이 없는 것 같았다.

수잔은 임상의학에 대해서 좋고 나쁜 양면의 상반하는 감정을 강하게 품게 되었다. 아무래도 기계적 혹은 전술적인 방향으로 향하지 않을 수 없는 이 환경에 이제 막 꽃 피우려는 그녀의 여성적인 감각은 전혀 맞지 않을 것처럼 보였다. 그녀는 오래 정들었던 교실과 그 추상적인 개념이 그리워졌다. 현실은 너무도 엄하고 냉혹하고 그리고 초연했다.

그러나 한편으로는 지금까지 쌓아온 기초적인 자연과학의 지식이 어디에 어떻게 이용되고 있는가를 알게 되자 그것이 사람을 열중하게 하고 학문적인 만족감을 주기도 했다. 그녀는 동물의 심장을 사용한 생리학의 실험을 생각하면서 지금 낸시 그린리의 미동하는 심장이 보여주고 있는 이상한 상태를 이해할 수 있었다.

벨로우즈가 제세동기의 전극을 낸시 그린리의 가슴의 맨살에 부착하는 것을 수잔은 열심히 보고 있었다. 전극의 하나는 직접 흉골 위에, 다른 하나는 가슴의 왼쪽 옆에 붙여져서 왼쪽 유방이 핏기를 잃은 젖꼭지와 함께 약간 찌부러지는 모양이 되었다.

"모두 침대에서 떨어져!"

벨로우즈는 소리치고 엄지손가락으로 스위치를 눌렀다. 그러자 강한 전류가 2개의 전극 사이로 흘러 낸시 그린리의 가슴을 뚫고 들어갔다. 그녀의 몸이 갑자기 뛰어오르고 양 팔은 가슴 위로 떨어지고 손은 안쪽으로 비틀어졌다. 감시 장치의 스크린에서 블립이 사라졌다가 다시 나타나자 제법 정상적인 선을 그리기 시작했다.

"맥박이 좋아졌어요."

카트라이트가 말했다.

레이드가 가슴 마사지를 다시 시작하자 몇 분 동안 박동이 착실하게 계속되었다. 그리고 심실성 조기 수축이 일어나고 다시 몇 분간 정상적인 상태가 계속되다가 다시 조기 수축이 3회 정도 되풀이하여 일어났다.

"심실성빈박이군요. 심장은 아직 흥분하기 쉬운 상태에 있습니다. 틀림없이 뭔가 근본적인 결함이 여기 있는 것 같습니다."

셔굿이 자신 있는 듯이 말했다.

"만약 그것이 뭔가를 알고 있으면 뭐든지 좋으니 얘기해. 아무튼 리도카인 50cc를 더 넣지."

벨로우즈가 말했다.

간호사 한 사람이 리도카인을 주사기에 넣어서 벨로우즈에게 건네주었다. 그는 그것을 링거관에 넣었다. 수잔은 모니터의 스크린이 좀 더 잘 보이도록 위치를 바꾸었다.

리도카인을 사용했음에도 불구하고 박동이 갑자기 악화해 무의미한 미동이 재발했다. 벨로우즈는 욕지거리를 해댔고 레이드는 다시 한번 마사지를 시작했다. 간호사가 그 틈에 제세동기를 다시 세팅했다.

"여기서 도대체 뭐가 일어나고 있는 거야?"

벨로우즈는 중조 하나를 더 준비하라고 일렀다. 벨로우즈는 질문 비슷하게 말했지만 이 의문에 특별하게 어떤 대답을 기대하고 한 것은 아니었다. 그는 그저 자기의 의심스러운 것을 내뱉었을 뿐이었다.

에프네프린이 다시 링거에 가해지고 두 번째의 미동 발작이 다시 일어났다. 그 후 언뜻 보기에 심장은 정상 박동으로 돌아갔다. 그러나 리도카인을 추가했는데도 불구하고 조기 수축이 다시 나타났다.

"이건 수술실에서 일어나던 것과 똑같구나."

조기 수축이 차츰 더해가고 결국 리듬 전체가 미동하게 된 것을 보고 벨로우즈는 말했다.

"처음부터 다시 시작해, 레이드. 자, 여러분 다시 한 번 합시다."

1시 15분까지 낸시 그린리는 미동을 21회 되풀이했다. 발작 후에는 비교적 정상 박동으로 돌아가고, 조금 지나면 다시 흐트러져서 미동을 일으켰다. 1시 16분에 중환자실의 전화가 울렸다. 그것은 지급으로 의뢰했던 전해질 검사에 대한 검사실에서의 회답이었다. 칼륨치가 대단히 낮고 1리터당 2.8mg 등량이라는 것 외에는 모두 정상이라는 것이었다.

전화를 받은 직원은 한 간호사에게 그 결과를 메모해 건네주었고 그녀가 벨로우즈에게 그것을 보여주었다.

"어떻게 된 거야! 2.8이 뭐야. 어쩌다 이렇게 됐다는 거야? 아무튼 해답은 얻은 것 같으니까. 좋아, 칼륨을 주입하자. 점적에 80mg 등량을 넣어주고 속도를 1시간 200cc로 올린다."

낸시 그린리는 이 지시에 민감하게 반응하여 22회째 미동 발작을 일으켰다. 레이드는 마사지를 다시 시작했고 벨로우즈는 제세동기의 전극을 준비했다. 칼륨도 링거액 속에 가했다.

수잔은 이 여러 가지 소생술에 완전히 넋을 잃고 있었다. 실제로 너무 열중하고 있어서 큰 책상 가까이 있는 호출용 스피커에서 자기의 이름을 부르고 있는 것을 하마터면 듣지 못할 뻔했다. 심장 치료가 진행되는 동안 이따금씩 전화 호출이 있곤 했는데 지금 방송은 내선 381번 전화를 수잔이 받으라는 전화였다. 그러나 그 소리는 실내 잡음에 휩싸여서 수잔은 자기 이름과 내선 381번을 몇 번 호출할 때까지 그것을 알아차리지 못했다.

수잔은 약간 마음이 내키지 않은 듯이 벽에서 떨어져 나와 중앙 데스크에 있는 전화기 쪽으로 갔다.

381번은 회복실의 내선이라는 것을 알고, 그런 곳에서 무슨 일로 호출을 하는 것일까 하고 수잔은 놀랐다. 그녀는 닥터라는 직책은 말하지 않고 그저 수잔 윌러라고만 말했다. 그 직원은 그대로 '잠깐만 기다리세요.' 하고 잠시 후 다시 전화에 나왔다.

"여기 환자의 동맥 혈액가스를 빼야 하는 일이 있습니다."

"혈액가스요?"

"그래요. 산소, 이산화탄소, 그리고 산도를 측정해야 합니다. 급하답니다."

"어떻게 내 이름을 부르게 됐죠?"

수잔은 전화선을 꼬면서 물었다. 뭔가 착각해서 자기가 호출되었으면 좋을 텐데 하고 생각했기 때문이다.

"지시 받은 대로 말씀드린 것뿐입니다. 당신의 이름이 카르테르에 올라 있습니다. 즉시 하셔야 합니다."

수잔이 더 얘기하기도 전에 상대는 전화를 끊고 말았다. 그렇다고는 하지만 별로 할 말도 없었다. 그녀는 수화기를 놓고 낸시 그린리의 침대 곁으로 돌아갔다. 벨로우즈는 제세동기의 전극을 다시 한 번 부착했다. 환자의 몸에 충격을 가하자 가슴 위에 있던 양 팔이 힘없이 아래로 떨어졌다. 그것은 극적이기도 했지만 연민을 느끼게 했다. 모니터는 정상 박동을 나타내고 있었다.

"맥박은 좋아졌는데요."

카트라이트가 대퇴부를 만져보고 말했다.

"정맥동의 리듬이 좋아지고 있다. 칼륨의 효력이 나타나는 건가."

벨로우즈는 모니터의 스크린에서 눈을 떼지 않고 말했다.

"닥터 벨로우즈, 제게 호출이 와 있습니다. 회복실에서 동맥 혈액가스를 빼라는 전화를 받았습니다."

수잔은 틈을 보고 있다가 말했다.

"가 봐."

벨로우즈는 무심하게 말하고 간호사 서굿을 돌아보았다.

"도대체 내과 레지던트들은 어디에 있는 거야. 손을 빌리려면 숨어서 나타나질 않으니. 환자는 내버려두고 독수리 떼처럼 졸랑졸랑 몰려다니면서 외과 팀 사람이나 빼가고, 별로 중요하지도 않은 혈청검사 때문에 꼭 사람을 불러야 하나."

카트라이트와 레이드는 그동안 내과 레지던트들과 외과 레지던트들 사이에 쌓인 앙금을 생각하고 키득키득 웃었다.

"말씀 들으셨지요, 닥터 벨로우즈."

수잔은 말을 계속했다.

"동맥 혈액가스라는 건 아직 해본 적이 없어요. 채취하는 것도 본일이 없어요."

벨로우즈는 모니터에서 수잔에게로 시선을 옮겼다.

"아이고 맙소사, 이게 무슨 일이야. 걱정도 팔자구먼. 동맥이든 정맥이든 피를 빼는 건 마찬가지야. 지금까지 2년 동안 뭘 배우고 있었나?"

수잔은 변명을 하려고 얼굴이 새빨개졌다.

"아무 말 안 해도 돼. 카트라이트, 수잔을 데리고 가서……"

"5분 뒤에 닥터 자콥과 함께 갑상선 수술실에 들어가기로 되어 있습니다."

카트라이트는 손목시계를 보고 벨로우즈의 말을 가로막았다.

"제기랄, 됐다. 닥터 윌러. 내가 함께 가서 동맥 찌르는 법을 보여줄게. 다만 이쪽이 일단 안정되지 않으면 안 될 텐데. 조금은 좋은 듯하니까 확인 좀 하고……"

벨로우즈는 레이드를 돌아보고는 다시 말했다.

"칼륨을 반복 측정하도록 해. 다시 한 번 혈액을 검사실로 보내게. 지금까지 우리가 한 결과를 보고 싶으니까 말이야. 아무튼 우리는 위험한 고비는 겨우 넘긴 것 같다."

수잔은 기다리고 있는 동안 벨로우즈가 마지막으로 한 말을 생각해 보았다. 그것은 낸시 그린리가 위험한 고비를 넘겼다는 것보다는 '우리'라는 말을 사용한 부분이었다. 스타크가 '우리'라는 말에 역정을 내던 것이 생각났다.

2월 23일 월요일 오후 1시 35분

"이런 날이 자주 있지."

중환자실을 나올 때 벨로우즈는 수잔에게 문을 열어주면서 말했다.

"점심식사를 하는 것이 분에 넘친다고 생각되는 그런 날 말이야. 제기랄……"

벨로우즈는 복도를 걸으면서 얘기를 중단했다.

두 사람 모두 바닥을 내려다보고 있었다. 벨로우즈는 적당한 말을 찾다가 이렇게 말했다.

"이렇게 생리적인 욕구를 해결할 시간을 좀처럼 갖기 어려운 때가 흔히 있는 거야."

"선배님은 지금 '제기랄, 지긋지긋해' 하고 말씀하고 싶으셨죠?"

벨로우즈는 수잔을 흘끗 보았다. 수잔은 살짝 미소 지으면서 벨로우즈를 쳐다보았다.

"선배님, 저를 위해서 일부러 마음 써 주시지 않아도 돼요."

벨로우즈는 수잔의 얼굴을 찬찬히 바라보았다. 수잔은 가능한 한 아무렇지도 않은 표정을 지었다. 두 사람은 말없이 수술 대기 장소를 지나쳐 갔다.

"아까도 말한 것처럼 동맥에서 피를 뽑는 것은 정맥의 경우와 거의 같은 거야."

벨로우즈는 화제를 바꾸어서 말했다.

"우선 동맥을 가운뎃손가락과 집게손가락으로 더듬는다. 상완이든, 요골이든 대퇴든 어디든 마찬가지야. 이런 식으로……."

벨로우즈는 가운뎃손가락과 집게손가락을 펼쳐서 허공에서 동맥을 찾는 시늉을 했다.

"손가락 사이에 끼면 맥을 만질 수 있다. 거기서 그 느낌을 더듬으면서 바늘을 찌르면 되는 거야. 가장 좋은 것은 동맥의 압을 이용해서 주사기 속에 혈액을 넣는 거지. 그렇게 하면 기포도 들어가지 않는다. 기포가 들어가면 데이터가 달라지니까 말이야."

벨로우즈는 여전히 채혈하는 방법을 제스처로 보여주면서 회복실 문을 밀어 열었다.

"중요한 것이 두 가지 있다. 먼저 피가 응고되지 않도록 헤파린주사기를 사용할 것, 다른 한 가지는 바늘을 뺀 후에 그 자리를 5분간 꼭 눌러줄 것, 이것을 잊으면 그 바늘구멍에서 출혈해서 터무니없는 혈종을 만들게 되니까 말이야."

수잔에게 있어서 회복실은 겉으로는 중환자실과 똑같이 보였지만 다르다면 좀 더 밝고 좀 더 소란스럽고 그리고 좀 더 많은 사람들이 있다는 점이었다.

침대는 15개에서 20개를 놓을 수 있게 설계되어 있었고 어느 침대에도 벽에 물건을 넣는 곳이 설치되어 있어서 심장 모니터, 가스관, 흡인기 등이 그곳에 비치되어 있었다. 대부분의 침대는 높고 옆의 난간도 높이 되어 있었으며 몸에 붕대를 감은 환자가 어느 침대에나 누워 있었다. 침대마다 링거병이 받침대 위에 매달려 있는 것이 마치 잎이 떨어진 나무에 기분 나쁘게 열린 열매처럼 보였다.

들어오는 환자와 나가는 환자 사이에 교통 정체를 일으키고 있었다. 여기서 일하는 사람들이 자유롭게 주고받는 거침없는 대화가 그 안을 집안과 같은 분위기로 만들고 있었다. 때로는 웃음소리도 들렸다. 그러나 한편에서는 신음소리도 들렸고 간호사실 옆 아기침대에서는 아기가 칭얼대는 울음소리도 들렸다.

개중에는 의사와 간호사가 모여서 여러 가지 튜브와 금속관 밸브를 설치하고 있는 침대도 있었다. 또 피와 온갖 분비물이 묻은 구겨진 수술복을 입고 있는 의사가 있는가 하면 빳빳하게 풀을 먹인 긴 가운을 입고 있는 의사도 있었다. 그곳은 환자, 차트, 사람의 움직임, 이야기소리 등이 뒤섞인 혼잡한 곳이었다.

벨로우즈는 이곳 일을 빨리 마치고 싶어서 중앙에 놓여 있는 데스크로 갔다. 그가 그곳 담당 간호사에게 왜 왔는지를 말하자 헤파린이 들어있는 주사기 트레이를 주었다. 그리고 벨로우즈와 수잔이 들어온

입구 반대 측 왼쪽에 있는 침대를 가리켰다.

"내가 먼저 해볼 테니 그 다음은 수잔이 하도록 해. 할 수 있겠지?"

침대로 가까이 가면서 벨로우즈가 말하자 수잔은 고개를 끄덕였다. 사람들이 앞을 가리고 있어서 환자는 좀처럼 보이지 않았다. 왼쪽으로 간호사가 몇 사람, 침대 발치에 수술복을 입은 의사 두 사람, 오른쪽으로는 긴 가운을 입은 키 큰 흑인 의사가 닥터 굿맨과 함께 서 있었다. 벨로우즈와 수잔이 옆에까지 갔을 때 그 흑인 의사는 인공호흡기의 표준치를 조절하면서 뭔가 말하고 있었다. 수잔은 그 순간 감정이 변하는 것을 느꼈다.

수술복을 입은 두 의사는 분명히 몹시 걱정스러운 표정이었는데, 몸집이 작은 닥터 굿맨은 눈에 띄게 떨고 있었다. 그때 닥터 스펄렉이 화가 난 듯이 입을 한 일자로 꽉 다물고 거칠게 숨을 쉬면서 마치 지나가는 사람에게 덤벼들 것 같은 모습이었다.

"어떻게 해서 이렇게 됐는지 설명을 듣고 싶군요."

스펄렉은 화를 내면서 목에 두르고 있던 마스크 끈을 잡아당겨 풀더니 바닥에 내동댕이쳤다.

"물을 게 별로 있을 것 같지가 않군."

그는 그렇게 내뱉고는 휙 돌아서 나가려다가 마침 그때 들어오던 벨로우즈와 부딪혀서 벨로우즈가 가지고 있던 트레이를 엎을 뻔했다. 그런데도 닥터 스펄렉은 미안하다는 말도 없이 방을 가로질러 문을 휙 열고는 나갔다.

벨로우즈는 곧장 침대 왼쪽으로 가서 접시를 놓았다. 수잔도 남아 있는 사람들의 표정을 조심스럽게 살폈다. 흑인 의사는 서 있는 채로 꼼짝 않고 닥터 스펄렉이 화를 내고 나가버린 문 쪽을 바라보고 있었다. 그 인상적인 모습에 수잔은 곧 마음을 빼앗겼다. 가슴에 단 명찰에는 '닥터 로버트 헤리스'라고 쓰여 있었다. 1미터 80센티쯤 되는 몸집이 큰 남자로 검은 머리가 아프리카계라는 것을 간접적으로 드러내고 있었다. 또 황갈색 살갗으로 반들반들 빛나고 있는 얼굴에는 교양과 화를 참을 줄 아는 편안함이 느껴졌는데, 그 움직임은 온화하고 태연자약하며 조금도 서두르지 않는 모습이었다.

스펄렉이 나가는 것을 보고 있던 그 시선은 수잔의 얼굴로 옮겼다가 다시 침대 옆의 인공호흡기로 돌아갔다. 그는 비록 수잔을 보았지만 내색을 하지 않았다.

"수술 전에 뭘 사용했나, 노먼?"

헤리스는 또박또박 끊어서 말을 했다. 그 표현은 더없이 교양이 있는 텍사스 말투였다.

"인노바입니다."

굿맨이 대답했다. 긴장한 나머지 목소리는 크고 갈라져 나왔다.

수잔은 지금까지 스펄렉이 서 있던 침대의 발치까지 옮겨가서 완전히 녹초가 된 듯한 닥터 굿맨을 찬찬히 보았다. 얼굴은 창백하고 머리카락은 이마에 맺힌 땀으로 헝클어져 있었다. 그는 높은 코를 가지고 있었는데 수잔이 보기에 멋진 얼굴이라는 생각이 들었다. 쑥 들어간 두 눈은 환자를 뚫어지게 보면서 깜박이지도 않았다.

수잔은 환자를 내려다보고 나서야 비로소 벨로우즈가 동맥 혈액 채취를 준비하고 있는 손을 보았다. 그때 환자를 보았는데 얼굴이 낯익은 듯해서 새삼 놀라 다시 그 얼굴을 보았다. 그는 바로 버만이었다.

수잔은 약 1시간 반 전에 503호실에서의 만남을 생각해보았다. 버만의 얼굴은 거무스레한 회색으로 변해 있었고 볼에는 살이 빠져 광대뼈가 튀어나와 있었다. 호흡관 튜브가 왼쪽 입가로 튀어 나와 있었고 아랫입술 언저리에 마른 점액이 말라붙어 있었다. 눈은 감겨져 있는 듯했으나 완전히 감겨 있진 않았고, 오른쪽 다리에는 큼직하게 깁스가 되어 있었다.

"이 사람 괜찮겠어요? 어떻게 된 거죠?"

수잔은 헤리스와 굿맨을 번갈아 보면서 불쑥 물었다. 감정에 사로잡혀서 생각도 없이 말한 것이다. 감각은 이상해지고 그 반응도 충동적이 되어 있었다. 벨로우즈는 이 당돌한 질문에 깜짝 놀라서 오른손에 주사기를 쥔 채 그 자세에서 얼굴을 들었다. 헤리스는 천천히 허리를 펴고 수잔 쪽을 보았다. 굿맨의 눈은 움직이지 않았다.

"모든 것이 완벽합니다. 혈압, 맥박, 체온 모든 것이 아주 정상입니다. 그러나 환자는 마취를 즐기고 있는지 깨어나려고 하지 않는군요."

헤리스는 전에 얼마 동안 옥스퍼드에 체재했었다는 것을 보여주는 듯한 발음으로 말했다.

"일반 증례와는 다른 것 같군요. 뇌파는 어떻습니까?"

벨로우즈는 헤리스에게 시선을 돌렸다. 그는 또다시 낸시 그린리와 같은 문제가 발생할까 봐 걱정스러웠다.

"제일 먼저 보여드리죠. 지시해뒀으니까요."

헤리스가 빈정거리는 투로 말했다.

감정이 앞서서 수잔은 그 말을 빨리 이해하지 못했는데 생각해보니 그 순간 희망이 이성보다 강했기 때문이었다. 그러나 그녀는 이성을 되찾고는 물었다.

"뇌파라고요? 설마 이 사람이 중환자실에 있는 그 환자처럼 된다는 건 아니겠죠?"

그녀의 시선은 버만과 헤리스 사이를 오고가다가 벨로우즈 쪽으로 고개를 돌렸다.

"어느 환자?"

헤리스가 마취 기록을 들면서 물었다.

"소파 수술하고 깨어나지 못한 환자 말입니다. 아실 겁니다. 약 8일 전에 23살의 여자인데……."

벨로우즈가 대답했다.

"아, 그거 말인가. 그것과 똑같다고 생각하고 싶진 않지만 아무래도 그렇게 될 기미가 있어."

"마취약은 뭘 썼습니까?"

버만의 오른쪽 눈꺼풀을 위로 젖히고 크게 열린 동공을 들여다보면서 벨로우즈가 물었다.

"질소를 함유한 신경차단제야. 그 여자의 경우는 전신마취제였지. 임상적으로는 같아도 마취약 탓은 아니야."

헤리스는 마취 기록에서 굿맨 쪽으로 눈을 돌리고 말했다.

"노먼, 자넨 무엇 때문에 마지막 단계에서 쓸데없이 인노바를 더 주입했지?"

닥터 굿맨은 바로 대답하지는 않았다. 닥터 헤리스는 다시 그의 이름을 불렀다.

"환자가 마취에서 깨기 시작했다고 생각했기 때문입니다."

굿맨은 꿈에서 깨어난 사람처럼 대답했다.

"하지만 왜 인노바를 다 끝난 무렵에? 펜타닐만 사용했더라면 더 좋았을 텐데?"

"아마 그랬었겠죠. 나도 펜타닐만을 사용하려고 했었는데 인노바가 바로 옆에 있었고 아주 소량만 사용하면 될 것 같아서……."

"달리 어떤 방법은 없었나요?"

수잔이 약간 필사적이 되어 물었다. 바로 얼마 전 버만과 낸시 그린리의 모습에 대해 주고받은 말 한 마디 한 마디가 겹쳐져서 되돌아왔다. 지금 눈앞의 창백한 표정과는 정반대의 활기찼던 모습을 생생하게 상기할 수가 있었다.

"어쨌든 이렇게 돼 있는 거라고."

헤리스는 현재 상태를 담담하게 말하면서 마취 기록을 굿맨에게 건네주었다.

"지금 우리가 할 수 있는 것은 뇌 기능이 어떻게 회복되어 가는가를 보는 것뿐이다. 동공이 퍼져서 빛의 자극에도 반응하지 않는 것을 보면 좋은 징조는 아닌 것 같다. 아마 광범한 뇌사상태라고 할 수 있을 것 같다."

수잔은 가슴이 이상해지는 것을 느꼈다. 뜻하지 않게 몸이 떨리고 기분이 가라앉으면서 뼈를 에는 듯한 절망감이 느껴졌다.

"정말 너무해요."

수잔은 갑자기 감정을 억제하지 못하고 떨리는 목소리로 말했다.

"지금까지 멀쩡했고 단지 다리에 약간 이상이 있었던 사람이 이런…… 이런 식물인간이 되다니 당치도 않아요. 이런 일이 더 일어나서는 안돼요. 불과 2주 사이에 젊은 사람이 둘씩이나 이런 꼴을 당하다니 도저히 받아들일 수가 없어요. 마취과장은 이런 마취과를 왜 폐쇄하지 않는 거죠? 뭔가 잘못돼 있어요. 어이가 없어. 도저히 용납되지 않아요……."

수잔이 장황하게 열변을 토해내기 시작했을 때 로버트 헤리스는 눈을 가늘게 뜨고 날카롭게 상대의 말을 가로막았다. 벨로우즈는 깜짝 놀라서 입을 벌린 채 넋을 잃고 있었다.

"내가 그 마취과장인데, 대체 아가씬 누구지?"

수잔이 말을 하려고 하자 벨로우즈가 안절부절못하고 끼어들었다.

"이 사람은 수잔 윌러입니다, 과장님. 지금 외과에 배속돼 있는 3학년생으로 저…… 우리는 여기에 혈액가스를 채취하러 왔을 뿐입니다. 끝나면 바로 돌아갈 겁니다."

벨로우즈는 재빨리 버만의 오른쪽 손목에 스펀지를 문질렀다.

잠시 침묵하고 있던 헤리스는 일부러 근엄한 말투로 얘기하기 시작했다.

"미스 윌러 양, 감정적으로 상황을 인식하는 태도는 잘못된 것이오. 솔직히 말해서 미래지향적이지 못해요. 이런 증례에 필요한 것은 무엇보다 원인을 확인하는 것, 지금 닥터 벨로우즈에게 말한 것처럼 이 두 가지 경우, 사용한 마취약이 달라요. 마취의 처리에는 사소한 점에도 다소 이론이 있다고는 하지만 전혀 문제는 없을 거요. 다시 말해서 이 두 가지는 마취와 수술의 상호관계에 대한 피하기 어려운 특이 체질의 반응이라고밖에는 생각할 수 없어요. 앞으로 이와 같은 비참한 결과를 예측할 수 있는 방법이 있다고 하면 그것은 바로 이 환자들로부터 배워서 그 방법을 찾아내는 거요. 마취를 비난하고 사람들로부터 필요한 수술까지 못하게 한다는 것은 마취를 포함해서 최소한도의 위험을 용인하는 것보다 더 좋지 않다는 겁니다. 왜……."

"8일 사이에 두 건의 사고를 최소한도라고 말할 수는 없다고 생각합니다."

수잔은 말꼬리를 물고 늘어졌다.

벨로우즈는 어떻게 하든 헤리스와의 얘기를 그만두게 하려고 수잔이 자기 쪽으로 주의를 기울이도록 했다. 그러나 수잔은 자기의 감정을 도전 형식으로 바꾸어서 헤리스를 똑바로 응시했다.

"작년에는 이곳에서 이런 예가 얼마나 일어났습니까?"

수잔이 물었다.

헤리스는 그 말에 대답하기 전에 잠시 수잔의 진의를 살피듯 얼굴을 뚫어지게 보았다.

"이건 마치 심문 투가 아닌가. 그런 식이라면 이 대화는 불쾌하기도 하고 소용도 없어."

상대의 대답을 기다리지 않고 헤리스는 수잔의 옆을 지나서 회복실 문 쪽으로 걸어가기 시작했다.

수잔은 그쪽으로 돌아섰다. 벨로우즈는 그녀의 오른팔을 잡고 말리려고 했으나 수잔은 손을 뿌리치고 헤리스를 불러 세웠다.

"건방진 소리라고 생각하시겠지만 이런 질문은 누군가가 하지 않으면 안 될 것이고, 어떤 손을 써야 한다고 생각합니다."

헤리스는 수잔과 약 3m 거리에서 갑자기 멈추어 서더니 천천히 돌아보았다. 그리고 머리를 한 대 맞은 듯이 무심코 눈을 감았다.

"그래서 그 누군가가 바로 자네란 말인가? 자네가 우리에게 소크라테스적 귀찮은 존재가 되려는 것이라면, 참고로 말하지만 요 2, 3년 사이에 오늘의 증례가 있기 전에도 여섯 건이 더 있었어. 이제 양해해준다면 나는 돌아가서 내 일을 해야겠네."

헤리스는 다시 문 쪽으로 걸어갔다.

벨로우즈는 침대에 기대어 가까스로 자신을 지탱했다. 헤리스는 다시 멈춰 섰으나 이번에는 돌아보지 않고 문을 쾅 하고 닫고는 나가버렸다.

벨로우즈는 왼손을 이마에 대고 말했다.

"놀랍군, 수잔. 무슨 짓을 하려는 거야. 그건 의사로서는 자살 행위라고."

그는 손을 뻗어 수잔을 자기 쪽으로 향하게 하고는 다시 말했다.

"저건 로버트 헤리스, 마취과장이란 말이야. 정신 나갔어!"

벨로우즈는 세 번째 준비를 초조하게 서두르기 시작했다.

"네가 그런 태도를 취하면 함께 있는 나까지 입장이 곤란해진다고. 쳇, 뭣 때문에 그를 화나게 하려는 거야?"

벨로우즈는 요골 동맥을 찾아서 손목의 엄지손가락 쪽 피부에 주사 바늘을 찔렀다.

"스타크에게 미리 얘기해둬야겠어. 그가 사람을 통해 듣기 전에 말이야. 그를 화나게 해서 어쩌자는 거야? 병원이 어떻게 돌아가는지 전혀 모르는 모양이군."

수잔은 벨로우즈가 동맥에서 피를 뽑아내는 것을 주시하고 있었지만 일부러 버만의 핼쑥해진 얼굴을 될 수 있으면 보지 않으려고 했다. 주사기에 저절로 가득 찬 혈액은 아주 선명한 진홍색을 띠고 있었다.

"그 사람이 화났다면 그건 그 사람 몫이에요. 그 마지막 질문을 할 때까지 저는 자신이 건방지거나 무례하다고 생각하지 않았어요. 그런 질문을 하게 한 것도 그가 자초한 거예요."

벨로우즈는 대답하지 않았다.

"아무튼 전 그를 화나게 할 생각은 없었어요……. 그래요, 하긴 화나게 하긴 했지만……."

수잔은 잠시 생각하다가 말했다.

"아까 이 환자와 1시간 정도 대화를 했어요. 호출이 있어서 중환자실에서 나갔을 때 바로 그 환자였어요. 정말 믿을 수 없는 일이에요. 아무렇지도 않은 건강한 사람이었다고요. 그리고…… 전…… 전 이 사람과의 얘기를 통해서 이 사람에 대해서 여러 가지를 알고 싶어졌어요. 조금 좋아진 거죠. 제가 그렇게 자제하지 못한 것이나 또 슬퍼했던 것도 그 탓이었어요. 게다가 전 헤리스, 그 사람의 태도가 못마땅했어요."

벨로우즈는 바로 대답을 하지 않고 트레이 안을 뒤적거리며 바늘

캡을 찾다가 말했다.

"더 이상 아무 말도 하지 마. 그 얘기는 더 듣고 싶지 않아. 자, 이 주사기를 가지고 있어."

벨로우즈는 주사기를 수잔에게 넘겨주고 얼음주머니를 준비했다.

"수잔, 너 때문에 내가 불이익을 당할지 모르겠군. 헤리스와 같은 자가 어떤 무서운 짓을 할지 아마 생각도 못 할 거야. 자, 바늘 찌른 자리를 꼭 눌러."

"마크?"

수잔은 버만의 손목을 누르면서 벨로우즈 쪽을 똑바로 보고 이렇게 말했다.

"마크라고 불러도 괜찮아요?"

벨로우즈는 주사기를 받아들고 얼음주머니에 넣었다.

"솔직히 말해서 잘 모르겠는데……."

"좋아요. 아무튼 말예요, 선배. 그 여섯 건의 예, 아니 만약 버만이나 그린리도 마찬가지라면 여덟 건이겠지만, 이것이 모두 뇌사, 선배님의 말을 빌리면 말예요, 식물인간의 증상을 나타내고 있다는 걸 인정하지 않으면 안 되겠죠."

"하지만 여기선 실제로 많은 수술을 하고 있단 말이야, 수잔. 때로는 하루에 100건 이상, 1년이면 2만5천 건이나 돼. 그중에서 여섯 건이라면 사고율은 0.02퍼센트가 조금 넘는 셈이야. 이건 외과 마취의 평균 위험률 이하가 아닌가."

"그럴지도 모르죠. 그렇지만 그 여섯 건은 모두 생각할 수 있는 병발증의 한 가지 타입밖에 나타나 있지 않아요. 외과 마취 전체의 위험률이 아녜요. 마크, 이건 좀 지나치게 높다고 생각하지 않아요? 실제로 오늘 아침 중환자실에서 선배님은 낸시 그린리가 병발한 그 특수

한 형은 10만분의 1의 확률로밖에 일어나지 않는다고 말했잖아요. 그것이 이번에는 2만5천 분의 6이라고 하니 설마 농담하는 건 아니겠죠. 선배님이나 헤리스 그리고 병원의 어느 분이 문제없는 것이라고 해도 이건 너무 높아요. 말하자면 이 정도의 위험이 있어도 선배님은 장차 자신의 외과 개업을 하실 수 있는지 그걸 묻고 싶은 거예요. 제가 고민하고 있는 게 이겁니다. 자꾸만 생각하게 되는 거예요."

"자, 그런 걸 생각하는 건 이제 그만두고 슬슬 가도록 하지."

"잠깐만요. 이제부터 제가 뭘 하려는지 아세요?"

"몰라, 알고 싶지도 않아."

"전 이제부터 그 특수한 증례, 여섯 건을 자세히 조사해보고 싶어요. 충분히 좋은 결과가 나올지 누가 알아요. 3학년의 수업 논문도 써야 하고, 게다가 이 손에게는 의리상 그래야 해요."

"오, 부탁이야, 수잔. 제발 그런 멜로드라마는 쓰지 말아줘."

"멜로드라마를 쓰려는 게 아녜요. 한번 도전해보려는 거예요. 손은 처음부터 제게 도전해왔어요. 제게 의사의 이미지가 없다고. 저는 졌어요. 초연하게 있지도 못했고 직업적인 이미지를 보이지도 못했어요. 제가 하는 짓이 초등학생 같다고 마크는 생각하고 싶겠지만 한 번 도전해볼 거예요. 이번 도전은 정말 훌륭하게 대응할 수 있을 거라고요. 전문의답게. 이번 도전으로 새로운 증후군이나 새로운 병의 형태가 나타날지도 몰라요. 또 이것이 마취의 새로운 병발증이라고 하게 될지도 모르죠. 아니면 환자가 전에 겪은 병에서 비롯된 특별한 어떤 것 때문에 문제가 생긴 것일지도 모르고요."

"열심히 해봐."

벨로우즈는 채혈의 뒤처리를 하면서 말했다.

"하지만 솔직히 말해서 수잔 자신의 감정적, 심리적인 충동에서 비롯된 것이라서 잘 될지 모르겠네. 시간 낭비가 되지 않을까 싶은데……. 닥터 빌링, 그린리의 마취를 담당했던 의사, 그가 이것을 철저하게 조사했대. 그는 머리도 명석한 사람인데 그런 그가 이 원인에 대해서 전혀 설명할 수 없다는 거야."

"응원해줘서 고마워요. 우선 중환자실에 있는 선배님의 환자부터 시작하려고 해요."

수잔은 말했다.

"잠깐, 한 가지 확실히 해둘 것이 있어."

벨로우즈는 손가락으로 V자형을 만들었다.

"헤리스에게 도전해보는 것은 좋지만 나는 거기에 말려들고 싶지 않아, 절대로 말이야. 이건 하나부터 열까지 너 혼자의 문제라는 것을 명심해야 해."

"정말 선배님은 기회주의자같이 보이는군요."

"나는 병원의 현실을 잘 알고 있고, 또 어디까지나 외과의가 되고 싶은 사람이거든."

수잔은 마크의 눈을 똑바로 보면서 말했다.

"마크, 한마디 하자면 그 점이 바로 선배님에게 비극으로 돌아올 거예요."

2월 23일 월요일 오후 1시 53분

메모리얼 병원 식당은 어느 병원에서나 흔히 볼 수 있는 그런 곳이었다. 벽은 거자색으로 변해가는 엷은 황갈색이었고, 천장에는 질 나쁜 흡음판이 붙어 있었으며 스팀 테이블은 긴 L자형으로 더러워진 갈색 트레이가 처음부터 그곳에 겹쳐 쌓여 있었다.

메모리얼 병원의 진료 서비스의 훌륭함은 식사 서비스에까지는 미치지 못하고 있었다. 오후 2시 가까이 되자 식당은 거의 텅 비어 있었다. 그 주변에 앉아 있는 몇몇 사람들은 대개 식당에서 정신없이 일하다가 붐비던 시간이 끝나서 잠시 쉬는 사람들이었다. 음식은 형편없었지만 구내식당에 사람들이 많은 것은 병원에 식당이 그 한 곳뿐이기 때문이었다. 이 병원에서 일하는 사람들은 점심식사를 하는 것에 30분 이상 할애할 수가 없어서 다른 곳으로 가서 식사를 할 시간이 없었다.

수잔은 샐러드 접시를 집어 들었으나 흐물흐물한 양상추를 보고는 다시 놓았다. 벨로우즈는 곧장 샌드위치 코너로 가서 샌드위치 접시를 들었다.

"참치 샌드위치 맛이야 거기가 거기일 테니까."

그는 뒤에 서성이던 수잔에게 말했다.

수잔은 뜨거운 앙트레 접시를 보기만 하고 벨로우즈를 따라 참치 샌드위치를 택했다.

계산대에 있어야 할 여직원이 보이지 않았다.

"이리 와, 시간이 별로 없으니까."

벨로우즈가 말했다.

먹은 음식 값을 내지 않고 달아나는 것 같은 꺼림칙함을 느끼면서 수잔은 벨로우즈의 뒤를 쫓아 테이블로 가서 앉았다. 샌드위치는 맛이 없었다. 참치 살에 물기가 너무 많았고, 맛이 없는 흰 빵마저 물에 불어 있었다. 그러나 아무튼 식사는 해야 하는 데다 수잔은 몹시 배가 고파 있었다.

"2시에 강의가 있어. 그러니까 많이 먹어둬."

벨로우즈는 샌드위치를 볼이 미어지도록 입안에 넣으면서 말했다.

"마크?"

"응?"

벨로우즈는 우유를 반쯤 단숨에 마시고 대답했다. 그는 빨리 먹는 올림픽대회가 있다면 당연히 선수급이 될 만했다.

"제가 만약 마크의 첫 외과 강의에 빠지면 기분이 상하겠죠?"

수잔은 눈을 깜박거리며 말했다. 벨로우즈는 샌드위치의 나머지 절반을 입에 가져가다 말고 수잔의 얼굴을 찬찬히 들여다보았다.

"왜 그런 걸 묻는 거야?"

벨로우즈는 보기 좋게 당하고 있는 듯해서 한심한 생각이 들었다.

"이런 순간에 강의에 나가 앉아 있을 기분이 아니어서요."

수잔은 우유팩을 뜯으면서 말했다.

"버만의 그 사건으로 기분이 개운치 않아서……. 사건이란 말이 좋은 표현은 아니지만 아무튼 마음이 초조해서 강의 같은 건 귀에 들어올 것 같지가 않아요. 뭔가 마음을 쏟아 일할 것이 있으면 좀 잊어버릴 수 있을 것 같아서요. 지금 도서실에 가서 마취의 병발증에 대해 여러 가지 찾아볼까 해요. 그렇게 하면 오늘 아침 기분도 정리될 것이고 저의 '조그만' 조사를 시작하는 좋은 계기도 될 거라고 생각해요."

"마음이 많이 아픈 모양이지?"

"아녜요, 그 정도는 아니고요."

수잔은 그가 갑자기 따뜻하게 대해주자 놀라고 감동했다.

"강의는 별로 중요하지 않아. 명예교수의 서론 같은 거야. 그러고 나서 학생들을 데리고 병동으로 가서 환자를 볼 예정이었어."

"마크, 고마워요."

수잔은 벨로우즈에게 생긋 웃어보이고 자리에서 일어나 나갔다.

벨로우즈는 남은 참치 샌드위치를 먹으며 수잔이 도대체 무엇이 고 맙다는 건지 잘 이해가 가지 않아서 고개를 갸우뚱했다.

식당을 가로질러 가서 쟁반을 선반에 놓는 그녀를 그는 지켜보았다. 문 앞에서 그녀는 뒤돌아보고 손을 흔들었다. 벨로우즈도 손을 들었으나 그녀의 모습은 이미 보이지 않았다.

벨로우즈는 사용한 접시를 쟁반에 올려놓으면서 남은 우유를 단숨에 마셨다. 그러고는 자신이 과연 수잔에게 밖에서 함께 만나자고 할 용기가 있을까 하고 생각했다. 거기에는 두 가지 문제가 있었다. 하나는 그가 레지던트라는 점과 스타크와의 관계였다. 부장은 자기 부하 레지던트가 배속된 학생과 데이트를 했다는 것을 알면 어떤 반응을 보일까. 전혀 짐작이 가지 않았다. 그런 걱정을 하는 것이 당연한 것인지, 빗나가는 것인지 그것마저 알 수가 없었다.

스타크가 결혼한 레지던트를 편애한다는 것은 알고 있었다. 그것은 기혼자 쪽이 믿을 수 있다는 사고방식에서였지만 적어도 벨로우즈로서는 그런 것은 말도 안 된다고 생각했다. 그러나 자기와 학생과의 관계를 비밀로 해둔다는 것은 전혀 가능성이 없어 보였고, 스타크에게 알려지면 안 좋을 것 같은 생각이 들었다. 둘째 문제는 수잔 자신이었다. 그녀는 영리했다. 그것은 의심할 여지가 없었다. 그런데 온화한 여자인지 벨로우즈로서는 알 수 없었다. 어쩌면 조금 있는 자유시간을 자신과 잘 맞지도 않은 여자에게 낭비하는 꼴이 될지 모른다는 생각을 했다.

그렇다면 자신은 어떤가? 지금 자신처럼 의학계에 몸담고 있는 영리하고 이지적인 여자아이를 얼마나 친절하고 사랑스럽게 잘 대할 수 있을까? 그는 지금까지 2, 3명의 간호사와 데이트를 한 적은 있었지만 간호사는 의사와 동류이면서도 전혀 별개의 직종이어서 지금과는 사정이 달랐다. 벨로우즈는 다른 여의사나 햇병아리 여의사와는 데이트를 한 적이 없었다. 아무튼 마음이 좀 심란했다.

식당을 나왔을 때 수잔은 자신의 방향감각이 지금까지보다 훨씬 확실해진 것 같아서 기뻤다. 물론 마취가 깨어나지 않고 그 코마 상태가 계속되는 문제를 실제로 어떻게 조사해갈 것인가는 자신도 짐작이 가지 않았지만 논리적이고 과학적인 방법으로 부딪히면 충분히 해결할 수 있을 것 같았다.

그날 제일 먼저 느낀 것은 지금까지 2년 동안의 의대 생활은 결코 헛된 것이 아니었다는 것이다. 그래서 우선 도서실의 문헌과 환자들의 차트, 특히 그린리와 버만의 차트를 조사하기로 했다.

식당 옆에는 병원의 매점이 있었고 쾌적한 매점 안에는 사람이 꽤 많이 있었다. 귀여운 핑크색 작업복 차림의 우아한 노부인이 운영하는 가게였다. 가게의 세로 창살을 붙인 창이 병원의 중앙 복도에 면해 있었고 복잡한 병원 한가운데에 시골의 아담한 집 같은 느낌을 풍겼다. 수잔은 매점으로 들어가서 찾고 있던 것을 바로 발견했다. 그것은 검정색 표지의 작은 노트였다. 그녀는 주머니에 그것을 넣고 중환자실로 향했다. 목표는 우선 낸시 그린리였다.

실내는 심장 정지 소동 전의 조용한 병실로 돌아가 있었다. 눈에 거슬리는 조명은 수잔이 처음 인솔되어 왔을 때와 같은 정도로 어두워져 있었다. 무거운 문이 등 뒤에서 닫히는 순간 수잔은 전에 느꼈던 것과 같은 불안과 무력감을 느꼈다. 그리고 무슨 일이 일어나거나 또 잘 모르는 질문을 받기 전에 그곳을 나가고 싶었다. 지금의 그녀로서는 누가 아무리 간단한 질문을 해도 틀림없이 우물쭈물하면서 '모르겠습니다.' 하고 대답할 수밖에 없을 것이다. 그러나 그녀는 도망쳐 나가지 않았다. 적어도 지금은 해야 할 일이 있었고 그것이 그녀에게 다소

나마 자신감을 주었다. 그녀가 원하는 것은 낸시 그린리의 차트였다.

수잔은 낸시 그린리의 침대 주위에 아무도 없는 것을 확인했다. 칼륨 수치가 조절되었는지 심장이 정상적으로 박동을 하고 있는 것 같았다. 위급한 순간이 지나서 그런지 낸시 그린리는 다시 잊히고 그녀 자신의 끝간 데 없는 세계로 돌아가 있었다. 낸시의 신체 기관에 매달린 기계들이 그녀를 지켜주고 있었다.

호기심을 억제하지 못한 수잔은 낸시 그린리의 곁으로 다가갔다. 높아지는 감정을 억제하고 될 수 있는 한 자신에게 당황하지 않으려고 노력했다. 낸시 그린리를 내려다보자 자고 있는 인간이 아닌 뇌가 없는 빈 껍질을 보고 있다는 생각이 들면서 그 사실을 도저히 받아들이기 힘들었다. 손을 뻗어 그녀의 어깨를 조용히 흔들어 깨워서 무슨 말이든 하고 싶었다.

하지만 그러지 않고 수잔은 그저 손을 뻗어 낸시의 손목을 들어올렸다. 흐느적거리고 생기 없는 손이 힘없이 들어올려졌다. 낸시는 완전히 마비되고 완전히 힘을 잃고 있었다. 수잔은 뇌의 파괴에 의한 마비에 대해서 생각해보았다. 이 경우에도 말초로부터의 자극을 전달하는 반사 회로는 적어도 어느 정도까지는 손상되지 않았을 터였다.

수잔은 마치 악수를 하듯 낸시의 손을 잡고 천천히 굽혔다 폈다를 해보았다. 저항은 없었다. 이번에는 손가락이 팔에 닿도록 힘껏 손목을 굽혀보았다. 분명히 저항을 느꼈다. 순간적이었지만 확실히 반응이 있었다. 다음은 반대 손목으로 시도해보았는데 마찬가지였다. 따라서 낸시 그린리의 몸은 완전히 이완되어버린 것은 아니었다. 수잔은 연구를 하고 있다는 기쁨을 느꼈다.

수잔은 건반사를 진찰하는 타진기를 꺼냈다. 그것은 스테인리스 손잡이에 빨간색의 굳은 고무가 부착되어 있었다. 그녀는 타진학 시간에 자기와 친구에게 사용해본 적은 있었지만 환자에게 시도한 적은 한 번도 없었다. 수잔은 어색한 솜씨로 낸시의 오른쪽 손목을 두드려서 반사를 보았다. 반응은 없었다. 그러나 정확히 어디를 두드려야 할지 몰랐기 때문에 이번에는 시트 왼쪽을 걷어 올려서 무릎 아래를 두드려 보았다. 역시 반응이 없었다. 그녀는 왼손으로 환자의 무릎을 구부려서 다시 한 번 두드렸다. 마찬가지로 반응이 없었다.

지금 그녀가 찾는 반사는 갑자기 근육을 폈을 때 나타난다는 것을 신경해부학 시간에 배운 것을 생각해냈다. 그래서 낸시의 무릎을 힘껏 펼쳐서 다시 한 번 두드려 보았다. 힘줄의 근육은 알아볼 수 없을 정도로 미미하게 수축했다. 수잔은 다시 한 번 시도해서 이완한 근육의 미미한 수축에 지나지 않지만 아무튼 반사가 있다는 것을 확인했다. 왼쪽 다리도 해보고 같은 결과를 얻었다. 즉 약하지만 반사가 있고 게다가 좌우가 똑같았다.

수잔은 좀 더 다른 신경학적 검사를 해보고 싶었다. 의식 단계 테스트라는 것을 기억해냈다. 낸시 그린리의 경우 할 수 있는 테스트라면 동통 자극에 대한 반응 정도의 것이었다. 그러나 낸시의 아킬레스건을 잡고 아무리 세게 꼬집어도 아무런 반응이 없었다. 그런데 낸시의 허벅다리를 꼬집고는 수잔은 깜짝 놀라 뒤로 물러났다.

통각은 뇌에 가까울수록 강하게 나타나는지 어떤지는 모르지만 그밖의 이유는 생각할 수 없었다. 아무튼 낸시가 통증에 몸을 움츠리듯이 몸을 굳히고 양팔을 뻗어 안쪽으로 비트는 바람에 그녀가 일어나는 것이 아닌가 하고 생각했을 정도였다. 그러고 보니 마치 잠에서 깨어날 때처럼 낸시는 턱을 좌우로 움직이면서 씹는 동작을 했다. 그러나 그것은 순간적이었고 다시 갑자기 힘없는 상태로 돌아가고 말았다. 수잔은 눈을 크게 뜨고 뒤로 물러나 벽에 찰싹 몸을 기댔다. 수잔은 자기가 무엇을 하고 어떻게 하려고 했는지 전혀 몰랐다. 그러나 지금 자신의 능력과 지식 이상의 것을 여기서 시도했다는 것을 알았다. 낸시 그린리는 일종의 발작을 일으킨 것이고 그것이 빨리 끝나서 수잔은 진심으로 고맙게 생각했다.

수잔은 양심에 찔린 듯이 누가 보고 있지는 않았을까 하고 방안을 둘러보았다. 그리고 아무도 없다는 것을 알고 안심했다. 낸시 그린리의 머리 위 심장 감시 장치도 여전히 정상 페이스를 정확히 유지하고 있다는 데 대해서도 안심했다. 조기 수축은 더 이상 볼 수 없었다.

수잔은 자기가 이 병실에 침입해서 무슨 나쁜 짓을 하고 있는 것 같은 느낌이 들었고, 이로 인해 다시 낸시 그린리의 심장이 멎는 일이라도 생긴다면 당연히 당장에 징벌감이라고 생각하니 마음이 불안해졌다. 그래서 좀 더 열심히 책을 읽고 나서 환자를 검사하기로 하고 오늘은 이쯤 해두자고 마음먹었다.

애써 태연한 표정을 지으며 수잔은 간신히 가운데의 책상이 있는 곳까지 갔다. 차트는 카운터 위에 만들어진 빙글빙글 도는 스테인리스 파일에 보관되어 있었다. 그녀는 왼손으로 차트의 분류 상자를 천천히 돌리기 시작했다. 분류 상자는 삐걱삐걱 소리가 나서 될 수 있는 한 천천히 돌렸으나 소리는 좀처럼 멎지 않았다.

"무슨 용무죠?"

뒤에서 준 서굿이 물었다. 수잔은 마치 과자를 훔쳐 먹다 들킨 아이처럼 깜짝 놀라서 내밀었던 손을 당겼다.

"차트를 좀 보고 싶어서요."

간호사에게 무슨 싫은 소리를 듣는 것은 아닐까 하고 생각하면서 수잔은 말했다.

"무슨 차트입니까?"

서굿의 목소리는 감이 좋았다.

"낸시 그린리에 대해서 좀 생각난 것이 있어서. 나도 치료를 거들 수 있지 않을까 해서요."

서굿은 차트를 여기저기 찾다가 낸시 그린리의 것을 꺼냈다.

"저 방에서 보면 조용하고 좋을 겁니다."

서굿은 생굿 웃고는 문 쪽을 가리켰다.

수잔은 그곳을 나갈 수 있는 것이 기뻐서 간호사에게 고맙다고 말했다. 서굿이 가리킨 문은 열려 있었고 그곳은 유리를 낀 약품 찬장이 한쪽 벽면을 차지하고 있었다. 방의 3면 벽 쪽으로는 카운터와 싱크대가 설치되어 있었는데 책상 역할을 할 정도로 넓었다. 왼쪽 모퉁이에는 어디에나 있는 커피포트가 놓여 있었다.

수잔은 차트를 가지고 앉았다. 낸시 그린리는 입원한 지 2주일도 못되었는데 차트의 두께는 상당히 두터웠다. 이것은 중환자실에 들어가게 된 환자에게는 흔히 있는 일로, 특히 세밀하고 공들인 치료의 연속이 이와 같은 차트의 두께로써 나타나는 것이다.

수잔은 남았던 샌드위치와 우유를 꺼내고 커피 한 잔을 따랐다. 그리고 노트의 빈 페이지를 열었다. 그런데 환자의 차트가 낯설어서 그것을 분간하기에는 시간이 좀 걸렸다. 지시 사항이 맨 위에 있었고 그다음이 환자의 생체활력 징후의 그래프였다. 그 다음은 입원한 날 쓴 병력과 진찰 결과 그리고 그 후의 경과 기록, 수술과 마취 기록, 수많은 검사 결과, X-ray 소견서, 잡다한 검사와 조치 등이 기재되어 있었다.

자기가 찾는 목적이 무엇인지 몰랐기 때문에 수잔은 되는대로 전부 옮겨 적어야겠다고 마음먹었다. 학생 신분으로는 무엇이 중요한 자료인지 알 수 없어서 우선 낸시 그린리의 이름, 나이, 성, 인종 순으로 쓰기 시작했다. 다음에 낸시가 건강했었다는 것을 증명하는 짧은 병력과 가족의 병력이 이어졌는데, 거기에는 조모가 뇌졸중에 걸렸었다는 것까지 기록되어 있었다. 낸시의 과거 병력이 단 한 가지 기록되어 있는 것은 18살 때 전염성 단구 증가증 뿐으로 잘 치료되어 있었다.

검사 결과에는 순환기, 호흡기 모두 건강이라고 기록되어 있었다. 수잔은 수술 전의 검사 결과를 그대로 복사했다. 혈액, 소변, 모두 이상 없음. 또 임신 테스트 결과 음성이라는 것, 여러 가지 응혈 검사, 혈액형, 조직형, 흉부 X-ray, 심전도 내용도 적었다. 그밖에 광범위한 화학 검사 내용도 있었다. 요컨대 낸시 그린리에 관한 사항은 충분히 정상 범위 내에 있었다.

수잔은 샌드위치의 마지막 한 조각을 먹고 우유를 마셨다. 그리고 수술 항목 페이지를 넘겨서 마취 기록을 찾아내어 수술 전의 약제 투여 상황을 적었다.

데메롤과 페너간을 베어드 5병동의 간호사가 오전 6시 45분에 투여.
기관 내 튜브는 8번.
펜토탈(속효성 마취제) 2그램, 링거액 주사에 의해 오전 7시 24분 투여.
할로세인, 아산화질소, 산소 3종 흡입, 오전 7시 25분 개시.
할로세인 농도는 최초 2퍼센트로 감량.
아산화질소와 산소의 흡입 비율은 각각 매분 3리터와 2리터.
근육이완제로서 0.2%의 석시닐콜린 2cc를 각각 7시 26분과 7시 40분에 투여.

수잔은 다시 다음과 같이 적었다.

혈압은 105/75의 비교적 높은 선을 유지한 후 7시 48분 하강.

그 시점에서 할로데인 농도를 2분의 1%로 감량,

한편 이산화질소와 산소의 도입 비율을 1리터와 3리터로 변경.

혈압은 100/60으로 상승하고 그 선을 유지.

수잔은 다시 마취 기록 속에 그려져 있던 그래프를 대충 그렸다. 그
러나 그때부터 마취 기록을 읽기가 매우 어려웠다. 수잔이 알 수 있는
것은 혈압이 100/60이고 맥박수가 매분 70이라는 것 정도로 박동 수
는 일정해도 거기에 어느 정도의 변화가 있을 것 같은데 닥터 빌링은
그 점을 기재하지 않고 있었다.

기록에 의하면 낸시 그린리는 수술실에서 회복실로 8시 51분에 옮
겨져 있었다. 구형파(矩形波) 신경 자극 장치가 말초신경 기능테스트
에 사용되고 있었는데 이것은 본래 추가한 석시닐콜린을 환자가 신진
대사 할 수 없었던 게 아닐까 하는 의혹이 있었기 때문이었다. 그러나
양쪽의 척골 신경에서 그 기능을 살펴본 결과, 문제는 중심, 다시 말해
서 뇌라는 뜻이었다.

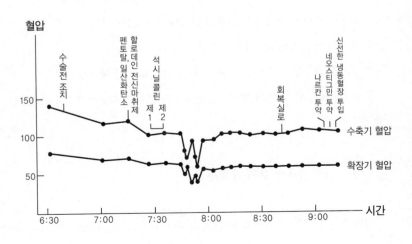

낸시에게는 계속해서 나르칸 4mg이 투여되어 있었다. 이것은 체질적으로 과민 반응을 보인 수술 전 처치 때 사용한 마약 효과를 제어할 수 있는지 아닌지 확인하기 위해서였는데 결과는 음성이었다.

9시 15분에는 네오스티그민 2.5mg을 투여했는데 이것은 신경 차단의 유무를 보고, 다시 말초신경의 자극 테스트로 이상이 없었음에도 불구하고 환자의 마비가 큐라레와 같은 신경 차단으로 인한 것인지 여부를 확인하기 위해서였다. 그리고 다시 아직 남아 있을 우려가 있는 석시닐콜린을 제거하기 위해 활성 콜린에스테라제를 가한 신선 냉동 혈장 2팩이 투여되어 있었다. 그 결과 몇 군데의 근육에 가벼운 경련이 일어났으나 이것은 진정한 의미의 반응이라고 할 수 없었다.

마취 기록은 마지막으로 다음과 같이 닥터 빌링이 쓴 간결한 소견으로 끝나 있었다.

'마취 종료 후의 각성 지연, 원인불명.'

수잔은 다음으로 닥터 메이저가 쓴 수술 기록 쪽으로 눈을 돌렸다.

수술일 : 1976년 2월 14일

수술 전 진단명 : 기능 이상으로 인한 자궁 출혈

수술 후 진단명 : 전과 동일

수술 담당자 : 닥터 메이저

마취 : 할로데인을 사용한 기관 내 마취

추정 출혈량 : 500cc

병발중 : 마취 종료 후의 각성 지연

수술 경과 : 수술 전의 약제(데메롤과 페너간) 투여 후 환자를 수술실로 옮겨 심장 감시 장치를 접착. 기관 내 튜브에 의해 원활하게 전신마취 됨. 회음부에는 수술 전의 조치를 실시. 수술보를 덮다. 촉수 진단을 통하여

난소, 부속기 정상, 자궁 전굴을 확인. 4호 페더슨 질경을 질 내에 삽입하여 고정시키고 응혈을 질 내에서 흡입. 경부는 시진(視診)에 의해 이상을 발견할 수 없음. 자궁은 심프슨 탐침으로 5cm로 측정. 경관 확장의 실시는 용이, 그때의 외상도 최소한도. 경관 확장기는 1호에서 4호, 용이하게 통과. 3호 사임 큐렛을 넣어서 내막을 소파. 채취 표본은 검사실로 보냄. 마지막으로 극히 소량의 출혈이 있었음. 질경을 제거. 이 시점에서 환자는 분명히 마취에서 점차 각성하기 시작하고 있었음.

수잔은 오른손을 흔들어서 손의 피로를 풀었다. 그녀에게는 연필이나 펜을 꽉 쥐는 버릇이 있어서 그 때문에 혈행이 멎게 되었다. 손가락 끝에 피가 돌아올 때쯤에는 완전히 얼얼하고 찌릿찌릿했다. 수잔은 다시 옮겨 적기 전에 커피를 몇 모금 마셨다.

병리 검사 보고는 자궁내막의 소파 표본이 증식성의 것이라고 기재되어 있었다. 따라서 진단은 증식성 내막에 의한 무배란성 자궁출혈이었는데 그에 대해서는 개인 의견이 전혀 없었다.

다음에 수잔은 매우 재미있는 페이지를 발견했다. 그것은 최초의 신경학적 진찰이며 닥터 케롤 하비가 서명한 것이었다. 수잔은 그것을 보면서 그 뜻은 거의 모르는 것이었지만 열심히 그 진찰 기록을 옮겨 적었다. 글씨는 지독히 형편없었다.

병역 : 환자는 23살의 백인 여자(일부 읽을 수 없음). 수술 그 자체는 순조로웠고 환자 자신과 가계의 과거 병력에서 신경학적인 면의 특별한 문제가 없었음. 환자의 수술 전 처치는(판독 불가). 수술 자체는 특별한 점 없었고 처음에 진단했던 대로 치료는 될 것 같음. 그러나 수술 중 혈압에 다소의 문제가 있었음. 수술 후 의식불명 상태가 계속되고 마비현상이 나

타났음. 석시닐콜린 및 할로세인의 과량 투여 사실은 없음(이하 전문 전혀 읽을 수 없음).

진단 결과 : 환자는 깊은 코마 상태에 있음. 질문, 가벼운 접촉, 심부에 대한 자극에도 응답 없음. 좌우 이두근, 대퇴 사두근에 있어 심부 건(腱) 반사 약간 양성이라도 환자는 마비상태에 있다고 사료됨. 근육 긴장은 감퇴, 그러나 완전히 이완되지는 않았음. 진자 운동 중대. 떨림은 없음.

뇌신경 : (일부 읽을 수 없음) 동공 산대, 빛 반사 없음. 각막 반사 없음.

구형파 신경 자극 : 말초신경 기능은 감퇴하지만 존재

뇌척수액 : 투명, 초압 125mm. 천자시 출혈 없음.

뇌파 : 온갖 유도에 대해서도 평탄

소견 : (앞부분 읽을 수 없음) (일부 읽을 수 없음)······집중된 징후군은 없음······(일부 읽을 수 없음)······최초의 진단은 광범한 뇌부종으로 인한 코마. 뇌혈관의 사고 내지 출혈 가능성은 뇌혈관 촬영에 의하지 않으면 제외할 수 없음. 마취 때 사용된 어떤 약품에 대한 특이 체질적 반응의 가능성은 배제할 수 없음. 비록······(일부 읽을 수 없음). 컴퓨터 단층 촬영법에 의한 검사 역시 한 방법이라고 생각되지만 학문적으로 흥미로울 뿐이지 이 곤란한 증례의 진단에 기여하는 일은 없을 것이다. 뇌파에서 보는 뇌의 전반적인 활동의 정지는 분명히 광범한 뇌사 혹은 뇌 손상을 나타낸다. 이런 현상은 신경 안정제나 알코올 혼합제로 인해 그런 결과가 나왔을 수도 있지만 이것은 극히 드문 일이며 문헌상에 단지 3가지의 경우가 있을 뿐이다. 원인은 무엇이든 이 환자는 뇌에 급격한 충격을 받은 것이며 앞으로 이 환자가 신경학적인 퇴행 증상을 일으킬 여지는 없다고 사료됨. 대단히 흥미 있는 환자를 진찰할 기회를 얻게 해주어 감사하지 않을 수 없다.

닥터 케롤 하비. 레지던트, 신경학

수잔은 자기 노트에 많은 공백이 생긴 것을 바라보고 기록의 지저
분함을 저주했다. 그녀는 다시 한 번 커피를 마시고 차트를 넘겼다. 다
음 페이지도 닥터 하비가 한 보고였다.

1976년 2월 15일. 신경과에 의한 속행 검사

환자의 상태 : 변화 없음.

뇌파 : 반복 검사하지만 움직임 없음. 뇌 척수액의 검사 결과는 모두 정
상 범위 내에 있음.

소견 : 함께한 인턴과 레지던트들의 의견도 모두 뇌가 뇌사되었다는 데
동의했음. 급성 저산소혈증에 의한 뇌부종이 뇌사의 직접 원인이라는 것
이 대부분의 생각이었음. 이 저산소혈증을 야기한 것은 필시 내막 소파에
관련한 일시적인 응혈, 응고 혈소판 응고, 피브린 응고. 그밖에 어떤 색전
(혈전 등으로 혈관이 막히는 일)에 의한 모종의 뇌혈관 장해라 사료됨. 또
모종의 특발성 급성 다발 신경염 혹은 혈관염이 한몫을 하고 있을 가능성
도 있음.

흥미 있는 두 가지 논문이 있음.

'급성 특발성 다발성 신경염에 관한 3가지 케이스의 보고' 오스트레
일리아 신경학 잡지, 제13권 1973년 9월, 98~101P

'18살 여성의 수면제 복용에 의해 지속된 코마 및 뇌사의 예' 뉴잉글
랜드 신경학 잡지, 제73권 1974년 7월 301~312P. 뇌혈관 조영술, 기뇌조
영술, 컴퓨터 단층 촬영을 할 수 있지만 결과는 정상일 것이라는 데 의견
일치

닥터 케롤 하비

수잔은 장황한 신경과의 기록을 다 옮겨 적고 잠시 아픈 손을 쉬게

했다. 그리고 다시 차트를 넘기기 시작했다. 간호사들의 보고서를 넘기니 그동안의 검사 결과가 나왔다. 많은 X-ray 사진이 있었고 개중에는 병변이 없는 두부의 X-ray 사진도 몇 장 포함되어 있었다.

그 다음에는 수많은 화학적, 혈액학적 검사로 수잔은 그것을 노트에 옮겨 적었다. 결과는 전부 정상이니 뭔가 수술 전과 후에 달라진 것은 없는지 열심히 찾은 끝에 한 가지 그에 해당하는 것을 발견했다. 그것은 낸시가 수술 후 마치 당뇨병 환자처럼 혈당수치가 높게 나타난 것이었다. 일련의 심전도에서는 S파와 ST파가 수술 전에 비해서 수술 후 좀 변해보였으나 대단한 변화는 아니었다.

다 옮겨 적고 난 수잔은 차트를 덮고 의자에 기대어 두 팔을 높이 들고 기지개를 켜면서 심호흡을 했다. 그리고 다시 몸을 앞으로 숙여서 방금 옮겨 적은 8페이지나 되는 면밀한 사본을 훑어보았다. 그것으로 조사가 끝난 듯한 느낌이 들었다. 그러나 아직 멀었다고 생각했다. 실은 옮겨 적은 기록의 태반이 이해할 수 없는 것들이기 때문이었다.

수잔은 과학적 방법과 책과 지식의 위력을 믿고 있었다. 그녀로서는 자료에 대신할 만한 것은 없었다. 임상 의학에 관해서는 잘 모르지만 자료와 방법을 종합해서 가까운 장래에 문제를 해결할 수 있을 거라고 확신했다. 왜 낸시 그린리가 코마에 빠졌는가 하는 그 문제를 말이다.

우선 처음에 될 수 있는 한 많은 관찰 데이터를 모아야 했다. 차트를 들여다보는 목적은 거기에 있었다. 다음에 그 데이터를 이해해야 하고 그러기 위해서는 문헌을 조사할 필요가 있었다. 분석은 통합하는 길로 이어지는데, 이것은 바로 데카르트적 마술이었다.

수잔은 지금 단계에서는 낙관적인 생각을 하고 있었다. 낸시 그린리의 차트에서 얻은 자료에 이해할 수 없는 점이 많다는 것에도 결코 동요하지 않았다. 자료의 미로 속에 해결에 이르는 중대한 고비가 있다고 확신했다. 그러나 해결을 보기 위해서는 아직 많은 자료가 더 필요했다.

병원의 도서관은 하딩빌딩 2층에 있었다. 몇 번이나 길을 잘못 들었다가 마침내 수잔은 간신히 도서관으로 올라가는 계단을 물어서 알게 되었다.

'낸시 달링 메모리얼 도서관'의 실내로 들어서서 수잔은 위엄 있는 검은 옷을 입고 찍은 노부인의 은판 사진 앞을 지나쳐 가게 되었다. 액자의 동판에는 '낸시 달링을 추모하면서'라고 새겨져 있었다. 수잔은 낸시 달링이라는 이름에서 연상되는 얼굴과 실제 점잔빼는 찌푸린 얼굴을 보면서 전혀 어울리지 않는다고 생각했다. 그러나 사진 속의 얼굴은 완전한 뉴잉글랜드 인이었다.

책과 마주하자 그 위대한 힘에 수잔은 그 중환자실과 병원 전체에서 느낀 차가움과는 대조적인 편안함을 맛보았다.

그녀는 노트를 놓고 앉을 자리를 정했다. 실내의 중앙은 3층까지 트여 있는 높은 천장 밑으로 큰 참나무 테이블에 검고 아카데믹한 케케묵은 의자가 놓여 있었다. 실내의 맞은편 끝에는 천장까지 닿을 듯한 큰 창이 우뚝 서 있었고 병원의 좁은 안뜰을 내려다볼 수 있었다. 거기에는 마른 잔디와 잎이 떨어진 한 그루의 나무와 테니스코트가 있었는데 한겨울이라 아무도 사용하고 있지 않은지 네트가 축 늘어져 처량하게 보였다.

서가는 테이블 양쪽으로 있었고 방들이 오른쪽 방향으로 나란히 늘어서 있었다. 그리고 철제의 나선 계단이 발코니로 이어져 있었는데 그 높이까지 오른쪽 서가에는 책이, 왼쪽에는 정기 간행물들이 꽉 차 있었다. 창문 반대편 벽에는 검은 마호가니로 된 색인카드 선반이 있었다.

수잔은 색인카드를 가지고 마취에 관한 책들을 찾았다. 그리고 그 것이 있는 곳을 알게 되자 책을 한 권씩 뒤져나갔다. 마취학에 관해 아는 것이 전혀 없었기 때문에 그녀는 적당한 입문서가 필요했다. 특히 흥미를 가진 것은 마취의 병발증이었는데, 5권을 골라 꺼내 보았지만 그중에서 특히 도움이 될 만한 것은 〈마취의 병발증—그 진단과 조치〉라는 책이었다.

처음 책을 놓아두었던 자리로 책을 가지고 오는데, 그녀의 이름이 내선 482번이라는 말과 함께 방송되고 있었다.

수잔은 들었던 책을 테이블 위에 미끄러지듯이 내려놓고 뒤돌아서 전화가 있는 쪽을 찾았다. 그러고는 다시 테이블로 시선을 옮겨 책과 노트를 보았다. 그녀는 의자 등에 손을 댄 채로 망설였다. 호출을 받았으니 전화를 받아야 한다는 강한 충동과 마취 후의 긴 코마가 왜 일어났는지를 알아봐야겠다는 문제를 놓고 어느 쪽을 따를 것인가에 대해 망설였다.

그 선택은 쉽지 않았다. 그녀는 지금까지 만인이 인정하는 길을 걸어오면서 그것으로 족했다. 여기까지 오게 된 것은 그 덕분이었다. 현재의 그 위치는 그녀가 여성이기 때문에 더 한층 중요한 것이다. 의학에 종사하는 여성은 그녀들이 소수집단이며 항상 시험적인 존재이기 때문에 특별히 보수적인 길을 가는 경향이 있었다.

그러나 수잔은 중환자실에 있는 낸시 그린리와 회복실에 있는 숀 버만을 생각했다. 그 두 사람을 환자로서가 아니라 인간으로서 생각해보았다. 그 인간적인 비극을 생각하자 자신이 해야 할 일을 깨달을 수 있었다. 의학은 이미 그녀에게 수많은 타협을 강요해왔다. 이번에야말로 자신이 옳다고 믿는 것을 해야겠다고 생각했다. 적어도 며칠 간만이라도.

"될 대로 돼라, 482."

수잔은 미소 지으면서 약간 큰 소리로 중얼거렸다. 그리고 천천히 걸터앉아 소리 내어 마취 병발증의 책을 펼쳤다. 그린리와 버만에 대해 생각할수록 자신이 옳은 일을 하고 있다는 확신이 들었다.

2월 23일 월요일 오후 2시 45분

벨로우즈는 초조하게 내선 482번 전화통을 두드리며 벨이 울리기를 기다렸다. 벨소리가 울리자마자 수화기를 잡을 셈이었다. 뒤에서는 홀스테드의 덕을 찬양하는 노 명예교수 알렌 드루어리의 조는 듯한 목소리가 흘러나오고 있었다. 4명의 학생들의 모습은 휑뎅그렁한 외과 회의실 안에 있는 듯 없는 듯했다.

벨로우즈는 처음에는 그 회의실의 분위기가 학생들을 위해 계획하고 있던 강의를 정확히 특색 있게 해줄 것이라고 생각했다. 그러나 그렇지 않다는 것이 금세 드러났다. 실내가 네 사람에게는 지나치게 넓었고 너무 추워서 강의하는 사람이 강단에 서서 빈 좌석들을 앞에 놓고 있는 모습이 약간 바보스럽게 보였다.

벨로우즈의 자리에서는 네 학생의 등밖에 보이지 않았다. 골드버그는 한마디 한마디를 열심히 노트하고 있었다. 닥터 드루어리의 강의는 약간 재미있긴 했으나 별로 노트할 만한 것은 아니었다. 그러나 벨로우즈는 그 증후군을 잘 알 수 있었다. 그는 그 광경을 지금까지 실컷 보아왔고 자기 자신도 이런 과정을 겪었기 때문이었다. 조명이 어두워지면 누군가가 얘기를 시작하고 많은 학생들이 그에 따라서 조건반사처럼 노트를 꺼낸다. 그 내용에 대해서는 생각하지도 않고 한마디 한마디를 놓치지 않으려고 열중하게 되는 것이다. 학생들은 이런 경우 아주 수동적이 되어버린다. 배운 것은 아무리 하찮은 것이라도 나중에 잘 되새겨 음미하라는 말을 듣고 있었기 때문이다.

벨로우즈는 수잔이 강의에 빠지면 그만큼 곤란해진다는 것을 그녀에게 미리 말해두지 않은 것이 잘못이었다고 생각했다. 인원이 적어서 그녀가 빠지면 특별히 눈에 띄기 때문이었다.

스타크가 강의실에 들어와서 환영사를 할 마음도 없어질까 봐 벨로우즈는 그것도 걱정되었다. 그는 학생이 5명이 아니고 왜 4명밖에 없는지 물을 것이고 그럼 뭐라고 대답하면 좋을까, 소독을 하러 수술실에 갔다고 할까도 생각했지만 학생들은 아직 그럴 정도가 아니기 때문에 맞지 않는 말이었다.

스타크에 대한 걱정으로 이 궁리 저 궁리 끝에 벨로우즈는 수잔을 호출하면 아까 그녀에게 휴식을 묵인했던 것을 취소할 수 있다는 생각이 문득 떠올랐다. 학생을 강의에 빠뜨리게 허락해주는 것은 좋지 않은 선례를 남기게 되는 것이다. 그는 그녀의 결석을 진심으로 유감스럽게 생각했다. 10층 회의실까지 뛰어 올라오라고 그녀에게 말하기로 했다. 특히 '진심으로'라는 말은 이런 경우에 여러 가지 의미를 포함하고 있기 때문에 꼭 사용하고 싶었다.

벨로우즈는 수잔에게 데이트를 신청하려고 마음먹고 있었다. 이런 행동에는 여러 가지 논란의 여지가 있긴 하지만 그래도 위험을 무릅쓸 만한 가치는 있었다. 수잔은 영리하고 발랄했으며 자기만의 개성을 가지고 있다고 벨로우즈는 생각했다. 그는 그녀가 자신이 생각하는 여자다움과 상냥함을 지니고 있는지는 아직 알 수 없었다. 아무튼 그에게 있어서는 외과 일과 그 스케줄이 우선이었으므로 시간을 언제든 조정할 줄 아는 여성을 기대하고 있었다.

흥미로운 점은 다음달 쯤이면 두 사람 모두 같은 스케줄에 따라 움직일 거라는 것이었다. 벨로우즈는 이 사실을 알게 되자 매우 다행스럽게 생각했다. 만약 모든 것이 허사가 된다 해도 그녀는 대단히 흥미로운 상대라는 점만은 분명했다.

그러나 벨로우즈가 기다리고 있는 전화는 여전히 걸려오지 않았다. 그는 참다 못해 다시 한 번 호출계에 전화를 걸어서 닥터 수잔 윌러를 482번으로 반복 호출해주도록 부탁했다.

수화기를 놓고 그는 다시 허무하게 벨이 울리기를 기다렸다. 어쩌면 수잔과는 잘 안 되는 게 아닐까, 데이트에도 응해주지 않는 게 아닐까 하는 생각이 들었다. 누군가 다른 녀석과 벌써 이루어지고 있는지도 몰랐다. 잠시 동안 그는 속으로 여성이라는 것은 그런 것이라고 멋대로 생각했다. 그리고 좀 더 분별력이 있어야 한다고 자신을 타일렀다. 그러나 동시에 수잔은 자신에게 경쟁심을 부추겼다고 생각하면서 그녀의 등에서 엉덩이까지의 곡선을 마음속에 그렸다. 그는 다시 한 번 호출을 해보기로 했다.

제럴드 켈리는 토박이 아일랜드 인인데 그래도 더블린에서가 아니라 지금도 보스턴에서 살고 있었다. 54살이라는 나이에도 불구하고 머리는 붉은 빛을 띤 블론드로 짙고 곱슬곱슬했고, 얼굴은 마치 무대 화장을 한 듯이 불그스름했다. 특히 광대뼈 위의 언저리가 짙었다.

켈리의 몸 윤곽에서 최대의 특징이랄까, 뛰어나게 눈에 띄는 것은 그의 거대한 배였다. 매일 밤 깨끗이 비우는 3병의 흑맥주가 무서운 볼륨에 공헌하고 있었다. 그러므로 요 수년 동안 켈리가 일어서면 벨트의 버클이 옆으로 잔다고 할 정도였다.

　제럴드 켈리는 15살 때부터 메모리얼 병원에 근무하고 있었다. 관리부서, 즉 정확히 말하면 보일러실에서 시작해서 지금은 보일러실의 책임을 맡고 있었다. 긴 경험과 기계에 강한 재능 덕분에 그는 병원 내외의 기계조종실에 관해서는 모르는 것이 없었다. 그러므로 그가 감독을 맡고 고액의 연봉을 받고 있는 것도 바로 그 까닭이었다. 병원 경리부에서는 그가 없어서는 안 될 사람이라는 것을 잘 알고 있어서 그가 이의를 제기하면 급료는 좀 더 오를 수 있겠지만 지금은 양쪽 모두 만족하고 있는 편이었다.

　제럴드 켈리는 지하층의 기계가 설치된 곳인 자기 책상에 앉아서 작업 지시서를 들여다보고 있었다. 그는 하루에 8명의 부하에게 일을 분담시키고 있었다. 그러나 기계조종실의 일은 켈리 자신이 담당하고 있었다. 일의 분담표는 매일 정해진 것으로, 개중에는 14층 간호사실의 배수 설비까지 포함하고 있으며 매주 1회 청소하기로 되어 있었다. 켈리는 처리해야 한다고 느끼는 일련의 작업을 배치하고 그 일에 맞게 직원들을 배분하기 시작했다.

　기계실에서의 소음은 특히 그곳에 익숙해지지 않는 사람에게는 강렬하지만 켈리는 그 소음이 대단하게 들리는 것도 아니었고 또 어떤 종류의 소음들이 뒤섞인 것인지 전부 구별할 수 있었다. 금속이 부딪히는 소리가 나면 그는 돌아보지만 대개의 사람들에게는 다른 기계에 뒤섞여서 그 소리가 들리지 않았다. 그러나 그것만으로 이상이 없으면 그는 하던 관리 일을 다시 시작했다.

　켈리는 자신의 지위와 관련된 서류를 다루는 일은 좋아하지 않았다. 오히려 14층의 싱크대를 설치하는 작업 쪽이 기호에 맞았다. 그러나 관리하는 것이 자기의 임무라면 직원들의 조직관리 또한 필요한 것이라고 알고 있었다. 무엇이든 자신이 수리만 하고 있을 수는 없는 것이었다.

금속 소리가 다시 한 번 아까보다 크게 울렸다. 켈리는 돌아보고 1호 보일러 뒤의 배전반 주변을 살폈다. 서류에 시선을 다시 옮겼지만 눈은 앞을 주시하고 있었다. 그는 지금 들려온 소리가 왜 일어났는가를 생각하고 있었다. 그것은 그 주변에서 평소에 나는 소리와는 달랐다. 날카롭고 짧은 금속성 울림이었다. 결국 호기심에 끌려 그는 1호 보일러 쪽으로 어슬렁어슬렁 걸어갔다.

건물 전체로 올려 보내는 모든 파이프가 들어있는 관 옆의 배전반으로 가까이 가려면 보일러를 좌우 어느 쪽이든 돌아서 가야했다. 그는 오른쪽으로 돌아가기로 했다. 그 때문에 그 기회에 보일러 계기를 검사할 수 있었다. 이것은 안전장치와 자동정지 스위치가 부착되어서 전부가 오토매틱으로 되어 있기 때문에 검사는 필요 없었다. 그러나 그것은 그가 예전부터 시종 일관 체크하던 본능적인 동작이었다.

그는 보일러의 주위를 돌면서 메모리얼 병원에 근무하기 시작했던 무렵과 비교해서 모두가 어쩌면 이렇게도 훌륭하게 변했는가 하고 생각하면서 바라보고 있었다. 문득 배전반 쪽을 보았을 때 그는 흠칫하고 멈추어 서서 몸을 방어하듯이 무의식적으로 오른팔을 들었다.

"뭐야, 사람 놀랐잖아."

켈리는 그렇게 말하고 숨을 멈추고는 팔을 제자리로 끌어들였다.

"저도 마찬가집니다."

다갈색 제복을 입은 여윈 남자가 말했다. 와이셔츠 깃을 벌리고 속에 목을 동그랗게 판 셔츠를 입고 있어서 켈리는 그것을 보고 전쟁 중 군복무 했을 때의 해군 하사관을 떠올렸다. 남자의 왼쪽 가슴 주머니에는 펜과 자, 소형드라이버 등이 들어 있어서 부풀어 있었고 그 위로

'액화 산소회사'라는 회사명이 수놓아져 있었다.

"그런데 사람이 여기 있으리라고는 생각 못했는데……."

켈리가 말했다.

"저도 그렇습니다."

두 사람은 잠시 서로의 얼굴을 쳐다보았다. 다갈색 옷을 입은 남자는 손에 녹색의 조그마한 압착 가스의 봄베(고압 기체 등을 수송 저장하는 데 쓰는 원통형의 내압 쇠통)를 가지고 있었다. 봄베의 윗부분에 방출계기판이 붙어 있었고 옆구리에는 '산소'라고 쓰여 있었다.

"저는 다렐이라고 합니다. 존 다렐, 놀라게 해서 죄송합니다. 중앙 저장 탱크에서 나오는 산소의 파이프라인을 검사하고 있던 중입니다. 모두 이상 없는 것 같습니다. 지금 막 나가려던 참이었습니다. 어떻게 나가면 출구가 가깝습니까?"

다갈색 옷을 입은 남자가 말했다.

"이 회전문을 빠져나가서 계단을 올라가면 중앙 복도가 나오지. 거기서부터는 자네가 정하면 돼. 나슈아 가는 오른쪽이고 가우스웨이 가는 왼쪽이네."

"감사합니다."

다렐은 말하고 문 쪽으로 걸어가기 시작했다.

켈리는 나가는 사나이를 주시하고 있다가 이상한 듯이 주위를 둘러보았다. 어떻게 자신도 모르게 그가 그곳에 들어와 있었는지 알 수 없었다. 켈리는 자신이 그렇게 서류에 열중하고 있었다고는 생각되지 않았다.

켈리는 자기 책상으로 돌아가서 다시 일을 시작했으나 찜찜한 생각이 들었다. 그 보일러실에 산소 파이프라인 따위는 있지도 않았다. 켈리는 나중에 산소관 검사관의 얘기를 병원의 부관리인인 피터 베커에게 잊지 않고 물어보리라 생각했다. 하지만 아무래도 기계에 관한 것 외에는 기억력이 좋지 않아서 그것이 걱정이었다.

2월 23일 월요일 오후 3시 36분

하늘에 구름이 덮여 있어도 보스턴에는 희미한 햇빛이 비쳤었는데 3시 반쯤이 되자 거리는 벌써 어둠이 깃들고 있었다. 여름이면 보스턴 가의 자갈길을 녹일 정도의 6천 도짜리 불덩어리가 그 구름 위에 빛나고 있다는 것은 상상하기 어려운 일이었다. 태양이 구름에 가리자 기온도 영하 8도까지 급속히 떨어졌다. 조그만 얼음 입자들이 바람을 타고 거리 위를 날고 있었고, 병원 진입로를 따라 서 있는 가로등은 거의 30분 전부터 켜져 있었다.

환하게 불 켜진 도서관에서 내다보면 밖은 벌써 아주 컴컴하게 보였다. 기온이 내려가자 실내 끝 쪽에 있는 2층 높이의 창에 차가운 김이 서리기 시작했다. 차갑고 무거운 공기는 창밑 바닥에 고였다가 이윽고 테이블 밑을 통해 방안 전체로 퍼져나가고 있었다. 그 공기의 흐름이 책에 열중하고 있던 수잔에게 한기를 느끼게 했다.

수잔은 코마에 관해서 읽으면 읽을수록 학술적으로 설명이 되어 있어서 모르는 것이 너무 많았다. 놀라운 것은 코마는 의학의 여러 분야에서 골고루 발생한다는 것이었다.

수잔이 가장 혼란스러운 것은 '사람은 무의식 상태가 아니다'라는 것이 '사람은 의식이 있다'라고 정의를 내린다는 점이었다. 이 이상 의식에 대한 정확한 정의가 없다는 것이었다. 수잔은 의식이라는 말조차 정확히 정의할 수 있을 만큼 아직 의학은 진보되지 못했다는 것

164

을 납득하게 되었다.

사실 완전히 의식이 있다는 것과 완전히 의식이 없는 '코마'라는 것은 정반대 개념이며, 그 중간에 정신 착란이라든가 의식의 혼탁, 혼미한 상태 등의 부정확하고 비과학적인 용어는 정의를 내릴 말이 마땅치 않아서라기보다는 아직 알려진 사실이 없기 때문이었다.

말의 의미는 어떠하든 간에 수잔은 정상적인 의식과 코마 사이의 정확한 차이를 잘 알고 있었다. 그녀는 이날 버만에게서 양쪽의 상태를 직접 눈으로 보았다. 정의를 정확하게 내릴 수는 없지만 코마 상태에 관한 정보는 역시 부족했다. '급성 코마'라는 제목의 논문을 읽으며 그녀는 특유의 가는 글씨로 노트의 페이지를 차례로 메워갔다.

그녀가 특별하게 흥미를 가진 것은 그 원인이었다. 뇌의 기능 어디에 손상을 입어서 그런 코마에 빠졌는지 규명되지 않았기 때문에 수잔은 그런 상태를 유발시킬 수 있는 요소들을 알아내는 것만으로 만족해야 했다. 급성 코마, 혹은 급격히 시작되는 코마라는 문제에 관심을 기울이다 보니 범위도 상당히 좁아졌고 흥미도 더 커졌다. 노트된 것을 훑어보니 매우 인상적이었고, 게다가 분량도 많았다. 그녀는 지금까지 옮겨 적은 메모를 다시 한 번 훑어보았다.

외상＝충격, 타박상, 또는 발작
저산소증＝산소 결핍
(1) 기관상으로
－질식
－공기차단
－환기 불충분
(2) 폐의 이상

— 폐포(허파) 공기 차단

(3) 혈관 차단

— 뇌로 들어가는 혈액 유입 불능

(4) 세포로 들어가는 산소 공급 차단

이산화탄소 과잉

고(저)혈당 = 혈액 중 등량의 증가(감소)

아시도시스 = 혈액의 산소도 상승

요독증 = 신부전으로 인한 혈액의 요산 증가

고(저)칼륨 혈증 = 칼륨 증가(감소)

간 부전 = 간장에서 해독되는 독소의 증가

에디슨병 = 중증의 내분비 내지 샘 이상

화학물질 혹은 약제 기타 등등

수잔은 급성 코마와 관계가 있는 화학 물질과 약제를 다시 몇 페이지 더 메모하고 알파벳순으로 적되, 나중에 입수한 자료를 기록할 수 있도록 한 칸에 하나씩 썼다.

Alcohol	Insulin
Amphetamines	Iodine
Anesthetics	Mercurial diuretics
Anticonvulsants	Metaldehyed
Antihistamines	Methyl bromide
Aromatic hydrocarbons	Methyl chloride
ArsenicInsulinIodine	Naphazoline
Barbiturates	Naphthaline

Bromides	Opium derivatives
Cannabis	Pentachlorophenol
Carbon disulfide	Phenol
Carbon monoxide	Salicylates
Carbon tetrachloride	Sulfanilamide
Chloral hydrate	Sulfides
Cyanide	Tetrahydrozaline
Glutethimide	Vitamin D
Herbicides	Hypnotic agents
Hydrocarbons	

수잔은 이 기록이 아직 완전하지 않다는 것을 알고 있었지만 이 정도만 해도 어느 정도 진전된 셈이었다. 앞으로 조사할 때 도움이 될 뿐만 아니라 언제라도 보다 더 영역을 넓혀나갈 수 있을 것이라고 생각했다.

그녀는 일반 내과학 텍스트를 집어서 '내과학의 기초'라고 적힌 페이지를 펼쳐서 코마에 관련된 부분을 적당히 읽었다. 세실과 로브의 공저로 된 논문과 거의 같은 내용이었다. 그 2권 모두가 개론으로서는 훌륭한 내용을 담고 있었지만 새로운 내용을 담고 있지는 않았다.

참고문헌도 몇 가지 인용되어 있었는데, 수잔은 그 제목을 기록해두었다.

그녀는 일어나서 기지개를 켜면서 기분 좋게 하품을 하고 저린 발가락을 흔들어 피를 통하게 했다. 바닥을 기어오는 차가운 바람 때문에 쉽지 않았지만 재빨리 몸을 움직여 나가보려고 했다. 그러나 그녀는 다시 '의학 색인'을 훑어보고는 분류별로 온갖 문헌이 의학잡지에 게재되어 있다는 것을 알았다.

최신간 잡지부터 시작해서 차례로 거슬러 올라가 수잔은 급성 코마에 관한 기사와 '마취의 병발증, 의식의 회복 지연'이라는 제목의 문헌을 찾아서 꺼냈다. 1972년까지 거슬러 올라가자 자신이 이제부터 읽지 않으면 안 될 문헌이 37가지 목록이나 되었다.

특히 수잔의 주의를 끈 제목은 '보스턴 시립 병원에 있어서의 급성 코마, 과거의 통계로 본 그 원인의 연구' 미국 구급 의학협회 잡지 21권, 1974년 8월, 401~403페이지였다. 그녀는 그 문헌을 실은 잡지를 찾아서 메모하면서 그것을 열중해서 읽었다.

그때 벨로우즈가 도서관으로 들어와 수잔을 발견했다. 그녀 앞에 앉아서 헛기침을 해보았지만 수잔은 마치 황홀경에 빠져 있는 듯 좀처럼 얼굴을 들지 않았다. 마침내 벨로우즈는 그녀의 이름을 불렀다.

"보아하니 닥터 수잔 윌러인 것 같은데……."

테이블 위로 몸을 앞으로 내밀고 벨로우즈가 말했다. 그의 그림자가 수잔의 앞에 놓인 잡지 위를 가렸다.

수잔은 그제야 얼굴을 들고 미소를 지었다.

"어머, 선배님."

"그래, 바로 닥터 벨로우즈야. 어휴, 살았다. 난 네가 코마에 빠진 줄 알았지."

두 사람 한동안 말이 없었다.

벨로우즈는 아까 수잔에게 강의에 빠져도 좋다고 한 것을 정정할 만한 간단한 말을 준비하고 있었다. 그리고 성실하게 자신의 임무를 수행해야 한다고 알기 쉽게 타이르려고 했다. 그러나 마주 대하고 보니 이야기할 목적의식은 사라지고 정처 없이 헤매는 돛배처럼 떠돌기 시작했다.

수잔은 벨로우즈에게 무슨 말을 들으리라는 것을 직감으로 알았기 때문에 더더욱 말을 못하고 입을 다물고 있었다. 그렇다고 잠자코 있으면 어느 쪽이나 어색할 뿐이었다.

수잔이 먼저 침묵을 깼다.

"마크, 지금 여기서 재미있는 걸 읽고 있었어요. 이걸 좀 봐요."

그녀는 일어나서 테이블 위로 몸을 내밀고 벨로우즈가 볼 수 있도록 잡지를 내밀었다. 그러자 블라우스 앞이 벌어져서 벨로우즈는 뜻하지 않게 멋진 유방의 언저리를 보고 말았다. 속이 비치는 아주 얇은 브래지어를 하고 있었지만 벨로우즈는 그 매끄러운 살갗이 마치 비로드처럼 느껴졌다. 수잔이 보여주고 있는 잡지에 주의를 집중하려고 했지만 자신도 모르게 예쁜 수잔의 몸 쪽으로 눈이 가서 시선을 고정시키게 되었다. 그리고 누가 자기의 방심한 모습을 보고 있지는 않나 하고 주위를 둘러보았다.

수잔은 자신의 부주의가 부추겨 놓은 상대방의 마음의 동요는 전혀 깨닫지 못하고 있었다.

"이 도표에 보스턴 시립병원의 응급실에서 나타났던 급성 코마로 인한 사망의 예가 순서대로 나와 있어요."

수잔은 손가락으로 짚어가면서 말했다.

"놀라운 것은 이중에 진단이 나온 게 불과 50퍼센트뿐이라는 거예요. 마크, 전 놀랐는데 그렇게 생각하지 않아요? 말하자면 나머지 50퍼센트는 분석도 하지 못한다는 게 아니겠어요? 이 사람들은 코마 상태로 응급실에 들어와서 죽었다는 거예요."

"응, 그건 놀라운데."

벨로우즈는 지금까지 보고 있던 것에서 눈을 피하려고 자기의 관자놀이에 왼손을 대면서 말했다.

"그리고 여길 봐요, 마크. 진단이 난 원인이라는 게 60퍼센트가 알코올, 13퍼센트가 외상, 10퍼센트가 뇌출혈, 3퍼센트가 약물이나 독물 그리고 나머지가 간질, 당뇨병, 수막염, 폐렴 중 하나예요. 따라서 확실한 건……."

수잔은 그렇게 말하고 의자에 고쳐 앉았기 때문에 벨로우즈는 자연스럽게 눈길을 멈출 수밖에 없었다.

벨로우즈는 다시 한 번 주위를 둘러보고 이 상황을 아무도 보고 있지 않다는 것을 확인했다.

"이곳 수술실에서 일어난 급성 코마의 원인을 보자면 알코올과 외상을 제외할 수 있겠군요. ……나머지는 뇌출혈, 그리고 약물이나 독극물이고요. 그밖엔 그렇게 될 가능성은 적을 것 같네요."

"잠깐, 수잔."

벨로우즈는 몸을 고쳐 앉고는 말했다. 그리고 테이블에 두 팔꿈치를 대고 팔뚝을 위로 치켜 올리며 손을 초조하게 움직이면서 고개를 들어 비로소 수잔을 똑바로 보았다.

"그건 정말 재미있는 얘기군. 좀 무리이긴 하지만 재미있어."

"무리라고요?"

"응. 응급실의 데이터로 수술실의 예를 추정할 수는 없겠지. 아무튼 너를 여기까지 찾으러 온 건 그런 걸 논의하기 위해서가 아니야. 내가 여기 온 건 호출을 해도 아무런 연락이 없었기 때문이야. 물론 호출한 건 나였어. 알겠어? 수잔, 네가 회의실에 얼굴을 보이지 않으면 곤란해지는 건 나야. 네가 곤란하게 되면 그건 네 탓이지만 네가 내게 배속돼 있는 동안 나도 곤란해지는 거야. 물론 언제든 나는 너를 변명해줄 수는 있지. '지금 채혈하고 있는 중입니다. 소독하고 수술실에 들어갔습니다' 하는 식으로 말이야. 스타크는 너를 파악하기 전에 틀림없이 여러 가지 질문을 던질 거야. 그는 눈치가 빠른 사람이란 말이야. 그는 주변에서 일어나는 일은 모두 다 알고 있어. 게다가 너는 학생 그룹 사이에선 유령이라는 소문이 나게 될 거야. 뭐든 깊숙이 알려고 드는 건 좋지만 그건 시간 외에만 해주었으면 좋겠어."

"다 끝나셨어요?"

수잔은 항변하려고 일어섰다.

"내 얘긴 다 끝났어."

"그럼 한 가지만 질문에 답해줘요. 버만이나 그린리 둘 중 깨어난 사람 있나요?"

"물론 아직이야……."

"그럼 솔직히 말할게요. 제가 지금 하고 있는 일은 따분한 외과 강의보다 훨씬 중요하다고 생각해요."

"농담이 아냐. 수잔! 그러지 마. 외과에 와서 1주일 만에 세계를 구할 순 없어. 네가 그런 짓을 하고 있으면 내가 위태로워져."

"알았어요, 마크. 정말예요. 하지만 들어봐요. 이 도서실에서 불과 몇 시간 만에 벌써 아주 재미있는 자료를 상당히 모았어요. 이 병원에서 일어난 마취 후의 코마라는 병발증은 다른 병원에서 일어난 비율에 비하면 100배나 많아요. 마크, 전 뭔가 알 것 같은 느낌이 들어요. 시작할 땐 감정이 복받쳐서 이 도서관에서 조사하면 하루 이틀이면 해결할 수 있다고 생각했었어요. 하지만 100배라니 맙소사! 너무해요. 뭔가 큰 것을 발견할 수 있는 단서가 있을 것 같은 느낌이 들어요. 예를 들면 새로운 질병이라든가 정상적인 약에 뭔가를 섞어서 사용했을 때 일어날 수 있는 일이라든가 그런 거 말예요. 만약 어떤 바이러스성 뇌염이나 아니면 전에 감염돼 있다가 뇌가 어떤 약이나 대수롭지 않은 산소 부족에 과민하게 된다거나 하는 일이 발생하면…… 그럼 어떻게 하죠?"

수잔은 의학을 공부한 지 아직 2년밖에 되지 않지만 그래도 새로운 병이나 증후군을 발견한 인간이 받는 이익의 비중을 벌써 잘 알고 있었다. 만일 자신이 발견하면 그것은 윌러 증후군으로서 세상에 알려질 것이고 의학계에서 자신의 성공도 틀림없을 것이다. 게다가 새로운 병을 발견한 사람은 그 병의 치료를 발견한 사람보다 더욱 유명해지는 것이다. 팰롯, 코간증후군, 돌핀 증후군, 데퍼만 변성 등과 같이 발견자의 이름을 붙여서 불리는 것처럼 말이다. 그에 반해 소크백신은 치료나 예방법의 발견자 이름이 붙지 않는 경우이긴 했다. 페니실린도 그냥 페니실린이지 플레밍 약이라고 하지 않듯이.

"그렇게 되면 프리 윌러 증후군이라고 불러도 좋겠죠."

수잔은 자신의 탐구 열의를 생각하며 웃음을 터뜨렸다.

"맙소사."

벨로우즈는 두 손으로 머리를 감싸 쥐었다.

"거기까지 생각했어? 좋아. 상상력에는 한계가 없으니까. 수잔, 너는 어떤 특별한 임무가 있어서 이 병원에 들어와 있는 거야. 게다가 아직 학생이야. 맨 밑바닥의……, 알겠어? 아무쪼록 얼른 일어나 회진에 들어가도록 해요. 그렇지 않으면 혼날 일이 생길 테니까. 네가 회진에 잘 참여한다면 이 주제를 연구할 수 있도록 하루를 더 줄 테니까. 회진이 끝난 뒤 자유시간에 계속 조사하면 될 거야. 그리고 이제부턴 너에게 용건이 있을 땐 윌러가 아닌 닥터 윌러로 부를 테니 그렇게 알고. 알았지?"

"알았어요."

수잔은 벨로우즈의 얼굴을 똑바로 응시하며 미소를 지었다.

"저를 위해 한 가지만 해주시면 그렇게 할게요."

"뭔데?"

"이 논문을 전부 찾아서 복사해주세요. 비용은 나중에 드릴게요."

수잔은 문헌 리스트를 벨로우즈에게 건네주고 책상에서 튕겨지듯이 일어나 벨로우즈가 대답도 하기 전에 방에서 나갔다.

벨로우즈는 37편이나 되는 논문 리스트를 바라보았다. 아무튼 자기 손바닥 들여다보듯이 잘 알고 있는 도서관이므로 논문도 어렵지 않게 찾아내서 그 자리에 일일이 종잇조각을 전부 끼웠다. 그리고 논문들이 수록된 책들을 테이블 위에 올려놓고 담당 여직원에게 그의 도서실 비용으로 그 논문 전부를 복사해달라고 부탁했다. 아무래도 또 멋지게 당했구나 하고 생각했지만 별로 마음 쓰이지 않았다. 10분밖에 걸리지 않은 일이었으므로. 그는 그 시간의 몫에 이자를 붙여서 돌려받아야겠다고 생각했다. 무엇보다 그는 열정적인 면모를 지닌 그녀를 제대로 본 것만 같았다.

2월 23일 월요일 오후 5시 5분

이 병원에서 일어난 마취 후 코마 발생률이 전국 발생률의 100배라고 수잔이 벨로우즈에게 말한 것은 헤리스가 화를 내고 방을 나가면서 말한 6건의 예를 바탕으로 수잔이 계산한 것이었다. 그녀는 다시한 번 숫자를 확인해야 했다. 실제로 그렇게 높다면 그것이 그녀가 지금부터 수행할 계획의 기초로써 유력한 무기가 되는 것이었다.

게다가 그녀는 그 코마 상태인 환자 한 사람 한 사람의 이름을 알고 싶었다. 그들의 차트를 입수하기 위해서였다. 무엇보다 그녀가 지금 필요한 것은 확실한 자료였다.

수잔은 중앙 컴퓨터실을 우선 잘 알아두어야 했다. 헤리스가 인원

수를 가르쳐 주었지만 그 환자들의 이름을 밝히는 것은 좋아하지 않을 것이다. 수잔은 그것을 알고 있었다. 벨로우즈가 그것에 대해 충분히 흥미를 느끼고 있다면 그것들을 손에 넣어줄지도 모른다. 그러나 그것은 큰 도박이었다. 가장 좋은 것은 수잔 자신이 컴퓨터에서 자료를 뽑아내는 것이었다.

병원 중앙 컴퓨터실은 하딩빌딩 별관에 있었는데 그 꼭대기 층 전체를 차지하고 있었다. 사람들은 병원 중 제일 위에 군림하고 있는 그 상징적인 모습을 야유하여 '하늘의 도움으로'라는 말로 새로운 의미를 붙였다.

엘리베이터 문이 18층 로비를 향해 스르르 열렸을 때 수잔은 성공 여부는 그곳에서 결정되는 것이라고 생각했다. 로비 맞은편의 유리 칸막이를 통해서 컴퓨터실의 안내실이 보였다. 그곳은 은행과 비슷했다. 다만 다르다면 교환매체가 돈이 아니라 정보라는 것이었다.

수잔은 안내실로 들어가서 곧장 카운터 쪽으로 갔다. 방안에는 사람들이 8명쯤 있었는데 그들의 대부분은 파란 우단을 씌운 안락해 보이는 의자에 앉아 있었다. 수잔이 방안을 가로질러 갔을 때 모두 한결같이 쳐다보았으나 곧 다시 자기들 일에 눈길을 돌렸다.

조금도 불안한 표정을 보이지 않고 수잔은 컴퓨터 신청용지를 집었다. 그리고 겉으로는 그 용지를 보고 있는 체하면서 실내를 살폈다. 방 뒤쪽에 수잔이 있는 곳에서 약 4미터 거리에 흰 포마이카를 입힌 큰 책상이 있었고 그 위로 '안내'라는 간판이 붙어 있었다. 자료를 수집하기에는 안성맞춤인 듯했다.

책상에는 한 남자가 자만스런 미소를 지으면서 꼼짝도 않고 앉아 있었다. 나이는 60살 정도로 보였고 키는 작았지만 몸차림은 깔끔했다. 그 남자 뒤로 또 다른 유리 칸막이가 있었고 그것을 통해서 비치고

174

있는 컴퓨터 입출력 장치의 단자가 보였다.

수잔이 앞에 놓인 신청서를 쓰는 데 열중하고 있는 동안 그 남자는 몇 장의 신청서를 접수하고 있었다. 그때마다 남자는 용지를 들여다보고 신청내용을 컴퓨터 언어로 변환시켜서 그것을 용지 밑에 기입했다. 만약 신청한 상대가 낯선 사람이면 각 부서에 전화해서 허가 유무를 확인했다. 마지막에 그는 신청서를 ─ 매수가 많으면 종이찍개로 찍어 ─ 책상 모퉁이에 있는 상자에 넣고 의뢰인에게는 할당 순서에 따라서 수취일시를 지시했다.

수속 방법을 알았기 때문에 수잔은 이번에야말로 앞에 있는 용지에 주의를 집중했다. 내용은 극히 간단했다. 우선 날짜 난은 기입했으나 허가 부서 난이나 청구하는 단체 이름, 그리고 비용의 지불 방법 난은 빈자리로 남겨두었다. 그리고 희망하는 자료의 내용에 대해서만 정신을 집중했다.

수잔은 여러 가지 이유로 희망을 어떤 식으로 써야 할지 망설였다. 첫째로, 병원은 마취에 의한 코마 사실이 누설될까 봐 신경을 곤두세우고 있을 터이니 그 때문에 컴퓨터에 서브루틴 프로그램을 입력해두고 그런 자료의 청구에는 자동적으로 응하지 않게 되어 있든가 아니면 적어도 청구를 받은 컴퓨터에 경보장치를 해두었을지도 모를 일이었다.

한 가지는 병이나 병의 경과 등을 표현하는 데에 몇 가지 양식이나 기호가 붙어 있을지도 모른다는 생각도 했다. 다시 말해서 마취 후의 지연 혼수상태라는 것도 그 하나로 어쩌면 가장 중요하게 다루는 부분일 수도 있었다.

수잔은 중증에서 경증까지 될 수 있는 한 넓은 범위의 자료를 얻고 싶었다. 그렇게 되면 그중에서 중요하다고 생각되는 것을 자유롭게 고를 수 있기 때문이었다.

그러나 과거의 코마 증례를 전부 청구하게 되면 비용이 너무 많이 들 우려가 있었다. 대체로 혼수상태는 하나의 증상이지 독립된 병이 아니기 때문에 과거에 심장병이나 뇌출혈 또는 암으로 사망한 사람의 일련의 기록이 전부 나오게 될 수도 있었다. 그래서 수잔은 만성병이나 쇠약증 이외의 환자에게서 일어난 혼수상태 자료만 요청하기로 했다. 그런데 그때 그녀는 자신이 잘못된 가설을 세우고 있었음을 깨달았다. 그래서 수잔은 병의 경과에는 관계없이 코마를 일으킨 입원 환자 전원의 자료를 청구하기로 했다. 그 다음에 그 증례 중에서 코마를 일으키기 전에 입원해서 수술을 받은 사람이 얼마나 있었는지를 추려내어 수술과 코마를 일으킬 때까지의 증상의 차이점과 시간적인 관련도 함께 알고 싶었다.

수잔은 상당히 어렵게 그런 요청 내용을 컴퓨터 언어로 바꾸었다. 거의 1년 동안 해보지 않았기 때문에 정확히 변환시키는 데 상당한 시간이 걸렸다. 그것을 기입하는 곳은 용지에 붉은 선이 그어져 있었고 그 밑 부분에 '이 선 아래에는 기입하지 말 것'이라는 주의 사항이 인쇄되어 있었다.

접수하는 남자가 다음 접수할 사람을 기다리고 있었다. 그녀는 다행히 별로 오래 기다리지 않아도 되었다.

그녀가 신청서를 다 작성하고 나서 약 4분 정도가 지났을 때 엘리베이터가 도착했고 유리창 너머로 한 남자의 모습이 보였다. 그는 엘리베이터 문이 완전히 열리기도 전에 비집고 나와서 잰걸음으로 접수처 가까이로 갔다. 나이는 40살 정도로 보였는데, 상당히 대머리가 벗겨져 있었다. 머리털이 난 언저리에서 황갈색 머리를 갈라 붙인 남자는 안절부절못하고 몇 장의 컴퓨터 신청서를 흔들어 보였다.

"조지, 좀 도와주게."

그 남자는 접수 책상 앞에 멈추어 서서 말했다.

"오, 내 친구 헨리 슈워츠구먼! 우린 언제든지 회계과에 계시는 분을 도와드릴 준비가 돼 있지. 아무튼 우리가 매월 받고 있는 것이 댁에서 나오는 것이니 말이네. 그런데 무슨 일로?"

책상에 앉아 있던 남자가 말했다.

수잔은 자기의 신청서를 청구 단체명 기재란에 신중하게 '헨리 슈워츠'라고 기입하고 허가 부서란에는 '회계과'라고 기입했다.

"부탁할 건 많지만 지금 우선 필요한 건 작년에 수술 받은 환자 중에 블루 크로스, 블루 쉴드 보험 가입자 명단이 필요해."

슈워츠는 빠른 말투로 위세 좋게 다음 말을 이었다.

"왜 필요한지 알면 웃을 거야. 아무튼 필요해. 그것도 지금으로 말이야. 낮 근무자가 다 준비해놓은 줄 알았는데⋯⋯."

"한 시간 정도면 돼. 일곱 시까지 해놓겠네."

조지는 말하면서 슈워츠의 신청서를 모아 종이찍개로 찍어서 상자속에 넣었다.

"조지, 당신은 구세주야."

슈워츠는 손으로 머리카락을 끌어올리면서 엘리베이터 쪽으로 걸어갔다.

"일곱 시 정각에 다시 올 테니까."

슈워츠가 내림 단추를 누르고 엘리베이터 앞을 왔다 갔다 하고 있는 것을 수잔은 주시했다. 그는 마치 혼잣말을 하고 있는 것처럼 보였고, 내림 단추를 몇 번씩이나 눌렀다.

엘리베이터가 그를 태우고 간 후에도 수잔은 엘리베이터 문 위의 층계 표시판을 주시했다. 6층에 멎고 3층에 멎고 이윽고 1층에 멎었다. 수잔은 회계과가 어느 층에 있는지를 확인해두어야 했다.

"수고하십니다."

수잔은 상대가 자신을 신용할 수 있도록 그에 어울리는 미소를 지으면서 말했다. 조지는 콧등의 중간쯤까지 흘러내린 검은 테 안경너머로 그녀를 쳐다보았다.

"전 의과대학생이에요."

수잔은 될 수 있는 한 달콤한 목소리로 말을 이었다.

"그런데 전 이 병원 컴퓨터에 아주 흥미가 있어요."

그녀는 내용을 기입한 용지 위에다 아무것도 쓰지 않은 용지를 포개 들고 말했다.

"허허 참, 그래?"

조지는 말하고 얼굴 가득히 웃음을 띠면서 의자에 기댔다.

"네."

수잔은 그렇다는 듯이 머리를 끄덕이고 되풀이했다.

"전 의학 분야에서 컴퓨터 역할이 대단하다고 생각해요. 다만 우리의 정식 오리엔테이션에는 이 견학이 들어 있지 않아서 저 혼자 올라와서 익혀두려고 하는 겁니다."

조지는 수잔의 얼굴을 보고 나서 유리 칸막이 저편에서 비치고 있는 IBM기계를 어깨 너머로 뒤돌아보았다. 다시 한 번 수잔 쪽으로 시선을 돌렸을 때 그의 얼굴은 자랑스러운 미소로 가득 차 있었다.

"저건 대단한 기계요, 미스……."

"수잔 월러입니다."

"아주 굉장한 기계죠, 미스 월러."

조지는 의자에서 몸을 앞으로 내밀고 마치 수잔에게 굉장한 비밀을 털어놓기라도 하는 것처럼 목소리를 낮추어 한 마디 한 마디 힘을 주며 말했다.

"이 병원도 저게 없으면 돌아가지 않는답니다."

"컴퓨터가 어떻게 쓰이는지 알아보려고 여기서 신청서 기입하는 법을 공부하고 있었어요."

수잔은 조지에게 아무것도 쓰지 않은 용지만이 보이도록 신청서를 내밀었으나 그는 다시 한 번 컴퓨터 단자가 있는 방 쪽으로 얼굴을 돌렸다.

"전부 기입한 신청서를 보고 싶어요."

수잔은 말을 계속하면서 손을 뻗어 상자 맨 위에 철해진 서류를 집어 들었다.

"신청서가 어떤 방법으로 컴퓨터 안에 들어가는지 호기심이 생겼어요. 이것 좀 봐도 될까요?"

그녀는 슈워츠가 건네준 것을 자기 신청서 위에 올려놓았다.

"그래요."

조지는 다시 수잔 쪽으로 돌아서 일어나며 왼손을 책상 위에 놓고 수잔 쪽으로 몸을 내밀었다. 그리고 다른 손으로 신청서에 보통 글씨로 쓰여 있는 것을 가리켰다.

"여기가 알고 싶은 것을 기입하는 난입니다. 그리고 그 밑의……."

조지의 손가락은 붉은 선 밑으로 움직여 갔다.

"……이 부분은 컴퓨터가 알 수 있는 말로 우리가 변환시켜서 그 신청 내용을 기입하는 난입니다."

수잔은 슈워츠의 서류 다발 밑에서 자기의 아무것도 쓰지 않은 신청서를 빼내어 양쪽을 서로 비교하는 체하면서 그것을 두 사람이 있는 옆 책상 위에 놓았다. 물론 그녀의 신청서는 슈워츠의 서류 밑에 놓아둔 채였다.

"그래서 만약 여러 가지 다른 것을 청구하고 싶을 때는 별도로 신청서를 기입해야 합니다."

"그렇군요, 그런데 만약……."

수잔은 슈워츠가 쥐고 있는 신청서의 윗장을 들추면서 왼쪽 모퉁이에 찍혔던 종이찍개가 떨어져 나가게 했다.

"어머, 정말 죄송해요."

수잔은 그렇게 말하고 윗장을 제자리에 놓았다.

"이걸 어쩌, 제가 종이찍개로 찍을게요."

"괜찮습니다."

슈워츠는 종이찍개를 만지면서 말했다.

"한번 찍으면 되잖습니까."

수잔이 자기의 것을 맨 밑에 놓은 채로 조지는 한꺼번에 종이찍개로 찍었다.

"또 흐트러뜨리기 전에 여기에 넣어야겠어요."

수잔은 후회하는 듯한 투로 말하면서 상자 속에 서류를 넣었다.

"상관없습니다."

"그런데 신청서를 여기 넣으면 어떻게 되는 거예요?"

수잔은 컴퓨터 단자가 있는 방 쪽을 보며 조지의 주의를 상자에서 돌리게 했다.

"그게 말이죠, 내가 이걸 안으로 가지고 가서 키펀처에게 넘겨주고 거기서 판독기에 카드를 넣는 거요. 그리고……."

수잔은 이미 그런 얘기는 들으려고도 하지 않고 어떻게 하면 그곳을 잘 빠져나갈 수 있을까 하고 생각했다.

그로부터 5분 후 그녀는 병원의 안내판 앞에 서서 회계과의 헨리 슈워츠의 방을 찾고 있었다.

그러고 나서 1시간 30분 후, 수잔은 메모리얼 병원을 나와서 기숙사로 향했다. 식사하는 것을 잊고 있었다고 뱃속에서는 사정없이 꼬르륵 소리가 났다. 참치 샌드위치는 맛이 없었지만 그것도 소화된 지가 오래되었다. 수잔은 저녁식사가 몹시 기다려졌다.

2월 23일 월요일 오후 6시 55분

수잔이 북쪽 역의 지하철에서 내린 것은 7시 조금 전이었다.

인도교를 건너서 수잔은 반쯤 얼어 있는 항구의 수면에서 불어오는 강한 바람을 거슬러 가듯이 몸을 굽히고 걸었다. 왼손으로는 양피 스키모를, 오른손으로는 두꺼운 재킷의 깃을 여미면서 될 수 있는 한 얼굴을 옷깃에 깊숙이 묻어서 차가운 바람이 목으로 스며들지 않도록 했다.

빌딩 모퉁이를 돌자 바람은 더 강해지고 맥주의 빈 깡통이 눈앞에서 거리 쪽으로 굴러갔다. 빨간 브레이크 등을 켠 자동차들이 줄지어서 있었다. 차창은 모두 얼어서 은색으로 빛나면서 희끗희끗 보이는 것이 마치 장님의 흰 눈동자를 연상케 했다.

수잔은 두 팔을 몸에 꼭 붙이고 뛰는 듯한 걸음으로 걸었다. 그러다가 어쩔 수 없이 천천히 뛰기 시작했다. 병원의 정문은 활짝 열려 있어서 안도의 숨을 쉬고 회전문을 밀고 안으로 들어갔다. 그녀는 코트 오른쪽 주머니에 모자를 찔러 넣고, 안내계의 책상 뒤에 있는 구내 전화부에서 컴퓨터실 전화번호를 찾아서 전화를 걸었다.

"여보세요, 여긴 회계과인데요."

약간 숨이 차서 될 수 있는 한 평범하게 소리를 내려고 애쓰면서 수잔은 말했다.

"슈워츠 씨가 서류 찾아가셨나요?"

저쪽에서 5분 전에 찾아갔다고 말했다. 수잔으로서는 타이밍이 완벽했다. 그녀는 하딩빌딩 3층에 있는 회계과로 갔다.

저녁에 근무하는 직원들은 낮에 비해서 훨씬 적었다. 수잔이 방으로 들어갔을 때 멀리 끝 쪽에는 세 사람밖에 없었다. 두 남자 직원과 여직원이 수잔을 일제히 쳐다보았다.

"수고하십니다."

수잔은 세 사람이 있는 쪽으로 가까이 가서 말했다.

"슈워츠 씨는 어디 계세요?"

"슈워츠? 아, 저 모퉁이 사무실에 있어요."

한 남자가 방의 반대쪽을 가리켰다. 수잔은 가리키는 방향을 보며 말했다.

"감사합니다."

그녀는 방향을 바꾸어서 남자가 알려준 방으로 갔다.

헨리 슈워츠는 자기가 신청한 컴퓨터 프린트 자료를 살펴보고 있는 중이었다. 사무실은 좁았지만 매우 깔끔하게 정돈되어 있었다. 서가의 책들은 정연하게 잘 꽂혀 있었는데 그것도 책의 등이 선반 끝에서 약 4cm 정도 들어가서 가지런히 정리되어 있었다.

"슈워츠 씨세요?"

"그렇습니다만."

슈워츠는 프린트 물을 들고 있는 집게손가락을 조금도 움직이지 않고 말했다.

"제 프린트 자료가 선생님 것과 섞여 온 모양이에요. 위에서 그렇게 말하던데 혹시 신청하지 않으신 자료가 있지 않나요?"

"아뇨, 아직 자료를 전부 훑어보지는 않았습니다. 없는 자료가 어떤 겁니까?"

"그룹 발표 때 사용하려던 코마 자료인데 선생님 것 속에 섞여 있지 않은지 제가 한번 찾아보면 안 될까요?"

"상관없습니다."

슈워츠는 일련의 자료 중에 따로 떨어진 부분이 있는지 확인하면서 말했다.

"만일 있다면 맨 끝부분일 거예요. 제 것은 선생님 바로 뒤에 뽑았다고 컴퓨터 센터에서 말하던데요."

슈워츠는 자료 다발을 책상에서 들어 올렸다. 책상 위에 남은 것이 수잔이 찾고 있는 것이었다. 자료 위에 수잔이 작성한 신청서가 붙어 있었다.

"바로 이겁니다."

수잔이 말했다.

"하지만 그 용지는 내가 청구한 것 같은데."

슈워츠는 그것을 힐끗 보면서 의심스러운 듯이 말했다.

"선생님 자료하고 마구 섞여버려서 그래요."

수잔은 용지 쪽으로 손을 뻗으면서 말했다.

"이건 분명히 선생님께서 필요한 자료가 아닐 거예요. 그리고 선생님 잘못도 아니고요."

"조지한테 한마디 해줘야겠군……."

슈워츠는 자기의 프린트 자료를 앞에 놓고 말했다.

"아니, 괜찮아요."

수잔은 슈워츠의 말이 끝나기도 전에 서둘러 말했다.

"벌써 우리 선에서 얘긴 끝났잖아요. 고마워요."

"천만에요."

슈와츠가 말했다. 그러나 이미 수잔은 방에서 나가고 없었다.

"수잔, 수잔이란 사람은 어쩔 수 없군. 정말 감당할 수 없어."

벨로우즈는 환자용 배식판에서 커스터드를 스푼 가득 입으로 가져가면서 말했다. 그것은 환자가 속이 메스꺼워서 먹지 않은 것이었다.

"강의를 빼먹은 데다 오후 회진에도 나오지 않고 환자도 돌보지 않고 그러면서 밤 8시까지 이 부근을 어슬렁대고 있으니……."

벨로우즈는 웃음 띤 얼굴로 커스터드가 들어 있던 컵의 밑바닥을 긁으면서 말했다.

수잔과 벨로우즈는 베어드 5동의 의무과 라운지에 앉아 있었다. 그곳은 수잔의 병원생활이 시작된 장소였다. 게다가 오늘 아침 앉았던 같은 의자에 앉아 있었다. 그녀는 바닥에다 아까 손에 넣은 IBM의 프린트 자료들을 펼쳐놓았다. 그리고 대충 환자의 이름 리스트를 훑어보고 적당한 이름에 노란 사인펜으로 표시를 했다.

벨로우즈는 커피를 한 모금 마셨다.

"이제 알았어요."

수잔은 펜 뚜껑을 덮으면서 말했다.

"뭘 알았다는 거야?"

"작년 1년 사이에 이 병원에서 나온 원인 불명 코마 환자가 버만을 포함해서 여섯 건이 아니라는 걸 말이에요."

"야호!"

벨로우즈는 커피 잔으로 축배를 올리면서 외쳤다.

"그럼 이제 나는 마취 걱정을 하지 않아도 되고 내 치질도 수술할 수 있겠다."

"충고 말씀 드릴게요. 좌약을 사용하시는 게 현명할 거예요. 여섯 건이 아니고 열한 건이에요. 버만까지 포함한다면 열두 건이 되는 거예요."

수잔은 표시한 환자들을 세면서 그렇게 말했다.

"그게 정말이야?"

벨로우즈는 갑자기 말투가 달라지면서 IBM의 프린트 자료에 비로소 흥미를 보이기 시작했다.

"모두 이 프린트 자료가 가르쳐줬어요. 이 자료를 좀 더 조사하면 두세 건은 늘어날지도 모르고 설사 그렇다 해도 전 조금도 놀라지 않을 거예요."

"정말 그렇게 생각하나? 맙소사, 열한 건이라니!"

벨로우즈는 빈 스푼을 핥으면서 수잔 쪽으로 상체를 내밀었다.

"도대체 어떻게 이 IBM의 프린트 자료를 손에 넣은 거야?"

"헨리 슈워츠가 아주 멋지게 거들어줬어요."

수잔은 태연하게 말했다.

"누구야, 그 헨리 슈워츠란 녀석이?"

"전혀 모르는 사람."

"아이쿠, 맙소사."

벨로우즈는 손으로 눈가림을 하며 말했다.

"이제 연상해야 하는 게임엔 지쳤어."

"건강 상태가 전부터 나빴어요? 그건 만성질환인가요? 급성질환인가요?"

"농담은 그만두고, 그런데 어떻게 이 데이터를 손에 넣었지? 이건 외과라면 외과를 통해서 정식으로 수속을 밟지 않으면 안 되는 거란 말이야."

"오늘 오후, 꼭대기에 올라가서 이 M804 신청서에 기입해서 접수구의 멋진 아저씨한테 건네주고 오늘밤 돌아와서 찾은 거예요."

"그런 것까지 물어서 미안해."

벨로우즈는 일어나서 그 얘기는 그만 하자는 듯이 스푼을 흔들면서 말했다.

"하지만 열한 건이라니, 그게 전부 수술 중에 일어난 건가?"

"아뇨."

수잔은 프린트 자료로 시선을 돌리면서 말했다.

"헤리스가 여섯 건이라고 한 건 거짓말은 아니었어요. 나머지 다섯 건은 내과 입원 환자 중에서 나왔지만 진단은 모두 특이 체질의 반응이래요. 좀 이상하다고 생각되지 않아요?"

"아니, 별로."

"특이 체질이란 말은 그럴 듯하게 들리겠지만 사실은 어떻게 진단을 내려야 할지 몰랐다는 의미잖아요."

"그야 그럴지 모르지. 그렇지만 수잔, 여긴 유명하다는 대형병원이란 말이야. 시골 진료소와는 달라. 뉴잉글랜드 전 지역의 중심 의료기관이라는 걸 알아야지. 여기서 하루 평균 사람이 얼마나 죽어 나가는지 알고나 있나?"

"죽는 데에는 원인이 있어요……. 하지만 이 코마 상태는 달라요. 적어도 아직 원인은 모르지만……."

"흠, 죽음이란 게 꼭 원인을 알 수 있는 것만은 아니야. 시체 부검의 목적은 거기에 있는 거지."

"아주 멋진 말을 하시네요. 누군가 죽으면 시체를 해부해서 사망원인을 밝혀낸다, 그것은 지식을 축적시키는 데 한몫을 하겠지요. 그럼 코마는 어떨까요. 환자는 생사의 기로를 헤매고 있으니 해부할 수는 없고⋯⋯. 그럴 때 될 수 있으면 살아 있는 채로 해부해본다는 생각이 필요하게 되잖겠어요? 조각조각 해부하는 식으로는 할 수 없어도 그렇게 해서 될 수 있는 한 도움이 될 단서를 찾는 거죠. 살아 있는 동안의 진단이란 것은 시체 해부의 진단과 같은 정도, 아니 그보다 훨씬 중요한 것이겠죠. 그 사람들에게 무엇이 잘못됐는가를 찾아낼 수 있다면 그 코마 상태에서 살려낼 수도 있다고 생각해요. 무엇보다 좋은 건 첫째, 코마를 일으키지 않도록 하는 거예요."

"시체 해부를 했다고 해서 반드시 해답이 나오는 건 아니야. 해부를 하든 안하든 사인을 알 수 없는 예는 얼마든지 있는 거야. 오늘도 두 사람이 죽었다는 얘기를 들었지만 진단이 나왔는지 안 나왔는지 모르겠어."

"왜 진단이 나오지 않았다고 생각하세요?"

"두 사람 모두 호흡 정지로 죽었기 때문이지. 외관상으로는 호흡이 정지됐다는 것뿐 아무것도 이렇다 할 증상이 없어. 조용하게 죽은 거야. 죽어 있는 것이 발견됐다는 거야. 호흡 정지의 경우, 정확한 원인을 찾는다는 것이 쉽지가 않아."

수잔은 벨로우즈의 말에 완전히 넋을 나간 듯했다. 그녀는 움직이지 않고 눈도 깜빡이지 않은 채 한참 동안 벨로우즈를 빤히 쳐다보기만 했다.

"수잔, 괜찮아?"

벨로우즈는 그녀의 얼굴에 손을 흔들어 보이면서 말했다. 수잔은 여전히 움직이지 않다가 겨우 프린트 자료를 내려다보았다.

"대체 어떻게 된 거야. 심신증의 간질인가 뭐가 그런 거라도 걸린 건가?"

"간질이라뇨? 물론 아니죠. 아까 오늘 환자가 두 사람이나 죽었다고 했죠?"

수잔은 벨로우즈의 얼굴을 올려다보며 말했다.

"외관상으로는, 다시 말해서 호흡이 정지돼서 죽은 거야."

"무슨 병으로 입원한 거예요?"

"잘 모르겠어. 한 사람은 다리가 좋지 않았나 싶은데 아마 정맥염인 가 뭔가로 폐동맥색전증인가 뭔가를 발견했다지. 또 한 사람은 안면 신경 마비로 입원했었고."

"두 사람 모두 링거액 주사를 맞았어요?"

"모르지만 맞았다고 별로 이상할 건 없잖아."

수잔은 아랫입술을 깨물고 벨로우즈가 지금 한 말을 곰곰이 생각해 보았다.

"선배님은 뭘 알고 있는 게 아녜요? 지금 말한 죽은 사람들도 코마 와 아무래도 관계가 있을 것 같아요."

수잔은 손등으로 프린트 자료를 두드리면서 말했다.

"뭔가 마음에 짚이는 게 있어요. 그 사람들 이름이 뭐예요? 기억하 고 있어요?"

"이제 제발 그만해. 수잔, 넌 이 문제에 너무 집중하다가 망상까지 하고 있는 거야. 2, 3일 계속 철야하다 보면 흔히 그런 일이 생기기도 하지."

벨로우즈는 일부러 걱정스런 말투로 바꾸었다.

"마크, 전 나름대로 심각해요."

"네가 심각하게 생각한다는 건 알고 있어. 그래서 걱정인 거야. 왜 좀 쉬고서 하루 이틀 잊으려 하지 않나? 그렇게 하면 좀 더 객관적일 수도 있고……. 아무튼 들어 봐. 나는 내일 밤은 일이 없어서 운이 좋 으면 7시에는 이곳을 나갈 수 있어. 저녁을 함께 하면 어떨까? 넌 오늘 처음 이곳에 왔으니 내가 시키는 대로 하는 게 좋아."

벨로우즈는 이렇게 빨리, 게다가 이런 식으로 수잔에게 데이트 신청을 할 계획은 아니었다. 그러나 어쨌든 자연스럽게 얘기하게 되어서 내심 기쁘기도, 혹시 거절당한다고 해도 어떻게든 참을 수 있을 것 같았다. 데이트라기보다는 오히려 가벼운 마음으로 밖에서 만나자고 말한 것처럼 들렸다.

"저녁식사, 좋아요. 상대가 우유부단한 사람이라 해도 이 유혹은 거절할 수 없지요. 하지만 정말이에요. 마크, 오늘 죽은 환자 이름은 가르쳐줘야 해요."

"크로포드와 페러. 그들은 6병동 환자야."

수잔은 입술을 깨문 채 그 이름을 노트에 적었다.

"아침까진 이걸 조사해봐야겠어요, 정말······."

수잔은 시계를 보면서 말했다.

"그 환자들 부검을 한다면 몇 시쯤이 될까요?"

"오늘 밤이나 내일 맨 첫 번째가 되겠지."

벨로우즈는 어깨를 움츠렸다.

"그럼, 오늘 밤 중에 알아두는 게 좋겠군요."

수잔은 프린트 자료를 만지작거리며 말했다.

"고마워요, 마크. 또 신세졌군요."

"또?"

"네, 저를 위해 논문을 카피해주셨잖아요. 선배님은 장래 훌륭한 비서가 될 거예요."

"수잔의 비서가 되는 거라면······."

"쯧쯧, 그럼 내일 밤 만나요. '리츠'는 어때요? 벌써 몇 주일이나 거길 가지 못했어요."

수잔은 조르는 듯한 말투로 말하고 문 쪽으로 걸어갔다.

"그렇게 서두르지 마, 수잔. 내일 아침 6시 30분 회진 때 만나자고. 약속은 잊지 말고. 아침 모임에 나오면 언제 하루 더 봐줄 테니까."

"선배님은 정말 멋쟁이세요."

수잔은 생긋이 웃고는 애교를 부리듯이 머리카락을 몇 가닥 얼굴 위에서 끌어당기는 시늉을 했다.

"선배님이 준비해준 이 자료를 오늘 밤 새워서라도 읽을 작정이에요. 전 내일 하루 더 시간이 필요한 걸요. 그럼 나머진 내일 밤 다시 얘기해요."

수잔은 그렇게 말하고 나갔다. 벨로우즈는 커피를 마시면서 수잔에 대해서 새삼스럽게 용기가 솟아오르는 것을 느꼈다. 그는 자리에서 일어났다. 오늘은 할 일이 많았다.

2월 23일 화요일 오후 8시 32분

병리연구실은 본관 지하층에 있었다. 수잔은 계단을 내려가서 지하층의 복도 한복판으로 나갔다. 오른쪽은 컴컴해서 앞이 보이지 않았고 왼쪽은 길이 굽어져 있어서 이것도 앞을 볼 수 없었다.

갓 없는 전구가 약 1미터 간격으로 천장에 매달린 채 불이 켜져 있었다. 각 전구에서 비치는 빛이 서로 마주쳐서 천장에 얽혀 있는 파이프 그림자를 기묘하게 교착시켜 거기에 꺼림칙한 반영을 그리고 있었다.

수잔의 바로 정면에 거의 그늘이 지긴 했지만 왼쪽 방향 표시와 그위에 '병리연구실'이라고 쓰인 간판이 붙어 있는 것이 보였다. 수잔은 복도를 돌아서 스팀 파이프에서 나오는 소리와 겨루듯이 콘크리트 바닥에 구두 소리를 울리면서 걸어갔다. 그 분위기는 무겁고 병원의 창자 속이라고 하면 어울릴 만한 까닭 모를 음울함이 감돌고 있었다. 수잔은 물론 그다지 즐거움을 기대하고 병리연구실로 가고 있는 것은 아니었다.

그녀의 느낌에 병리연구실은 병원의 어두운 면을 보여주는 것 같았다. 의술로 성공하지 못한 인체를 대상으로 뭔가를 알아내는 특별함이 있는 과가 병리과였다.

병리학자가 분석한 생체조직 절편 검사에서 얻은 것이라든가, 병리학자가 시체 부검을 통해 얻은 것이 살아있는 사람들에게 얼마나 좋은 영향을 미치는지는 두말 할 필요가 없는 사항이었다. 하지만 수잔으로선 지금 그런 생각까지 하는 것은 모두 덧없는 것이었다.

그녀는 병리학 강의를 받을 때 시체를 해부하는 것을 보긴 했지만 그것은 참으로 견딜 수 없는 것이었다.

그러나 지금까지 수잔은 산다는 것이 그렇게 맥없이 약한 것이라고는 생각지 않았고 또 두 병리 담당 의사가 갓 죽은 사람의 내장을 끄집어내고 있는 것을 보았을 때도 죽는다는 것 역시 그렇게 마지막이라는 느낌이 들지 않았었다.

수잔은 그때의 장면을 떠올리자 발걸음이 둔해졌으나 멈추지는 않았다. 결심은 하고 있었지만 복도를 이리 저리 돌아서 100m는 걷고 있는 것 같았다. 도중에 연구실 문을 못보고 지나오지나 않았나 해서 흠칫흠칫 뒤돌아보기도 했다. 걸으면서 더 의심이 나기 시작했다. 여기저기 전구가 끊어져 있어서 그때마다 자기의 그림자가 앞길에 보이다가 다음 전기 불빛에 가까워지면 그림자는 희미해져서 사라지고 말았다.

마침내 그녀는 2개의 회전문 앞에 당도했다. 양쪽 문 위쪽에는 불투명 유리가 끼워져 있었다.

'관계자 외 출입금지'라는 글씨가 금이 간 채로 유리창 위에 크게 써 있었고, 오른쪽 문 창밑에는 벗겨지기 시작한 금색 글자로 '병리연구실'이라고 써 있었다. 수잔은 문 앞에서 주저했으나 마음을 가다듬고 안에서 어떤 광경이 기다리고 있을까 하고 생각하면서 문을 조금 열고 들여다보았다.

방안 전체를 차지하고 있는 것은 길고 검은 돌 테이블로 거의 방 끝에서 끝까지 이르고 있었다. 주위에는 현미경, 슬라이드 상자, 화학약품, 책 등 여러 가지 도구가 흩어져 있었다. 수잔은 문을 열고 연구실 안으로 들어갔다. 포름알데히드의 코를 찌르는 냄새가 방안 가득 감돌았다.

오른쪽 벽 전체가 바닥에서 천장까지 선반으로 되어 있었는데 선반에는 거의 빈자리가 없이 갖가지 큰 병과 항아리들로 꽉 차 있었다. 가까이 다가가 보니 맨 앞쪽으로 일정한 모양이 없는 무색 물체가 든 큰 병이 있었다. 수잔은 그것이 절반으로 반듯하게 가른 인간의 머리라는 것을 알 수 있었다. 목에 달린 반쪽짜리 혀 뒤쪽으로 과립형의 물체가 있었다. 유리병에 붙어 있는 라벨에는 단지 '인두암, #304-A6, 1932'라고만 적혀 있었다. 수잔은 몸서리치며 될 수 있는 한 다른 꺼림칙한 표본은 보지 않기로 했다.

방 끝 쪽 복도에서 이곳으로 들어올 때와 같은 문이 있었다. 수잔은 그쪽 방에서 사람 소리와 금속성 소리가 섞여서 들려오는 소리를 들을 수 있었다. 그녀는 자신이 낯선 곳, 어쩌면 적의마저 느낄 수 있는 곳으로 침입해온 것 같은 생각을 하면서 발소리를 죽이고 문 쪽으로 접근해갔다.

문틈으로 들여다본 수잔은 보이는 범위는 좁았지만 그곳이 해부실이라는 것을 곧바로 알아차렸다. 그녀는 한쪽 문을 천천히 열어보았다. 그러자 방안에서 요란한 소리가 울리는 바람에 수잔은 그 순간 확하고 돌아서 손을 놓고는 문을 닫고 말았다. 처음에는 경보기라도 울리게 한 줄로 알고 복도로 나가는 문 쪽으로 뛰어나갈까 하는 충동에 사로잡혔다. 그러나 수잔이 몸을 움직이기도 전에 병리실의 레지던트 한 사람이 다른 옆쪽 문을 열고 나타났다.

"아, 안녕하세요."

그는 수잔에게 말하면서 싱크대 쪽으로 걸어가서 증류수의 세척기를 집어 들었다. 그리고 착색 중인 슬라이드 접시에 물을 뿜으면서 수잔에게 미소 지었다. 짙은 보랏빛 액체가 투명해졌다.

"병리 연구실에 잘 오셨습니다. 학생인가요?"

"네."

수잔은 억지웃음을 지었다.

"이런 늦은 시간엔 별로 학생들을 볼 수 없는데. 뭔가 특별한 볼 일이라도?"

"아니, 별로. 그저 잠깐 둘러보고 있었어요. 여기는 처음이라서."

수잔은 흰 가운 주머니에 두 손을 찔러 넣으면서 말했다. 그때 가슴이 심하게 뛰었다.

"아무튼 마음 편히……. 좋으시다면 사무실에 커피가 있어요."

"아니, 괜찮습니다."

수잔은 테이블을 따라 뒷걸음질 치며 그저 아무 목적도 없이 슬라이드 상자를 만졌다.

레지던트는 슬라이드 접시에 다른 호박색 색소를 칠하고 다시 한번 타이머를 맞췄다.

"사실은 선생님께서 어쩌면 저를 도와줄 수 있을 것도 같은데요."

수잔은 테이블 위의 슬라이드에 손을 대면서 말했다.

"베어드 6병동의 환자 몇 사람이 오늘 죽었어요. 저는 이 사람들이 어쩌면…… 저…….."

수잔은 잠깐 멈추고 적당한 말을 생각했다.

"이름이 뭐죠? 지금 부검중일 텐데."

레지던트는 손을 닦으면서 물었다.

"페러와 크로포드."

레지던트는 벽에 걸려 있는 클립보드 쪽으로 걸어갔다.

"홈……크로포드. 아, 생각났다. 그건 분명히 검시관 쪽으로 돌아간 모양인데. 여기 페러가 있다. ……이건 검시관 케이스야. 맞아요. 크로포드도 그렇습니다. 두 사람 모두 검시관행입니다. 그런데 잠깐만……."

레지던트는 해부실 입구 쪽으로 잰걸음으로 걸어가서 손바닥으로 소리 내어 문을 열고, 닫혀있는 한쪽 문 끝을 오른손으로 잡고 맞은편 방으로 상체를 내밀었다. 수잔이 있는 곳에서는 머리만 들어가서 보이지 않았다.

"이봐, 햄버거, 지금 부검하고 있는 환자 이름이 뭐지?"

잠시 동안 수잔에게는 상대의 말소리가 들리지 않았다.

"크로포드! 그건 검시관이 하는 줄 알았었는데."

또 말이 끊겼다.

레지던트가 방으로 돌아왔을 때 다시 타이머가 울리기 시작했다. 그 요란한 벨소리에 수잔은 다시 한 번 깜짝 놀랐다. 레지던트는 슬라이드에 다시 증류수를 끼얹었다.

"검시관은 그 두 시체 모두 여기에 맡긴 모양입니다. 늘 그렇지만 정말 게으름뱅이야, 그 녀석은. 아무튼 저쪽에서 지금 검시하고 있는 사람이 크로포듭니다."

"고마워요. 들어가서 구경해도 괜찮겠어요?"

"괜찮고말고요. 자, 어서."

레지던트는 말하고 어깨를 움츠렸다.

수잔은 문 앞에서 잠깐 발을 멈추었으나 레지던트가 보고 있다는 것을 알고 한쪽 문을 밀어서 열고 안으로 들어갔다.

방안은 사방 12m 정도로 낡고 더러웠다. 벽은 흰 타일로 되어 있었으나 이것도 낡아서 더러워져 있었고 여기저기 금이 가거나 타일이 떨어져 나가 있었다. 바닥은 흰색 테라초였다. 방 한복판에는 표면이 경사지게 만들어진 대리석 해부대 3대가 놓여 있었다. 물이 해부대에서 발밑의 배수구로 계속 흘러 떨어져서 빨아들이는 소리가 잠시도 쉬지 않고 들렸다. 각 해부대마다 위에서 후드가 부착된 전등과 저울, 마이크가 매달려 있었다.

수잔은 자신이 정면 입구의 바닥에서 3, 4계단 높은 곳에 서 있다는 것을 알게 되었다. 그녀의 바로 옆에 나무 의자가 몇 개 놓여 있었는데 앞으로 감에 따라서 낮아지는 형태였다. 이것은 해부를 보기 위해 모여드는 사람들이 있던 무렵의 유물이었다.

거기엔 수잔에게 가장 가까운 해부대 위에 갓 씌운 등만이 켜져서 바로 아래 발가벗은 시체 위에 비교적 좁게 비치고 있었다. 앞치마를 두르고 고무장갑을 낀 레지던트가 해부대 양쪽에 서 있었다. 마치 음침한 렘브란트의 그림을 연상케 했다.

방 한복판의 해부대는 그늘져 있었으나 거기에도 발가벗은 시체가 놓여 있었고 오른쪽 엄지발가락에 마닐라지 표찰이 묶여 있는 것까지 보였다. 시체의 흉부와 복부를 가로지르는 커다란 Y자 모양의 봉합한 자국이 있었다. 세 번째 해부대는 컴컴해서 잘 보이지 않았으나 아무 것도 없는 것 같았다.

수잔이 들어가는 바람에 해부하던 손이 딱 멈추었다. 레지던트는 두 사람 모두 바로 위에서 비치는 눈부신 불빛을 피해서 고개를 갸웃하면서 수잔 쪽을 주시하고 있었다. 멋진 콧수염과 구레나룻을 기른 한 레지던트는 불빛 밑에서 Y자 형의 절개를 한창 봉합하고 있는 중이었고 그보다 30센티 정도 키가 큰 다른 레지던트는 잘라낸 내장을 담은 대야 옆에 서 있었다.

수잔을 확인하고 난 키 큰 레지던트는 다시 일을 시작했다. 그는 뒤섞인 내장 속에 왼손을 넣어서 간장을 끄집어냈다. 그리고 오른손에 쥐고 있던 잘 드는 큰 칼로 간장을 다른 장기에서 떼어내어 그것을 저울 속에 넣었다. 그리고 발밑의 페달을 밟고 마이크를 향해 이야기하기 시작했다.

"간장은 표면이 적갈색으로 약간 반점이 있음. 마침표. 총 무게는… 2.4킬로그램, 마침표."

그는 저울 접시에 손을 넣어서 간장을 집어내어 대야 속에 던졌다.

수잔은 3, 4계단 내려가서 해부대 쪽으로 가까이 갔다. 약간 비린내가 나면서 공기는 끈적거렸고 무거웠다. 마치 청소도 하지 않은 버스 정류장의 화장실 같았다.

"간장의 굳기는 정상의 것보다 약간 굳었지만 충분히 유연하다. 마침표."

칼이 번쩍하고 빛나면서 간장의 표면을 베었다.

"자른 단면에서는 각 엽(葉)이 약간 비대해져 있는 것처럼 보인다, 마침표."

다시 너덧 군데를 벤 다음 마지막으로 한가운데서 한 조각을 잘라

냈다.

"채취 표본은 보통의 무른 상태임, 마침표."

수잔은 해부대 다리 쪽으로 가까이 갔다. 배수구는 바로 눈앞에 있었다. 왼쪽에 있는 키가 큰 레지던트는 대야에 손을 넣고 다른 장기를 끄집어내려고 하다가 손을 멈추었다. 그때 콧수염을 기른 레지던트가 말했다.

"아, 누구신가……?"

"안녕하세요. 방해해서 죄송해요."

수잔은 말했다.

"방해라니요. 이리 와서 한번 보세요, 하긴 거의 끝났지만."

"감사합니다. 볼 수 있게 해주신 것만으로도 충분합니다. 이건 크로포드인가요? 아니면 페러인가요?"

"이건 페러, 저쪽이 크로포드죠."

레지던트는 시체를 하나하나 가리키면서 말했다.

"사인은 어떻게 나왔나요?"

"아직 열어보지 않아서 잘 모르겠어요. 크로포드 쪽은 대체로 깨끗했습니다. 현미경 표본에서 뭔가 알 수 있을지도 모르지만."

"폐에 뭔가 있다고 생각하세요?"

"글쎄요, 분명히 호흡 정지가 있었다는 병력으로 봐서는 폐의 색전을 생각하고 있지요. 하지만 뭔가 찾을 수 있다고는 생각하지 않습니다. 오히려 뇌의 절편에서 뭔가 나올지도 모르겠는데."

"왜 발견할 수 있다는 생각을 하지 않는 거죠?"

"전에도 이런 경우가 두세 건 있었지만 그때도 아무것도 발견되지 않았죠. 병력도 똑같고 비교적 젊었는데 누가 지나다가 발견했을 때는 호흡이 멎어 있었다는 거죠. 인공호흡을 시켜봤지만 소용없었습니다. 그렇게 되면 우리에게 넘어오죠. 아니면 검시관들이 우리에게 시체를 넘겨줍니다."

"이런 예가 얼마나 있었나요?"

"얼마 동안에?"

"얼마라도…… 1년이나 2년 사이에."

"글쎄요. 요 2년 동안에 여섯 건인가 일곱 건 있었을 겁니다."

"그런데 그 사인에 뭔가 짚이는 건요?"

"없어요."

"하나도?"

약간 놀란 표정으로 수잔은 물었다.

"글쎄, 뇌에 뭔가 있는 게 아닌가 하는 생각은 하죠. 호흡을 멈추게 하는 뭔가가 말이죠. 예를 들어서 뇌출혈 같은 거 말이에요. 비슷한 두 건의 뇌 조직을 절개해본 적은 있어요. 당신은 믿지 않겠지만……."

"그래서요?"

"아무것도 없었어요. 아주 깨끗했죠."

수잔은 속이 약간 거북해졌다. 그 분위기, 그 냄새, 여러 가지 보이는 것, 거북스런 소음들 그 모두가 뒤섞여서 기분이 이상해지고 가벼운 구역질이 치밀어 올라서 견딜 수 없었다. 하지만 그녀는 그것을 참아야만 했다.

"페리와 크로포드의 입원 차트가 여기 있나요?"

"그럼요. 연구실 저쪽 커피룸에 있어요."

"잠깐 보고 싶은데요. 뭔가 중요한 것이 발견되면 가르쳐주세요. 전 아주 흥미가 있거든요."

키가 큰 레지던트는 심장을 들어서 저울에 달았다.

"이거 당신 환자?"

"아니에요. 하지만 그렇게 될 뻔했죠."

수잔은 출구 쪽으로 걸어가면서 말했다.

키가 큰 레지던트는 수잔이 갈 때 놀리는 듯한 눈초리로 다른 레지던트를 보았다. 그의 동료는 그녀의 이름과 번호를 간단하게 알 수는 없을까 하고 궁리하면서 수잔의 뒷모습을 바라보았다.

커피룸은 병원의 어디에나 있는 그런 방이었다. 커피 뽑는 기구는 구식인 데다 한쪽 옆에 칠이 벗겨져 있었으며, 전선은 위험할 정도로 너덜너덜해져 있었다. 양쪽 벽에 카운터처럼 놓여 있는 책상 위에는 차트와 서류, 책, 커피잔, 볼펜 등이 난잡하게 놓여 있었다.

"빨리 나왔군."

슬라이드를 착색하고 있던 레지던트가 말했다. 그는 한쪽 책상에 앉아서 마시던 커피잔과 도넛을 옆에 놓으면서 산더미처럼 쌓인 타이프 친 병리 보고서에 열심히 서명하고 있는 중이었다.

"시체 해부는 아무나 하는 게 아닌 것 같아요."

"하다 보면 잘하게 돼 있어요."

다시 도넛을 입에 넣으면서 레지던트가 말했다.

"그럴지도 모르죠. 그런데 부검하고 있는 저 환자들의 차트는 어디 있어요?"

레지던트는 커피를 마시고 힘겹게 도넛을 씹어 삼켰다.

"'부검'이라고 표시된 칸에……. 다 보고 나서 '의학 기록'이라고 표시된 칸에 넣어줘요. 이제 다 끝났으니까."

수잔이 뒤쪽을 돌아보니 네모난 칸이 연달아 있었다. 그중 하나에 '부검'이라는 표시가 붙어 있었다. 수잔은 거기서 페러와 크로포드의 차트를 찾았다. 그녀는 책상의 잡동사니를 정리한 후 앉아서 가지고 있던 노트를 꺼냈다. 그리고 아무것도 쓰지 않은 페이지 위에 '크로포드'라고 쓰고 다른 페이지 위에는 '페리'라고 썼다. 그녀는 낸시 그린리의 차트를 옮겨 적었던 것처럼 그 내용을 추려서 옮겨 적기 시작했다.

2월 24일 화요일 오전 8시 5분

이튿날 아침 알람이 울렸지만 수잔은 따뜻하고 포근한 침대에서 일어나기가 쉽지 않았다. 마침 린다 론스태드의 노래가 흘러나오자 그녀는 라디오를 켜놓은 채로 그 노래와 리듬에 잠시 잠겨 있었다. 그녀는 노래가 끝날 때쯤 완전히 잠에서 깼고, 어제의 일들이 하나하나 떠올랐다.

전날 밤 3시까지 그녀는 많은 잡지와 논문, 마취학 교과서, 자신의 내과학 책, 임상 신경학의 교과서 등을 정신없이 이리저리 뒤지면서 탐독했다. 그녀는 엄청난 분량의 노트를 했는데 참고도서 목록에 적힌 논문이 100개가량이나 됐다.

조사 작업이 복잡하고 많아졌지만 또 동시에 더욱 흥미 있고 매력적이 되어서 그녀의 결심은 더 굳어졌고, 그래서 오늘은 굉장한 일을 해내야 한다고 생각했다.

수잔은 눈 깜짝할 사이에 샤워하고 옷을 입고 아침식사를 마쳤다. 아침식사를 하는 동안에도 그녀는 노트를 되풀이해서 읽으며, 어젯밤에 읽은 논문 중에서도 몇 개를 더 읽어야겠다고 생각했다.

수잔은 헌팅턴 가의 전철역으로 걸어가면서 날씨가 전혀 변하지 않았다는 것을 알았다. 그녀는 보스턴이 너무 북쪽 가까운 곳에 위치하고 있음을 저주했다. 낡은 전철을 타자 다행히도 좌석이 있어서 IBM

의 프린트 자료를 펼쳐볼 수 있었다. 수잔은 거기에 실려 있는 환자 수를 다시 한 번 확인해보기로 했다.

"안녕, 수잔. 오늘도 강의를 듣지 않는 건 아니겠지?"

수잔이 고개를 들어보니 머리 위에서 손잡이를 잡고 있는 조지 나일즈가 히쭉 웃고 있었다.

"강의는 안 빠져, 조지. 알면서도……."

"회진은 놓친 것 같은데, 벌써 9시가 넘었다."

"너도 마찬가지야."

수잔의 목소리에는 우호와 반감이 뒤섞여 있었다.

"난 어제 학생진료실에 가서, 수술실에서 뜻하지 않은 사고로 생긴 두개골의 복합 골절을 치료하라는 진단을 받았다니까."

"괜찮은 거지?"

수잔은 이번에는 아주 진지하게 걱정스러운 듯이 물었다.

"응, 괜찮아. 단지 마음의 상처는 나을 것 같지 않아. 다친 건 그것뿐이었어. 진료소 의사도 그렇게 말하더군. 마음은 자신이 고칠 수밖에 없다고 하면서……."

수잔과 나일즈는 함께 미소지었다. 전철은 노스이스턴 대학 역에서 멋었다.

"메모리얼 병원 외과의 첫날을 절반이나 빼먹고 다음날 회진을 빼먹는다, 정말 대단한데, 미스 윌러."

조지는 진지한 표정으로 말했다.

"넌 올해 '의과대학생 콩쿠르'에 도전할 수 있을 거야. 이런 식으로 계속하면 필 그리어가 병리학 2학년 동안에 올렸던 기록에 도전할 수 있을 거다."

수잔은 대답하지 않고 다시 IBM 자료에 눈을 돌렸다.

"그건 그렇고 넌 지금 뭘 보고 있니?"

나일즈는 그녀의 거꾸로 보이는 프린트 자료를 똑바로 보려고 몸을 비틀었다.

수잔은 나일즈를 올려다보며 말했다.

"난 지금 노벨상 수상식에서 할 연설 준비를 하고 있는 중이야. 그 얘길 해줘도 좋겠지만 그러다 보면 네가 강의에 늦을 것 같아서……."

전철은 터널로 들어가 도시의 지하를 달리기 시작했다. 갑자기 소음이 심해서 대화를 할 수 없게 되었다. 수잔은 다시 IBM 프린트 자료를 훑어보기 시작했다. 그녀는 어떻게 하든 그 죽은 환자에 대해서 뭔가를 알아내야겠다고 생각했다.

개인 사무실도 있는 베어드 8병동은 10병동과 비슷했다. 수잔은 복도를 걸어서 810호실 앞에서 멈추어 섰다. 문에는 낡았지만 깨끗이 닦은 마호가니 표면에 검은 글씨로 '내과교수 J.P. 넬슨 의학박사'라고 쓰인 표찰이 붙어 있었다.

넬슨은 내과 과장으로 스타크와 2대 쌍벽을 이루는 사람이었다. 넬슨은 또 의학센터의 권력자이지만 스타크만큼 유력한 사람도 아니고 세력가도 아니었으며 기금을 모으는 데도 비교가 되지 않았다. 그러나 수잔의 입장으로서는 이 당당한 인물에게 접근하려면 약간의 용기가 필요했다.

수잔은 주저하면서 마호가니 문을 열고 들어가 금속 테 안경을 끼고 상냥한 미소를 짓고 있는 비서 앞으로 갔다.

"저는 수잔 윌럽니다. 좀 전에 넬슨 박사님을 만나 뵙고 싶다고 전화한……."

"네, 우리 의과대학생 맞죠?"

"그렇습니다."

대답은 했지만 수잔은 이 상황에서 '우리'라는 말이 무엇을 의미하는 것인지 잘 알 수 없었다.

"운이 좋았네요, 미스 월러. 넬슨 박사를 만날 수 있게 돼서. 게다가 박사님은 강의에선가 어딘가에서 당신을 본 기억을 하고 있는 것 같아요. 아무튼 곧 만나게 될 거예요."

수잔은 그녀에게 고맙다고 하고 뒤로 물러나서 대기실의 검고 딱딱한 의자에 앉았다. 그녀는 다시 한 번 기록을 살펴보려고 노트를 꺼냈지만 노트는 보지 않고 어느새 사무실과 비서, 그리고 넬슨 박사의 생활 스타일을 둘러보았다.

의과대학의 출세 코스로 따져본다면 그런 지위는 다년간의 노력과 운으로 이루어지는 것이다. 지금 자신의 도전에도 행운이 따라주었으면 좋겠다는 생각을 하면서, 누구에게나 필요한 것은 일단 시도를 통해서 길이 열리는 것임을 믿었다. 그러나 그 몽상은 사무실 안쪽으로 통하는 문이 열리자 곧바로 깨졌다.

희고 긴 가운을 입은 의사 두 사람이 문 안에서부터 얘기를 계속하며 서 있었다. 수잔이 언뜻 듣기로는 외과 휴게실의 사물함 속에 들어 있던 엄청난 양의 약품에 관한 이야기인 것 같았다. 그중 젊은 의사는 대단히 흥분하고 있어서 낮은 목소리도 보통 얘기와 별 차이 없이 드높고 날카로웠다.

나이가 많은 의사는 자못 원숙하고 당당한 태도로 교양 있는 온화한 눈빛과 덥수룩한 반백의 머리를 하고 있었고 위로하려는 듯한 표정을 짓고 있었다. 수잔은 그 사람이 넬슨 박사일 거라고 생각했다. 그는 젊은 의사의 어깨를 가볍게 두드리며 용기를 북돋고 위로해주려 하고 있었다. 젊은 의사가 나가자 넬슨 박사는 수잔 쪽을 향해 따라 들어오라는 손짓을 했다.

넬슨의 사무실에는 논문 복사물 더미와 책, 편지들이 자리가 좁을 정도로 어질러져 있어서 마치 수년 전에 회오리바람이 방을 휩쓴 후 손을 대지 않고 내버려둔 것 같은 모습이었다. 가구는 큰 책상과 금이 간 큰 가죽의자가 있었는데 이것은 넬슨 박사가 앉으면 그 무게로 삐걱 소리가 날 것 같은 물건이었다. 그밖에 책상을 향해 조그마한 가죽의자가 2개 있었다. 넬슨 박사는 수잔에게 그 한쪽에 앉도록 권하고 자기는 책상 위의 담배통을 열고 파이프를 들었다. 파이프에 담배를 다 채우기 전에 왼손바닥에다 두세 번 파이프를 두드리자 분별없이 재가 바닥에 주르르 쏟아졌다.

"아, 그렇군, 미스 윌러. 내과 진단학 시간에 봐서 기억하고 있지. 웨슬리 출신이던가?"

넬슨 박사는 책상 위의 메모 용지를 보면서 말했다.

"래드클리프입니다."

"그래 맞았어. 그래, 용건이 뭐지?"

넬슨 박사는 메모 용지를 정정했다.

"어디서부터 말씀드려야 할지 모르겠는데, 저는 코마 상태에서 깨어나지 않는 환자에 관해 굉장한 흥미가 있어서 좀 조사를 하고 있습니다."

넬슨 박사가 의자에 기대는 바람에 의자는 괴로운 듯이 삐걱삐걱 소리를 냈다. 그는 양쪽 손가락을 깍지 끼고는 말했다.

"그거 멋지군. 하지만 코마는 대단히 큰 문제인 데다 중요하기도 하지. 그 자체는 병이라기보다 하나의 증후(症候)인데 중요한 건 그 코마의 원인이란 말이야. 자네는 코마를 일으키는 원인 가운데 어느 부분에 관심이 있지?"

"저도 모르겠습니다. 간단히 말해서 바로 그 점 때문에 제가 관심을 갖게 된 것입니다. 저는 코마 상태가 되었는데 어떤 원인도 발견되지 않은 그런 종류의 코마에 흥미가 있습니다."

"응급실 환자에게 관심이 있나, 아니면 입원 환자에게 관심이 있는 건가?"

넬슨 박사의 목소리가 약간 달라졌다.

"입원 환자입니다."

"수술 중에 일어난 소수의 사건에 관해 얘기하고 있는 건가?"

"일곱 건을 소수라고 하신다면……, 그렇습니다."

"일곱 건이라."

넬슨은 담배를 몇 모금 빨아들였다. 그는 길게 내뿜고 나서 다시 말했다.

"숫자를 좀 부풀린 것 같군."

"부풀린 숫자가 아닙니다. 전에 여섯 사람이 수술하는 사이에 일어났고 지금 다시 어제 수술에서 한 사람이 추가되었습니다. 이것도 전과 마찬가지라고 생각됩니다. 그밖에 전혀 관계가 없는 듯한 병으로 내과에 입원한 환자가 적어도 다섯 명 더 있습니다."

"그 자료는 어디서 입수한 거지, 미스 윌러?"

넬슨 박사는 처음과는 전혀 다른 목소리로 물었다. 처음의 상냥함은 어디로 사라지고 눈도 깜박하지 않고 수잔을 뚫어지게 쳐다보았다. 그러나 수잔은 상대의 그런 변화에는 전혀 눈치를 채지 못했다.

"이 병원의 컴퓨터에서 자료를 얻었습니다."

수잔이 상체를 앞으로 내밀고 가지고 있던 프린트 자료를 책상 위에 펼쳐서 넬슨 박사에게 보였다.

"지금 말씀드린 증례는 노란 잉크로 표시돼 있습니다. 틀림없다는 것을 아시겠죠. 이것은 작년 1년 동안의 예일 뿐이고, 그 전에는 얼마나 있었는지 모릅니다. 거슬러 올라가서 1년 분의 자료를 뽑아보는 것이 좋다고 생각합니다. 그러면 이런 일이 전부터 계속 있었던 건지 아니면 갑자기 시작된 것인지 잘 알 수 있을 겁니다. 그리고 중요한 것은, 그야말로 굉장히 중요한 것은 이 병원에서 일어난 많은 갑작스런 사망 케이스가 원인은 알 수 없지만 똑같은 범주에 속하는 것으로 여겨집니다. 이점 역시 마찬가지로 컴퓨터가 도움이 되리라 여겨집니다. 이런 여러 가지 이유로 선생님을 만나 뵙고 싶었습니다. 선생님께서 제가 이런 조사를 할 수 있도록 도와주실 수 있을까 해서요. 제게 필요한 것은 컴퓨터를 자유롭게 이용할 수 있도록 허가해주시는 것과 그 환자들의 차트입니다. 이 문제가 아직 밝혀지지 않은 의학 분야라는 생각이 들어서 박사님을 찾아뵈었습니다."

할 말을 다하고 수잔은 의자에 깊숙이 고쳐 앉았다. 자신은 공정하게 남김없이 얘기를 다했다고 생각했다. 넬슨 박사가 만약 흥미를 갖기만 한다면 틀림없이 결심해줄 것이라고 수잔은 생각했다.

넬슨 박사는 곧바로 말을 하지 않고 수잔을 뚫어지게 바라보기만 했다. 그런 후 프린트 자료를 보고 파이프를 빽빽 계속 빨다가 연기를 내뿜었다.

"이건 매우 흥미롭군, 아가씨. 물론 나도 이 문제는 알고 있었지. 하지만 이 통계에는 다른 의미도 있고 게다가 높은 발생률도…… 솔직히 말해서…… 지난 5, 6년 사이에는 다행히 이런 예가 없었어. 통계라는 것은 사람 마음 내키는 대로 작성되는 수가 있으니 말이야. 하지만…… 지금 말한 것처럼 문제라고 보면 그렇게 볼 수도 있지만. 아무튼 나는 자네 희망을 거들 수 있는 지위가 못 되니……. 이해하겠지만 이 중앙 컴퓨터 자료 은행을 우리가 설치할 즈음에 가장 걱정했던 것은 입력한 자료의 비밀을 어떻게 안전하게 보안 유지하느냐에 있었지. 나로서는 무조건 허락할 수 없다네. 사실 자네가 말하는 노력은…… 뭐랄까…… 흠……. 자네 같은 학생이 손댈 만한 일이 아니라는 것이야. 만약 자네가 조사활동의 관심을 더 과학적인 문제로 돌린다면, 자네를 포함한 모든 사람을 위해 아주 유익할 것 같군. 만약 자네가 좋다면 우리 연구실에 자네가 사용할 방을 하나 마련해줄 수도 있겠는데……."

수잔은 학문에 대한 격려에 대해서는 익숙해져 있었기 때문에 그에 마음이 끌려서 그만 방심하다가 깨닫고 보니 자기의 탐구에 대해서는 넬슨 박사에게 완전히 거절당한 형태가 돼 있었다. 그는 흥미를 보이지 않았을 뿐만 아니라 일부러 그 문제에 대해서 얘기를 피해버리고 만 것이다.

수잔은 망설이다가 이윽고 일어섰다.

"권유의 말씀 감사합니다. 하지만 이 문제에 이렇게 발을 들여놓게 되었으니 당분간 계속하려고 합니다."

"미스 윌러, 유감스럽지만 거들어줄 수는 없소."

"시간 내주셔서 감사합니다."

수잔은 그렇게 말하고 프린트 자료에 손을 내밀었다.

"이 자료는 더 이상 당신에게 이용하게 할 수 없소."

넬슨 박사는 수잔이 자료를 잡지 못하도록 자기 손을 컴퓨터 프린트물과 수잔의 손 사이에 넣었다. 수잔은 잠시 어떻게 해야 할지 몰라 손을 뻗은 채로 있었다. 또다시 넬슨 박사는 뜻밖의 태도로 방심한 그녀의 허를 찌른 것이다. 그녀가 애써 손에 넣은 자료를 뻔뻔스럽게 빼앗으려 하다니, 정말 터무니없는 일이었다.

수잔은 아무 말도 하지 않고 넬슨 박사를 쳐다보지도 않은 채 자료들을 빼앗다시피 챙겨서 그 방을 나왔다. 넬슨 박사는 즉시 수화기를 들고 다이얼을 돌렸다.

2월 24일 화요일 오전 10시 48분

닥터 헤리스의 사무실에는 책장 가득 마취학의 신간서적이 꽂혀 있었고 그중에는 그에게 감수받기 위해 보내진 출판 전의 교정쇄까지 있었다. 수잔에게 이것은 큰 선물 같은 것이었다. 그녀는 눈을 크게 뜨고 특히 병발증에 대한 책은 없는지 찾아봤다. 한 권을 발견하고는 그 제목과 출판사를 노트에 적었다.

다음에는 도서관에는 없던 일반 교과서를 찾다가 '코마―임상에서의 병태생리학적 고찰'이라는 책명을 적었다. 그리고 그녀는 흥분한 채 그 책을 꺼내어 각 장의 목록을 눈으로 훑어보면서 처음부터 이런 책을 읽었더라면 좋았을 텐데 하고 생각했다.

사무실 문이 열리고, 수잔은 두 번째로 닥터 로버트 헤리스와 대면하게 되었다. 그 순간 상대가 자기를 기억하지도 못하고 친절하지도 않은 것을 보고 수잔은 야단을 맞거나 꾸중을 들을 것 같은 느낌이 들었다. 그의 사무실에서 기다리게 된 것은 자신의 생각이 아니라 면회 약속을 정해준 비서 때문이었다. 그러나 수잔은 닥터 헤리스의 개인 방에 들어간 침입자와 같은 느낌이 들어서 불안해졌다. 그의 책을 허락도 없이 꺼내보고 있어서 더욱 그랬다.

"꺼냈던 책은 제자리에 넣도록 해요."

문을 닫으면서 헤리스가 말했다. 천천히 그리고 차분한 말투로 마치 아이에게 하듯이 그는 말했다. 그리고 가운을 벗어 문 뒤의 못에 걸고 한마디도 하지 않고 책상에 앉아서 장부를 펼쳐 뭔가를 적었다. 마치 수잔을 투명인간 취급하는 듯한 태도였다.

수잔은 책을 덮어 제자리에 꽂아놓고 30분 전부터 닥터 헤리스를 앉아서 기다리던 의자로 가서 앉았다.

닥터 헤리스가 앉아 있는 바로 뒤에 창이 하나 있었는데 그곳에서 들어오는 빛과 형광등의 빛이 교차해서 헤리스의 얼굴에 기묘한 효과를 낳고 있었다. 수잔은 그 빛들을 정면으로 받게 되어 곁눈질로 그를 바라보았다.

황갈색의 반들반들한 헤리스의 팔은 왼쪽 손목에 찬 금디지털 시계와 멋지게 조화를 이루고 있었다. 팔뚝은 굵었는데 앞쪽으로 갈수록 놀랍게 가늘어져 있었다. 겨울철에다 쌀쌀한 날씨인데도 불구하고 그는 반소매의 파란 셔츠를 입고 있었다. 장부 정리가 다 끝날 때까지 몇 분이 걸렸다. 이윽고 그는 장부를 덮은 다음 벨을 눌러서 비서를 불러 그것을 넘겨주었다. 그런 다음에야 그는 겨우 그녀를 보았다는 듯이 얼굴을 돌렸다.

"미스 월러, 내 사무실에서 다시 만나게 되다니 놀랍군."

닥터 헤리스는 천천히 의자에 등을 기대었으나 수잔을 정면으로 보는 것을 약간 괴로워하는 듯한 느낌이었다. 그의 뒤에서 비치는 빛 때문에 수잔은 상대의 얼굴 표정을 잘 볼 수가 없었다. 그의 목소리는 차가웠고 잠시 침묵이 이어졌다.

수잔은 얘기하기 시작했다.

"박사님, 어제 회복실에서의 실례를 사과드리고 싶습니다. 아마 알고 계시리라 생각합니다만, 그것이 제 최초의 임상실습이어서 병원의 분위기, 특히 회복실에 익숙해 있지 못했습니다. 게다가 우연히도 박사님께서 봐주시던 그 환자와 두 시간 전쯤에 만나서 잠시 얘기를 나

넣었고 수술 전 정맥주사도 제가 놓았기 때문에……."

얼굴이 보이지 않는 상대로부터 어떤 대답을 기대하면서 수잔은 거기서 말을 끊었다. 그러나 아무 말도 없었다. 전혀 움직이지도 않았다. 수잔은 다시 말을 계속했다.

"사실 그와의 대화는 의학에 관해서만은 아니었습니다. 의사라는 직업을 떠나서 언제 다시 만나자는 얘기까지 했습니다."

수잔은 다시 한 번 입을 다물어 보았으나 닥터 헤리스는 아무 말도 없었다.

"이런 말씀을 드리는 건 회복실에서의 제 태도에 대한 사과라기보다 설명하기 위해섭니다. 말할 필요도 없겠지만 그 환자가 그런 모양이 됐다는 현실에 부딪히고 보니 저도 모르게 완전히 자제심을 잃고 말았던 겁니다."

"그래서 자네는 여성의 입장에서 환자를 대했다는 얘기로군."

헤리스는 일부러 비난하는 투로 말했다.

"죄송하지만 지금 뭐라고 말씀하셨습니까?"

상대의 말은 들렸지만 자기의 귀를 의심하고 수잔은 반사적으로 되물었다.

"의사의 신분을 잊고 있었다고 말했소."

수잔은 순식간에 얼굴이 붉어졌다.

"어떤 의미로 받아들여야 좋을지 모르겠지만……."

"액면 그대로 받아들이게."

어색한 침묵이 이어졌다. 수잔은 가만히 있을 수 없는 기분으로 말하기 시작했다.

"의사답지 못했다고 하더라도 그런 상황에서 감상적으로 행동한 것은 지극히 인간적이라고 이해할 수 있지 않을까요? 환자와의 첫 만남에서 제가 전혀 의사답지 못했다는 것은 인정합니다만, 만약 그때 입장이 반대로 제가 환자이고 그 환자가 의사였다면 역시 마찬가지였을 겁니다. 그런 상황에서 감수성으로 대했다는 것이 의과대학에 다니는 여학생만이 갖는 미덥지 못한 점이라고는 생각지 않습니다. 특히 동료 남학생들이 여자 간호사들에게 이성적인 관심을 갖는 것을 보면 함부로 단정해서 말할 수는 없다고 생각합니다. 하지만 이런 일을 토론하려고 여기에 온 것은 아닙니다. 박사님께 불손했던 점을 사과하러 온 것뿐입니다. 제가 환자에 대해 이성으로 다가갔다는 것을 사과하러 온 건 아닙니다."

수잔은 말을 멈추고 뭔가 한 마디라도 하겠지 하고 다시 입을 다물었다. 그러나 아무런 반응이 없었다. 수잔은 말할 수 없는 초조감이 온몸에 퍼져가는 것을 느꼈다.

"만약 감성이라는 문제가 박사님을 괴롭혔다면 그건 박사님 자신의 문제입니다."

수잔은 단호하게 말했다.

"자네는 아직도 나를 잘 모르고 있군."

헤리스가 말했다.

수잔은 일어나서 내려다보듯이 헤리스의 얼굴을 노려보았다. 그의 좁은 양미간과 투실한 볼이 인상적이었고, 머리는 빛이 그의 머릿속까지 비쳐서 마치 은발의 가는 줄세공처럼 보였다.

"아무래도 이해가 안 되시는 모양입니다. 찾아와서 죄송합니다. 안녕히 계십시오, 헤리스 박사님."

수잔은 몸을 돌려 복도로 나가는 문을 열었다.

"자네는 왜 여기 온 거지?"

문에 손을 댄 채 수잔은 복도를 바라보며 헤리스의 질문에 대해 생각했다. 그녀는 그곳을 나갈까 말까 하다가 결국 몸을 돌려 다시 한 번 마취과장과 얼굴을 마주 대했다.

"저는 박사님께 지나간 잘못을 잊어주셨으면 하고 사과를 드리고, 또 한 가지 도움을 청할 일이 있어서 찾아왔습니다."

"무슨 일인데?"

헤리스의 차가운 목소리에서 긴장이 풀린 약간의 부드러움을 느낄 수가 있었다.

수잔은 다시 한 번 망설이며 생각한 끝에 문을 닫았다. 그리고 지금까지 앉았던 의자가 있는 곳까지 걸어갔으나 앉지는 않고 헤리스를 똑바로 바라보면서 생각했다.

'나로서는 지금 잃는 것은 아무것도 없다. 상대가 냉정하든 말든 처음에 말하려고 했던 것을 말해버리는 것이 좋겠다.'

"작년 1년 동안에 마취 후 코마 상태에서 깨어나지 않은 환자가 여섯 건이 있었다고 과장님이 말씀하셨기 때문에 3학년 논문에 마침 좋은 주제로 이 문제를 다뤄보려고 생각했습니다. 조사해봤더니 과장님의 말씀이 정확했다는 것을 알았습니다. 하지만 작년에 병실에 입원했던 환자 가운데 원인을 설명할 수 없는 코마에 빠진 사고가 다섯 건이나 됩니다. 어제 두 사람의 환자가 호흡정지로 죽었고요. 이 사람들은 이런 일이 일어날 만한 질병을 갖고 있지 않았습니다. 아주 가벼운 병으로 입원했던 겁니다. 한 사람은 정맥염 때문에 다리를 약간 수술했고 또 다른 사람은 안면 신경마비였습니다. 그중 한 사람은 녹내장이 있었을 뿐 본래 건강한 사람이었습니다. 호흡정지를 일으킬 만한 원인이 아무것도 없었습니다. 그래서 저는 다른 코마의 예와 혹시 관계가 있는 게 아닌가 하고 생각한 겁니다. 다시 말해서 이 열두 건은 전부 정도의 차이가 있을 뿐 같은 게 아닐까 하는 겁니다. 그리고 버만도 다른 사람들과 같다는 것을 알게 되면 이 열세 사람 모두 같은 병에 걸려 있었다고 생각할 수 있습니다. 무엇보다 최악의 상황은 이런 환자들이 갑자기 늘어났고 모두가 특히 마취 중에 일어났다는 겁니다. 발생 간격이 점점 좁혀지고 있고요. 아무튼 저는 이 문제를 좀 더 심층적으로 조사하려고 합니다. 이 연구를 계속해 나가기 위해서는 과장님 같은 분의 도움이 필요합니다. 컴퓨터에서 자료를 찾으려면 아무래도 과장님의 허가가 필요합니다. 또 이 환자들의 차트도 필요합니다."

헤리스는 상체를 앞으로 내밀고 두 팔을 책상 위에 천천히 올려놓았다.

"내과에서 한바탕 소란을 피웠다는 게 자네였군. 제리 넬슨은 아무 말도 하지 않았지만."

그는 중얼거리듯 말하고 나서 수잔을 향해 큰 소리로 말했다.

"미스 윌러. 자네는 소란을 피울 작정을 한 모양이로군. 의대의 기초 의학을 겨우 마치고 임상 조사에 흥미를 갖는 학생에게 얘기를 듣는 건 기분 좋은 일이긴 하지만 자네에게는 그게 어울리지 않아요. 내가 이렇게 말하는 데에는 여러 가지 이유가 있지. 우선 코마라는 문제는 자네가 생각하고 있는 것보다 훨씬 복잡하다는 거야. 게다가 코마가 원인불명이라는 것만으로 모든 코마가 서로 관계가 있다고 해버리는 건 어리석은 생각이야. 미스 윌러, 자네의 그 3학년 논문이라는 것에는 좀 더 특이한 것, 추리적이 아닌 것이 좋다고 충고해두겠네. 내게 도와달라고 하지만 나는 시간이 없어. 뭔가 자네에게 어울리는 다른 일이라면 모를까. 분명히 말해두지만 나는 의학공부를 하겠다는 여자에게는 별로 흥미가 없어요."

헤리스는 수잔을 향해 마치 총을 들이대듯이 손가락을 내밀었다.

"여자들은 모두가 의학을 무슨 게임하듯이 하고 있어. 당장 해치워 버릴 수 있는 것처럼……약간 멋이 있으니까……그리고 나중에는 어떻게 되든 생각지 않고 말이야. 한마디로 호기심 같은 거지. 게다가 무엇보다 터무니없고, 감상적이고 그리고……."

"헤리스 박사님, 당치않은 말씀 마세요."

수잔은 상대의 말을 가로막고 의자를 들어올려 쾅 하고 바닥에 떨어뜨렸다. 그녀는 화가 나서 견딜 수가 없었다.

"그런 터무니없는 말씀을 들으려고 온 게 아닙니다. 사실상 의학을 낡은 껍질 속에 틀어박아 넣는 사람은 과장님 같은 분이에요. 그러다 보니 변화를 읽지 못하시는 겁니다."

헤리스는 손바닥으로 책상을 힘껏 내리쳐서 그 언저리에 있던 종이와 연필을 날려 보냈다. 그러고는 갑자기 책상 뒤에서 한걸음 앞으로 나오더니 수잔의 얼굴에 자기의 얼굴을 가까이 갖다 댔다. 수잔은 자신이 불을 붙였다고는 하지만 생각지도 않은 헤리스의 분노에 몸이 얼어붙었다.

"미스 윌러, 정말 건방지기까지 하군. 여기가 어디라고……."

헤리스는 자신을 억제하느라 안간힘을 쓰면서 말했다.

"이 병원에서 일류학자들이 이미 규명하고 있는 문제에 대해 자네가 기적을 일으켜서 우리를 돕기라도 하겠다는 건가. 자네는 지금 병원을 우습게 알고 있는 거야. 이 병원에서 24시간 내에 나가줘야겠어. 자, 이제 내 사무실에서도 당장 나가!"

수잔은 분노가 폭발할 것 같은 이 남자에게 등을 보여서는 위험하다는 생각이 들었다. 그녀는 뒷걸음질 쳐서 문을 열고 두려움과 분노가 뒤죽박죽이 된 채 복도로 뛰쳐나갔다.

뒤에서 헤리스가 문을 세차게 닫는 소리가 났다.

헤리스는 수화기를 들고 비서에게 당장 병원 원장과의 만남을 주선하라고 말했다.

2월 24일 화요일 오전 11시

복도를 걷고 있는 사람들이 이상하게 생각할까 봐 수잔은 걸음을 늦추었다. 자신의 얼굴에서 감정이 드러날 것 같아서 우려스러웠다. 울고 있을 때나 울음이 터지려 할 때면 그녀는 항상 볼과 눈꺼풀이 붉어졌다. 울려고 하지 않는데도 자연히 신경이 작용해버렸다.

만약 누군가가 그녀를 불러 세워서 "왜 그래, 수잔?" 하고 대수롭지 않게 묻기만 해도 그녀는 울음이 터질 것 같았다. 그래서 그녀는 잠시 혼자 있고 싶었다. 헤리스와 맞부딪쳤을 때 느꼈던 공포가 사라진 후에도 뭔가 거친 분노와 좌절감이 남아 있었다. 대선배로부터 조언을 듣지 못하고 오히려 큰 두려움과 분노를 느끼게 되자 자기가 망상에 빠진 것은 아닌가 하는 의구심이 생겼다.

헤리스가 물리력을 행사하고 싶어 할 정도로 자신이 정말 그를 화나게 한 것일까? 그가 책상 뒤에서 앞으로 나왔을 때 정말 자신을 때리려고 했던 것일까? 그래서 자신이 무서워했던 것일까? 그녀는 그 상황에서 일어났던 일들을 도저히 남들은 믿을 수 없을 거라고 생각했다. 영화 '케인호의 반란'에서 퀴그 함장의 입장을 그녀는 곰곰이 생각해보았다.

그녀가 천천히 생각할 수 있는 피난처는 계단밖에 없었다. 그녀는 철제문을 밀었다. 문은 뒤에서 요란한 소리를 내며 닫히고 형광등 불빛과 사람 소리를 차단했다. 머리 위에 단 하나 비치고 있는 갓 없는 전구는 더욱 따뜻한 느낌을 주었고 계단의 어떤 정적감이 마음을 차분하게 가라앉게 해주었다.

수잔은 아직 노트와 볼펜을 꽉 쥐고 있었다. 그녀는 이를 꽉 물고 옆에서 들릴 만큼 크게 숨을 몰아쉬고는 큰소리로 욕을 퍼부으면서 노트와 볼펜을 층계참을 향해 내던졌다. 노트는 계단 모퉁이에 맞고 납작하게 떨어져 멈추는 듯싶더니 층계참 옆의 벽에 부딪히고는 찢어지지도 않고 멈췄다. 펜은 계단 모퉁이에 튕겨져 굴러갔다.

암담한 기분으로 수잔은 계단의 제일 위 칸에 걸터앉았다. 발은 다음 층계를 밟고 무릎을 바짝 굽힌 모양을 하고는 양 팔꿈치를 무릎 위에 올려놓았다. 그리고 눈을 꼭 감았다. 그녀는 이 병원에 와서 짧은 시간임에도 불구하고 사람들의 면모와 의사들의 세계를 너무나 많이 경험한 것 같았다. 병원 간부를 위시해서 강사와 교수들로부터 그녀로서는 예측도 할 수 없는 따뜻한 환영을 받음과 동시에 한편으로는 공공연한 적의까지 경험했다. 넬슨의 반응은 헤리스가 보여준 것보다 더 공격적이었다. 넬슨은 처음에는 호의적이다가 나중에는 오히려 방해를 하는 태도를 보였다.

수잔은 갑자기 가슴에 품고 있던 감정이 되살아난 듯했다. 평생 직업으로 의학을 선택한 때부터 계속 키워진 감정, 다시 말해서 그것은 역설적인 고독감이었다. 그녀에게 반응을 보이는 사람들에게 항상 둘러싸여 있으면서도 홀로 있는 느낌이었다.

메모리얼 병원에서의 하루 반나절은 그녀의 임상 과정의 좋은 출발은 결코 아니었다. 그리고 보면 의과대학에 입학한 첫날부터 그녀는 남자전용 클럽에 들어가는 기분이었다. 즉 적응하고 타협을 강요당하는 아웃사이더 같았다.

수잔은 눈을 뜨고 바닥에 떨어져 있는 노트를 내려다보았다. 노트를 내던짐으로써 동시에 약간 마음이 누그러진 것 같았다. 어쩌면 그렇게도 어린애 같은 짓을 했을까 하는 생각도 들었다. 그런 짓을 하는 것은 전혀 자기답지가 않았다. 곰곰이 분석해보면 넬슨이나 헤리스가 옳았는지도 몰랐다. 공부하는 학생이 그렇게 빨리 중대한 임상문제에 필요 이상으로 관여한다는 것은 자신이 잘못돼 있었는지도 모른다. 감정으로 치닫기 쉬운 성격은 확실히 치명적인 단점일 것이다.

만약 자신이 남자였다면 헤리스가 그와 같이 나오는 태도에 대해 어떤 반응을 보였을까? 남자 동료보다 자기 쪽이 역시 감정적이었을까? 수잔은 벨로우즈의 냉정하고 초연한 태도에 관해서 생각해보았다. 비극적인 상황에 직면해 있으면서도 어떻게 나트륨 이온에 그렇게 집중할 수 있었을까.

수잔은 전날 그의 행동이 마음에 안 들었지만 지금 계단에 앉아서 이 생각 저 생각 하고 있자니 더 이상 그를 자신 있게 비난할 수가 없었다. 그렇다고 해도 그렇게 초연해야 할 상황이 된다면 과연 자신도 그렇게 할 수 있을지 의심스러웠다.

어디선가 위쪽에서 문을 여는 소리가 나서 수잔은 깜짝 놀라 일어났다. 계단에 종종걸음의 조용한 발소리가 나다가 다시 한 번 다른 문 여는 소리가 들리고 다시 조용해졌다. 조잡한 시멘트벽에 녹슨 얼룩이 흩어져 있는 것을 보자 수잔의 고독감은 훨씬 더해갔다. 그녀는 천천히 노트가 떨어진 바닥 밑까지 내려갔다. 우연하게도 낸시 그린리의 차트를 옮겨적은 부분이 펼쳐져 있어서 그녀는 노트를 집어 들고 자신의 필적을 더듬어 읽기 시작했다.

'나이 23살, 백인, 18살 때 전염성 단구 증가증을 앓았던 것 외에 전력 없음.'

갑자기 창백하게 누워 있는 중환자실의 낸시 그린리의 모습이 머릿속에 떠올랐다. '나이 23' 하고 수잔은 큰소리로 말해보았다. 그 순간 격심한 감정이 되살아났다. 그리고 헤리스가 뭐라고 하든, 넬슨이 어떻게 나오든 자신의 능력이 닿는 한 그 코마 문제에 도전하겠다는 생각을 했다. 그러자 왠지 벨로우즈를 만나고 싶은 강한 충동을 느꼈다. 불과 하루 사이에 벨로우즈에 대한 그녀의 기분은 180도로 바뀐 것 같았다.

"수잔, 부탁해. 그래도 아직 만족하지 못하나?"
벨로우즈는 테이블에 팔꿈치를 대고 손가락으로 눈두덩을 가볍게 누르면서 말했다. 그리고 턱을 괴고는 맞은편에 앉은 수잔의 얼굴을 바라보았다.
병원 커피숍은 현대식 가구로 채워져서 그런지 꽤 깨끗했다. 직원들도 가끔 이용하지만 본래는 병원의 방문객을 위한 것이었다. 구내식당보다 값은 비싸지만 그래도 질은 비교적 좋았다.
11시 30분, 혼잡한 시간이었지만 수잔은 모퉁이에 빈 테이블을 발견하고 방송으로 벨로우즈를 불러냈다. 벨로우즈가 곧 응해준 것이 그녀로서는 기뻤다.
"수잔."
잠깐 멈추었다가 벨로우즈는 말을 계속했다.
"이제 더 이상 무모한 도전은 그만해. 그건 자살행위일 뿐이야. 의학에는 하나의 원칙이 있어. 강을 건너지 못하면 익사한다는……. 나도 그것을 배웠어. 맙소사, 도대체 왜 헤리스를 찾아간 거야. 어리석게도……, 어제 그런 일을 당했으면 그만이지."
수잔은 벨로우즈를 가만히 응시하면서 잠자코 커피를 한 모금 마셨다. 그녀는 벨로우즈가 말하는 것이 싫지 않았기 때문에 더 듣고 싶었다. 자신을 걱정해주는 유일한 사람이므로 그녀는 가능하다면 그가 함께 해주기를 원했다.

벨로우즈는 커피를 마시면서 고개를 저었다.

"헤리스는 권력자야. 하지만 여기서 만능은 아니야. 스타크는 적당한 이유만 있으면 헤리스를 마음대로 할 수 있어. 여기 대부분의 기금을 모은 사람은 스타크야. 아마 수백만 달러가 될 거야. 그래서 모두가 그를 대단한 사람으로 여겨. 그러니까 그 사람에게 잘 보이도록 해. 왜 불과 며칠 동안인데 보통 학생들처럼 가만있지 못하는 거야? 제기랄, 그건 내게도 필요한 이야기야. 오늘 아침 회진 때 학생들을 맞이한 게 누군 줄 아나? 스타크였어. 그리고 맨 먼저 그는 물었어. 전부가 다섯 명일 텐데 왜 세 명밖에 없냐고. 바보 같은 얘기지만 나는 설명했어. 어제 처음으로 수술실에 들어갔는데 그중에 한 학생이 기절을 해서 바닥에 머리를 부딪히는 바람에 그렇게 됐다고 말이야. 그 다음은 말하지 않아도 알 거야. 그런데 너에 대해서는 적당한 변명이 떠오르질 않았어. 그래서 마취 후에 발생한 코마에 관한 기록을 조사하고 있다고 말했지. 적당한 말이 떠오르지 않아서 솔직하게 말하는 것이 좋다고 생각한 거야. 그런데 그 일을 너에게 시킨 게 나라고 그는 그 즉시 추측한 모양이야. 그때 내게 뭐라고 했는지 여기선 도저히 말할 수 없어. 그저 너에게 말할 수 있는 건 보통 학생처럼 행동해달라는 것뿐이야. 나로서는 벌써 한계가 넘을 정도로 너를 커버했다는 것을 알아야 해."

수잔은 사람과 사람이 나누는 위로의 포옹 같은 것을 하고 싶었지만 그녀는 하지 않았다. 그저 머리만 숙이고 잠시 커피 스푼을 만지작거리고 있었다. 그리고 고개를 들어 벨로우즈를 보았다.

"저 때문에 곤란하게 해드렸다면 죄송해요. 정말이에요, 마크. 말할 필요도 없겠지만 일부러 그런 건 아니에요. 처음부터 이상하게 이건 뭔가 큰일이라고 생각했어요. 전 그저 감정적으로 견딜 수 없어서 시작한 거예요. 낸시 그린리는 저와 같은 나이인 데다가 저도 가끔 생리불순일 때가 있거든요. 그녀와 똑같은 입장인 것 같아서요. 어쩐지 그녀가 가깝게 느껴졌어요. 게다가 버만까지…… 어쩌면 우연의 일치인지도……. 그런데 버만의 뇌파는 어떻게 됐어요?"

"전혀 반응이 없어. 뇌가 완전히 가버린 것 같아."

"뇌가 갔다고요?"

"빈사 상태야."

수잔은 아랫입술을 깨물며 커피 잔을 들여다보았다. 유백색 크림이 표면에 맴돌고 있었다. 어떻게든 좋아졌다는 말을 듣고 싶었으므로 그녀는 감정을 억누르려고 안간힘을 썼다.

"괜찮아?"

벨로우즈는 그렇게 묻고는 손을 뻗어서 두 손으로 살며시 수잔의 턱을 올렸다.

"잠깐만, 아무 말 하지 마세요."

수잔은 고개를 숙이고 말했다. 지금 그녀는 울음을 참고 있었다. 만약 그가 무슨 말을 계속하면 울음이 터질 것 같았다. 벨로우즈는 수잔의 말에 잠자코 그녀를 응시하면서 커피를 마셨다.

잠시 후 수잔이 얼굴을 들었다. 두 눈이 약간 붉어져 있었다.

"아무튼……."

수잔은 벨로우즈와 시선이 마주치지 않으려고 애쓰면서 말했다.

"처음에는 감상적인 생각으로 시작했지만 곧 학구적으로 바뀌게 되었어요. 정말 뭔가 발견한 듯한 느낌이 들어요. 새로운 병인지, 새로

운 마취의 병발증인지 아니면 새로운 증후군인지…… 저로서는 알 수
없는 뭔가를. 하지만 도중에 느꼈어요. 처음 생각한 것보다 훨씬 큰
문제가 있는 것 같았어요. 외과뿐만 아니라 내과에까지 코마 환자가
있었고, 게다가 최근에 선배님이 말해준 두 건의 사망자가 나왔잖아
요. 선배님은 미친 짓이라고 생각할지 모르지만 저는 직감으로 여기
에는 뭔가 다른 것이 있다. 뭔가…… 그걸 뭐라고 설명할 수는 없지
만……. 예를 들면 초자연적이라든가, 불길하다고 할까 그런 것이 느
껴졌어요."

"아이고, 이젠 편집증까지……."

벨로우즈는 빈정거리듯이 고개를 끄덕이면서 말했다.

"어쩔 수가 없어요. 마크, 넬슨과 헤리스의 태도도 뭔가 아주 이상
했어요. 특히 헤리스의 반응은 완전히 설명할 수 없을 정도로…… 아
마 그 사실은 선배님도 믿으셔야 할 거예요."

벨로우즈는 손바닥으로 자신의 이마를 몇 번 쳤다.

"넌 지금도 옛날 공포 영화를 보고 있는 것 같아. 그렇다고 인정해,
수잔…… 그렇지 않으면 너에게 정신병 발작이 일어났다고 생각할 수
밖에 없어. 터무니없는 생각을 하고 있는 거야. 지금 뭘 의심하고 있
는 거야? 어떤 이상한 종류의 살인자를 염두에 두고 있는 거잖아. 만
약 네가 독창성을 발휘해서 어떤 가설을 세우려면 내친 김에 그 동기
까지도 함께 찾아봐주지 않겠어? 알겠어, 미치광이 살인자는 할리우
드라든가 '호스피털(Hospital)'이라는 영화 속의 조지 C. 스콧한테 맡
겨두면 돼. 얼마든지 미스터리를 날조해줄 거야……. 하지만 그건 약
간 현실과는 지나치게 거리가 떨어져 있으니까 말이야. 헤리스의 언
동은 나도 조금은 이상하다고 생각해. 분명히 이상해. 하지만 동시에
그의 불합리한 태도에 대해서 나는 합리적으로 설명을 할 수 있을 것

같아."

"해봐요."

"좋아, 헤리스는 전부터 그 코마 문제로 초조해하고 있는 거야. 아무튼 그게 그의 과에서 일어난 일이니 당연히 책임을 지지 않으면 안 되지. 그런 와중에 젊은 의대생이 나타나서 아픈 데를 찌른 거야. 그런 스트레스 때문에 너를 대하는 태도가 지나쳤다는 점에서 그의 기분을 이해할 수 있지 않을까."

"헤리스의 태도를 지나친 정도가 아니었어요. 책상 뒤쪽에서 앞으로 뛰쳐나와서 저를 후려치려고 했단 말이에요."

"아마 네가 그를 자극했겠지."

"뭐라고요?"

"다른 건 제쳐놓고 그는 틀림없이 너한테 성적 반응을 보였을 거라고 생각해."

"어머, 마크."

"난 진지하게 말하고 있어."

"마크, 그 사람은 닥터인 데다가 교수이고 또 마취과장이에요."

"그렇다 해도 남자라는 문제는 별문제야."

"선배가 오히려 어처구니 없는 사람이군요."

"의사란 건 대체로 자기 직업 안에서만 시간을 보내고 있으니까 사회생활에 대처해나가는 방법이 서툰 법이거든. 사회라는 면에서 보면 의사는 적어도 완성품은 아니지."

"자신을 말하고 있는 거예요?"

"그럴지도 모르지. 수잔, 너는 자신이 아주 도발적인 여자라는 걸 잊이 말아야 할 거야."

"뭐예요, 당치도 않게. 도발적인 여자를 못 보셨나 보네요."

벨로우즈는 깜짝 놀란 듯한 표정을 지었다. 그러다 그는 누가 자기들의 대화를 듣고 있지나 않았나 하고 주위를 둘러보았다. 그는 두 사람이 커피숍에 있다는 것을 염두에 두고 있었다. 커피를 한 모금 마시고 그는 다시 수잔의 얼굴을 응시했다. 그녀는 시선을 돌렸다.

"아무튼 대단한 의학도가 나타났구먼."

벨로우즈는 낮은 소리로 말했다.

"당연하잖아요. 전 그런 틀에 박힌 말에는 넌더리가 나요. 제가 도발적인 여자라고 말한 건 일부러 그 일에서 손을 떼게 하려고 하는 말이겠죠? 절 믿어줘요. 전 그런 여자가 아니에요. 만약 의학계에 들어와서 제가 변한 게 있다면 그건 분명히 옛날부터 내려오는 소위 '여자'라는 이미지를 없애려고 노력하고 있다는 점이에요."

"알았어. 그 말은 좋지 않았다. 그게 너의 결점이라는 의미로 한 말은 아니었어. 넌 매력적인 여자로……."

"그래요, 매력적이라고 말하는 것과 도발적이라는 것과는 큰 차이가 있어요."

"아무튼 좋아. 이런 일로 옥신각신할 생각은 없어. 난 이만 가봐야해. 15분 뒤에 수술이 있어. 괜찮다면 오늘 저녁식사를 함께 하면서 얘기하자고. 아직도 나와 함께 식사할 생각이 있다면 말이지만."

벨로우즈는 쟁반을 들고 일어났다.

"좋아요."

"그런데 지금부터라도 좀 얌전히 있으면 안 될까?"

"글쎄요, 한 가지 더 해야 할 일이 있어요."

"그게 뭔데?"

"스타크예요. 그 사람이 협조해주지 않으면 전 포기해야 해요. 도움이 없으면 실패할 수밖에 없을 거예요. 또 선배님이 컴퓨터 자료를 구해주지 않는다면……."

벨로우즈는 다시 한 번 쟁반을 테이블 위에 놓고 말했다.

"수잔, 내게 그런 걸 부탁하지 말아줘. 난 할 수가 없어. 스타크에게 얘기한다니 너도 뭔가 단단히 잘못됐어. 그놈에게 산 채로 잡아먹히고 말 거야. 그놈에 비하면 헤리스는 순한 양이야."

"이 모험은 어떻게든 해야 돼요. 여기서 수술을 받다 죽는 것보다는 안전하겠죠."

"그렇게까지 비틀리게 말하다니."

"그렇게까지라뇨? 그럼 버만한테 물어볼까요, 당연하다고 생각하고 있는지요?"

"물어볼 수가 없잖나."

"물어볼 수가 없다고요?"

수잔은 벨로우즈가 빨리 설명해주기를 기다렸다. 수잔으로서는 최악의 상태를 생각하고 싶지는 않았지만 자연히 그것이 머릿속에 떠올랐다. 벨로우즈는 말을 잇지 않고 쟁반을 놓아두는 선반 쪽으로 걸어가기 시작했다.

"그 사람 아직 살아 있는 거죠?"

수잔의 목소리에는 절망감이 엿보였다. 그녀도 일어나서 벨로우즈의 뒤를 따랐다.

"심장이 움직이고 있는 걸 살아 있다고 한다면 그는 살아 있지."

"아직 회복실에 있어요?"

"아니."

"그럼, 중환자실에?"

"아니야."

"그럼, 지금 어딨어요?"

벨로우즈와 수잔은 쟁반을 선반 위에 놓고 커피숍을 나왔다. 곧 홀의 인파 속으로 들어가 고된 걸음을 재촉해야 했다.

"남 보스턴의 제퍼슨 연구소로 옮겨졌어."

"제퍼슨 연구소라는 게 대체 뭐죠?"

"이 지역에서 지역민의 건강을 잘 유지하는 기구를 만들기 위한 일환으로 생겨난 강력 치료기구야. 환자를 치료하는 데 있어서 경제성을 생각한 나머지 비용을 절약하기 위해 만들어진 거야. 경영은 개인이지만 정부 출자로 세워졌지. 하버드와 M.I.T. 양 대학의 건강 실천 보고에서 나온 아이디어와 계획에 의해 만든 기관이야."

"그런 얘긴 지금까지 들어본 적이 없어요. 가본 적 있어요?"

"아니, 하지만 가보고 싶어. 한번 밖에서 바라본 적은 있지만. 아주 현대식으로 지어졌더군. 웅장한 데다 건물이 전부 일직선으로 세워져 있는 것이 특색이고. 우선 눈에 띈 것은 1층에 창이 전혀 없다는 거야. 왜 그게 눈에 띄었는지 모르지만 말이지."

벨로우즈는 고개를 저었고 수잔은 미소를 지었다.

"의사들을 위한 프로그램이 있어."

벨로우즈는 계속해서 말했다.

"매월 둘째 화요일에 견학이 가능하다는데 가본 사람들은 모두 탄복하고 있어. 그런 프로그램을 만든 것은 확실히 잘한 것이었어. 코마라든가 그와 비슷한 환자로서 장기간 치료가 필요한 사람이 입원하도록 되어 있지. 중환자실을 급한 환자를 위해 항상 비워두는데 그건 좋은 아이디어라고 생각해."

"하지만 버만은 코마에 빠진 지 얼마 안되었는데, 왜 그렇게 서둘러 이송한 거죠?"

"코마가 된 시간보다 코마의 상태가 더 중요해. 분명히 그는 장기간 그런 상태로 있을 것 같아. 그린리와는 그게 다른 모양이야. 그녀는 정말 고민거리지. 여러 가지 병발증을 가지고 있으니까."

수잔은 이런 상황에서 냉담할 수 있다는 것이 어떤 것인가를 생각했다. 낸시 그린리의 문제에 대해 벨로우즈가 냉담하고 태연하게 있을 수 있는 것이 이해하기가 힘들었다.

벨로우즈는 계속해서 말했다.

"만약 그녀도 안정적인 상태였다면, 나는 즉시 제퍼슨 연구소로 보냈을 거야. 그녀의 경우는 시간만 많이 잡아먹고 결과는 별 게 없을 거란 말이야. 사실 그녀한테는 도움될 게 아무것도 없어. 하지만 이대로 담당을 교대할 때까지 계속 살아있다면 나로서는 적어도 의사로서의 내 경력에 오점은 면하게 되는 거지. 그건 마치 역대 대통령들이 재임기간 동안 베트남을 살려둔 것과 마찬가지야. 이기지도 못하고 그렇다고 지기도 싫다는 거지. 만약 지기라도 한다면 결국 아무것도 손에 들어오는 것은 없고 잃을 것만 많아지는 거야."

두 사람은 중앙 엘리베이터가 있는 곳까지 갔다. 그들은 조용히 기다리고 있는 군중 속으로 들어갔고, 벨로우즈는 올라가는 단추가 눌러졌는지 확인했다.

"내가 어디까지 말했지?"

벨로우즈는 확실히 침착하지 못한 것처럼 머리를 긁적였다.

"버만과 중환자실에 대한 얘기였어요."

"아, 그래 맞았어. 그는 상태가 안정돼 있었다고 생각해."

벨로우즈는 손목시계를 보고 엘리베이터의 닫힌 문을 원망하듯이 노려보았다.

"빌어먹을 엘리베이터. 수잔, 나는 평소 남을 충고하지 않는 성격이지만 하지 않을 수가 없군. 스타크를 꼭 만나고 싶다면 만나보라고. 하지만 나는 너를 도울 수 없다는 점을 기억하고……. 그리고 스타크를 만나서 도움을 못 받으면 그만두는 거야. 알겠지. 의사도 되기 전에 그 평생의 직업이 도로 아미타불이 된단 말이야."

"선배님은 나를 걱정하는 거예요, 아니면 선배님 본인 걱정을 하는 거예요?"

"양쪽 전부."

벨로우즈는 엘리베이터를 내리는 사람들 때문에 길을 비켜서면서 말했다.

"선배님은 참 솔직한 사람이에요."

벨로우즈는 엘리베이터 안으로 끼어들어가서 수잔을 향해 손을 흔들면서 7시 30분에 만나자고 중얼거렸다. 수잔은 저녁식사 약속을 문득 생각해냈다.

시계는 11시 45분을 가리키고 있었다.

2월 24일 화요일 오전 11시 45분

벨로우즈는 엘리베이터 문 위에 있는 층계 표시판을 올려다보았다. 머리 바로 위에 있었기 때문에 머리를 뒤로 젖혀야만 보였다. 수술시간에 맞춰서 가려면 서둘러야 했다.

환자는 62살의 남자인데 치질 수술이었다. 벨로우즈는 수술하는 것을 좋아했다. 일단 수술을 시작하고 메스가 가져다주는 묘한 책임감을 느끼기 시작하면 위든, 손이든, 입이든, 항문이든 어디든 상관이 없었다.

벨로우즈는 그날 밤 수잔과 만날 것을 생각하고 즐거운 기대에 가

숨이 뛰었다. 모든 것이 신선하고 감미로울 것이다. 두 사람의 대화는 화젯거리가 많아서 어느 것이나 마음대로 선택할 수가 있었다. 두 사람 사이에 성립된 동료의식을 어떻게 하면 좀 더 긴밀하게 할 수 있을까 하고 벨로우즈는 생각했다. 게다가 육체적으로는? 벨로우즈는 아직은 아니라고 생각했다. 그러나 마음속으로는 수잔과 스킨십을 하고 싶은 갈망이 일어나 그것이 또 고민거리가 되었다. 충동적으로 그녀에게 키스하는 장면을 상상하고 그는 히죽 웃었다. 그것을 계기로 옛날 아주 젊었을 때 여드름이 나면서 여자아이와 데이트하고 상대의 집 현관 앞에서 치기어린 대화를 나누던 때가 생각났다. 그때 그 여자아이에게 키스를 했는데 어색하고 싱겁기만 했다.

벨로우즈는 수잔과 만난다는 생각을 하자 지난날 데이트했던 것이 떠올랐다. 수잔은 확실히 감미롭고 관능적인 여자임에는 분명하지만 누가 뭐래도 자기와 같은 의사가 되려고 하는 여자였다. 그렇기 때문에 그녀에게는 벨로우즈 자신이 늘 써먹는 카드가 먹혀들지 않을 수도 있었다.

여자들은 대부분 자기가 의사라고 하면, 그것도 외과의사라고 하면 대개 강한 인상을 받게 마련이었다. 벨로우즈는 그런 사회적 지위를 항상 이용하면서 데이트를 즐겼는데 수잔에게는 어림도 없는 카드임에 틀림없었다. 의사라고 해서 일반인들과 별로 다를 바가 없다는 것을 수잔은 너무도 잘 알고 있을 것이다. 벨로우즈 자신도 그것을 잘 알고 있지만 그것은 어떻게 되든 상관없었다.

사실 그가 메모리얼 병원에서 수술실에 들어갔던 여러 번의 경험이 여자와 만나는 데 오히려 장애가 될 수도 있었다. 그러나 벨로우즈가 정말로 신경 쓰이는 점은 수잔이 남자의 페니스에 대해서는 흥미가 전혀 없으리라는 사실이었다. 어쩌면 그녀 자신이 페니스를 해부해봤을지도 모르는 일 아닌가.

벨로우즈는 자신의 성적 충동이나 공상을 해부학적, 생리학적으로 구체화해서 생각한 적은 없었다. 그러나 수잔은 어떨까? 그녀의 미소 띤 얼굴과 부드러운 살결, 숨 쉴 때마다 솟아오르는 가슴, 무엇을 보아도 그녀는 여자의 전형이었다. 그러나 그녀는 부교감 신경의 반사와 내분비의 변화에 의해서 섹스가 가능해지고 쾌감도 생긴다는 것을 알 것이다. 거기다 엉뚱한 것까지도 너무 많이 알고 있을지도 모른다. 설사 만사가 순조롭게 나아간다고 해도 벨로우즈는 자신의 페니스가 무기력해지고 그리고 임포라는 것을 깨닫게 될지도 모른다는 생각이 들었다.

그런 것을 생각하니 벨로우즈는 수잔과 만나는 것도 불안해졌다. 아무튼 한번 병원을 나가면 벨로우즈는 자유분방하게 되고 싶었다. 그러기 위해서는 아무 생각 없이 즐기는 섹스가 최고였다. 수잔과는 그런 기회가 생긴다 해도 그렇게 될 것 같지가 않았다.

또 한 가지 문제는 외과에 배속되어 자기 감독 하에 있는 학생과 데이트한다는 것이 과연 현명한 것인가 하는 문제였다. 벨로우즈의 임무는 수잔의 실습 성취도를 평가하는 데 있었다. 그녀와 데이트를 하면 이해관계가 얽혀져서 터무니없는 결과를 낳게 될 것이다.

엘리베이터의 문이 수술실 복도를 향해 열려서 벨로우즈는 재빨리 수술실을 가로질러 중앙에 있는 책상을 향해 갔다. 직원은 다음날 수술 예정표를 준비하고 있었다.

"내 환자는 어느 방인가? 치질 수술을 받을 바른 씨인데……."

직원은 얼굴을 들고 상대를 확인하며 오늘 예정표를 보았다.

"닥터 벨로우즈입니까?"

"그래."

"아, 닥터 벨로우즈는 이 수술에서 빠졌습니다."

"빠졌다고? 누가 그랬어?"

벨로우즈는 당황스러웠다.

"닥터 챈들러입니다. 사무실로 오시라는 전갈이 있었습니다."

환자의 담당에서 빠진다는 것은 벨로우즈에게는 대단히 이상한 일이었다. 분명히 조지 챈들러는 레지던트 주임이니 그만한 권력은 있다지만 그러나 이런 일은 좀처럼 없었다. 때로 수술 조수가 빠지는 일은 있지만 그것은 다른 수술을 거들기 위해서였다. 이것은 항상 군대에서 말하면 병참 업무와 같은 것이다.

어쨌든 베어드 5병동에 들어온 환자의 수술 담당에서 빠지게 된다는 것은 전혀 새로운 경험이었다.

벨로우즈는 놀라거나 초조해하는 표정은 짓지 않고 수술실 직원에게 그저 고맙다는 인사만 하고 태연하게 조지 챈들러의 사무실로 향했다.

레지던트 주임의 사무실은 2층의 창이 없는 작은 방이었다. 그 작은 방에서 지시사항이 매일 결정되어 그것이 외과 전체를 돌아다니게 되는 것이다. 챈들러는 레지던트 전원의 스케줄, 그리고 당직이나 주말의 일직까지 전부 담당하고 있었다. 그밖에 수술실의 스케줄까지도 담당하며 간부 의사와 환자와 그에 필요한 수술 조수를 할당하는 임무를 수행하고 있었다.

벨로우즈가 문을 노크하자 안에서 '예.' 하는 소리가 들려왔다. 조지 챈들러는 그 조그만 방을 가득 채우고 있는 책상에 앉아 있었다.

책상은 문으로 향해 있었는데 의자가 있는 곳까지 가려면 상당히 거북했다. 의자 뒤에는 서류 선반이 있었고 책상 앞에는 나무 의자가 하나 놓여 있었다. 실내는 아무런 장식도 없었고 벽에 게시판 하나가 걸려 있을 뿐이었는데 조촐한 그 방은 뭔가 챈들러 자신을 닮은 느낌이었다.

이 레지던트 주임은 학생이나 레지던트의 하층 사회가 만드는 피라미드형의 권력 구조를 경쟁하면서 올라간 성공자의 지위에 있다고 할 수 있었다. 그는 지금 상층사회, 즉 전문의 위원회에서 인증된 어엿한 외과의의 세계와 하층사회 사이의 중간 역할을 하는 지위에 있었다. 그러나 그는 그것만으로 어느 쪽 사회에도 속해 있지 않았다. 이 사실이 그의 권력의 근원이기도 했지만, 한편으로는 약점과 고립을 가져오기도 했다.

기나긴 경쟁의 나날들이 가차 없는 희생을 강요했다. 챈들러는 아직 33살밖에 안 된, 아직은 젊은 사람이었다. 키는 174센티로 별로 크지 않았고, 머리는 현대판 시저라고 할 정도로 빗질도 별로 하지 않고 있었다. 그의 얼굴은 온화하고 오동통해서 짜증도 쉽게 낼 것 같지 않은 용모였다. 그러나 여러 가지 점에서 그는 약한 자를 못살게 구는 소년을 연상케 했다.

벨로우즈는 챈들러의 정면에 있는 나무 의자에 앉았다. 처음에는 아무 얘기도 나오지 않았다. 챈들러는 잠자코 손에 든 연필을 바라보며 의자의 팔걸이에 두 팔꿈치를 올려놓고 있었다. 벨로우즈가 노크했을 때 그는 하던 일을 멈추고 의자를 뒤로 젖혔다.

"수술 스케줄에서 자넬 빼서 미안하네, 마크."

챈들러는 얼굴도 들지 않고 말했다.

"치질 수술을 못했다고 해서 어떻게 되는 건 아닙니다."

벨로우즈는 애써 태연하게 대답했다.

다시 침묵이 이어졌다. 챈들러는 다시 의자를 앞으로 기울이고 벨로우즈를 똑바로 쳐다보았다. 벨로우즈는 속으로 챈들러가 연극에서 나폴레옹 역을 맡으면 어울리겠다고 생각했다.

"마크, 자네는 지금 외과에서, 정확히 말하면 이 메모리얼 병원 외과에서 중요한 입장에 서 있는 사람이라고 생각하네."

"나도 그렇게 생각합니다."

"자넨 성적도 매우 좋아. 사실 자네 이름은 여러 번이나 레지던트 주임 후보에 올라 있을 정도지. 그래서 나는 자네와 서로 얘기를 나누고 싶었어. 바로 조금 전에 헤리스한테서 전화가 왔는데 그가 상당히 흥분하고 있더군. 2, 3분 정도밖에 얘기를 하지 못해서 자세한 건 모르겠지만, 언뜻 보기에 자네가 맡고 있는 학생 중 하나가 코마 환자에 관해서 뭘 캐내겠다고 설치고 다니는 모양인데, 그래서 헤리스가 화가 난 모양이더군. 무슨 일이 어떻게 벌어지고 있는지 모르지만 아무래도 자네가 뒤에서 그놈을 조종하고 있다고 헤리스는 생각하고 있는 것 같아."

"그놈이 아니고 그녀입니다."

"흠, 여자인가? 어느 쪽이든 상관없지만 말이야."

"아니, 거기에 의미가 있을지도 모르죠. 그녀는 이것저것을 잘 짜맞추는 데다 해결사 같은 기질을 가지고 있는 재주 많은 학생입니다. 내가 뒤를 밀어주고 있다니 그건 터무니없는 얘깁니다! 오히려 그런 짓을 하지 말라고 충고하고 있을 정돕니다."

"지금 여기서 자네와 입씨름할 생각은 없네. 마크, 그저 내가 하고 싶은 말은 조심하라는 걸세. 학생의 분별없는 행동 때문에 주임이 될 수 있는 찬스를 맥없이 잃는다는 건 유감스런 일이니까 말이야."

마크는 챈들러에게 오늘 밤 수잔과 일을 떠나서 데이트를 한다고 하면 그가 뭐라고 할까 궁금했다.

"헤리스가 그 얘기를 스타크한테 했는지 어쨌는지 그건 나도 몰라.

하지만 이쪽까지 불똥이 날아오는 일이 없으면 난 아무 말도 않겠다고 약속하겠네. 아무튼 혜리스는 노발대발하고 있으니 그를 잘 달래서……."

"그가 아니고 그녀입니다!"

"그래, 그녀에게 다른 재미있는 걸 찾도록 설득해주게. 이 문제에 매달리고 있는 사람은 벌써 열 명은 될 걸세. 사실 혜리스의 스태프들은 그 마취 코마 사건이 일어난 후로는 다른 일을 못하고 그 일에만 매달리다시피 하고 있다네."

"다시 한 번 설득해보겠습니다. 그런데 보기보다 쉽지가 않습니다. 그녀는 상상력이 풍부한 데다 어떤 신념 같은 것을 가지고 있어서 말입니다."

벨로우즈는 왜 자신이 수잔의 상상력이 풍부하다고 했는지 의아스러웠다.

"그녀가 이 문제에 손을 대게 된 건 처음으로 만난 환자 두 사람이 거의 동시에 코마에 빠졌기 때문입니다."

"아무튼 자네는 경고를 받은 거네. 그 학생이 잘못하면 그건 자네에게 나쁜 영향을 미치게 되네. 특히 자네가 뒤를 밀어주고 있다면 더 말할 나위도 없고. 자네와 얘기하고 싶었던 건 그것만이 아니야. 또 한 가지 다른 문제가 있어. 그것도 귀찮은 문제란 말이야. 알겠나, 마크. 수술실에 있는 자네의 로커 번호가 몇 번인가?"

"8번입니다."

"338번은?"

"그건 잠시 빌린 겁니다. 8번으로 정해지기 전에 1주일 정도 사용하고 있었습니다."

"왜 338번을 계속 사용하지 않았나?"

"누군가 다른 사람의 것이라고 생각했기 때문입니다. 그래서 내 것이 정해질 때까지 빌려 쓰려고 했던 겁니다."

"338번의 키 번호는 알고 있지?"

"오래 빌려 쓸 줄 알았더라면 기억했을 텐데……. 왜 그런 걸 묻는 겁니까?"

"닥터 카울리가 묘한 걸 발견했기 때문이야. 옷을 갈아입으려는데 338번의 로커가 저절로 열려서 보니, 그 안에 약이 가득 들어 있었다는 거야. 우리도 조사해봤는데 그의 말이 맞았네. 여러 종류의 약이 많이 들어 있었는데, 그중에는 마취약까지 있었다네. 내가 가지고 있는 로커 리스트 상에는 자네는 8번이 아니고 338번으로 돼 있네."

"8번은 누구로 돼 있습니까?"

"닥터 이스트맨이야."

"그분은 쭉 일한 건 아니지 않습니까."

"그건 그래. 이봐, 8번을 자네한테 준 게 누군가? 월터스인가?"

"네, 월터스가 처음에 338번을 내게 쓰라고 했다가 그 다음에 8번을 주었습니다."

"됐어. 이 얘기는 아무한테도 하지 말게. 특히 월터스한테는 말이야. 그렇게 대량의 약을 숨겼다가 발견됐다는 건 중대사야. 마취약을 손에 넣으려면 우선 복잡하고 귀찮은 절차가 필요할 정도니까 말이야. 아무튼 내 로커 리스트에 그렇게 기록돼 있으니까 자넨 틀림없이 병원의 높은 사람한테 말을 들을 걸세. 여러 가지 이유가 있어서 그들은 이 사건을 공표하는 데에는 별로 마음이 내키지 않는 모양이야. 특히 마약 취급의 재인가 시기가 다가오고 있으니까. 그러니 자네도 비밀로 해두게. 그리고 부탁이니 자네의 그 학생에게 마취 병발증이 아닌 다른 문제에 흥미를 갖도록 해주지 않겠나."

벨로우즈는 묘한 기분으로 챈들러의 사무실을 나왔다. 자신이 수잔의 활동에 관여하고 있다고 해도 그 점은 놀라지 않았다. 이미 그것은 걱정하고 있던 것이기 때문이다. 그러나 자기에게 배정되었던 로커에서 대량의 약이 발견되었다는 뉴스는 전혀 별개의 문제였다. 그의 머릿속에 수술실 안을 기웃거리며 돌아다니는 월터스의 모습이 떠올랐다. 누군지 모르지만 도대체 무엇 때문에 약을 숨겨두었을까. 그때 문득 수잔이 '초자연적'이니 '불길'이니 한 말이 생각났다. 대체 어떤 약이 338번 로커에 숨겨져 있었을까. 그는 수잔에게 이 얘기를 해야 하는지, 안 해야 하는지도 알 수 없었다.

2월 24일 화요일 오후 2시 30분

수잔은 외과과장의 사무실 안을 한 차례 둘러보았다. 넓고 호화롭게 장식된 방이었다. 큰 창이 양쪽 벽을 온통 차지하고 있었는데 한쪽은 찰스톤, 다른 한쪽은 보스턴 시가의 한 모퉁이와 노스 엔드 지구의 멋진 전망을 내다볼 수 있었다. 미스틱 강에 걸려 있는 다리는 회색 눈구름에 일부 싸여 있었고, 바다에서 불어오던 바람은 방향을 바꾸어 서북쪽에서 쌀쌀하게 불어왔다.

스타크의 티크 책상 위에는 대리석 판이 깔려 있고 사무실 서북쪽으로 비스듬히 놓여 있었다. 책상 뒤쪽과 오른쪽에는 바닥에서 천장까지 닿는 거울이 붙어 있었다. 네 번째 벽에는 응접실로 통하는 문과 충분하게 공을 들여 만들어진 선반이 있었는데, 그 선반 한부분에는 여닫는 문이 달려 있어서 반쯤 열려 있었고 그 속에는 글라스, 병, 조그만 냉장고가 들어 있었다.

큰 창과 찬장이 만나는 동남쪽 모퉁이에는 표면이 유리로 되어 있
는 낮은 테이블이 있었고 섬유 유리로 된 의자가 몇 개 그 주위에 놓여
있었다. 거기에 있는 쿠션은 오렌지와 녹색의 밝은 색깔이었다.

스타크는 큰 책상 뒤에 앉아 있었다. 그의 모습은 왼쪽 유리창으로
들어오는 햇빛의 반사를 받아서 여러 가지 모습으로 오른쪽 거울에
비춰졌다. 이 외과과장은 책상 한쪽 모퉁이에 두 다리를 얹고 있었기
때문에 햇볕은 어깨 너머로 읽고 있던 서류 위에 비치고 있었다.

그는 여윈 몸에 꼭 맞게 베이지색 옷을 멋지게 입은 데다 왼쪽 주머
니에 꽂은 오렌지색 실크 스카프로 악센트를 주고 있었다. 그리고 적
당히 긴 회색 머리는 벗겨진 이마에서 귀 윗부분을 약간 덮으면서 뒤
로 빗질하여 곱게 넘기고 있었다. 용모는 귀족적이고 윤곽은 날카로
웠으며 콧날은 가늘었다. 반원형의 렌즈에 불그스름하고 가는 귀갑테
의 품위 있는 안경을 끼고 있었는데 그의 안경 속 녹색 눈동자가 재빨
리 서류 위를 왔다 갔다 하면서 훑어보고 있었다.

수잔은 인상적인 방의 분위기와 외과의 천재라는 스타크의 평판에
완전히 위축되어 있었다. 그러나 책상 위에 다리를 올려놓고 편안한
자세로 있는 모습은 언뜻 보기에 천재답지도 않았고 병원 안에서 권
력자로서의 지위를 그다지 진지하게 여기고 있지 않는 듯이 보였다.
그래서 수잔은 약간 마음이 가벼워졌다. 외과의로서의 수완과 병원
경영자로서의 능력이 뛰어나다 보니 사람들이 말하는 권위 따위는 무
시하는 것같이 보였다.

언제 그에게 전해졌는지 수잔의 자료를 다 읽고 난 스타크는 앞에
앉은 수잔에게 눈길을 돌렸다.

"이건 대단히 재미있군, 아가씨. 나는 수술 중에 일어난 사고에 대
해서는 모두 알고 있지만 내과에서 어떻게 같은 일들이 일어났는지

이건 이해할 수 없어요. 내과와 외과에서의 예가 서로 관련이 있는지 없는지는 아직 모르지만 관계가 있다는 생각을 갖게 하는 것만은 나도 인정하지 않을 수가 없군. 그런데 최근의 호흡 정지와 사망한 두 건에 대해서 이것을 결부시키는 것은…… 그렇군, 이건 참 기발하고 훌륭하기도 해. 자네는 호흡기의 기능 저하가 공통적으로 나타나기 때문에 의료사고가 다 관계있다고 생각했겠지. 내가 우선 생각한 것은―이건 문득 생각난 것에 지나지 않지만―마취의 증례는 호흡이 인공적으로 유지되고 있었기 때문에 자네의 생각으로는 설명할 수가 없는 거요. 자네는 먼저 뇌염이나 뇌의 감염에 있어서 마취상태에 병발증을 일으키기 쉽게 한 게 아니냐고 말하고 있지만 글쎄……."

스타크는 책상에서 다리를 내려놓고 창 쪽을 향해 무의식중에 안경을 벗고는 안경다리를 가볍게 깨물었다. 그는 두 눈을 가늘게 뜨고 곰곰이 생각했다.

"파킨슨병은 바이러스 감염에 의해 발병되기 때문에 자네의 주장이 어느 정도 일리가 있다고 생각한다만, 어떻게 해서 그것을 증명하느냐지."

스타크는 다시 의자를 돌려 수잔을 보았다.

"그리고 우리는 이 마취상태에서의 병발증을 신물 날 정도로 연구했다는 것을 자네가 인정하지 않으면 안 돼. 온갖 것, 정말 온갖 것에 대해 철저하게 조사했지. 많은 사람들 즉 마취의, 전염병의, 내과의, 외과의…… 생각이 미치는 많은 사람들이 참가했어. 물론 의과대학생은 없었지만……."

스타크는 인정미 있는 미소를 보였고 수잔은 세상에 알려진 상대의 비범한 재능에 자기도 영향을 받고 있다는 것을 알았다. 수잔은 자신의 마음을 다잡으면서 말했다.

"저는 이 연구를 중앙 컴퓨터실에서부터 시작해야 한다고 생각합니다. 저의 손에 들어온 정보는 1년간의 자료뿐입니다. 그것도 직접 회답을 얻은 것은 아닙니다. 만약 컴퓨터에 전 증례를, 다시 말해서 5년간의 호흡 기능 저하, 코마, 원인 불명의 사망의 예 등을 직접 물어 보면 어떤 데이터가 나올지 저는 거기까지는 모르지만. 될 수 있는 한 전 증례의 완전한 리스트를 만들어서 그 공통 분모를 발견하기 위해 차트를 샅샅이 조사하지 않으면 안 된다고 생각합니다. 환자의 가족과도 만나서 전에 걸린 바이러스 질환이나 어떤 종류의 질병을 앓았는지를 알아내는 것, 또 살아 있는 환자에게서 혈청을 채취해서 항체를 검사하는 것도 또 하나의 방법이라고 생각합니다."

수잔은 스타크의 얼굴을 응시했다. 넬슨과 만났을 때, 그보다 헤리스와 만났을 때 경험한 그 무서운 상황에 이번에도 처하게 될까 경계하면서……. 그러나 전혀 그와 반대로 스타크의 표정은 온화했고 수잔의 의견을 세심하게 고려하고 있는 것 같았다. 그는 분명 사람의 의견에 귀를 기울이는 오히려 여린 마음의 소유자 같았다. 마침내 그는 입을 열었다.

"항체 검출 장치는 아직 양산돼 있지 않고 시간만 걸려서 많은 비용도 들 거요."

"역면역 전기 영동법이라면 그런 불편을 어느 정도 보충하고 있는 것 같은데요."

수잔은 스타크의 태도에 힘을 얻어서 그렇게 말했다.

"그럴지도 모르지. 하지만 그것도 엄청난 재원이 들어가야 하는 데다 좋은 결과를 얻을 가능성도 낮아서 말이야. 그런 돈이 드는 도구를 사용하는 것을 정당화하려면 우선 이렇다 할 증거가 있어야 할 텐데. 그런데 내과의 닥터 넬슨에게도 이 얘기는 해야 한다고 생각하는데,

면역학은 그의 전문 분야니까."

"넬슨 박사님이 이 얘기에 흥미를 가질 것 같지 않습니다."

"어째서?"

"잘 모르겠습니다. 솔직하게 말씀드리면 넬슨 박사님에게는 벌써 얘기했습니다. 때문에 흥미가 없다는 것을 알고 있는 겁니다. 게다가 그분뿐만 아니라 또 다른 과장님에게도 저의 생각을 말씀드렸지만 마치 장난꾸러기 아이에게는 엄하게 꾸짖어야 한다는 식으로 하마터면 매를 맞을 뻔했습니다. 이런 점을 종합해보면 저는 뭔가 다른 힘이 여기에 작용하고 있다는 느낌이 자꾸만 듭니다."

"그래, 그게 뭔데?"

스타크는 수잔이 가져온 자료를 보면서 말했다.

"글쎄 뭐라고 말씀드려야 할까요. ……범죄라든가 ……뭔가 악의가 있는 것이……."

수잔은 갑자기 여기서 말을 중단했다. 우습게 되든가 화를 내게 되든가 양단간이라 생각했기 때문이다. 그러나 스타크는 그저 의자를 회전시켜서 다시 한 번 거리의 경치를 내려다볼 뿐이었다.

"범죄, 상당히 상상력이 풍부하군. 닥터 윌러, 그렇게까지……."

스타크는 다시 한 번 방 안쪽으로 방향을 바꾸고는 일어나서 책상 주위를 걷기 시작했다.

"범죄……, 과연 그건 생각하지 못했는걸."

스타크는 바로 그날 아침 카우리가 338번 로커에서 마약을 발견했다는 얘기를 들었다. 그 보고는 그를 혼란시켰다. 그는 책상에 기대어 수잔을 내려다보았다.

"자네가 범죄라고 생각한다면 그 동기가 가장 문제가 되겠는데 이 일련의 비참한 사건에 대한 동기를 생각할 수 있겠나? 범죄라는 사고

방식에서 생각해보면 이런 문제는 수술실에서 일어날 수 없어. 그건 환자를 바로 곁에서 보고 있는 사람들이 많이 있으니까 말이야. 물론 조사활동은 단호하게 실시할 필요가 있어요. 하지만 이 경우 범죄는 있을 수 없다고 생각해. 지금까지 그런 생각을 해보지 않았다는 건 인정하지만 말이야."

"저도 과장님께 범죄라는 말씀을 드릴 생각은 없었습니다. 하지만 말이 그냥 나와 버리고 말았네요. 아무튼 원래 문제로 돌아가 말씀드리겠습니다. 만약 항체 검출에 비용이 많이 든다면 차트를 검토하고, 가족을 면담하는 일은 상대적으로 싸게 먹힐 텐데요. 과장님께서 조금만 거들어주신다면 그 일은 저 혼자서도 할 수 있습니다."

"뭘 거들어달라는 거지?"

"우선 컴퓨터 사용을 허락해주셨으면 하는 게 첫 번쨉니다. 둘째는 차트를 조사할 수 있도록 허락해주셨으면 하는 것이고요. 셋째로는 제가 아래층에서 문제를 일으킬지도 모른다는 점입니다."

"어떤 문제?"

"헤리스 과장님입니다. 그 과장님은 이 병원에서 제가 외과에 배속된 것을 빨리 그만두게 하려고 하는 것 같습니다. 그 과장님은 여자가 의학 분야에 일하는 것이 싫은 모양입니다. 어쩌면 제가 그런 편견에 불을 지른 것 같기도 하고요."

"닥터 헤리스는 사교적이지 못한 면이 있어서 말이야. 화를 잘 내는 편이지. 하지만 이 나라의 마취학계에서는 아마 제일인자일 거요. 그러니 그의 다른 면을 볼 때까지 함부로 미워하지 말아요. 그의 태도가 존경할 만한 것은 아니지만 이해할 수 있는 이유가 있을 테니까. 아무튼 자네에게 어떻게 해줘야 할지 생각해보도록 하지. 그리고 이 말만은 해둬야겠어. 자네는 대단히 골치 아픈 문제에 뛰어들었다는 것을 말이야. 의료 과실 문제로 발전해서 병원뿐만 아니라 보스턴 의학계 전체의 평판까지도 떨어뜨리게 된다는 것을 충분히 고려했으리라 생각해요. 굳이 이 일을 계속하고 싶다면 아무쪼록 열심히 해봐요, 아가씨. 이런 일을 한다고 해서 길잡이 친구가 생기는 것도 아닐 테고 그러니 이런 일은 모두 그만두는 게 좋다는 게 내 의견이오. 하지만 어떻게 하든 계속하겠다면 도와주고 싶긴 하지만 아무것도 보증할 수가 없어요. 대신 수집한 자료를 전부 내게 보여준다면 나는 기꺼이 의견을 얘기해주겠소. 자료가 늘어나면 늘어날수록 나도 자네한테 필요한 것을 얘기해주기가 쉬워지는 거요."

스타크는 문 쪽으로 걸어가서 문을 열었다.

"나중에 저녁 때 다시 전화 줘요. 자네의 요구에 도움이 되는 얘기를 해줄 수 있을지도 모르니까."

"시간 내주셔서 감사합니다."

수잔은 입구에서 스타크를 보면서 그 순간 망설였다.

"과장님은 소문과는 달리 사람을 무시하는, 아니 여자를 무시하는 분이 아니라는 걸 알았습니다."

"내 강의를 들으면 모든 사람들과 같은 의견이 될 거요."

스타크는 그렇게 말하고 웃었다.

수잔은 인사를 하고 방을 나왔다. 스타크는 책상으로 돌아가서 인터폰으로 비서에게 말했다.

"닥터 챈들러를 불러서 닥터 벨로우즈와 얘기가 다 끝났는지 물어봐. 그리고 로커실 약에 대해서는 될 수 있는 한 빨리 철저하게 조사하라고 해요."

스타크는 시선을 돌려 메모리얼 병원을 이루고 있는 복잡한 건물들을 바라보았다. 그의 생애는 그 병원과 굳게 결부되어 있었다. 벨로우즈가 수잔에게 말한 것처럼 스타크가 거액의 재원을 끌어들인 덕분에 병원은 대형병원이 되었고 새로운 빌딩을 7동이나 세웠다. 메모리얼 병원의 외과과장이 된 것도 어느 정도 그런 성과에 힘입음 바가 크다고 할 수 있었다.

338번 로커의 약품에 대해 생각할수록 그의 분노는 점점 커졌다. 도대체 믿을 수 있는 놈들이 누구란 말인가.

"빌어먹을!"

스타크는 소용돌이치는 눈구름에 시선을 빼앗기면서 큰소리로 말했다. 메모리얼 병원을 이 나라 최고의 병원으로 만들려는 그의 노력이 이 바보 같은 놈들 때문에 망치게 될지도 몰랐다. 오랜 기간 동안 공들였던 탑이 무너질지도 모를 일이었다. 모든 일을 정확히 해나가려면 모든 것에 그 자신이 일일이 들여다보지 않으면 안 된다는 신념이 여기서 새삼스레 더욱 굳어졌다.

2월 24일 화요일 오후 7시 20분

수잔이 하버드선 전철을 타고 가다가 찰스 가의 노천 정류장에서 내렸을 때 보스턴의 겨울 거리는 벌써 밤의 어둠에 싸여 있었다. 북극에서 불어오는 세찬 바람은 강으로 가는 역 출구에서 소리를 내며 플랫폼을 빠져나갔다. 수잔은 계단을 향해 걸어가면서 무심코 몸을 굽혔다. 전철은 그녀의 오른쪽을 지나 터널 쪽으로 바퀴소리를 내며 사라졌다.

수잔은 인도교를 건너서 찰스 가와 케임브리지 가의 교차점을 건너갔다. 내려다보니 차량의 수는 줄었지만 배기가스 냄새는 아직 밤의 대기를 오염시키고 있었다.

수잔은 찰스 가로 나갔다. 심야 영업을 하는 약국 앞에는 여느 때처럼 술이나 마약에 흔들리는 사람들이 많이 모여 있었다. 그들 중 몇 사람이 수잔에게 다가와서 잔돈을 구걸했지만 그녀는 걸음을 재촉했다. 그때 빠른 걸음으로 다가오는 털보 사내가 있었다.

"〈리얼 신문〉이나 〈피닉스〉는 어때요, 미인 아가씨?"

눈꺼풀이 불그스름한 이 털보 사내는 오른손에 신문을 몇 장 들고 말했다.

수잔은 일단 뒷걸음질 쳤지만 밤의 남자들이 기분 나쁘게 조소하는 소리를 들으며 그대로 앞으로 나아갔다. 찰스 가를 걸어가자 주변의 모습이 점점 변해갔다. 2, 3개의 나란히 있는 골동품상에서 그녀에게 구경하고 가라고 불러댔지만 차가운 밤바람이 그녀의 발걸음을 재촉했다.

수잔은 마운트버넌 가에서 왼쪽으로 돌아 비컨힐을 올라가기 시작했다. 그리고 주위 건물들의 번지수를 보며 조금만 더 가면 된다는 것을 알았다. 그녀는 빠른 걸음으로 루이스버그 스퀘어를 지났다. 튼튼한 벽돌로 지은 집들에서 평화롭고 안전한 분위기가 감돌았다.

벨로우즈의 아파트는 루이스버그 스퀘어에서 100미터 정도 앞의 왼쪽 건물 안에 있었다. 줄지어 서 있는 건물들 앞으로는 자그마한 잔디밭과 쭉쭉 뻗은 느릅나무가 솟아 있었다. 수잔은 삐걱거리는 철문을 열고 돌층계를 올라갔다.

무거운 패널로 된 문이 나왔고, 그녀는 그 문 앞에서 파랗게 언 손가락에 입김을 불어대며 발의 혈액순환이 잘되도록 이리저리 걸음을 옮겼다. 그녀는 11월에서 3월까지는 언제나 손발이 찼다.

손에 입김을 불고 발을 동동 구르면서 그녀는 버튼 옆에 붙어 있는 이름을 읽었다. 벨로우즈의 방은 5층이었다. 버튼을 세게 누르자 귀에 거슬리는 벨소리가 되돌아왔다.

약간 놀란 그녀는 문 손잡이를 잡고 문을 열려고 하다가 문의 금속 테두리에 손가락을 긁혔다. 피가 약간 스며 나오자 그녀는 손을 입으로 가져갔다. 그녀 앞에는 왼쪽으로 돌아 위층으로 올라가는 나선형 모양의 층계가 있었다. 천장에는 놋쇠 샹들리에가 밝게 비치고 있었고 금테 거울은 홀을 더욱 넓어보이게 했다. 그녀는 반사적으로 거울 앞에서 머리를 비쳐보며 관자놀이를 쓰다듬었다. 계단을 오르면서 보니 층계참마다 근사한 액자에 넣어 장식한 부루겔의 모조품이 걸려 있었다.

맨 위층까지 올라간 그녀는 피로가 몰려와서 난간기둥을 잡고 한숨을 돌렸다. 다섯 층 아래로 바닥에 타일이 깔린 현관이 내려다보였다. 수잔이 노크도 하기 전에 벨로우즈가 문을 열고 나왔다.

"필요하다면 산소 통도 있어요, 할머니."

그는 미소 지으며 말했다.

"휴, 힘들어. 위쪽은 아무래도 산소가 없는 것 같아요. 이 계단에 걸터앉아서 잠깐 쉬는 게 좋겠어요."

"보르도 한 잔이면 몸이 좀 풀릴 거야. 손을 이리 줘봐."

수잔은 마크에게 손을 내밀었고 그는 수잔이 아파트 안으로 들어가는 것을 도와주었다.

그녀는 실내로 현관에 선 채 코트를 벗고 거실을 둘러보았다. 마크는 부엌으로 가서 루비 빛 나는 와인이 든 글라스 2개를 들고 왔다. 수잔은 문 가까이 있던 등이 곧은 의자에 코트를 걸쳐놓고 부츠를 벗었다. 마음이 어수선한 채로 와인글라스를 받아 한 모금 마시면서 실내를 이리저리 둘러보았다. 그러자 거실의 장식들이 그녀의 마음을 온통 빼앗았다.

"외과 의사치고는 장식을 잘 해두었군요."

수잔은 말하면서 방의 한복판으로 걸어갔다.

가로 세로가 6m에 12m쯤 되는 방이었다. 거실의 구석진 곳에 있는 고풍스런 벽난로에서는 장작불이 힘차게 타고 있었다. 대들보가 있는 사원풍의 천장은 상당히 높아서 4m는 족히 될 듯했는데, 중앙에서 난로 쪽으로 비스듬히 내려가 있었다. 멀리 있는 벽은 복잡하게 얽힌 기하학 형상으로 되어 있었고, 붙박이 책장에는 여러 가지 오브제, 커다란 스테레오, 텔레비전, 테이프레코드 등이 즐비하게 놓여 있었다.

또 가까이 있는 벽돌 벽에는 유화, 석판화, 중세 음악의 팝뮤직 악보 등이 멋진 액자로 장식되어 있었다. 골동품 하우어드 시계가 난로 위 오른쪽에서 조심스러운 듯이 똑딱거리고 있었고 벽난로 왼쪽 선반에는 배의 모형이 놓여 있었다. 또한 난롯가 양쪽에 있는 창 너머로는 꼬부라진 굴뚝들에서 뿜어대는 연기들이 밤하늘에 실루엣을 그리고 있었다.

가구는 별로 없었다. 벨로우즈는 여러 장의 두툼한 카펫을 장식용으로 쓰고 있었는데, 특히 방 한가운데에는 파란 크림색 부카라 융단이 깔려 있었다. 그 위에 낮은 얼룩마노의 커피 테이블을 놓였고 그 주위에 여러 가지 색채의 코르덴으로 씌운 알맞은 크기의 쿠션들이 나란히 놓여 있었다.

"아주 멋져요."

수잔은 방 한가운데서 한 바퀴 빙 돌면서 쿠션 위에 주저앉았다.

"이렇게까지 멋질 줄은 몰랐어요."

"어떻게 생각했었는데?"

벨로우즈는 낮은 테이블의 맞은편에 앉으며 물었다.

"아파트니까 테이블과 의자 그리고 침대 같은 평범한 것들뿐일 거라고 생각했죠."

두 사람은 웃음을 터뜨렸지만 서로가 아직 상대를 몰랐다는 것을 깨달았다. 와인 맛을 즐기면서 둘은 이렇다 할 것 없는 평범한 대화를 나누었다. 수잔은 발가락을 따뜻하게 하고 싶어서 스타킹을 신은 두 다리를 똑바로 뻗었다.

"와인 한 잔 더 어때?"

"좋아요."

마크는 부엌에서 병을 가지고 나와서 두 사람의 잔에 한 잔씩 다 채웠다.

"아무도 제가 오늘 어떻게 지냈는지를 말하면 믿어주지 않겠죠. 절대로 믿지 않을 거예요."

수잔은 벽난로의 붉게 타는 불꽃을 바라보면서 와인 잔을 들어 올리고는 감미로운 진홍빛 와인을 한 모금 마셨다.

"네가 그 자살적인 무모한 투쟁을 그만두지 않아도 나는 뭐든지 믿어. 스타크를 만나러 갔었나?"

"물론이죠. 선배님이 걱정하던 것과는 반대로 그는 상당히 합리적인 사람이었어요……. 그 일에 대해선 헤리스나 넬슨보다도 말예요."

"아무튼 조심해야 돼. 내가 할 수 있는 말은 그것뿐이야. 스타크란 사람은 카멜레온 같으니까. 평소에는 그와 마음이 잘 맞았었는데, 오늘은 느닷없이 내게 노발대발 화를 냈다는군. 어떤 녀석이 내가 잠시 쓰고 있던 로커에 약 뭉치를 감췄었던 모양이야. 그것도 직접 나한테 말하지 않았어. 보통 인간이라면 그렇게 했겠지만……. 챈들러를 통해서 나를 괴롭히더군. 그래서 챈들러는 내 수술을 취소하고, 또 그 건에 대해서 나를 철저하게 조사하라고 했다는군……. 나는 절대로 그런 일을 하지 않았는데도 말이야."

"로커에 약이 숨겨져 있었다니, 그게 무슨 말이에요?"

수잔은 그 말을 듣고 보니 스타크가 넬슨에게 뭔가 그런 얘기를 하고 있었다는 것이 생각났다.

"나도 다 아는 건 아니야. 어떤 외과의가 수술실의 로커에 대량의 약이 들어 있는 걸 발견했다는 얘긴데, 그 로커는 늙다리 그 월터스가 그때까지도 내 이름으로 그대로 놔뒀던 모양이야. 아마 마약이나 크라레나 항생물질 같은 약품이 있었던 것 같아."

"그럼 누가 왜 그런 짓을 했는지 모르는 거예요?"

"그런 모양이야. 내 생각으로는 비아프라나 방글라데시로 보내기 위해서 모아둔 약이 아닌가 싶어. 이 병원 주변에는 항상 그런 생각을 하는 사람들이 많으니까 말이야. 그런데 왜 의무과 휴게실, 그것도 내가 사용했던 로커에 그것들을 숨겨놓았는지 전혀 짐작이 가질 않거든."

"크라레는 신경 차단제죠?"

"약효가 상당히 좋은 신경 차단제지, 대단한 약이야. 자, 아무튼 오늘밤 여기서 식사하는 동안 다른 추측은 더 이상 하지 말자고. 밖에 바비큐용 그릴을 갖다 놨고, 스테이크 고기를 준비해뒀어. 빨리 식사나 하자고."

"그게 좋겠어요. 저도 피곤하고 배도 너무 고파요."

"그럼 스테이크를 올려놓고 올게."

벨로우즈는 와인글라스를 든 채 부엌으로 향했다.

"크라레는 호흡 기능을 저하시키나요?"

"아니야, 그저 근육을 전부 마비시키는 거야. 호흡을 하고 싶어도 할 수가 없어서 결국 질식해버리지."

수잔은 글라스의 가장자리를 아랫입술에 댄 채로 난로 안을 꼼짝하지 않고 들여다보고 있었다. 타오르는 불꽃은 그녀를 매료시켰고 그녀는 크라레와 그린리와 버만에 대해 생각했다.

불은 갑자기 화난 듯이 타오르더니 빨갛게 타고 있던 나무 조각이 튕겨 나와 난로 옆 카펫 위에 떨어졌다. 수잔은 달려가 카펫을 털어 그것을 난로 안으로 던져 넣었다. 그리고 나서 부엌 쪽으로 가서 마크가 스테이크에 양념하는 것을 지켜보았다.

"스타크는 제가 조사하고 있는 것에 대해 흥미를 보이면서 벌써 도와주려 하고 있어요. 제가 작성한 환자 리스트의 차트를 구할 수 있도록 부탁했었어요. 그래서 오늘 오후에 전화를 걸었더니 차트를 내주려고 했는데 신경과 교수인 닥터 도널드 맥리어리가 전부 빌려갔다고 하더군요. 혹시 그 교수 이름 아세요?"

"아니, 모르겠는데. 모른다고 해서 이상할 것은 없어. 외과 외에 다른 의사 이름은 모르는 사람이 많으니까."

"제 생각으로는 그 맥리어리가 좀 수상해요."

"아, 또 그 얘긴가. 억측하는 것도 분수가 있어! 도널드 맥리어리 교수가 그 6명의 환자의 뇌를 파괴했다 이건가……."

"12명이죠……."

"그래 12명이지. 그리고 의혹을 없애기 위해 그들의 차트를 모두 빌려가다. 어떤가, 〈보스턴 글로브〉지의 표제가 눈앞에 떠오르는 것 같군."

마크는 웃으면서 열어놓은 창 너머로 그릴 위에 스테이크를 올려놓고 나서 다시 창을 닫아 추위를 막았다.

"좋아요, 계속 그렇게 웃어요. 하지만 말예요, 그와 동시에 맥리어리에 대해 한 번 설명해보지 그래요. 아무튼 그 환자 전부가 뭔가에 연

관된 것 같다는 제 얘기를 듣고 놀라지 않은 사람이 없었어요. 그 닥터 맥리어리라는 사람만 빼고 말이죠. 그 사람이 차트를 전부 가지고 있는 거예요. 이건 조사해볼 만한 가치가 있어요. 틀림없이 그분은 전부터 그걸 조사하고 있었을 거고…… 그것도 저보다 먼저라고 봐야 할 거예요. 그건 충분히 믿을 만해요. 그리고 만약 그렇다면 제가 그분을 도울 수 있을 것 같아요."

마크는 대답하지 않았다. 어떻게 하면 수잔에게 화제를 돌리도록 설득할 수 있을까 하는 궁리만 했다. 또 한편으로는 샐러드드레싱에 마음을 빼앗기기도 했다. 그가 다시 부엌 창을 열었을 때 차가운 바람에 맛있게 익은 스테이크 냄새가 날아왔다.

수잔은 문틈에 기대어 마크를 지켜보면서 아내를 갖게 된다는 것이 얼마나 멋진 일일까 하고 생각했다. 집에 돌아오면 아내가 집안을 깨끗이 정돈해놓고 식탁에 식사를 준비하고 기다리고 있다, 그러나 동시에 자신은 그런 아내를 얻을 수 없다는 사실이 이상하게도 불공평하게 느껴졌다. 실제로 자신이 결혼을 하면 자기 쪽이 아내가 되는 것이 당연할 듯했다. 그런 생각을 할 때마다 언제나 생각은 막다른 길에 다다랐고 그럴 때면 깨끗하게 모두를 포기해버리고 말까, 아니면 언제가 될지도 모르는 장래의 일이니만큼 그것을 미루어 둘까 하고 갈등하곤 했다.

"저 오늘 제퍼슨 연구소에 전화해봤어요."

"그들은 뭐라고 해?"

마크는 수잔에게 접시와 은식기 그리고 냅킨을 건네주고 테이블 쪽을 가리켰다.

"마크의 말대로 거기를 찾아가는 건 어려운 게 맞아요."

수잔은 테이블에 식기를 놓으며 말을 계속 이었다.

"만나고 싶은 환자가 있는데 찾아가도 괜찮냐고 물었더니 웃더군
요. 직계가족만 가능하고 면회시간도 짧은 시간으로 한정돼 있는데
미리 예약을 해야 한대요. 가족 간에도 서로가 다른 감정을 가지고 있
기 때문에 나쁜 만남이 될 수도 있어서 예약이 필요하답니다. 그리고
견학 얘기도 했어요. 저는 겨우 학생에 불과해서 그들의 규칙을 바꾸
게 할 힘이 없으니까요. 사실 이야기를 들어보니 흥미로운 곳 같더군
요. 선배님이 말한 대로 그곳에서 시행하는 것은 만성적인 환자가 병
원에서 침상을 차지하는 바람에 급성환자가 침상을 쓰지 못하는 경우
를 막는 데 있어서는 성공적인 방법인 것 같아요."

수잔은 테이블을 매만지고 나서 다시 한 번 벽난로 쪽으로 눈길을
돌렸다.

"하지만 정말 거길 가보고 싶어요. 특히 버만을 보고 싶은 생각이
간절해요. 버만의 얼굴을 보면 이 일을 그만둬도 좋겠다는 느낌이 들
정도예요…… 선배님이 말하는 무리한 도전도 그만두고, 그리고 정상
적인 실습생활로 돌아갈 수 있을 것 같아요."

마크는 마지막 그 말을 들었을 때 희망의 빛이 떠오름을 느끼며 부
엌일 하던 허리를 폈다. 그는 고기를 다시 뒤집고 창을 닫았다.

"그럼 가보면 되지? 그곳도 다른 병원과 별로 다르지 않아. 어쩌면
메모리얼 병원처럼 거기도 북적대고 있을 거야. 거기 직원처럼 행동
하면 아무도 뭐랄 사람 없을 거야. 간호사 옷을 입고 있어도 좋고…….
우리 병원에도 누구나 의사나 간호사처럼 변장해서 들어온다면 어디
든 가고 싶은 곳에 가볼 수 있으니까 말이야."

수잔은 부엌문 앞에 서 있는 마크 쪽으로 돌아섰다.

"물론 좋은 생각인데요. 그런데 좀 마음에 걸리는 것이……."

"뭔데?"

"순조롭게 병원 안으로 들어갔다 해도 어디가 어딘지 알아야 하잖아요. 건물 구조를 전혀 모르는 상태에서는 그곳 직원처럼 보이기가 힘들지 않을까요?"

"그런 건 조금도 곤란할 것 없어. 시청 건축과에 가서 그 건물의 설계도나 평면도를 복사해오면 돼. 공공건물의 설계도는 모두 있을 테니까."

마크는 스테이크와 샐러드를 가지러 부엌으로 갔다.

"선배님은 정말 천재적인 데가 있어요."

"생각을 좀 해본 거지, 천재적인 것까지는 아니고."

그는 음식을 거실로 가져왔고, 스테이크에 많은 샐러드를 곁들여서 접시에 담았다. 그밖에 네덜란드 소스를 끼얹은 아스파라거스와 아직 마개를 따지 않은 붉은 보르도를 한 병 준비했다.

두 사람 모두 완벽한 식사라고 생각했다. 와인이 분위기를 부드럽게 하자 대화도 많이 자유로워졌다. 서로가 상대에 대해서 이것저것 물으면서 단편적이지만 조금씩 두 사람 사이의 틈새를 메워갔다.

수잔은 메릴랜드, 마크는 캘리포니아 출신이었다. 지적인 면에서의 공통점은 그리 많진 않았다. 마크는 데카르트와 뉴턴을 지향하는 편이었고, 수잔은 볼테르와 초서 쪽이었다. 그러나 스키 얘기가 나오자 두 사람 다 매우 좋아했고 해안이나 야외에 나가는 것도 즐기는 편이었다. 그리고 그들은 둘 다 헤밍웨이를 좋아했다. 그러다 수잔이 조이스(아일랜드의 소설가, 시인)는 어떠냐고 묻자 갑자기 분위기는 어색한 침묵으로 변했다. 벨로우즈는 조이스의 작품을 읽어본 적이 없었다.

설거지가 끝나자 두 사람은 방 끝 쪽에 있는 벽난로 앞에 방석을 깔고 앉았다. 벨로우즈가 참나무 토막을 몇 개 던져 넣자 시들어가던 불길이 탁탁 소리를 내며 타올랐다. 그랜드 마르니에와 프레드 홈메이드 바닐라 아이스크림이 잠시 두 사람의 대화를 중단케 했지만 온화하고 흡족한 정적을 충분히 즐길 수 있었다.

"수잔, 나는 오늘밤 너에 대해서 조금이나마 알게 돼서 참으로 즐거워. 그래서 지금 이 순간이 너무 좋다 보니 네게 이 시간 아니, 한동안은 그 코마 문제를 잊게 하고 싶어. 아마 그 코마 문제는 언젠가 다시 나올 것이고 또 네가 정식으로 임상무대에 설 때 얼마든지 손댈 수 있는 충분한 여유가 생기게 될 거야. 지금 그런 일을 해도 소용없다고 말하려는 건 아냐. 그야 도움은 되겠지. 하지만 그럴 가능성은 적다는 거지. 게다가 너의 행동은 병원의 높은 사람들 사이에 틀림없이 파문을 불러일으키고 있다는 사실을 생각해야 돼. 수잔, 이건 승산이 아주 희박한 게임이야."

수잔은 그랜드 마르니에를 한 모금 마셨다. 걸쭉하고 매끄러운 액체가 목구멍으로 흘러 들어가자 다리 사이로 따뜻한 감각이 느껴졌다. 그녀는 숨을 깊이 들이쉬었다. 그러자 몸이 둥실둥실 떠오르는 것 같았다.

"여대생으로서 말이야……."

수잔이 고개를 들고 벨로우즈를 보니, 그는 타오르는 불 쪽을 응시하고 있었다.

"대체 무슨 뜻으로 그런 말을 하는 거죠?"

수잔은 갑자기 날카로운 말투로 물었다. 벨로우즈는 갑자기 아픈 곳을 찔린 듯한 느낌이 들었다.

"지금 얘기한 바로 그대로야."

벨로우즈는 불길에서 눈을 떼지 않았다. 타오르는 불꽃이 그를 사로잡고 있는 것 같았다.

"나는 그저 여자로서 의과대학에 다니는 것은 특히 어렵겠구나 하고 생각했을 뿐이야. 더구나 네가 헤리스의 태도에 대해서 설명해보라고 하기 전까지는 그런 것을 진지하게 생각한 적은 없었어. 그런데 그것에 대해 생각하면 할수록 내가 옳았다고 생각돼…… 그리고 사실대로 말하면, 나는 처음부터 너를 의대생으로 보지 않았어. 널 처음 만났을 때부터 여자로 느꼈지. 선배답지 못했다고 할 수 있지만 말이야. 다시 말해서 너를 보자마자 매력적인 여자임을 알게 됐지, 섹시하다는 것과는 다른……."

벨로우즈는 마지막 말을 재빨리 덧붙였다. 그리고 아까 커피숍에서 했던 말이 다시 나온 것을 수잔이 알아차렸는지 확인하려고 얼굴을 들었다.

수잔은 생긋 웃었다. 벨로우즈가 아까 한 말에 날카롭게 질문하던 방어적인 태도는 사라진 것 같았다.

"그래서 어제 네가 탈의실에 들어왔을 때 팬티 차림의 내가 바보처럼 당황했던 건 바로 그 때문이었어. 너를 여자로 생각하지 않았다면 조금도 동요하지 않았을 텐데. 그런데 그러질 못했어. 아무튼 너를 가르치는 대학교수나 강사들은 대체로 널 처음엔 여자로 봤다가 그런 다음에 학생으로 대하는 게 틀림없을 거야. 헤리스도 마찬가지였겠지……."

벨로우즈는 다시 난로 쪽으로 얼굴을 돌렸다. 그의 태도는 마치 고해를 통해 모든 것을 자백한 죄인 같았다. 수잔은 다시 그에게 뭔가 끌리는 듯한 뜨거운 것을 가슴에 느꼈다. 친한 사람들이 껴안듯이 그녀는 그를 껴안고 싶은 마음에 사로잡혔다. 그녀는 좀처럼 그런 모습을 보이진 않았지만 본래 육체적인 감각이 예민한 여자였다.

물론 의대에 들어가서는 자신의 성격을 숨겨왔다. 아니 의대에 지원하기 전부터 자기가 만약 의학의 길로 나간다면 그 육체적인 일면을 될 수 있는 한 억제해 나가지 않으면 안 된다고 마음속으로 다짐하고 있었다. 지금 그녀는 마크에게 손을 내미는 대신에 그랜드 마르니에를 홀짝거렸다.

"넌 어느 그룹에 들어가도 눈에 잘 띄어. 그래서 만약 네가 내 강의에 모습을 보이지 않으면 나는 널 위해 어떤 말로든 변명을 해야 할 거야."

"제가 의대에 들어간 후로 늘 사람들 눈에 많이 띄게 되는 것은 맞아요. 선배님이 말하는 건 이해해요. 하지만 제게는 하루라는 시간이 더 필요할 것 같아요. 하루만 더 말이에요."

수잔은 손가락 하나를 살짝 펴더니 요염하게 고개를 갸웃해 보였다. 그러고는 웃음을 터뜨렸다.

"여자로서 의대생이란 것이 쉽지 않을 거라는 선배님의 말을 들으니 많은 위로가 되네요. 사실 그 말대로인 걸요. 저의 반 여학생 중에는 그런 건 말이 안 된다는 사람도 있지만 그들은 자신을 속인다고 봐요. 문제는 분명 있는데도 아무것도 없는 듯 도망치고 마는 거예요. 언젠가 윌리엄 오슬러 경의 이런 글을 읽은 기억이 나요. '인간에게는 세 종류가 있다. 남자와 여자와 그리고 여자 의사다.' 처음 그 글을 읽었을 때는 웃음이 나왔는데, 지금은 그렇지 않아요. 여성 해방 운동이 아무리 활발해도 아직 천진난만하다느니 뭐라느니 하는 인습적인 이미지가 남아 있어요. 때문에 경쟁이나 적극적인 행동이 필요한 세계에 뛰어들면 곧 남자들은 거세한 암캐라고 딱지를 붙이고 싶어하죠. 그런데 아무것도 하지 않고 생글거리며 얌전하게 있으면 도저히 경쟁 사회에는 어울리지 않는다는 얘기를 듣게 되죠. 그래서 중간쯤에서 어떻게 타협할 수 있는 지점을 찾으려 하는데 그것도 상당히 어려워요. 아무튼 인간 한 사람이 아니라 일반 여성의 대표로 시험을 치르고 있는 것 같은 느낌을 받죠."

잠시 침묵이 흘렀다. 두 사람 모두 각자 생각에 빠져 있는 것 같았다. 그 침묵을 수잔이 먼저 깼다.

"제가 제일 고민하는 건 의학계에 들어가면 들어갈수록 사태는 좋아지지 않고 나빠지는 것뿐이라는 거예요. 이런 여성이 가정을 가지면 어떻게 될지 도저히 상상도 할 수 없어요. 일찍 출근하고 늦게 집으로 돌아가면 늦어서 미안하다고 사과하지 않으면 안 되고. 그게 몇 시냐 하는 건 문제가 아녜요. 다시 말해서 남자의 경우는 늦게까지 일을 해도 좋고 아무런 상관이 없어요. 오히려 일을 열심히 한다는 말을 듣겠죠. 하지만 여자 의사는 그 역할이 이도저도 아닌 아주 애매하게 되죠. 어쩌다 이런 얘기까지 하게 됐죠?"

"내가 여자 의대생의 길이 힘들 거라고 말한 것에 대해 동의를 해서지. 말이 나온 김에 하는 말인데, 계란으로 바위치기 하는 것 같은 그 도전을 여기서 멈추는 것이 어떻겠어?"

"그렇게는 안 돼요, 선배. 그렇다고 거기까지 비약하지 말아요. 한번 이 일에 말려든 이상 어떻게든 해결을 보고 싶어하는 제 마음을 이해해주세요. 제가 뭘 원하는지 잘 아실 텐데요. 아마 이건 제가 여자를 대표해서 시험을 치르고 있는 중이라는 생각 때문인지도 몰라요. 이렇게 된 이상 제가 앞으로 어디까지 할 수 있는지 헤리스에게 보여주고 싶은 마음도 있고요. 하지만 다시 한 번 버만을 만날 수 있다면 인텔리로서의 체면도 손상시키지 않고 포기할 수도 있어요. 아니면…… 뭐랄까…… 자신의 이미지랄까, 자신이랄까 그런 것을 손상시키지 않고 말이에요. 아, 이제 뭔가 다른 얘기를 해요. 선배, 내가 선배를 한번 껴안아 봐도 괜찮겠어요?"

"나를? 괜찮고말고."

벨로우즈는 당황해서 자세를 고쳐 앉으며 약간 어리둥절한 표정으로 말했다.

수잔은 몸을 기대면서 놀랄 정도로 힘껏 그를 껴안았다. 그도 본능적으로 그녀를 껴안고 호리호리한 그녀의 등을 만지면서 약간 안절부절 하지 못하고 그녀를 달래듯이 가볍게 등을 두드렸다. 그때 그녀가 갑자기 몸을 뺐다.

"설마 제가 트림하길 기다리고 있는 건 아니겠죠?"

잠시 두 사람은 난로 불빛 속에서 서로를 바라보았다. 그러고 나서 조심스럽게 서로의 입술을 찾았다. 처음에는 살며시 그리고 차츰 뜨거워지면서 마침내 격렬하게 키스를 했다.

2월 25일 수요일 오전 5시 45분

어둠 속에서 알람이 울리면서 날카로운 소리가 방안의 공기를 뒤흔들었다. 수잔은 깊은 잠에서 억지로 깨어나서 침대에 앉았으나 눈이 떠지지 않았다. 이윽고 겨우 눈을 떴지만 방안이 너무 캄캄해서 어디가 어딘지 분간할 수가 없었다. 그녀는 자신이 지금 어디에 머물고 있는지도 알지 못하고 있었다. 오로지 신경에 거슬리는 소리를 찾아서 빨리 멎게 하고 싶을 뿐이었다.

손을 뻗으려는 순간 찰칵 하는 금속소리가 나고 알람은 멎었다. 그때 수잔은 자기가 혼자가 아니라는 것을 깨달았다. 어젯밤의 기억이 되살아나고 자신이 아직 마크의 아파트에 있다는 것을 알았다. 그녀는 벌거벗은 몸을 가리기 위해 이불을 끌어당기며 다시 누웠다.

"왜 벨이 울렸지?"

수잔은 어둠을 향해 말했다.

"잠에서 일어나라는 알람 소리지. 처음 듣는 소린가?"

옆에서 마크가 말했다.

"알람이라고요? 이렇게 한밤중에요?"

"무슨 말씀을, 벌써 5시 반이야. 서서히 날이 밝을 거야."

마크는 이불을 밀어 제치고 바닥에 발을 내려놓았다. 그리고 침대 옆에 있는 스탠드의 불을 켜고 눈을 비볐다.

"선배, 어떻게 된 거 아녜요? 5시 반이라니, 싫어요."

그녀는 베개에 얼굴을 파묻고 있었기 때문에 목이 잠긴 듯한 소리로 말했다.

"환자를 봐야 해. 뭘 좀 먹고 6시 반에는 회진 준비를 해야 한다고. 그리고 7시 30분 정각에 수술이 시작돼."

마크는 일어나서 기지개를 켜고, 알몸의 추위에도 아랑곳하지 않고 욕실로 향했다.

"당신들 외과의 마조히스트란 사람들은 상상력을 발휘하려고 하지 않는군요. 왜 9시라든가 좀 더 적당한 시간에 수술을 시작하지 않는 거예요? 무엇 때문에 7시 30분이에요?"

"처음부터 7시 30분으로 정해져 있어서 그렇지."

벨로우즈는 출입구에 멈춰 서서 말했다.

"참 훌륭한 이유시군요. 언제나 7시 30분에 정해졌으니 7시 30분이라야 되나요…… 이런 구실이 의학에 있어서의 전형이군요. 아침 5시 30분에 일어나다니. 정말 맙소사예요. 이봐요, 선배. 어젯밤 제게 자고 가라고 했을 때 왜 이 얘길 해주지 않았어요? 그랬다면 전 기숙사에 가서 잤을 텐데."

벨로우즈는 침대 옆으로 와서 이불을 돌돌 말고 있는 수잔을 내려다보았다. 베개는 아직 그녀의 얼굴을 가리고 있었다.

"수잔, 외과 실습을 진지하게 받아들이지 않으면 어떻게 될지는 말하지 않아도 잘 알 텐데……. 자, 이제 일어날 시간입니다. 아름다운 여왕님."

벨로우즈가 모포의 끝을 잡고 이불을 힘껏 잡아당기는 바람에 아직 베개로 가리고 있는 얼굴을 제외하고는 알몸이 고스란히 드러났다.

"어머, 어쩜 손님 대접을 이렇게 하죠!"

수잔은 벌떡 일어나면서 말했다. 그러고는 모포를 둘둘 감고 다시 침대 속으로 쓰러졌다.

"자, 어서 일어나요, 여왕님. 오늘은 네가 새 생활을 시작하는 첫날이잖아. 이제 실습생의 정상적인 일과를 시작해야 한다니까?"

마크가 말하며 모포를 끌어당겼다. 수잔은 다시 모포를 빼앗아 그속으로 들어갔다.

"전 하루가 더 필요해요. 하루만 더, 제발 선배. 하루만이에요. 이건제게 무척 중요하다는 걸 알고 있잖아요. 오늘 차트를 손에 넣을 수 없다면 그것으로 모든 건 끝나요. 그리고 버만을 한번 볼 수 있다면 전그것으로 포기할 작정이에요. 그렇게 되면 보통 학생으로서 한 사람의 선배에게로 돌아가게 되는 거예요. 하루만 더."

벨로우즈가 모포 자락을 놓자 수잔은 그대로 침대로 쓰러졌다. 그바람에 매혹적인 한쪽 가슴이 드러났다.

"좋아, 단 하루만이야. 하지만 만약 오늘 스타크가 회진하러 나오면네가 빠진 걸 알게 될 거야. 난 더 변명할 재료가 없으니까 그것만은알고 있어. 그리고 나는 네게 회진에 나와야 한다고 전했다는 걸 말하지 않을 수 없어."

"좋아요. 그건 좋을 대로 하세요. 하지만 오늘은 하루 종일 그 일을 할 작정이에요. 벌써 조사를 좀 해뒀어요."

수잔은 따뜻한 침대에 기분 좋게 들어갔다. 욕실의 샤워 소리가 들리기 시작했다. 그녀는 벨로우즈가 출근 준비가 끝날 때까지 일어나지 않았다.

수잔이 두 번째 잠을 깼을 때는 벌써 날이 밝아 있었다. 비를 동반한 강한 돌풍이 유리창에 내리치면서 쌀알을 뿌려대는 듯한 소리를 내고 있었다. 보스턴의 날씨는 정반대로 바뀌기가 일쑤여서 바람이 북서쪽에서 불었었는데 밤사이에 동풍으로 변해 있었다. 그러나 멕시코 난류 덕분에 기온은 0도 전후로 오르내리고, 눈이나 싸라기눈보다는 오히려 비의 형태로 내려서 교외에서 통근하는 사람들에게는 천만다행이었고 스키어들에게는 실망이 컸다.

수잔은 침대 옆에 있는 시계를 믿을 수가 없었다. 거의 9시를 가리키고 있었기 때문이다. 벨로우즈는 샤워를 한 다음 옷을 갈아입고 그녀를 다시 깨우지도 않고 나가버렸다. 수잔은 잠귀가 밝은 편이었지만 그가 출근하는 것을 눈치 채지 못했다. 욕실을 들여다보아도, 거실 안을 둘러보아도 벨로우즈의 모습은 없었다. 그녀는 갑자기 외톨이가 된 기분이었다.

수잔은 깨끗한 타월을 찾아서 샤워를 하면서 따뜻하게 느껴지는 쾌적한 감촉 속에서 전날 밤의 열정을 생각해보았다. 벨로우즈는 수잔이 생각한 것보다 훨씬 섬세한 데다 활달했다. 앞으로 언제까지 관계를 지속하게 될지 어떨지는 모르지만 기분은 날아갈듯이 좋았다. 벨로우즈는 수술 외의 다른 것은 모두 취미로 여길 정도로 자기 일에 지나치게 열심이었다.

수잔은 냉장고에 치즈와 오렌지가 있는 것을 보고 거기에 그레이프너트와 토스트를 곁들였다. 신문의 안내란을 넘기면서 그녀는 음식을 먹었다. 그리고 잊은 것이 없는지 확인하고 벨로우즈의 아파트를 나왔다. 바쁜 하루가 될 것 같았다.

수잔이 거리로 나왔을 때는 비가 그쳐 있었다. 날씨는 맑게 개일 것 같지 않았지만 그런대로 걷기에는 괜찮았다. 수잔은 마운트 버넌 가를 왼쪽으로 올라가 주청사 쪽으로 걸어가서 보스턴 코먼 공원의 북단을 가로질러 다운타운 상점가로 들어갔다.

보스턴 유니폼사라는 소매점의 점원은 간호사복을 사러 오는 젊은 여자들 중에서 수잔만큼 빨리 물건을 사는 손님은 없을 것이라고 생각했다. 수잔은 진열된 가운들에 대해서는 전연 관심이 없었다. 그저 사이즈 10이라고만 말하고, 사이즈 10이라면 아무것이나 상관없다고 점원에게 말했다.

"여기 있습니다. 이 스타일이면 마음에 드시겠죠?"

점원은 제복을 한 벌 꺼내 보이면서 말했다.

수잔은 옷을 받아들고는 자기 몸에 대고 거울을 들여다보았다.

"입어보시려면 뒤에 탈의실이 있어요."

"그냥 이걸로 주세요."

점원은 쉽게 물건을 판매한 것이 놀라워서 당황한 표정이었다.

수잔이 워싱턴 가로 나와 주정부청사 쪽으로 걸어가는 길에 다시 비가 내리기 시작했다. 그리고 기하학적인 청사 건물 앞에 있는 벽돌 산책길까지 걸어갔을 때쯤에는 또 다른 비를 동반한 구름이 몰려와서 억수같이 비를 뿌려댔다. 수잔은 비를 피하기 위해 빨리 뛰기 시작했다.

안내소의 여직원이 건축과는 8층에 있다고 가르쳐주어서 곧 찾을 수 있었다. 그곳에 가니 사정은 일변했다. 수잔이 25분 정도 기다리고 있자 창구에서 그녀에게 잘못 찾아왔다고 말했다. 넓은 사무실 안쪽까지 가는 사이에 두 번씩이나 이런 일이 있었다. 게다가 다른 손님이 없는데도 또다시 15분이나 기다려야 했다.

카운터 뒤에 책상이 5개 있었는데 그중에 세 곳에만 사람이 있었다. 남자가 2명, 여자가 1명이었다. 두 남자는 놀라울 정도로 닮아 있었다. 크고 붉은 코에 플라스틱제 검은 테 안경, 그리고 아주 평범한 넥타이를 매고 있었다. 두 사람은 패트리어트(매사추세츠 주의 프로 축구팀)에 대해서 정신없이 얘기하고 있었다.

여자는 60대 초반으로 보였는데 머리를 딴 헤어스타일로 입술 가장자리에만 립스틱을 새빨갛게 칠하고는 다시 손거울을 꺼내어 이리저리 돌려가며 비춰보고 있었다.

두 남자 중에서 키가 작은 쪽이 수잔을 보고 그렇게도 아는 척을 하지 않고 무시하는데도 아직도 나가지 않는다고 생각했는지 그녀에게로 어슬렁어슬렁 걸어왔다.

"무슨 용건입니까?"

그 직원은 간단히 물어보더니 수잔이 대답도 하기 전에 뒤로 휙 돌아서서 말했다.

"이봐, 헤리. 지금 생각났는데, GRI 5의 요청은 어떻게 할 거야? 생각해봐. 그거 지금으로 철해서 자네 박스 속에 벌써 2개월씩이나 쑤셔 넣은 채 있잖아."

그는 다시 수잔 쪽으로 돌아서서 말했다.

"뭡니까? 아, 그렇군. 집주인 일로 푸념하고 싶은 거죠? 그거라면 여기가 아닙니다."

그는 다시 동료 쪽으로 돌아서서 말했다.

"헤리, 커피 마시러 가려면 내 것도 부탁해. 레귤러랑 데니쉬 하나! 돈은 나중에 줄 테니까."

그의 충혈 된 눈이 다시 수잔 쪽으로 향했다.

"전 설계도가 필요해서 왔습니다. 제퍼슨 연구소의 평면도, 남보스턴의 새로 지은 병원입니다만."

"설계도? 무엇 때문에 설계도가 필요합니까? 아가씨, 몇 살이오? 열다섯 살?"

"전 의대생입니다. 병원의 설계나 건축에 흥미가 있어서요."

"요즘 아이들이란 참! 보아하니 아가씨 같은 사람은 그런 흥미를 갖지 않아도 될 것 같은데."

그는 불쾌하게 웃었다.

당장에 마음껏 쏘아붙여 주고 싶은 것을 꾹 참고 수잔은 눈을 감았다. 그는 카운터 위에 산더미처럼 쌓여 있는 장부 쪽으로 향했다.

"그게 어느 구역에 있죠?"

"글쎄, 그건 모르고 왔는데요."

"좋아요, 그럼 우선 그 구역을 찾아야겠군."

그는 오른쪽으로 향하면서 말했다.

이윽고 그는 카운터 위의 작은 장부에서 그것을 찾고는 말했다.

"17구역이로군."

그는 천천히 큰 장부 쪽으로 가더니 주머니에서 쭈글쭈글해진 담뱃값을 꺼내어 한 대 입에 물고 불을 붙이지 않은 채 장부를 몇 번씩이나 뒤적거리다가 겨우 제17구역의 장부를 찾아냈다. 그리고 다른 장부를 옆으로 밀어놓고 표지를 펼쳐서 우선 집게손가락에 침을 묻혀 열심히 페이지를 넘겼다. 그는 4, 5페이지마다 담뱃진이 섞인 침을 묻히고 있었다. 색인번호를 알아낸 그는 메모지에 숫자를 적어서 수잔에게 따라오라는 손짓을 하고는 큰 서고 쪽으로 걸어갔다.

"헤리!"

그는 가면서도 불을 붙이지 않은 담배를 입에서 자꾸 움직이면서 동료와 얘기를 계속했다.

"아래로 내려가기 전에 그로서한테 전화해서 레스터가 오늘 오는지 물어봐줘. 만약 안 오겠다면 그놈의 책상 위에 있는 걸 누가 처리해줘야 할 텐데. 그건 자네의 GRI 5의 요청보다 더 오래 그대로 내버려두고 있었으니까."

그는 서랍을 정확히 찾아내어 설계도의 큰 뭉치를 꺼냈다.

"자, 이겁니다, 금발 아가씨. 복사기는 카운터 맞은편 방에 있으니 필요하면 써요. 물론 동전이 필요하겠지만."

그는 불을 붙이지 않은 담배로 설계도를 가리켰다.

"어느 것이 평면도인지 가르쳐주시겠어요?"

수잔은 종이봉투에서 도면을 꺼냈다.

"아가씬 병원의 건축에 흥미가 있다면서 어느 것이 평면도에 해당하는지 모른다는 겁니까? 자, 이게 평면도입니다. 지하층, 1층 그리고 2층."

그는 담배에 불을 붙였다.

"이 약호가 뭐죠?"

"맙소사, 이 아래 모퉁이에 쓰여 있잖습니까. OR은 수술실, W는 중앙동, COMP.R.은 컴퓨터실이라는 식으로 말이오."

그는 짜증스럽게 대꾸했다.

"그런데 복사기는 어디 있죠?"

"저쪽. 벽 있는 곳에⋯⋯. 동전 교환기도 있고. 끝나면 설계도를 카운터 위 양철상자에 넣어두시오."

수잔은 평면도를 복사하고 그 위에 사인펜으로 방의 명칭을 적었다. 그런 다음 그녀는 메모리얼 병원으로 향했다.

수잔은 중앙통로를 통해 병원으로 들어갔다. 오전 10시가 조금 지났는데 당연한 것이지만 매일 밀려드는 사람들이 이미 모여 있었고 의자는 빈자리가 없었다. 여러 연령층의 사람들이 한없이 무언가를 기다리고 있었다. 그들은 외래나 응급실에서의 치료를 기다리고 있는 것이 아니라 입원이나 퇴원을 하는 친지를 기다리고 있는 모양이었다. 그들은 거의 대화도 하지 않고 무표정했다. 마치 각각 별개의 외딴 섬에 갇힌 사람들 같았다.

북적거리는 사람들을 헤치면서 수잔은 겨우 안내판이 있는 곳까지 갔다. 그녀는 플라스틱 글씨로 '신경과—베어드 동 11층'이라고 표시된 것을 읽을 수 있었다.

수잔은 베어드 동 엘리베이터 앞으로 가서 사람들과 함께 기다렸다. 그런데 그녀 옆에 있던 사람이 고개를 돌리자 수잔은 주춤하고 뒤로 물러섰다. 그 남자의—아니면 여자의—눈언저리에는 반점이 있고 불룩해진 코는 비틀어져 콧구멍에서 탈지면이 삐져나와 있었다. 콧구멍에서 나온 여러 가닥의 튜브들을 볼에다 반창고로 고정시켜 놓고 있었다. 얼굴 생김새로 봐서는 괴물이라고밖에 말할 수 없었다. 수잔은 눈을 둘 곳을 몰라 그저 층을 표시하는 엘리베이터 바늘만 주시하고 있었다.

닥터 도널드 맥리어리는 신경과 상임 간부 중에서 젊은 축에 속했다. 그는 해소되지 않는 방 배당의 어려움 때문에 11층에는 방을 얻지 못했다. 수잔은 간단히 12층까지 올라가서 '닥터 도널드 M. 맥리어리'라고 쓰인 문을 찾을 수 있었다.

그녀는 문을 열고 좁은 비서실로 들어갔다. 서류 캐비닛이 세워져 있어서 문이 활짝 열리지 않았다. 보통 크기의 책상도 그 방에서는 너무 커보였다.

나이든 비서가 얼굴을 들었다. 그녀는 짙은 화장을 하고 있었다. 새하얀 머리를 짧게 잘라 컷 스타일로 착 붙여 빗질하고는 핑크색의 꼭 끼는 판탈롱으로 어울리지 않게 살찐 몸을 조이고 있었다.

"수고하십니다. 맥리어리 선생님 계세요?"

"계시긴 하지만 몹시 바빠요. 약속은 돼 있습니까?"

비서는 불시의 방문객이 자못 귀찮은 듯이 말했다.

"아닙니다. 약속하지 않았습니다. 하지만 잠깐 문의를 드리고 싶은 게 있어서요. 저는 이 병원에 배속돼 있는 학생입니다만."

"선생님께 말씀드려 보죠."

비서는 수잔의 머리 끝부터 발끝까지 유심히 훑어보면서 일어섰다. 그리고 큰 몸집을 지탱하며 더욱 떨떠름한 표정으로 오른쪽에 있는 안쪽 사무실로 들어갔다. 수잔은 자기가 노리고 있는 차트가 어디 없을까 하고 방안을 두리번거렸다.

비서는 곧바로 돌아와서 자기 자리에 앉아 타이프라이터에 종이를 끼우고 5, 6행쯤 타이프를 했다. 그러고 나서 얼굴을 들었다.

"들어가세요. 선생님이 잠깐 만나시겠답니다."

비서는 수잔이 대답도 하기 전에 다시 타이프를 치기 시작했다. 적당히 입 속으로 인사를 하고 수잔은 문을 열고 안으로 들어갔다.

닥터 넬슨의 사무실을 생각나게 할 정도로 그 사무실도 난잡하게 신문 잡지더미가 여기저기 쌓여 있었다. 개중에는 상당히 오래전에 뒤집어엎어 놓은 채로 있는 것도 있었다.

닥터 맥리어리는 몸이 홀쭉하고 격한 성격의 소유자처럼 보였다. 양쪽 볼에 깊은 주름살이 있고 날카롭게 생긴 코와 턱 사이의 작은 입이 짙은 눈썹 아래의 안경너머로 수잔을 힐끗 보았을 때 꿈틀하고 움직였다.

"수잔 윌러인가?"

맥리어리의 목소리에는 추호의 친밀감도 없었다.

"네."

수잔은 상대가 자기의 이름을 알고 있는 데 놀랐다. 그것이 과연 길조인지 흉조인지 그것조차 알 수 없었다.

"그리고 학생은 여기 있는 열 장의 차트 때문에 온 거지?"

맥리어리는 의자를 반쯤 돌리고 책장 속에 있는 크고 두꺼운 차트 쪽을 향해 손을 흔들었다.

"열 장이라고요? 그걸 전부 가지고 계세요?"

"열 장으론 부족한가?"

약간 빈정대는 듯한 말투로 맥리어리는 말했다.

"아뇨, 충분합니다. 선생님은 틀림없이 좀 더 가지고 계시리라 생각했기 때문에…. 그건 코마 환자의 차트인가요?"

"그럴지도 모르지. 만약 그렇다면 어떡할 건데……?"

"모르겠어요, 스타크 과장님이 차트를 선생님이 전부 가지고 계신다고 해서서 보여주실 수 있는지 문의 드리고 싶었습니다. 아니면 그것들을 가려내는 데 거들도록 해주실 수 있는지요?"

"학생, 나는 신경학자로 수련도 상당히 많이 해왔다고 생각하고 있네. 내 전문은 신경학인데 우리 레지던트들이 그 환자들에 대해 신경학적 검색을 철저히 했고 나도 면밀하게 조사했으니 별로 도움은 필요 없어."

"선생님, 저는 적어도 전문적인 실력으로 선생님께 도움이 되겠다고 말씀드린 게 아닙니다. 저는 신경학에 대해서는 아는 게 별로 없습니다. 하지만 그 환자들은 안타깝게도 모두 유사하게 죽었어요. 게다가 그들 증례에는 모두 묘한 데가 있습니다. 저는 그것을 하나하나 별개의 것이라고 생각하지 않고 서로가 뭔가 관계가 있다고 봐야 할 필요가 있다고 생각합니다."

"그래서, 그걸 학생이 해보겠다 이 말인가?"

"네, 누군가가 해야 하잖습니까."

맥리어리는 말에 힘을 주어가며 얘기를 계속했다.

"이 문제는 지금 학생의 힘으로는 도저히 감당할 수 없을 정도로 광범위해서 말이지. 그뿐만이 아니야. 지금까지 학생이 해온 일이 이 병원 안에서 이미 터무니없는 소란을 야기하고 있어. 돕기는커녕 학생은 대단히 성가신 존재가 돼 있다고. 지금 학생에게 바라는 건 그 의자에 앉는 거요."

맥리어리는 책상 앞에 있는 의자를 가리켰다.

"무슨 말씀이신지?"

수잔은 상대의 말은 들었으나 그 어감을 알 수가 없었다. 맥리어리는 부탁한 것이 아니라 명령을 한 것이다.

"앉으라고 했어!"

그의 말 속에는 노여움이 섞여 있었다.

수잔은 잡지더미가 올려 있지 않아 유일하게 비어 있는 의자에 앉았다.

맥리어리는 수화기를 들고 다이얼을 돌리며 반짝반짝 빛나는 눈으로 깜빡이지도 않고 그녀를 똑바로 노려보았다. 상대가 나오기를 기다리는 동안 그의 입은 실룩실룩 움직이고 있었다.

"이사실로 연결해줘…… 필립 오렌과 얘기하고 싶어서 그래."

상당히 오랫동안 기다리는 시간에도 맥리어리의 표정은 전혀 변하지 않았다.

"미스터 오렌, 난 닥터 맥그리어인데 당신이 말한 대로였습니다. 그녀가 여기 앉아 있습니다. 내 앞에…… 차트? 물론 그런 짓은 안합니다. 농담이시겠죠⋯⋯⋯ 알겠습니다…… 좋습니다."

맥리어리는 여전히 수잔을 주시하면서 수화기를 놓았다. 수잔은 그에게서 인간다운 온정을 전혀 찾아볼 수가 없었다. 그리고 이 자에게는 그 비서가 적격이라고 생각했다. 어색한 침묵이 지나고 수잔은 일어섰다.

"저는 이제 그만……."

"앉아 있어!"

맥리어리는 지금까지보다 더 크게 소리쳤다.

수잔은 그의 갑작스런 태도에 놀라 당황해서 앉았다.

"무슨 일입니까? 저는 코마문제를 조사하는데 조금이라도 도움이 된다면 해서 온 것이지, 호통 치는 소리를 들으러 온 건 아닙니다."

"더 이상 아무 말도 필요 없어. 자네는 이 병원에서 남의 영역까지 넘보고 있는 거야. 자네가 이 차트를 노리고 올 거라는 말을 듣고 있었지. 컴퓨터에서 허락도 없이 자료를 빼냈다는 말도 들었어. 게다가 닥터 헤리스와도 한바탕 말썽을 일으킨 모양이던데…. 아무튼 오렌 씨가 여기 와서 학생 얘길 들어줄 거야. 이건 그의 문제지, 내 소관이 아니니까."

"오렌 씨가 누굽니까?"

"이 병원 이사야. 관리문제를 관장하고 있는 보스지. 직원 문제는 전부 그의 소관이야."

"저는 직원이 아닙니다. 학생입니다."

"맞았어. 그 학생이라는 것 때문에 약한 제재를 받는 거야. 학생은 여기에 온 손님이야…… 병원의 손님…… 아무튼 그런 셈이지. 때문에 자네는 그 대접에 맞는 행동을 해야 했어. 그런데 이 병원의 규칙을 무시했어. 요즈음 자네는 아무래도 일을 뒤집어엎는 것을 자기의 일로 알고 있는 모양이야. 병원은 학생들을 위해 있는 게 아니야. 여기선 학생들을 교육시킬 의무 따윈 없어."

"여긴 교육을 제공하는 병원이고 의과대학과 연계된 병원입니다. 학생교육은 이 병원의 큰 임무 중 하나일 텐데요."

"교육은 물론 그렇지. 하지만 단지 학생들만 상대하는 건 아니야. 의학계 전체를 말하는 거지."

"그렇습니다. 아마 그건 누구나를 위한 공생과도 같은 게 아닐까요. 학생이나 선생님이나 모두가 마찬가지로 병원은 의학생만의 것도 아니고, 또 교수만의 것도 아닙니다. 무엇보다도 우선적으로 환자들을 위한 병원입니다."

"과연 이제야 닥터 헤리스가 학생에게 화를 낸 이유를 알 것 같군. 미스 윌러, 자네에게는 인간도 규칙도 존중할 마음이 전혀 없어 보이는군. 요즈음 젊은이들의 행태를 그대로 하고 있어. 그들은 자신들이 존재하는 것만으로도 사회에서 누릴 것은 누려야 한다고, 또 교육도 받을 자격이 있다고 믿는다니까."

"교육은 사회가 감당해야 할 책임입니다."

"사회가 책임을 지고 있다는 건 틀림없지만, 어떤 학생 개인에 대해서 책임지는 것은 아니거든. 그리고 의학 교육은 그 자체가 사치야. 어마어마한 비용이 드는 데다 그 부담의 태반이 일반 국민, 노동자가 감당한단 말이야. 그리고 자네가 여기서 실습 받는데도 거액의 비용이 들고 그렇다고 경제성이나 있으면 다행인데 전혀 그렇지 않거든. 미스 윌러, 그밖에도 자네는 여자이고 앞으로 남자에 비해 생산성이 현저히 떨어지거든. 분수껏 설쳐대라고……."

"정말 어처구니가 없군요. 터무니없는 설교는 그만하면 충분해요."

수잔은 화가 나서 일어서면서 쏘아붙였다.

"앉아 있어, 학생!"

맥리어리도 얼굴을 붉히면서 고함을 질렀다.

수잔은 바로 눈앞에서 노여움에 떨고 있는 남자의 얼굴 뒤에 무엇이 숨겨져 있는지 알고 싶어졌다. 벨로우즈가 헤리스의 태도를 설명하면서 헤리스도 자신을 여자로 먼저 대한다는 것이 생각났기 때문이다. 맥리어리의 동작에 그런 요소가 있다고는 믿기 어려웠다. 그러나 그녀는 아주 이상한 태도를 다시 보게 되었다. 그는 가슴을 크게 부풀려서 가파른 호흡을 하고 있었다.

그녀는 틀림없이 자기도 모르는 사이에 그에게 도전하고 만 것이다. 그러나 어떻게? 무슨 힘으로? 그녀는 그것을 전혀 몰랐다. 수잔은 여기서 방을 나가야 할 것인지 아니면 그대로 버티고 있어야 하는지 자문자답했다. 맥리어리의 난폭한 행동을 무시할 수도 없고 한편으로는 계속해서 보고 싶기도 해서 결국 그대로 있기로 했다.

그녀는 다시 앉아서 이제 무엇을 해야 할지 몰라 하고 있는 맥리어리를 지켜보고 있었다. 그도 역시 앉아서 이번에는 안절부절못하고 재떨이를 만지작거리고 있었다. 수잔은 꼼짝 않고 앉아 있었다. 지금 여기서 그가 큰소리를 쳐도 별로 놀라지 않을 것 같았다.

그때 비서실 문이 열리는 소리가 나면서 사람 소리가 안에까지 들려왔다. 이윽고 문이 열렸다. 안내 소리나 노크도 없이 느닷없이 건장한 남자가 들어왔다. 푸른 양복을 말쑥하게 차려입었는데 무슨 사업가처럼 보였다. 왼쪽 가슴 주머니에 실크 손수건을 약간 내밀게 한 모습이 스타크의 몸치장을 생각나게 했다. 머리는 정성스럽게 빗질하여 왼쪽으로 착 붙이고 있었다. 그에게서 온갖 문제를 다 처리할 수 있어 보이는 권위가 느껴졌다.

"전화 고맙네, 도널드."

오렌은 말했다. 그리고 그는 일부러 고자세로 수잔을 대했다.

"아, 그러니까 이 학생이 그 악명 높은 수잔 윌럽니까. 미스 윌러, 학생은 이 병원에서 대단한 소동을 일으키고 있다는 걸 알고 있소?"

"아뇨, 전혀 모르는 일입니다."

오렌은 맥리어리의 책상에 기대어 여유 있게 팔짱을 꼈다.

"호기심 때문인데 한 가지 간단한 질문을 하겠어요, 미스 윌러. 이 병원의 가장 큰 목적은 무엇이라고 생각하죠?"

"환자를 돌보는 거겠죠."

"좋습니다. 적어도 우리는 일반적인 면에서는 일치하는 셈이군. 하지만 나는 학생의 대답에 중요한 것을 덧붙이지 않으면 안 되겠어요. 우리는 이 지역사회의 환자들을 치료하고 있는 겁니다. 분명 뉴욕 주의 웨스트체스터 지방의 환자를 치료하는 것은 아니니까, 학생한테는 헛소리로 들릴지도 모르지만 이건 실은 극히 중요한 문제일 수가 있지. 다시 말해서 바로 이 보스턴 시민에게 우리는 책임을 지고 있다는 거요. 그래서 하는 말인데 이 지역사회와 우리 병원과의 사이에 어떤 방해되는 문제가 끼어든다면 우리 병원으로서는 가만히 있을 수가 없게 되는 것이지. 이런 말은…… 뭐라고 할까…… 학생에게는 상관없는 얘기로 들릴지 모르지만 전혀 그렇지가 않아요. 요 2, 3일간 학생에 대한 불만의 소리가 여러 번 터져 나왔어요. 처음에는 귀찮다 할 정도였던 것이 지금은 도저히 참을 수 없는 데까지 와버렸어. 이것은 분명히 우리가 지금까지 신중히 유지해온 지역사회와의 결속을 바로 학생이 파괴하고 있다는 게 아니고 무엇이겠는가."

수잔은 볼이 화끈해지는 것을 느꼈다. 그는 오렌의 지나치게 거만한 태도에 초조해지기 시작했다.

"환자가 식물인간이 되는, 다시 말해서 이 병원의 뇌사율이 대단히 높다는 사실을 알게 된다면 이 병원의 평판이 나빠지게 된다는 말이군요."

"그렇지."

"그래요? 이 병원에서 뇌사 된 환자들의 피해를 생각한다면 병원의 평판 같은 건 문제가 되지 않는다고 생각합니다. 병원의 평판이 땅에 떨어지더라도 그것으로 문제가 해결만 된다면요."

"이봐요, 미스 윌러. 학생은 뭘 모르고 있어. 그렇게 되면 여기로 와야 할 환자들이 다 어디로 가야 한단 말인가? 운이 나쁜 사람들 때문에 그렇지. 피할 수 없는 병발증 때문에 일어난 일로 세상을 떠들썩하게 해서 어쩌겠다는 거야?"

"피할 수 없다는 건 어떻게 아세요?"

수잔이 말을 자르면서 물었다.

"그건 그저 존경하는 과장님들이 알려준 정보만 믿을 뿐, 나는 의사도 아니고 과학자도 아니오. 그리고 미스 윌러, 나는 관리자란 말이오. 그리고 이 병원에 외과공부를 하러 온 학생이, 여기 계시는 맥리어리와 같은 자격을 가진 선생님이 손을 대신 것을, 다시 말해서 섣불리 폭로하면 어떻게 되는지 아시오? 지역사회에 돌이킬 수 없는 해독을 가져올 수도 있는 문제를 새삼스레 흥미를 가지고 후벼댄다면 이건 나로서도 당장에 단호한 대책을 강구하지 않을 수 없게 됩니다. 정규 임무에 충실하라고 전부터 당신에게 경고하고 훈계한 것을 완전히 무시하고 있군요. 이건 토론이 아니오. 나는 학생과 입씨름할 생각이 없어요. 그래서 지금부터 나는 학생이 본연의 임무를 수행하도록 학생처장에게 전화를 걸겠습니다."

오렌은 맥리어리의 전화기를 들고 전화를 걸었다.

"닥터 채프맨 사무실 좀 부탁해요…… 닥터 채프맨을 부탁합니다. 나는 필 오렌…… 아, 짐, 필 오렌입니다. 집안은 모두 안녕하시고? 나는 별일 없습니다…… 테드가 펜실베이니아 대학에 자리를 얻었다는 이야기를 해야겠군…… 그런데 내가 전화를 건 것은 여기 외과에 와 있는 3학년 학생에 대해서 말인데, 수잔 월러… 맞아, 그럼 기다리지."

오렌은 수잔의 얼굴을 보며 물었다.

"3학년 맞지, 미스 월러?"

수잔은 고개를 끄덕였다. 타오르기 시작한 분노가 실망으로 변했다. 오렌은 맥리어리에게 시선을 돌렸다.

"일을 방해해서 미안해요. 내 사무실로 갔어야 하는 건데. 곧 끝날 테니까……."

오렌은 그렇게 말하고 전화기 쪽으로 다시 주의를 돌렸다.

"네, 접니다. 짐…… 그녀가 좋은 학생이라는 걸 알게 돼서 다행입니다. 그런데 이곳 병원에서는 여기저기서 환영받지 못하고 있어요. 외과에 배속돼 있었는데 강의나 회진에도 잘 참석하지 않고 또 수술에도 들어가지 않아요. 그 대신 간부들, 특히 마취과장을 화나게 합니다. 컴퓨터에서 자료를 허락도 없이 어떻게 속였는지 빼낸 겁니다. 이만하면 이 학생을 어떻게 해야 한다고 생각해요. 그러죠, 선생님이 만나고 싶어한다고 그녀에게 전하죠…… 오늘 오후 4시 반에…… 좋아요. V.A.병원이라면 기꺼이 받아줄 겁니다…… 알겠어요(킥킥 웃는다). 감사합니다, 짐. 곧 연락할게요. 그럼 한번 만나자고."

오렌은 수화기를 놓자마자 맥리어리를 향해 웃어 보이고 수잔 쪽으로 얼굴을 돌렸다.

"미스 월러, 지금 들은 대로 학생처장이 오늘 오후 4시 반에 학생과 만나서 얘기하고 싶다고 하네. 지금 이 시간부터 이 메모리얼 병원에서 임무를 종료해야 할 것 같군. 그럼 안녕."

수잔은 맥리어리를 향했던 시선을 오렌에게로 옮겼다. 맥리어리의 표정은 변함이 없었고 오렌은 마치 토론에 이긴 사람처럼 만족스런 미소를 지었다.

어색한 침묵이 계속되었다. 수잔은 이것으로 한바탕 소란은 끝났다고 생각하고 잠자코 일어나서 간호사 가운이 들어 있는 보따리를 들고 방을 나갔다.

2월 25일 수요일 오전 11시 15분

수잔은 병원을 빠져 나와 그 주변에 몰려 있는 사람들 사이를 헤치고 비 내리는 추운 2월의 거리로 나왔다. 밖으로 나오긴 했지만 어디 정해진 곳도 없고 텅 빈 마음으로 그녀는 무턱대고 걷기 시작했다. 뉴차든 가로 돌아 다시 케임브리지 가로 들어섰다.

반쯤 찌그러진 캠벨의 수프 깡통을 발로 차면서 그녀는 '제기랄' 하고 중얼거렸다. 가랑비가 이마에 머리카락을 달라붙게 하고 물방울이 한데 모여서 콧등을 타고 방울져 내렸다.

조이 가를 빠져나간 그녀는 비컨힐의 뒤편으로 나왔다. 머리에 스치는 생각을 외곬으로 좇으면서 그녀는 주위에 북적거리는 사람들이나 개, 쓰레기 등 온갖 더러워진 도시의 산물에 그리 마음을 쓰지 못했다.

그녀는 지금까지 이다지도 사람에게 무정하게 거절당하고 고립된 느낌을 맛본 적이 없었다. 완전히 외톨이가 된 기분인 데다 실패했다는 공포감이 고개를 들었다. 맥리어리나 오렌과 대화했던 감정이 파도처럼 밀려와 이런 때 누군가와 얘기할 수 있었으면 하는 마음이 절실해졌다. 존경하고 믿을 수 있는 조언을 해줄 수 있는 그런 사람과……. 스타크, 벨로우즈, 채프맨 모두 그 상대가 될지 모르지만 한편으로는 각각 곤란한 점이 있었다. 벨로우즈가 정말 객관적인 입장에 설 수 있는지 그것이 의문이었고, 스타크나 채프맨도 각자 자기 병원이나 학교에 지나친 충성심을 가지고 있었다.

수잔은 최악의 경우, 퇴학당하게 될 불명예를 생각했다. 그것은 그저 개인의 실패만으로 그치는 것이 아니라 의학의 길을 나아가는 여성 전체의 실패이기도 했다. 그녀는 의지할 만한 여의사는 없을까 하고 생각해보았지만 아는 사람은 아무도 없었다. 물론 의대의 간부가 있었지만 조언을 구할 수 있는 상대가 아니었다.

이리저리 궁리하면서 걷던 수잔은 문득 오른쪽 발이 미끄러져 중심도 그쪽으로 기울어졌다. 그녀는 가까이 있는 건물에 손을 짚어서 하마터면 넘어질 뻔한 것을 면했다. 뭔가 하고 발밑을 보니 아직 온기가 남아 있는 개똥을 밟고 있었다.

"거지같은 비컨힐."

수잔은 보스턴을 저주했다. 보스턴 시정부를 향해 입에 담을 수 있는 욕을 모두 지껄였다. 길가의 돌에 발을 문지르면서도 수잔은 그 냄새에 숨이 막혔다. 그것이 자신의 불행을 상징하는 것이 아닐까 하고 생각하지 않을 수 없었다. 의사가 되는 것이 자신의 목표이며 무엇보다 먼저 그것을 위한 임무가 먼저였고, 버만이나 그린리에 대한 것은 그녀의 첫 번째 관심사가 아니었다.

비는 잠시도 쉬지 않고 계속 내려서 그녀의 볼을 타고 흘러내렸다. 가스등이나 붉은 벽돌과 함께 개똥이 많은 것도 비컨힐의 명물이기에 그녀는 조심해서 걸었다. 발밑을 주의하고 있으면 약간은 걷기가 쉬왔다.

그러나 생각해보니 버만이나 그린리에게 품고 있는 자기의 의무감을 그렇게 쉽게 내버릴 수 있을 것 같지가 않았다. 그리고 자기와 낸시 그린리가 동갑이라는 것도 염두에 두었다. 수잔은 갑자기 생리가 여느 때보다 심하던 때의 일이 되살아났다. 그 때문에 얼마나 걱정하고, 당황했었는지 새삼스레 생각났다. 어쩌면 자신이 이 병원에서 소파 수술을 받았을지도 모르는 일이었다.

그러나 지금은 이미 메모리얼 병원을 떠나게 되었고, 의과대학도 떠나게 될지 모른다. 그 문제를 계속 추적할 것인지, 아니면 그만둘 것인지 그런 일에 구애될 필요가 거의 없어졌다. 일은 끝났다. 그것에 관여하기 시작한 무렵의 자기 기분을 생각하면 쑥스러운 생각마저 들었다. '새로 발견한 병!' 수잔은 자신의 허영심과 실제 이상으로 자신을 평가한 것이 우스꽝스러워서 견딜 수가 없었다.

수잔은 핑크니 가를 어슬렁거리며 내려가 찰스 가를 가로질러서 강 쪽으로 걸어갔다. 비컨힐을 걸었을 때와 마찬가지로 정처 없이 롱펠로 다리의 계단을 올라갔다. 굵은 글씨로 쓴 낙서가 있어서 그녀는 얼마 동안 그 자리에 서서 말도 안 되는 글귀와 낯부끄러운 욕설을 읽었다. 다리 한복판에 멈추어 서서 찰스 강의 케임브리지 쪽과 하버드 다리에서 보스턴 대학 다리의 주변을 바라보았다. 강 표면에는 물과 얼음 조각이 묘한 무늬를 그려서 마치 거대한 추상화처럼 보였다. 그리고 한 떼의 갈매기가 얼음 위에 가만히 앉아 있는 것이 보였다.

수잔은 지금까지 걸어온 왼쪽 길 쪽에 주의를 끄는 것이 있다는 것에는 전혀 깨닫지 못하고 있었다. 그런데 문득 그쪽을 보았을 때 검은 외투와 모자를 쓴 모습의 사나이가 멈춰 섰다가 강 쪽으로 돌아서는 것이 보였다. 그녀는 그런 검은 복장의 사나이 따위에는 마음을 쓰지 않고 다시 명확하지 않은 목표에 대한 깊은 생각과 눈앞에 펼쳐지는 풍경으로 돌아갔다.

그러나 5분인가 10분쯤 지나서 수잔은 사나이가 전혀 움직이지 않고 있는 것을 알았다. 그는 담배를 피면서 거의 수잔과 마찬가지로 비가 쏟아져 내리는 쪽을 향해서 강을 내려다보고 있었다. 좋은 날씨에도 인기척이 없는 다리인데 이렇게 2월의 비가 오는 날에 두 사람이 다리에서 강의 수면을 들여다보고 있다니, 하지만 이것도 뭔가 우연이겠지 하고 수잔은 생각했다.

수잔은 케임브리지 쪽으로 다리를 건너서 M.I.T. 대학의 보트 선착장 쪽으로 걸어갔다. 습기가 목 언저리에 스며들어서 약간 추워지고 기분도 나빠져서 약이라도 먹어야 할 것 같았다. 그러나 이대로 기숙사로 돌아가서 뜨거운 물로 목욕을 하는 것이 좋을 것 같아서 그렇게 하기로 했다.

수잔은 급히 오른쪽으로 돌아서 롱펠로 다리를 다시 건너 지하철을 타려고 했다. 그러나 그녀는 멈춰 섰다. 검은 외투를 입은 그 사나이가 100m쯤 앞에서 역시 찰스 강을 내려다보고 있지 않은가.

수잔은 뭐라고 표현할 수 없이 불안해졌다. 그래서 사나이의 옆을 지나지 않고 방향을 바꾸어 M.I.T. 대학의 교사 끝 쪽을 가로질러서 켄달 역에서 지하철을 타기로 했다.

메모리얼 차도를 가로질렀을 때 사나이도 이쪽을 향해 걷고 있었다. 그러나 수잔은 낯선 사나이가 자신과 관련이 있다는 생각은 하지 않았다. 그런데 왜 이리도 근거도 없는 편집광적인 상태가 되는지 자신도 납득이 가지 않았다. 생각보다 놀라서 침착성을 잃고 있는 것 같았다. 다시 확인해보려고 그녀는 다음 모퉁이를 돌아 한 구획의 끝까지 걸어가서 정치학 도서관 앞에서 멈추어 섰다. 그리고 자연스럽게 보이도록 보따리 끈을 고쳐 매는 체했다.

사나이는 곧 그녀를 따라서 모습을 나타냈으나 그 구획 안으로는 들어오지 않고 길을 가로질러 갔다. 그러자 수잔은 그 사나이가 자기를 미행하고 있다는 생각을 하게 되었다. 하지만 그녀는 왜 자신을 미행하는지, 그럴 이유도 없다고 생각하면서 관심을 갖지 않기로 했다.

계단을 올라간 수잔은 도서관으로 들어갔다. 그리고 세면장에서 잠시 긴장을 풀었다. 하지만 거울 속의 얼굴은 불안한 빛이 역력했다. 누군가를 부르려고 했으나 그만두었다. 어리석다는 말을 듣지 않으려면 어떻게 해야 할까? 왠지 기분도 좋아져서 미행을 당했다는 생각은 완전히 자신의 상상이었다고 무시할 수 있을 것 같았다.

세면장을 나온 그녀는 훌륭한 도서관 건물을 감상할 수 있을 정도로 침착함을 되찾았다. 그곳은 조용하고 여유 있는 느낌을 주는 초현대식 건물로 오래된 대학의 도서관 등에 흔히 있는, 사람을 위압하는 듯한 딱딱한 느낌은 전혀 없었다. 의자는 밝은 오렌지색 천으로 씌워졌고 선반이나 색인카드 상자는 참나무를 윤이 나게 만들어서 반짝반짝 광이 났다.

다시 사나이가 있었다! 게다가 이번에는 그녀의 아주 가까운 자리에 있었다. 잡지를 읽고 있는 체하면서 얼굴을 들지 않고 있었으나 틀림없었다. 검은 외투에 흰 셔츠, 흰 넥타이를 매고 있는 옷차림은 분명히 도서관에는 어울리지 않는 모습이었다. 무스를 많이 바른 상태였는데 번쩍번쩍 윤이 나게 머리를 붙였고 울퉁불퉁한 얼굴에는 젊었을 때의 여드름 자국이 남아 있었다.

수잔은 될 수 있는 한, 사나이에게 주의하면서 2층으로 올라갔다. 그 사나이는 잡지에서 얼굴을 들 기미도 보이지 않았다. 그녀는 건물의 바깥쪽에서 바로 옆 빌딩으로 가는 길은 없을까 하고 살펴보았다.

마침 도서관과 옆 건물 사이를 잇는 다리가 있어서 수잔은 급히 건너 갔다. 옆 빌딩은 학교의 사무국 건물로 많은 사람들이 모여 있었다. 그 녀는 그 1층으로 내려가서야 겨우 안심하고 빌딩을 나와 켄달 스퀘어 쪽으로 속도를 내어 걸어갔다.

그 주변은 수잔에게 낯선 곳이어서 지하철역 입구를 찾는 데 시간 이 약간 걸렸다. 입구를 내려갈 때 약간은 망설이다가 주위를 둘러보 았다. 그런데 놀랍게도 검은 외투의 사나이가 한 구획 저쪽에서 이쪽 으로 걸어오고 있지 않은가. 수잔은 그 순간 가슴이 철렁하고 맥박이 빨라졌다.

계단에서 불어 올라오는 바람과 묵중한 차량의 울림 속에서 그녀는 겨우 마음을 정했다. 열차가 막 역으로 들어오고 있었다. 차 안은 사람 들로 가득 차 있었다.

겨우 마음을 진정한 수잔은 계단을 내려가서 햇빛이 비치지 않는 지하로 들어갔다. 개찰구에서 25센트 동전을 찾았다. 주머니 속에 몇 개가 있을 텐데 장갑을 낀 채로는 도저히 찾을 수가 없었다. 그녀는 장 갑을 벗고 잔돈을 꺼냈다. 동전 2, 3개가 콘크리트 바닥에 떨어져 데굴 데굴 굴러갔다. 열차에서 내리는 사람은 한 사람도 없었다. 그저 두세 사람이 개찰구에서 어찌할 바를 몰라 쩔쩔매고 있는 그녀를 멍하니 바라보고 있을 뿐이었다. 겨우 구멍 속에 동전을 넣고 십자형 회전식 입구를 한 팔로 밀어서 나가려 했다. 그런데 너무 빨리 밀었는지, 주춤 하는 순간 동전이 기계에 떨어졌고 바가 앞으로 돌아갔다. 수잔이 막 달려갔을 때 열차 문은 닫히고 말았다.

"문 좀 열어주세요. 부탁이에요!"

그녀는 외쳤지만 열차는 역을 미끄러지듯이 출발하고 있었다. 몇 발자국 열차를 따라 달려갔지만 맨 뒤의 열차 칸이 그녀 곁을 지나갔을 때 수잔은 차장이 유리창을 통해 멍청한 표정으로 자기를 바라보는 것을 보았다. 열차는 속력을 내어 시내 쪽 터널 속으로 그 모습이 사라지고 수잔은 그저 숨을 헐떡이면서 그것을 바라보았다.

역 안에는 사람의 그림자가 완전히 없어졌다. 맞은편 시외 쪽 플랫폼에도 사람은 없었다. 출발한 열차 소리는 놀랍게도 빨리 멀어지고 남은 것은 일정하게 떨어지는 빗방울 소리뿐이었다.

이 켄달 역은 평소에도 사람이 많이 오르내리는 역이 아니었다. 그리고 이전에 유행했던 모자이크 벽도 떨어지는 대로 버려두어서 뭔가 고대 유적을 연상케 했다. 여기저기 모두가 그을음투성이인 데다 플랫폼에는 종이 쓰레기가 어지럽게 널려 있었다. 천장에서는 종유석과 같은 것이 드리워져 있어서 그 끝에서 물방울이 떨어지고 있었는데, 마치 유카탄에 있는 석회석 동굴과 같은 풍경이었다.

수잔은 선로 위로 상체를 힘껏 앞으로 내밀어서 다음 열차가 오지 않나 하고 케임브리지 방면의 터널을 들여다보았다. 귀를 기울여보았지만 들려오는 것은 빗방울 소리뿐이었다.

이윽고 계단 쪽에서 또다시 그 느릿느릿한 발소리가 들려왔다. 수잔은 빠른 걸음으로 창살이 쳐진 동전 교환소로 갔다. 그곳에는 사람이 없고 '오후 3시부터 5시까지 러시아워 시간만 엽니다'라는 글씨가 붙어 있었다.

계단의 발소리는 점점 가까이 들려왔다. 수잔은 입구를 떠나 몸을 돌려 케임브리지 쪽으로 끝 쪽 홈을 향해 달려갔다. 맨 끝까지 다다라서 다시 한 번 어두운 터널 쪽을 들여다보니 역시 그 발소리와 빗방울 소리밖에 들리지 않았다.

입구 쪽을 뒤돌아다보았을 때 검은 외투의 사나이가 개찰구로 들어오고 있는 것이 보였다. 그는 멈춰 서서 담배에 불을 붙인 다음 꺼지지 않은 성냥을 그대로 선로 위에 휙 내던졌다. 그리고 서두르는 기색도 없이 담배를 몇 모금을 빨고 나서 다시 수잔 쪽으로 걷기 시작했다. 그는 수잔이 불안해하는 공포를 서서히 즐기는 것 같았다. 그녀는 힘껏 소리를 지르든가 뛰어가고 싶었으나 지금은 그 어느 것도 할 수 없었다. 어쩌면 무서운 꿈을 꾸고 있는지도 모른다는 생각도 들었다. 평소에도 잘 꾸는 꿈을. 그러나 차츰 다가오는 사나이의 모습과 표정은 결코 꿈은 아니었다.

수잔은 공포에 사로잡히기 시작했다. 이제는 터널 속으로 뛰어 들어가기라도 하지 않으면 안 될 것 같았다. 그러나 아무리 겁이 나더라도 그렇게는 할 수 없었다. 그럼 저쪽 홈은 어떨까? 그녀는 양쪽 선로를 번갈아 바라보았다. 2개의 선로 사이에 겨우 빠져나갈 수 있는 간격을 두고 철기둥이 박혀 있었다. 그러나 그 기둥 양쪽으로 제3선로가 뻗어 있었는데 이것은 열차를 움직이는 동력원이었고, 그 전압과 전류에 사람이 닿으면 순식간에 감전사할 정도의 전력이 나왔다.

터널을 약 3, 4미터 들어간 지점에서 마지막 철기둥이 세워져 있었고 전력선은 선로 바깥쪽으로 뻗어 있었다. 수잔은 마지막 철기둥을 돌아나올 수 있을 정도의 터널 안으로 조금만 들어갔다가 나오면 건너편 플랫폼으로 피할 수 있다고 생각했다.

사나이는 약 15미터 거리까지 접근해 와서 피던 담배를 선로에 던졌다. 그리고 주머니에서 뭔가 꺼내는 몸짓을 했다. 권총일까? 아니 권총은 아니었다. 나이프? 그럴지도 모른다.

수잔은 더 이상의 결심이 필요 없었다. 간호사 가운 보따리를 오른손에 바꾸어 든 그녀는 왼손을 홈 끝에 대고 가장자리에 앉았다. 그리고 1미터 남짓 아래의 선로 위로 무릎을 굽히며 충격을 받지 않도록 뛰어내려 터널 안으로 빠른 속도로 들어갔다.

공포에 허둥대던 그녀는 침목에 발이 걸려서 제3선로 쪽 옆으로 넘어졌으나 순간적으로 보따리를 놓고 철기둥을 잡아 아슬아슬하게 제3선로에 스칠 듯이 몸을 세웠다. 넘어지는 순간 작은 나뭇조각이 튕겨졌는데 그 나뭇조각이 제3선로에 떨어지자마자 펑 하는 소리와 함께 눈부신 전광이 일고 눈 깜짝할 사이에 불이 붙었는지 연기와 고약한 냄새가 부근 일대에 자욱하게 감돌았다.

수잔은 왼쪽 뒤꿈치에 심한 통증을 느끼면서도 간신히 일어나 무의식중에 보따리를 주워들고 다시 침목 위를 뛰어가려고 했다. 터널 입구를 약간 들어간 곳에는 여러 개의 포인트가 있고 선로와 침목이 미로처럼 뒤얽혀 있었다. 그녀는 발밑을 잘 확인도 하지 않고 비슬거리며 나아갔으나 질질 끌고 있던 왼발의 구두가 선로 사이에 끼여서 또다시 쓰러지고 말았다.

언제 뒤쫓는 사람에게 잡힐지도 모른다고 생각한 수잔은 한쪽 무릎을 몸부림치듯이 움직였으나 왼발은 두 선로 사이에 꼭 끼여서 아무리 버둥거려도 빠지지 않았다. 몸부림치면 칠수록 뒤꿈치의 통증은 더해질 뿐이었다. 그래서 이번에는 두 손으로 왼발을 잡고 필사적으로 끌어당겼다. 이제 뒤돌아볼 여유 따위는 없었다. 그러자 느닷없이 끽 하는 날카로운 소리가 주변의 공기를 진동시켰다. 수잔은 발을 잡고 있던 손을 놓고 숨을 죽였다. 자신에게 무슨 일이 일어났는가 했으나 아직 무사했다. 그리고 다시 한 번 큰소리가 울려 퍼져 지하 터널에 메아리쳤다. 수잔은 엉겁결에 두 손으로 귀를 막았다. 그러나 그렇게 해도 그 소리는 귓속 깊숙이 날카로운 통증을 남겼다. 그녀는 그것이 무슨 소리인지 알 수 있었다. 열차였다! 열차의 기적소리였다.

수잔은 어두운 터널 안을 들여다보고 그 속을 꿰뚫는 한 줄기 빛을 보았다. 게다가 대단한 속도로 접근해오는 무쇠덩어리에서 울려 퍼지는 진동도 느끼게 되었다. 그때 강렬한 다른 소리가 들렸다. 그것은 필사적으로 정지하려고 건 브레이크의 철과 철이 서로 스치며 나는 고막이 찢어질 듯한 소리였다.

수잔은 어느 선로에 발이 끼고 어느 선로를 열차가 달리고 있는지 전혀 알 수가 없었다. 빛은 곧장 자기 쪽을 향해 오는 것 같았다. 그녀는 필사적으로 부츠에서 발을 빼고 몸을 틀어 뻗은 두 손으로 쓰러지려는 몸을 받치면서 선로 사이에 몸을 엎드렸다. 그리고 반사적으로 몸을 둥글게 구부리면서 두 손으로 머리를 감쌌다. 진동과 삐걱거리는 소리는 절정에 달하여 요란한 소리와 더불어 열차는 1, 2m 앞으로 지나쳐 갔다.

수잔은 얼마 동안 꼼짝도 하지 못했다. 무슨 일이 일어났는지 까마득해지고 그저 맥박은 빨라지며 손은 땀으로 젖어 있었다. 그러나 아직 살아 있었다. 타박상은 있었지만 괜찮았다. 코트는 찢기고 단추도 몇 개가 떨어져 나갔다. 코트와 그 안에 입고 있던 흰옷에도 기름이 묻어 있었고 펜과 펜라이트도 어디론가 날아가 버리고 없었다. 그리고 청진기의 한쪽 귀도 직각으로 구부러져 있었다.

수잔은 일어나서 먼지를 털고 부츠에 손을 댔다. 뒤꿈치는 찌부러지고 구두 앞쪽이 말려 올라가 있었으나 아까 뺄 수 없었던 것이 이상할 정도로 간단히 빠졌다. 부츠를 다 신었을 때 몇몇의 남자들이 손전등을 들고 달려오고 있는 것이 보였다.

사람들의 도움을 받아 홈으로 올라갔을 때는 지금 일어났던 사건 모두가 마치 날조된 상상의 산물과 같은 느낌이 들었다. 검은 코트의 사나이의 모습은 보이지 않고 주위에는 그저 많은 사람들이 모여서 "어떻게 된 거야, 용케 차에 치이지 않았네." 하는 흥분된 소리만 들릴 뿐이었다. 누군가가 선로에 떨어져 있던 보따리를 발견하고 가져다주었다.

수잔은 상처 입은 곳은 없다고 말했다. 뒤따라온 사나이의 얘기를 할까도 생각했지만 또다시 어디까지나 꿈인지 자신도 알 수가 없었다. 그저 겁이 나고 흥분돼 있어서 생각할 기력도 없이 오로지 집으로 돌아가고만 싶었다.

수잔은 승무원들에게 그저 홈에서 미끄러져 떨어졌을 뿐 아무 일도 없으니 구급차도 필요 없다고 납득시키는 데 15분이나 걸렸다. 수잔은 파크 가까지 가서 헌팅턴 선으로 갈아타고 싶다고 말했다.

이윽고 그녀는 열차를 탔고 열차는 역을 떠났다.

수잔은 밝은 곳에서 옷을 살펴보았다. 그때 맞은편의 남자가 자기를 지켜보고 있는 것을 알았다. 그 옆의 여자도 마찬가지였다. 차 안을 둘러보니 승객들 모두가 마치 구경거리처럼 자신을 지켜보고 있었다. 그 시선과 표정이 견디기 힘들었다. 그녀는 롱펠로 다리를 건너는 열차의 창밖 경치를 보기로 했다. 여전히 아무 말 없이 모두가 계속 자신을 주시하고 있었다.

이윽고 열차가 찰스 가에 도착했다. 수잔은 안도의 숨을 쉬면서 열차에서 뛰어내려 홈을 쏜살같이 달려갔다. 그리고 필립약국 앞에서 택시를 잡아타고 나서야 그녀는 겨우 마음을 가라앉혔다. 손이 눈에 띄게 떨리고 있었다.

2월 25일 수요일 오후 1시 30분

벨로우즈는 오후 1시 30분에 벌써 다른 사람의 하루분의 일을 다 마치고 있었다. 그 일과는 완전히 익숙해져 있기 때문에 몸은 피로를 느끼지 않았으나 정신적으로 피로하고 초조했다. 그날 아침 수잔과 함께 침대에서 눈을 떴을 때는 정말 운이 좋다고 생각하고 이 정사가 오래 지속될지 어떨지는 모르지만 전날 밤의 멋진 즐거움을 마음껏 음미하고 있었다.

수잔은 결코 도중에 도망치고 싶어지는 유형의 여자가 아니었다. 또 벨로우즈가 생각하는 눈이 크고 여성스럽고 순진한 그런 아가씨하고도 거리가 멀었다. 그가 평소에 여자들이 좋아한다고 느꼈던 공격적인 행동은 하지 않았지만, 다행스럽게도 미리 겁먹었던 것과는 달리 그녀와의 섹스는 극히 자연스러웠다. 그것은 즐거운 놀라움이었다. 그리고 그녀에 대한 그 자신의 반응은 무척 재미있는 수수께끼로 남았다.

잠자고 있는 수잔을 침대에 남기고 일어난 것은 벨로우즈에게 어떤 만족감을 주었고 그것이 그의 역할을 더욱 남자답게 느끼도록 해주었다. 그러나 시간이 흐름에 따라서 그날은 험악하게 되어갔다. 스타크가 아침 회진에 나타난 것이다. 그는 심기가 불편한 표정으로 벨로우즈를 두려움에 떨게 했다. 특히 짓궂게 생트집을 잡는 태도가 그랬다.

회진이 시작되자마자 스타크는 벨로우즈가 담당하고 있는 매력적인 여대생을 어떻게 했기에 회진에도 모습을 나타내기 힘든 것이냐고 물었다. 벨로우즈는 내심 오싹하지 않을 수 없었다. 지금 이런 시간에도 수잔은 자기의 침대에 누워서 자고 있겠지 하고 생각했다.

스타크의 질문에 주위에서 짧은 웃음소리가 났고 야유하는 소리도 들려왔다. 벨로우즈는 얼굴이 상기되었고, 동시에 이 대목에서는 변명이 필요하다고 생각했다.

그러나 아무 말도 하지 못하고 있는 사이에 스타크는 회진에 참석

해야 할 필요성과 그 이익에 대해, 그리고 일처리 솜씨와 그 대가에 대해 장황하게 늘어놓기 시작했다. 특히 벨로우즈를 향해서 수잔이 앞으로도 결석을 한다면 그것은 벨로우즈의 성적에도 마이너스가 될 것이라고 말했다. 그에게 배속된 학생들이 한결같이 훌륭하게 해나가 주는 것이 한마디로 말해서 벨로우즈 자신의 성적에 도움이 되는 것이었다.

회진이 계속되는 동안 특히 벨로우즈에게 지금까지는 없었던 심술 궂은 태도를 보이면서 그는 거의 모든 증례에 대해서 어려운 질문 공세를 퍼부었다. 벨로우즈의 대답은 기분 나쁜 과장의 마음을 결코 만족시키지 못했다. 다른 레지던트들의 눈에도 벨로우즈를 괴롭히고 있다는 것을 느끼게 했고 벨로우즈에게 던져지는 질문을 일부러 가로채서 대답해주는 사람도 있었다.

회진이 끝날 무렵에 스타크는 벨로우즈를 따로 불러서 그에게 평소의 실력을 발휘하지 못하고 있으며 외과의 기대에도 미치지 못하고 있다고 말했다. 그리고 마지막으로 지금 자기를 가장 괴롭히고 있는 문제로 이야기를 돌렸다. 338번 로커에서 발견된 약품에 대해서 그에게 솔직하게 어떤 관계가 있는지 물었다.

벨로우즈는 챈들러에게서 들은 얘기 외에 약에 대해서는 일체 모른다고 부인하고 그 338번 로커는 자기의 것이 정해지기까지 약 1주일 정도 사용했을 뿐이라고 말했다. 그 얘기에 대해서 스타크는 빠른 시간 내에 일이 완전히 밝혀지기를 바란다는 말만 했다.

벨로우즈로서는 그 사건에 아무런 관계가 없다고는 하지만 그래도 역시 걱정이 되지 않을 수 없었다. 그는 지나치게 조심성이 많은 성격이라 그 일에 대해서 더 확대해서 생각했다. 그러다 보니 낮이 되어도 걱정이 없어지기는커녕 더해갈 뿐이었다.

벨로우즈는 그날 아침 2건의 수술을 했는데 학생들에게도 수술실에 들어오도록 했다. 첫 번째는 골드버그와 페어웨더가 소독을 했는데 거든다기보다는 오히려 방해가 되었다.

두 번째 환자는 카핀과 나일즈가 소독을 했다. 벨로우즈는 각별히 나일즈를 격려하여 훌륭하게 성공시켰다. 이번에는 실신하지도 않았고 뿐만 아니라 나일즈는 학생들 중에서도 가장 솜씨가 좋아서 수술 부위를 닦는 일을 할 기회를 얻었다.

점심시간에 벨로우즈는 챈들러와 얼굴이 딱 마주쳤다. 이 레지던트 주임은 벨로우즈가 알고 있는 얘기를 다시 한 번 되풀이했는데, 스타크가 약에 대해서 화를 내고 있다고 말했다.

"그런 터무니없는 얘긴 있을 수 없습니다. 스타크는 아직 월터스에게 물어보지 않았답니까? 그 로커는 이제 내 것이 아닙니다."

"나는 아직 월터스의 얘기를 듣지 못했는걸. 물어보려고 수술실로 가봤는데 오늘은 모습을 보이지 않았다는 거야. 오늘은 하루 종일 아무도 본 사람이 없다네."

"월터스가요? 그는 요 4반세기 동안 여기서 모습을 보이지 않은 적이 없었는데."

벨로우즈는 몹시 놀라면서 말했다.

그는 그 얘기를 듣고 월터스의 집 전화번호를 알기 위해 인사과로 갔다. 그러나 월터스의 집에는 전화가 없다는 것을 알았고 주소를 들은 것만으로 만족할 수밖에 없었다. 록스버리 스튜어트 가 1833번지였다.

오후 1시 30분까지 벨로우즈는 안절부절 하지 못했다. 수술실에 전화를 걸어서 월터스가 아직 나오지 않았다는 것을 확인한 벨로우즈는 어떻게든 시간을 만들어 월터스의 집을 찾아보고자 했다. 그 약품 사건에서 자신을 구출하는 길은 그것밖에 없었다.

벨로우즈는 낮에 병원을 비우는 일은 좀처럼 없었지만 그렇게 어렵지는 않을 것 같았다. 그러나 그 48시간 사이에 메모리얼 병원에서 확보한 편안하고 장래성 있는 위치가 위기에 빠지게 되었다는 것을 생각하면 벨로우즈의 마음은 어둡게 가라앉았다.

생각해보면 자신에게는 두 가지 문제가 있었다. 그 하나는 약품 문제지만 그것은 간단했다. 첫째, 자기와는 전혀 관계없는 일이었고 그것은 입증하기만 하면 되기 때문이었다. 또 한 가지는 수잔과 그녀의 소위 계획이라는 것으로 그것은 전혀 다른 문제였다.

벨로우즈는 베어드 병동 기증자의 손자인 닥터 래리 비어드에게 학생들을 부탁했다. 그리고 본인이 처리해야 할 일은 동료 레지던트 노리스 윌링에게 한 시간만 봐달라고 부탁하고 1시 37분에 병원에서 나와 택시를 잡아탔다.

"록스버리 스튜어트 가라고 하셨습니까, 정말이오?"

벨로우즈가 행선지를 말하자 운전사는 이상히 여기는 듯한, 또 믿을 수 없다는 표정으로 얼굴을 찌푸렸다.

"1833번지인데요."

"글쎄, 아무튼 난 돈만 받으면 되니까!"

길가의 여기저기에 지저분해진 눈이 산더미처럼 쌓여 있었고 거리는 더욱 침울했다. 그날 아침 벨로우즈가 출근할 때처럼 비가 내리고 있어서 차가 달리는 도로에는 사람의 그림자가 거의 없었다. 인기척이 없는 묘한 거리는 마야의 폐허가 된 도시를 연상케 했고 마치 어떤 재앙이 있어서 사람들이 문을 닫고 떠나버린 것처럼 보였다.

차가 록스버리로 깊숙이 들어가면서 상황은 점점 심각해져 갔다.

길은 부서진 창고들 사이를 빠져나가서 초라한 슬럼가를 지났다. 0도를 오르내리는 날씨에 비는 하염없이 내리고, 녹지 않은 눈이 엉망진창으로 쌓여 있어서 우울한 풍경이었다.

차가 마지막으로 오른쪽으로 돌았을 때 벨로우즈는 앞으로 상반신을 구부려서 스튜어트 가의 표지를 찾았다. 바로 그때 차의 앞바퀴가 빗물이 가득 찬 도로 구덩이에 빠지면서 차체의 앞부분이 보도에 심하게 부딪혔다. 운전사는 욕설을 퍼부으면서 뒷바퀴가 같은 구덩이에 빠지지 않도록 핸들을 오른쪽으로 꺾었다. 그러나 차의 뒷부분도 빠지고 이어서 쓰러질 듯이 기울어졌다. 벨로우즈는 천장에 머리를 세게 부딪쳤다.

"미안합니다. 하지만 당신이 스튜어트 가로 가자고 했으니!"

머리를 어루만지면서 벨로우즈는 창밖으로 번지수를 찾았다. 1831, 다음이 1833이었다. 그는 요금을 지불하고 차에서 내려 문을 닫았다. 차는 도로의 구덩이를 피하면서 달리기 시작했고 눈 깜짝할 사이에 모퉁이를 돌아 사라졌다. 벨로우즈는 그 뒤를 보고 있다가 운전사를 대기시키는 게 나을 뻔했다고 생각했다.

그는 주위를 둘러보았다. 다행히 비는 그쳐 있었다. 차가 여러 대 정차해 있었으나 값나가는 것은 전부 떼어낸 빈껍데기의 잔해였다. 그곳엔 우울한 거리를 달리는 차도, 정차해 있는 차도 전혀 볼 수가 없었다. 사람의 그림자도 없었다. 눈앞에 즐비하게 서 있는 집들을 보니 사람이 사는 기색은 보이지 않았다. 창마다 판자가 쳐져 있었으며 그렇지 않은 유리창은 모두 부서져 있었다.

현관에는 '이 건물을 몰수하고 보스턴 시 주택국의 소유로 한다' 라는 부서진 표지가 붙어 있었고, 날짜는 1971년으로 되어 있었다. 이곳은 완전히 실패로 끝난 보스턴 도시 계획의 한 지역이었다.

벨로우즈는 어찌할 바를 몰라 쩔쩔맸다. 더구나 월터스에게는 전화가 없어서 확인할 수는 없었지만 아무래도 그곳이 그의 주소인 것 같았다. 월터스의 모습을 생각하면 어떤 곳에 살고 있든 별로 이상하지 않았다.

호기심에서 벨로우즈는 현관의 계단을 올라가서 주택국의 표지판을 읽었다. 거기에는 작은 글씨로 '출입금지'라고 쓰여 있었으며 경찰이 그 부동산을 감독하고 관리하고 있다는 것을 나타내고 있었다.

문에는 큰 달걀형의 더러워진 유리창이 붙어 있었고 그것은 한때는 상당히 사람 눈을 끈 물건이었던 듯했다. 그러나 지금은 그 유리도 깨지고 유리조각들은 통로에 꽂혀 있었다. 벨로우즈가 문을 열자, 놀랍게도 문이 살며시 열렸다. 빗장에는 큰 쇠로 된 자물쇠가 붙어 있었으나 빗장의 나사가 빠져서 흔들거렸다.

깨진 유리를 좌우로 밀어젖히고 문을 열고는 인기척이 없는 거리를 좌우로 보고 나서 벨로우즈는 문지방을 넘었다. 재빨리 문을 닫자 밖에서는 조금도 빛이 들어오지 않게 되었고 어둠에 눈이 익혀질 때까지 한동안 기다려야 했다.

발을 들여놓은 홀은 몹시 황폐해져 있었다. 바로 눈앞에 올라가는 계단이 있었으나 난간 기둥은 쓰러져 부서진 채 여기저기 흩어져 있었다. 아마 땔감으로 사용한 모양이었다. 벽지는 갈기갈기 찢겨져 너덜거리고 있었고 바닥에는 바람에 날려 들어와 쌓인 더러워진 눈이 거의 먼지로 덮여 안쪽까지 온통 이어져 있었다.

앞쪽으로 약 2미터쯤 되는 눈은 녹아 있었으나 벨로우즈는 바로 앞에서 발자국을 발견했다. 잘 살펴보니 그것은 적어도 두 사람의 발자국으로 보였는데 하나는 아주 크고 그의 발의 1.5배는 되었다. 그러나 더 흥미 있는 것은 그 발자국은 별로 오래된 것 같지가 않았다.

거리를 달려오는 자동차 소리를 듣고 그는 몸을 일으켰다. 무단 침입하고 있으니만큼 벨로우즈는 전에는 거실이었던 방의 판자가 쳐져 있는 창가로 가서 차가 지나가는 것인지 그 동태를 살펴보았다. 차는 그대로 지나쳐갔다.

이번에는 계단을 올라가 2층을 대충 살펴보았다. 너덜너덜한 매트리스가 몇 장 있을 뿐 공기는 곰팡이 냄새가 나고 탁했다. 거실의 천장은 떨어져 있었고 벽의 흙덩어리가 바닥을 덮고 있었다. 어느 방에도 난로는 있었지만 모두 먼지투성이이고 더러운 거미줄이 천장에서 늘어져 있었다.

벨로우즈는 3층으로 오르는 계단을 올려다보았으나 오르는 것은 포기하고 1층으로 내려가 돌아갈 준비를 하고 있었다. 그때 집 뒤쪽에서 작은 소리지만 쿵 하는 소리가 들렸다.

벨로우즈는 갑자기 긴장하게 되고 머뭇거렸다. 집안에 뭔가가 있는 것 같아 불안해져서 빨리 그곳을 나가고 싶었다. 그러나 거듭 소리가 들렸다. 그래서 벨로우즈는 홀을 지나서 집 뒤쪽으로 갔다. 홀 끝 쪽에서 오른쪽으로 돌자 식당이 나왔다. 가스등의 기구는 아직 천장 한가운데에 붙어 있었다. 식당을 빠져나가자 그곳은 전에 부엌이었던 모양으로 바닥에서 2, 3개의 파이프가 뚫고 나와 있었으나 그밖에는 아무것도 없었다. 뒤쪽 창도 바깥쪽과 마찬가지로 모두 판자로 둘러싸여 있었다.

벨로우즈가 그 방으로 두세 걸음 들어갔을 때 왼쪽에서 뭔가 움직이는 기미가 있어서 섬뜩했다. 심장이 뛰고 가슴이 두근거리는 소리가 들리는 것 같았다. 그것은 몇 개 있는 큰 판지 상자 쪽에서 들려왔다.

겨우 마음을 진정하고 벨로우즈는 조심스럽게 상자 앞으로 가까이 가서 발로 쿡 찔러보았다. 그러자 소름끼치게 큰 쥐 몇 마리가 상자 속에서 튀어나와 식당 쪽으로 달아났다.

벨로우즈는 자신의 소심함에 놀랐다. 지금까지 언제나 자기는 침착해서 사소한 일에는 동요하지 않는다고 생각했다. 그런데 쥐를 보고 몸이 움츠러질 정도로 무서워했다는 것은 뜻밖이었고 한참만에야 몸을 가눌 수 있을 정도였다. 그것을 스스로 확인하듯이 판지 상자를 발로 차고 식당 쪽으로 돌아가려고 했을 때 상자 곁의 먼지와 쓰레기 속에서 다른 발자국을 발견했다. 자기의 것과 비교해보니 그것은 분명히 새로운 발자국이었다. 판지 상자 쪽의 문이 몇 센티 정도 열려 있고 발자국은 그쪽으로 나 있었다.

벨로우즈는 문 쪽으로 가까이 가서 살며시 열었다. 맞은편은 컴컴한데 발자국은 그 속으로 나 있었다. 그런데 그것이 지하실로 향하고 있는지 그 앞쪽은 어두워서 알아볼 수가 없었다. 벨로우즈는 가운의 가슴 주머니를 뒤져서 펜라이트를 꺼냈다. 비록 작은 빛이지만 2m쯤 앞까지 볼 수 있었다.

이성은 벌써 그곳을 나가는 것이 좋다고 속삭였지만 벨로우즈는 어디까지나 거기에 무엇이 있는지 확인하고 또 자기는 조금도 두려워하고 있지 않다는 것을 실증하려고 지하실 계단을 내려갔다. 그러나 그는 두려워하고 있었다. 전에 본 공포영화가 머릿속에 떠올랐다. 그는 영화 '사이코'에서 지하실로 내려가는 한 장면을 상상했다.

한 걸음 한 걸음 나아감에 따라 펜라이트의 빛도 앞으로 나아가서 닫힌 문을 비쳤다. 벨로우즈는 잘 확인하고 나서 손잡이를 돌렸다. 문은 곧 열렸다. 부서진 창이라도 있으면 조금은 밝을 텐데 하고 생각했으나 안은 아주 컴컴했다. 어슴푸레한 펜라이트의 빛에 의존해서 들여다보니 상당히 넓은 방인 듯한 곳이 나타났다. 펜라이트로는 2m 이상 앞은 보이지 않았다. 시계 바늘과 반대방향으로 한 바퀴 돌아보고 벨로우즈는 신문지로 씌운 침대라든가 벌레 먹은 2장의 모포, 흠은 있었지만 아직 사용할 수 있는 가구가 몇 개 있는 것을 발견했다. 바퀴벌레 2, 3마리가 벨로우즈의 펜라이트에 놀라서 도망쳐갔다.

난로가 있고 난로 바닥에는 장작이 산더미같이 쌓여 있었다. 안의 재를 보니 최근에도 불을 피웠다는 것을 알 수 있었다. 벨로우즈는 손을 뻗어 신문지를 주워들고 날짜를 보았다. 1976년 2월 3일이라고 인쇄되어 있었다.

그는 신문지를 버리고 10cm 정도 열려 있는 다른 문을 발견하고 그쪽으로 걸어가기 시작했는데 계속 켜고 있던 펜라이트의 전지가 소모되어 갑자기 어두워졌다. 벨로우즈는 잠시 펜라이트의 스위치를 껐다가 다시 켜보았다. 그러나 방안은 얼굴 앞에 손을 비추어도 보이지 않을 정도로 아주 컴컴했다. 그가 움직이지 않으면 아무 소리도 들리지 않았다.

감각이 소용없게 되자 더욱 불안해진 벨로우즈는 라이트를 껐다 켰다를 반복해보았다. 어쩐 일인지 빛이 눈에 띄게 밝아져서 앞의 문 쪽으로는 흰 타일 바닥으로 되어 있다는 것을 알 수 있었다. 그곳은 욕실이었다.

벨로우즈는 문을 밀어서 열었다. 경첩이 마치 납으로 되어 있는 것처럼 문이 무거웠다. 펜라이트의 빈약한 빛이 문의 맞은편에 있는 시트가 없는 화장실을 비쳤다. 문이 반쯤 열렸을 때 벨로우즈는 안으로 머리를 들이밀었다. 반쯤 열린 문 오른쪽에 세면대가 있고 라이트는 세면대에서 벽을 따라 위로 거울이 붙어 있는 약장을 비쳤다.

그 순간, 벨로우즈는 자신도 모르게 소리를 질렀다. 그 소리는 크지 않았지만 뇌의 깊숙한 곳에서 나오는 소위 원시적 반응이었다. 펜라이트는 손에서 미끄러져 산산조각이 나고 벨로우즈는 갑자기 몸을 휙 돌려 어둠 속의 계단 쪽으로 달려갔다. 완전히 공포 상태에 빠져 계단 대신 벽에 부딪혔다. 그는 손으로 벽을 더듬어 가다가 모퉁이에 닿자 출구와는 반대쪽으로 오고 말았다는 것을 알았다. 그는 뒤로 돌아 곧장 계단 쪽으로 향했고, 비로소 위에서 내리비치는 불빛을 발견할 수 있었다.

그는 발부리에 채이면서 계단을 올라가서 집을 뛰쳐나왔다. 도로로 나간 그는 격심한 동작에 숨을 헐떡이면서 겨우 멈춰 섰다. 어둠 속에 굴러 오른손에서는 피가 나고 있었다. 그리고 방금 목격한 장면을 기억하면서 다시 집을 바라보았다.

그는 월터스를 발견했다. 문 위에 박힌 옷걸이에 빗줄을 걸어서 목을 매달고 있는 월터스의 모습을 벨로우즈는 욕실의 거울 너머로 보았다. 얼굴은 찌그러지고 울혈 때문에 부어 있었다. 두 눈은 크게 떠 있었고 당장에라도 튀어나올 것 같았다. 벨로우즈는 실습을 하면서 응급실에서 이런저런 모습을 여러 번 보았으나 월터스의 시체만큼 무서운 모습을 본 것은 처음이었다.

2월 25일 수요일 오후 4시 30분

수잔은 몹시 불안한 기분으로 학생처장실로 들어갔으나 닥터 제임스 채프맨의 태도는 그녀의 마음을 차분하게 해주었다. 그는 수잔이 생각하고 있던 만큼 노여워하고 있지 않았고 그저 걱정하고 있을 뿐이었다. 검은 머리를 짧게 깎고 검은 양복에 금시계 줄과 우등생 우호회의 열쇠를 달고 있는 몸집이 작은 사나이로, 언제나 그 모습은 변함이 없었다. 그는 얘기하는 도중에 말을 멈추고 미소를 짓고 있었는데 그것은 마음에서 나온다기보다 학생들의 마음을 편하게 해주기 위한 하나의 기술이기도 했다. 그것은 독특한 버릇이었지만 결코 불쾌한 것은 아니었다.

의대 학생처장 사무실은 대학의 참뜻을 생각하게 했으며 메모리얼 병원의 사무실보다 훨씬 분위기가 좋았다. 책상에는 오래된 놋쇠 램프가 놓여 있었고 의자는 모두 검고 아카데믹한 양식의 것으로 그 등에는 대학의 기장이 그려져 있었다. 바닥에는 동양의 화려한 융단이 깔려 있었고 멀리 벽에는 지난날의 졸업생 기념사진이 가득 걸려 있었다.

관례적인 인사가 끝나자 수잔은 닥터 채프맨의 맞은편 의자에 앉았다. 처장은 아주 품위 있는 독서용 안경을 벗고 압지 위에 그것을 놓았다.

"수잔, 소란이 이렇게 커지기 전에 왜 빨리 나한테 상의하러 오지 않았지? 본래 나는 이런 경우를 대비해서 여기 있는 건데. 수잔 자신을 위해서만이 아니야. 학교를 위해서도 수잔은 마음 아파하지 않고 끝낼 수 있었던 거야. 나는 이래봬도 어떻게 하면 모두가 행복해지는지에 대해 노력하고 있다고 생각해. 물론 누구나 다 행복하게 될 수는 없지만, 나는 그런 의미에서 합리적으로 일을 처리하고 있어. 특별한 경우에는 경고도 필요하지만 나는 좋은 일이든 궂은일이든 가급적 귀를 기울여 이야기를 들으려 하지."

수잔은 닥터 채프맨의 한마디 한마디에 고개를 끄덕였다. 그녀는 지하철에서의 소란 때 입고 있던 옷을 그대로 입고 있었고, 두 무릎의 깨진 상처도 아직 그대로 생생했다. 간호사 가운을 싼 보따리를 무릎 위에 올려놓고 있었지만 그것은 그녀가 입고 있는 옷보다 훨씬 더 엉망이었다.

"선생님, 이 얘기는 처음부터 추호도 악의가 있어서 한 것은 아닙니다. 임상에 나간 첫날부터 저는 여러 가지 아주 비슷한 사건에 부딪혔습니다만, 그런 일이 아니라도 처음으로 임상 실습을 시작하고 보니 힘이 들었습니다. 그래서 저는 뭔가 알아야겠다는 생각으로 열심히 마취의 병발증에 대해 조사했습니다. 하루나 이틀쯤 지나서 다시 외과 배속으로 돌아갈 작정이었습니다. 하지만 그 후로 이상하게 그 일에 빠지게 되었는데 놀라운 자료가 손에 들어온 겁니다. 저는 생각했어요…… 아마…… 이런 말씀을 드리면 틀림없이 선생님은 웃으시겠지만, 그 생각을 하면 할수록 너무나 황당한 생각이 드는 겁니다."

"아무튼 얘기해봐요."

"저, 어쩌면 새로운 병이나 증후군이나 적어도 약의 부작용을 발견하게 되는 게 아닌가 하는 생각이 들었습니다."

닥터 채프맨은 이번에는 진짜 미소를 지었다.

"새로운 병이라! 이건 임상실습 첫날로서는 대성공인데……. 어쨌든 이젠 지난 일이잖아. 그리고 수잔도 약간은 생각이 달라졌다고 생각하는데?"

"그렇게 생각하셔도 어쩔 수 없습니다. 저도 자신을 소중하게 생각하지 않으면 안 되니까요. 처음에는 이것저것 모두 망상적으로 보고 있었던 것 같습니다. 오늘 오후에는 완전히 편집광처럼 돼버렸으니까요. 어떤 남자가 뒤쫓아 온다고 생각하게 되었고 그래서 정말 무서웠습니다. 선생님은 일부러 모르는 체하고 계시겠지만 저의 무릎과 옷을 보세요. 얘기하면 길어지겠지만 짧게 말씀드리면 켄달 전철역의 시내 쪽 방향에서 시외 쪽 플랫폼으로 뛰어서 건너가려고 했던 겁니다. 정말 바보 같은 짓이죠!"

수잔은 어리석은 정도를 강조하듯이 집게손가락으로 자신의 머리를 가볍게 두드렸다.

"그런 뒤로 빨리 자신의 일로 돌아가는 것이 마땅하다는 것을 깨달 았습니다, 지금 바로 말입니다. 하지만 아직도 마음에 걸립니다. 그 병 원의 코마 환자가 아무래도 이상해서요. 그래서 제가 할 수 있는 범위 내에서 그 문제를 좀 더 연구하고 싶어요. 제가 처음에 이상하다고 생 각한 것보다 더 많은 환자가 나와 있었어요. 헤리스 과장이나 닥터 맥 리어리가 저의 어리석고 경솔한 참견에 몹시 흥분한 것도 그 탓이라 고 생각합니다. 아무튼 그 병원에서 물의를 일으킨 일은 선생님에게 폐를 끼쳤습니다. 사과드리겠어요. 하지만 원래 제 의도는 그런 것이 아니었어요."

"수잔, 메모리얼 병원은 대병원이야. 벌써 소문이 쫙 돌았겠지. 내 가 할 수 있는 조치는 수잔의 외과실습을 V.A.병원으로 옮기지 않으면 안 되게 되었어. 그 수속은 내가 마쳐놓았으니까 내일 아침 수잔이 닥 터 로버트 파일즈에게 신고서를 제출하면 돼."

닥터 채프맨은 말을 잠시 멈추고 잠시 그녀를 응시했다.

"수잔, 자네의 장래는 길어. 새로운 병이니 증후군이니 그런 걸 발 견할 수 있는 시간은 충분히 있다고. 그걸 자네가 원한다면 말이지만. 하지만 지금, 바로 오늘, 올해 자네의 목표는 기초적인 의학교육을 받 는 데에 있어. 코마 환자에 대해서는 헤리스나 맥리어리에게 맡기고 자네는 자신의 일로 돌아가 주었으면 좋겠어. 자네에 대해 좋은 평판 을 바라기 때문이야. 지금까지도 아주 잘 해오지 않았나."

수잔은 아주 만족한 기분으로 의대 관리동을 나왔다. 마치 닥터 채 프맨이 면죄부를 주는 것 같았다. 퇴학이라는 불명예스럽고 귀찮은 문제는 일단락되었다. V.A.병원에서의 외과 배속은 메모리얼 병원만 큼 좋지는 않지만 크게 마음 상해할 일은 아니었다.

그렇다고는 하지만 겨우 5시를 지났을 뿐인데 겨울밤은 본격적인 추위를 보이기 시작했다. 다른 냉한전선이 약한 온난전선을 대서양으로 밀어내면서 비는 그치고 기온은 영하 8도로 떨어졌다. 적어도 머리 바로 위의 하늘에는 별이 반짝이고 있었으나 지평선에 가까운 곳에서는 혼탁한 도시의 공기에 휩싸여 별의 모습은 보이지 않았다. 정체하는 도로에 초조해하는 통근자들을 태운 자동차 사이를 빠져나가서 수잔은 롱우드 가를 건너갔다.

　기숙사 로비에서 그녀는 아는 사람들 몇몇과 스쳐지나갔다. 그들은 수잔의 벗겨진 무릎과 레일의 기름에 더러워진 오버코트를 보고 메모리얼 병원 외과에 배속된 것이 상당히 어려운 모양이라는 등 놀리는 사람도 있었다. 살펴보니 마치 술집에서 싸움을 한 것처럼 보였을 것 같기도 했다. 한마디 해줄까 하고 발을 멈췄으나 그대로 로비를 지나서 안뜰을 가로질러 갔다. 중앙의 테니스 코트는 한적한 겨울 분위기를 자아내고 있었다.

　수잔은 닳아빠진 나선형 나무 계단을 일부러 천천히 올라갔다. 자기 방이 보장해주는 혼자만의 평온함과 안전성을 기대하면서……. 우선 시간을 들여서 목욕을 하고 그날 있었던 일들을 자세히 정리하면서 무엇보다 한가한 시간을 가져보려 했다.

　항상 하는 것이지만 수잔은 방에 들어가서 불을 켜지 않고 문을 닫고 자물쇠를 채웠다. 문 옆의 스위치로 천장 중앙의 원형 형광등이 켜지게 되어 있었지만 수잔은 백열등의 강한 빛을 좋아했다. 침대의 스탠드와 책상 옆에 있는 신형 스탠드도 백열등이었다. 그래서 주차장에서 비쳐오는 빛을 의지해서 그녀는 침대 앞으로 가서 불을 켰다.

　스위치에 손을 뻗었을 때 무슨 소리가 들려왔다. 크지는 않았지만 그녀의 방에서는 일어날 리 없는 분명한 소리였다. 그녀는 스위치를 켜고 나서 다시 한 번 들리지 않을까 하고 귀를 기울였다. 그러나 들리지 않았다. 아마 옆방의 소리였던 모양이라고 그녀는 생각했다.

오버코트를 걸고 흰 재킷을 벗고 나서 간호사 가운 보따리를 풀었다. 오후의 소란에도 용케 무사히 수중에 남아 있었다. 그녀는 블라우스를 벗어서 안락의자 위의 더러워진 세탁물 위에 던지고 브래지어도 던졌다. 그리고 오른손을 뒤로 돌려서 스커트의 단추를 풀면서 욕조에 물을 받으려고 욕실로 갔다.

문을 열고 형광등의 스위치를 틀어서 불이 켜지면 동시에 거울을 들여다보려고 했다. 그런데 샤워 커튼의 플라스틱 고리가 소리를 내면서 커튼이 휙 열리고 사람 그림자가 나타났다. 그와 동시에 형광등이 켜지고 그 차가운 빛이 방안에 가득 찼다. 순간, 나이프가 반짝 빛나면서 수잔의 머리를 일격하는 바람에 그 충격으로 그녀의 몸은 뒤로 뒤틀린 채 욕실 벽에 부딪혔다. 그녀는 반사적으로 두 팔을 뻗어서 쓰러지지 않으려고 손으로 더듬었다. 너무 급작스런 일이라 대응할 여유가 없었고 목구멍에서 나오려던 외침도 머리에 받은 일격으로 사라지고 말았다.

그 순간 침입자의 왼손이 수잔의 목을 잡고 벽으로 밀어붙였다. 벌거벗은 가슴이 팽팽히 당겨졌다. 습격해올 때는 상대의 사타구니를 무릎으로 차고 눈을 손가락으로 찌른다는 호신술이 떠오르기는 했지만 막상 닥치고 나니 무엇 하나 제대로 할 수가 없었다. 그저 간신히 숨을 쉬고 와들와들 떨면서 남자의 얼굴을 주시할 뿐이었다. 두 눈을 크게 뜨고 불의의 습격에 분한 마음만 솟구쳤지만, 목구멍을 조이는 남자의 손힘에는 빈틈이 없었다. 그때 수잔은 남자의 얼굴이 생각났다. 지하철의 플랫폼에서 만난 얼굴이었다.

"소리 지르면 죽일 거야."

오른손의 나이프를 수잔의 턱 밑에 대고 남자는 무서운 태도로 위협했다. 그러다 갑자기 남자가 갑자기 목구멍에 대고 있던 손을 휙 떼는 바람에 수잔은 앞으로 고꾸라질 뻔했다. 그때 그가 거칠게 손등으로 그녀를 치는 바람에 그녀는 두 손과 무릎을 바닥에 대고 앞으로 쓰러졌다. 입술이 찢기고 왼쪽 뺨에는 순식간에 멍이 들었다.

남자는 수잔의 어깨를 발로 내리눌러 그녀가 무릎으로 선 자세로 있게 했다. 그러고 나서 몸을 몇 번 벽에 밀어붙이자 수잔은 한 팔을 변기에 드리운 채로 넘어졌다. 입가에서 피가 흘러서 하얀 옷 위로 뚝뚝 떨어졌다. 남자의 모습은 그 순간 아른거려서 그녀에게는 잘 보이지 않았다. 뻔뻔스럽게 비웃는 듯한 웃음을 띤 마마 자국이 난 낯짝이 간신히 보였다. 그가 자신을 범하려 하는데도 그녀의 몸은 마비되어 말을 듣지 않았다.

"유감스럽지만 오늘은 네게 얘기하라는 분부밖에 받지 못해서 말이야. 아무튼 우선은 얼굴을 익혀둔다는 뜻으로, 그리고 전달사항은 요즈음 네가 설치고 있는 일 때문에 몹시 귀찮아하는 사람들이 많은 모양이야. 그러니 평소대로 돌아가서 그들을 곤란하게 하지 마. 그렇지 않으면 내가 다시 한 번 너를 만나야 되니까 말이야."

사나이는 상대가 충분히 알아들었다는 느낌이 들 때까지 말을 반복해서 했다.

"또 한 가지 네게 경고해두겠는데 경우에 따라서는 이 아이도 생명이 위태롭게 될 수 있어."

남자는 수잔의 무릎에 사진 한 장을 내던졌다. 그녀는 천천히 그것을 집어 들었다.

"메릴랜드의 쿠퍼에 있는 너의 동생 제임스지. 그 녀석까지 너의 도전으로 혼나게 할 마음은 아니겠지? 그리고 말할 필요도 없겠지만 오늘 여기서 있었던 얘기는 아무한테도 말하지 않는 게 좋아. 만약 경찰에라도 신고한다면 그야말로 똑같이 당할 줄 알아."

그 말을 남기고 사나이는 욕실에서 사라졌다. 밖의 문이 열리고 조용히 닫히는 소리가 들렸다. 그저 거울 위의 형광등에서 가볍게 윙~하고 나는 소리뿐이었다. 수잔은 사나이가 정말 나갔는지 어떤지 몰라서 움직일 수가 없었다. 왼쪽 팔은 여전히 변기에 늘어진 채였다.

공포가 사라지자 혼란과 슬픔이 그녀의 가슴 가득 끓어올랐고 두 눈에서는 눈물이 흘러나왔다.

그녀는 동생의 사진을 집어 들었다. 집 앞에서 자전거를 타고 웃고 있는 사진이었다. "안 돼." 그녀는 머리를 흔들고 눈을 꼭 감았다. 그러자 눈물이 넘쳐 볼을 타고 흘러내렸다.

복도에 발소리가 들려서 수잔은 벌떡 일어났다. 발소리는 방 옆을 지나쳐 가서는 사라졌다. 그녀는 비틀비틀 방으로 돌아와서 다시 한 번 문을 잠그고 뒤돌아서 방안을 둘러보았다. 모든 것이 본래 그대로였다. 그때 허리 언저리가 젖어 있는 것을 깨닫고 손으로 더듬어 보고는 깜짝 놀랐다. 너무 무서웠던 나머지 오줌을 싼 것이다.

그녀는 마음을 가다듬고 지금까지 벌어진 사태에 대해서 분석해보기로 했다. 요 2, 3일간 알 수 없는 일들이 많이 있었지만 이제 수잔의 의식 속에 확실한 형태의 무엇이 자리 잡기 시작했다. 그녀는 무슨 일인지 모르지만, 뭔가 엄청나고 이상한 일에 걸려들었다는 것을 확신할 수 있었다.

그녀는 거울을 들여다보았다. 왼쪽 눈꺼풀이 약간 부어서 거뭇해져 있었고 왼쪽 볼에는 2.5cm 동전크기 만한 멍이 들어 있었다. 그밖에 왼쪽 아랫입술도 부었고 아팠다. 입술을 가만히 들어 올려서 거울에 비쳐보니 입 안에 2, 3mm가량의 상처가 있었다. 맞았을 때 아랫니에

베인 모양이었다. 입가의 피를 닦아내자 곧 깨끗해져서 얼굴 모습은 어지간히 정돈되었다.

수잔은 오늘의 일은 너무 과장해서 생각하지 않기로 했다. 또 닥터 채프맨에게 설득은 받았지만 아직 완전히 체념할 생각은 하지 않았다. 그녀에게는 틀에 박힌 오랜 교육 덕분에 얼굴에 나타나지 않을 뿐 강인한 성격의 소유자였다. 지금까지 이런 도전을 받은 적도 없었고 이런 위험한 도박을 한 적도 없었지만, 그녀는 한편으로 두 가지 현실을 깨달았다. 하나는 앞으로도 계속해나가려면 아주 신중을 기하지 않으면 안 된다는 것, 또 한 가지는 신속하게 일을 처리하지 않으면 안 된다는 것이었다.

수잔은 샤워하러 가서 될 수 있는 한 뜨겁게 물을 틀었다. 천천히 몸을 돌리면서 그녀는 머리에 물을 흠뻑 끼얹었다. 따뜻한 물이 온몸을 다독여주는 것 같았다. 역시 샤워는 마음을 가라앉히는 데 효과적이었다.

우선 벨로우즈에게 전화를 걸기로 했으나 그것은 그만두기로 했다. 두 사람의 교제가 아직 무르익지 않았기 때문에 벨로우즈로서는 이런 얘기를 냉정하게 받아들이기가 어려울 것 같았다. 그는 틀림없이 바보처럼 자신을 보호하려고만 할 것이다.

수잔이 지금 가장 원하는 것은 자신이 생각한 추론에 대해서 객관적이고 편견 없이 의견을 말할 수 있는 시야가 넓고 냉철한 사람이었다. 그래서 그녀는 스타크를 생각했다.

스타크는 학생이라는 그녀의 낮은 지위나 또 여자라는 점도 별로 문제시하고 있지 않은 것 같았다. 게다가 의학, 사업 양면에 걸쳐 그의 놀라운 이해력은 존경할 만했고 무엇보다 어른의 이성으로 판단하는 충분하고 객관적인 면을 가지고 있었다.

샤워를 마치고 수잔은 타월로 머리를 싸고 테리 천의 목욕 가운을 걸쳤다. 그리고 전화 곁에 앉아서 메모리얼 병원의 다이얼을 돌려서 스타크의 사무실을 호출했다.

"미안하지만 스타크 과장님은 지금 다른 전화를 받고 계십니다. 나중에 이쪽에서 걸어드릴까요?"

"아니, 그저 수잔 윌러인데 중요한 얘기라고만 전해주세요."

"말씀드려 보겠지만 그 이상의 약속은 할 수 없습니다. 장거리 전화가 좀 길어질 것 같습니다."

"네, 기다릴게요."

의사는 전화 거는 것을 곧잘 잊는다. 수잔은 그것을 잘 알고 있었다.

스타크가 마침내 전화를 받았다.

"과장님, 과장님은 쓸모없는 연구라도 뭔가 재미있는 것을 발견하면 전화하라고 말씀하셨죠?"

"물론이지, 수잔."

"저 대단한 걸 발견했어요. 이건 전부, 분명히……."

거기서 말을 끊었다.

"분명히 어떻게 됐어, 수잔?"

"네, 뭐라고 말씀드려야 좋을지, 아무튼 뭔가 범죄가 얽혀 있는 것처럼 생각됩니다. 어떤 식으로 어떻게 얽혀 있는지 그건 모르겠어요. 하지만 뭔가 큰 조직이 움직이고 있는 것 같은 느낌이 들어서…… 마피아 같은……."

"억측이 지나친 듯 들리는군. 왜 그런 걸 생각했지?"

"저, 오늘 오후에 아주 괴상한 일을 당했어요, 농담이 아녜요."

수잔은 상처 입은 자신의 무릎을 보았다.

"그래서?"

"오늘 밤에 협박을 받았어요."

"뭐라고 협박당했다는 거야?"

스타크의 목소리는 흥미에서 걱정으로 변했다.

"죽인다고."

수잔은 동생의 사진을 보았다.

"수잔, 그게 사실이라면 이건 아무리 호의적으로 봐도 예삿일이 아닌데, 혹시 클래스메이트의 장난 같은 게 아닌가? 대학생들의 장난은 가끔 무섭게 에스컬레이트 해 가는 일이 있으니까 말이야."

"그런 것 아니에요, 이건 확실합니다."

수잔은 혀끝으로 껍질이 벗겨진 입술을 조심스럽게 핥아보았다.

"장난 같은 게 아니라고 생각합니다."

"이 시점에서는 억측 같은 걸 해서는 안 돼요. 나는 개인적으로 병원의 실행위원회에 이 얘기를 해두겠어. 그런데 수잔, 앞으로 이런 일에 말려들지 않도록 깨끗이 손을 뗄 때라고 생각해. 전에는 관심을 가져보라고 했지만 그땐 수잔이 학생으로서 학문적인 호기심에 상처를 입을까 우려했기 때문이야. 그러나 이번에는 얘기가 달라. 아무래도 프로의 손이 필요한 것 같아. 이 사실을 경찰에 신고했나?"

"아네요. 제 동생을 해친다고 했고, 경찰에 신고하지 말라고 단단히 다짐했어요. 그래서 과장님께 전화한 겁니다. 제가 경찰에 달려가면 특별한 사건에 대한 협박이 아니라 틀림없이 단순 강간 미수로 처리해버리고 말 테니까요."

"글쎄, 나도 그런 생각이 드는군. 아무튼 수잔의 가족까지 포함해서 협박당했다면 상담 상대를 신중히 선택한 건 정말 잘했다고 생각해. 내가 느낀 바로는 그래도 이 사건을 경찰에 신고하는 게 좋지 않을까 하는데……."

"좀 생각해보겠어요. 그런데 제가 메모리얼 병원을 그만두게 된 얘기는 들으셨어요? V.A.병원 외과로 가게 됐어요."

"아니, 그런 얘기는 아직 듣지 못했어. 언제 그렇게 된 거지?"

"오늘 오후예요. 저로서는 메모리얼 병원 쪽이 훨씬 좋죠. 기회만 있다면 제가 좋은 학생이라는 걸 증명할 수 있을 거예요. 선생님은 외과 과장님이시고 제가 쓸데없이 빠진 게 아니라는 걸 알고 계실 테니 이 결정을 쾌히 취소해주실 수 있지 않을까 생각하고 있습니다."

"외과과장으로서 수잔의 배치 변경 얘기를 모르고 있었다는 건 미안하군. 속히 닥터 벨로우즈를 만나보기로 하지."

"사실은 닥터 벨로우즈는 아무것도 모를 겁니다. 그런 조치를 한 사람은 오렌 씨입니다."

"오렌? 이거 재미있군. 나는 아무것도 약속할 수 없지만 아무튼 조사해보지. 이곳 마취과나 내과에서 수잔의 평판이 그렇게 좋은 학생이라고 할 수는 없지만 말이야."

"여러 가지로 심려해주셔서 감사합니다. 말이 나온 김에 또 한 가지 문의 드리고 싶은 게 있어요. 제퍼슨 연구소를 방문해보고 싶은데 과장님이 소개해주실 수는 없을까요. 버만이라는 환자를 꼭 만나고 싶어요. 전 다시 그를 만나게 되면 이 사건을 전부 잊어도 좋다고 생각하고 있습니다."

"수잔은 여러 가지로 어려운 문제만 들고 나오는 학생이군. 아무튼 전화해서 어느 정도 가능한지 알아보도록 하지. 제퍼슨은 대학의 관할이 아니고 정부가 돈을 내서 HEW에서 건립한 거야. 그러나 그 운영은 사적인 의료업 경영 회사가 담당하고 있지. 그러니까 내 영향력이 별로 미치지 못하겠지만 아무튼 알아보도록 하지. 내일 9시 이후에 전화를 걸어줘. 결과를 알려줄 테니……."

수잔은 수화기를 놓았다. 그녀는 꼼짝 않고 곰곰이 생각에 잠겨 평소의 버릇처럼 아랫입술을 깨물고 있었다. 결과는 비참했다. 그녀는 벽에 붙은 포스터를 주시하고 있었지만 아무것도 눈에 들어오지 않았다. 마음은 요 2, 3일 사이에 일어난 사건을 좇으면서 혹시 알아차리지 못하고 지나친 것은 없는지 줄곧 생각을 거듭했다.

그녀는 벌떡 일어나서 간호사 가운을 집어 들고 입어 보았다. 그리고 머리를 말리기 시작했다. 거울을 보니 가운은 제법 잘 어울렸다.

그녀는 다시 한 번 동생의 사진을 집어 들었으나 적어도 지금 당장은 가족에게 아무런 위험도 없을 거라는 확신이 생겼다. 지금은 공립학교의 겨울방학이어서 가족은 1주일 정도 아스펜으로 스키를 타러 갔을 것이기 때문이었다.

2월 25일 수요일 오후 7시 15분

수잔은 지금의 자기 입장을 정확히 이해하고 있었다. 위험한 것은 물론이거니와 더욱 기지를 발휘하지 않으면 안 될 것이다. 자신을 협박하려고 계략을 꾸민 사람이 누군지 모르지만 분명히 자신의 행동을 바꾸게 하고 적어도 당분간은 공포에 싸여 있도록 하려는 것이 틀림없었다. 수잔은 비교적 자유롭게 행동할 수 있는 시간이 48시간 정도 있다고 생각했다. 그 후는 오직 신만이 알 것이다.

그녀에게 가장 힘을 북돋아준 것은 협박할 만한 가치가 있는 중요 인물이라고 그녀를 인정하고 있는 사람이 있다는 것이었다. 그것은 다시 말해서 그녀가 노리고 있는 것이 정확하고, 그녀는 이미 그 해답을 손에 넣었다는 것이다. 다만 그것을 아직 종합하지 못하고 있는 것이 아닐까. 수잔은 그 DNA의 비밀을 알아내는 데 필요한 데이터를 전부 발견한 어떤 교수와 같다고 할 수 있었다. 교수는 다만 그것을 잘 배열할 수가 없어서 그 때문에 왓슨과 크리크, 두 천재를 거쳐야 했다. 그 두 사람은 데이터를 모두 재조사해서 분자의 2중 나선 구조라는 획기적인 발견을 했다.

수잔은 노트를 신중히 넘기면서 자기가 쓴 것을 전부 읽어 나갔다. 특히 코마와 코마를 일으키는 원인에 대해서 다시 한 번 읽어보고, 또 다시 읽을 필요가 있는 부분에 밑줄을 쳤다. 헤리스의 사무실에 있던 새로운 마취학 교과서의 제목에도 밑줄을 쳤다. 그리고 낸시 그린리와 두 호흡 정지 환자에 대해 상세한 기록을 다시 읽었다. 해답은 거기에 있다고 확신했지만 어떤 것이 해답인지 구별할 수가 없었다. 수잔은 그 상호관계를 정확히 할 수 있는 데이터가 좀 더 필요하다는 것을 알았다. 차트였다. 맥리어리가 가지고 있는 차트가 필요했다.

수잔이 자기 방에서 나가려고 한 시간은 7시 15분이었다. 마치 스파이 영화 속의 인물처럼 그녀는 창으로 주차장을 내다보았다. 감시 당하고 있지나 않나 하는 생각이 들었기 때문이었다. 차를 한 바퀴 둘러보았으나 사람의 그림자는 없었다. 커튼을 닫고 방의 불은 켜놓은 채로 문에 자물쇠를 채웠다. 복도로 나간 그녀는 잠깐 멈추어 서서 영화에서 익힌 지혜로 종이를 조그맣게 말아서 마루와 가까운 문과 기둥 사이에 그것을 살며시 끼워 넣었다.

기숙사의 지하층에 해부학과 병리학동으로 빠져나가는 터널이 있고 그 안에는 스팀 파이프와 동력선이 함께 설치되어 있었는데, 비바람 치는 거친 날씨에는 수잔이나 클래스메이트들이 그곳을 이용할 때가 있었다. 뒤를 미행하고 있는지 어떤지는 모르지만 될 수 있는 한 미행하기 어렵도록, 가급적 완전히 따돌리고 싶은 생각에 해부학동에서

관리부 사무실 빌딩으로 빠지는 통로로 나갔다. 출입구의 자물쇠는 채워져 있지 않았다. 거기서부터 도서관의 옆을 지나 헌팅턴 가로 나가서 택시를 잡았다.

수백 미터 달리고 나서 차를 유턴시켜 처음 자리로 돌아와서 얼굴이 보이지 않도록 오버코트로 가리고 미행자가 있는지 주위를 둘러보았다. 수상한 자의 모습은 보이지 않았다. 그녀는 안심하고 운전자에게 메모리얼 병원으로 가달라고 말했다.

프로 '살인 청부업자'답게 안젤로 담브로시오는 일을 멋지게 끝낸 것을 내심 만족하고 있었다. 수잔에게 전할 말을 분명히 한 후 그는 헌팅턴 가로 돌아가 롱펠로의 모퉁이에서 차를 잡았다. 운전사는 공항까지라는 말을 듣고 매우 좋아했다. 상당한 요금이 될 것이고 팁도 충분히 받을 수 있다고 생각했기 때문이었다. 담브로시오를 태우기 전에는 슈퍼마켓에 가는 할머니들만 태웠었다.

담브로시오는 만족한 듯이 차의 뒷좌석에 등을 기댔다. 왜 오늘 보스턴의 일을 맡게 되었는지 그로서는 알 수 없었으나 일의 이유를 안다는 것은 드문 일이었고 또 알고 싶지도 않았다. 사실 일을 맡기는 사람이 왜 그런 일을 맡기는지 자세히 알게 되는 경우가 있는데 그렇게 되면 골치가 더 아팠다.

이번 일은 그저 24일 저녁, 보스턴으로 날아가서 다운타운의 쉐라톤 호텔에 조지 트랜토라는 명의로 투숙할 것, 이튿날 아침 스튜어트가 1833으로 가서 지하층에 사는 월터스라는 남자를 만나서 '그 약은 내가 챙겨놓은 겁니다. 발각되었으니 끝장입니다.' 라는 편지를 쓰게 하고 자살로 위장해서 월터스를 처치할 것, 그런 다음 의대에 다니는 수잔 월러라는 여학생에게 접근해서 단단히 협박하고 만약 평상시의 생활로 돌아가지 않으면 생명이 위험하다고 말할 것, 이런 정도의 것으로 그 다음은 만사 조심해서 실행할 것이라는 여느 때와 같은 주의로 끝나 있었다. 수잔 윌러에 대해서는 동생의 사진이라든가 다소의 배경, 그녀의 행동 예정표 등 여러 가지 자료가 첨부되어 있었다.

담브로시오는 시계를 보고 지금부터라면 8시 45분발 아메리칸 항공편으로 시카고로 돌아갈 수 있겠구나 하고 생각했다. 또 수취해야 할 1천 달러는 TWA의 화물 수취소 옆에 있는 주야로 사용할 수 있는 로커 12호에 여느 때처럼 들어 있다는 것을 알고 있었다.

담브로시오는 만족한 듯이 창 밖에서 점멸하는 빛을 바라보며 월터스의 무서운 얼굴과 매력 넘치는 수잔과 만났던 장면들을 떠올렸다. 그리고 그녀에게 손을 대지 않으려고 얼마나 참아야 했는지를 생각하며 여러 가지 사디스트적인 즐거움을 상상하자 잠자코 있던 페니스가 잠에서 깨기 시작했다. 그는 미스 윌러와 다시 한 번 접촉하라는 명령이 내려지면 좋겠다는 생각을 하며, 그렇게만 된다면 그녀를 정말 그냥 두지 않겠다고 마음먹었다.

공항 터미널에 도착하자 담브로시오는 전화박스로 들어갔다. 시카고에 있는 중앙 연락처에 일이 끝났다는 보고를 해야 하는 최종 임무가 남아 있기 때문이었다.

전화벨이 약속대로 7번 울렸다.

"샌들러의 집입니다."

"샌들러 씨와 통화하고 싶은데, 부탁합니다."

담브로시오는 따분하다는 말투로 말했다. 무엇 때문에 이런 방법을 써야 하는지 알 수가 없었고 시간만 걸릴 뿐이었다. 그는 언제나 임시로 쓰는 이름을 기억하고 있어야 했다. 만약 다른 이름을 사용하면 전화가 끊어지고 대리번호로 다시 걸어야 했다.

담브로시오는 집게손가락에 침을 발라 전화박스의 유리 위에 동그라미를 몇 개 그렸다. 이윽고 상대가 나왔다.

"좋다, 얘기해라."

"보스턴은 끝났습니다. 아무 문제도 없었습니다."

담브로시오는 억양이 없는 투로 말했다.

"새로운 임무가 있다. 미스 윌러를 될 수 있는 한 빨리 없애버려. 방법은 맡긴다. 단 강간으로 보이게 해야 한다. 알겠나, 강간이다."

담브로시오는 귀를 의심했다. 꿈이 현실로 이루어지게 되는 것이 아닌가.

"그럼 수고비가 추가되겠지요."

담브로시오는 수잔을 범한다는 아까의 기쁨을 일부러 숨기고 사무적으로 말을 꺼냈다.

"별도로 500달러 주겠다."

"750입니다. 이건 쉬운 일이 아닙니다."

'쉽지 않다고? 누워서 식은 죽 먹기다. 오히려 이쪽에서 지불해야 할지도 모르지.' 하고 담브로시오는 생각했다.

"600."

"좋다."

담브로시오는 전화를 끊었다. 하늘에라도 오를 듯이 기뻤다. 그는 야간 편을 알아보았다. 시카고 행 최종 편은 TWA 11시 45분이었다. 이것으로 약간 스릴을 맛볼 수 있고 또 충분히 즐길 수 있었다. 그는 택시를 잡고 롱우드와 헌팅턴 가가 만나는 모퉁이까지 가자고 운전사에게 말했다.

7시 30분쯤 되자 메모리얼 병원에 밀려들던 인파도 뜸해졌다. 수잔은 정문으로 들어갔다. 간호사 가운을 수상하게 보는 사람은 아무도 없었다. 그녀는 우선 베어드 5병동의 의무과 사무실로 올라가서 오버코트를 벗어놓고 같은 동 12층에 있는 맥리어리의 사무실을 살펴보았다. 생각한 대로 문에는 자물쇠가 채워져 있었고 불도 꺼져 있었다. 그 근처의 사무실이나 연구소를 확인해보았으나 모두 인기척은 없었다.

수잔은 본관으로 돌아가서 복도를 통해 응급실 쪽으로 걸어갔다. 병원의 응급실은 바깥과는 달라서 밤이 되면 더욱 활기를 띠고 있었다. 환자 운반차가 2, 3대 각각 환자를 태우고 복도에 멎어 있었다. 수잔은 응급실 바로 앞에서 왼쪽으로 돌아서 병원 경비실로 들어갔다.

방은 작고 난잡했다. 맞은편 끝 벽으로 텔레비전 스크린 20여 대가 나란히 설치되어 있어서 각각 입구, 복도, 키 보관소, 응급실 등이 원격 조종되는 비디오카메라로 비치고 있었다. 정지해 있는 카메라가 있는가 하면 반복해서 한 장소만 촬영하고 있는 카메라도 있었다.

제복을 입은 경비 두 사람과 평복의 경비장이 사무실 안에 있었다. 평복을 입은 사람은 자기 덩치보다도 작아 보이는 책상 뒤에 앉아 있었는데, 목덜미 색깔과 셔츠 칼라색이 심한 대조를 이루었다. 그는 옆에서도 다 들릴 정도로 헐떡이며 숨을 쉬고 있었다.

세 사람 모두 감시하기 위해 설치해놓은 텔레비전 모니터는 거들떠보지도 않고 소형 텔레비전의 스크린 쪽만 뚫어지게 보고 있었다. 그들은 하키 시합 중계에 완전히 넋을 놓고 있었다.

"수고하십니다. 좀 곤란한 일이 생겼는데요."

수잔은 평복의 남자를 향해 말했다.

"닥터 맥리어리가 10층에서 차트를 돌려주지 않고 그대로 퇴근하셨어요. 차트가 없으면 환자한테 약을 투약할 수가 없는데 그 방을 열어주실 수 없을까요?"

경비장은 힐끗 수잔 쪽을 보았을 뿐 치열한 시합에 정신을 빼앗기고 있었다.

"좋아요. 루, 이 간호사와 함께 가서 방을 열어줘."

"잠깐만, 잠깐만 기다려요."

세 사람은 모두 게임을 보느라 움직일 생각을 하지 않았다. 수잔은 기다릴 수밖에 없었다. 광고가 나오기 시작하자 비로소 경비는 일어났다.

"좋아요, 갑시다. 잘 보고 있다가 나중에 얘기해주게."

수잔은 듬직한 경비의 큰 발걸음을 따라가려니 줄달음질쳐야 했다. 걸어가면서 그는 그 많은 키 속에서 맞는 키를 찾기 시작했다.

"브루인스는 2점 지고 있어. 이 시합에도 질 것 같으면 난 필리로 이사할 겁니다."

수잔은 대답도 하지 않고 그저 누구에게도 들키지 않도록 기원하면서 경비와 길을 서둘렀다. 사무실이 나란히 있는 곳까지 와서야 그녀는 겨우 안도의 숨을 쉬었다. 인기척은 전혀 없었다.

"제기랄, 이놈의 키가 어디로 갔어."

경비는 투덜거리면서 차례로 이 열쇠 저 열쇠로 맥리어리의 방을 열어보았다. 시간이 걸린 바람에 수잔은 안절부절 못하고 지금이라도 발각되지나 않나 하고 복도의 좌우를 살펴보았다.

이윽고 문이 열리고 경비는 안으로 들어가서 불을 켰다.

"나올 때는 그저 닫기만 하면 돼요. 저절로 키가 채워지니까. 난 먼저 내려갈 거요."

수잔은 맥리어리의 비서실에 혼자 남겨졌다. 급히 안쪽 사무실로 들어가서 불을 켜고 비서실의 불을 끄고는 가운데 문을 닫았다.

그런데 차트는 아침에 보아두었던 자리에 없었다. 수잔은 당황해서 사무실 안을 찾아다니기 시작했다. 우선 책상인데, 그곳에는 없었다. 가운데 서랍을 닫는 순간 손 바로 아래에 있는 전화벨이 요란하게 울리기 시작했다.

정적 속에서 귀청을 찢을 듯이 갑자기 울리는 벨소리에 그녀는 섬뜩했다. 시계를 보고 8시 15분에 맥리어리가 자기 사무실에 전화할 일이 있을까 하고 생각했다. 벨은 세 번 울리다 그쳤다.

수잔은 다시 찾기 시작했다. 차트는 부피가 상당히 크기 때문에 숨길 곳은 그리 많지 않을 것이다.

서류 캐비닛의 마지막 서랍을 열었을 때 홀을 걷는 발소리가 분명히 들려오더니 차츰 가까이 다가왔다. 수잔은 냉수를 뒤집어 쓴 것처럼 소름 끼치면서 서랍을 닫을 수가 없었다.

발소리가 멈추고 비서실의 문을 여는 소리가 나는 바람에 수잔은 소스라치게 놀랐다. 그녀는 몸이 얼어붙는 듯한 느낌으로 방안을 둘러보았다. 문은 2개 있었는데 하나는 비서실로, 다른 하나는 아마 벽장으로 통하는 모양이었다. 그녀는 가구의 위치를 확인해두고 불을 껐다. 그 순간 비서실의 문이 열리고 불이 켜졌다. 수잔은 벽장 문 쪽으로 갔다. 이마에 땀이 흐르고 있었다. 비서실에서 금속성 소리가 들려왔다. 열쇠를 꽂는 소리였다. 곧 이 방문도 열릴 것이다.

벽장 문을 열고 수잔은 조심스럽게 안으로 들어가서 조용히 문을 닫았다. 그러자 거의 동시에 안쪽 사무실 문이 열리고 불이 켜졌다. 수잔은 언제 벽장 문이 열릴지 알 수 없어서 신경이 곤두섰으나 발소리는 책상 쪽으로 가더니 불이 켜졌다. 의자에 앉은 모양으로 삐걱 소리가 났다. 틀림없이 맥리어리일 텐데 이런 시간에 무엇 하러 돌아왔을까 하고 수잔은 생각했다. 만약 발각되면 어떻게 할까? 그렇게 생각하자 공포감마저 느껴졌다. 그녀는 이 문이 열리면 쏜살같이 도망치기로 했다. 그러자 수화기를 드는 소리가 나고 다이얼을 돌리는 귀에 익은 소리가 났다. 그런데 그 소리는 뜻밖에 여자의 목소리였다. 게다가 스페인어로 말하고 있었다. 수잔은 미약한 스페인어 실력으로는 대화를 전부 알아들을 수 없었지만 아무래도 보스턴의 날씨와 플로리다의 날씨 얘기 같았다. 그래서 수잔은 완전히 납득할 수 있었다. 청소부가 맥리어리의 사무실로 숨어 들어와서 병원 전화를 사용하여 플로리다에 사적인 전화를 걸고 있는 것이다. 이런 경비도 병원에서 지불하겠지.

전화는 30분 정도 계속되었다. 이윽고 청소부는 쓰레기통을 비우고 불을 끄고는 방을 나갔다. 수잔은 좀 더 기다리다가 벽장 문을 열고 스위치 쪽으로 걸어갔으나 열어놓았던 캐비닛 서랍에 정강이를 부딪쳤다. 무심코 욕설을 퍼부은 그녀는 도둑질도 쉬운 일이 아니라는 것을 알았다.

다시 불을 켜고 찾기 시작했다. 어디에 숨겨 놓았는지 호기심에 싸여 그녀는 벽장 속을 찾아보았다. 용지 상자를 산더미처럼 쌓아 놓은 맨 밑 선반에서 찾고 있는 차트를 발견했다. 맥리어리는 그것을 정말 감추려고 했었는가 하는 의구심이 들었으나 지금 그런 수수께끼 풀이를 하고 있을 여유가 없었다. 그녀는 빨리 맥리어리의 사무실에서 나가고 싶었다.

수잔은 기지를 짜내어 청소부가 비우고 나간 쓰레기통에 차트를 쑤셔 넣고 문의 키가 채워지지 않게 하고 사무실을 나왔다. 그리고 그곳에서도 기숙사에서 한 것처럼 종이를 조그맣게 말아서 문과 기둥 사이에 끼워두었다.

수잔은 차트를 베어드 5병동 의무과 사무실에 가지고 들어가서 검은색 노트를 꺼내고 커피를 따랐다. 그리고 맨 처음의 차트를 펼쳐 낸시 그린리의 것을 필요한 것만 뽑아 쓰기 시작했다.

담브로시오가 의대 기숙사로 되돌아왔을 때 별다른 계획을 세우고 있었던 것은 아니었다. 그가 항상 하는 방법은 잠시 사냥물을 관찰한 후 즉흥적으로 즉석에서 해치우는 것이었다.

수잔 윌러에 대해서는 이미 조금은 파악한 셈이었다. 집에 한번 돌아오면 좀처럼 밖에 나가지 않는다는 것도 알고 있었다. 지금도 틀림없이 집에 있을 것이다. 처음에 만난 것을 경찰에 신고했는지 어떤지는 모르지만 만약 신고했다고 하더라도 경찰이 본격적으로 문제 삼을 가능성은 10퍼센트 정도일 것이다. 그것은 담브로시오의 경험이 최소한 그렇게 가르치고 있었다. 만약 본격적으로 문제 삼았다고 해도 그녀를 보호해줄 확률은 1퍼센트 정도밖에 되지 않았다. 그 위험률은 담브로시오에게는 별 문제가 되지 않았다. 그는 수잔의 방으로 들어가기로 마음먹었다.

모퉁이의 약국에서 수잔에게 전화를 걸어보니 전화를 받지 않았다. 그는 그녀가 있으면서도 전화를 받지 않을 뿐이므로 별 의미가 없다고 생각했다. 담브로시오는 문을 열 수가 있었다. 그것은 이미 낮에 증명했다. 그러나 빗장이 있었다. 그녀는 빗장을 채우고 있을 것이다. 그것은 소리가 난다. 담브로시오는 어떻게 하든 그녀를 방에서 유인해내야 했다.

그는 기숙사로 돌아가서 주차장으로 들어갔다. 그녀의 방에 불이 켜져 있었다. 낮에 한 것처럼 아치 밑 출입구의 맹꽁이자물쇠를 강제로 비틀어 열고 안뜰로 들어갔다. 키는 아주 단순한 구조로 되어 있었다. 대학의 절약 방식이 정말 어처구니없었다.

그는 삐걱대는 소리가 나는 나무 계단을 빠른 걸음으로 올라갔다. 그렇게 민첩해 보이지 않는데도 지금 그의 몸의 컨디션은 최고로 좋을 때였다. 재빠르게 수잔의 방문 가까이 가서 귀를 기울였다. 아무 소리도 들리지 않았다. 노크해봐도 아무런 반응이 없었다. 만약 그녀가 대답을 하면, 그는 다시 아래로 내려가는 것 같은 소리를 낼 작정이었다. 보통 그럴 경우 반응이 있게 마련이었다. 다시 한 번 해보았으나 역시 마찬가지였다.

그는 힘을 들이지 않고 키를 돌렸다. 문이 열렸다. 빗장은 채워져 있지 않았다. 수잔은 외출해 있었던 것이다.

담브로시오는 벽장을 찾아보았다. 옷장은 변함이 없었다. 슈트케이스 2개가 아까 왔을 때와 마찬가지로 놓여 있었다. 수잔이 보스턴을 떠났다고는 거의 생각할 수 없었다. 그것은 다시 돌아온다는 의미였다. 담브로시오는 기다리기로 했다.

2월 25일 수요일 오후 10시 41분

벨로우즈는 완전히 피로에 지쳐 있었다. 벌써 11시가 됐는데도 그는 아직 일을 하고 있었다. 베어드 5병동의 일이 아직 끝나지 않았고 집에 돌아가기 전에 마쳐두어야 했다. 그는 간호사 대기실에 가서 차트 함을 꺼내어 그것을 의무과 사무실까지 운반해갔다. 커피 한 잔이 일하는 동안 자신을 도와주겠지 하고 문을 열자 깜짝 놀랐다. 수잔이 와서 부지런히 뭔가를 하고 있는 것이 아닌가.

"아, 이거 미안합니다, 병원을 잘못 찾은 모양입니다."

벨로우즈는 다시 밖으로 나가는 시늉을 하면서 뒤돌아서 수잔을 보았다.

"수잔, 대체 여기서 뭘 하고 있는 거야? 네가 바람직하지 못한 사람이라고 나는 귀가 아프도록 듣고 있는데."

벨로우즈의 목소리에는 초조해하는 빛이 역력했다.

오늘은 지독한 날이었다. 월터스를 발견했다는 불쾌함까지 덤으로 붙었기 때문이었다.

"누구 말이에요? 뭔가 착각하신 모양이죠. 전 미스 칼렛, 서 병동 10층의 신참 간호사인걸요."

수잔은 남부 사투리가 섞인 약간 앳된 목소리를 내면서 말했다.

"이봐, 수잔. 농담도 잘하는군."

"그쪽이 먼저 했잖아요."

"여기서 뭘 하고 있는 거야?"

"구두를 닦고 있는 중이에요. 그런데 뭘 하고 있는 것 같아요?"

"좋아, 좋아. 처음부터 다시 시작해보자고."

벨로우즈는 방으로 들어가서 카운터 위에 걸터앉았다.

"수잔, 사태는 점점 심각해졌다. 널 만나는 게 싫어서가 아니야. 그 반대야. 어젯밤은 정말 멋진 밤이었어. 그게 벌써 1주일도 더 지난 것 같은 느낌이 들어. 하지만 오늘 오후, 그 어처구니없는 장면을 네가 보았다면 내가 왜 초조해하고 있는지 알 거야. 그 많은 말들 가운데서도 만일 내가 앞으로도 너의 그 소위 '어리석은 사명'을 감싸준다거나 응원해준다면 나는 어디 다른 데 가서 레지던트 자리를 찾는 게 좋을 거라는 말까지 들었단 말이야."

"오, 저런. 불쌍한 우리 아기! 엄마의 따뜻한 자궁에서 떠나야 하다니……."

벨로우즈는 여기서 냉정을 잃어서는 안 된다고 생각하고 시선을 다른 쪽으로 돌렸다.

"이런 얘길 하고 있어 봤자 소용없어. 수잔, 이 일에서 너보다 내가 잃을 게 더 많다는 사실을 좀 알아주었으면 하는데……."

"그렇기도 하겠죠!"

수잔은 갑자기 발끈해서 얼굴이 빨개졌다.

"선배란 사람은 언제나 자기중심적이고, 자기 직책이나 직위에 대해서만 걱정하고 있죠. 그래서 만약 선배의……선배의 어머니가 음모에 말려들면 어떡할까 하는 따위는 조금도 생각하지 않고 있는 거죠."

"빌어먹을, 그게 내가 도와준 것에 대한 고맙다는 인사인가, 무엇 때문에 내 어머니가 이번 일에 말려들어야 한다는 거야?"

"아무 관계도 없겠죠. 그럴 리가 있나요. 하지만 당신의 가치관이 삐뚤어져 있기 때문에……. 달리 적당한 말이 떠오르지 않았을 뿐이에요. 그래서 어머니를 끌어들여본 거예요."

"무슨 소릴 하고 있는지 도무지 모르겠네."

"모른다고요? 이봐요, 선배. 당신은 언제나 자신만을 걱정하고 있어요. 내가 좀 다르다고 생각되지 않아요?"

"다르다고?"

"그래요, 다르다고 했어요. 의사가 되겠다는 실습 중에 마크가 터득했던 그 임상 지식, 예리한 관찰안은 도대체 어디 갔어요? 제 눈 밑의 이게 뭐 같아요?"

수잔은 볼 위의 멍을 가리켰다.

"그리고 이건 어떻게 생각해요?"

그녀는 아랫입술을 쪽 내밀고 피부가 찢긴 자리를 보였다.

"상처 같군……."

벨로우즈는 손을 뻗어 수잔의 입술을 잘 살펴보려고 했으나 수잔이 그 손을 뿌리쳤다.

"손 치워요. 그리고 이 일에서 손해 보는 건 당신이라고 했죠. 그럼 내 얘길 들어봐요. 낮에 누가 절 습격하고 협박해왔어요. 그자는 저에 대해서 요 2, 3일간 제가 한 모든 걸 알고 있었어요. 제 가족에 대해서도. 그리고 가족까지도 협박 미끼로 사용하고 있어요. 그런데도 손해 보는 건 자신이라는 말을 아직도 하실 셈이에요!"

"누가 너를……?"

벨로우즈는 의심스럽다는 듯이 물었다.

"그렇다니까요, 선배. 당신 좀 더 재치 있는 말은 못해요? 제가 남들한테 동정 받고 싶어서 일부러 상처 냈다고 생각해요? 제가 말할 수 있는 건 뭔가 엄청난 일에 맞닥뜨렸다는 거예요. 정말 무서워졌어요. 뭔가 큰 조직 같으니까요. 그렇지만 어떤 식으로 왜, 누가 조정하고 있는지 전혀 몰라요."

벨로우즈는 잠시 수잔의 얼굴을 바라보면서 믿기 어려운 수잔의 얘기와 낮에 자신이 한 경험을 결부시켜 보았다.

"너에게 보여줄 만한 상처는 없지만 나도 무서운 경험을 했어. 내가 너에게 말했던 약에 대해서 기억하고 있지? 수술실 의무과 사무실 로커에 들어 있었다는…… 전에 내가 사용했던 내 명의의 로커에 들어 있었던 약 말이야. 뭔가 내게 혐의를 씌우려는 것 같아. 그래서 나는 월터스를 만나서 왜 다른 로커를 내게 줬으면서도 그것을 내 것으로 그대로 두었는지 물어보려고 했지. 그런데 월터스가 오늘 나오지 않는 거야. 아무튼 이런 일은 처음이야. 그래서 그의 집을 찾아갔었어."

벨로우즈는 한숨을 쉬고, 소름 끼치는 장면을 생각하면서 커피를 한 모금 마시고 말을 계속했다.

"그는 이 사건 때문에 가엾게도 자살을 하고 말았어. 그걸 내가 발견하게 된 거야."

"자살이라고요?"

"응, 약이 발각됐다는 걸 알고 그 길을 택한 모양이야."

"자살은 확실한 거예요?"

"글쎄 잘 모르겠어. 유서 같은 것은 없었어. 그래서 난 경찰을 부르고 그 다음엔 스타크한테 자초지종을 얘기했지. 하지만 자살이 아니라고 할 수가 없어. 내가 혐의자로 떠오르는 판에 말이야. 그런데 무엇 때문에 너는 자살이 아니라고 생각하는 거지?"

벨로우즈는 정색을 하며 말했다.

"이유 같은 건 없어요. 하지만 이런 때 그런 일이 일어나다니 전 우연의 일치라고는 생각하지 않아요. 그렇다고는 하지만 약이 발견된 건 중대한 문제일 수가 있겠네요."

"네가 멋대로 상상해서 중대하다고 여기는 게 아닐까. 실은 그게 걱정이었다고. 그래서 약에 대해 얘기하기를 주저하고 있었던 거야. 하지만 이봐, 수잔. 이 얘기는 너 자신의 문제에 비하면 오히려 하찮은 사건이지. 이런 문제들이 신경을 예민하게 하고 있긴 하지만 네가 자신이 할 일은 하지 않고 이러고 있다는 사실보다는 중요하지 않단 말이야. 요컨대 수잔, 너는 여기서 이러고 있을 때가 아니야. 아주 조금만 생각하면 알 수 있는 문제라고……."

벨로우즈는 말을 끊고 수잔이 옮겨 적던 차트를 한 장 집어 들었다.

"그건 그렇다 치고 지금 뭘 하고 있는 거야?"

"마침내 코마 환자의 차트를 손에 넣었어요. 전부는 아니지만."

"맙소사, 정말 놀랍군. 병원에서 쫓겨나고도 아직도 뭘 뒤지고 있으니……. 아무도 없는 사무실에 들어가서 차트를 손에 넣거나 하고, 지나던 사람이 쉽게 발견할 수 있도록 차트를 아무 데나 팽개쳐 두지는 않았을 텐데, 도대체 그걸 어떻게 손에 넣었다는 건가?"

벨로우즈는 커피를 마시면서 얘기를 듣고 싶다는 듯이 수잔의 얼굴을 보며 대답을 기다렸다. 수잔은 그저 미소를 짓고 있을 뿐이었다.

"오, 세상에! 그 간호사 가운."

벨로우즈는 이마에 손을 대면서 말했다.

"그래요, 아주 잘 어울리죠. 멋진 아이디어였어요."

"잠깐, 나는 결코 잘하는 짓이라고 생각하지 않아, 정말이야! 수잔, 무슨 짓을 한 거야? 맥리어리나 다른 사람 방을 열어달라고 하기 위해서 그걸 입고 나섰다는 거야?"

"점점 더 영리해지는군요, 선배."

"이번엔 법을 어겼다는 걸 잘 기억해둬."

수잔은 작은 글씨로 가득 메운 종이더미를 내려다보면서 상대의 말을 인정하듯이 고개를 끄덕였다. 벨로우즈의 시선도 그녀의 시선을 따라서 움직였다.

"그래서, 이게 그…… 너의 중대한 미션에 도움이 된 거야?"

"아뇨, 별로. 적어도 아직까지는 그걸 알 만큼 머리가 좋지 못해요. 차트가 전부 필요해요. 지금까지 알아낸 건 희생자의 나이가 비교적 젊은 25살에서 42살까지라는 거예요. 성별이라든가 인종적 사회적 배경은 구구해서 거기에는 공통점이 없어요. 코마를 일으키기까지의 호흡, 맥박, 체온, 혈압 등의 숫자와 그 경과는 모든 환자에게 전혀 문제없었어요. 주치의도 전부 각각이고 수술할 때의 마취의는 두 사람만 동일인…… 마취약도 생각한 대로 갖가지, 수술 전의 투약에 일부 같은 것이 있었는데 몇 사람에게는 데메롤과 페너간이 사용됐지만 그 외는 전부 각각이었고, 두 환자에게 인노바가 사용되었을 뿐 이렇다 할 만한 게 없어요. 직접 수술실에 가 보지 않아도 알 수 있는 건 대부분이 제8수술실에서 수술했다는 것, 이건 좀 묘하다고 생각할 수 있는데 이 제8수술실이라는 게 대개는 단시간의 수술에 사용되고 있고 이 코마도 흔히 단시간 수술에서 일어나고 있는 거예요. 이것도 예상할 수 있는 거지만 실험 결과는 일반적으로 모두 정상이에요. 아, 그런데 전부 혈액형 검사와 이식조직 적합검사를 받았더군요. 이 검사는 수술할 때 꼭 필요한 거예요?"

"혈액형은 수술 환자가 거의 다 검사를 받게 되지. 수술할 때 출혈이 많다고 예상되는 경우에는 이식조직 적합검사는 보통은 하지 않아. 검사실에서 새로운 도구나 새로운 혈청을 시험하기 위해 할지는 몰라도. 검사소견서에 검사 비용 청구번호가 적혀 있는지 한번 봐."

수잔은 차트의 페이지를 넘겨서 이식조직 적합검사 소견서를 살펴보았다.

"아니, 청구번호는 들어 있지 않아요."

"응, 이제 알았어. 검사실은 비용을 자비 부담으로 하고 있군. 이건 흔히 하는 일이야."

"내과 환자 쪽은 왠지 전원이 링거액 주사를 맞았어요."

"그건 입원 환자의 90퍼센트가 맞게 되는 거야."

"알고 있어요."

"너는 결국 아무 쓸모도 없는 짓만 하고 있었다는 셈이 되는 거야."

"그 점은 저도 인정해야겠죠."

수잔은 말을 끊고 아랫입술을 빨았다.

"마크, 마취의가 환자에게 기관 내 튜브를 삽입하기 전에 석시닐콜린으로 마비시키나요?"

"석시닐콜린이나 크라레인데 보통은 석시닐콜린이지."

"그리고 환자에게 석시닐콜린을 투여하게 되면 호흡을 할 수 없게 되는 거잖아요?"

"그건 그래."

"그럼 석시닐콜린을 과량 투여하면 환자를 저산소혈증이 되게 할 수 있잖아요? 그리고 호흡을 할 수 없게 되면 산소가 뇌로 가지 못하게 되죠."

"수잔, 마취의는 환자에게 석시닐콜린을 투여할 때 눈에 불을 켜고 환자의 상태를 점검해. 환자와 같이 숨 쉴 정도니까. 만약 석시닐콜린의 양이 많으면 그 약이 분해돼서 없어질 때까지 호흡을 그만큼 길게 계속 시키지 않으면 안 돼. 그리고 그런 약을 악용했다고 하면 그건 병원의 마취의가 전부 한통속이 돼 있다는 셈이 되는 건데 도저히 생각할 수 없는 얘기야. 또 더 중요한 건 마취의와 외과의가 항상 눈을 번쩍이면서 혈액의 붉기나 산소의 흡수 정도를 보고 있어. 따라서 마취의사나 외과의사, 혹은 두 사람이 알지 못하게 환자의 생리 상태를 바꾼다는 건 절대로 불가능하다는 거야. 산소를 충분히 넣은 혈액은 붉기가 선명하지만 산소량이 줄면 푸른색이 나는 짙은 거무스름한 적갈색이 된다고. 또 마취의는 환자에게 호흡시키면서 항상 맥이나 혈압을 검사하고 심장 감시 장치를 주시하고 있어. 수잔, 넌 거기에 일종의 범죄가 있을 거라고 생각하는 것 같은데 누가, 왜, 어떤 방법으로 하고 있는지 아는 게 없잖아? 그 범죄의 희생자가 정말 한 사람이라도 있는 건지, 없는 건지 그것조차도 확실히 알지 못하고……."

"확실히 희생자는 있어요. 그게 새로운 병은 아니겠지만 틀림없이 뭔가 있어요. 또 한 가지 질문이 있어요. 마취의의 마취 가스는 어디서 가져오죠?"

"그건 여러 가지야. 헬로세인은 에테르와 마찬가지로 깡통에 담겨 나오지. 기체상태로도 나오고 액체상태로도 나와. 아산화질소, 산소, 압축공기는 중앙 탱크에서 수술실로 파이프를 통해서 보내와. 산소와 아산화질소의 예비 봄베는 비상용으로 수술실에 놓고 있지만 말이야…… 이봐, 수잔. 난 일이 아직 조금 남았지만 그 후엔 일이 없어. 집에 가서 한잔 어때?"

"오늘 밤은 안 돼요. 푹 자고 싶기도 하지만 좀 더 해야 할 일이 있어요. 하지만 고마워요. 난 이 차트를 있던 자리에 갖다놓아야 하고 그런 다음 제8수술실도 좀 봐두어야 해요."

"수잔, 큰일을 당하기 전에 빨리 병원에서 나가는 게 좋을 거 같은데……."

"그런 말씀을 하실 만도 하겠네요, 의사선생님. 하지만 이 환자 쪽에서는 별로 명령에 따를 마음이 없나 봐요."

"넌 이 일에 너무 깊이 관여했다고."

"그렇게 생각하세요? 전 범인은 모르지만 용의자는 몇 사람 있어요……."

"그렇겠지……."

벨로우즈는 안절부절 못했다.

"내게 그걸 알아맞게 할 셈인가, 아니면 그 입에서 말할 건가?"

"헤리스, 넬슨, 맥리어리, 오렌."

"머리가 이상해졌군."

"전부 나쁜 짓을 하고 있으면서 저를 내쫓고 싶어하고 있어요."

"죄가 있는 것과 그들이 자신의 몸을 지키려는 태도를 착각해선 안 돼. 결국 원인은 어떻든 의사의 세계에서는 협조해나간다는 게 어려워. 그 점이 성가신 거야."

2월 25일 수요일 오후 11시 25분

수잔은 차트를 제자리에 갖다놓고 안도의 숨을 쉬었다. 동시에 몹시 실망했다. 차트를 조사해보고 골탕 먹었다는 느낌이 들었기 때문이었다. 차트가 중요하다고 생각하고 있던 만큼 그것을 다 보고 나니 자기의 일에 아무런 도움도 되지 않았다는 느낌이 들었다. 데이터는 늘어났지만 공통점도 없거니와 상관관계도 찾을 수 없었다. 증례도 모두 제각각으로 일치되는 점이 하나도 없었다.

엘리베이터의 속도가 느려지더니 마침내 문이 열렸다. 수잔은 수술실이 있는 곳으로 발을 들여놓았다. 20호실에서는 아직 수술을 하고 있었다. 응급실을 경유해서 입원한 대동맥 파열 환자였다. 수술은 벌써 8시간 이상 계속되고 있었으나 아직 상황이 호전된 것같이 보이지 않았다. 그 밖의 곳은 야간 휴식에 들어갔고, 바닥을 닦거나 세탁한 리넨을 비품저장고로 운반하는 사람들이 2, 3명 있을 뿐이었다.

수술복을 입은 간호사가 큰 책상 뒤에 앉아서 이튿날 수술 예정표를 점검하고 있었다.

수잔의 간호사 가운 작전은 여기까지 잘 되어서 홀에 있던 몇몇 사람도 그녀가 걸어가는 것을 별로 수상하게 여기지 않았다. 그녀는 곧장 간호사 로커실로 가서 수술복으로 갈아입고 입고 있던 간호사 가운을 빈 로커에 걸었다.

다시 홀로 나가서 수술실 한쪽으로 통하는 회전문 쪽을 보았다. 오른쪽 문 위에는 큰 글씨로 '수술실 관계자 외 출입금지'라고 쓰여 있었다. 그 문 바로 옆에 큰 책상이 있고 거기에 앉아 있는 간호사가 아직 부지런히 무슨 일인가를 하고 있었다. 안으로 들어가려고 하면 그 간호사가 반드시 무슨 말을 해올 것 같았다.

그 주변을 전부 봐 두기 위해서 수잔은 홀을 몇 번 왔다 갔다 하면서 책상에 앉아 있는 그 간호사가 일손을 쉬고 좀 나가주었으면 하는 막연한 희망을 가져보았다. 그러나 간호사는 꼼짝도 하지 않고 얼굴마저 들지 않았다. 수잔은 무슨 말을 해왔을 때를 대비해서 멋진 구실을 생각해보았지만 아무 생각도 떠오르지 않았다. 아무튼 벌써 한밤중이니 이런 곳을 헤매고 있는 데에는 아무래도 이유가 필요할 것 같았다.

결국 20호실의 수술 진행 사항을 보러 간다든지 배양균 검사를 의뢰하러 검사실에 가는 길이라는 구실밖에 떠오르지 않은 채 수잔은 걸음을 옮겼다. 간호사가 있다는 것을 모르는 체하면서 문 쪽으로 걸어갔는데 옆을 지나가도 간호사는 얼굴을 들지 않았다. 다시 두서너 걸음 나아가 문 앞에서 오른쪽 문에 손을 뻗고 바로 들어가려고 했을 때였다.

"아, 잠깐."

수잔은 가슴이 철렁했다. 그러나 각오하고 간호사 쪽으로 얼굴을 돌렸다.

"전도부츠(감전되는 것을 막기 위해 만들어졌기 때문에 연소성이 있는 가스가 분출되는 지역에서 신도록 되어 있음)를 신어야 하는데 잊었나 봐요."

수잔은 자기 구두를 내려다보고 간호사가 하는 말의 뜻을 알고는 안심했다.

"어머, 수술 지역으로 처음 들어오는 사람이라고 생각하시겠어요."

간호사는 벌써 수술 예정표 쪽으로 눈길을 돌리고 있었다.

"가끔 이런다니까요."

수잔은 벽에 붙어 있는 스테인리스 캐비닛 쪽으로 갔다. 전도부츠는 아래 칸의 큰 나무상자 속에 들어 있었다. 수잔은 이틀 전에 처음으로 수술실에 들어갔을 때 카핀이 가르쳐준 대로 부츠를 신었다. 그리고 다시 회전문을 열었을 때 책상 앞에 앉아 있던 간호사는 돌아보지도 않았다. 이 병원은 크기 때문에 언제나 신참들이 당연히 있게 마련이었다.

메모리얼 병원의 수술실은 큰 U자형의 건물에 모여 있었고 구석 쪽에 비품 저장고와 대기 지역을 비롯해서 마취과 사무실이 있었다. 수잔은 U의 오른팔 부분 바깥쪽에 있는 제8수술실을 찾아냈다.

제8수술실에 가까이 가자 주위에는 벌써 사람의 모습은 없었다. 문 앞에 멈춰 서서 유리창 너머로 안을 들여다보았다. 그곳은 나일즈가 졸도한 18호실과 똑같아 보였다. 벽에는 타일이 붙어 있었고 바닥은 반점이 있는 비닐이 깔려 있었다. 불은 꺼져 있었다.

천장에서 케틀드럼 형의 수술 등이 드리워져 있었는데 수술대는 그 바로 밑에 있었다. 수잔은 문을 열고 불을 켰다. 그녀는 별다른 목표를 정하지 않고 방안을 돌아다니다가 커다란 물체를 발견했다. 자세히 살펴보니 가스선 터미널이었다.

우선 가스관의 삽입구를 보니 산소는 녹색의 연결기에서, 아산화질소는 청색의 연결기에서 나오도록 되어 있었다. 구조상으로도 달랐으며 착각할 리가 없었다. 제3의 연결기에는 라벨도 없고 색도 칠해지지 않았다. 수잔은 그것이 압축 공기의 연결기일 것이라고 생각했다. 큰 연결기가 있었는데 거기에는 '흡인'이라는 라벨이 붙어 있었고 그 위에 큰 조절용 다이얼 측정기가 있었다. 수술실 뒤쪽에는 갖가지 비품이 들어 있는 스테인리스 캐비닛이 여러 개가 있었고 순회 간호사용 책상이 있었다.

오른쪽 벽에는 X-ray 스크린이 있고 문 옆의 뒤쪽 벽에는 큰 시계가 걸려 있어서 빨갛고 긴 초침이 움직이고 있었다. 다른 문은 옆의 비품 저장고로 통하고 있었는데 그곳은 10호 수술실과 공동으로 사용하고 있었으며 소독기와 여러 가지 기구가 놓여 있었다. 수잔은 10호실과 비교하면서 8호실 안에서 약 1시간 정도 보냈다. 8호실에서는 이상한 점을 전혀 발견할 수 없었다. 아주 정상적인 수술실에 지나지 않았다. 10호실도 역시 마찬가지였다.

결국 들어갔던 보람도 없이 수잔은 간호사 로커실로 돌아가서 간호사 가운으로 갈아입고 수술복을 바구니 속에 던져 넣었다. 그리고 문 쪽으로 걸어가다가 문득 멈추어 서서 천장을 올려다보았다. 그것은 대형으로 된 드롭 실링(고정시키지 않고 매어 놓았다가 떨어지도록 만든 천장)이었다.

수잔은 쓰레기통을 발판으로 해서 세면대로 올라서서 거기서 로커 위로 올라갔다. 천장은 로커 위에서 1미터 높이에 있었는데 그녀는 우선 판자 한 장을 들어 올리기로 했다. 그런데 바로 그 위에 파이프가 설치되어 있어서 꼼짝도 하지 않았다. 그 옆의 판자도 마찬가지였다. 그러나 세 번째는 쉽게 들렸다. 수잔은 그것을 옆으로 미끄러뜨려 비켜 놓은 다음 로커 위에 서서 천장 안으로 몸을 들이밀었다. 천장 안의 공간은 생각보다 넓었고 판자에서 위층의 시멘트 바닥(천장)까지 약 1미터 반 정도의 높이가 있었다. 그 공간은 무수한 파이프와 공기관이 설치되어 있었고 병원 유지에 필요한 보급과 폐물의 처리를 하고 있었다. 빛은 별로 비치지 않고 여기저기 빈틈으로 가는 광선이 새어 들어오고 있을 뿐이었다.

이 드롭 실링은 판지 판의 여기저기에 금속 밴드로 고정시켰고 위의 시멘트 슬레이트에서 차례로 매달아 만든 것으로 타일도, 금속 밴드도 무거운 것을 올려놓을 수 있을 만큼 튼튼하지는 못했다.

천장 공간으로 들어가는데 파이프 위를 올라타야 했다. 파이프는 몹시 차갑거나 아주 뜨겁거나 두 가지 중 하나였다. 그녀는 천장으로 올라간 다음 움직인 판자를 본래대로 해놓았다. 그것이 제자리에 들어가자 직접 들어오고 있던 빛은 완전히 차단되고 말았다.

수잔은 어둠에 눈이 익혀질 때까지 얼마 동안 기다렸다. 이윽고 윤곽이 보이기 시작하고 파이프를 따라 앞으로 나아갈 수 있게 되었다. 줄지어 늘어선 샛기둥도 보이기 시작했다. 그것들은 천장의 공간을 위의 콘크리트까지 잇고 있는 기둥이었고, 복도의 벽의 위치도 동시에 알 수 있었다.

빨리 나아갈 수가 없었다. 파이프 위를 걷는다는 것이 쉽지가 않았고 여기 하나 저기 하나를 잡고 한 줄의 파이프 위를 걸으면서 때로는 샛기둥을 의지하기도 했다. 가급적이면 소리를 내지 않으려 했고 특히 간호사가 있던 책상 위 언저리에는 조심해야 했다.

그러나 수술실의 구역을 지나자 나아가기가 쉬워졌다. 수술실과 회복실 위의 천장은 고정되어 있었고 프리스트레스트 콘크리트(강철선을 넣은 콘크리트)로 되어 있었다. 다만 그 언저리는 높이가 1미터가 채 안되었기 때문에 몸을 많이 굽혀서 파이프에 걸리지 않도록 조심해야 했다. 그것만 주의하면 자유롭게 돌아다닐 수가 있었다.

수잔은 엘리베이터가 오르내리는 공간 같은 콘크리트 벽을 발견했고, 수술실 구역의 복도 부분이 드롭 실링으로 되어 있다는 것도 확인했다. 복도 저편, 아마 중앙 비품 저장고의 일부분에 해당하는 곳 언저리에서 많은 파이프와 공기관이 얽혀져 소용돌이처럼 모여 있는 것이 보였다. 이것들이 파이프와 관 종류를 수직으로 건물 아래에서 위로 끌어올린 중앙의 홈 부분이라고 생각했다.

우선 8호실의 위치를 찾으려 했으나 수술실 사이에 별다른 경계선이 없었기 때문에 그것은 쉽지가 않았다. 파이프는 분산돼서 콘크리트를 뚫고 아래 수술실로 마구 내려가 있었다. 수잔은 그곳의 끝 천장 판자를 신중히 젖혀 보고 자기가 있는 장소와 8호실과 10호실의 천장

위치를 확인할 수 있었다. 그리고 두 수술실로 들어가 있는 파이프의 수와 배치된 모양이 똑같다는 것을 알고 만족했다.

아래 수술실의 가스 연결관에 색이 칠해져 있는 것을 아까 보았는데 천장 안의 가스관에도 그와 똑같은 색이 칠해져 있었다. 8호실에서 올라와 있는 산소관에는 녹색의 도료가 칠해져 있었는데 수잔은 그 산소관을 따라가 보기로 했다. 그것은 복도 끝까지 이어져 있었고 거기서 직각으로 굽어서 다른 수술실에서 나온 같은 산소관과 평행으로 이어져 있었다. 그리고 다른 수술실을 지나면서 더 많은 산소관과 합류되어 있었다.

8호실에서 나온 파이프를 잃어버리지 않도록 수잔은 그 위에 손을 대고 나아갔다. 그러자 뭔가 손가락에 닿는 것이 있었다. 뭔가 하고 몸을 굽혀 어슴푸레한 빛에 자세히 보니 스테인리스 스틸로 된 연결부가 보였다. 그리고 병원 각 부분에서 올라온 파이프가 모인 중앙 홈의 위쪽으로 8호실로 들어가는 산소관에 고압용 T자형 밸브가 부착되어 있었다.

수잔은 밸브를 한동안 주시했다, 홈 사이로 이어져 있는 다른 가스관도 살펴보았으나 어느 파이프도 그런 밸브는 붙어 있지 않았다. 손가락으로 만져보니 분명히 그것을 통해 관에서 산소를 뺄 수 있게 되어 있었다. 그러나 동시에 뭔가 다른 가스를 거기서 넣을 수 있는 가능성도 있었다.

수술실 위쪽의 고정된 천장을 타고 수잔은 책상이 있던 장소까지 갔다. 거기서부터 고정되지 않은 천장 부분이 멀리 펼쳐져서 걷기가 힘들어지기 시작했다. 많은 파이프 속에서 수잔은 나가는 길의 표적으로 들어올 때 무슨 표시라도 해놓을걸 하면서 출구를 찾았다.

우선 판자 한쪽 귀퉁이를 들어 보았으나 그곳은 홀 위였다. 두 번째는 의무과 사무실의 위였고 세 번째에 겨우 간호사 로커실을 찾을 수 있었다. 그러나 그곳은 올라갔던 로커에서 훨씬 멀리 떨어진 곳이었다. 네 번째에서야 비로소 겨우 찾게 되어 수잔은 힘들이지 않고 밑으로 내려올 수 있었다.

2월 26일 목요일 오전 1시

대도시는 어디나 마찬가지지만 보스턴도 역시 완전히 잠드는 법이 없었다. 그러나 다른 대도시와 조금은 달랐다. 수잔이 택시를 잡아타고 달리는 동안 스쳐가는 차가 2, 3대 있을 뿐 거의 조용해져 있었다. 그녀는 피로에 지쳐 있었고 무엇보다 잠을 자고 싶은 생각이 간절했다. 도저히 믿을 수 없는 하루였다.

찢어진 입술이나 볼의 상처도 더 아팠다. 부어오르지는 않았나 하고 살며시 볼을 만져도 보았다. 케임브리지 가의 등도 드문드문 있을 뿐이어서 쓸쓸했다. 택시는 급히 스트로우 가를 돌아 공원 쪽으로 틀었다. 수잔은 팔로 몸을 지탱해야만 했다.

그녀는 앞으로 할 일을 생각해보려고 애썼으나 별로 전망이 있어 보이지 않았다. 앞으로 움직일 수 있는 시간이 고작해야 36시간 정도밖에 여유가 없을 것 같았다.

차가 펜웨이를 가로지를 무렵, 그녀는 앞으로 어떻게 해야 할지 막연했다. 자기에 대해서 한통속이 되어 있는 넬슨, 헤리스, 맥리어리, 오렌 등과 병원에서 낮에 부딪힐 수는 없었다. 간호사 가운을 입고 있다 해도 감쪽같이 넘어갈지 의심스러웠다.

그렇지만 그녀는 컴퓨터에서 좀 더 자료를 얻고 싶었다. 그리고 다른 차트에 대해서도 마찬가지였다. 하지만 어떻게 손에 넣을까? 벨로우즈가 도와줄까? 그것은 믿을 수 없었다. 그는 병원에서의 출세를 진심으로 걱정하고 있는 사람이었다. 그리고 그는 어떤 오기 같은 것이 없었다.

그리고 월터스의 자살은 어떤가? 그 약과 어떤 관계가 있는 것일까? 수잔은 요금을 지불하고 택시에서 내렸다. 출입구까지 걸으면서 아침이 되면 월터스에 대해서도 가급적 알아내기로 했다. 그 남자도 아마 관계가 있음이 틀림없었다. 그러나 어떻게?

현관에 앉아 있는 경비에게 벨을 눌러 문을 열어달도록 부탁하려고 입구의 손잡이를 잡았다. 그러나 경비의 모습은 보이지 않았다. 그녀는 투덜투덜 중얼거리면서 코트의 주머니에서 열쇠를 찾았다. 하필이면 필요한 때 경비가 없다는 것이 약간 이상했다.

수잔은 4층까지 올라가는 거리가 여느 때보다 멀게 느껴졌다. 그녀는 심신이 피로에 지쳐 있어서 도중에 몇 번씩이나 쉬었다.

벨로우즈의 얘기 속에서 그 의무과 사무실 로커에 석시닐콜린도 들어 있었다고 했는지 생각해보았다. 크라레가 있었다는 것은 기억하고 있는데 석시닐콜린은 잘 기억이 나지 않았다. 계단을 다 올라가고도 그녀는 아직 깊은 생각에 잠겨 있었다. 방의 열쇠를 찾는 데 또 시간이 약간 걸렸다. 몇 번씩이나 더듬다가 겨우 열쇠 구멍에 열쇠를 넣었다. 그녀는 피로에 지쳐 있었고 또 깊은 생각에 잠겨 있긴 했지만 그래도 종이를 말아서 끼워두었던 것이 생각났다. 그녀는 문에 열쇠를 끼운 채 몸을 구부렸다. 끼웠던 종이가 없었다! 누군가 문을 연 것이다.

수잔은 안에서 누군가가 갑자기 문을 여는 것은 아닐까 하는 생각에 문에서 물러섰다. 협박하던 사나이의 무서운 얼굴이 떠올랐다. 그 사나이가 안에 있다면 이쪽에서 평상시처럼 방에 들어오기를 기다리고 있을 것이다.

그녀는 나이프를 생각했다. 우물쭈물하고 있을 여유가 없었다. 단 한 가지 이쪽에 유리한 것은, 사나이가 안에 있다는 것을 눈치 채고 있다는 것을 상대 쪽에서는 깨닫지 못하고 있는 것이다. 불과 잠깐 동안이지만.

경찰을 불러서 그 사나이가 발견되면 몇 시간은 안전해진다. 그러나 경찰에 신고하지 말라던 협박을 생각하니 동생의 사진이 떠올랐다. 단순한 도둑이나 강간만이 목적일까. 그럴 것 같지는 않았다. 자기를 공격한 사나이는 프로인 것 같기도 하고 심상치 않았다. 그야말로 정말 죽일 것 같았다. 이런 정도라면 도망쳐서 이 도시를 떠나지 않으면 안 된다. 아니면 스타크의 말대로 경찰을 불러야 할까? 그러나 그녀는 프로가 아니었다. 그것은 고통스러울 만큼 분명한 사실이었다.

그들은 정말 앞질러서 그녀를 잡으려 하는 것일까? 그녀는 미행당하지 않았다는 것은 확신할 수 있었다.

'끼워두었던 종이가 저절로 떨어진 것이겠지.'

수잔은 다시 한 번 문 쪽으로 갔다.

"이 열쇠가 어떻게 된 거야?"

그녀는 열쇠 다발을 흔들고 시간을 끌면서 큰소리로 말했다. 경비는 지하층의 자기 자리에 없었다. 아래에 내려가서 다른 사람 방을 노크하고 문이 열리지 않아서 왔다고 말하는 것이 좋을지도 몰랐다.

수잔은 다시 계단 쪽으로 갔다. 그런 상황에서는 그것이 가장 좋은 방법이라고 생각했다. 그녀는 3층의 마사 파인의 방이라면 이런 시간에 노크해도 괜찮을 것이라고 생각했다. 그런데 그녀에게 무슨 말을 해야 할지 몰랐다. 그러나 오히려 아무 말도 않는 것이 마사에게도 좋을 것 같았다. 그녀는 그저 방에 들어갈 수 없게 되었으니 재워달라고

만 하기로 했다.

수잔은 살며시 나무 계단을 밟았으나 그녀의 몸무게 때문에 계단은 삐걱거리는 소리가 났다. 그 소리는 누구 귀에도 들릴 것이라는 것을 그녀도 알았다. 누군가가 그녀의 방문 뒤에 있었다면 반드시 그 소리를 들었을 것이다.

수잔은 당황해서 계단을 뛰어 내려갔다. 3층 바닥에 내려섰을 때 그녀의 방문 빗장이 슬그머니 열리는 소리가 났다. 그녀는 발걸음을 멈추지 않고 계속 내려갔다. 마사가 없으면 어떻게 할까? 그러나 두 번 다시 그 사나이에게 잡힐 수는 없었다. 새벽 1시를 약간 지났을 뿐인데 기숙사는 모두 잠들었는지 조용했다.

방문이 쾅 하고 열리면서 벽에 부딪히는 소리가 들렸다. 이어서 발소리가 들려왔다. 누군가가 난간 기둥을 향해 달려오는 것 같았다. 수잔은 애써 위를 보려 하지 않았다. 그리고 얼른 기숙사를 빠져나갈 작정이었다. 누가 뒤쫓아 오든 이 복잡한 의과대학 건물 안에서는 추격자를 따돌리기는 쉬울 것이다. 구내에서는 어디든 잘 알고 있으니 비교적 빨리 도망갈 수 있을 것 같았다.

1층까지 내려갔을 때 추격자가 계단 맨 위층에서 내려오는 소리가 들렸다. 그녀는 계단 출구에서 급히 왼쪽으로 돌아서 작은 아치 길을 빠져나갔다. 그리고 곧 안뜰로 나가는 문을 열었으나 밖으로는 나가지 않았다. 대신 문이 닫히는 대로 내버려두고 몸을 돌려 기숙사 옆 건물로 통하는 문을 열고 들어가서 문을 닫았다. 그때 2층 바닥을 밟는 소리가 들렸다. 보통 걸음으로 달려가면 구두소리가 난다. 수잔은 될 수 있는 대로 다리를 쭉 펴서 옆 기숙사 1층 홀을 지나 빠른 걸음으로, 그러나 조용히 학생 건강사무실을 달려서 빠져나갔다.

홀의 막다른 곳에서 계단으로 들어가는 문을 살며시 연 다음 소리나지 않게 손을 놓고 스스로 닫히게 했다. 그리고 지하층으로 내려가는 계단을 재빨리 뛰어서 내려갔다.

담브로시오는 안뜰로 나가는 문이 서서히 닫히는 바람에 속았으나 곧 깨달았다. 그는 프로답게 앞서 가는 수잔과 어느 정도 시간적인 차이가 나는지 발소리만 듣고도 알고 있었다. 한번은 안뜰로 뛰어들었으나 속았다는 것을 바로 깨달았다. 만약 그녀가 다른 건물로 들어갔을 만한 문이 있었다면 그도 속았을 테지만 그럴 만한 문이 없었다.

담브로시오는 방금 막 열고 나왔던 출입구로 돌아가서 건물 안으로 뛰어 들어갔다. 길은 두 갈래였다. 그는 가까이 있는 문을 열고 홀을 뛰어나갔다.

수잔은 기숙사와 대학을 잇는 터널로 들어갔다. 자유롭게 빠져나갈 수 있는 것은 분명했다. 터널은 약 25미터 내지 30미터 정도까지는 똑바로 뚫려 있었고 그 앞으로는 왼쪽으로 굽어서 보이지 않았다. 수잔은 있는 힘을 다해서 빨리 뛰었다. 불이 켜진 터널 안은 제법 밝았다.

그녀는 터널이 막다른 곳에서 1층으로 통하는 문을 열었다. 쉽게 열렸다. 문은 추격자를 위해서도 마찬가지로 열릴 것이 아닌가! 그때 터널을 달리고 있는 사나이의 묵중한 발소리가 들려왔다.

"어떡할까?"

그녀는 흠칫하여 중얼거렸다. 틀림없이 그녀는 잘못 생각한 것이다. 설사 잠들고 있다고는 하지만 많은 사람들이 있는 기숙사에서 뛰어나와 인기척도 없는 어두운 미로에서 헤매고 있다니.

수잔은 담브로시오의 완력을 생각하고 몹시 불안한 마음으로 앞에 있는 계단을 달려 올라갔다. 머릿속으로는 방금 뛰어 들어온 건물의 설계를 생각해내려고 했다. 그곳은 4층 건물로 해부학과 병리학 건물이었다. 1층에는 큰 계단식 강의실(수술 견학용)이 2개, 그리고 부속된 방이 몇 개 있었다. 2층은 해부 실습실과 작은 연구실, 3층과 4층은 거의가 사무실로 되어 있어서 그 부근은 수잔도 잘 몰랐다.

그녀는 1층 문을 열었다. 건물 안은 터널과 달라서 많은 창을 통해 거리의 가로등 불빛이 들어오는 것 외에는 컴컴했다. 바닥은 대리석이 깔려 있어서 발소리가 크게 울렸다.

수잔은 별로 깊은 생각도 없이 맨 첫 번째 계단식 강의실로 들어가는 넓고 낮은 문을 밀고 들어갔다. 환자들이 학생들에게 보이기 위해 바퀴 달린 침대를 타고 들어오는 문이었다. 수잔이 문을 닫았을 때 홀의 대리석 바닥을 달리는 발소리가 들렸다. 그녀는 낮은 문에서 계단식 강의실 중앙으로 들어갔다. 의자가 놓인 순서는 정연하게 차례로 밑으로부터 높아져 있었고 위쪽은 암흑 속에 싸여 보이지 않았다. 그녀는 아랫바닥으로부터 통로의 계단을 올라갔다.

뒤쫓아 오는 발소리는 차츰 커져서 수잔은 뒤돌아보기도 무서워 그저 서둘러 올라갔다. 발소리가 갑자기 멎었다. 수잔은 위로 올라가서 뒤의 바닥 쪽은 보이지 않게 되었다. 그녀는 맨 위층의 의자가 나란히 놓인 곳에 다다르자 그것을 따라서 옆으로 이동해갔다. 대리석 바닥을 뛰는 발소리가 다시 들리기 시작했다. 거기서 잠깐 생각할 수 있는 시간이 생겼다. 물론 그 사나이와 정면으로 맞서 싸울 수는 없었다. 그러므로 상대를 따돌리든가 체념하고 돌아갈 때까지 숨어 있을 수밖에 없었다. 그녀는 관리부 건물로 통하는 터널을 생각했다. 그러나 그 통로가 열려 있다는 확실한 보장은 없었다. 밤에 도서관에서 기숙사로 돌아갈 때 그곳은 자주 잠겨 있었기 때문이었다.

계단식 강의실 바닥으로 들어가는 문이 열리는 소리가 나서 그녀는 몸을 떨었다. 사나이의 검은 그림자가 문 안으로 들어왔다. 수잔은 그의 모습을 알아볼 수가 없었다. 그런데 그녀는 간호사 가운을 입고 있으므로 상대편에서는 보다 더 잘 보일 것이라는 생각이 들었다. 그녀는 의자 뒤에 살며시 웅크려 앉았으나 의자 등받이는 바닥에서 고작 2, 30cm 높이밖에 안 되었다. 사나이는 멈추어 선 채 움직이지 않았다. 방안을 둘러보고 있는 모양이었다.

수잔은 조심하면서 바닥에 몸을 엎드렸다. 나란히 있는 의자 등받이 사이로 앞이 보였다. 사나이는 교단 위를 걸어서 주위를 둘러보며 무엇을 찾고 있었는데 전기 스위치를 찾고 있는 모양이었다.

그녀는 다시 공포에 사로잡혔다. 전방 6미터 거리에 2층의 홀로 나가는 출입구가 있었다. 수잔은 부디 문이 열리도록 열쇠가 채워져 있지 않기를 기원했다. 만약 열쇠가 채워져 있으면 강의실 맞은편 문으로 돌아가서 열지 않으면 안 된다. 거기까지는 담브로시오가 아래서 올라오는 것과 같은 거리가 된다. 눈앞의 문이 열리지 않으면 만사는 끝장이었다.

스위치 켜는 소리가 나고 교단의 불이 켜졌다. 갑자기 담브로시오의 무서운 곰보 얼굴이 밑에서 비치는 조명에 징그럽게 보였다. 움푹 들어간 눈은 마치 악귀의 불타는 듯한 형상, 바로 그것이었다.

그는 다시 교단 옆을 손으로 더듬기 시작했다. 그때 또다시 스위치 켜는 소리가 들려오고 곧 어두운 천장에서 눈부신 빛이 아래쪽 바닥을 환하게 비쳤다. 이번에는 담브로시오의 전신이 잘 보였다.

수잔은 문을 향해 기어가면서 있는 힘을 다해 빨리 앞으로 나아갔다. 다시 스위치 켜는 소리가 들려오고 담브로시오의 뒤쪽 흑판에 불빛이 비치기 시작했다. 그가 또 다른 스위치 쪽으로 걸어가기 시작했을 때 수잔은 일어나서 문 쪽으로 달려 나갔다. 강의실의 불이 켜진 순간 그녀는 손잡이를 돌렸다. 그런데 열쇠가 채워져 있었다.

수잔은 아래쪽을 내려다보았다. 담브로시오도 그녀를 발견하고 상처 있는 입술에 먹이를 즐기는 듯한 음흉한 미소를 짓고 있었다. 그리고 계단을 두세 계단씩 뛰면서 달려왔다.

수잔은 자포자기 상태로 문을 마구 흔들었다. 그러다 문득 그 문은 안에서 빗장이 걸려 있다는 것을 깨닫고 빗장을 벗기자 문이 열렸다. 그녀는 잽싸게 나가서 문을 쾅 닫았다. 담브로시오가 맨 위에 올라왔을 때 그의 거친 숨소리가 문 너머에서 들려왔다.

문 바로 맞은편에 탄산가스 소화기가 있었다. 수잔은 그것을 벽에서 벗겨 거꾸로 뒤집었다. 담브로시오의 금속성 구두소리가 차츰 가까워지더니 문의 손잡이가 돌아가고 문이 열렸다. 그녀는 문이 열림과 동시에 소화기의 버튼을 눌렀다. 갑자기 폭발음이 텅 빈 건물 안의 정적을 깨뜨리며 울려 퍼지면서 하얀 드라이아이스가 담브로시오의 얼굴로 내뿜어졌다. 그는 쓰러질 듯이 비틀거리다가 맨 윗 좌석에 나란히 있는 의자에 발이 걸렸다. 그러더니 크게 휘청 흔들리고 옆으로 넘어지면서 두 세줄 아래로 굴러 떨어졌다. 그 순간 의자 등이 그의 가슴 옆으로 깊이 파고드는 바람에 열한 번째 갈비뼈가 골절되었다. 그는 두 팔을 벌려서 의자 등을 간신히 잡았다. 그러나 발이 머리 위쪽으로 젖혀졌다. 그는 네 줄 아래로 고개를 처박고 넘어졌다.

수잔은 일이 너무 멋지게 되고 보니 자기로서도 깜짝 놀랐다. 그녀는 강의실로 들어가서 담브로시오의 쓰러진 모습을 내려다보았다. 그리고 잠시 그 자리에 서서 담브로시오가 틀림없이 기절했을 것이라고 생각했다. 그러나 그는 무릎을 모아 몸을 일으키더니 무릎을 꿇은 자세로 수잔을 올려다보았다. 그리고 부러진 갈비뼈가 아플 텐데도 불구하고 억지로 엷은 웃음을 지어 보였다.

"나는…… 나와 겨뤄보겠다는 사람이 마음에 들어."

그는 이를 악물고 중얼거렸다.

수잔은 소화기를 집어 들고 있는 힘을 다해서 담브로시오에게 던졌다. 담브로시오는 몸을 피하려고 했으나 그 무거운 금속 원통이 세게 그의 어깨를 내리쳤다. 그는 다시 한 번 쓰러지자 상반신이 한 줄 아래 의자 등을 넘는 꼴이 되었다. 소화기는 무서운 소리를 내면서 네댓 줄 튕겨서 8번째 바닥에 떨어졌다.

계단식 강의실 문을 꽝 닫은 수잔은 숨을 헐떡이면서 내려섰다. 맙소사, 저건 슈퍼맨인가? 그녀는 아무튼 상대를 꼼짝 못하도록 할 방법을 찾아야 했다. 그에게 상처 입히게 한 것은 뜻밖의 행운이었으나 그것으로 항복할 만한 상대가 아니었다. 그녀는 해부실에 큰 냉동 창고가 있는 것이 생각났다.

홀 안은 컴컴해서 저쪽 막다른 곳에 있는 창에서 희미한 빛이 들어오고 있을 뿐이었다. 해부실로 들어가는 입구는 그 창 가까이 홀 끝에 있었다. 수잔은 문을 향해 달려갔다. 그녀가 거기에 당도했을 때 계단식 강의실 문이 열리는 소리가 들렸다.

담브로시오는 상처를 입고 있었지만 중상은 아니었다. 기침을 하거나 호흡을 하면 상처 입은 곳이 아프지만 참을 수 없을 정도는 아니었고 왼쪽 어깨에 타박상을 입었지만 팔을 움직일 수는 있었다. 무엇보다도 그는 지금 미친 듯이 화가 나 있었다. 잠깐 동안이라지만 그런 계집애에게 골탕 먹었다는 사실이 그를 미치게 했다. 그녀를 농락해주려던 계획이 완전히 부서졌다. 그러나 그는 우선 그녀를 죽여 놓고 그 다음에 욕망을 처리해야겠다고 생각했다.

그는 베레타를 오른손에 쥐고 소음기를 돌려 끼웠다. 계단식 강의실에서 나왔을 때 해부실로 들어가는 수잔의 모습을 발견하고 그는 겨냥도 하지 않고 한 발 쏘았다. 탄환은 수잔의 몸을 10cm 정도 빗나가서 문틀 끝에 맞아 나무 파편이 공중에 흩뿌려졌다.

총성은 마치 돗자리를 터는 듯한 소리를 냈다. 수잔은 그 소리가 처음에는 무슨 소리인지 몰랐으나 판자에 박힌 탄환과 부서진 문틀을 보고는 소음기가 장치된 총소리라는 것을 알았다.

"그래 좋다! 이년, 게임은 끝났다!"

담브로시오는 큰소리로 외치며 홀을 천천히 걸어갔다. 그는 그녀가 궁지에 빠져서 더 이상 도망칠 수 없다는 것을 알았다.

해부실로 들어간 수잔은 일단 한숨을 돌렸다. 희미한 빛 속에서 실내 구조를 생각해내려고 했다. 그리고 뒤에 있는 문을 채웠다. 이맘때면 1학년 학생들이 한창 해부학을 배울 때였다. 실내의 해부대는 녹색 플라스틱 시트로 씌워져 있었다. 희미한 빛 속에서 그것은 회색으로 보였다.

수잔은 덮개를 씌운 해부대 사이로 해부실 맞은편 끝에 있는 냉동고 문을 향해 뛰어갔다. 빗장에는 스테인 핀이 꽂혀 있었다. 그녀는 핀을 빼어 매여 있는 쇠사슬 채로 늘어뜨려 놓고 빗장을 벗겼다. 그리고 힘껏 무거운 절연 문을 열고 그 안으로 들어갔다. 그리고 문을 잡아당기자 묵직한 소리가 나면서 문이 닫혔다. 그녀는 가까이에 있는 스위치를 더듬어 불을 켰다.

냉동고 안은 적어도 가로 3m, 세로 9m는 되었다. 수잔은 처음 그 안을 들여다보았을 때를 잘 기억하고 있었다. 강의실의 실험조교는 학생들에게 한 사람씩 그 안을 보여주기를 좋아했다. 특히 여학생에게 보여주는 것을 즐거워했다. 이유는 모르지만 고약한 취미였던 것만은 확실했다.

해부용 시체를 그곳에 보존시켜두는 것이 그의 일이었다. 방부 처리를 한 후 시체의 외이(外耳) 홈에 큰 가위 모양의 집게로 집어서 걸어놓았다. 그 집게는 천장에 설치한 레일의 롤러 베어링에 연결시켜서 이동할 수 있게 되어 있었다.

얼어서 딱딱한 시체들은 발가벗겨 놓아 보기 흉한 모습이었으며 대부분은 파르스름한 대리석 빛이었다. 남자와 여자, 가톨릭과 유대, 백인과 흑인이 서로 뒤섞여서 죽음의 평등을 보여주고 있었다. 얼굴은 가지각색으로 비틀어지고 찡그린 채 그대로 얼어붙어 있었다. 눈은 대체로 감고 있었으나 개중에는 번쩍 뜨고 막연하게 허공을 뚫어지게 보고 있는 것도 있었다.

수잔이 처음 보았을 때 4줄로 나란히 걸려 있는 냉동된 시체가 마치 헌 옷처럼 냉동고에 매달려 있어서 기분이 나빴었다. 그녀는 다시는 그곳에 발을 들여놓지 않겠다고 굳게 다짐했었다. 그러나 지금은 사정이 달랐다.

해부실은 어두웠으나 냉동고 안은 100w 전구가 칸막이 뒤쪽에 켜져 있어서 무서운 그림자를 천장과 바닥에 비치고 있었다. 수잔은 징그러운 시체를 정면으로 보지 않으려고 반대 방향으로 선 채 추위에 떨면서 미친 듯이 뭔가를 생각하려고 했다. 시간이 없었다. 맥박은 빨라졌다. 담브로시오가 지금이라도 그곳에 들어올 것은 틀림없었다. 그녀는 계획을 세우려고 했으나 그럴 여유조차 없었다.

담브로시오는 히죽히죽 웃으면서 뒷걸음질 쳐 빗장을 채운 해부실 문을 발로 찼으나 굳게 닫힌 채 열리지 않았다. 그는 얼어붙은 유리창을 발로 차서 깨뜨리고 파편을 2, 3개 빼낸 다음 손을 안으로 넣어 문을 열었다. 그리고 그 안이 무엇인지도 모르고 실내를 둘러보았다.

그는 빗장을 부순 데 비해서 조심스럽게 문을 닫고 앞에 가까이 있는 테이블을 밀어 젖혔다. 실내는 세로 20m, 가로 30m 정도로 상당히 넓었고 덮개를 씌운 해부대가 7개씩 5줄로 나란히 있었다. 담브로시오는 제일 가까운 해부대 앞으로 가서 플라스틱 덮개를 벗겼다. 순간 그는 부러진 갈비뼈에 통증이 있는 것도 아닌데 앗, 하고 놀라 숨을 죽였다. 그리고 시체를 가만히 들여다보았다. 머리는 가죽이 벗겨졌고 이와 눈도 그대로 드러나 있었다. 그리고 머리카락도 깎여서 생가죽처럼 접혀 말려 있었다. 가슴과 배도 크게 구멍이 뚫려서 잘라진 내장이 그 안에 되는 대로 쑤셔 박혀 있었다.

담브로시오는 문 쪽으로 되돌아가서 불을 켜려고 생각했다가 경비원들에게 들킬 것이 두려워서 그만두기로 했다. 미숙한 경비원 두셋쯤을 상대하는 것은 자신 있었지만 가급적 방해자가 개입하기 전에 수잔을 잡고 싶었다.

담브로시오는 양쪽 해부대의 덮개를 동시에 벗겨 나갔다. 시체는 될 수 있는 한 보지 않으려고 했다. 다만 수잔이 그 안에 숨어 있지 않은지 그것을 확인하고 싶을 뿐이었다.

그는 실내를 한 바퀴 둘러보았다. 홀 오른쪽 체인에 매달려 있던 두개골 몇 개가 문을 여닫는 바람으로 천천히 움직이고 있었다. 두개골 뒤쪽에는 표본병으로 꽉 채워진 큰 캐비닛이 있었고 맞은편 끝에는 책상이 3개, 문이 2개 있었다. 문 하나는 냉동고이고 다른 하나는 벽장인데 안은 비어 있었다.

담브로시오는 냉동고 문의 빗장에서 스테인리스 핀이 늘어져 있는 것을 발견했다. 엷은 웃음이 되살아난 그는 권총을 왼손에 바꾸어 쥐고 냉동고 문을 벌컥 열었다. 그러나 그는 또다시 감짝 놀랐다. 매달려 있는 시체가 마치 악귀의 군대처럼 보였기 때문이었다.

담브로시오는 시체의 모습이 두려워서 일단 한 발 물러섰다. 그러고는 시체를 하나하나 바라보았다. 몸이 떨려왔지만 그는 마지못해 냉동고 문턱 안으로 발을 들여놓았다.

"안에 숨어 있다는 걸 알고 있다. 나와서 다시 한 번 얘기해보는 게 어떤가?"

담브로시오의 말은 끝을 맺지 못하고 끊어졌다. 꼭 닫힌 냉동고와 시체들이 신경에 거슬렸다. 지금까지 본 그 무엇보다도 신경이 곤두섰다.

그는 우선 냉동된 시체의 맨 첫 번째 줄과 두 번째 줄 사이를 들여다본 다음 조심스럽게 오른쪽으로 두 걸음 움직여서 가운뎃줄을 보았다. 칸막이 뒤쪽에서 비치고 있는 갓 없는 전구도 볼 수 있었다. 그는 문 쪽을 잠깐 돌아보고 나서 다시 몇 걸음 오른쪽으로 다가갔다. 그리고 마지막 틈 사이를 들여다보았다.

수잔은 두 번째 줄의 시체 뒤에서 머리 위의 레일 매듭을 손가락으로 풀었다. 담브로시오가 다시 말을 걸어올 때까지 상대의 위치를 알 수 없었다.

"이런 곳에서 찾게 하지 말고 나오지 그래, 언니야."

수잔은 담브로시오가 마지막 줄 맞은편에 있다는 것을 알고 있었다. 지금이 찬스라고 생각했다. 그녀는 있는 힘을 다해서 바로 눈앞에 있는 쭈글쭈글한 여자 시체의 등을 발로 민 다음 머리 위의 레일을 잡고 두 다리로 그 시체의 등을 휘감았다. 그리고 자신의 등은 맨 마지막 줄에 매달려 있는 90kg 정도 되는 흑인 남자의 바위 같은 가슴에 댔다. 처음에는 움직일 것 같지 않던 두 번째 줄의 냉동 시체가 차츰 앞으로 이동하기 시작했고, 한번 움직이기 시작하자 수잔은 쉽게 발로 밀 수가 있었다. 그것이 강한 압력이 되어서 마치 도미노 현상처럼 줄지어서 시체 전부가 앞으로 미끄러져 갔다.

담브로시오의 귀에도 움직이는 소리가 들렸다. 그는 그 소름끼치는 소리가 어디서 들리는지를 알려고 그 순간 움직이지 않고 있다가 이윽고 고양이처럼 날렵하게 몸을 돌려 문 쪽으로 물러섰다. 그러나 약간 늦었다. 세 번째 줄을 지나쳐 갔을 때 시체가 움직이는 것을 보았다. 그는 갑자기 총을 들어 쏘았다. 그러나 상대는 이미 죽어 있는 시체였다.

무서운 기세로 담브로시오에게 달려든 것은 입가에 엷은 웃음을 띤 살갗이 흰 남자 시체였다. 90kg 정도의 냉동된 고깃덩어리는 그의 몸을 냉동고 벽에 밀어붙였다. 그 뒤를 잇달아 시체는 포개졌고 어떤 시체는 집게에서 벗겨져 그 위에 쌓였다.

수잔은 레일에서 손을 놓고 열린 문을 향해 달려가기 시작했다. 담브로시오는 시체더미에서 빠져 나오려고 했으나 몸은 아프고 들어 올릴 도구도 없었다. 그리고 방부제의 악취에 숨이 막힐 것 같았다. 수잔이 지나쳐 갈 때 잡으려고 다시 총을 빼어 겨냥했으나 시체의 손에 걸리고 말았다.

"빌어먹을!"

담브로시오는 무거운 시체에 눌리면서 온 힘을 다해 몸을 뒤척이며 소리쳤다. 그러나 수잔은 이미 문을 빠져나간 뒤였다.

담브로시오는 간신히 일어나서 흔들거리는 시체를 좌우로 밀어젖히고 닫힌 문 쪽으로 뛰어갔다. 그때 수잔은 있는 힘을 다해 밖에서 문을 밀어 빗장을 채웠다. 그리고 스테인리스 핀을 더듬어 찾았다. 담브로시오가 손잡이를 잡고 빗장을 벗기려는 바로 그 순간에 수잔은 스테인리스 핀을 채웠다.

수잔은 뒷걸음질 쳤다. 가슴이 마구 뛰고 있었다. 안에서 잘 들리지 않는 소리가 들리고 쾅 하는 소리가 났다. 담브로시오는 총을 쏘았으나 문은 두께가 30cm나 되었다. 총 쏘는 소리가 몇 번인가 들렸다.

수잔은 몸을 돌려 달리기 시작했다. 그녀는 자신에게 닥친 위험을 깨닫자 억제할 수 없이 쏟아지는 눈물을 참으며 몸을 떨었다. 그녀에게는 누군가의 도움이 절실히 필요했다.

2월 26일 목요일 오전 2시 11분

비컨힐은 완전히 잠들어 있었다. 택시가 찰스 가에서 마운트 버넌 가를 돌아 주택가로 들어서자 사람도, 자동차도, 개조차도 보이지 않았다. 창에서 새어나오는 불빛은 거의 없었고 가스등만이 사람이 사는 곳이라는 것을 가리키고 있었다. 수잔은 운전사에게 요금을 지불하고 뒤쫓아오는 사람이 없는지 앞뒤를 둘러보았다.

냉동고에서 담브로시오의 손에서 도망쳐 나온 후, 수잔은 공포심에 휩싸여 자기 방으로는 돌아가지 않기로 했다. 담브로시오가 단독으로 한 것인지, 아니면 공범이 있는지 그녀로서는 알 수 없었지만 지금으로서는 그것을 확인할 마음도 없었다. 담브로시오의 손아귀에서 빠져나온 후 수잔은 해부학 강의실을 뛰쳐나와서 관리부 건물 앞을 가로질렀다. 그리고 공중 위생학부를 지나 헌팅턴 가로 나왔다. 그렇게 늦은 시간에는 택시를 잡는 데도 15분이나 걸렸다.

벨로우즈! 수잔은 새벽 2시라는 시간에 찾아가 의지할 수 있고, 현재의 곤경을 이해해줄 사람은 벨로우즈 밖에는 없다고 생각했다. 그러나 미행당할 것을 걱정했다. 어떤 위험에도 벨로우즈를 말려들게 하고 싶지 않았다. 그래서 그녀는 벨로우즈가 사는 건물 현관에 들어갔을 때 미행자가 없는지 확인하기 위해 5분 정도 기다렸다.

현관에는 난방시설이 없었다. 그래서 수잔은 몸을 녹이기 위해 잠시 동안 그 주변을 뛰어다녔다. 담브로시오에게 빠져나온 이후 다시 이성을 되찾은 그녀는 왜 담브로시오가 그렇게 빨리 돌아왔는지 생각해보았다. 그녀가 아는 바로는 차트를 찾으러 병원으로 돌아가서 수술실을 살피고 다닐 때까지는 아무도 미행하는 사람이 없었다. 아무도 그녀가 그곳에 있다는 것을 아는 사람도 없었다.

그녀는 뛰던 것을 멈추고 유리문 너머로 마운트 버넌 가를 바라보았다. 벨로우즈, 그는 의무과 사무실에서 보았었다. 자신이 조사하고 다니는 것을 알고 있는 사람은 그 밖에 없었다. 그 사람에게 차트도 보였었다. 그녀는 자신의 과대망상을 저주하면서 다시 뛰기 시작하다가 멈췄다. 벨로우즈가 로커실에서 발견한 약 사건에 말려들었다는 것, 월터스가 자살한 후 그의 시체를 발견한 것도 벨로우즈였다는 것을 생각했다.

수잔은 뒤돌아서 자물쇠가 채워진 유리문 너머로 건물 안을 들여다보았다. 계단이 위로 향해 있고 빨간 융단이 깔려 있었다. 벨로우즈도 한 패일까? 그럴지도 모른다는 생각이 수잔의 피로한 두뇌를 스치고 지나갔다. 이제 누구 한 사람 믿을 수 없게 되었다. 그녀는 고개를 저으며 웃었다. 편집광적인 것이 틀림없었다. 그러나 그 때문인지 또다시 괴로움이 밀려왔다.

손목시계는 2시 17분을 가리키고 있었다. 그런 시간에 찾아오는 사람이 있다면 벨로우즈는 틀림없이 놀랄 것이다. 그녀는 복잡한 생각을 하지 않기로 하고 단호히 벨을 눌렀다. 그리고 다시 한 번 벨로우즈가 대답할 때까지 눌렀다.

수잔이 계단을 오르기 시작해서 2층 중간까지 올라갔을 때 벨로우즈가 부스스한 모습으로 나왔다.

"오려면 미리 알려주었으면 좋았을 텐데. 벌써 2시가 지났어……."

"한잔 하겠느냐고 했었죠. 제 마음이 변했어요. 한잔하고 싶어요."

"그렇지만 그건 11시 때의 얘기였지."

벨로우즈가 문을 약간 연 채 안으로 들어갔다. 수잔도 계단을 올라가서 그의 아파트로 들어갔다. 갑자기 그의 모습이 보이지 않아서 둘러보니 벨로우즈는 벌써 침대로 들어가서 턱까지 모포를 덮고 눈을 감고 있었다.

"대단한 환영이시군요."

수잔은 그렇게 말하고 침대 가장자리에 걸터앉아 벨로우즈를 내려다보았다. 그녀는 그에게 몸을 내맡기고 안겨서 담브로시오의 얘기를, 냉동고의 얘기를 하고 싶었다. 실컷 외치고 싶었다. 울고 싶었다. 하지만 그녀는 아무것도 하지 않았다. 그저 거기에 앉아서 벨로우즈를 가만히 바라보고 있을 뿐이었다. 마음은 천 갈래 만 갈래로 흩어져 있었다.

벨로우즈는 꼼짝도 하지 않았다. 적어도 처음엔 그랬다. 그러나 그는 천천히 오른쪽 눈을 뜨고 이어서 왼쪽 눈을 뜨더니 일어나 앉았다.

"젠장, 네가 거기 있으니 잘 수가 없잖아."

"그럼, 한 잔 어때요? 전 마시고 싶어요."

수잔은 될 수 있는 한 침착하게 이성적이 되려고 애썼으나 그것은 어려웠다. 맥박이 1분에 150번 이상 뛰는 것 같았다.

벨로우즈가 가운을 걸치면서 수잔에게 말했다.

"정말 너는 어쩔 수 없는 여자야! 그래, 뭘 마실 거야?"

"버번이 있으면 주세요. 버번과 소다. 소다는 조금만."

수잔은 독한 술을 마시고 싶었다. 손이 아직 눈에 띄게 떨리고 있었다. 그녀는 벨로우즈의 뒤를 이어 부엌으로 갔다.

"당했어요, 마크. 또 공격당했어요."

수잔의 목소리는 많이 진정되어 있었다. 그 얘기에 벨로우즈가 어떤 반응을 보일까 하고 그녀는 그의 얼굴을 주시했다. 그는 냉장고에서 얼음 접시를 꺼내려다가 그 손을 멈추었다.

"진심으로 하는 말이야?"

"그럼 이런 상황에 거짓말을 하겠어요?"

"같은 남자야?"

벨로우즈는 다시 얼음 접시에서 포크로 얼음 조각을 떼어서 꺼냈다. 그는 그 얘기에 놀라기는 했지만 별로 걱정하는 표정이 보이지 않아서 수잔은 좀 언짢았다.

그녀는 화제를 돌리기로 했다.

"수술실에 가서 또 하나 발견한 게 있어요. 아주 재미있는 거예요."

벨로우즈는 버번을 따른 다음 소다수의 마개를 열고 얼음 위로 부었다. 얼음은 글라스 안에서 달가닥 소리를 냈다.

"그래, 믿기로 하지. 그 얘기를 들려줄 거야?"

그는 수잔에게 글라스를 건네주었다. 수잔은 버번을 한 모금 마시고 말했다.

"천장에 들어가서 제8수술실의 산소관을 살펴봤더니 아래로 내려가는 굵은 홈 앞쪽 관에 밸브가 붙어 있었어요."

벨로우즈는 버번을 한 모금 마시고 나서 거실 쪽으로 돌아가자는 몸짓을 했다. 벽난로 위의 시계가 울렸다. 2시 30분이었다.

"가스관에 밸브라……."

벨로우즈는 마침내 입을 열었다.

"다른 관에는 붙어 있지 않았는데."

"그게 옆에서 관으로 가스를 보낼 수 있는 모양의 밸브였었나?"

"그런 거 같아요. 밸브라는 것에 대해서 별로 아는 바가 없지만."

"다른 방의 밸브도 조사해봤나?"

"아뇨, 하지만 굵은 홈이 있는 곳에서 밸브가 붙어 있는 관은 제8수술실뿐이었어요."

"단순히 밸브가 붙어 있다는 것만으로는 놀랄 수 없는데……. 아마 어느 관에도 어딘가 붙어 있겠지. 그것만으로는 뭐라 말할 수 없다고. 적어도 관을 전부 조사해볼 때까지는 말이야."

"우연의 일치치고는 아무래도 이상해요, 마크. 코마에 빠진 환자는 모두 제8수술실인 데다가 그 제8수술실의 산소관에는 이상한 곳에 밸브가 붙어 있다니. 게다가 교묘하게 숨겨진 곳에 말이에요."

"이봐, 수잔. 네가 말하는 희생자의 25퍼센트는 수술실에 접근하지도 않았어. 하물며 제8수술실과는 아무런 관계도 없다고. 그걸 잊고 있는 거야. 아무리 컨디션이 좋을 때라도 너의 이 무모한 도전은 나로서는 어처구니가 없고 위험해보여. 게다가 나도 지쳐 있어. 얘기를 들어도 나는 머리가 잘 돌아가지도 않고. 어떤가, 의사들의 연애하는 이야기라든가……."

"선배, 이건 확실해요."

수잔은 벨로우즈의 목소리에서 화가 났음을 알 수 있었다.

"네가 확실해 하는 것도 맞고, 내가 확실치 않아 하는 것도 맞거든."

"선배, 오후에 공격한 사나이는 협박도 한 데다 오늘 밤 다시 돌아왔어요. 얘기를 하러 왔다고는 생각지 않아요. 나를 죽일 셈이에요. 정말 죽이려고 했어요. 총으로 쏘았어요!"

벨로우즈는 눈을 비비다가 이어서 옆머리를 긁었다.

"나는 뭐가 뭔지 전혀 모르겠군. 게다가 세심하게 얘기할 수도 없고. 만약 그것이 사실이라면 왜 경찰에 가지 않는 거야?"

수잔은 벨로우즈의 얘기를 끝까지 듣고 있지 않았다. 마음속으로는 벌써 아까 하던 이야기를 생각하고 있었다. 그리고 큰소리로 말하기 시작했다.

"그건 아무래도 산소의 결핍이에요. 저산소 증상이 나타날 만큼 대량의 석시닐콜린이나 큐라레를 환자에게 투여하면……."

수잔은 말꼬리를 흐리다가 다시 생각하고 말을 이었다.

"호흡 정지도 일어날 거예요. 시체 해부를 한 환자, 크로포드."

수잔은 노트를 꺼냈고, 벨로우즈는 다시 한 모금 마셨다.

"이거예요, 크로포드. 한쪽 눈이 심한 녹내장으로 요오드화물이 사용되고 있었어요. 이건 콜린에스트라제에 길항작용이 있기 때문에 석시닐콜린을 분해할 힘이 약해져서 치사량 이하에서도 치명적이 된 거예요."

"수잔, 나는 전에도 말했을 거야. 석시닐콜린은 보통 수술실에서는 취급하지 않는다고. 외과의나 마취의도 마찬가지야. 게다가 석시닐콜린은 가스 형태로는 사용할 수 없는데…… 적어도 나는 그런 얘기를 들은 적이 없어. 설사 그게 가능하다고 해도 아무튼 끝까지 환자에게 들이마시게 하지 않으면 산소 결핍은 일어나지 않는 거야."

수잔은 다시 천천히 버번을 한 모금 마셨다.

"수술실에서 일어난 저산소혈증에는 혈액의 색에 변화가 없었기 때문에 외과의에게 책임이 돌아가지 않게 돼서 다행이라는 얘기였겠죠. 어떻게 그렇게 할 수 있었을까요?…… 산소가 뇌에서 사용되지 않게 막는다…… 뇌세포의 단계에서…… 아니면 뇌세포로의 산소 공급을 막는다…… 산소를 이용하지 않게 하는 약이 있을 것 같은데 당장에는 생각나지 않아요. 하지만 다른 방법이 있을지도 모르죠. 헤모글로빈에 산소를 흡수시키지 않고 또 그 색이 변하지 않게 하는 약이…… 아, 선배. 알았어요!"

수잔은 눈을 크게 뜨고 입가에 미소를 지으며 몸을 벌떡 일으켰다.

"그렇겠지, 수잔. 너라면 할 수 있지."

벨로우즈는 비웃듯이 말했다.

"일산화탄소예요! 저산소혈증을 일으킬 수 있는 양을 정확히 달아서 일산화탄소를 T형 밸브로 혈액에 넣어준다면 혈액의 색도 변하지 않아요. 더 선명한 홍색이 되죠. 아주 소량이라도 헤모글로빈에서 산소를 빼어 바꿔놓을 수 있어요. 뇌는 산소가 결핍돼서 코마를 일으키잖아요. 수술실에서는 모든 사람들이 아주 정상적인 것처럼 보이지만 환자의 뇌는 죽고 아무 흔적도 남기지 않아요."

두 사람은 잠시 동안 입을 다문 채로 있었다. 수잔은 기대감에 부풀었고 벨로우즈는 지쳐서 체념한 듯이 말했다.

"너는 뭔가 말하고 싶은 거지? 그래, 가능하지. 어처구니없는 얘기지만 일단 있을 수 있는 일이야. 다시 말해서 수술실에서의 사고가 이론적으로는 일산화탄소로 일으킬 수 있다는 의미가 되지. 그건 무서운 착상이야. 천재적인 발상이지만 아무튼 있을 수 있는 일이지. 문제는 코마 환자의 25퍼센트가 수술실에 접근도 하지 않았다는 점인데 말이야."

"그건 설명하기가 어렵지 않아요. 어려웠던 건 수술실의 사고 쪽이었죠. 내과에서는 하나의 원인을 찾는 것에 대해 병의 진단에 구애되지 않으려 했던 게 어려웠지만, 다시 말해서 내과 쪽에서는 병을 문제시하지 않아도 되는 거예요. 내과에서 일어난 사고는 치사량 이하의 석시닐콜린이 투여되고 있었던 거예요. 미드웨스트의 V.A.병원이나 뉴저지에서도 일어났던 일이에요."

"수잔, 이제 그만 좀 해. 무슨 가설인들 못 세우겠어? 사람의 탈을 쓰고 한 사람도 아니고 그렇게 많은 사람을······."

벨로우즈의 목소리는 실망에서 차츰 분노의 빛을 띠었다.

"네 얘기를 듣고 있자니 인간을 코마에 빠뜨리는 무서운 목적을 가진 계획, 즉 범죄 계획이 있는 것 같군. 좋아, 내가 얘기하지. 너는 가장 중요한 의문을 갖지 않고 있는 거야. 만약 네 생각대로라면 이유가 있어어야 돼. 그것도 모르면서 자신의 생명을 걸고 나아가 내 삶까지 위험에 처하게 하는 거야? 왜, 왜라는 동기부터 해결해봐. 서로 관계가 없는 불운한 사고를 가지고 그렇게 매달릴 일이 아니거든. 다시 말해서 어처구니없고, 유감스럽지만 터무니없는 생각이야. 그리고 나는 좀 자야 돼. 우리 중에는 일해야 하는 사람도 있으니까…… 게다가 말이야, 유력한 증거가 아무것도 없어. 산소관에 붙어 있는 밸브라…, 허참, 그건 증거력이 약해. 수잔, 꿈에서 깨. 나는 더 이상 그 일에 관여할 수 없어. 정말이야. 이제 손들었다고. 나는 외과 레지던트지 아르바이트하는 셜록 홈즈가 아니야."

벨로우즈는 일어나서 남은 버번을 단숨에 마셨다.

수잔은 가만히 그를 응시하기만 했다. 다시 그 편집광적인 생각이 고개를 들었다.

'벨로우즈는 이미 내 편이 아니다. 왜 그럴까? 이 시점에서 보면 사건의 범죄성은 더욱 명백한데……'

"너에게 그렇게 자신을 갖게 한 것은 낸시 그린리나 버만이 얽혀 있기 때문이겠지? 수잔, 나는 네가 너무 서둘러서 결론을 짓는 게 아닌가 생각해. 이렇게 열을 올리는 건 네가 관심을 가지고 있는 인물이기 때문이라고밖에……"

"그래서요?"

수잔은 이미 화가 나 있었다.

"담브로시오 그 작자의 생각이 어떤 것인지도 모르면서……. 바보 같은 소리 하지 말아요, 벨로우즈!"

수잔은 참았던 분노를 터트렸다.

"이젠 이 아가씨가 정신까지 이상해지는 것 같군…… 빌어먹을, 수잔. 넌 이 일련의 사건을 어떤 복잡하게 얽힌 게임에 끌어들이는 거야. 나는 너와 더 이상 논쟁하고 싶지 않아."

"헤리스라든가 나를 노린 살인 청부업자까지 당신은 사디즘으로 설명하려드는군. 성적인 것으로 말이야."

"섹스는 어떤 상황에서도 존재한다고. 수잔, 너도 이젠 좀 알아두어야 해."

"선배야말로 더 심각한 문제라는 생각이 들어요. 남자 의사란 다 미성년자 같아."

수잔은 일어나서 오버코트를 걸쳤다.

"이런 시간에 어딜 간다는 거야?"

벨로우즈는 정색을 하며 말했다.

"이 아파트에 있는 것보다 거리를 걷는 게 더 안전할 것 같아요."

"지금 나가면 안 돼!"

"아이고, 남자의 독선이 마침내 본성을 드러내는군. 위대한 수호신! 엉터리 수작은 그만두시죠. 에고이스트께서 나한테 나가지 말라는군요. 정작 지켜주지도 못할 거면서……"

수잔은 방에서 휙 나와 문을 세게 닫아버렸다.

벨로우즈는 팔짱을 긴 채 꼼짝도 하지 않고 방문만 뚫어지게 주시했다. 말을 하지 않은 것은 여러 가지 점에서 그녀가 옳았고 꼼짝도 하지 않은 것은 이 복잡한 일에 말려들고 싶지 않았기 때문이었다.

"일산화탄소라, 제기랄."

그는 침실로 돌아가서 다시 침대 속으로 들어갔다. 시계를 보니 벌써 아침이 시작되는 시간이었다.

담브로시오는 당황하기 시작했다. 그는 냉동고 벽이 천천히 좁혀오는 것 같아 숨을 더 빨리 쉬었다. 이 상태로 있으면 질식할 것 같다. 게다가 무서운 냉기가 두꺼운 시카고 스타일의 코트 속을 스며들어 계속 몸을 움직이고 있는데도 손발의 감각이 점점 없어져 갔다.

그러나 그 궁지 속에서도 지금까지 그를 제일 질리게 한 것은 시체와 포르말데히드의 구린 냄새였다. 담브로시오는 지금까지 소름끼치는 장면을 수없이 봐 왔고 징그러운 것도 많이 봤지만 시체를 넣은 냉동고와는 비교도 할 수 없었다.

처음에는 가급적 보지 않으려고 했으나 점점 심해지는 공포로 자꾸만 시선이 시체의 얼굴로 끌려갔다. 시간이 좀 지나자 시체가 모두 미소를 짓고 있는 것처럼 보였고 일부러 눈을 돌리면 큰소리로 웃으면서 몸을 움직이는 것 같은 느낌마저 들었다. 특히 그는 코웃음 치는 것처럼 보이는 시체에게는 총을 마구 쏘아댔다.

마침내 담브로시오는 시체가 전부 보이는 한 모퉁이에 주저앉았다. 온몸의 감각이 점점 없어져가고 있었다.

2월 26일 목요일 오전 10시 41분

왼쪽으로 돌아나가는 길가에는 뒤틀린 들장미 덩굴 사이로 무성한 떡갈나무 가지가 뻗어서 엉성한 아치 모양을 하고 있었다. 워낙 무성하게 뻗어 있는 나뭇가지들이 길 위를 덮어서 몇 미터 앞도 잘 보이지 않았다. 앞으로 나아가면 안전할 것 같았다. 그래서 수잔은 뒤돌아보려고도 하지 않고 오로지 앞을 향해 달렸다. 그러나 길은 좁고 나뭇가지는 그녀를 가로 막으며 걸음을 방해했다. 거기다 들장미 가시가 옷에 달라붙어서 놓아주지 않았다.

그녀는 필사적으로 나아가려고 했다. 그때 앞에서 불빛이 보였다. 이제 살았구나 하는 생각이 들었다. 그러나 마치 거대한 거미줄에 걸린 것처럼 잡아당기면 당길수록 더욱 휘감겨 왔다. 손으로 발을 풀려고 하면 손까지 휘감겼다. 시간이 없었다. 어떻게 하든 풀어야 했다. 그때 자동차의 경적소리가 들리고 한쪽 팔이 자유롭게 되었다. 경적이 다시 울렸다. 잠시 후 그녀는 눈을 떴다. 그리고 자신이 보스턴 모터 롯지의 731호실에 있다는 것을 알았다.

수잔은 침대에서 일어나 앉아서 방을 둘러보았다. 꿈이었다. 몇 년 동안 꾸지 않던 악몽이었다. 그녀는 눈을 뜨고 안도의 숨을 쉬었다. 그리고 다시 누워서 모포를 끌어당겨 온몸을 감쌌다. 그녀를 깨운 경적이 다시 한 번 울리고 희미하게 사람들이 외치는 소리가 들리다가 조용해졌다.

수잔은 다시 한 번 방안을 둘러보았다. 아무런 장식도 없는 미국식 호텔이었다. 칙칙한 꽃무늬의 천을 씌운 큰 침대가 2개, 발이 가는 융단과 연녹색의 전등 갓이 보였다. 가까이 있는 벽은 초록색 꽃무늬 벽지가, 멀리 보이는 벽에는 연황색 벽지가 도배되어 있었다. 그리고 목가적인 농가의 뜰에 오리와 양이 그려진 싸구려 복제화가 침대 위에 걸려 있었다.

가구도 싸구려지만 인상적인 것은 28인치 텔레비전이 놓여 있는 걸로 보아 모텔생활에 필수불가결한 위안거리는 겨우 텔레비전뿐인 것 같았다. 보스턴 모터 롯지는 아름다움 따위는 중요시하지 않는 질 낮은 호텔 같았다.

그러나 그곳은 안전했다. 이른 아침 벨로우즈의 아파트를 나온 수잔은 어디든 편히 잘 수 있는 장소가 필요했다. 방이야말로 그녀가 바라는 안식처였기 때문이다. 수잔은 로리 심프슨이라는 이름으로 체크인하고 방으로 안내될 때까지 15분은 족히 기다려야 했다.

책상에 앉아 있는 남자가 의아한 눈빛으로 유심히 바라보고 있어서 팁 5달러를 호기 있게 주고 누가 자기에 대해서 물으면 알려달라고 부탁했다. 질투가 심한 연인 때문에 골치를 앓고 있다고 말하자 그는 윙크해보이고 5달러와 그에게 대한 신뢰를 기뻐했다. 그 얘기가 쉽게 받아들여지리라는 것을 수잔은 잘 알고 있었다. 그것이 남자의 허영심이라는 것일 테니 말이다.

그렇게 조심스럽게 문 앞에 책상을 붙여놓고 수잔은 비로소 잠들 수가 있었다. 마지막의 꿈이 보여주듯이 숙면이라고는 할 수 없었지만 아무튼 제법 원기를 회복할 수 있었다.

그녀는 새벽에 벨로우즈와 심한 말다툼을 한 것을 생각하고 그의 집을 찾아갔던 것이 잘한 것인지를 생각해보았다. 그리고 언쟁한 것을 후회하면서 아주 쓸데없는 짓이었다고 결론을 내렸다. 또 편집광적인 상태로 흥분한 채 그에게 대들었던 것도 납득이 잘 되지 않았다.

벨로우즈가 관대하지 않았던 것도 의외였다. 마음을 열고 사건 전반을 판단하기가 쉽지 않을 뿐만 아니라 무엇보다도 외과의로 성공하고 싶어하는 그였다. 따라서 자기의 경력에 거는 야망이 그것을 저지하기 때문이라고 이해했다.

둘 사이가 틀어진 것도 솔직히 말하자면 벨로우즈가 이쪽 생각의 약점을 찌르고 공격해왔기 때문이겠지만 그렇다고는 해도 유감스러운 일이었다. 아무튼 수잔으로서는 동기에 대해서 생각하지 않았다는 그의 의견에 동의할 수밖에 없었다. 설사 큰 조직이 얽혀 있다고 해도 거기에는 뭔가 동기가 있게 마련이기 때문이었다.

그 코마 환자들은 어떤 갱단의 복수 표적이 아니었을까? 수잔은 버만이나 낸시 그린리에 대해 생각하다가 그것을 곧 지워버렸다. 아니 그런 일이 있을 수 없었다. 그럼 금품 강요를 협박당하고 있었는데 가족이 그것을 지불하지 못해서 당한 것일까. 그것도 그럴 것 같지가 않았다. 코마라는 사건을 비밀로 유지해가기란 쉬운 일이 아니었다. 병원 밖에서 해치워버리는 것이 훨씬 간단하지 않은가. 병원에서 코마 환자를 만드는 데에는 뭔가 이유가 있을 것이다. 한 사람 한 사람의 희생자에게 어떤 공통분모가 틀림없이 있을 것 같았다.

수잔은 이것저것 생각하다가 수화기를 들고 대학의 전화번호를 돌려 학생처장 사무실을 부탁했다.

"채프맨 선생님의 비서인가요?…… 저는 수잔 월러…… 그렇습니다. 악명 높은 수잔 월럽니다. 저, 채프맨 선생님께 말씀 좀 전해주셨으면 하는데요. 아녜요. 직접 통화하지 않아도 돼요. 오늘 V.A.병원에서 외과 견습을 시작하려고 했는데 어젯밤에 잠을 자지 못한 데다 배가 아파서요. 좀처럼 낫지를 않는데 내일 아침까지는 나을 것 같아요. 낫지 않으면 다시 전화 드리겠습니다. 채프맨 선생님께 그렇게 말씀 전해주시겠어요? V.A.병원 외과 쪽에도 부탁합니다. 감사합니다."

수잔은 수화기를 놓았다. 시간은 9시 45분이었다. 그리고 메모리얼 병원에 전화해서 닥터 스타크 사무실을 부탁했다.

"전 수잔 월럽니다. 스타크 과장님 좀 부탁해요."

"아, 미스 월러. 과장님은 9시부터 전화를 기다리고 계십니다. 곧 바꿔드리죠. 전화 연락이 없어서 걱정하고 계셨습니다."

수잔은 엄지와 집게손가락으로 전화선을 비틀면서 기다렸다.

"수잔?"

닥터 스타크의 목소리는 걱정스런 듯했다.

"수잔의 전화라는 말을 듣고 정말 기뻤어. 어제 오후 수잔의 얘기를 듣고 난 이후로 전화가 없어서 걱정하고 있던 참이야. 괜찮았어?"

수잔은 채프맨에게 전한 것과 똑같은 구실을 스타크에게도 쓸까 생각하며 잠시 망설였다. 그러나 스타크는 채프맨과 연락을 취하고 있는지도 모른다는 생각에 얘기를 일관되게 해두는 것이 좋겠다는 결론을 내렸다.

"배가 좀 아파서 쉬고 있는 중이었어요. 그뿐이에요. 별로 다른 일은 없었어요."

"그렇다면 다행이야. 수잔이 부탁한 건데 좋은 소식과 나쁜 소식이 있어. 어느 쪽부터 듣고 싶지?"

"나쁜 쪽부터요."

"나는 오렌과 얘기한 다음 헤리스와도 얘기했고 마지막으로 넬슨과도 상의했지. 수잔을 이 병원에 복귀시키는 문제로 말이야. 그런데 아무래도 그들은 완강해. 물론 그들은 외과와는 아무런 관계도 없지만 병원 내에서는 협조가 중요하기 때문에 나도 그 이상 주장할 수가 없었어. 그들이 조금만 동요하는 기미가 있으면 한 번 더 밀어보겠는데 그렇지가 않았어. 확실히 수잔은 그들에게 불을 지른 거야!"

"알겠어요……."

수잔은 놀라지 않았다.

"그리고 수잔이 여기 돌아와도 지금까지의 평판을 뒤집는다는 것이 쉽지 않다는 생각이 드는군. 그건 수잔이 하기 나름이겠지만 아무튼 열기를 좀 식히는 게 좋을 거야."

"그렇겠군요……."

"V.A.병원의 교과 과정은 어느 대학에서나 받아들이기로 돼 있고 여기보다 그쪽의 외과가 수잔에게 훨씬 적응하기가 쉬울 거야."

"그럴지도 모르지만 어쨌든 교육이라는 점에서는 메모리얼 병원보다 훨씬 뒤지는 것 같아요."

"한 가지, 제퍼슨 연구소를 보고 싶다고 한 건 잘 됐어. 소장과 얘기가 잘 된 거야. 수잔이 중환자에 특별한 흥미를 가지고 있다는 말과 병원을 견학하고 싶어한다는 말을 하니 친절하게도 좋다고 허락해주었어. 아주 바쁜 때를 제외하곤 5시 이후라면 언제든지 좋다고 하더군. 하지만 조건부로 반드시 혼자 와야 돼. 혼자라면 안에 들어갈 수 있게 해주겠다는 거야."

"네, 물론이죠."

"그리고 나로서는 충분한 노력을 했다고 생각하고 있고 또 중개 역을 다했기 때문에 하는 말인데, 그곳을 견학한다는 얘기는 결코 남에게 말하지 않는 게 좋아. 알겠지, 수잔. 여기까지 하느라고 나로서도 꽤 힘들었다고. 이런 말을 하는 건 굳이 수잔에게 공치사를 들으려고 하는 게 아니고 오히려 메모리얼 병원에 수잔을 복귀시키지 못한 보상이라고 생각하고 애를 쓴 거야. 소장은 수잔이 다른 사람을 결코 데려와서는 안 된다고 했어. 집단 견학은 시간적인 여유가 있을 때만 허가하고 있다는 거야. 잘 알고 있겠지만 그곳은 특별한 곳이어서 다른 사람을 데려가면 폐를 끼칠 뿐이야. 그러니까 반드시 혼자서 가 줘. 알겠지?"

"알겠습니다."

"그럼 그 시설을 보고 난 감상은 나중에 듣기로 하지. 실은 나도 아직 그곳에 간 적이 없어."

"감사합니다. 아, 또 한 가지……."

수잔은 담브로시오와의 두 번째 만남을 스타크에게 말할까 하고 생각했지만 하지 않기로 했다. 그는 어제 경찰에 신고하라고 했고 또다시 말하면 똑같은 말을 되풀이할 것이다. 수잔은 지금으로서는 아직 경찰에 가고 싶지 않았다. 만약 사건의 배후에 어떤 큰 조직이 있다면 구석구석 경찰의 수사를 받아서 앞으로의 계획을 중지할 수도 있어서 그것은 너무 어리석은 것 같았다.

"이게 중요한 건지 어떤지 모르겠지만 제8수술실로 들어가는 산소관에 밸브가 붙어 있는 것을 발견했어요. 중앙 홈 근처에서요."

"어디 근처라고?"

"병원 각 층으로 파이프를 송출하고 있는 중앙 홈이에요."

"정말 대단하군. 어떻게 그걸 발견했나?"

"천장에 들어가서 수술실로 들어가는 가스관을 따라가 봤어요."

"천장이라!"

스타크의 목소리는 초조하고 날카로웠다.

"그건 좀 지나쳤는데. 수술실 천장에 올라갔다는 것은 그냥 봐줄 수가 없어."

수잔은 맥리어리나 헤리스 때와 마찬가지로 벼락이 떨어지기를 기다렸다. 그러나 그런 일은 없었고 잠시 침묵이 흘렀다. 스타크가 그 침묵을 깨뜨렸다.

"아무튼 8호실의 산소관에 밸브가 붙어 있었다고 했지?"

그의 목소리는 거의 정상으로 돌아가 있었다.

"네."

수잔은 조심스럽게 대답했다.

"그게 무엇 때문인지 알 것 같군. 수잔도 알다시피 나는 수술실 위원회의 위원장이니, 그 밸브는 틀림없이 산소를 채워 넣을 때 생기는 기포를 제거하기 위해서일 거야. 하지만 아무튼 한번 조사시켜서 확인하도록 하지. 그런데 수잔이 제퍼슨 연구소에서 만나고 싶다던 환자 이름이 뭐라고 했지?"

"숀 버만이에요."

"그래 맞았어, 기억하고 있어. 스펄렉이 수술한 반월 연골 절제수술이었지. 참 안됐어. ……30살 정도밖에 안됐는데 유감이야. 아무튼 잘해 봐. 그런데 오늘 V.A.병원에 갈 건가?"

"아네요, 배가 아파서 오전에는 누워 있고 싶어요. 내일은 병원에 나갈 수 있을 거라고 생각합니다."

"몸조심해요, 수잔."

"바쁘실 텐데 애써주셔서 감사합니다, 과장님."

"천만에."

전화가 끊기고 수잔은 수화기를 놓았다.

더러워진 장갑이 스펀지 더미 옆에 있는 쓰레기통 속에 던져졌다. 선반 위에는 피로 더럽혀진 스펀지가 헌옷처럼 걸려 있었다. 간호사가 벨로우즈 뒤로 돌아서 목에 맨 수술복의 끈을 풀었다. 벨로우즈는 그것을 문 옆의 쓰레기통에 던져 넣고 방을 나왔다.

단순한 위 절제 수술로 벨로우즈가 항상 쉽게 하는 수술이었다. 그러나 오늘 아침은 특별해서 벨로우즈의 마음은 엉뚱한 곳을 헤매고 있었고, 위와 소장의 봉합도 즐겁기보다 오히려 지겨웠다. 수잔에 대한 생각으로 꽉 차서 모든 것이 어쩔 수가 없었다.

새벽에 수잔을 뛰쳐나가게 한 말을 후회하며 그러면 그런 정도의 말을 할 만한 자격이 있다는 자기 합리화에 이르기까지 온갖 생각이 떠올랐다. 자신은 이미 상당한 위치까지 올라와 있고, 많은 경력을 쌓아왔는데 수잔은 그 경력을 한순간에 무너뜨릴 어리석은 행동을 그만두려고도 하지 않았다. 그것은 확실했다.

그러나 한편으로는 그저께 밤의 달콤한 생각이 다시 벨로우즈의 마음을 적시고 있었다. 그는 극히 자연스럽고 너무나 신선하게 그녀에게 반응을 보였었다. 그런 느낌으로 사랑했기 때문에 오르가슴 같은 것은 크게 문제되는 것도 아니었다. 진정한 사랑, 그런 사랑을 그녀에게 느꼈던 것이다. 멋지고 동등하며 일종의 공감 같은 것을 느끼게 하는 무엇인가가 있었다. 벨로우즈는 그녀가 무서운 고집쟁이였음에도 불구하고 마음속으로 너무나 그녀를 사랑하고 있음을 깨달았다.

벨로우즈는 평소대로 위 절제 수술 일지를 녹음기에 녹음했다. 문장이 끝날 때마다 일일이 '마침표'라고 덧붙였다. 그리고 탈의실로 가서 평상복으로 갈아입었다.

수잔에 대한 사랑을 느끼고부터 벨로우즈는 매우 조심스러워졌다. 그의 이성은 스스로에게 그런 감정은 객관성이나 일을 파악하는 능력도 마비시켜 버린다고 가르치고 있었다. 그의 장래에 대한 전망이 안정되어 있는 지금, 그런 감정을 허락할 수는 없었다.

수잔은 V.A.병원으로 옮겨졌고 스타크는 회진 때 그에게 다정하게 대했다. 338호 로커의 약품과 벨로우즈를 연관시켰던 것에 대해서 사과를 하기도 했다.

벨로우즈는 옷을 갈아입고 수술 환자에 대한 수술 후 지시사항을 확인하기 위해서 회복실로 향했다.

"이봐, 마크!"

회복실의 책상 쪽에서 큰소리가 들려와서 뒤돌아보니 자신 쪽으로 가까이 오는 존스턴의 모습이 보였다.

"자네가 담당하고 있는 학생들은 어떻게 됐나? 그중 한 여학생이 난리법석을 떤다고 하던데."

벨로우즈는 대답하지 않고 무슨 말을 하고 있는지 모르겠다는 식으로 손을 내저었다. 지금 제일 싫은 것은 존스턴과 수잔에 대한 얘기를 주고받는 것이었다.

"오늘 아침 학교에서 일어난 얘기를 학생들한테 듣지 못했나? 지금
까지 한번도 듣지 못했던 그야말로 굉장한 얘기였네. 어젯밤 해부실
로 들어간 놈이 있었는데 그놈이 소화기를 틀고, 1학년들이 실습하는
해부 시체 덮개를 전부 벗겨내고 권총을 마구 쏘아대고 냉동고에 갇
혀서 시체와 씨름을 하고 있었다네. 세상에 그런 얼간이가 다 있나?
냉동고 안에서 시체와 한 판을 벌였는지 시체에다 총질도 다 한 모양
이야. 그런 일이 있을 수 있는 얘긴가?"

존스턴은 그렇게 말하고 웃음을 터뜨렸다. 그러나 그 얘기는 벨로
우즈에게 전혀 반대 효과를 가져왔다. 그는 존스턴을 보고 있었으나
마음은 수잔을 생각하고 있었다. 그러고 보니 다시 쫓기다가 죽을 뻔
했다고 그녀는 말했었다. 그 사나이와 같은 놈인가? 그렇다 치고 냉동
고는 또 뭔가? 그는 갑자기 수잔이 도저히 알 수 없는 존재가 되었다.
그녀는 왜 좀 더 얘기해주지 않았을까?

"그래, 그놈은 동태가 됐나?"

벨로우즈가 물었다.

존스턴은 계속해서 말했다.

"아니야, 전부 얼지는 않았어. 한밤중에 익명으로 경찰에 전화로 알
려왔다는 거야. 경찰에서는 의대생이 장난질을 한다고 생각하고 오늘
아침 교대할 때까지 가보지 않았대. 그런데 실제로 조사해보니 그놈
이 기절해서 구석에 쭈그려 앉아 있었다는군. 체온이 33.3도까지 내
려가 있었는데 산성증에 걸리지 않게 학생들이 그놈을 잘 녹여줬다는
거야. 문제는 두 시간이나 지나서 자문하기 위해 나한테 전화를 했다
는 거지. 그런데 이봐, 중환자실의 간호사가 그놈한테 이름을 뭐라고
지었을 것 같나?"

"모르겠는데."

벨로우즈는 거의 건성이었다.

"아이스 볼이라는 거야. 거기도 꽁꽁 얼었을 거라는 거지."

존스턴은 다시 자지러지게 웃었다.

" '매시의 뜨거운 입술'과 대비가 되잖아. 뜨거운 입술과 아이스 볼, 이거 멋지지 않나. 좋은 짝이지?"

"살아날 것 같은가?"

"응, 하지만 절단은 해야 될 거야. 최소한 다리 일부분을 자르지 않으면 안 돼. 얼마나 자를지 내일쯤 결정이 날 것 같아. 불쌍하게도 아이스 볼까지 달아날지 모른다네."

"그놈에 대해서 뭔가 알아낸 건 없나?"

"그게 무슨 뜻이야?"

"말하자면 이름이라든가, 어디서 온 놈이라든가 말이야."

"모르겠는데. 다만 가지고 있던 신분증이 위조라는 걸 알고 경찰이 상당한 흥미를 가지고 있다고 하더군. 시카고라든가 뭐라고 지껄였던 모양이야. 묘한 놈이지."

존스턴은 책상 쪽으로 돌아가며 그 마지막 말을 자못 중대한 비밀인 양 주문처럼 되풀이했다.

벨로우즈는 다시 위 절제 수술 환자를 점검했다. 모두 상태가 좋았다. 그는 차트를 보았다. 지시서는 레이드가 썼고 모두 흠잡을 데가 없었다. 그는 냉동고의 남자를 생각했다. 아주 기괴하기 짝이 없는 얘기였다. 그건 그렇다 치고 그가 정말 수잔을 쫓아다니던 남자일까? 어떻게 그놈을 냉동고에 감금할 수가 있었을까? 왜 그 얘기를 해주지 않았을까? 아마 그럴 여유를 자신이 주지 않았는지도 모른다. 만약 그녀가 냉동고 속에 남자를 감금했다고 하면 틀림없이 법에 저촉되게 된다.

이름을 밝히지 않고 전화를 건 사람도 그녀였을까?

벨로우즈는 환자의 상처 부위를 확인했다. 출혈도 없었다. 링거주사도 순조롭게 들어가고 있었다.

거기서 그는 다시 수잔에 대해 생각하며 냉동고 속의 남자는 그녀를 추격하고 있던 놈임에 틀림없다고 생각했다. 만약 그렇다면 그놈이 지금 병원에 들어와서 빈사 상태에 있다는 것을 수잔에게 알려줘야 했다.

벨로우즈는 학교로 전화해서 기숙사를 부탁했다. 그러나 수잔은 전화벨이 12번이나 울려도 받지 않았다. 그는 다시 한 번 기숙사의 교환을 불러 그녀가 돌아오면 전화를 하도록 부탁했다.

2월 26일 목요일 오후 4시 23분

수잔은 세금까지 더한 숙박비 36달러가 보스턴 모터 롯지의 객실비로는 지나치게 비싸다고 생각했다. 그렇지만 그만한 가치가 있었다. 수잔은 원기를 회복했고 휴식을 할 수 있었으며 게다가 안전했다.

그녀는 그날 하루 노트한 것을 다시 읽으면서 시간을 보냈다. 수술실에서 얻은 자료는 모두 일산화탄소 중독이라는 생각이 일치했고, 내과 환자의 자료에서는 석시닐콜린 중독이라는 생각이 맞는 것 같았다. 그러나 아직 동기는 알 수 없었다. 전혀 까닭이나 이유가 없는 것이다. 증례는 제각기였다.

수잔은 메모리얼 병원에 몇 번이나 전화를 걸어서 윌터스의 주소를 물었지만 성과가 없었다. 한 번은 벨로우즈의 호출을 부탁했지만 그가 나오기 전에 전화를 끊었다. 천천히 그러나 확실하게 자신이 막다른 골목에 몰려 있다는 것을 깨달았다. 이제는 경찰에 신고해서 자초지종을 얘기하고 휴가나 떠날 때라고 생각했다. 3학년 중에는 1개월 휴가를 얻게 되어 있어서 지금 당장이라도 휴가를 떠날 수 있는 것이다. 이 도시를 멀리 떠나 모두 잊고 싶었다. 수잔은 마르티니크 섬을 떠올렸다. 그녀는 프랑스적인 것은 무엇이든 좋아했다. 그리고 태양빛이 그리웠다.

모텔의 도어맨이 휘파람을 불어 택시를 불러주어서 그녀는 차를 탔다. 그리고 남부 보스턴, 사우스웨이마우스 가 1800번지라고 운전사에게 말하고 좌석에 기대앉았다.

케임브리지 가는 차가 많이 붐볐고, 스토로 가는 환경이 나쁘지 않고 혼잡하지 않았지만 버클레이는 아주 형편없었다. 운전사는 혼잡을 피해서 사우스 엔드의 한가한 거리를 택했다.

매사추세츠 가를 왼쪽으로 돌자 주변 환경이 좋지 않아 갑자기 기분이 쓸쓸해졌다. 남 보스턴으로 들어간 곳에서는 단조로운 집들과 난잡한 도로 때문에 그녀는 방향감각을 잃고 말았다. 택시는 몹시 황폐해진 공장과 어두운 거리가 이어지는 지역으로 들어갔고, 가로등의 전구가 깨져 있어서 거리가 어두웠다.

수잔이 택시에서 내렸을 무렵, 주위는 사람 사는 기색이 전혀 없을 정도로 조용했다. 그저 전방에 현대식 간접 조명 가로등이 보였고 그것이 건물의 출입구와 간판, 그리고 출입구까지의 보도를 비추고 있었다. 간판은 짙은 파란색 목판 글자로 '제퍼슨 연구소'라고 쓰여 있었고, 파란색 글자 밑에는 놋쇠 판에 '1974년, 미합중국정부, 보건교육복지성의 원조에 의해 설립'이라고 쓰여 있었다.

제퍼슨 연구소는 2미터 30센티 정도 높이의 튼튼한 담으로 둘러싸여서 건물은 도로에서 약 5미터 정도 안쪽으로 세워져 있었는데 반짝이는 하얀 테라조의 현대식 건물이었다.

연구소는 한 블록을 다 차지하고 있었는데 수잔은 건물이 매우 아름답다고 생각했다. 주위가 지저분해서 그렇게 보였는지는 모르지만, 이것이야말로 도시 재개발계획의 일환으로 지은 것이라고 추측했다.

수잔은 정면의 현관으로 올라갔다. 현관문은 청동색 철제였는데 손잡이도 없고 틈새도 없었다. 문 오른쪽으로 오목한 곳에 마이크로폰이 있었다. 수잔은 문 바로 앞에 있는 인공잔디를 밟고 마이크로폰의 버튼을 눌렀다. 그러자 스피커에서 이름과 방문 목적을 묻는 소리가 들렸다. 소리는 낮고 안정감 있는 침착한 음성이었다. 수잔은 방문 목적을 약간 망설였지만 곧장 대답했다. 그녀는 '학구적 목적'이라고 간단히 말했다.

대답은 없고 마이크 밑에 직사각형의 빨간 램프가 켜졌고, 유리 위에는 '기다리시오' 라는 말이 떴다. 곧바로 램프가 녹색으로 바뀌더니 '들어오시오' 라는 말이 떴다. 수잔은 문지방을 넘어 들어갔다.

안은 새하얀 홀이었는데, 창도 없을 뿐더러 그림이나 장식도 없었다. 조명은 단지 유백색 플라스틱 바닥에서만 나오고 있었다. 그녀는 어떤 미래세계의 기묘한 분위기를 느끼면서 앞으로 똑바로 걸어갔다.

홀의 막다른 곳에서 두 번째 문이 소리도 없이 벽 안으로 미끄러져 들어가면서 열리자 그녀는 큰 초현대식 대합실 같은 방으로 들어갔다. 앞뒤 벽은 바닥에서 천장까지 거울로 설치되어 있었고, 좌우 벽은 한 점의 얼룩도 없는 흰색으로 장식품은 아무것도 없었다. 어디를 봐도 같기 때문에 방향 감각을 잃게 하기에 충분한 장치였다. 그녀는 눈을 깜박이면서 멀리 초점을 옮겼다. 그런데 맞은편 거울을 보자 이번에는 반대 효과가 나타났다. 맞은편 거울은 무한대로 자신의 모습을 비추고 있었다.

방안에는 하얀 플라스틱 의자가 나란히 있었고, 바닥은 현관의 홀과 마찬가지로 기묘한 음영을 천장에 비쳐 올리고 있었다. 수잔이 의자에 걸터앉으려 했을 때 맞은편 거울 벽의 다른 문이 스르르 열리고 키가 큰 여자가 들어와서 곧장 수잔 쪽으로 걸어왔다. 그녀는 쇼트 컷의 갈색 머리에 눈은 움푹 들어갔고 콧날은 이마에서 약간 높이 튀어나와 있었다. 수잔은 그녀를 보면서 카메오에 새겨진 예스런 여인의 모습을 떠올렸다. 그녀는 장식 없는 하얀 판탈롱 슈트 스타일로 재킷에서 소형 방사선 선량계를 삐죽이 엿보이게 하고 있었다. 덤덤한 표정이었다.

"제퍼슨 연구소에 잘 오셨습니다. 내 이름은 미셸이에요. 내가 안내하겠어요."

그 목소리도 표정과 닮아 있었다.

"감사합니다. 제 이름은 수잔 월러예요. 제가 방문한다는 건 알고 계셨을 것 같은데……."

수잔은 상대의 얼굴에서 뭔가를 읽으려고 하면서 다시 한 번 방안을 둘러보았다.

"정말 현대적이군요. 이런 곳은 태어나서 처음이에요."

"오시길 기다리고 있었습니다. 그런데 시작하기 전에 미리 말해두지만 안은 몹시 더우니 코트는 여기에 벗어두세요. 가방도……."

수잔은 코트를 벗으면서 구겨지고 더러워진 간호사 가운을 약간 부끄럽게 생각했다. 그리고 가방에서 노트를 꺼냈다.

"자, 그럼…… 이 제퍼슨 연구소가 중환자 병원이라는 것은 알고 계시겠지만, 우리는 만성 중환자만을 취급하고 있습니다. 환자는 거의 갖가지 코마 상태로 있습니다. 이 특수 병원의 실제 경영은 민간인에게 맡겨져 있지만, 원래 보건 교육 복지성의 자금으로 시험사업으로 건립된 겁니다. 시중 병원에서 중환자실을 필요로 하는 급성 환자를 위해 이곳 제퍼슨 연구소가 큰 몫을 하고 있는 셈이지요. 실제 계획대로 성공했기 때문에 우리 나라 대부분의 대도시에서도 같은 병원이 세워지기도 하고 계획 단계에 있습니다. 인구 100만 명, 혹은 그 이상의 시나 밀집지에서는 이런 병원을 세우도록 나라에서 경제적 지원을 하고 있답니다. 아, 실례했습니다. 앉게 해드리지도 않고……."

미셸은 의자를 가리켰다.

"감사합니다."

수잔은 한쪽 의자에 앉았다.

"제퍼슨 연구소는 우리들이 특수한 환자를 돌보는 방법을 고려해서 견학을 엄중히 규제하고 있습니다. 여기서는 아주 새로운 방법을 개발하고 있어서 사전에 준비 없이 오게 되면 대단한 쇼크를 받을 수 있기 때문입니다. 그래서 친한 가족 되시는 분만 그것도 2주에 한 번, 사전에 준비한 다음에 오시도록 하고 있습니다."

미셸은 장황한 얘기를 중단하고 가벼운 미소를 띠었다.

"당신의 견학은 정말 특별한 배려입니다. 보통은 매월 두 번째 화요일에 의학계에 계시는 분들만 단체로 받고 있습니다. 그것도 프로그램을 준비하고서 말입니다. 하지만 당신은 혼자 오셨으니까 프로그램대로 할 필요는 없을 것 같습니다. 좋으시다면 짧은 영화를 보여드릴까 합니다만……."

"네, 좋으실 대로 하십시오."

"좋아요."

미셸이 신호한 것도 아닌데 방안은 어두워지고 두 사람이 앉아 있는 맞은편 벽에 영화가 상영되기 시작했다. 수잔은 '아니, 이건' 하고 호기심이 생겼다. 영화는 벽의 투명한 부분을 스크린으로 해서 뒤에서 영사를 하고 있었다.

필름은 오래된 뉴스를 연상시켰다. 그 예스런 촬영 기법은 이 현대식 환경과는 어울리지 않았다. 처음 부분은 중환자 병원의 개념 설명으로 보건 교육 복지성 장관이 정책 입안자, 경제학자, 보건 위생 전문가들과 이 문제를 토의하는 장면이 나왔다. 그리고 장기간 중환자를 돌보기 위한 병원의 비용 상승의 첫째 원인이 되는 문제가 그래프와 도형으로 나타났다. 그런데 도형을 설명하고 있는 사람들은 입고 있는 옷과 마찬가지로 별로 강한 인상을 주지 못했다.

"형편없는 필름이군요."

수잔이 말했다.

"네, 정부가 만드는 영화는 모두 비슷비슷해요. 좀 더 창의력이 필요하죠."

영화는 개소식 때 촬영한 것으로 정치가들이 웃기도 하고 농담도 하고 있었다. 그 다음 화면에서는 그 병원이 절약하는 막대한 비용을 나타내는 그래프와 도형이 다시 나왔다. 또 제퍼슨 연구소 시설 덕분에 시중 병원의 급성 환자의 침대가 얼마나 비게 되는가를 설명하는 장면도 몇 가지 나왔다. 종래 병원에서 중환자에 필요했던 인원과 비교해서 그 연구소가 어느 정도 간호사와 다른 직원을 투입했는가가 나타났다. 그 점을 설명할 때는 주차장에 밀려드는 차와 사람들의 모습을 비추고 있었다.

마지막 화면에서는 연구소의 심장인 디지털 방식과 아날로그 방식, 그리고 양쪽으로 돌아가는 대형 컴퓨터를 보여주었다. 그리고 그 컴퓨터에 의해서 병원의 기능이 모두 일정하게 유지되고 감시되고 있다는 것을 보여주면서 끝이 났다. 마치 전쟁 영화의 라스트 신처럼 드높은 행진곡풍의 음악을 연주하면서…… 영상이 사라졌을 때 바닥에서 다시 조명이 켜졌다.

"음악은 좀 지나친 것 같군요."

수잔은 미소를 지으면서 말했다.

"그래요, 어쨌든 경제적이라는 점을 강조하고 있지요. 그것이 이 시설의 가장 중요한 동기며 결과라고 할 수 있으니까요. 그럼 병원의 주요 시설을 보여드리겠습니다."

두 사람은 일어나서 미셸이 처음 나왔던 거울 문 쪽으로 걸어갔다. 그러자 문은 미끄러지듯이 열렸다. 그들이 15미터 정도 복도로 나왔을 때 뒤의 문은 다시 닫혔다. 복도의 막다른 곳은 마찬가지로 바닥에서 천장까지 거울로 되어 있었다. 그곳은 여러 개의 문이 있었으나 모두 닫혀 있었고 손잡이 같은 것은 전혀 없었다. 자동 개폐 방식인 것 같았다.

두 사람이 복도의 막다른 곳까지 가자 문이 다시 미끄러지듯이 열렸다. 그들은 미셸이 익숙해져 있는 듯한 방으로 들어갔다. 거기는 가로 6m, 세로 12m 정도의 넓이로 보통 병원의 중환자실과 똑같았다. 침대는 5개가 있었고 심전도의 스크린과 가스관 등 보통 기계 장치류들이 놓여 있었다. 게다가 4개의 침대는 보통 것과는 달리 세로 60cm 정도의 간격이 있었고 마치 폭이 아주 좁은 2개의 침대를 간격을 벌려서 나란히 놓은 것 같았다. 침대 위의 천장에는 레일 같은 복잡한 장치가 설치되어 있었는데, 언뜻 보기에 보통으로 보이는 다섯 번째의 침대에는 환자가 누워서 작은 호흡기로 호흡을 하고 있었다. 수잔은 낸시 그린리를 생각했다.

"여기는 아주 가까운 친척을 위한 면회소입니다. 가족의 방문 계획이 있으면 환자는 자동으로 이쪽으로 옮겨집니다. 이 특별한 침대에 눕게 되면 보통 침대처럼 보이죠. 이 환자는 오늘 오후 면회가 있었습니다."

미셸이 설명했다. 그리고 다시 다섯 번째 침대 환자를 가리키면서
말했다.

"당신을 위해 일부러 병동에 돌려보내지 않고 놓아두었던 환자입
니다."

수잔은 이유를 알 수 없다는 표정을 지었다.

"이 침대도 다른 것과 마찬가지라는 겁니까?"

"그래요. 가족이 올 때는 저 침대에도 모두 환자를 눕혀 둡니다. 그
래서 보통 병원의 중환자실처럼 보이죠. 이쪽으로 와 보세요."

미셸은 빠른 걸음으로 환자가 누워 있는 침대 곁을 지나갔다. 그러
자 방 맞은편의 문이 자동으로 소리도 없이 열렸다. 수잔은 환자가 누
워 있는 침대를 지나갈 때 놀랐다. 보통 병원의 침대와 아주 똑같이 보
였고, 몸을 받치는 중앙부가 빠져 있다고는 전혀 생각지도 못했기 때
문이었다. 수잔은 옆방으로 향하는 미셸의 뒤를 따르느라 침대를 좀
더 살펴볼 여유가 없었다.

그 방으로 들어간 수잔에게 제일 먼저 눈에 띈 것은 조명이었다. 어
딘가 달랐다. 덥고 습도가 높다는 것도 느꼈다. 그런데 환자들을 본 그
녀는 놀라서 그 자리에 우뚝 멈춰 설 수밖에 없었다. 그 방안에는 환자
가 100명 이상이나 있었는데 모두 발가벗겨진 채 1.2미터 정도의 높
이로 매달려 있었다. 좀 더 가까이 가 보니 환자의 주요한 골격 부분으
로 철사가 이어져 있었다. 그 철사들은 복잡한 금속 틀과 연결되어 있
어서 팽팽했다. 그리고 환자의 머리는 천장에서 내려온 다른 철사로
지탱되어 묶여 있었다. 수잔은 잠든 채 매달린 기괴한 모양의 꼭두각
시를 연상했다.

"보시다시피 환자들이 모두 철사로 매달려 있습니다. 방문한 손님

들은 이것을 보고 강한 쇼크를 받지만, 장기에 걸친 요양에도 불구하고 피부를 상하지 않고, 환자를 잘 간호할 수 있는 최선의 방법이라고 합니다. 이 방법은 원래 정형외과에서 수축작용을 강화시키기 위해 뼈에 철사를 집어넣는 데서 유래한 것입니다. 그리고 화상 환자를 치료할 때 피부의 어느 표면에도 닿지 않아 좋은 결과를 얻은 데서 힌트를 얻었다고 합니다. 코마 환자의 치료에 이런 개념을 도입한 것은 자연스런 과정이라고 하겠지요."

"하지만 소름끼치는군요."

수잔은 냉동고에 매달려 있던 시체의 쇼킹한 장면이 생각났다.

"이 색다른 조명은 뭐죠?"

"아, 그렇군요. 이 방에 오래 있으려면 특수 안경이 필요해요."

미셸은 테이블에서 안경을 몇 개 꺼내들었다.

"여기서는 소량의 자외선이 나오고 있습니다. 박테리아를 억제하고 피부를 상하지 않게 하는데 유용하기 때문이죠."

미셸은 수잔에게 안경을 건네주었다. 그리고 두 사람 모두 안경을 썼다.

"이곳의 기온은 정확히 섭씨 35.3도를 유지하도록 되어 있습니다. 오차는 1도의 1천분의 1에 그치도록, 습도는 82퍼센트로 상하 1퍼센트 폭입니다. 이것으로 환자의 열 손실을 줄이고 칼로리의 필요량도 줄일 수가 있습니다. 알다시피 코마 환자에게는 치명적인 호흡기계의 감염도 이 습도로 감소시키고 있습니다."

수잔은 완전히 매료되어 매달린 한 환자의 곁으로 조심스럽게 다가갔다. 여러 군데 뼈에 많은 철사가 관통되어 있었고 환자 주변의 알루미늄 틀과 수평으로 당겨져서 천장에 있는 트롤리 장치까지 연결되어 있었다. 환자가 꽂고 있는 링거줄과 흡입 튜브, 모니터 선도 모두 트롤리 장치 쪽으로 연결되어 있었다.

수잔은 미셸 쪽을 돌아보며 물었다.

"그런데 간호사는 없나요?"

"저도 간호사이고 그밖에 두 사람이 더 근무하고 있어요. 거기다 의사가 한 사람인데 130명의 중환자를 돌보기에 적당한 인원입니다. 그렇게 생각되지 않나요? 여기는 전부 자동화되어 있으니까요. 환자의 체중, 혈액가스, 체액 평형, 혈압, 체온 등의 변수가 항상 세밀히 살펴져서 컴퓨터로 정상치와 비교됩니다. 컴퓨터는 솔레노이드 밸브(전기 신호에 의해 개폐를 자동적으로 제어하기 위해서 복잡한 기계의 자동화, 안전장치 등에 사용됨)를 작동시켜서 이상이나 상위점이 발견되면 그것을 수정합니다. 이것은 보통 간호법보다 훨씬 우수합니다. 의사는 하나하나 나타난 변수를 보고 안정치가 되도록 노력합니다. 컴퓨터는 몇 번이고 표본을 채취할 수 있고 그것에 의해 치료도 강력하게 추진할 수 있습니다. 그러나 더 중요한 것은 컴퓨터가 언제나 모든 변수를 전부 서로 관련시켜 파악한다는 것입니다. 다시 말해서 인간 몸의 자연 조절 작용과 아주 비슷한 것을 하는 겁니다."

"현대 의학의 발전이 엄청나군요. 정말 믿을 수 없어요. 마치 SF 소설의 무대 같아요. 기계가 의식이 없는 이 많은 사람들을 돌본다니. 이 환자들은 인간 같지가 않아요."

"이 사람들은 인간이 아닙니다."

"네? 뭐라고 했죠?"

수잔은 환자에게서 시선을 돌려 미셸을 바라보았다.

"그들은 전에는 인간이었지만 지금은 뇌가 멈출 준비를 하고 있는 인간 표본입니다. 현대의학과 의술이 발달했기 때문에 이렇게 계속 살아있게 할 수는 있지요. 어떤 경우는 끝없이 살 수 있도록 할 수도 있고요. 그러나 그 결과는 그에 투자하는 비용의 증대만 가져왔지요. 사람들이 생명의 소중함에 대한 법률을 만들다 보니 의술은 점점 더 발전할 수밖에 없지요. 지금도 발전하고 있는 중이고요. 그 결과가 이겁니다. 이 연구소는 이런 환자를 한번에 1천 명을 다룰 수 있는 잠재력을 가지게 된 겁니다."

미셸의 설명이 포함하고 있는 기본 철학에는 수잔이 불쾌하게 생각되는 점이 있었다.

미셸은 철저한 교육과정을 통해 나름대로의 철학과 논리를 가지고 자신이 말하고 있는 사항에 대해 조금도 의심하지 않는 듯했다. 그러나 수잔은 이 연구소의 설립에 대한 당위성이나 철학적인 근거를 이해할 수 없었다. 그저 이곳에 현존하는 의료설비나 의술 등 모든 것에 압도되어 있었다. 그녀는 좀 더 여러 가지를 살펴보고 싶어서 방안을 둘러보았다. 방은 길이가 30m도 더 되어 보였고, 높이는 5, 6m 정도 될 것 같았다. 천장에는 눈이 빙빙 돌 정도로 트롤리 장치와 레일이 온통 둘러쳐져 있었다.

방의 맞은편에는 다른 문이 있었는데 그곳은 닫혀 있었다. 그러나 그 문은 보통의 손잡이가 달려 있었다. 분명히 지금까지 지나왔던 몇 개의 문만이 중앙에서 통제하고 있구나 하고 수잔은 생각했다. 결국 견학자나 면회 가족은 여기까지는 들어오지 않는 것 같았다.

"이 제퍼슨 연구소에는 수술실이 몇 개 있나요?"

수잔은 불쑥 질문을 했다.

"이곳엔 수술실이 없습니다. 만성병을 다루는 시설이니까요. 만약 급한 조치가 필요한 경우에는 각 병원으로 돌려보내게 됩니다."

미셸의 대답이 너무 빨라서 수잔은 반사적으로 나온 말이거나 훈련된 말이라는 인상을 받았다. 수잔은 시청에서 입수한 이곳 평면도에 수술실이 있었던 것을 기억하고 있었다. 그곳은 2층이었다. 미셸이 거짓말을 하고 있다고 수잔은 생각했다.

"수술실이 없다고요?"

수잔은 일부러 놀란 체하며 물었다.

"그럼 어디서 응급조치를 하죠? 예를 들어서 기관 절제 같은……."

"이곳 중앙병동이나 아니면 면회실 옆방에서 하죠. 필요할 때는 작은 수술을 할 준비가 되어 있어요. 하지만 그런 일은 좀처럼 없습니다. 여러 번 말했듯이 여기는 만성병만 다루는 병원이니까요."

"그래도 이 병원에 수술실 정도는 있어도 좋을 것 같은 느낌이 들어서요."

그때 바로 앞의 환자 하나가 자동적으로 몸이 뒤로 젖혀져서 머리쪽이 발보다 약 15센티 정도 낮아졌다.

"이것이 컴퓨터 조작의 좋은 예입니다. 컴퓨터가 혈압 강하를 감지하고 그 원인을 치료하기 전에 우선 트렌델렌버그 체위(머리를 몸의 평형보다 낮추는 체위)를 취한 것입니다."

수잔은 그녀의 얘기를 한 귀로 흘리면서 잠시 자기 혼자 병원을 둘러볼 방법을 연구했다. 평면도에 있던 수술실을 들여다보고 싶은 호기심이 생긴 것이다.

"이곳 견학을 부탁드린 건 우선은 특별한 환자를 만나고 싶었기 때문이기도 합니다. 이름은 버만, 숀 버만입니다. 어디 있는지 아세요?"

"아뇨, 금방 알 수는 없습니다. 솔직히 말해서 여기서는 환자의 이름을 사용하지 않아요. 전부 번호가 붙어 있어서 표본 1, 표본 2라는 식으로 부르고 있습니다. 그러는 게 컴퓨터에 입력하기가 훨씬 쉽습니다. 버만의 번호를 찾으려면 컴퓨터에서 이름을 찾아봐야 합니다. 1분 정도 시간이 걸릴 겁니다. 그 정도면 될 거예요."

"네, 좀 찾아주세요."

"관제실의 정보 단자를 이용해보도록 하죠. 그동안 여기에 그 사람이 있는지 찾아보셔도 돼요. 아니면 나와 함께 가서 대기실에서 기다리시셔도 되고요. 방문객은 관제실에 들어갈 수 없습니다."

"감사합니다. 여기서 기다리고 있겠습니다. 여기는 1주일 있어도 좋을 만큼 흥미가 있어요."

"그럼 좋으실 대로 하세요. 말할 필요도 없겠지만 어떤 일이 있어도 철사나 환자를 절대 만져서는 안됩니다. 밸런스 조절이 잘 되어 있어서 당신 몸의 전기 저항을 컴퓨터가 감지하면 경보가 울릴 거예요."

"걱정하지 마세요. 아무것도 손대지 않겠어요."

"좋아요, 곧 돌아올게요."

미셸은 면회실 문이 자동으로 열리자 들어올 때 썼던 안경을 벗고 그쪽으로 사라졌다.

미셸은 면회실을 지나서 그 앞의 복도를 중간 정도까지 갔다. 관제실 문이 그녀가 들어갈 수 있도록 열렸다. 그곳은 마치 원자력 잠수함의 관제실처럼 조명이 침침했다. 맞은편 벽에서 적당한 빛이 방을 비치고 있었는데, 그 벽은 그 방에서 면회실을 들여다볼 수 있는 이면 유리로 되어 있었다.

미셸이 들어갔을 때 방안에는 두 사람이 있었다. 텔레비전 모니터가 잘 보이도록 U자형으로 된 책상 앞에 경비가 앉아 있었다. 그는 흰옷을 입고 있었고 하얗고 폭 넓은 가죽 벨트에 흰 케이스의 자동 권총과 송수신 겸용의 소니 이어폰을 꽂고 있었다. 그는 스위치와 다이얼이 많이 붙어 있는 큰 캐비닛 앞에 앉아 있었는데, 앞에 놓인 여러 대의 텔레비전 모니터가 병원 안의 각 방과 복도를 보여주고 있었다. 정문이나 홀 모니터의 스크린 등은 정지되어 있었지만, 리모컨 비디오 카메라가 회전하면서 계속 움직이고 있는 스크린도 있었다.

미셸이 들어갔을 때 경비는 졸린 눈을 뜨고 그녀를 바라보았다.

"병동에 그 여자 혼자 두고 왔어요? 그래도 괜찮겠어요?"

"걱정 안해도 돼요. 1층은 원하는 대로 보게 하라는 지시를 받았으니까요."

미셸은 큰 컴퓨터 단자 쪽으로 걸어갔다. 거기에는 미셸과 같은 복장을 한 간호사가 앉아서 40대도 넘어 보이는 모니터에서 비치는 정보를 바라보고 있었다. 그때 컴퓨터에 연결된 프린터가 작동하는가 싶더니 모니터에 비친 정보들을 인쇄하고 있었다.

미셸은 의자에 털썩 주저앉았다.

"혼자서 견학을 오다니 대체 누굴 알고 온 걸까? 아무래도 LPN(면허 실무 간호사) 같아. 모자도 안 쓰고 핀도 안 꽂고. 게다가 그 가운이라는 걸 보면…… 참! 반 년도 넘게 세탁을 안 한 것 같아."

컴퓨터 담당 간호사가 하품을 참으면서 말했다.

"알게 뭐야. 소장이 전화로 여자 손님이 오니까 들여보내서 대접하라는 말만 들었을 뿐인데. 그 여자가 도착하면 소장님께 전화하라는 지시도 받았지. 뭔가 이상해보여."

컴퓨터 담당 간호사는 깔깔거리며 웃었다.

"부탁 좀 할게. 숀 버만이라는 이름을 좀 입력시켜 봐. 메모리얼 병원의 위탁환자래. 그 번호하고 침대 장소 좀 알고 싶은데……."

컴퓨터 담당 간호사는 정보 키를 눌렀다.

"다음 교대에서는 누가 컴퓨터 담당이지? 이 기계와 마주하고 있으면 머리가 이상해져."

"그래도 그 편이 나아. 나는 요 1주일 동안 순찰 당번을 하면서 이 방문객과 함께 지금 겨우 좀 쉬는 거야."

스크린 하나가 비쳤다.

'숀 버만. 나이-33세의 남자, 인종-백인, 진단-마취사고에 의한 뇌사, 표본번호 #323 B4. 끝.'

컴퓨터 담당 간호사는 표본번호 #323 B4를 컴퓨터에 다시 쳤다. 방 맞은편에 있는 경비는 여느 때처럼 몸을 구부리고 모니터들의 스크린을 보고 있었다. 마치 1년 내내 그렇게 하고 있는 것처럼……

중앙병동의 상황이 15번 스크린에 나타났다. 카메라가 그 큰 방을 끝에서 끝까지 천천히 회전하면서 스크린에 비치고 있었다. 경비는 매달려 있는 발가벗은 환자에게는 아무 흥미도 없었다. 소름끼치는 모습에도 결국 익숙해져 있는 것이다. 그런데 15호 스크린을 보고 있던 경비가 갑자기 벌떡 일어났다.

"방문객이 병동에 없다!"

경비가 외쳤다.

미셸은 컴퓨터의 스크린들을 보고 있다가 모니터 15호 스크린으로 눈을 돌렸다.

"없어요? 그럼 면회실과 복도를 비춰봐요. 틀림없이 있을 거예요. 병동은 처음 보는 사람한텐 쇼크니까."

미셸은 방향을 바꾸어서 스크린 너머로 다시 면회실을 들여다보았다. 그러나 수잔의 모습은 보이지 않았다.

버만을 찾던 컴퓨터 스크린에 화면이 바뀌었다.

'표본번호 #323 B4 사망. 2월 26일 03시 10분, 사인-심정지. 끝.'

"그녀가 버만을 만나러 왔다면 늦었군."

미셸은 아무런 감정도 없이 말했다.

"면회실에는 없어. 복도에도 없고, 이럴 리는 없어."

경비는 스위치를 여기저기 조작하면서 말했다.

미셸은 의자에서 벌떡 일어나 15호 스크린을 주시하면서 문 앞에까지 갔다.

"당황하지 마. 내가 찾을게."

그리고 컴퓨터 담당 쪽을 향해 말했다.

"다시 한 번 소장한테 전화해줘. 그 애는 우리 손에서 처리하는 게 좋을 것 같아."

2월 26일 목요일 오후 5시 20분

미셸이 병동을 나가자 수잔은 곧바로 노트 속에 접어두었던 제퍼슨 연구소의 평면도를 꺼냈다. 그리고 입구에서 그 방까지의 코스를 더듬어 2층으로 가는 길을 찾았다. 길은 2개 있었다. MG에서 계단을 오르는 길과 M comp R에서 엘리베이터로 오르는 길이었다.

수잔은 도면 오른쪽 코너에 있는 약어표를 보았다. MG는 자료실이고, M comp R은 메인 컴퓨터실이었다. 수잔은 엘리베이터보다 계단 쪽이 안전하다고 생각했다. 컴퓨터실에는 사람이 있을 것이라고 생각했기 때문이다.

수잔은 보통 문이 있는 방 맞은편으로 걸어가서 손잡이를 잡아보았다. 손잡이가 돌아가고 복도로 나가는 문이 열렸다. 그곳은 컴컴하게 생각되었는데 그것은 자신이 안경을 끼고 있기 때문이라는 것을 깨닫고 안경을 벗어 주머니에 넣었다.

복도도 지금까지와 마찬가지로 새하얗고 바닥에서 조명이 비치고 있었다. 양끝은 큰 거울로 되어 있어서 거기에 겹치는 영상이 복도를 무한히 길게 보이게 했다.

아무 소리도 들리지 않았고 사람의 그림자도 없었다. 평면도를 보니 자료실 오른쪽으로 계단이 있었다. 수잔은 병동과의 사이에 있는 문을 닫고 재빨리 복도 맞은편 끝에 있는 문으로 향했다.

문에 아무런 표시도 없었지만 보통의 손잡이가 달려 있었다. 그녀가 손잡이를 돌리자 잠겨 있지 않아 자연스럽게 열렸다.

수잔은 될 수 있는 한 조금씩 문을 열었다. 가까이 있는 벽의 타일이 눈에 들어왔다. 마침내 스테인리스 해부대 윗부분이 보였고 발가벗은 시체가 그 위에 놓여 있었다. 몇 사람이 웃고 이야기하는 소리와 이어서 저울로 뭔가를 다는 듯한 소리가 들렸다.

"폐는 그 정도면 될 거야. 심장의 무게는 얼마나 나갈까?"

한 사람의 소리가 들렸다.

"맞추는 건 자네 차례라고."

다른 웃음소리가 났다.

문을 조금 더 열자 시체의 머리가 보였다. 수잔은 갑자기 힘이 빠졌다. 시체는 버만이었다.

수잔은 살며시 문을 닫고 잠시 두세 번의 심호흡을 했다. 약간 가슴이 메스꺼웠으나 곧 안정되었다. 시간이 없다는 것을 깨달은 그녀는 엘리베이터가 있는 곳으로 빨리 가야겠다고 생각했다.

수잔이 출입구에서 잠시 멈춘 것이 기가 막히게 타이밍이 좋았다. 동태를 살필 수 있게 되어 있는 거울 뒤의 텔레비전 카메라가 5초간의 감시를 막 마치고 방향을 틀었기 때문이었다. 10초가 지나면 감시를 다시 시작한다.

수잔은 급히 병동으로 돌아가서 컴퓨터실 출입구에 도착했다. 그리고 조심스럽게 그곳을 열어보았다. 그곳도 잠겨 있지 않았다. 2, 3센티 정도 열고 안을 들여다보니 다행히 아무도 없었다.

　문을 다시 밀어서 열자 컴퓨터의 입출력 장치와 테이프 저장 상자
도 함께 놓여 있었다.

　천장 가까이 맞은편 코너에 뭔가 움직이는 것이 있었다. 수잔은 곧
그것을 깨달았다. 텔레비전 모니터 카메라였다. 천천히 움직여서 수
잔 쪽으로 카메라 렌즈가 향해왔다. 그녀는 뛰어서 물러나 문을 닫았
다. 그리고 카메라 렌즈가 지나갔다고 여겨질 때 다시 문을 확 열고 방
을 빠져나가서 엘리베이터로 향했다. 그러나 그때 서서히 카메라가
돌아오기 시작했기 때문에 수잔은 카메라에 잡히지 않도록 나아갔다.

　카메라 렌즈를 피하면서 그녀는 엘리베이터를 향해 뛰어가서 미친
듯이 버튼을 눌렀다. 안에서 기계 움직이는 소리가 났다. 엘리베이터
는 다른 층에 있었다.

　텔레비전 카메라가 맞은편 끝까지 갔다가 이쪽으로 돌아오기 시작
했다. 수잔은 계속해서 몇 번이나 버튼을 눌렀다. 기계소리가 멎고 엘
리베이터 문이 떨리면서 열렸다. 열리는 문틈으로 몸을 옆으로 돌려
들어간 그녀는 '닫힘' 버튼을 더듬으면서 텔레비전 카메라를 올려다
보았다. 문은 닫혔으나 발각되지 않았을까 걱정되었다.

　엘리베이터는 동굴 같고 움직이는 것도 둔했다. 버튼은 3개밖에 없
었다. 그녀가 2층 버튼을 누르자 기계가 올라가는 기미가 보였다. 평
면도에 의하면 수술실은 엘리베이터의 반대쪽으로 되어 있었고 그 사
이에 긴 복도가 있으며 오른쪽 8번째와 9번째 문이 수술실로 들어가
는 입구가 되는 모양이었다.

　엘리베이터가 멎고 문이 열렸으나 수잔은 밖으로 나가지 않고 '닫
힘' 버튼을 계속 눌렀다. 사람들의 모습은 보이지 않았다. 복도는 1층
복도와 거의 같았으며, 문은 한층 더 깊이 들어가 있었고 천장에는 트

롤리가 지나가는 트랙이 있었다.

엘리베이터 문이 닫히기 시작했을 때 수잔은 복도로 뛰어나가서 머릿속으로 문의 수를 세면서 나아갔다. 그때 갑자기 멀리서 수혈용 혈액을 실은 소형 포크리프트(짐을 들어 올리는 장치)를 운전하는 남자의 모습이 보였다. 교차하고 있는 옆 복도에서 나온 모양이었다. 그녀는 옆걸음으로 쑥 들어간 출입구로 뛰어들어서 벽에 기대어 숨을 헐떡였다. 포크리프트 소리는 멀어져 갔다.

복도를 내다보니 아무도 없었다. 그녀는 다시 나아가서 9번째 출입구에 다다랐다. 그리고 호흡이 진정될 때까지 기다렸다가 문을 열고 안을 들여다보며 재빨리 방안으로 들어갔다. 그곳은 탈의실이었다. 피다 만 담배꽁초가 재떨이 안에 있고 조용한 공기 속에 연기가 오르고 있었다. 욕실로 들어가는 문은 열린 채로 있었는데, 안에서 샤워 소리가 들리고 있었다.

미셸은 다시 관제실로 돌아갔다. 그녀는 긴장된 마음으로 입을 꽉 다물고 눈을 계속 두리번거렸다. 그녀도 경비와 마찬가지로 신경이 몹시 날카로워져 있었다.

"그 여자 정말 사라졌나 봐요. 그런데 밖으로 나갈 수가 없잖아요, 그렇죠?"

"불가능해. 여기서 내가 작동하지 않으면 현관문은 열리지 않아. 밖으로 나가는 문은 전부 마찬가지라고."

경비는 여전히 여기저기 카메라 스위치를 만지면서 말했다.

"다시 한 번 소장님한테 전화하는 게 좋겠어. 이러다간 정말 큰일 나겠어."

컴퓨터 담당 간호사가 말했다.

"이유를 모르겠군. 모니터는 요소요소에 모두 배치돼 있는데 말이야. 어디 출입구에 숨어 있는 게 아닐까."

경비가 말했다.

"출입구에는 없어. 병동 안은 내가 전부 보았으니까. 엘리베이터는 어떨까?"

"그럴지도 모르겠군. 2층에 올라가 버리면 성가시게 되는데…….

나는 이 건물의 계단 출입구를 전부 자동으로 잠기게 하고 주위 담벽에 전류를 흐르게 할 테니 지령이 내릴 때까지 경보는 울리지 말고 있어 봐."

미셸은 빨간색 전화 쪽으로 걸어갔다.

"정말 어이가 없군! 쓸데없는 짓을. 무엇 때문에 단체가 아니고 혼자 오게 한 거야."

탈의실에서 환자용 대기실로 통하는 회전문을 열고 수잔은 안으로 들어갔다. 그곳은 언뜻 보기에는 보통 병원과 다름없이 천장에 트랙이 설치되어 있고 그 옆으로 형광등이 달려 있었다. 그것에서 비치는 으스름한 불빛은 병동을 연상케 했다. 그녀는 여기서도 자외선을 사용하고 있다고 생각했다. 바닥은 하얀 비닐이 깔려 있었고, 벽은 하얀 세라믹 타일로 만들어져 있었다.

대기실은 그다지 넓지 않았다. 중앙에는 빈 책상이 놓여 있었고, 수술실은 양쪽에 2개씩 4개가 있었으며 그 사이에 부속실이 있었다. 수잔은 첫 번째 수술실에서 희미하게 들려오는 사람소리를 들었다. 작은 창에서 불빛이 새어나오고 있는 것을 보니 아무래도 수술중인 것 같았다.

수잔은 어둠에 눈이 익숙해질 때까지 잠깐 기다렸다. 방안의 것이 차츰 보였다. 중앙에 테이블이 있고, 그 위에 몇 가지 물건이 있었는데 거기서 계속해서 낮게 윙윙거리는 소리가 났다. 방 주위는 전부 선반으로 되어 있고 왼쪽 선반에는 큰 싱크대가, 그리고 바로 오른쪽에는 가스 멸균 소독기가 보였다.

싱크대 밑에는 캐비닛이 있었는데 수잔은 될 수 있는 한 조용히 그 캐비닛 문을 열고 손으로 더듬어보았다. 넓이가 몸 하나 겨우 숨길 정도 되는 것 같았다. 그녀는 다시 한 번 대기실로 통하는 문 쪽으로 가서 테두리를 더듬어 손잡이를 찾아 잠갔다. 그런 다음 수술실에서 들려오는 소리에 달라진 것은 없는지 확인했다. 한가운데 놓여 있는 테이블 위에 있는 것이 무엇인지 보려고 했으나 너무 어두워서 잘 알 수가 없었다.

수잔은 살며시 수술실 문 앞으로 다가가서 발끝으로 그 안을 들여다보았다. 보통의 수술복에 장갑을 낀 두 사람의 외과의가 환자 위로 구부리고 있는 것이 보였다. 그러나 마취의의 모습은 보이지 않았고 수술대도 없었다. 환자는 역시 철사로 틀에 매달린 채 오른쪽을 향해 고정되어 있었고 허리 언저리를 절개해서 수술을 한 것같이 보였다. 마침 봉합하고 있는 중이어서 두 사람의 얘기는 비교적 잘 들렸다.

"지난번에 빼낸 심장은 어디로 갔지?"

"샌프란시스코. 그놈은 7만5천 달러밖에 못 받은 모양이야. 조직형이 잘 맞지 않아서 말이야. 4개 중 2개였는데 아무튼 급한 주문이었으니까."

외과의가 매듭을 묶고 실을 바싹 당기면서 말했다.

"전부 잘된다고는 할 수 없겠지. 하지만 이 신장은 조직 적합도가 4니까 20만 달러에는 팔리겠지. 2, 3일 안으로 또 하나가 필요한 모양이더군."

또 다른 외과의가 말했다.

"음, 이 심장은 살 사람이 나타날 때까지 살려둬야 돼."

다른 한 사람은 다시 한곳을 재빠르게 매면서 말했다.

"문제는 댈러스로 보내는 적합 조직을 찾는 거라고. 적합도 4에 100만 달러를 주겠다고 하는데 말이야. 그 애 아버지라는 사람은 석유 사업을 하고 있다는군."

또 다른 외과의는 휘파람을 불고 있었다.

"그렇게 맞는 걸 찾을 수 있을까?"

"메모리얼 병원에서 다음주 금요일 편도 및 아데노이드 적출 건이 세 가지는 맞는다고 하던데……."

지금 들은 말이 뭔가 다른 얘기였으면 좋겠다고 수잔이 생각할 때였다. 대기실에서 삐걱거리는 소리가 들리고 누군가가 문을 여는 것 같았다. 수잔은 다른 빈 수술실로 뛰어갈까 하다가 싱크대 쪽으로 뛰어갔다. 마침 그때 누군가가 조명이 밝은 수술실로 들어가는 소리가 들렸다. 수잔은 싱크대 밑 캐비닛 속으로 비집고 들어가서 발을 겨우 안으로 들여놓았다. 그곳은 좁아서 수잔은 양팔을 밀어 넣으려고 무척 애를 썼다. 캐비닛 문을 완전히 닫기도 전에 수술실 문이 열리고 방의 불이 켜졌다. 수잔은 숨을 죽였다.

그녀는 고개를 옆으로 비틀었다. 캐비닛 문을 약간 열어놓은 채였기 때문에 열린 틈 사이로 항공기 유리창 유리로 만든 것 같은 상자 2개가 테이블 위에 놓인 것이 보였다. 꼭 수족관처럼 보였다. 바로 그때 수잔은 처음 부속실 안에 들어왔을 때 윙윙거리는 소리가 났던 것을 떠올렸다. 그 상자에 든 배터리로 작동하는 기계에서 나는 소리였던 것이다.

첫 번째 상자에는 사람의 심장이 유동액 속에 매달려 있었다. 심장이 움직이는 것 같기는 했지만 심하게 움직이지는 않았다. 다른 하나는 사람의 신장으로 이것 역시 유동액 속에 매달려 있었다.

수잔은 그때 갑자기 코마에 얽힌 악몽과 같은 사실을 전부 알게 되었다. 동기를, 환자를 코마에 빠뜨리는 무서운 동기를 알게 된 것이다. 제퍼슨 연구소는 인간의 장기 암거래소였던 것이다.

지금 생각할 여유가 없었다. 어떤 남자가 싱크대 옆을 지나가다가 반쯤 열린 캐비닛 문을 스치고 갔다. 그는 복도로 나가는 문의 빗장을 벗기고 테이블 쪽으로 갔다. 그리고 불을 켠 다음 심장을 넣은 상자를 들고 문을 열어놓은 채 나갔다.

수잔은 지금까지 보아 온 많은 장면들이 머리에 떠올랐다. 산소관에 붙어 있던 T자형 밸브, 담브로시오의 얼굴, 낸시 그린리의 모습, 그리고 항공기 유리로 된 상자 속의 심장과 아래 시체실에서 들은 대화도 되살아났다. 그 심장은 버만의 것임에 틀림없었다. 수잔은 다급한 마음에다 공포감까지 엄습해왔다. 이 무시무시한 사건에 그저 압도될 뿐이었다.

어쨌든 이곳은 보통 병원이 아니었다. 적어도 이 안을 돌아다니고 있는 몇 사람은 범죄자였다. 어떻게든 이곳을 탈출해서 이 사실을 이해할 수 있는 누군가를 찾아야 했다. 스타크 과장, 그렇다. 스타크 과장을 만나야 한다. 그 사람이라면 이 얘기를 전부 이해해줄 것이고 뭔가 조치해줄 수 있는 힘을 가지고 있을 것이다.

수잔은 신중하게 왼손을 바닥으로 내밀어 문을 열었다. 귀를 기울여보니 테이블 위 신장이 든 상자에서 나는 윙윙거리는 소리가 들릴 뿐이었다. 간신히 캐비닛 구석에서 오른쪽 다리를 끌어냈을 때 복도 쪽에서 발소리가 났다. 불과 몇 초 동안이었지만 수잔은 다시 다리를 끌어들이고 팔을 당겨서 될 수 있는 한 몸을 캐비닛 안으로 밀어 넣었다. 배수관의 구부러진 부분이 자꾸만 등에 파고들었다.

그때 아까 나갔던 사람이 다시 들어온 듯했다. 그는 빠른 걸음으로 들어와서 싱크대와 테이블 사이까지 오더니 수잔이 숨어 있는 캐비닛의 문을 발로 차서 닫았다. 그 소리와 풍압으로 수잔은 귀가 먹먹했다. 그가 두 번째 상자 쪽으로 가는가 싶더니 물소리가 들리고 금방 방에서 사라졌다. 복도로 나간 그의 발자국 소리가 점점 멀어져 갔다.

수잔은 2, 3분 동안 그대로 가만히 움직이지 않고 귀를 기울였다. 발소리는 더 이상 들리지 않고 다만 수술실 쪽에서 희미한 웃음소리가 들려올 뿐이었다. 수잔은 간신히 싱크대 밑에서 기어 나왔다. 그때 스프레이 깡통이 바닥에 떨어져서 뒹구는 바람에 그녀는 섬뜩했다. 그러나 아무 일도 없었다.

그녀는 그곳에서 불이 켜지지 않은 수술실 문 쪽으로 뛰어가다가 어둠에 눈을 익히기 위해 다시 한 번 멈춰서야 했다. 머리 위에 수술용 전등이 희미하게 보였다. 수잔은 복도를 사이에 둔 벽을 따라 살며시 걸어가서 문의 손잡이를 찾았다. 손잡이가 잡히자 문을 조금 열고 살며시 들여다보았다.

그 순간 날카롭게 정적을 깨뜨리며 경보가 울려 퍼졌고 지금까지 어두웠던 방안에 전부 불이 켜졌다. 수잔은 누가 쫓아오지 않는가 하고 벽에 몸을 바싹 붙였다.

방에는 여전히 사람 그림자가 없었다.

조그마한 스피커 옆에 붙어 있는 붉은 램프가 명멸하더니 스피커가 울리기 시작했다.

"이 안에 무단 침입자가 있습니다, 여자입니다. 즉시 찾아야 합니다. 반복합니다. 이 안에 무단 침입자가 있습니다……. 즉시 찾아야 합니다."

스피커 소리가 그쳤다. 수잔은 안도의 한숨을 쉬었다.

수술실을 나와서 손 씻는 곳의 벽 너머를 들여다보았다. 복도에는 아무도 없었다.

흰 제복을 입은 두 사람의 경비가 중앙병실을 지나쳐 성큼성큼 걸어갔다. 그들은 주변에 매달려 있는 100여 명의 환자들은 거들떠보지도 않았다. 두 사람 모두 손에 권총을 들고 있었는데 그중 키가 큰 경비가 소니 라디오 겸용 송수신기에 귀를 기울이고 있다가 그것을 벨트에 차면서 말했다.

"나는 컴퓨터실에서 엘리베이터를 타고 2층으로 올라가볼 테니, 자네는 시체실을 지나서 아래 기계실로 가게."

두 사람은 병동을 지나서 복도로 들어갔다.

"그리고 기억해둬. 명령은 확실하다. 그 여자를 찾아서 얌전히 따라오면 그때는 쏠 필요가 없지. 하지만 쏠 때는 머리를 겨냥해. 조직 형태에 따라서는 심장이나 신장을 써먹을 수 있을지도 모르니까."

두 사람은 헤어졌다. 키가 큰 경비는 복도를 지나서 컴퓨터실로 들어간 다음 실내를 샅샅이 살피고 엘리베이터 버튼을 눌렀다.

수잔은 수술실들이 있는 곳으로 달려가서 첫 번째 수술실을 지나쳤다. 그리고 탈의실 문을 열었으나 안에서 사람소리가 났다. 그래서 곧 계획을 바꾸어서 복도로 나가는 문 쪽으로 향했다. 그때 책상 위에 놓인 대형 가위를 발견했다. 그녀는 그것이 무기가 될 수 있을 것 같아서 손에 들고 복도로 나갔다.

복도에는 사람 그림자가 없었다. 수잔은 안도의 숨을 쉬었다. 모든 길이 복도 끝에 있는 엘리베이터 문으로 통한다는 것을 알 수 있었다. 그녀는 심호흡을 한번 하고 엘리베이터를 향해 달렸다.

150미터 가까이 되는 복도를 중간쯤 갔을 때 엘리베이터가 도착했다. 문이 흔들리면서 열렸을 때 수잔은 그 안에서 경비가 나오는 것을 보고 멈춰 섰다. 양쪽은 서로를 보고 깜짝 놀랐다.

"좋아, 아가씨. 우리 아래로 내려가서 얘기 좀 하지."

경비는 위협하는 태도를 보이지 않고 그렇게 말하며 권총을 등 뒤에 감춘 채 수잔 쪽을 향해 천천히 걸어왔다.

수잔은 믿을 수 없다는 듯이 두세 걸음 뒤로 물러서다가 홱 몸을 돌려 수술실 쪽으로 달려갔다. 경비는 빠른 걸음으로 뒤를 따랐다.

수잔은 필사적인 몸부림으로 몇 개의 문을 열려고 했다. 첫 번째 문은 잠겨 있었다. 그 다음 것도 마찬가지였다. 경비가 거의 그녀를 잡을 정도가 되었다. 세 번째 문은 다행히 열렸다.

그녀가 안으로 쓰러질 듯이 들어가 문을 닫으려 할 때 경비가 문틀에 왼발을 끼워 넣었다. 수잔은 온몸으로 밀었으나 도저히 상대가 될 수 없었다. 경비는 90킬로그램은 족히 되었고 그 체중과 힘은 수잔을 압도했다.

문은 차츰 열리기 시작했다. 그때 수잔은 어깨와 왼손을 문에 기댄 채로 가위를 비수처럼 잡고 경비의 손을 힘껏 내리쳤다. 가위 끝은 경비의 두 번째와 세 번째 손가락 관절 사이를 푹 찌르고 장골 사이를 뚫고 근육을 찢어 손바닥을 관통했다.

경비는 너무 아픈 나머지 비명을 지르며 문에서 떨어져 손에 가위가 꽂힌 채로 비틀거리며 복도로 나갔다. 그리고 숨을 죽이며 이를 악물로 가위를 뽑았다. 젖빛 플라스틱 바닥에 가는 동맥혈이 활처럼 뿜어 나와 빨간 유리구슬처럼 무늬를 그려냈다.

수잔은 꽝 하고 문을 닫아 잠그고 실내를 둘러보았다. 거기는 좁은 연구실로 한가운데에 긴 의자가 있었고 왼쪽으로 책상 2개가 등을 맞댄 채 놓여 있었다. 또 벽을 따라 서류 캐비닛 몇 개가 나란히 있었고 맞은편 끝에 창이 있었다.

복도로 뛰쳐나온 경비는 정신을 가다듬고 왼손을 손수건으로 감아서 뿜어져 나오는 피를 멎게 했다. 그런 다음 집게손가락과 가운뎃손가락에 천을 덮고 손목에다 꼭 동여맸다. 그는 화를 내며 허겁지겁 열쇠 다발을 찾았다. 첫 번째 열쇠는 들어가지 않았다. 두 번째 고른 열쇠도 맞지 않았다. 세 번째 열쇠도 맞지 않았다. 네 번째 열쇠가 겨우 들어가 잠금장치를 열 수 있었다.

경비가 힘껏 문을 차서 열자 손잡이가 오른쪽 벽에 꽝 소리를 내며 부딪쳤다. 그는 권총을 치켜들고 방으로 뛰어 들어가 한 바퀴 둘러보았으나 수잔의 모습은 보이지 않았다. 창이 열려 있고 차가운 2월의 바람이 따뜻한 실내로 흘러 들어오고 있었다. 경비는 창가로 달려가서 상반신을 앞으로 내밀고 벽에서 돌출된 난간을 바라보았다. 그리고 방으로 돌아가서 무전기를 꺼냈다.

"오케이, 여자를 찾았다. 2층 조직 실험실이다. 대단한 계집애야. 내 손을 찔렀지만 괜찮다. 창을 통해 난간으로 나갔다……. 모습은 보이지 않아. 모퉁이 부근의 난간이니까 말이야. 뛰어내리지는 않았을 거다. 도베르만은 풀어놓았나?…… 좋아, 하지만 밖으로 나다니다가 사람 눈에 띄면 곤란해질 거라고…… 오케이……나는 다른 쪽 난간으로 가볼 테니까."

경비는 무전기를 벨트에 차고 창을 잠갔다. 그리고 상처 난 손을 감싸쥐고 방에서 나갔다.

2월 26일 목요일 오후 5시 47분

수잔은 우선 창문을 열었다. 경비의 눈을 창문 쪽으로 돌려놓기 위해서였다. 그러고는 캐비닛을 밟고 천장으로 기어 올라갔다. 천장의 타일은 공업용으로 만들어진 비닐 같은 것이어서 크게 힘들이지 않고도 밀어 올려졌다.

수잔은 간신히 몸을 피하는 데는 성공했지만 경비가 아래서 버티고 있는 한 무사할 수는 없었다. 경비의 일거수일투족을 신경 쓰느라 두 귀를 쫑긋 세웠다. 동료 경비와 교신을 하는가 싶더니 쿵 하는 소리가 난 후 잠잠해졌다. 더 이상 아래에서는 아무 소리도 들리지 않았다. 그녀는 후유 하고 깊은 숨을 내쉬었다.

수잔은 얄궂게도 메모리얼 병원의 수술실을 조사할 때까지만 해도 천장이 있는 것은 전혀 몰랐다. 지금 그 천장이란 곳 때문에 생명을 구한 셈이었다. 천장 타일을 들어 올리는데 서류 캐비닛이 있었던 것은 정말 고마운 일이었다.

수잔은 평면도를 꺼내서 천장 타일의 틈새로 새어 들어오는 희미한 불빛에 비쳐 보려고 했으나 어둠에 눈이 익혀진 것 같은데도 볼 수가 없었다. 어슴푸레한 속을 둘러보니 6미터 정도 전방의 틈새에서 약간 많은 빛이 새어들어오고 있었다. 연구실과 그 옆방의 벽 위치를 가리키는 기둥을 의지하고 밝은 곳으로 더듬어 가자 겨우 평면도를 볼 수 있었다.

그녀가 찾고자 하는 것은 메모리얼 병원에서 본 것과 같은 굵은 홈이었다. 그 굵기가 충분하면 그곳을 통해서 나갈 수 있을 것 같았다. 그러나 도면에는 나와 있지 않았다. 그런데 엘리베이터 통로 바로 옆으로 장방형 폐쇄공간이 그려진 것을 찾아낼 수 있었다. 그것이 틀림없이 바로 그 홈을 나타내는 것이라고 생각했다.

그녀는 조직 연구실의 벽 위에 있는 기둥을 따라 걸어서 복도 위의 천장 쪽으로 나갔다. 거기는 트롤리가 지나가는 레일을 지탱하기 위해 콘크리트로 되어 있어서 훨씬 걷기 편했다. 그녀는 엘리베이터 통로를 향해 나아갔다.

그러나 그것에 가까워짐에 따라 점점 어두워지고 파이프와 철사, 송수관 등이 그 방향에 모여 있기 때문에 앞으로 나아가기가 더욱 어려워졌다. 그래서 천천히, 그리고 감각에 의존해서 발을 옮겨놓아야 했다. 몇 번이나 스팀 파이프에 살이 닿아 화상을 입어서 살타는 냄새가 났고 몹시 아렸다.

컴컴한 어둠 속에서 간신히 엘리베이터 통로까지 이르러 수직 콘크리트에 손이 닿았다. 모퉁이를 돌아서 손으로 파이프를 더듬어 가자 그것은 90도 아래를 향해 내려가 있다는 것을 알았다. 다른 파이프도 모두 마찬가지였다. 그것에 기대어 어둠 속을 내려다보자 훨씬 아래쪽에 희미한 빛이 보였다.

수잔은 손으로 홈의 크기를 더듬어 보았다. 어림잡아 1미터는 족히 되어 보였다. 엘리베이터 통로 쪽의 벽은 콘크리트로 되어 있었다. 그녀는 지름 5센티 정도의 파이프를 골라서 두 손으로 잡아 등을 콘크리트 벽에 대고 힘껏 지탱하면서 발을 다른 파이프에 걸었다. 그런 식으로 굴뚝을 오르는 사람처럼 홈 속을 조금씩 내려갔다.

그것은 쉬운 일이 아니었다. 아주 조금씩 내려가는 데도 뜨거운 스팀 파이프를 피하기도 해야 하니 난감하기만 했다. 시간이 좀 지나자 눈앞의 파이프를 분간할 수 있게 되고 희미하나마 다른 물체들을 알수 있게 되었다. 그래서 1층 천장에 이르렀다는 것을 알았다.

내려가면서 그녀는 약간 자신이 붙었다. 그러나 자기가 그 홈을 내려갈 수 있다면 아무나 오를 수도 있는 것이다. 그렇다면 메모리얼 병원 산소관의 T밸브에 접근하기는 더욱 쉽지 않았겠는가.

수잔은 여전히 조금씩 내려갔다. 아래쪽에서 빛이 비쳐 점점 밝아지고 기계 돌아가는 소리도 점차 시끄러워졌다. 지하층에 가까워지자 그곳에는 더 이상 천장 공간도, 몸을 숨길 곳도, 자유롭게 움직일 곳도 없다는 것을 알았다. 그래서 1층 바닥 높이까지 내려가서 거기서 멈추고 콘크리트에 몸을 꼭 기대고는 주위를 둘러보았다.

기계실과 동력실에는 작업등이 몇 개 켜져 있었다. 수잔이 내려가는 데 이용한 파이프는 수도관 같았고 바닥 쪽으로 이어져 있었다. 또한 그녀가 잡고 있는 것보다 더 굵은 다른 몇 개의 파이프는 수평으로 굽어져서 1층 콘크리트 바닥 밑으로 1미터쯤 내려져 있는 금속 고리에 받쳐져 있었다. 그리고 그 파이프들은 기계가 있는 곳에서 훨씬 위쪽으로 뻗어나가 있었다.

수잔은 그중의 파이프 하나에 매달려 있었다. 그녀는 곡예사는 아니지만 아마 댄서로서의 선천적인 소질이 도움이 되었는지도 모른다. 오른손과 머리를 단단한 콘크리트에 대고 될 수 있는 한 아래를 내려다보지 않으면서 몸을 굽혀 파이프 위를 걸어갔다.

수잔은 비록 비틀거리기는 했지만 자신이 생겼다. 전방의 벽과 그 앞쪽의 다른 천장만을 보고 머리 위의 천장에 꼭 들러붙어서 파이프 위를 줄타기하듯 나아갔다. 발전기 바로 위를 지나서 마지막 1미터 앞까지 왔을 때 비로 옆에서 번쩍 하고 빛나는 것이 있어서 하마터면 균형을 잃을 뻔했다. 빛은 기계실에서 나온 것이었다.

수잔은 눈을 감고 천장에 머리를 붙인 다음 구두의 움푹 들어간 자리를 파이프에 댔다. 아래쪽에서는 경비가 천천히 기계 주위를 순회하고 있었는데 한쪽 손에 회중전등을, 또 한쪽 손에는 권총을 들고 있었다.

그로부터 15분 동안은 수잔의 생애에서 가장 길게 느껴진 시간이었다. 그녀는 파이프와 어두운 천장을 배경으로 있는 자신의 모습이 발각되지 않았던 것이 믿을 수 없을 정도였다. 경비는 샅샅이 찾아다니면서 작업대 아래 캐비닛까지 살펴보았다. 그러나 위를 보려고는 하지 않았다. 그녀의 팔은 균형을 유지하기 위한 긴장 때문에 떨리기 시작했다. 다리도 마찬가지로 떨려왔다. 그래서 파이프에 구두를 부딪히는 소리가 날까 봐 걱정될 정도였다. 결국 경비는 방의 불을 끄고 나갔다.

수잔은 긴장과 현기증을 억제하기 위해서 마음에 여유를 가지려고 애썼다. 그리고 1미터 앞의 단단한 천장으로 빨리 가고자 했다. 바로 앞에 있는데도 거기까지가 그렇게 멀리 느껴질 수가 없었다.

그녀는 우선 오른발을 15센티 정도 내디디고 거기에 몸의 중심을 실었다. 그리고 왼발을 오른쪽으로 옮겼다. 팔도 다리도 너무 아팠다.

앞에 있는 천장에 당도했을 때 그녀는 벌렁 드러누웠다. 거친 숨을 쉬며 핏기를 잃은 근육에 혈액이 돌아가기를 바랐다.

그러나 언제까지나 쉬고 있을 수 없다는 것을 그녀는 알고 있었다. 그 건물 밖으로 어떻게 해서든지 나갈 길을 찾아야 했다. 누워서 다시 평면도를 보았다. 나갈 만한 입구는 2개가 있었다. 하나는 바로 가까이 있는 저장실이고, 다른 하나는 건물 맞은편 끝 쪽에 DP라고 쓰여 있는 방 쪽이었다. 약자표를 보니 DP는 발송실을 가리키고 있었다.

수술실 사이의 부속실에서 심장이나 신장을 운반해 나오고 있던 남자가 있었던 것이 생각나서 수잔은 저장실 쪽이 가까웠지만 발송실 쪽을 택하기로 했다. 아마 그들은 장기를 수송할 계획이 있으리라는 생각이 들었다. 이식 장기는 될 수 있는 한 빨리 사용할 필요가 있다는 것을 알고 있었기 때문이다.

평면도를 챙긴 수잔은 몸을 일으켰다. 옷은 몹시 더러워졌고 찢어진 곳도 있었다. 그녀는 발송실 방향으로 나가는 데 있어 지하층 복도의 견고한 천장으로 가기로 했다. 아주 어둡지는 않았기 때문에 길은 비교적 걷기가 편했다. 기계실처럼 지하층의 태반은 천장이 없었고 불빛은 앞길을 충분히 비치고 있어서 파이프나 관을 쉽게 피하면서 보통의 속도로 걸을 수가 있었다.

건물의 끝 쪽으로 가서 다시 한 번 평면도를 본 그녀는 그곳이 발송실이라는 것을 알았다. 그녀는 머리를 발송실 천장 쪽으로 두고 복도의 견고한 천장에 반듯이 누웠다. 그리고 될 수 있는 한 신중히 천장 타일의 가장자리에 손가락이 닿도록 해서 간신히 그것을 들어 올려 아래를 내려다보았다. 방안에는 사람이 있었다.

그녀는 소리가 날까 두려워서 그 이상 들어 올리지 않고 방안에 있는 남자를 보았다. 남자는 책상에 몸을 구부리고 용지에 뭔가를 쓰고 있었다. 그는 지퍼를 잠그지 않은 가죽코트 차림이었다. 바닥에는 포장한 판지 상자 2개가 놓여 있고 거기에 요란하게 쓴 라벨이 붙어 있었다.

'인간 이식 장기—위쪽—파손 조심—지급.'

보이지는 않았지만 문이 열렸고 한 사나이가 들어왔다. 그는 경비원 중 한 사람이었다.

"가자, 맥. 이걸 싣고 빨리 출발하자고. 할 일이 있어."

"서류가 없으면 안 되잖아."

경비는 방 끝에 있는 회전문으로 나갔다. 문이 열려 있을 때 수잔은 그쪽을 힐끗 바라보았다. 그곳은 차고 같았다.

운전사는 서류를 다 쓰고 나서 복사한 것 한 장을 카운터 바구니 속에 넣고 나머지 한 장은 자신의 주머니에 넣었다. 그리고 상자를 작은 손수레에 싣고 회전문으로 나갔다.

수잔은 천장 타일을 원래대로 해놓고 재빠르게 복도 끝의 벽 쪽으로 갔다. 트럭 문이 닫히고 빗장을 거는 소리가 들렸다.

벽 쪽은 더 어두워서 수잔은 손으로 짚고 나가면서 계속 콘크리트 천장이 이어지기를 기대했다. 그러나 정작 비닐판이 나타났고 수직으로 이어져 있었다. 이때 트럭의 엔진 거는 소리가 들렸다. 비닐판을 밀어보았으나 금속 테로 단단히 끼워 고정시켜 놓은 것 같았다. 엔진이 걸렸다가 쿠릉쿠릉 하고는 꺼졌다. 운전사가 다시 투덜거리기 시작했다.

수잔은 필사적인 힘으로 금속 테를 밀었다. 약간 벗겨지는 듯해서 몇 군데 똑같이 해보았다. 트럭 엔진이 다시 걸리고 덜걱덜걱하다가 마침내 정상적으로 엔진이 회전하기 시작했다. 그리고 크고 무거운 차고 문이 열리는 소리가 났다.

수잔은 비닐판 상단을 손가락으로 걸어서 앞으로 끌려고 했으나 꿈쩍도 하지 않았다. 그래서 다시 한 번 금속 테를 밀어보았다. 그러자 비닐판은 갑자기 수잔의 앞으로 쓰러지면서 그녀를 뒤로 밀어 쓰러뜨렸다. 그녀는 빨리 일어나서 세로로 뚫린 구멍으로 지하 차고를 내려다보았다. 바로 아래에는 대형 트럭이 배기가스를 뿜어내고 있었고, 입구에는 경비가 서서 머리 위의 문 스위치를 조작하며 올라가는 문을 바라보고 있었다.

수잔은 열린 구멍에서 트럭 지붕으로 손발이 동시에 닿도록 뛰어내렸다. 그 소리는 엔진이 울리는 소리와 차고 문이 올라가는 소음에 휩싸여 사라졌다. 그녀는 트럭 지붕에 큰대 자로 엎드렸다. 그런데 트럭이 움직이기 시작하자 그 타성으로 몸이 뒤로 미끄러져 가는 것을 느졌다. 그녀는 무엇이든지 잡으려고 했으나 트럭 지붕은 평탄한 금속이어서 손은 허공을 헤맬 뿐이었다. 수잔은 어떻게 하든 차고 문에 부딪치지 않으려고 애를 썼다. 그러나 트럭이 도로로 나가는 고개를 올라가는 바람에 몸이 뒤로 미끄러지는 것을 막을 수가 없었다. 그저 두 손을 매끄러운 지붕 표면에 찰싹 밀어붙이고 있을 수밖에 없었다.

트럭은 거리로 나오자 왼쪽으로 돌기 위해 브레이크를 잡았다. 수잔의 몸이 이번에는 시계 바늘과 반대 방향으로 회전하면서 앞으로 미끄러져 들어갔다. 차갑고 딱딱한 것에 몸이 걸렸다. 운전사는 속도를 내기 시작했다. 수잔은 이제 어쩔 수 없구나 하는 두려움에 사로잡혔다. 조금씩 운전대 쪽으로 나아가서 마비된 손으로 간신히 환기통을 잡았다. 그러자 갑자기 차가 뛰어서 수잔의 몸은 튀어 올랐다가 금속 지붕에 떨어졌다. 그녀는 견고한 지붕 표면에 아찔할 정도로 턱과 코를 부딪쳤다. 그 뒤로는 무슨 일이 일어났는지 희미하게만 생각이 났다.

이윽고 수잔은 정신이 들었다. 머리를 들자 코와 입술에서 피가 흐르고 있었다. 주위의 건물을 보고는 지금 달리고 있는 장소를 알 수 있었다. 헤이마켓이었다. 이 차는 로건 공항으로 향하고 있는 것이 분명했다.

트럭은 신호에 걸려 정차했다. 길은 아직 많이 붐비고 있었고, 수잔은 다리를 당겨 운전석이 있는 지붕 쪽으로 나아갔다. 그리고 다시 보닛으로 내려가 몸을 굽혀서 유리창 너머로 운전사의 얼굴을 보았다. 운전사는 깜짝 놀라서 믿을 수 없다는 표정으로 눈을 크게 뜨고는 두 손으로 핸들을 꽉 잡았다.

수잔은 보닛에서 펜더로 미끄러져 내려가서 땅바닥에 뛰어내렸다. 그리고 휘청거리면서 차 사이를 지나 시청 쪽으로 뛰어가기 시작했다. 운전사는 그제야 알아차리고 문을 열어 소리쳤다.

다른 차에서 일제히 외치는 소리와 경적이 울려서 운전사는 어쩔 수 없이 운전대로 돌아갔다. 신호가 바뀐 것이다. 그는 변속을 하고 차를 발차시키면서 아무도 이 얘기를 믿어주는 사람은 없을 거라고 혼잣말로 지껄였다.

2월 26일 목요일 오후 8시 10분

너덜너덜 찢어진 얇은 간호사 가운은 살을 에는 듯한 매서운 추위를 막을 수가 없었다. 기온은 영하 8도, 풍속 13미터, 바람으로 인한 실제 체감 온도는 25도에서 30도의 추위로 느껴졌다. 수잔은 인기척이 없는 헤이마켓의 청과물 시장 길가에 굴러다니는 판지 상자를 피하면서 뛰다시피 걸었다. 길 위에는 바람에 먼지도 많이 날아다녔다. 아침부터 일어난 악몽이 하나둘 떠올랐다.

수잔은 모퉁이를 왼쪽으로 돌아 세차게 부는 바람을 정면으로 맞으며 나아갔다. 너무 추워서 이가 서로 부딪치며 소리가 났다. 북풍이 무서운 기세로 몰아쳤지만 앞으로 나아가기 위해서는 몸을 웅크리며 달려가야 했다.

그녀는 무엇보다 빨리 전화를 걸어야 했다. 케임브리지 가로 나가자 두세 사람이 바람과 추위 속에 몸을 구부리고 있었다. 얼굴도 명확하게 보이지 않았다. 수잔은 첫 번째 지나가는 사람을 불러 세웠다. 여자였다. 낯선 얼굴이 접근해가자 비로소 의아한 듯, 그리고 무서운 듯이 수잔을 주시했다.

"전화를 걸려고 하는데 미안하지만 10센트만 얻을 수 있을까요?"

수잔은 턱을 덜덜 떨면서 말했다.

여자는 수잔의 팔을 뿌리치고 뒤돌아보지도 않은 채 한 마디 말도 없이 가버렸다.

수잔은 자기가 입고 있는 간호사 가운을 보았다. 더럽고 찢겨서 피투성이가 되어 있었다. 손은 새까맣고 머리도 마구 흐트러져 있었다. 그 모습은 미치광이나 거지로밖에 보이지 않았다.

수잔은 이번에는 남자를 불러 세워서 똑같은 말을 했다. 남자는 수잔의 모습을 보더니 걸음을 멈추고 역시 의아한 듯, 놀라는 눈으로 보았다. 그리고 주머니에서 잔돈을 두세 개 꺼내더니 마치 손이 닿기를 꺼리는 듯이 그녀의 손바닥에 떨어뜨렸다.

수잔은 잔돈을 받아 쥐었다. 필요하다고 했던 10센트 이상이었다.

"왼쪽 식당에 전화가 있을 겁니다."

남자는 그렇게 말하면서 다시 말했다.

"당신 괜찮아요?"

"전화만 걸면 괜찮아요. 감사합니다."

수잔의 언 손은 잔돈을 쥐기도 어려웠다. 동전을 손에 쥐었는지 감각조차 느낄 수 없었다. 그녀는 식당으로 가기 위해 케임브리지 가를 건너갔다.

안으로 들어가자 따뜻함이 온몸을 휘감았다. 두세 사람이 식사하던 손을 멈추고 얼굴을 들어 그녀의 이상한 모습을 유심히 보았다. 그러나 미국 대도시에서는 흔히 있는 일이라 낯선 사람에 대한 생각을 접고 그들은 다시 식사를 시작하고 관심을 두지 않았다.

수잔은 공포심이 떠나지 않아 혹시라도 자신을 노리는 사람이 있지 않을까 손님의 얼굴을 한 사람씩 쳐다보았다. 그러고는 실내의 따뜻한 온기를 느끼며 화장실 가까이 있는 공중전화로 서둘러 갔다.

그런데 손으로 동전을 쥐기도 어려워서 대부분의 동전을 바닥에 떨어뜨리고 나서야 겨우 겨우 10센트짜리 동전 하나를 전화 삽입구에 넣을 수 있었다.

메모리얼 병원 교환수가 나왔다.

"전 닥터 월럽니다. 스타크 과장님과 급히 통화하고 싶은데요. 아주 급합니다."

"미안하지만 과장님은 지금 안 계십니다."

"아주 급한데 댁 전화번호라도 부탁합니다."

"미안하지만 규정상 그렇게 할 수 없습니다. 다만 그쪽 번호를 말씀하시면 이쪽에서 과장님께 연락해드릴 수 있습니다만."

수잔은 전화번호를 찾느라 여기저기 둘러보았다.

"523-8787입니다."

전화는 끊어졌다. 수잔은 수화기를 놓고 왼손에 10센트 동전을 한 개 쥐었다. 뜨거운 차를 마시면 좀 도움이 될 텐데 하고 동전이 떨어졌던 바닥 위를 두리번거렸다. 먼저 5센트 동전을 찾을 수 있었다. 다시 여기저기를 찾아보았다. 분명히 25센트나 있었는데 보이지 않았다.

손님 한 사람이 카운터에서 일어나더니 졸린 듯한 얼굴로 전화를 걸어 왔다. 수잔이 어쩌다 고개를 들고 보니 남자가 수화기에 손을 대고 있었다.

"죄송하지만 지금 전화를 기다리고 있는 중인데 잠깐만 기다려주실 수 없겠어요?"

수잔은 일어나서 뚱뚱하게 살찐 얼굴의 남자에게 부탁했다.

"미안해, 아가씨. 나도 빨리 걸어야 돼."

남자는 수화기를 들고 10센트를 넣으려고 했다.

수잔은 생전 처음으로 자제심을 잃었다.

"안 돼요!"

그녀가 큰소리로 외치자 식당의 손님들이 일제히 그쪽을 향했다. 그녀는 자기의 결심을 분명히 나타내기 위해서 깍지 끼듯 두 손을 움켜쥐고 휘둘러 남자의 팔을 힘껏 때렸다. 그 날렵한 일격은 그에게 충격적이었다. 그녀는 또다시 깍지 낀 손목으로 남자의 이마와 콧등을 때려서 손에 쥔 수화기를 떨어뜨리게 했다. 남자는 놀라서 마치 영화의 슬로모션처럼 다리를 아무렇게나 뻗은 채로 박스의 가장자리에 비틀거리며 주저앉았다. 그리고 너무 갑작스럽게 덤벼드는 바람에 몸을 허둥거렸다.

수잔은 재빨리 수화기를 올려놓고 눈을 감은 채 전화벨이 울리기를 기다렸다. 그때 바로 전화벨이 울렸다. 스타크였다. 수잔은 주의를 의식해서 자제하려고 했으나 말이 뿜어지듯이 튀어나왔다.

"과장님, 수잔 윌런데요. 찾아냈습니다. 모두다요. 믿을 수가 없어요. 정말 믿을 수가 없는 일이에요."

"수잔, 침착해요. 찾았다니 무슨 소리야?"

스타크의 목소리는 격려하듯이 너그럽게 들렸다.

"동기를 알아냈어요. 방법도, 전부 알아냈어요."

"수잔, 수잔의 얘기는 마치 수수께끼를 푸는 것 같군."

"코마 환자에 관한 거 말예요. 그건 우연의 사고가 아닙니다. 계획적인 것이었어요. 차트를 발췌해보고 그 희생자들이 모두 조직검사를 받았던 걸 알아냈어요."

수잔은 벨로우즈가 조직검사를 했다고 해서 별다른 의미가 있는 게 아니라고 주장하던 것을 생각하면서 잠깐 말을 끊었다.

"말을 계속해봐, 수잔."

"네, 그게 무슨 의미가 있는지 몰랐었는데 겨우 알았어요. 제퍼슨 연구소에 가 보세요."

제퍼슨 연구소라고 말하고 나서 그녀는 혹시나 하는 눈초리로 식당 안을 둘러보았다. 손님들의 시선은 전부 그녀에게 쏠려 있었다. 그리고 움직이려는 사람도 한 사람도 없었다. 수잔은 수화기를 손으로 가리듯 하면서 화장실 곁의 전화박스 깊숙이 몸을 숨겼다.

"믿을 수 없는 얘기 같지만, 제퍼슨 연구소는 장기이식을 위한 암거래소예요. 그곳 사람들은 뭔가 특수한 조직의 장기를 주문받고 있는 것 같아요. 그것을 조정하고 있는 사람이 누군지는 모르지만 적당한 형의 환자를 발견하려고 보스턴 안의 병원을 찾아다니고 있어요. 만일 수술 받을 환자가 그 조직의 소유자라면 마취 중에 일산화탄소를 약간 주입하는 거예요. 입원 환자인 경우에는 링거액 주사에 석시닐콜린을 넣는 겁니다. 환자의 대뇌는 그것으로 인해 파괴되어 살아 있는 송장이 되지만 장기는 연구소의 도살자들이 도려낼 때까지 펄떡펄떡 뛰며 살아 있게 되는 겁니다."

"수잔, 도저히 믿을 수 없는 얘기군."

스타크는 말했다. 그러나 속으로는 놀라고 있는 목소리였다.

"그걸 증명할 수 있다고 생각하나?"

"그 점이 문제입니다. 만약 대소동이 벌어지면, 다시 말해서 경찰이 수사를 시작하게 된다면 그쪽은 틀림없이 그것을 은폐할 여러 가지 수단을 생각하고 있겠죠. 그곳은 중환자 병원이라는 가면을 쓰고 있을 뿐만 아니라 일산화탄소나 석시닐콜린은 환자의 몸속에서 빨리 신진대사가 되기 때문에 아무런 흔적도 남지 않습니다. 이 범죄 배후에 있는 조직을 일망타진할 방법은 단 한 가지, 과장님 같은 분이 그곳을 불시에 덮칠 수 있도록 경찰을 동원하는 방법밖에 없다고 생각합니다."

"그것도 하나의 방법이긴 하지만 그러나 그런 꿈 같은……, 수잔이 지금 얘기하는 것들을 자세히 들어보고 싶군. 그런데 지금 위험하지 않나? 내가 가서 수잔을 데리고 와도 좋은데……."

"아녜요, 전 괜찮아요."

수잔은 다시 한 번 식당 안을 들여다보았다.

"다른 곳에서 만나는 것이 더 편할 것 같네요. 택시를 잡을 수 있는 곳이니까요."

"좋아, 병원 내 방에서 만나지. 나도 지금 병원으로 나갈 테니……."

"그럼, 거기서 뵙겠습니다."

수잔이 전화를 끊으려 하자 스타크가 급한 목소리로 말했다.

"수잔, 또 한 가지, 수잔의 얘기가 사실이라면 비밀이 무엇보다도 중요해. 만날 때까지 아무에게도 얘기해선 안돼요."

"알겠습니다. 곧 만나 뵙겠어요."

전화를 끊은 수잔은 전화번호부에서 택시 회사를 찾았다. 그리고 택시를 부르는 데 마지막 10센트를 썼다. 수잔은 이름을 셜리 월튼이라고 했다. 택시는 10분 후에 도착할 거라고 했다.

닥터 헤럴드 스타크의 집은 보스턴 의사의 90퍼센트가 살고 있는 웨스턴에 있었다. 쭉 뻗은 튜더 양식의 저택으로 빅토리아 왕조풍의 서재도 자랑거리였다.

수잔과 통화를 마친 그는 책상 위의 수화기를 놓자 오른쪽 서랍을 열고 다른 전화기를 꺼냈다. 그것은 언제나 신중히 숨겨져 있는 전화로 외부의 방해나 혼선을 방지하고 있었고, 그 자신만 비밀로 사용하도록 되어 있었다.

그는 서랍 속의 조그만 오실로스코프를 들여다보면서 재빠르게 다이얼을 돌렸다. 그것은 정상적으로 작동하고 있었다.

제퍼슨 연구소의 관제실에서는 매니큐어를 한 몸집이 작은 남자가 울리고 있는 적색 전화를 들었다.

"월톤!"

스타크는 분노로 가득 찬 목소리로 말했다.

"모든 면에서 타의 추종을 불허하는 천재가 철옹성 같은 건물 안에서 무기도 가지고 있지 않은 계집애 하나를 잡지 못하다니, 정말 어처구니가 없군. 며칠 전부터 그 계집애에 대해서는 경고해뒀을 텐데 말이야……."

"걱정하지 마십시오, 스타크. 반드시 찾아내겠습니다. 창문 밖으로 나가긴 했지만 가면 어딜 갔겠습니까. 문은 전부 봉쇄했고 인원도 열 명이 지키고 있습니다. 걱정 마시고……."

"걱정하지 말라고? 어떻게 걱정을 안 해! 그녀가 지금 나한테 전화를 걸어왔어. 그리고 우리 계획의 핵심을 전부 지껄이고 있었어. 그녀는 지금 거기에 없어! 빠져나갔단 말이야, 이 멍청아."

"나갔다니! 그럴 리 없어."

"그럴 리 없다고? 그게 무슨 말이야? 그녀가 지금 나에게 전화를 했다고 하잖아. 그럼 당신 전화를 사용했다는 거야? 빌어먹을. 월톤, 왜 그 계집애 하나를 처치하지 못하고 있는 거야?"

"확실한 살인 청부업자를 공용했습니다만 용케도 빠져 나갔습니다. 월터스를 처리한 남잔데……."

"멍청이 같으니라고. 그건 다른 문제였잖아. 왜 월터스는 그냥 없애 버리지 않고 자살 같은 것으로 위장했나?"

"당신을 위해서죠, 그건. 그 빼돌린 약 때문에 수사를 받게 될 것을 걱정한 건 당신이었으니까요. 우린 월터스를 처치해야 할 뿐만 아니라 그 빼돌린 약과 그를 연결시켰어야 했으니까요."

"난 이제 마음을 정했네. 이제 그런 수술을 그만둘 때가 된 것 같아. 내 말 알아듣겠지, 월톤."

"그러니까 위대하신 닥터께선 지금부터 발뺌하시겠다, 그 말이죠? 거의 3년이나 가만히 있다가 조금 말썽이 나니 발뺌을 하시겠다고. 당신은 병원을 통째로 지을 수 있는 돈을 쥐었어요. 그리고 외과과장 자리를 거머쥐었고. 그러니 이제 우리를 굶어죽게 하겠다 이거로군. 그렇다면 나도 한마디 하겠는데 스타크, 이건 좀 귀가 아픈 얘기일지 모르겠지만 당신은 이제 명령 같은 건 내리지 않아도 돼. 이제는 명령을 들어야 할 차례가 되었어. 그럼 첫 번째 명령인데 그 계집애를 어떻게 하든 처치하도록 해."

스타크가 멍한 정신을 차렸을 때는 이미 끊어진 수화기를 들고 있었다. 스타크는 쾅 하고 전화기를 서랍에 넣고 분노에 떨었다. 하마터면 그 주위에 있는 것을 내던질 뻔한 기분을 꾹 참아야 했다. 그러다 보니 손가락 끝이 새하얗게 되도록 책상 가장자리를 꽉 쥐고 있었다. 그러자 서서히 분노가 가라앉기 시작했다.

그는 아무리 화를 내본들 어떤 해결도 할 수 없다는 것을 깨달았다. 아무튼 감정적으로 해결할 문제는 아니었다. 월톤의 말이 옳았다. 3년 동안 처음 있는 일이 아닌가. 이것은 어디까지나 계속해야 한다. 의학은 그것을 요구하고 있다. 수잔은 꼭 처치해야 할 필요가 있었다. 그것은 당연했다. 그러나 의혹이나 소란을 일으키지 않는 방법을 써야 한다. 아무튼 헤리스나 넬슨과 같이 소견이 좁은 무리는 요주의 인물이었다. 그놈들은 자기 같은 통찰력이 전혀 없다고 생각했다.

스타크는 큰 책상에서 일어나서 서가 쪽으로 갔다. 그리고 사색에 잠기면서 금박을 입힌 디킨스의 초판본을 무심코 들었다. 그러자 갑자기 어떤 영감이 떠올랐다. 그는 얼굴에 환한 미소를 지었다.

"아, 괜찮은 방법이다."

스타크는 그렇게 말하고 지금까지의 분노를 깨끗이 잊은 듯이 활짝 웃었다.

2월 26일 목요일 오후 8시 47분

수잔은 택시에서 내려 요금을 지불하지도 않고 메모리얼 병원의 현관으로 뛰어갔다.

그녀는 돈이 없었고 설득시킬 생각도 없었다. 운전사는 화가 나서 소리치면서 차에서 뛰쳐나왔다. 경비 한 사람이 운전사를 쳐다보았지만 수잔은 이미 현관으로 들어가고 없었다.

수잔은 천천히 중앙 복도를 걸어갔다. 그때 자신과 같은 방향을 걸어가는 벨로우즈를 발견했다. 순간 당황한 그녀는 벨로우즈의 바로 뒤를 쫓아 걸어가면서 그의 시선을 끄는 것이 좋을지 그대로 모르는 채 가야 할지 잠시 망설였다. 그리고 다시 한 번 코마 환자가 조직검사를 받은 사실에 대해 그가 무시하던 태도가 생각났다. 그리고 아무에게도 얘기하지 말라던 스타크의 충고도 생각났다. 그래서 복도 모퉁이까지 왔을 때 곧장 응급실 쪽으로 걸어가는 벨로우즈를 내버려두고 마침 도착한 엘리베이터를 타고는 10층 버튼을 눌렀다.

문이 닫히면서 복도가 차츰 시야에서 좁아져 갔다. 그때 누군가의 손이 문 사이에 끼면서 엘리베이터를 멎게 했다. 수잔은 그것을 멍하니 바라보고 있었다. 그러자 경비의 얼굴이 불쑥 나타났다.

"잠깐 할 얘기가 있는데요."

수잔이 닫힘 버튼을 눌러서 문이 다시 닫히려 하는데 경비가 그것을 막으면서 말했다.

"잠깐 엘리베이터에서 내려주세요."

"전 지금 아주 급해요. 긴급한 일이라고요."

"응급실은 2층입니다."

수잔은 마지못해 엘리베이터에서 나왔다. 문이 닫히고 엘리베이터는 사람이 없는 채로 10층을 향해 올라갔다.

"그런 응급사항과는 달라요."

수잔은 간청하듯이 말했다.

"당신이 택시요금을 지불하지 않은 것도 긴급한 일인데요."

경비의 목소리에는 훈계와 걱정하는 말투가 뒤섞여 있었다. 수잔의 꼴을 보면 긴급한 일이라는 그녀의 간청도 믿지 않을 수 없었다.

"운전사의 이름과 회사를 물어봐주세요. 나중에 지불할 테니까요. 전 의학부 3학년 수잔 윌러예요. 지금 시간이 없어서 그래요."

"이런 시간에 어딜 가는 겁니까?"

경비는 점점 걱정스러운 듯한 말투였다.

"베어드동 10층에 있는 닥터를 만나러 가는 거예요. 이제 가야만 합니다."

수잔은 올라가는 버튼을 눌렀다.

"누구한테?"

"헤럴드 스타크. 과장님한테 전화로 확인해봐도 좋아요."

경비는 난처해하면서 아직도 의심스러운 듯이 말했다.

"좋아요. 하지만 내려오면 경비실에 들러주세요."

"네, 물론이죠."

경비가 돌아섰을 때 수잔은 그렇게 대답했다.

그녀는 옆 엘리베이터가 도착하자마자 내리는 사람을 밀치고 얼른 올라탔다. 사람들은 그녀의 흐트러진 모습을 의아한 눈으로 쳐다봤다. 10층까지 느릿느릿하게 오르는 동안 그녀는 겨우 안심한 듯이 벽에 기대섰다.

복도도 전날 낮에 왔던 것과는 전혀 다른 모습이었다. 타이프라이터 소리도 들리지 않고 환자의 모습도 보이지 않았다. 마치 그 층 전체가 시체실처럼 조용했다. 안전한 목적지를 향해 서둘러 걸어가는 그녀의 발소리가 두꺼운 카펫에 흡수되었다. 불빛이라고는 복도 가운데에 있는 테이블 램프에서 나오는 것뿐이었다.

〈뉴요커〉 잡지더미가 잘 정리되어 있는 것이 눈에 들어왔다. 그리고 과거 병원에 근무했던 선대 외과의들의 초상화에는 보라색 그림자가 드리워져 있었다.

수잔은 스타크의 사무실이 가까워짐에 따라 약간 긴장되었지만 기분을 가라앉혔다. 그녀는 노크할까 했으나 약간 열린 사무실 문틈 사이로 불빛이 새어나오고 있어서 문을 열고 안으로 들어갔다.

그 순간 뒤에서 갑자기 문이 닫혔다. 수잔은 무서운 공포감에 몸을 휙 돌렸다. 그녀는 목구멍까지 올라온 비명을 참았다.

스타크가 문을 잠그고 있었다. 아마 그녀의 뒤에서 기다렸던 모양이었다.

"드라마틱한 짓을 해서 미안하군. 우리 대화를 남에게 방해 받고 싶지 않아서 말이야."

그는 느닷없이 웃고 나서 말을 이었다.

"수잔, 내가 수잔을 만나서 얼마나 기쁜지 모를 거야. 그 얘기를 듣고 난 후 수잔이 전화를 걸고 있던 곳까지 직접 데리러갔으면 좋았을 걸 하고 생각하고 있던 참이지. 아무튼 여기까지 무사히 오게 돼서 정말 다행이군. 미행당하지는 않았겠지?"

수잔은 공포와 긴장감에서 조금씩 안정을 찾아갔다. 심장의 쿵쾅거림도 조금씩 편안해져 가는 듯했다. 수잔은 침을 한번 삼키고 나서 말했다.

"미행당한 것 같지는 않지만 잘 모르겠어요."

"여기 와서 앉아요. 마치 세계대전을 겪고 온 사람 꼴이군."

스타크는 수잔의 손을 잡고 책상 앞에 놓인 의자로 안내했다.

"다른 건 없고 스카치가 조금 있는데 그거라도 좀 마실까?"

수잔은 심신이 아주 기진맥진해서 대답도 잘 하지 못했다. 그저 의자에 몸을 깊숙이 묻은 채 숨을 거칠게 쉬며 상대의 뜻대로 따를 뿐이었다. 지금까지 어떤 일을 겪었는지 거의 떠오르지 않았다.

"수잔은 정말 대단한 일을 해냈어."

스타크는 맞은편에 있는 바처럼 해놓은 카운터로 가면서 말했다.

"그렇게까지는 생각하지 않아요."

수잔의 목소리는 피로에 절어 있었다.

"그저 지독히 무서운 곳을 정신없이 빠져나왔을 뿐이에요."

스타크는 시바스 리갈 병을 들고 신중하게 두 글라스에 따라서 책상으로 가지고 왔다. 그리고 하나를 수잔에게 건네주었다.

"수잔은 너무 겸손한 것 같군."

스타크는 책상을 돌아앉아 수잔을 뚫어지게 보았다.

"다치지는 않은 건가?"

수잔은 고개를 저었다. 무심코 한쪽 손으로 글라스를 흔들자 안에서 얼음이 달가닥 하고 소리를 냈다. 그녀는 두 손으로 꼭 쥐고 기운을 북돋으려고 그 독한 액체를 목구멍으로 한 모금 넘겼다.

"그런데 수잔, 우리의 상황을 확인해두고 싶은데 그 전화 후에 아무에게도 얘기하지 않았지?"

"하지 않았어요."

수잔은 다시 한 모금 마시고 대답했다.

"좋아, 그건 정말 잘했어."

스타크는 수잔이 마시는 것을 가만히 보면서 잠깐 숨을 돌렸다.

"누군가 주변에서 이것을 눈치 챈 사람은 없었나?"

"네, 아무도……."

그녀는 자신의 몸이 따뜻하게 녹아가면서 기분이 점점 편안해져 가는 것을 느꼈다. 호흡도 안정되어 정상으로 돌아왔다. 그녀는 글라스 너머로 스타크의 얼굴을 보았다.

"됐어, 수잔. 그런데 수잔은 어떻게 그 제퍼슨 연구소가 장기 암거래소라고 생각했지?"

"그 사람들 얘기를 들었어요. 게다가 장기를 담은 상자를 이 눈으로 똑똑히 보았고요."

"그런데 말이지, 수잔. 제퍼슨 연구소는 만성병 환자, 더구나 코마 환자로 꽉 차 있어. 그 환자들이 건강을 다시 찾을 길이 없다면 말이지. 그들의 장기를 이식용으로 쓰는 것이 별로 놀랄 것도 없다고 생각하는데……."

"그건 그럴지도 모르지만, 적어도 지금 관계된 사람들은 처음부터 환자를 코마로 빠뜨리려고 하고 있는 거예요. 게다가 그들은 장기를 팔아서 돈을 벌어요. 그것도 엄청나게 큰돈을……."

수잔은 눈꺼풀이 무거워지는 것을 느끼고 눈을 뜨고 있으려고 애를 썼다. 몸이 마비되어 가고 있는 것이, 피로하기 때문이라고 생각하고 의자에 몸을 똑바로 일으켰다. 그리고 다시 한 모금의 스카치를 마시고 담브로시오에 대한 생각을 하지 않으려고 했다. 아무튼 몸은 따뜻해졌다.

"수잔, 수잔은 대단한 사람이야. 이 병원에 온 지 불과 며칠밖에 안 되는데 어떻게 그렇게 많은 걸 빨리 알아내게 됐지?"

"전 시청에서 평면도를 입수했어요. 거기에는 수술실이 정확히 있었는데, 그곳을 안내해준 여자는 수술실 같은 건 없다는 거예요. 그래서 제가 직접 조사해봤어요. 그래서 확실한 것을 많이 봤지요."

"아, 수잔. 정말 대단했어."

스타크는 감탄하는 눈으로 수잔을 보면서 고개를 끄덕였다.

"그런데 그들은 수잔이 그곳에서 나가도록 내버려뒀군. 내 생각 같아서는 나가지 못하게 했을 것 같은데……."

그는 다시 한 번 미소 지었다.

"행운이었어요. 아주 운이 좋았던 겁니다. 로건 공항으로 보내는 심장, 신장과 함께 빠져나올 수 있었어요."

수잔은 스타크가 눈치 채지 않게 나오려는 하품을 살며시 억제했다. 그녀는 너무 많이 지쳐 있었다.

"얘기는 전부가 아주 흥미로웠어. 내가 들은 얘기는 그게 전부겠지. 하지만…… 수잔은 칭찬받아야 해. 불과 2, 3일밖에 안 되지만 날카로운 통찰력과 인내의 보람이야. 그런데 몇 가지 더 묻고 싶은 게 있는데, 얘기해주겠나……."

스타크는 항구의 검은 수면을 내다볼 수 있도록 두 손으로 의자를 회전시켰다.

"수잔이 이렇게 멋지게 파헤친 이 기상천외한 계략에 뭔가 다른 이유가 있는 건지 혹시 생각나는 건 없나? 있으면 얘기해봐."

"돈 이외에 말인가요?"

"그렇지."

"아~ 네, 주변에 별로 탐탁지 않은 인간을 처치하기에는 좋은 방법이겠죠."

스타크는 어울리지 않는 웃음을 웃었다. 수잔에게는 최소한 그렇게 보였다.

"아니, 내가 말하는 건 진짜 이익이 될 만한 것이 더 없는지 그걸 묻는 거야."

"그야 장기를 얻은 사람으로서는 확실히 이익이 되겠죠. 어떤 사람한테 얻었는지 알 필요가 없다면 말입니다."

"좀 더 공익적인 이익 말이야. 사회를 위한 이익 같은 것."

수잔은 생각하려고 했으나 눈꺼풀이 자꾸만 감기려 하고 있었다. 그래서 다시 한 번 몸을 똑바로 일으켰다.

사회를 위한 이익? 그녀는 스타크를 보았다. 대화의 의미가 묘하게 돌아가고 있었다.

"과장님, 지금 그럴 때가……."

"자, 수잔. 생각해보는 거야. 수잔은 이 일을 파헤치는 데 뛰어난 능력을 보였으니 생각해보라고. 다른 면에서 말이야. 그것도 중요한 일이야."

"생각할 수 없어요. 너무 무서워서. 사회를 위한 이익이라는 말 같은 건 생각하기조차 싫어요."

팔이 무거워졌다. 그녀는 머리를 흔들었다. 잠깐 동안 진짜 잠을 잔 것 같은 느낌이 들었다.

"그래요, 나는 수잔에게 놀라고 있어. 요 2, 3일간 사이에 수잔이 이렇게 많은 걸 보여준 굉장한 능력자임을 생각할 때 수잔은 다른 면도 볼 수 있는 특별한 사람이라고 생각하고 있다고……."

"다른 면이라고요?"

수잔은 한 번 눈을 꼭 감았다가 다시 떴다. 그대로 계속 뜨고 있고 싶었다.

"그래."

스타크는 수잔 쪽으로 돌아서 상체를 앞으로 내밀고 책상에 팔을 올려놓았다.

"때로는 이런 경우가 있지…… 다시 말해서 뭐라고 할까…… 보통 사람들은 장기간을 거쳐야 이익을 가져오는 것에 대해서는 그렇게 관심을 가지지 않는 법이지. 그래서 그들은 단기적인 필요와 이기적인 일에만 몰두한단 말이야. 그것밖에 생각지 않는다는 거야."

스타크는 일어나서 넓은 유리벽이 있는 방 모퉁이를 어슬렁거리면서 자기가 건설에 도움을 준 거대한 병원의 건물들을 내다보았다. 수잔은 자신이 몸을 옴짝달싹할 수 없다는 것을 느꼈다. 머리를 움직이기조차 곤란했다. 피로한 것은 당연하지만 이렇게 몸이 무겁고 나른한 것은 생전 처음이었다.

묘하게도 스타크는 얘기의 초점을 맞추기도 하고 애매한 말로 범죄자들을 옹호하는 말을 하는 것 같기도 했다.

"수잔."

스타크는 다시 뒤돌아보며 갑자기 말했다.

"의학이 그 오랜 역사 가운데서 아마 지금 가장 크게 진보하고 있다는 걸 수잔도 알고 있을 거야. 마취의 발견, 항생물질의 발견……. 이런 획기적인 위업도 앞으로 다가올 거대한 진보 앞에는 무색해보이겠지. 우리는 이제 면역학의 미스터리를 풀려하고 있어. 이제 곧 인간의 장기를 모두 자유롭게 이식할 수 있게 될 거야. 암의 공포도 과거의 얘기가 되는 거지. 퇴행성 질환, 외상……그 범위는 무한하다. 하지만 그런 진보는 쉽게 찾아오지 않아. 피나는 노력과 희생 없이는 말이야. 우리에게는 메모리얼 병원과 그 시설 같은 특급 병원이 필요해. 그 다음에는 나와 같은 혹은 레오나르도 다빈치와 같은 진보를 향해 나아가는 인간이 필요해. 그래서 의학의 발전을 제한하는 법률을 극복해 나갈 인물이 필요한 거야. 만약 레오나르도 다빈치가 해부를 위해 시체를 파헤치는 그런 짓을 하지 않았다면 어땠을까? 오늘의 우리는 어떻게 돼 있을까? 지금 일어나고 있는 진보에 필요한 것은 데이터다. 정확한 데이터야. 수잔, 수잔은 그것을 이해할 수 있는 정신을 지니고 있어."

뇌를 감싸는 검은 구름을 느끼면서도 수잔은 스타크가 무슨 말을 하려고 하는지 알 것 같았다. 일어나려고 했지만 팔마저 들 수가 없었다. 노력해봤으나 고작 마시다 남은 잔을 바닥에 떨어뜨릴 수 있을 뿐이었다. 얼음조각이 산산이 흩어졌다.

"내가 말하는 것을 이해할 수 있겠나, 수잔? 수잔이라면 이해할 거야. 지금의 법률 체계는 우리의 희망사항을 추진할 수 있게 돼 있지가 않아. 유감이지만 환자의 뇌가 죽어서 젤리처럼 돼도 법률은 이것을 조치할 결정을 내리지 못하는 거야. 이런 사회정책 하에서 어떻게 과학이 진보해 나갈 수 있겠는가? 자, 수잔. 이 점을 잘 생각해봐. 지금 이 시점에서 생각하려는 건 무리일지 몰라도……. 또 한 마디 더 하고 싶은데, 내 말을 듣고 뭐라도 한마디 대답해봐. 수잔은 머리가 좋아. 정말 머리가 좋은 아가씨다. 수잔은 분명히……뭐라면 좋을까…… 엘리트 중의 엘리트야. 엘리트란 말은 아주 진부하지만, 내가 말하는 뜻을 알겠지? 우리에게는 수잔이 필요하다고, 수잔 같은 인간이. 내가 말하고 싶은 건 그 제퍼슨 연구소를 운영하고 있는 무리가 모두 내 편이라는 거다. 알겠나, 내 편이라는 의미를……."

스타크는 수잔의 얼굴을 보며 말을 끊었다. 그녀는 어떻게든 눈을 뜨려고 했으나 그러기엔 너무 힘이 들었다.

"이 얘기에 수잔은 뭐라고 말하고 싶은가? 수잔은 사회와 과학과 의학을 위해 그 뇌를 기꺼이 바칠 마음은 없겠나?"

수잔은 말이 입에까지 나왔지만 모기소리 만하게 나올 뿐이었다. 얼굴은 표정을 잃고 있었다. 스타크는 앞으로 구부려서 귀를 기울였다. 수잔의 입가에까지 귀를 바짝 대야 했다.

"다시 한 번 말해봐, 수잔. 다시 한 번 말하면 들릴 거야."

수잔은 기를 쓰고 윗니에 아랫입술을 대고 소리를 내려고 했다. 하지만 겨우 속삭이는 듯한 소리가 나왔다.

"짐승 같은 놈, 이 미친……."

그렇게 간신히 말한 수잔은 갑자기 몸과 머리가 뒤로 젖혀졌다. 그녀는 입을 벌리고 규칙적으로 깊은 호흡을 했다.

약이 몸에 퍼진 수잔의 몸을 스타크는 잠시 들여다보며 그녀의 반항에 화를 내고 있었다. 그러나 얼마 동안 잠자코 있는 사이에 그의 감정은 가라앉고 실망감으로 바뀌었다.

"수잔, 너의 뇌는 쓸모가 있다고."

그는 천천히 고개를 들면서 말했다.

"그래, 너는 아직 쓸모가 있어."

스타크는 수화기를 들고 응급실의 당직 레지던트를 부탁했다.

2월 26일 목요일 오후 11시 51분

메모리얼 병원의 외과 레지던트 당직실은 별로 편한 방이라고 할 수 없었다. 침대는 여러 방향으로 구부릴 수 있는 병원 특유의 것이었다. 게다가 작은 책상과 텔레비전, 더러워져 찢어진 〈펜트하우스〉 잡지 한 권이 전부였다.

벨로우즈는 책상에 앉아서 미국 외과 잡지의 논문을 읽으려고 했으나 정신을 집중할 수가 없었다. 바로 2, 3시간 전에 수잔의 모습을 보았던 것이 아직도 마음속에 남아서 떠나지 않았다. 벨로우즈는 수잔이 병원으로 들어오는 것을 보았다. 그녀가 뒤에 따라오는 것을 알았고, 자신을 불러 세울 거라고 기대했다. 그런데 그녀가 모른 채 지나치는 바람에 새삼 놀랐다.

벨로우즈는 수잔을 정면으로 보지는 않았지만 어지럽게 흐트러진 머리에다 피 묻은 찢어진 옷을 입고 있었다. 걱정되었지만 동시에 혼자 내버려두자는 마음이 들었다. 이 메모리얼 병원에서 그 자신이 해줄 수 있는 일은 별로 없었다.

만일 수잔이 의학적인 도움이 필요하다면 제대로 찾아온 것일 테고, 심리적으로 도움이 필요하다면 병원 밖에서 만나는 것이 바람직했다. 그러나 수잔은 자신을 부르지도 않았고 또 전화도 걸어오지 않았다.

벨로우즈는 수잔이 환자로 입원했다는 것을 알게 되었다. 스타크가 직접 진료를 한다고 했다. 상급 외과 레지던트 당직자로서 수잔이 맹장수술을 받을 예정이라는 것도 알게 되었다. 아주 우연의 일치이긴 했지만 어쨌든 그렇게 돌아가고 있었다. 스타크가 수술을 한다고 했다. 벨로우즈는 처음에는 자기가 소독을 맡아야겠다고 생각했지만 수잔에 대해서는 도저히 개인적인 감정이 뒤섞이지 않을 수 없었고 이성적이지 못할 것 같아서 아래 연차 레지던트를 들여보내고 자신은 밖에서 기다렸다.

벨로우즈는 시계를 보았다. 벌써 거의 한밤중이었다. 앞으로 10분 정도 안에 수술이 시작되겠지 하고 생각했다. 애써 잡지의 논문을 읽으려고 했지만 뭔가 마음에 걸리는 것이 있었다. 벨로우즈는 어두워진 창밖을 내다보면서 잠시 생각에 잠겼다. 그러다가 수화기를 들고 수술을 어디서 하게 되는지 알아보았다.

"8호실입니다. 닥터 벨로우즈."

수술실 당직 간호사가 말했다.

벨로우즈는 다시 시계를 보았다. 그러고는 벌떡 일어났다. 카페테리아에서 밤참을 사놓는 것을 잊고 있었다. 배가 고팠다. 벨로우즈는 구두를 신고 카페테리아를 향해 걸어가기 시작했다. 그러나 T형 밸브가 자꾸만 떠올라 머리에서 떠나지 않았다.

그는 엘리베이터를 타고 카페테리아가 있는 1층의 버튼을 눌렀으나 내려가는 도중에 마음이 달라져서 2층을 눌렀다. 그는 직접 산소관에 T자 밸브가 달린 것을 확인해보고 싶었다. 바로 수잔이 수술을 받고 있는 동안에. 어처구니없는 일이긴 하지만, 어쨌든 한번 확인해보기로 했다. 그러면 최소한 양심에 거리낌은 없을 테니까.

기하학적인 이미지와 색과 움직임을 가진 환영이 어둠 속에 솟구쳐 올라 순식간에 퍼져갔다. 그 그림자는 부딪히고 찢어졌다가 다시 의미가 없는 형태를 만들고 있었다. 그 혼란 속에서 가위로 찔린 손이 나타나고 길게 뻗어있는 홈 같은 것이 보이기도 했다. 메모리얼 병원의 시체 해부실의 냄새가, 또 한편으로는 거기서 지껄이던 말들이 혼란스럽기도 했다. 나선형 계단이 앞에 나타났는가 하더니 사디스틱한 기쁨에 비웃는 듯이 웃는 담브로시오의 얼굴도 나타났다가 사라져 갔다. 복도도 만화경처럼 비틀어져서 빙빙 돌아가기도 했다.

수잔은 의식이 돌아왔다 없어졌다를 반복하더니 마침내 의식이 돌아온 듯했다. 그녀는 복도를 올려다보고 천장이 움직이고 있는 것을 보았다. 잠시 뒤 정신이 점점 맑아지자 자기 쪽이 움직이고 있다는 것을 알았다. 머리를 움직이려고 해보았으나 마치 1천 파운드는 되는 듯이 무거웠다. 손을 움직이려고 했지만 그것도 믿을 수 없을 정도로 무거웠다. 팔꿈치에서 손을 들어 올리는 데도 온힘을 다 모아야 했다.

지금 수잔은 벌렁 눕혀져서 복도를 따라 운반되어 가고 있었다. 소리가 들려왔다. 사람의 목소리가…… 그러나 무엇을 말하고 있는지 알아들을 수가 없었다. 누군가가 자기 손을 잡고 옆으로 밀어붙이고 있는 것을 알았다. 일어나고 싶었다. 잠자고 있었던 것일까? 아니, 누군가가 약을 먹였다는 생각이 났다. 약 기운과 대항해보았다. 그리고 **빨리 빠져** 나가야겠다고 필사적이 되었다. 머리가 좀 더 명확해졌다. 사람들의 목소리도 알아들을 수 있었다.

"급성 맹장염이야. 아마 막 발작한 모양이야. 의학생이라는데 빨리 진찰을 받았더라면 의식이 있었을 텐데 말이야."

그것보다 좀 더 작은 다른 소리가 들린다.

"학생처장 방으로 아프다고 전화를 건 모양입니다. 그러니까 자기로서도 어디가 나쁜지 알고 있었겠죠. 아마 임신을 걱정하고 있었지 않았나 생각합니다."

"그 말이 맞을는지도 모르지만 결과는 음성으로 나왔어요."

수잔은 입을 움직여서 말을 하려고 했으나 목구멍에서 아무 소리도 나오지 않았다. 그저 머리를 좌우로 움직일 수 있다는 것을 느꼈다. 약효에서 깨어나기 시작한 것이다. 몸의 동작이 멈췄다. 그녀는 그 장소가 어딘지 알 수 있었다. 수술실이었다. 머리를 오른쪽으로 돌리자 세면대가 보였고, 외과의가 손을 소독하고 있었다.

"조수는 혼자면 됩니까? 한 명 더 부를까요?"

수잔의 뒤에서 목소리가 들렸다.

소독하고 있던 남자가 수잔 쪽으로 몸을 돌렸다. 모자와 마스크를 쓰고 있었지만 수잔은 알아보았다. 스타크였다.

"간단한 수술이다. 혼자면 돼. 20분이면 끝날 거라고."

"아니야, 아니야."

수잔은 외쳤으나 소리가 들리지 않았다. 그저 입술 사이에서 공기만 새어나올 뿐이었다. 그녀는 수술실 쪽으로 움직이기 시작했다. 문이 열리는 것을 볼 수 있었다. 문 위에 붙어 있는 번호를 보았다. 8호실이었다.

약 기운이 사라지고 머리가 좀 더 맑아져 왔다. 머리와 왼손을 들 수 있었다. 큰 수술실의 불빛에 눈이 부셨다. 일어나서…… 도망쳐야 한다고 생각했다.

힘센 팔이 그녀의 허리를, 발목을, 머리를 잡았다. 몸 아래로 손이 들어와서 저항한 보람도 없이 수술대 위에 앉혀졌다. 그녀는 뭔가를 잡으려고 왼손을 들었다. 그러나 잡힌 것은 팔이었다.

"제발……그만둬요……저……."

들리지 않을 정도의 소리가 목구멍에서 천천히 나왔다. 머리는 무겁지만 어떻게든 일어나려고 했다.

강한 팔이 그녀의 이마를 누르자 머리가 뒤로 젖혀졌다.

"걱정하지 마, 괜찮으니까. 그저 숨을 깊이 들이마셔."

"싫어요, 싫어."

이제 목소리도 조금 나왔다. 그러나 마취 마스크가 얼굴에 덮이고 오른팔에 갑자기 통증을 느꼈다……링거액 주사였다. 액체는 정맥으로 들어가기 시작했다. 안 돼, 안 돼, 머리를 좌우로 움직이려고 했으나 힘센 팔이 막았다. 그녀는 눈을 들어 마스크를 한 얼굴을 보았다. 2

개의 눈이 수잔을 뚫어지게 보고 있었다. 액체 안에서 기포가 움직이고 있는 링거병을 보았다. 누군가가 링거관에 주사를 찌르고 있는 것이 보였다. 펜토탈이다!

2월 27일, 오전 12시 36분, 제8수술실의 분위기는 극도로 긴장해 있었다. 하급 레지던트는 겸자를 떨어뜨리기도 하고 실 묶는 것을 실수하면서 솜씨를 발휘하지 못했다. 풋내기 외과의로서는 스타크의 명성이 너무 눈부셨는지도 모른다. 특히 처음 실수를 저지른 후에는 더욱 그랬다.

마취의가 마취 기록의 끝부분을 기록하고 있을 때 그 필적은 평상시보다 훨씬 흐트러져 있었다. 그는 수술이 빨리 끝나주기만을 바라고 있었다.

수술 도중에 환자의 심장 박동이 갑자기 고르지 않게 되자 완전히 넋이 나갔다. 그보다 더 끔찍했던 것은 벽에 붙어있는 산소관의 고정된 밸브가 잠겨버린 것이다. 마취의로서 8년간 근무하면서 중앙 배관의 산소가 멎는 사고는 그야말로 처음 겪는 일이었다. 그는 침착하게 녹색 비상용 산소 봄베로 바꾸었다. 다행히 환자에게 보내는 산소 양에 변화가 없어서 안심이었다. 그러나 지금까지의 경험으로 미루어 두려웠다. 하마터면 환자를 죽일 뻔한 것이다.

"앞으로 어느 정도 걸립니까?"

마취의는 펜을 놓고 에테르 막 너머로 물었다.

스타크의 눈은 거칠게 시계에서 문 쪽으로 갔다가 다시 수술 자리로 돌렸다. 그는 더듬거리고 있는 레지던트를 대신해서 피부 봉합을 시작했다.

"5분이면 된다."

스타크는 능숙한 솜씨로 한군데 실을 묶고 나서 말했다. 하지만 그도 초조해하고 있었다. 레지던트는 자기 때문일 거라고 짐작했다. 그러나 스타크는 뭔가 일이 잘못되고 있음을 알았다.

산소관 밸브가 멎을 리가 없었다. 산소압이 제로가 되다니, 어처구니없는 일이었다. 수술하고 있는 그룹 중에서 환자의 심박동이 고르지 않게 된 것이 환자가 산소관에 넣을 일산화탄소를 마셨기 때문이라는 것을 알고 있는 사람은 스타크뿐이었다. 그러나 중요한 산소관이 차단되었으니, 예정대로 그의 목적을 이룰 수 있을 만큼 일산화탄소의 치사량이 투입됐는지 그것도 의심스러워졌다.

마침 그때 어디선가 웅성거리는 소리가 들리고 순회 간호사가 무슨 일인지 알아보기 위해 복도로 나갔다. 그러나 그 소란은 위쪽 천장에서 일어나고 있다는 것을 스타크는 알고 있었다.

그뿐만이 아니었다. 스타크가 마지막 한 곳을 봉합하고 있을 때 수술실 창문 너머 복도에서 웅성거리는 소리가 나고 있었다. 복도는 사람들로 들끓고 있는 듯했다. 오전 12시 35분인데 아무래도 이상한 일이었다.

스타크는 마지막 봉합을 끝내고 기구 트레이 위에 바늘을 떨어뜨렸다. 그리고 봉합사 매듭을 조이고 있을 때 수술실 문이 열리고 네 사람이 수술실로 들어왔다. 마크 벨로우즈도 그 속에 있었다.

이 갑작스런 무단 침입자들은 수술복을 입고 있었으나 그들 대부분은 푸른색 경찰 제복 위에 그저 수술복을 걸치기만 한 모습이었다. 스타크의 가슴은 걷잡을 수 없이 뛰었고, 수술실 안은 쥐죽은 듯한 정적으로 가득 찼다. 그러나 스타크가 수술대 위에서 굽혔던 허리를 펴고 일어났을 때, 그는 뭔가 잘못되었다는 것을 깨달았다. 뭔가 확실히 잘못되었다는 것을……

이식을 원하십니까?

이것은 있을 수 없는 얘기가 아니라 충분히 일어날 수 있는 일인 만큼 무서운 소설이다. 예를 들면 캘리포니아, 샌 가브리엘 〈트리뷴〉지에 다음과 같은 광고가 실린 것을 보았다.

이식을 원하십니까?
'몸의 어떤 부분이라도 수술을 하려는 분에게 팔고자 함.'
코비너 사서함 1211-630

광고주는 어떤 장기인지 또는 팔려는 것이 한 곳인지 여러 곳인지 명시하지 않았고 제공자의 이름도 밝히지 않았다.

게다가 이와 같은 광고는 전국의 여러 신문에 많이 등장했다. 그중에는 산 사람의 심장을 제공하겠다는 광고도 있었다.

소름 끼치는 광고문이지만 그다지 놀랍다고는 받아들여지지 않는 모양이다. 의학에서는 이런 전례가 많이 있었다. 예를 들면 혈액(이것을 장기라고 생각해도 좋겠지만)은 일상적으로 매매되고 있으며 정액도 상품화되어 있다. 이것은 장기는 아니지만 장기의 산물이다.

다른 장기도 매매가 된 예가 있다.

어떤 돈 많은 이탈리아인이 나폴리의 청년으로부터 고환을 사서 자신에게 이식했다(그는 정액뿐만 아니라 정액 장사까지도 하고 싶었다). 또 지난 몇 년 동안에는 빈사 상태에 있는 친척에게 자기의 신장을 줄 생각은 하지 않고 필요로 하는 다른 사람에게 돈을 받고 판 경우도 있었다. 이런 예는 많지는 않았지만 가끔 있어 왔다.

필요한 장기의 희소성 때문에 큰 문제가 되는데, 다시 말해서 생명에 대한 위협이 발생하게도 된다. 오늘날 많은 사람들이 신장이나 각막을 얻으려고 기다리고 있다. 이 2개의 수요가 특히 많은 것은 이식 수술이 빈번하고도 성공리에 행해지기 때문이다.

투석기나 신장 제공자 덕분에(그렇다고는 하지만 그것은 일부에게 해당된다…… 다른 사람들은 투석기, 기증인, 거기다 자금의 부족 등으로 죽어가고 있다) 아무튼 생명을 이어갈 수는 있지만 그 생존 연수는 건강한 사람에게는 훨씬 못 미친다. 여러 가지 상황 하에서 환자들은 절망에 가까운 상태에 놓인다. 그 절실함은 신장 투석 센터가 소위 '휴일 증후군'을 보고하고 있는 것을 보더라도 알 수 있다. 다시 말해서 휴일이 가까워짐에 따라서 자동차 사고와 그 희생자가 급증하기 때문에 환자들에게는 기대치를 높여준다. 항상 절망하던 그들이 어떻게든 손에 넣고 싶은 장기를 그들로부터 제공 받을 수 있을지도 모른다고 생각하기 때문이다.

장기 이식에 대한 문제의 해결이 이미 우리의 손이 닿는 곳에까지 와 있다는 데에 비극이 있다. 사망자의 신장은 사후 1시간 이내에 사망자에게서 꺼내면 거의 7퍼센트가 이식이 가능하다는 단계에까지 의술은 진보되어 있다(각막의 경우는 그 비율이 좀 더 높다). 그러나 일반적으로는 죽은 사람들의 장기는 이와 같은 고결한 목적에 사용되지 않은 채 매장되어 벌레의 먹이가 되든가 화장터에서 화장되고 만다. 암흑시대인 고대 영국 법률에서 발단한 미신 주술의 유례에서 비롯돼서 지금도 일반적으로 그렇게 이루어지고 있다.

옛날로 거슬러 올라가면 시체는 시민법보다 오히려 교회의 권력 하에 놓여 있었다. 이것은 믿기 어려운 얘기지만 오늘날에도 여전히 우리의 생활을 제한하고 있다. 그러나 전 세계라고는 할 수 없지만 대개의 나라에서는 현재 유체 증여법을 통과시키고 있다. 이 법률에 의해 시체를 의과대학에 제공할 수 있게는 되었지만 그렇다고 '산' 장기를 이식이 절실하게 필요한 사람들에게 다 충당할 수는 없다. 그 대안으로 고인이나 그 가장 가까운 친척이 이의를 제기하지 않는 한 죽은 사람의 장기를 바로 이식에 사용할 수 있다는 생각도 나오고 있다. 그러나 변화의 의지는 안타까울 정도로 늦어지고 있어서 이식 가능한 장기들이 허무하게 땅에 묻히거나 화장되고 있다.

또 일반적으로 죽음의 정의라든가 개인의 사후 권리 등 엄격한 문제가 아직도 용인되고 있다는 점이다. 그러나 이와 같은 문제가 있다 하더라도 귀중한 인체의 자원을 헛되게 해서 생명을 구할 수 있는 길을 막는 것이 아닌가 하는 생각을 하게 된다.

이식용 장기의 부족 문제는 기술 혁신이 점점 사회적, 법적, 윤리적으로 세분화가 예상되는 가운데 일반 사회, 특히 의학계가 제대로 대응하지 못했다고 할 수 있겠다. 쉽지 않겠지만 타당한 정책이 만들어질 때까지 사회는 그대로 기다리고 있을 뿐이다.

장기 이식에서 일어날 수 있는 많은 문제들을 바르게 이해하고 적절한 해결을 위해 법제화 하는 데 실패하면 여러 종류의 부정한 무리들이 생겨나게 될 것이다. 이 소설에 등장하는 스타크 같은 인물은 혐오스런 일탈행위를 보여준 좋은 예라고 할 수 있겠다.

장기 이식에 관해 관심이 있는 독자를 위해 뛰어난 논문 2편을 소개한다. 이 논문은 '법률저널'에 게재된 것이긴 하지만 비전문가인 개인이 읽기에 적절하다는 점을 밝힌다.

J. 듀크미니어, 『이식을 위한 장기 제공』『미시간 로우 리뷰』, 68권(1970. 4), pp. 811~866

D. 샌더즈 & J. 듀크미니어, 『의학 발전과 법률의 낙후 : 혈액 투석과 신장이식』『UCLA 로우 리뷰』, 15권 (1968), pp. 357~413

또한 의학정책의 무기력한 면에 대해 관심이 있는, 그리고 긍정적인 변화를 꿈꾸는 독자에게 권하는 것은 다음과 같다.

J. 카츠와 M. 카프론의 『재앙적인 질병 : 누가 무엇을 결정하는가?』 러셀 세이지 재단, 1975

이것은 뛰어난 논문으로 시대에 몇 년은 앞선 책이다. 그러나 이 책의 유일한 결점은 의학계의 지도층에 있는 사람들이 많이 읽지 않는다는 점이다.

마지막으로 의학의 길을 걷는 여성들에게 한마디 하겠다. 나는 여성의 의학계 진출에 대해서 처음에 가지고 있던 부정적인 생각을 긍정적으로 바꾸게 되었음을 인정하지 않을 수 없다. 나는 지금 여자 의사나 여의대생들에게 깊은 경의를 표하고 있다. 그녀들의 수련 체험은 동기생의 남자에 비해 훨씬 어렵고 신경이 곤두서는 일이었다. 이는 점차 개선되어 가고 있지만 아직도 달팽이 걸음이라 할 수 있을 것이다.

이 상황을 잘 설명해주고 있는 논문으로 다음의 것이 있다.

M. 노트만과 C. 나델슨, 『의학 : 여성들에게 있어서 직업적 충돌』, 『정신병학 아메리칸 저널』, 130권(1973. 10), pp. 1123~1126

의학박사 로빈 쿡

4일간의 병원 스릴러

나에게 있어 메디컬 소설, 더 나아가 메디컬 스릴러의 번역은 이 책이 처음이다.

한마디로 너무나 생소하고 신기하고 재미있는 데다 새로운 정보까지 안겨주었다. 그러나 솔직하게 말해서 번역하기가 쉽지 않았다.

번역을 이제는 번역문학이라고까지 말하는 시대가 아닌가. 따라서 어설픈 지식과 문장력으로 독자를 대할 수는 없었다. 그러니 어쩌겠는가, 새삼스럽지만 공부를 할 수밖에……. 그래서 이 책 저 책을 많이 뒤졌고 의사들의 자문도 받아보았다.

이 책은 누구도 쉽게 접근할 수 없었던 의학계의 실상과 어두운 면을 집요하고도 날카롭게, 또 깊이 있게 다루고 있다.

태아가 사람인가 아닌가에 대해서 우리의 민법과 형법은 다르게 규정하고 있다. 그럼 뇌사와 안락사 문제는 어떤가? 지금은 안락사를 인정하려는 쪽이 늘고 있다. 인간의 존엄에 대한 개념 규정을 어떻게 하느냐에 따라서 찬성과 반대로 갈린다.

장기 이식문제도 역시 인간의 존엄성에 기초를 두고, 살아 있는 사람과 죽은 사람을 저울에 달아보고 있는 것이다.

이 책에서 악의 축이라고 할 수 있는 스타크는 장기 이식은 살아 있는 사람의 건강을 지키기 위해서 당연히 필요하다고 주장한다. 나 역시 거기까지는 찬성한다. 그러나 스타크는 그 당위성을 범죄에 이용했다. 그것도 악랄하게 멀쩡한 사람을 뇌사시키면서까지……

코마는 4일 동안 벌어진 스릴 넘치는 메디컬 스릴러로 악의 축을 찾아나서는 데서부터 시작한다. 23살의 의과대학 3학년인 수잔 윌러는 장기 암거래 범죄조직 속으로 정의감과 의무감만으로 뛰어든다. 그런데 자신이 믿고 의지했던 외과과장 스타크가 악의 축, 괴수였다는 것을 알게 되는 것은 자신의 죽음을 눈앞에 두고서였다. 이쯤만 설명해도 이 책이 얼마나 스릴 넘치고 의혹투성이며 긴장감을 넘치게 하는지 알 수 있을 것이다.

이 책의 주제나 스토리 전개, 서스펜스와 스릴도 역시 독자를 반하게 하는 요소라고 나는 생각한다. 그렇기 때문에 미국에서 유례없는 베스트셀러가 되었고 영화화까지 된 것이 아니겠는가.

작가는 의사인 만큼 병원이나 의학연구소의 내막을 선명하게 묘사하고 그곳에서 일어날지도 모를 문제들을 미리 이 사회에 던짐으로써 경각심을 갖게 한다. 그러다 보니 단순한 의학계 이야기나 흥미 위주의 소설에 그치지 않고 의학과 법률, 의학과 윤리 문제를 독자들이 면밀히 고찰하도록 하고 있다.

옮긴이 홍영의

일본어 전문 번역가로 일본 출판 에이전시를 운영했으며, 번역 및 한국 · 일본의 출판 교류를 위해 일했다. 특히 국내 서적이 일본에 널리 알려질 수 있도록 노력해왔다. 다수의 역서가 있으며 번역서는 50여 종에 이른다. 《펑꼬》, 《히딩크 리더십의 7가지 조건》 등을 일본에서 번역 출간했으며 주요 역서로 《중독》, 《태아》, 《실락원》, 《가슴에 묻은 너》, 《유능한 상사의 부하지도》 등이 있으며, 저서로는 《바로바로 여행 일본어》가 있다.

코마

중판 1쇄 인쇄 2018년 3월 20일 **| 중판 1쇄 발행** 2018년 3월 25일
지은이 로빈 쿡 **| 옮긴이** 홍영의 **| 펴낸이** 최효원 **| 펴낸곳** (주)도서출판 오늘
출판등록 1980년 5월 8일 제2012-000082호
주소 서울시 영등포구 선유서로 15, 209호 **| 전화** (02)719-2811(대) **| 팩스** (02)712-7392
홈페이지 http://www.on-publications.com **| 이메일** oneull@hanmail.net

* 잘못 만들어진 책은 바꾸어 드립니다.
ISBN 978-89-355-0534-0 03840